DIE BÜCHER MIT DEM BLAUEN BAND

Dieter Bartetzko wurde 1949 im pfälzischen Rodalben geboren. Er studierte Kunstgeschichte, Germanistik und Soziologie in Frankfurt/Main, Berlin und Marburg. Seit 1993 ist er Feuilletonredakteur der Frankfurter Allgemeinen Zeitung. Dort schreibt er über Architektur, Denkmalpflege und Archäologie. Unter seinen zahlreichen Publikationen sind Bücher über die Geschichte und Bedeutung der Frankfurter Paulskirche, über Frankfurts Hochhäuser und über die Ausgrabungen von Pompeji und Herculaneum.

Gottfried Müller, geboren 1968 in Balingen, studierte Graphik und Buchgestaltung an der Akademie der Bildenden Künste in München und an der Hochschule für Graphik und Buchkunst in Leipzig. Seit 1998 lebt er als freischaffender Illustrator und Künstler in München und arbeitet für verschiedene Verlage.

Dieter Bartetzko

Türme, Paläste und Kathedralen

Eine Zeitreise durch die Geschichte der Architektur

Mit Bildern
von Gottfried Müller

Fischer

DIE BÜCHER MIT DEM BLAUEN BAND
Herausgegeben von Tilman Spreckelsen
www.fischerverlage.de

Meinen Kindern

© S. Fischer Verlag GmbH, Frankfurt am Main 2008
Umschlaggestaltung:
Hauptmann & Kompanie Werbeagentur GmbH, München/Zürich
unter Verwendung einer Illustration von Gottfried Müller
Lektorat: Alexandra Rak
Satz: Fotosatz Amann, Aichstetten
Druck und Bindung: CPI – Clausen & Bosse, Leck
Printed in Germany
ISBN 978-3-596-85272-7

Nach den Regeln der neuen Rechtschreibung

FSC
Mix
Produktgruppe aus vorbildlich
bewirtschafteten Wäldern und
anderen kontrollierten Herkünften

Zert.-Nr. GFA-COC-1223
www.fsc.org
© 1996 Forest Stewardship Council

◇◇◇ Inhalt

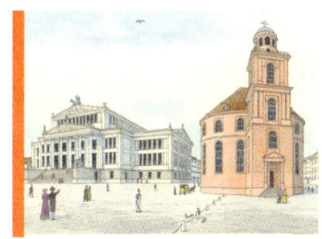

1. Die Cheops-Pyramide
oder Wie die Zeitreise beginnt

»Ich seh ihn, da oben fliegt er!« Martin rennt schneller.

»Nie im Leben«, sagt Iris, die hinter ihm herhastet, atemlos. »Bei diesem grellen Licht kannst du doch gar nichts erkennen. Du guckst schließlich direkt in die Sonne.«

Iris bleibt stehen und wischt sich den Schweiß von der Stirn. Ist das heiß, denkt sie. Fast wie in Afrika.

Sie schaut einen Moment hinter sich, den Weg hinunter, der durch die Gärten und Parks des Frankfurter Lohrbergs führt. Die Luft flirrt, der seit Tagen wolkenlose Augusthimmel sieht eher grau als blau aus. Der Main schimmert trüb wie mattes Metall, und hinten am Horizont verschwimmen die Hochhäuser der Stadt. Nur die pyramidenförmige Spitze des Messeturms zeichnet sich deutlich ab. Sie reflektiert die Sonne wie ein glühender Kristall.

Iris stöhnt, dann zockelt sie weiter. Martin ist nicht mehr zu sehen.

»Gib endlich auf«, ruft Iris. Als sie sein trotziges »Nein« hört, zuckt sie resigniert mit den Schultern. Sie weiß, dass sie ihren Zwillingsbruder nicht aufhalten kann. Denn der Falke, dem sie beide seit einer halben Stunde hinterherjagen, gehört ihrem Vater. Er hat ihnen den Vogel anvertraut und wird ziemlich böse oder – noch schlimmer – traurig sein, wenn er hört, dass er davongeflogen ist.

Seit drei Jahren ist Hajo, der Falke, bei ihnen. Ihr Vater hat ihn gekauft, als sie an den Lohrberg gezogen sind. Hier, mitten im Grünen, könne er endlich wieder seinem Hobby, der Falknerei, nachgehen, hatte der Vater gesagt. Und sie hatten sich zum hundertsten Mal die Geschichte angehört, wie er auf dem Land aufgewachsen ist, wie schön es gewesen war dort oben in Schleswig

Holstein mit den weiten Feldern und den Falken, die sein Großvater, ein Sonderling, gezüchtet hatte.

»Sie sind stolz und lassen sich nicht wirklich zähmen«, sagte der Vater bei diesen Gelegenheiten. »Falken brauchen eine feste Hand, aber auch Freiheit. Nur dann kommen sie immer wieder zurück.«

Zwei Jahre hatte der Vater Hajo gehütet und versorgt, hatte ihm einen Ruheplatz gebaut und ein Gehege im Garten angelegt. Die Freunde von Iris und Martin hatten anfangs komisch geguckt, wenn sie zu Besuch kamen und auf dem Rasen hinter dem Haus statt eines Basketballkorbs oder Klettergerüsts ein Falkenhaus sahen. Dann aber hatten sie es spannend gefunden. Oft beobachteten sie gemeinsam mit den Zwillingen, wie Hajo seinen scharfen Schnabel in die rohen Fleischstückchen hieb, die ihm der Vater an einem langen schmalen Holzstab anbot. Und die Ausflüge in die Wiesen hatten Iris und Martin geliebt. Der Vater trug einen Lederhandschuh, der ihm bis zum Ellbogen reichte. Darauf saß Hajo. Er flog blitzschnell auf, sobald ihm die Lederkapuze weggezogen wurde, die Kopf und Augen bedeckte. Wenn er Beute ausgemacht hatte, ließ er sich mit angezogenen Flügeln wie ein Stein vom Himmel fallen. Wenige Zentimeter vor dem Boden spreizte er seine Schwingen, schnappte zu und schoss wieder in die Höhe.

Doch seit der Vater als Architekt im Ausland arbeitet, ist alles anders. Er und zwei Kollegen hatten als Team einen Wettbewerb für ein Hochhaus im Emirat Dubai am Persischen Golf gewonnen. Immer öfter war er dorthin geflogen. Schließlich hatte er ein Büro in Dubai eröffnen müssen, um vor Ort die Bauarbeiten zu leiten. Anfangs hatte es noch geheißen, er käme an jedem Wochenende nach Hause. Bald aber war es jedes zweite geworden, und nicht einmal darauf konnte man sich verlassen.

Die Zwillinge taten ihr Bestes, um den Falken zu versorgen. Doch ihn fliegen zu lassen, trauten sich die beiden nicht zu. So saß Hajo meistens in der Voliere und wurde immer unruhiger und gereizter.

An diesem Vormittag war passiert, was passieren musste: Die Tür blieb versehentlich offen, eine falsche Bewegung von Martin – und Hajo flog auf und davon.

»So ein Blödsinn, dass wir hier durch die Gegend rennen«, schimpft Iris vor sich hin. »Martin hat ja nicht mal den Handschuh dabei, Hajo würde ihm mit seinen scharfen Krallen den Unterarm zerfleischen, wenn er sich festhalten will. Und außerdem habe ich Durst.«

Mit zusammengekniffenen Augen sieht sie sich nach Martin um. Da blitzt sein rotes T-Shirt durch die tief hängenden Zweige der Apfelbäume. Endlich, bei einem einzelstehenden Apfelbaum, erreicht sie ihn. Es ist inzwischen so heiß, dass es ihr vorkommt, als würde das Gras unter den dünnen Sohlen ihrer Flipflops glühen. Iris keucht, aber Martin achtet gar nicht auf sie. Er starrt mit zurückgelegtem Kopf nach oben, genau in die Sonne.

»Da ist er, direkt über uns«, sagt Martin. Er spricht komisch, so wie im Schlaf. Iris schaut auch nach oben. Tatsächlich, direkt vor dem Sonnenball zeichnet sich wie ein schwarzer Scherenschnitt der Falke ab. Es sieht aus, als würde er unbeweglich schweben.

Martin hebt eine Hand vor die Stirn, um seine Augen abzuschirmen. Er sieht schon Funken und glühende Punkte durch die Luft sausen, es rauscht in seinen Ohren, sonst aber hört er keinen Laut.

Seltsam, denkt Martin, es ist, als würde die Zeit stillstehen.

Plötzlich hören sie beide, wie jemand erschrocken die Luft einzieht. Sie drehen sich um. Hinter ihnen steht ein Junge. Er scheint etwas älter zu sein als sie, vierzehn vielleicht oder sogar schon fünfzehn Jahre. Aber trotzdem ist er kleiner. Seine Haut hat einen tiefbraunen Ton – mindestens zwei Wochen Freibad, denkt Martin –, unter ihr zeichnen sich sehnige Muskeln ab. Merkwürdig ist seine Frisur – am Hinterkopf reichen die schwarzen Haare bis auf die

Schultern, an den Seiten sind sie fast ausrasiert und über der Stirn in einem sehr hohen Bogen gestutzt.

Rastalocken, denkt Iris, Mama würde ausflippen, wenn ich ihr damit käme. Und so einen dicken Lidstrich dürfte ich nicht mal für die Schüler-Disco auftragen.

Um die Augen des Jungen sind breite schwarze Linien gezogen, die sich bis zu den Schläfen verlängern.

Der Junge hat die beiden einen Moment lang so erstaunt angeschaut wie sie ihn. Jetzt aber richtet er seinen Blick wieder nach oben, zu dem bewegungslosen Falken.

»Auf die Knie, auf die Knie«, flüstert er und knickt auch schon ein wie vom Blitz getroffen. Dann legt er seine Hände über den Hinterkopf und drückt murmelnd, als würde er beten, seine Stirn in den Sand.

Sand?, schießt es Martin durch den Kopf, während er nach unten auf den Jungen schaut. Hier, mitten in den Obstwiesen? Da gibt es höchstens Maulwurfshügel, und die sind aus dunkelbraunem fetten Lehm.

Er dreht den Kopf in alle Richtungen: Sand, überall glitzernder heller Sand, durchsetzt mit Geröll. Und am Horizont, wo sich eigentlich die Waldhänge des Taunus erstrecken müssten, ragen kahle schroffe Felsmassive auf.

Iris, die ebenso verwirrt um sich starrt wie Martin, spricht den Jungen an: »Könntest du bitte aufstehen? Um den Falken kümmern wir uns gleich. Sag uns lieber, wo wir sind.«

Der Junge hebt vorsichtig den Kopf. Als er sieht, dass der Falke verschwunden ist, erhebt er sich zögernd.

»Horus hat geruht, einen anderen Ort des Erscheinens zu wählen«, sagt er ernst, verbeugt sich noch einmal in die Richtung, in der eben noch der Falke schwebte, und wendet sich den beiden zu. »Wo ihr seid? Ihr steht, wie jedermann weiß, vor der größten Baustelle unseres geliebten Ägypten, vor dem großen Haus der Ewigkeit, das der ehrenwerte Hemiunu, Neffe seiner Majestät,

Wesir, Stellvertreter des Regenten, Siegelbewahrer des Königs von Oberägypten, Oberster Leiter des Königlichen Haushalts, Leiter aller Königlichen Ämter und Vorsteher aller Bauarbeiten, als letzte Ruhestätte baut für das Große Haus, den allmächtigen Pharao also, der da heißt Chuefui-Chnum –, er möge tausend Jahre leben.«

Bei diesen Worten weist der Junge mit ausgestrecktem Arm hinter das Zwillingspaar.

Iris und Martin drehen sich um und trauen ihren Augen nicht. Hinter ihnen ist eine Straße, die eben noch nicht da war. Sie erstreckt sich schnurgerade vom Ufer eines breiten Flusses in ihre Richtung, macht dann einen leichten Knick und läuft direkt auf einen gigantischen Stufenbau zu. Mehrere Rampen führen auf seine oberste Plattform. Auf ihnen ziehen Hunderte Männer an dicken Tauen, die um riesige Steinblöcke geschlungen sind. Andere drehen am Rand der Plattform hölzerne Kreuze, um noch größere Steinblöcke hochzuhieven. Trotz der weiten Entfernung hört man sie keuchen, dazu die lauten Rufe und Anweisungen der Aufseher. Im Hintergrund biegt ein geschlängelter Pfad von der Straße ab. Er führt zu einer Ansammlung kleiner hellbrauner Häuser mit flachen Dächern. Vor einigen sind Feuerstellen aus Steinen aufgebaut, bei denen Frauen knien und Teig kneten.

Am Fluss ist eine breite Anlegestelle zu sehen. Zwei Schiffe haben dort festgemacht, die gerade entladen werden. Martin erkennt große geflochtene Körbe und Tonkrüge, einige dickbauchig wie Fässer, andere lang und schlank.

Die Männer, die die Schiffe entladen, tragen genau wie die Bauarbeiter und der Junge vor ihnen eine Art Wickelrock, kurz und aus einem groben Stoff. Unter den dicken Schichten aus Staub, Teer und Schlammspritzern ist er weiß.

Der Main ist das nicht, denkt Martin verwundert, dafür ist er viel zu breit. Außerdem kann er Palmen erkennen, die die Ufer säumen. Ganz weit im Hintergrund schimmern weiße würfelförmige

Bauten, zwischen denen Hunderte kleiner Rauchsäulen aufsteigen, als wären dort unendlich viele Grillplätze.

Martin schaut die Schiffe genauer an. Es sind riesige Ruderboote, die am vorderen und hinteren Ende in weiten Bögen hoch aus dem Wasser ragen. Die Form erinnert ihn an die Gondeln, die er einmal in Venedig gesehen hat. Nur sind diese Schiffe viel größer und gröber. Plötzlich fällt es ihm ein: Er kennt sie aus dem Fernsehen, aus einer Sendereihe über das Alte Ägypten, die er vor kurzem gemeinsam mit Iris angeschaut hat. Die merkwürdigen Bauten der alten Ägypter, ihre sonderbaren tierköpfigen Götter und ihre Pharaonen, die wie Götter regierten, hatten ihn wider Erwarten interessiert.

»Du, ich glaub, die drehen hier einen Historienfilm«, sagt Iris.

»Quatsch«, gibt Martin zurück, »siehst du irgendwo eine Kamera?«

Inzwischen trippelt der fremde Junge nervös von einem Fuß auf den anderen. »Was führt euch hierher?«, fragt er und deutet eine Verbeugung an. »Seid ihr die Kinder des Oberaufsehers und habt einen Ausflug gemacht? Oder gehört ihr zum Hofstaat des Pharao, er möge tausend Jahre leben, der in diesen Tagen die Baustelle besuchen will?«

Er mustert ihre Flipflops, dann die T-Shirts und Shorts. »Ist das gerade Mode bei Hofe?«, fragt er und grient unbewusst. »Oder gehört ihr zu einer der ausländischen Gesandtschaften, die seit Wochen hierherkommen, um an den Feiern zum Thronjubiläum teilzunehmen? Natürlich, das wird es sein: Fremde Länder, fremde Sitten. Aber dass Männer und Frauen – na ja, Jungen und Mädchen – gleich gekleidet gehen, das habe ich noch niemals gesehen.«

»Genau«, sagt Martin und blinzelt Iris zu, »du hast recht, wir sind ... Reisende.«

»Und wer bist du?«, fragt Iris.

»Ich heiße Huja und habe seit zwei Jahren die Ehre, am Grabmonument Seiner Majestät mitarbeiten zu dürfen. Als Lehrling, versteht sich. Zuerst haben sie mich als Wasserträger arbeiten lassen, drüben bei den Steinbrüchen.« Er deutet auf die Berge im Hintergrund.

»Dort habe ich die Holzkeile anfeuchten müssen.«

»Holzkeile?«, fragt Martin, »wofür sind die denn?«

»Erst schlagen die Steinbrecher Spalten in den Fels«, antwortet der Junge, »dann werden Holzkeile in die Ritzen gedrückt. Wenn sie durchgefeuchtet sind und zu quellen beginnen, sprengen sie den härtesten Stein. Später wurde ich den Seilziehern zugeteilt. Die Seile, mit denen man die Steine transportiert, müssen nämlich auch nass sein, sonst laufen sie heiß und reißen. Schließlich wiegt jeder Brocken mehrere Tonnen. Sobald ich größer und kräftiger bin, werde ich auch Steine meißeln und versetzen können. Dann bin ich ein richtiger Maurer, und vielleicht werde ich irgendwann an die Tempelbaustellen geschickt oder zu den Bauarbeitern, die den Palast Seiner Majestät, er möge tausend Jahre leben, instand halten.«

»Warum sagst du eigentlich immer wieder ›er möge tausend Jahre leben‹, obwohl du doch ein Grab für euren Pharao baust? Also wird er ja wohl irgendwann sterben?«, fragt Martin.

Der Junge zuckt zusammen.

»Ihr müsst wirklich Fremdlinge sein. Jedes Kind in Ägypten weiß, dass Pharao ewig lebt. Habt ihr nicht eben den Horusfalken gesehen, den Gottessohn, dessen irdisches Ebenbild Pharao ist? Horus erscheint täglich am Horizont, sobald die Sonne aufgeht. Mit dieser ewigen Wiederkehr garantiert er unserem Herrscher ewiges Leben.«

Erneut schaut Huja die Zwillinge an. Um seinen Mund spielt nun ein leichtes, unwissentlich herablassendes Lächeln: »Ihr könnt nur von sehr weit herkommen, wenn ihr das nicht wisst. Ägypten ist eine Weltmacht. Deshalb kennt man auch in weit entfernten Ländern unsere Sitten und Bräuche.«

In die letzten Worte des Jungen fährt ein durchdringender Ton. Alle drei schauen hinüber zur Plattform. Dort steht ein Trompeter. Noch einmal setzt er sein Instrument an, wieder schallt die Trompete über das weite Gelände.

»Endlich«, ruft Huja. »Ich muss rüber zur Essensausgabe. Vorhin sind die beiden Proviantschiffe angekommen. Wartet ihr auf mich? Wenn ich mich beeile, können wir für den Rest meiner Pause weiterreden. So, wenn der Ausdruck gestattet ist, komische Vögel wie euch trifft man nicht jeden Tag.«

»Sag mal, was ist das eigentlich?«, fragt Iris unbehaglich, als Huja außer Hörweite ist.

»Wenn es nicht so dämlich klingen würde«, sagt Martin, »würde ich sagen, wir sind auf einer Zeitreise und stehen mitten im Alten Ägypten vor der Cheops-Pyramide.«

»Womit du voll und ganz recht hast, mein Junge«, tönt eine krächzende Stimme.

Überrascht blicken die beiden zur Seite. Neben ihnen steht ein Vogel, der ihnen bis zur Hüfte reicht. Sein Leib wirkt mit plustrigen weißen Federn so aufgebläht wie ein langgezogener Luftballon. Dick liegen die Flügel darüber, nach hinten etwas aufwärts gebogen und mit schwarzen Enden. Auch die spindeldürren Beine sind schwarz, die Kniegelenke gleichen dicken Knoten und sind nach innen statt nach außen geknickt.

Aus dem Leib des Vogels ragt ein S-förmig geschwungener langer Hals. Auf ihm sitzt ein kleiner schwarzer Kugelkopf mit einem langen, nach unten gebogenen schwarzen Schnabel. Nur die weiße Iris der Augen sticht von dem düsteren Äußeren ab.

Der Vogel schaut Iris und Martin durchdringend an, wobei er den Kopf etwas schräg hält.

»Gestatten, dass ich mich vorstelle: Ich bin ein Ibis, kein komischer Vogel, sondern ein Schreitvogel, lateinisch: Threskiornis aethiopicus. Genauer gesagt: ich bin d e r Ibis, den Ägyptern heilig.« Er kichert ein wenig. Es klingt heiser wie bei einem alten Mann. »Ja, eigentlich bin ich ein Gott. Der Gott der Wanderer, der Träume, der Heilkunst – und des Schreibens. Ich habe die Hieroglyphen erfunden. Und weil Wissen nur dauerhaft und für alle verfügbar ist, wenn man es aufschreibt, bin ich«, jetzt räuspert er sich bedeutungsvoll, »allwissend. Ihr könnt Thot zu mir sagen, so nennen mich die Ägypter, wenn sie mich als Gott verehren.«

Ziemlich eingebildet für so ein staksiges Vogelding, denkt Martin. Aber andrerseits, wenn er die Schrift erfunden hat …

»Vorsicht, mein Lieber«, sagt Thot spitz, »ich kann Gedanken lesen.« Er schließt einen Moment die stechenden Augen. »Doch weil ich gerade guter Stimmung bin«, fährt er fort und schaut Martin nun wieder prüfend an, »will ich dir eine Kostprobe meines Wissens geben.«

Er plustert sich auf und beginnt: »Ihr kommt aus … Germanien. Nein, einen Moment, ich muss zweitausend Jahre weiter in die Zukunft rechnen. Ihr kommt aus Deutschland, aus Frankfurt am Main, kurz nach der Wende ins, wie ihr sagt, dritte Jahrtausend.«

»Ja, stimmt«, stottern die beiden.

»Aber momentan«, fährt Thot fort, dessen Stimme inzwischen freier und nicht mehr so staubig trocken klingt, »befindet ihr euch im Jahre 2620 vor Christi Geburt. In Ägypten, wie ihr schon bemerkt habt. Drüben am Nil erhebt sich die Stadt Memphis, derzeit ägyptische Hauptstadt. Das Dorf dort hinten ist für die Maurer und Steinträger errichtet worden. Und vor euch steht die Cheops-Pyramide beziehungsweise das, was bisher von ihr gebaut worden ist.

Am Ende wird sie fast 150 Meter hoch sein. Bis zur Spitze wird sie etwa 5 Millionen Steinblöcke enthalten, von denen jeder rund 2,5 Tonnen wiegt. 210 Steinlagen insgesamt wird man aufeinandergetürmt haben, und die Stufen, die ihr jetzt noch seht, werden unter einem glatten Steinmantel verborgen sein.«

»Wie können solche Massen im Wüstensand stehen, ohne einzusinken?«, fragt Martin verwundert.

Die Cheops-Pyramide, davor der Horustempel von Edfu und daneben der Tempel von Abu Simbel.

»Sie ruhen auf einem künstlich geglätteten Kalksteinplateau«, sagt Thot. »Die Steinblöcke der Pyramide sind auch aus Kalkstein, deshalb glitzern sie so. Die Grundform, zu der man sie zusammensetzt, besteht aus vier gleichseitigen Dreiecken über einem Quadrat. Aber das seht ihr ja selbst, da ihr, wie ich weiß, in Geometrie unterrichtet werdet.

Wie die Baumeister Alt-Ägyptens allerdings derart exakt bauen konnten, dass die Grundlinien trotz ihrer gigantischen Ausdehnungen am Ende nur wenige Zentimeter voneinander abwichen, darüber grübeln selbst noch in eurer fast alles wissenden Zeit die Architekten. Sie werden es nie herausbekommen! So wenig wie schon die Völker der Antike. Deshalb feierten sie diesen Koloss als Weltwunder. Und ein Wunder ist er im Grunde ja auch … zu dem ich mit der Erfindung der Schrift den eigentlichen Grundstein gelegt habe.«

Angeber, denkt Iris, der das Tempo und die Selbstgefälligkeit, mit denen Thot seine Informationen herunterrattert, auf die Nerven geht. Außerdem gefällt ihr das ungelenke Gestakse des Vogels nicht. Sogar Störche bewegen sich eleganter, denkt sie.

»Na schön«, sagt Thot und wendet ihr seinen Kopf zu, »wenn dir mein Äußeres nicht zusagt, nehme ich eben meine Göttergestalt an.«

Die Luft vibriert – und vor ihnen steht ein muskulöser Mann mit einem breiten bunten Schulterkragen aus Edelsteinen und einer Art weißem knielangem Hosenrock. An den nackten Füßen trägt er goldene Sandalen.

Wie unsere Flipflops, denkt Iris, nur tausendmal teurer und garantiert höllisch unbequem.

Als sie dem Mann ins Gesicht schaut, zuckt sie zurück: Zwischen den unzähligen, bis auf die Schultern reichenden schwarzen Zöpfen einer breiten Perücke schaut sie weiterhin das Gesicht des Ibis an. Nur scheinen die Vogelaugen jetzt ebenso geschminkt wie die des Jungen.

»Martin, das wird mir zu unheimlich. Lass uns abhauen«, flüstert Iris.

»Abhauen? Wohin denn? Ich find's eigentlich ziemlich cool, mitten im alten Ägypten zu stehn. Und außerdem haben wir Hajo noch nicht zurück. Wir sollten ...«

»Euer Hajo«, fällt Thot Martin ins Wort, »heißt hier Horus. Und er wird wie ich als Gott verehrt. Mehr als ich, nebenbei bemerkt, was eigentlich ziemlich dumm ist. Denn mir verdankt Ägypten schließlich all sein Wissen und damit seine Macht. Aber egal«, fährt er achselzuckend fort, »des Menschen Wille ist sein Himmelreich.«

Des Menschen Wille ist sein Himmelreich. Fremde Länder, fremde Sitten. Die lieben hier Sprüche, und wenn sie noch so abgelutscht sind, denkt Martin.

»Hier in Alt-Ägypten«, sagt Thot, und Martin fällt ein, dass dieser Vogelmenschgott ja Gedanken lesen kann, »liebt man feste Regeln und fürchtet jede Veränderung. Merksprüche helfen dabei, dass alles so bleibt, wie es ist. Zumindest bilden sich die Ägypter das ein.

Wie auch immer, euer Hajo heißt hier also Horus und gilt als der Sohn von Isis und Osiris. Osiris, der Totengott, lebte zunächst in der Oberwelt und war König von Ober- und Unterägypten. Er liebte die Menschen und wollte nur Gutes für sie. Aber sein Bruder Seth, durch und durch böse, hasste Osiris. Er lauerte ihm auf und erschlug ihn. Isis aber, die Göttin der Fruchtbarkeit, belebte den Toten wieder. Sie heirateten und zeugten ihren Sohn Horus.

Der regierte gleichfalls zunächst als König der Oberwelt. Dann wurde auch er göttlich und stieg zum Beschützer der Pharaonen auf. Wo sie sind, ist auch er. Und wenn sie sterben, so glauben es die Ägypter, werden sie zu Horus und fliegen direkt in die Ewigkeit.«

»Jetzt verstehe ich, weshalb Huja vorhin von der Unsterblichkeit der Pharaonen gesprochen hat«, sagt Martin zu Iris.

»Der Pharao und Horus«, mischt Thot sich sofort wieder ein, »gelten den Ägyptern als gegenseitige Spiegelbilder. So, wie Pharao das Böse auf Erden bekämpft, kämpft in der göttlichen Sphäre Horus immer wieder mit der Bosheit Seths. Einmal wäre das beinah schiefgegangen. Seth riss ihm im Kampf ein Auge aus. Ich habe ihn in letzter Sekunde gerettet und sein Auge geheilt. Deshalb tragen viele Ägypter ein Horusauge als Amulett. Es soll vor Krankheiten schützen und seine Träger so hellsichtig wie Horus machen. An mich, der ich doch auch der Gott der Heilkunst bin, denkt dabei kaum jemand«, beendet er kopfschüttelnd seinen Monolog.

Der Kerl platzt fast vor Eitelkeit, denkt Martin.

»Hüte deine Gedanken, Bürschchen«, faucht Thot ihn an.

Dann aber schüttelt er die Schultern und scharrt mit den Füßen, als wären sie noch Vogelkrallen.

»Das kommt zwar ungelegen, aber ich habe Hunger«, sagt er.

Seine Beine werden immer dünner und schwärzer. Aus seinem Brustkorb und seinem Bauch wachsen Federn, und seine ausgebreiteten Arme werden zu Flügeln.

»Ich muss hinunter zum Nil und mir ein paar Frösche fangen. Da hinten kommt euer neuer Freund. Unterhaltet euch vorläufig mit dem.«

Iris fasst nach Martins Hand. »Lass uns gehen!«, drängt sie ihn, »jetzt ist die beste Gelegenheit.«

Doch da steht Huja schon vor ihnen. In den Händen hält er einen halben Rettich, den Rest einer Lauchstange und einen runden Tonbecher, über den er einen groben Lappen gelegt hat. Aus ihm ragt ein dicker Strohhalm.

Martin schluckt trocken. Erst jetzt merkt er, dass er brennenden Durst hat.

»Entschuldigt«, sagt Huja und kaut mit vollen Backen. »Ich hatte heute keine Morgenmahlzeit, weil das Proviantschiff sich verspätet hat.«

Er nimmt den Lappen vom Becher und saugt am Strohhalm. Iris schaut angewidert auf vollgesogene Körner, die in einer dickflüssigen, gelben und leicht schäumenden Brühe schwimmen. Aber auch ihr klebt beim Anblick des trinkenden Huja die Zunge am Gaumen. Ich würde sogar diese eklige Pampe trinken, wenn Huja mir etwas davon anbietet, denkt sie.

»Wenn's weiter nichts ist«, hört Iris gleich darauf Thot hinter sich sagen.

Er steht nun wieder als Mann mit Vogelkopf vor ihnen. Was zwischen den beiden Hälften seines Schnabels zappelnd heraushängt, will Iris lieber nicht wissen. Thot schluckt noch einmal kräftig, dann winkt er einen der Träger herbei, die hinter ihnen Körbe zum Arbeiterdorf schleppen. Als der Mann näher kommt, sieht er Thots Ibiskopf und wird bleich. Er sinkt in die Knie und drückt stumm zitternd seine Stirn in den Staub. Sein Kopf ist kahl geschoren, der Schädel glänzt von Schweiß.

»Schon gut«, sagt Thot nachlässig. »Ich sehe, dass du ein treuer Diener der Götter bist. Gib diesen beiden Fremdlingen je einen Becher Bier!«

Der Mann greift, schielend vor Furcht, in seinen Korb und holt einen mit Wachs versiegelten Tonkrug und einen Stapel Becher hervor. Er nimmt die beiden obersten und füllt sie. Dann fügt er zwei Strohhalme dazu, die er aus einem dicken Bündel gezogen hat, und reicht den Zwillingen das Getränk mit bebenden Armen.

»Herrje, du verschüttest ja die Hälfte«, sagt Thot. »Du kannst gehen.«

Der Mann schiebt sich auf den Knien rückwärts und zerrt den Korb mit sich, aus dem der geöffnete Krug ragt. Erst als er ein Stück von ihnen entfernt ist, steht er auf, verbeugt sich noch einmal in Richtung Thot und rennt dann zum Arbeiterdorf. Er hinterlässt eine breite Bierspur.

»Trinkt, das wird euch erfrischen«, sagt Thot zu den Zwillingen, die mit den Bechern in den Händen verwundert hinter dem Mann herschauen.

Huja, der die Szene wortlos beobachtet hat, beißt sich auf die Lippen.

»Wer seid Ihr, Herr?«, fragt er Thot mit zitternder Stimme. »Ein Priester mit der Maske des Gottes Thot? Oder …?«

»Na, na, nun fall du nicht auch noch auf die Knie, mein Junge«, sagt Thot. »Ja, ich bin, was du vermutest: der Gott des Wissens und der Heilkunst, der Träume und der Reisenden. Lass die Förmlichkeiten. Wir haben nicht viel Zeit, und den beiden Fremdlingen muss noch viel erklärt werden.«

Hat ihn keiner drum gebeten, denkt Martin. Meint er, er kann mit uns machen, was er will?

»Darüber reden wir später«, sagt Thot prompt. »Euren freien Willen kann euch niemand nehmen, selbst ich nicht … Trinkt erst einmal, sonst klappt ihr mir noch zusammen wie der Lastenträger und dieser Zitteraal hier, aber unfreiwillig.«

Iris und Martin überwinden ihren Widerwillen und nehmen die Strohhalme zwischen die Lippen. So kommt nur Flüssigkeit in den Mund, die Körner – Gerste, aus der auch heute noch Bier gebraut wird – bleiben im Becher zurück. Es schmeckt fremd, aber doch unerwartet gut und süß. Vom Alkohol bemerken sie kaum etwas, nur ein leichtes Prickeln hinten im Rachen.

»Nicht zu schnell trinken«, sagt Thot, »ihr seid Alkohol nicht gewohnt und könntet im Nu betrunken werden, zumal diesem Bier Honig beigemischt ist.«

»Wir Lehrjungen«, sagt Huja, »trinken Bier, sobald wir zu arbeiten beginnen. Wein gibt es auch, aber den bekommen nur die Aufseher. Und den wirklich guten behalten die Reichen für sich. Natürlich wird auch viel Wasser bei uns getrunken; Nilwasser meist. Aber die Heiler, die man allen Pyramidenbauern zugeteilt hat, sagen, Bier und überhaupt alle gegorenen Getränke seien besser für uns. Wir würden dann seltener krank.

Dasselbe sagen sie vom Rettich und vom Lauch. Er kommt mir manchmal zu den Ohren raus, aber einige von uns, die ihre Rationen heimlich bei den Bauern in den Uferdörfern gegen süße Datteln getauscht und dann Nilwasser gegen den Durst getrunken haben, wurden tatsächlich ziemlich krank, mit Fieber und Durchfall.«

»Rettich«, sagt Thot, der sich unvermittelt zurück in einen Ibis verwandelt hat und dadurch wieder wie ein hochnäsiger alter Lehrer aussieht, »hat wie Lauch auch eine leicht antibiotische Wirkung.«

Huja, der sich gerade an den Umgang mit Thot gewöhnt zu haben schien, wird blass, als er die Verwandlung bemerkt. Fluchtbereit tritt er einen Schritt zurück.

Thot schaut erst verdutzt auf ihn, dann an sich hinunter. »Kein Grund zur Panik, ich bin heute etwas zerstreut«, sagt er und nimmt wieder Menschengestalt an.

»Meine sterblichen ägyptischen Kollegen«, fährt er nach einem letzten Seitenblick auf Huja fort, »wissen zwar nichts von Antibiotika. Aber sie beobachten sehr genau die vorbeugenden oder heilenden Kräfte von Speisen und Pflanzen. Sogar die Augenschminke der Ägypter, über die ihr euch so wundert, hat damit zu tun. Denn ihr Grundstoff ist Nilschlamm. Wenn er auf die Lider aufgetragen wird, härtet er und verhindert, dass die winzigen Nilfliegen ihre Eier ablegen können, die schlimme eitrige Entzündungen verursachen. Inzwischen finden Frauen wie Männer diese Schminke sehr vorteilhaft, weil die Augen dadurch größer und strahlender wirken. Aber eigentlich ist sie Gesundheitsvorsorge.«

»Ich habe im Fernsehen von der hervorragenden Medizin im Alten Ägypten gehört. Soweit ich mich erinnere, war aber auch viel Hokuspokus dabei.«

Bei dem Wort Fernsehen wirkt Thot einen Moment irritiert, scheint dann aber zu wissen, worum es geht. Als Martin von Hokuspokus spricht, lächelt er amüsiert.

»Du meinst die stundenlangen Zauberformeln und Beschwörungen, die unsere Ärzte rezitieren, wenn sie ihre Patienten behandeln. Oder auch die sonderbaren Zutaten wie Mäusedreck oder geraspelte Stierhufe, die sie ihren Tränken und Salben beimischen. Aber seid nicht gar zu stolz auf den Stand eurer modernen Medizin, ihr zwei. Denn die Vorfahren eurer Ärzte werden im Mittelalter und teilweise bis in die Neuzeit genauso viel Hokuspokus betreiben. Zum Beispiel werden sie Mumia als Wundermedizin verabreichen. Das sind zu Pulver zerriebene Teile von ägyptischen Mumien. Was doch mindestens genauso eklig und sinnlos ist wie getrockneter Mäusedreck.«

Martin, der inzwischen an einem Rettich kaut, den Huja ihm in die Hand gedrückt hat, will jetzt auch ein bisschen angeben.

»Ob Mumia oder Mäusedreck, es geht um den Placebo-Effekt. Glaube versetzt Berge – hast du vorhin ja selbst gesagt.«

»Und er *schafft* Berge«, antwortet ihm Thot, während er dorthin zeigt, wo sich der Pyramidenstumpf ausbreitete, den sie lange nicht mehr beachtet haben. Jetzt steht da eine glitzernde vollendete Pyramide.

»Hab ich nicht gesagt, du sollst nicht dauernd vor Staunen oder Schreck umfallen?«, sagt Thot und zieht Huja, der sofort wieder in die Knie gegangen ist, mit einer schnellen Bewegung auf die Beine. »Und mach den Mund zu, sonst verwechsle ich dich noch mit einem Ibisküken und stopf dir Froschschenkel in den Hals.«

Sofort presst Huja die Lippen zusammen.

»Aber, aber … vorhin war hier doch noch unsere Baustelle«, sagt er nach einigen Schrecksekunden. »Wo sind meine Kameraden, die Vorarbeiter, der Aufseher?«

»Was erwartest du, wenn du dich in Gesellschaft eines Gottes befindest?«, raunzt Thot. »Ihr«, sagt er freundlicher zu Iris und Martin, »sollt schließlich nicht umsonst die Strapazen einer Zeitreise auf euch genommen haben. Kommt!«

Sofort beginnt die Welt sich zu drehen wie in einem Jahrmarkts-

Rotor. Dann ein leises Zischen – und ringsum ist dichtes Schwarz. Nicht der leiseste Lichtschein ist zu sehen. Die Schwärze scheint auch jeden Ton aufzusaugen. Hujas entsetztes »Ihr Götter, was ist das?« klingt schon wie von weit her, danach herrscht Stille.

Gerade als Iris überlegt, ob sie um Hilfe schreien soll, durchbricht Thots Stimme die Tonlosigkeit: »Keine Panik, wir sind am Ziel!« Iris fühlt sich wie ein Taucher, der die Wasseroberfläche durchstößt.

Thots Worte hallen nach. Warum, sieht man, als der Gott gleich darauf die Wände eines fensterlosen leeren Gangs aufleuchten lässt. Erst hält Martin sie für Gold. Dann erkennt er, dass sie aus demselben glitzernden Kalkstein bestehen, den sie auf der Baustelle gesehen haben. Sie sind also im Inneren der Pyramide.

Huja, eben noch ein zitterndes Bündel Elend, vergisst seine Furcht. Bewundernd streicht er über die glatten Flächen. »Phantastische Arbeit«, murmelt er, »so gut will ich später auch mauern können.«

»Die Außenhülle«, sagt Thot, »ist noch raffinierter. Sie ist so glatt poliert, dass sie sich wie feinstes königliches Leinen anfühlt. Und die Fugen zwischen ihren Steinplatten sind so exakt, dass höchstens die dünne Klinge eines Rasiermessers dazwischenpasst.

Wir stehen im ersten Aufgang«, sagt er dann zu Iris und Martin gewandt. »Das von außen unkenntliche Eingangstor hinter uns befindet sich in der neunzehnten Steinschicht, 16,80 Meter über dem Erdboden. Der Gang, durch den wir uns bewegen, führt 104 Meter in die Tiefe, erst 34 Meter durch Mauerwerk, dann 70 Meter durch gewachsenen Fels. Nach 19 Metern waagerechtem Verlauf öffnet sich eine Felsenkammer. Sie dient, wie der Gang, nur zur Entlastung der inneren Steinmassen – und zur Irreführung von Grabräubern.«

Grabräuber? Martin stutzt. Dann fällt ihm ein, dass den Pharaonen Schätze mit ins Grab gegeben wurden. Alle wurden im Lauf der Jahrhunderte gestohlen. Nur das Grab des Kindpharao Tutanchamun, so erinnert er sich an die Fernsehsendung, wurde 1922 unversehrt aufgefunden.

»Den wirklichen Gang zur Grabkammer haben wir jetzt erreicht«, sagt Thot nach einer Weile und winkt Huja, der zurückgeblieben ist, weil er immer wieder die Wände befühlt. Alle vier beginnen bald angestrengter zu atmen, denn der Gang führt steil bergauf. Als sie einen Moment stehen bleiben, um Luft zu holen, bemerkt Martin die Abzweigung eines weiteren Gangs. Er zeigt sie den anderen. Sie schauen hinein und erkennen weit hinten eine Nische mit einer Götterfigur.

»Ein Gott?«, fragt Huja schwitzend. Der Anblick der Statue, die im Dämmerlicht seltsam lebendig wirkt, hat seine Panik wieder-kehren lassen. Er schaut sich um: »Wir dürften hier nicht sein. Der Gott wird uns strafen, wenn er auf uns aufmerksam wird!«

»Falls du es vergessen haben solltest«, sagt Thot pikiert, »auch ich bin ein Gott. Lass das Gejammere. Gleich wirst du das größte Wunder der Pyramide sehen.«

Warum schnauzt er Huja unentwegt an?, denkt Iris. Er stellt doch seine ganze Welt auf den Kopf und lässt ihn dauernd Gesetze über-treten. Andere Jungen würden vor Angst den Verstand verlieren.

»Schon gut«, sagt Thot, als hätte Iris ihre Gedanken laut aus-gesprochen. »Aber diese ewigen Kniefälle und Stoßseufzer halten uns zu sehr auf. Ich kann zwar über Raum und Zeit verfügen, aber meine Kräfte sind momentan … ähem … ein wenig eingerostet … Könnte sein, dass ihr mir entgleitet.«

Was meint er nun wieder damit?, denkt Iris, fragt aber nicht nach. Auch Thot lässt die Sache auf sich beruhen. Huja, der aufmerksam zugehört hat, geht jetzt direkt neben ihr.

»Die Götter werden leicht ungeduldig mit uns Menschen«, sagt er. Dann bleibt er stehen und schaut auf ihre Beine: »Du humpelst ja.«

»Ich habe mir eine Blase am linken Fuß gelaufen«, antwortet Iris, »der Zehenriemen ist gerissen.«

Huja zieht ein paar Strohsandalen aus dem breiten Leinengürtel, der seinen Schurz auf den Hüften hält.

»Nimm die«, sagt er, »ich habe immer ein Paar als Ersatz dabei.«

»Oh, danke«, sagt Iris überrascht, streift schnell die Sandalen über und lächelt Huja zu.

Sie stehen jetzt vor einem mächtigen Portal, seine Seiten verjüngen sich nach oben wie ein Trapez. Dahinter öffnet sich ein riesiger hoher Gang mit leicht nach innen geneigten Wänden. Waagerechte Vorsprünge in regelmäßigen Abständen zeigen sieben Lagen von Steinblöcken. Oben reihen sich Steinbalken als flache Decke aneinander.

»Ihr seid«, sagt Thot, »in der Großen Galerie, wie dieser Gang später heißen wird.«

Die Schritte der vier erzeugen Echos, während sie die Galerie durchlaufen. Dann treten sie in einen kleinen Gang. Dort müssen sie auf drei Fallsteine achten, die, wie ihnen Thot erklärt, Grabräuber abhalten sollen. Endlich haben sie die Grabkammer erreicht.

Iris und Martin schließen geblendet die Augen. Huja sieht sowieso nichts, denn seit sie den Raum betreten haben und sein Blick als Erstes auf eine schwarze menschengestaltige Holzfigur mit Hundekopf gefallen ist, starrt er, der sich eben noch tapfer zusammengerissen hat, mit klappernden Zähnen ins Leere.

Den Geschwistern ist zwar auch mulmig zumute, aber sie schauen sich um. Überall stehen Möbel – hölzerne vergoldete Sessel, Fußschemel und Beistelltische –, dazwischen Vasen aus durchscheinendem weißem Alabaster, kleinere hölzerne Kisten, die wie winzige Häuser mit pultartig schrägen Flachdächern aussehen und mit Hieroglyphen übersät sind. Alles ist sorgfältig gestapelt und geordnet. Ein großer Teil der Gegenstände liegt auf riesigen hölzernen Betten, deren Rahmen wie stehende Tiere geschnitzt sind; Nilpferde, Leoparden, Kühe. Auch Waffen sind zu sehen, Speere, Schwerter, Dolche, besetzt mit Edelsteinen.

Die mannsgroße Holzfigur, die Huja so erschreckt hat, scheint, bewaffnet mit einem langen gebogenen Goldstab, den gesamten Raum mit Blicken zu kontrollieren.

»Das ist Anubis, der schakalköpfige Totenwächter«, sagt Thot. Bei dem Wort Anubis stöhnt Huja leise auf.

Iris, die einige Schritte zur Seite gegangen ist, reibt sich verwundert die Augen: Alle Schätze wirken durchsichtig, wie aus bunter Luft gemacht. So kann sie auch erkennen, was in den Kisten und Truhen ist. Sie sieht kleine goldene Götterstatuen, Armreifen, Halsketten, Gewänder, Sandalen, Schreibgriffel, Kissen und Rasiermesser.

Ihr Blick fällt auf eine riesige goldüberzogene Truhe, die ungefähr so hoch und breit wie die Garage am Haus ihrer Eltern ist und eine zweiflügelige Tür mit Riegel hat. Durch die Wände schimmert ein Sarkophag aus glänzendem rotem Granit. In ihm, Iris hält die Luft an, liegt eine Gestalt.

Sie ist von Kopf bis Fuß in weiße schmale Binden gewickelt, die sich mit goldenen und lilafarbenen Bändern kreuzen. Das Unheimlichste aber ist ihr goldenes Gesicht. Es wird von einer breiten Haube mit blauen und goldenen Streifen gerahmt, auf der in Höhe der Stirn die Köpfe einer Kobra und eines Geiers befestigt sind. Die weit offenen Augen des Goldgesichts scheinen Iris drohend anzufunkeln.

Iris schlägt das Herz bis zum Hals. Doch dann merkt sie, dass sie auf eine Goldmaske schaut, die über die Schultern und den Kopf des bandagierten Körpers gestülpt ist.

Im nächsten Moment hat sie das Gefühl, den Boden unter den Füßen zu verlieren. Denn jetzt sieht sie nur noch den Sarkophag, auf dem der zerbrochene Deckel liegt. Die Kammer ist leer – und doch flirren in ihr die Umrisse der Schätze und der Mumie noch wie ein Hologramm.

»Fürchte dich nicht«, raunt Thot Iris zu. »Dein Wahrnehmungsvermögen ist außergewöhnlich scharf. Deshalb siehst du durch die

Zeiten hindurch und erkennst die Grabkammer des Pharao so, wie sie ursprünglich ausgesehen hat – und gleichzeitig im Zustand nach ihrer Plünderung.

Alle Pyramiden wurden Jahrhunderte nach der Bestattung der Pharaonen ausgeraubt«, sagt Thot mit trauriger Stimme.

»Besser, sie hätten keine Kostbarkeiten mit ins Grab genommen«, erwidert Iris, »dann hätte man sie in Ruhe gelassen.«

»Aber die Ägypter«, antwortet Thot, »glaubten, dass sie im Jenseits all das wieder brauchten, was sie im Diesseits schon benutzt hatten: Nahrung, Kleidung, Möbel, Schmuck. Den Pharaonen mit ihren Reichtümern wurde das zum Verhängnis.

Das Fehlen des persönlichen Besitzes«, setzt er hinzu, »glaubte man notfalls verschmerzen zu können. Das Schlimmste, was man sich vorstellen konnte, war, dass die Mumie beschädigt oder sogar vernichtet würde. Alle Ägypter waren überzeugt, dass das ewige Leben nur geführt werden könne, wenn die Seele in den unversehrten Körper des Toten zurückkehren kann.«

»Darum«, sagt Iris, »haben also die Pharaonen und viele Reiche sich später in versteckten und bewachten unterirdischen Räumen bestatten lassen.«

Iris tun plötzlich all diese Menschen leid, die sich so sehr und doch vergeblich an ein Leben im Jenseits geklammert hatten.

Unterdessen hat Huja seine Angst überwunden und begutachtet gemeinsam mit Martin die Wände der Grabkammer.

»Das ist alles hochglanzpolierter Rosengranit, der heilige Stein der Pharaonen. Nur sie und die Götter erhalten Statuen, die daraus gemeißelt sind«, sagt Huja.

»Eine Meisterleistung«, fügt er leise hinzu und streichelt den kühlen Stein, der an glatte, makellose Seide erinnert. »Nichts ist schwerer zu bearbeiten als Rosengranit.«

Thot tritt zu den beiden.

»Direkt über uns sind noch fünf weitere Kammern angeordnet, immer eine über der anderen, die letzte hat ein Spitzdach. Sie die-

nen dazu, die Tonnenlasten der Steine von der Grabkammer weg-
zuleiten.«

»Die Baumeister dieser Pyramide«, sagt Martin »müssen technisch
schon so weit gewesen sein wie die Architekten in meiner Welt.«

»In vielem ja«, anwortet ihm Thot. »Aber in Alt-Ägypten arbeitete man hauptsächlich mit Erfahrungswerten – und man pro-
bierte aus. Einige Pyramiden sind nie zu Ende geführt worden, weil
ihre Neigungswinkel zu steil waren und ihre Seiten noch während
der Bauarbeiten wegrutschten.«

Iris wird es erneut mulmig, als sie das hört. Wenn nur ein Quader
hier nachgibt, denkt sie, bricht alles zusammen. Ihr Magen ver-
krampft sich.

»Kommt«, sagt Thot im gleichen Augenblick und schaut sie wachsam an, »ich denke, ihr habt genug gesehen.« Kaum hat er das
gesagt, dreht sich die Welt erneut, und Dunkelheit schlägt über den
vieren zusammen.

Martin, der bei dem plötzlichen Gefühl, ins Nichts zu stürzen,
unter sich gegriffen hat, fühlt weichen, warmen Sand in seinen
Händen. Er öffnet die Augen, die er vor Schreck zugekniffen hat.
Die Dunkelheit ist nicht verschwunden, aber hat sich ein wenig
gelichtet. Sie befinden sich am Rand einer Düne. Um sie weht ein
leiser, kühlender Wind, über ihnen wölbt sich ein Nachthimmel,
an dem Sterne funkeln.

So hell und flimmernd habe ich die Sterne nur bei unserem Ausflug
ins Observatorium gesehen, denkt Martin.

»Das liegt daran, dass ihr in einer Zeit lebt, in der die Luft durch
Schadstoffe extrem vernebelt ist. Hier, in der alten Welt, ist sie noch
klar wie Kristall«, hört er Thot sagen. Der Ägypter liest wirklich
ihre Gedanken, als stecke er in ihren Köpfen.

Aber Martin achtet nicht mehr auf ihn. Gemeinsam mit Iris und
Huja, der diesmal ziemlich gefasst reagiert hat, geht er staunend
auf eine riesige steinerne Figur zu.

Sie hat einen Menschenkopf, der hoch über ihnen in die Ferne schaut. Der Hals geht in den Körper eines liegenden Löwen über, zwischen dessen gigantischen ausgestreckten Vorderläufen sie stehen. Der Kopf, so erkennen sie im Mondlicht, trägt dieselbe Haube wie die Mumienmaske des Pharao.

»Das ist der Pharao Chepren, Sohn des Cheops«, sagt Thot.

»Nee, das ist die Sphinx«, trumpft Martin auf, froh, dass er endlich etwas genauer weiß als dieser ewige Besserwisser.

Thot lächelt. »Das eine schließt das andere nicht aus. Chepren ließ sich nämlich als Sphinx darstellen und damit als unüberwindlicher Wächter seines Grabs. Die Löwengestalt ist Sinnbild seiner Wachsamkeit. Wie heißt es so schön: Jemand ist klug und stark wie ein Löwe. Deshalb gleicht die Königshaube einer Löwenmähne.«

Mitten in die friedliche Nacht tönt plötzlich ein Schrei von Iris.

»Martin, da ist Hajo.«

Jetzt sieht auch Martin den Falken zwischen den Pranken der Sphinx. Aber Hajo reagiert nicht, sondern starrt unbewegt in die nächtliche Wüste. Martin zögert. Das kann nicht Hajo sein. Dieser Falke ist viel zu groß – und er ist aus Stein, so wie der Altar vor ihm, auf dem glimmende Hölzer einen schweren, angenehmen Duft verströmen.

Freilich – in den Nachtschatten sieht es so aus, als würden die Augen des steinernen Falken sich bewegen. Martin bekommt eine Gänsehaut, allmählich wird es ihm doch zu viel mit dieser Zeitreise. Oder ist das alles nur ein Traum? Vielleicht ist er ja auch betrunken. Aber von geträumtem Bier?

»Das Nachtlicht täuscht«, sagt Thot und legt beruhigend die Hand auf Martins und Iris' Schulter. »Das ist eine Statue des Horus. Pharao Thutmosis IV. hat sie tausend Jahre nach Cheops in Auftrag gegeben.«

Kaum fällt der Name Horus, wirft sich Huja wieder einmal zu Boden. Er, der eben noch ganz unbefangen mit den Händen die

Konturen der Sphinx in die Luft gezeichnet hat, als würde er sie abmalen, murmelt nun wieder Gebete.

»Der Junge ist wirklich ein Nervenbündel«, sagt Thot halblaut und schüttelt den Kopf. »Andrerseits könnt ihr an ihm sehen, wie stark Religion und Magie das Leben der alten Ägypter bestimmt haben.«

»Thot, erzähl uns von Horus und Thutmosis«, sagt Iris und stellt sich schützend neben den knienden Huja.

Als der Junge sie hört, schaut er zu ihr hoch und steht dann verlegen wieder auf.

»Als Thutmosis noch ein Prinz war«, beginnt Thot, »jagte er eines Tages Gazellen bei den Pyramiden. Dort sah er den Kopf der Sphinx aus dem Sand ragen. Da er müde war, legte er sich in dessen Schatten und schlief ein. Da träumte er, dass die Sphinx zu ihm rede. Sie nannte ihn Sohn und versprach ihm, er würde Pharao werden. Dafür solle er ihren Körper vom Wüstensand befreien. Im ersten Jahr seiner Regierung ließ Thutmosis IV. die Sphinx freilegen und alle zerbrochenen Stellen ihres Körpers erneuern.«

»Deshalb hat der Löwenkörper überall Ziegelsteine«, sagt Iris.

»Das war von Anfang an so«, erwidert Thot »Nur der Kopf und der Brustkorb sind purer Fels, der Körper ist eine Mischung aus Felsen und Ziegeln. Aber auch damit ist die Sphinx eine technische Meisterleistung. Allein ihre Nase ist schon so groß wie ein erwachsener Mensch.«

»Galt die Sphinx im Altertum nicht auch als Weltwunder?«, fragt Martin, dem die Fernsehsendung wieder eingefallen ist.

»So ist es«, sagt Thot stolz. »Wie auch anders bei einer Statue von 73,5 Metern Länge und einer Kopfhöhe von 20 Metern? Der Sand bedrängt übrigens bis in eure Tage die Sphinx. Immer wieder, zuletzt im Jahr 2001, musste sie freigeschaufelt werden. Die scheußliche Bruchstelle an der Nase aber hat nichts mit Naturgewalten zu tun. Die hat ein Derwisch, der fanatisch den Islam predigte, im Jahr 1378 abgeschlagen, um zu verhindern, dass seine

Zeitgenossen Götzendienst, wie er es nannte, an der Sphinx vollzögen.«

»Aber warum steht Hajo, ich meine Horus, zwischen den Pranken der Sphinx?«, fragt Iris den Gott.

»Ja, genau«, sagt Huja mit fester Stimme. Er möchte nicht mehr als Angsthase vor Iris dastehen.

»Ach so«, sagt Thot, »der Falke. Er hatte Thutmosis zu der Sphinx geführt. In Erinnerung daran ließ Thutmosis die Skulptur und den Altar aufstellen. Aber jetzt will ich euch einen Tempel zeigen, der gänzlich dem Horus geweiht ist.«

Diesmal erschrecken Iris und Martin überhaupt nicht mehr, als sofort Dunkelheit eintritt. Auch Huja bleibt einigermaßen gelassen.

Gleich darauf stehen sie am Ufer des Nil, auf dessen Wellen das Licht des Vollmonds glitzert. Vor ihnen ragen zwei hohe, mit Reliefs bedeckte Wände in den Himmel. Sie werden nach oben hin schmaler, wo ein halbrund nach außen gebogenes Gesims sie abschließt. Dazwischen, ebenfalls nach oben schmaler werdend, öffnet sich ein breites Portal, über dem eine Sonnenscheibe eingemeißelt ist. Links und rechts von ihr blähen zwei Kobras ihre breiten Hälse. Die Reliefs zeigen schreitende Männer mit den Köpfen von Falken.

Auch seltsame Mischwesen, denkt Martin, aber immerhin sehen sie besser aus als Thot mit seinem spindeldürren Hals und dem Klapperschnabel.

Thot gibt ihm einen ziemlich festen Klaps: »Dafür wärst du im alten Ägypten als Gotteslästerer hart bestraft worden, du magerer Hering.«

Woher will der wissen, was ein Hering ist?, denkt Martin, konzentriert sich dann aber auf den Tempel, um Thot nicht noch mehr zu reizen.

»Wir sind in Edfu«, sagt Thot. »Der Tempel, den ihr hier seht, wurde im Jahr 237 vor Christus, also mehr als 2000 Jahre nach der Cheops-Pyramide, von Ptolemäus III. Evergete erbaut.

Falls euch der unägyptische Name wundert: Nach der Eroberung Ägyptens durch Alexander den Großen wurde Ägypten von makedonischen Griechen regiert, die aber alle ägyptischen Bräuche übernahmen. Der Gründer der Dynastie hieß Ptolemaios, ebenso viele seiner Nachfahren. Deshalb nennt man sie die Ptolemäer. Ihre Residenz verlegten sie in die Küstenstadt Alexandria, eine Gründung Alexanders des Großen.«

»Ägypten erobert?«, ruft Huja ungläubig aus. »Das kann nicht sein!«

»Es sind noch ganz andere und größere Reiche als das ägyptische zugrunde gegangen«, erwidert Thot. »Die Ptolemäer«, sagt er dann zu Iris und Martin, »deren letzte Königin übrigens Kleopatra war, von der ihr bestimmt gehört habt, mussten sich um die Zeitenwende den Römern geschlagen geben, deren Kaiser fortan als Pharaonen verehrt wurden.

Aber jetzt zum Tempel. Der, den ihr vor euch seht, sieht genauso aus wie sein Vorgänger. Den hatte Thutmosis III., der Vater des Sphinx-Erneuerers, 1460 vor Christus zu Ehren des Horus errichten lassen. Kommt ihr?«

Sie durchschreiten einen weiten Säulenhof.

»Jede Säule hier ist 33 Meter hoch, fast so hoch also wie die Tempelfassaden, die man Pylonen nennt«, doziert Thot.

Danach durchqueren sie drei weite Säulenhallen, bis sie endlich in einem fast quadratischen Saal ankommen, dem Allerheiligsten. Wie ein Haus im Haus steht hier eine Kapelle mit einem Altar, auf dem eine noch kleinere Kapelle postiert ist. Sie gleicht der, die um den Cheops-Sarkophag gebaut war. In ihr steht Horus.

Diesmal ist Iris sich ganz sicher, Hajo zu sehen. So lebendig kann keine Statue wirken. Dass dieser Falke ungefähr fünf Mal so groß ist wie ihrer, bemerkt sie in ihrer Freude nicht.

»Hajo, hier bist du also«, ruft sie und läuft mit ausgestreckten Armen auf den Altar zu. Sie stolpert und versucht sich an Huja festzuhalten.

»Stopp«, donnert Thot. In Sekundenbruchteilen verwandeln sich seine gereckten Arme in Flügel. Mit den Beinen, die nun wieder staksige Vogelform haben, stößt er sich vom Boden ab, fegt die Kinder mit sich und gleitet, zielstrebiger, als man es diesem wackligen Froschfänger zugetraut hätte, ins Nichts.

»Bei, bei … Isis und Osiris, bei Horus und bei … mir «, sagt Thot, als sich die Dunkelheit wieder lichtet, »das war knapp. Zu meinen Eigenschaften als Gott zählt zwar auch, dass ich Wegbegleiter für Menschen und Götter bin. Aber davon, dass ich so schnell reagieren und fliegen soll wie ein Falke, war nie die Rede. Ganz zu schweigen von eurem Gewicht.«

Der Tempel ist verschwunden. Stattdessen stehen sie wieder in einer Wüste, diesmal aber nahe am Ufer des Nils.

Ehe Martin fragen kann, warum Thot derart aufgeregt verhindert hat, dass Iris Huja berührt, zeigt der, jetzt wieder in Menschengestalt, auf eine Felswand, in der sich eine schwindelerregend hohe Fassade abzeichnet.

»Das ist der Tempel von Abu Simbel«, sagt er. »Ramses II. hat ihn 1260 vor Christus zu seinen Ehren und zu Ehren des Re-Harachte – das ist eine Verschmelzung von Horus und Re, einem weiteren Sonnengott – in den Berg meißeln lassen. Er und der kleinere Tempel daneben, den Ramses seiner Frau Nefertari weihte, stehen am westlichen Nilufer an Ägyptens Grenze zu Nubien.«

»Zu meiner Zeit«, flüstert Huja Iris zu, »sind Expeditionen nach Nubien noch ein gefährliches Abenteuer. Wenn das hier die Zukunft meines Heimatlands ist, lasse ich mir Zeitreisen gern gefallen.«

Thot schmunzelt. Dann erzählt er weiter: »Die Fassade und alle Innenräume hinter ihr sind direkt in den Felsen gemeißelt. Die vier Kolossalstatuen links und rechts vom Eingang, sämtlich 22 Meter hoch, zeigen Ramses. Die winzige Frau, die sich an seinen rechten Unterschenkel lehnt und gerade so groß ist wie das Schienbein des Pharao, ist seine Hauptgemahlin Nefertari.«

»Na super«, platzt es aus Iris heraus. »Wie ein Schoßhündchen. Und wieso Hauptgemahlin? Hatte er noch andere?«

»Alle Pharaonen hatten mehrere Gattinnen, viele sogar einen Harem«, sagt Thot ruhig. »Denke jetzt trotzdem nicht, Frauen seien im alten Ägypten nur Anhängsel der Männer gewesen. In Vielem waren sie das, was ihr in eurer Zeit gleichberechtigt nennt. Zum Zeichen dafür nannten die alten Ägypter, wenn dir das auch seltsam erscheinen mag, ihre Ehefrauen Schwester. Und die meisten Männer begnügten sich mit einer Frau.«

»Es gab ja sogar«, wirft Martin ein, »eine Pharaonin. Hatschepsut hieß sie, stimmt's?«

»Ja«, bestätigt Thot, »und sie hat einen der berühmtesten Tempel Ägyptens gebaut, den eure Architekten so sehr bewundern, dass sie ihn manchmal nachahmen, wenn sie Museen entwerfen. Hatschepsuts Bau war ihr Ruhmes- und Totentempel. Alle Pharaonen und ihre Frauen, bald auch alle Reichen Ägyptens, ließen sich Tempel neben ihren Gräbern bauen, in denen sie ihre Taten verewigten und ihr Andenken verehren ließen.«

Huja nickt eifrig.

»Von einer Hatschepsut habe ich zwar noch nie gehört. Aber dass sie einen Totentempel gebaut hat, ist doch selbstverständlich. Alle Reichen in Ägypten bauen Totentempel bei ihren Gräbern. Wenn ich je wieder nach Hause kommen sollte, werde ich mit ein bisschen Glück vielleicht beim Bau des Totentempels von Cheops eingesetzt. Reliefs meißeln, oder wenigstens Säulen, das ist bestimmt spannender als das unaufhörliche Quadersetzen an der Pyramide.«

»Dann müsstest du aber zu einem Bildhauer in die Lehre gehen oder zu einem besonders guten Steinmetzen, mein Junge«, bremst Thot Hujas Begeisterung.

»Tempel und Gräber«, sagt Iris. »Man könnte meinen, ihr Ägypter hättet nichts anderes zu tun als für Götter und für Tote zu bauen. Was ist mit Wohnhäusern? Und haben eure Pharaonen denn keine Paläste?«

»Selbstverständlich«, antwortet jetzt Huja, »sie sind genauso prächtig wie die Tempel.«

»Als Baumaterial werden allerdings Lehmziegel benutzt«, sagt Thot, »und die lösen sich mit der Zeit auf. Deshalb gibt es in eurer Zeit von den Städten und Palästen meist nur noch einige unansehnliche Grundmauern. Du kannst dir die Pharaonenpaläste und die Villen der Reichen wie eine Mischung aus den ägyptischen Tempeln und den flachgedeckten Sommerhäusern verstellen, die zu eurer Zeit auf Mallorca und in anderen Ferienparadiesen stehen. Das Wichtigste aller ägyptischen Häuser nämlich waren Innenhöfe und Dachterrassen. Dort gab es abends Abkühlung.

Im 20. Jahrhundert«, sagt Thot weiter, und geht auf den Tempel zu, »wird Abu Simbel übrigens 64 Meter höher und um 180 Meter landeinwärts von seinem ursprünglichen Standort entfernt stehen. Das moderne Ägypten wird 1960 einen Staudamm bauen, dessen Wasser die alten Uferregionen überfluten. Ingenieure aus aller Welt schneiden deshalb zwischen 1964 und 1968 die beiden Tempel in Scheiben und setzen sie unter einer Stahlbetonkuppel, auf die Sand und Geröll kommt, wieder zusammen.«

Iris und Martin erinnern sich, davon schon einmal gehört zu haben.

»Berge und Tempel versetzen«, sagt Huja ehrfürchtig, »können nur die Götter … Göttlicher Thot, würdet Ihr mir helfen? Ich möchte mir die Standbilder und Reliefs hier einprägen. Dann könnte ich sie später mit Kohle auf Scherben malen und meinem Aufseher zeigen. Vielleicht überzeugt ihn das, dass ich Talent zum Bildhauer habe.«

»Wir werden sehen«, sagt Thot unerwartet freundlich. »Jetzt aber bringe ich euch ins Allerheiligste.

Hier sind wir 60 Meter tief im Fels«, sagt Thot wenig später, als sie mehrere weite Hallen durchschritten haben und im Allerheiligsten angelangt sind. »Vor euch sitzen die Standbilder des vergöttlichten Ramses, daneben Ptah, der Schöpfergott und oberste aller Götter, dann Amun, der Sonnen- und Reichsgott, und dort der, der euch am meisten interessiert: Horus, der Falkenköpfige, Garant der ewigen Wiederkehr des Lichts und des Lebens.«

Eigentlich schauen nur Iris und Martin bewundernd auf die riesenhaften Statuen. Denn seit Thot mit der Aufzählung der Götter begonnen hat, liegt Huja auf den Knien; eine solche Götterversammlung ist zu viel für seinen Mut. Allerdings schielt er sehr oft nach oben, um sich die Figuren genauer anzusehen.

Der Blick eines Bildhauers, denkt Iris, der Hujas Wissensdurst und sein freundliches Wesen gefallen. Sobald er seine Angst vor den Göttern vergisst, ist er richtig nett. Süß, wie er mir vorhin seine Ersatzsandalen ohne viel Gerede gegeben hat. Wenn die Dinger nur nicht so kratzen würden. Ich laufe jetzt schon Stunden auf ihnen herum. Iris stutzt: Wie lange sausen wir eigentlich schon durch das Alte Ägypten?

»Das wirst du bald erfahren«, sagt Thot und lächelt sie an.

Wie schafft er das nur, trotz seines Krummschnabels zu lächeln, fragt sich Iris.

Aber Thot lächelt nur noch stärker.

»Ihr habt Glück«, sagt er nun. »Um Mitternacht hat laut eurem Kalender der 20. Oktober begonnen. Alljährlich an diesem Tag, sowie am 20. Februar, scheint das Licht der aufgehenden Sonne durch alle Hallen direkt in das Allerheiligste und auf die Statuen. Gleich müsste es so weit sein.«

Huja, der es endgültig leid ist, dauernd auf den Knien zu rutschen, richtet sich gerade auf, als tatsächlich ein Lichtstrahl von hinten durch den Tempel dringt. Die Götterfiguren leuchten auf. Über den Köpfen der Kinder rauscht es wie von Flügeln. Im selben Moment sehen sie einen Falken, der sich auf dem Kopf des Horus niederlässt. Er äugt nach Iris und Martin.

»Hajo« ruft Iris, »diesmal bist du's wirklich.« Vor Freude und Erleichterung umarmt sie Huja, der direkt neben ihr steht.

Das erschrockene »Nein« von Thot hört sie nur noch wie ein Echo.

Rings um sie ist schlagartig undurchdringliche Finsternis eingetreten. Ihr Kopf schmerzt, als wäre ein Fußball dagegengeknallt.
»Martin«, versucht Iris zu rufen. Aber sie hört ihre eigene Stimme nicht.

2. Der Turm zu Babylon
oder Wiedersehen mit Thot

»Autsch«, sagt Iris und fasst vorsichtig an ihre Stirn. Sie schaut erst auf ihre Hände – kein Blut –, dann zu dem Apfelbaum, an dessen niedrigsten Ast ihr Kopf geschlagen ist. Vor ihr kommt Martin auf die Beine. Er hält mit zusammengepressten Lippen den Ellenbogen seines rechten Arms fest.
»Hoffentlich hab ich mir nichts verstaucht«, sagt er. »Ich vermute, wir sind auf die Fallsteine einer Geheimkammer des Allerheiligsten getreten. Wusste gar nicht, dass die Ägypter sie auch in ihre Tempel eingebaut haben.«
»Ägypten? Allerheiligstes?«, fragt Iris.
Sie schaut sich um. Kein Abu Simbel. Da sind die Obstbäume und Wiesen des Lohrbergs, unten sieht sie Frankfurt.
»Eben war doch noch Oktober«, sagt sie verwirrt, »und jetzt ist es wieder so heiß wie in der Wüste«.
»Wüste?«, fragt Martin und guckt genauso irritiert. »Moment mal. Wir sind am Lohrberg, es ist August, es sind Sommerferien, und wir haben uns auf der Suche nach Hajo kurz verirrt. Alles andere war ein Traum.«
»Sagt dir der Name Thot etwas?«, fragt Iris. »Huja? Hast du nicht vorhin Bier getrunken und einen holzigen Rettich gekaut? Warst du nicht in der Cheops-Pyramide?«

»Doch, doch«, sagt Martin zögernd, »aber das müssen wir uns eingebildet haben.«

»Dieselben Einbildungen zur selben Zeit bei zwei verschiedenen Personen! Haargenau derselbe Traum? Das kommt nicht mal bei eineiigen Zwillingen vor.«

Während Iris noch redet, mustert Martin mit fassungsloser Miene ihre Füße.

Sie schaut auch nach unten – statt der Flipflops trägt sie spitz zulaufende Strohsandalen.

»Uhhh, ich krieg 'ne Gänsehaut«, sagt Martin, »komm, wir rennen erst mal nach Hause.«

»Also habt ihr Hajo nicht gefunden«, sagt ihre Mutter.

Die beiden schütteln niedergeschlagen die Köpfe.

»Ihr habt wohl bei der Suche die Zeit vergessen, es ist schon kurz vor acht. Lasst uns erst einmal zu Abend essen. Vielleicht habt ihr morgen mehr Glück.«

Iris und Martin schauen einander an. Sie sollen nur fünf Stunden unterwegs gewesen sein? Fünf Stunden, in denen sie Bauwerke aus zwei Jahrtausenden besucht, einen Gott und einen altägyptischen Jungen kennengelernt haben?

Schweigend verständigen sie sich darauf, ihrer Mutter nichts zu erzählen. Die wundert sich nur, dass Iris und Martin nach dem Abendessen nicht wie sonst noch am Fernseher oder vor ihren Powerplay-Stations hocken, sondern sofort in ihre Zimmer gehen.

»Gut, dass Mama nicht auf die Sandalen geachtet hat«, sagt Iris noch.

Martin nickt. »Lass uns morgen am Apfelbaum in Ruhe über alles reden. Gute Nacht, ich bin hundemüde«, sagt er und schlurft Richtung Bad.

Als Iris schon im Bett liegt, blättert sie noch kurz in einem Bildband ihrer Eltern. Es geht natürlich um Alt-Ägypten. Unter der

Fotografie eines goldenen Horuskopfes mit Federkrone liest sie, dass der Name des Falkengottes als »der Ferne« übersetzt wird. Passt, denkt sie, Hajo hat eigentlich nie so richtig zu uns gehört. Und jetzt ist er so weit weg, wie sein Name es sagt.

Ein paar Seiten weiter liest sie die Zeilen eines altägyptischen Textes, der lange nach der Zeit der Cheops-Pyramide geschrieben wurde: »Die Götter, die vordem waren und in ihren Pyramiden ruhten – ihre Stätten sind nicht mehr. Was hat man ihnen getan? Lass dein Herz nicht verzagen! Besorge deine Angelegenheiten auf Erden und quäle dein Herz nicht mit Fragen.«

Eben hat Iris sich noch traurig gefragt, wo Huja wohl ist und ob sie ihn je wiedersehen würde. Selbst den hochnäsigen Thot hat sie vermisst. Jetzt aber schläft sie beruhigt ein.

Am nächsten Morgen, als die Sonne schräg durch die Spalten der Jalousie scheint, fällt Martin, der gerade aufwacht, bei ihrem Anblick sofort Abu Simbel ein. Es wird wieder ein heißer Tag werden, und er wird, obwohl er allein bei der Vorstellung ein ängstliches Kribbeln im Magen spürt, mit Iris zum Apfelbaum gehen.

Nach dem Frühstück brechen die Zwillinge auf. Iris trägt Hujas Strohsandalen. Ihre Mutter hat sie nicht bemerkt. Als sie beim Apfelbaum sind, schauen sie um sich. Nichts weist darauf hin, dass sie gestern dort in die Vergangenheit versetzt wurden.

»Wahrscheinlich sind wir durch irgendeinen Zufall im Ordnungssystem des Universums aus der Gegenwart gefallen«, sagt Iris zögernd. »Papa hat doch mal von Theorien über Raumfahrten und Zeitschleifen erzählt. Danach könnten Astronauten 2 Jahre im All unterwegs sein, während auf der Erde 200 Jahre vergehen.«

»Wir haben aber in keinem Raumschiff gesessen«, sagt Martin, »sondern waren urplötzlich in einem früheren Zeitalter. Entrückt, würde mein Religionslehrer sagen.«

»Auf jeden Fall müssen wir zurück«, sagt Iris mit gerunzelter Stirn, »denn Hajo war zuletzt in Abu Simbel. ... Aber wie?«

»Hier ist es passiert. Hier könnte es doch wieder passieren«, sagt Martin. Er weiß nicht, was ihn mehr interessiert, die Suche nach dem Falken – oder die nach Huja und Thot.

Die Zwillinge warten. Aber nichts geschieht. Sie hören Insekten durch das Sommergras summen, ganz weit im Hintergrund braust unten in Frankfurt der Großstadtverkehr, über ihnen fliegen am wolkenlosen Sommerhimmel Flugzeuge in regelmäßigen Abständen zum Rhein-Main-Flughafen. Eines reflektiert die Sonne wie ein Blitz. Das Licht sticht den Zwillingen in die Augen. Sie blinzeln und sehen im selben Moment wieder den Schattenriss des fliegenden Falken. Totenstill ist es.

Wie gestern, denkt Martin und hält die Luft an. Aber diesmal will er nicht aufspringen, sondern warten, bis Hajo eventuell zu ihm herunterfliegt. Tatsächlich bricht im nächsten Moment eine Art Federball durch das Schilf.

Schilf?, wundert sich Martin.

Thot?, denkt Iris.

Vor ihnen im Uferschlamm versucht ein ziemlich zerzauster Ibis auf die dürren Beine zu kommen.

»Ach was«, knarzt der Vogel, »das ist mir zu umständlich.«

Er schüttelt sich – und vor den Zwillingen steht, in Menschengestalt, wie sie ihn mögen, Thot.

»Überrrrrraschung«, sagt er und grinst sie an. Er reibt rasch noch einige Lehmspritzer von seinem wie immer blütenweißen Schurz und setzt sich vorsichtig ins Ufergras.

»Na, alles gut überstanden, ihr zwei?«

»Äußerlich schon«, antwortet Iris und setzt sich neben ihn. »Aber in meinem Kopf rotiert es. Weshalb, zum Beispiel, hast du uns aus Abu Simbel in die Gegenwart katapultiert?«

»Ich bin zwar nahezu allmächtig, meine Liebe«, entgegnet Thot und scheint fast ein wenig verlegen, »aber den Zeitsprung habt ihr beziehungsweise du verursacht.

Zeitreisende dürfen keine Personen berühren, die sie in anderen Epochen treffen. Tun sie es doch, geschieht, was euch geschehen ist. Warum das so ist, ähem, weiß ich nicht. Nur, dass es unweigerlich passiert.

Bis ich Huja beruhigt hatte, der natürlich sofort wieder in die Bauchlage gesprungen ist, als ihr in einem Kugelblitz verschwunden wart, hat es Stunden gedauert. Er hat sich das Ganze schließlich als Wunder erklärt. Aber der Blick, den er der Horus-Statue zugeworfen hat, als ihm klar wurde, dass Iris nicht wiederkommen würde, der war weder ehrfürchtig noch ängstlich, sondern ziemlich wütend.«

Iris spürt, dass sie rot wird.

»Heißt das, wir sehen Huja nicht wieder? Du bist doch auch da!«

»Das schon«, sagt Thot, »und ich werde euch auch erneut begleiten. Aber sind wir hier etwa in Abu Simbel?«

Die Zwillinge mustern die Umgebung genauer. Nun wäre es an ihnen, vor Staunen in die Knie zu gehen: Vor ihnen fließt zwar trüb und braun ein Fluss, aber es kann nicht der Nil sein. Denn am anderen Ufer sind weder Wüste noch Berge zu sehen, sondern üppige grüne Felder, zwischen denen kleine Bewässerungskanäle blitzen.

Hinter ihnen ragen über den mannshohen Schilfrohren kobaltblaue Ziegelwände in die Höhe, die glänzen, als wären sie aus Metall.

»Das ist der Euphrat«, klärt Thot sie auf, »und die blauen Mauern in unserem Rücken gehören zum Ischtar-Tor, einem weiteren Weltwunder der Antike. Eigentlich ist das hier nicht nur ein Tor, sondern eine riesige Prozessionsstraße, die zwei Tempel verbindet. Die Stadt, in der sie stehen, ist Babylon. Sie ist euch vielleicht aus eurer Bibel bekannt.«

»Klar«, sagt Martin, dem Thots Tonfall schon wieder zu besserwisserisch klingt. »Dann werden wir ja auch den Turm von Babel sehen.«

»Auch das«, entgegnet Thot, »er ist dem Marduk geweiht, dem obersten Gott Babylons. Übrigens ist euer Hajo gerade zu diesem Turm geflogen. Sehr an euch zu hängen scheint er ja nicht!«

»Ich glaube, da täuschst du dich«, entgegnet Martin. »Er hat doch in Ägypten zwei Mal versucht, zu uns zurückzukommen.«

»Ich würde eher sagen«, widerspricht Thot, »dass er euch signalisieren wollte, wie wohl er sich in seiner Heimat fühlt. ... Wir werden sehen ... Erst mal zeige ich euch die Stadt. Zum Zentrum des babylonischen Reichs wurde sie schon von ihrem ersten bedeutenden König namens Hammurabi ausgebaut. Das war etwa 1700 vor Christus. Hammurabi ist übrigens legendär als erster Gesetzgeber. Er ließ alle seine Gesetze in Stein meißeln und überall aufstellen, sodass sich jeder, dem Unrecht geschah, darauf berufen konnte ... Wenn ich es recht bedenke, könnte man Hammurabi als einen Schüler von mir bezeichnen. Denn ich habe ...«

»Ja, ja«, fällt ihm Martin ins Wort, »du hast die Schrift erfunden, bist überhaupt allwissend, und keiner kommt dir gleich.«

»Möchte wetten, dass das alles andere als ein Kompliment war«, sagt Thot. Dann fährt er fort. »Das Babylon, durch das wir uns bewegen werden, ist die Stadt des Nebukadnezar, den ihr auch aus eurer Bibel kennt. Tausend Jahre nach Hammurabi machte er Babylon zur damals schönsten Stadt der Welt. Auf jetzt!«

»Eine Frage habe ich noch«, sagt Iris. »Wieso haben wir gestern Huja verstanden? Er hat doch sicher Altägyptisch gesprochen!«

»Ihr werdet auch heute alles verstehen, was in Babylon gesprochen wird. Das gehört zu den Annehmlichkeiten eurer Reise. Genauso umgekehrt: Jeder, dem ihr begegenet, wird ebenso euch verstehen. Und das gilt für alle Orte, die ihr eventuell noch ... aufsuchen werdet.«

Ich frag jetzt lieber nicht, warum, denkt Martin, sonst erklärt er uns gleich wieder, dass er alles weiß und alles kann.

Thot wirft ihm daraufhin einen markanten Blick zu.

Gerade als die Zwillinge aufstehen wollen, platscht es. Ein Junge kriecht ans Ufer, schüttelt sich, schnäuzt und spuckt. Als er Thot und die Zwillinge sieht, springt er erschrocken einen Schritt zurück.

»Wer seid ihr, was habt ihr hier zu suchen?«

»Immer mit der Ruhe, mein Junge«, sagt Thot. »Wir sind … Reisende. Dass wir hier an deinem geheimen Badeplatz stehen, ist kein Zufall: Ich weiß, dass du während deiner Arbeitspausen hierherschleichst, um dich zu erfrischen. Man könnte eigentlich sagen, wir sind hier, weil ich das weiß … und weil ich wollte, dass meine beiden jungen Begleiter dich treffen. Ich heiße übrigens Thot und komme aus Ägypten.«

»Ihr habt hinter mir herspioniert?«, fragt der Junge verdutzt.

»Sagen wir … ich bin eine Art Hellseher. Davon gibt es doch jede Menge bei euch in Babylon. Und in Ägypten, wie du sicher weißt, auch.«

»Schon … Aber weshalb trägst du diese komische Vogelmaske«, fragt der Junge zurück.

»Das ist keine Maske, das ist mein Kopf«, erwidert Thot spitz. »Ausgerechnet du, der in einer Stadt lebt, wo fast jede Wand Bilder mit Wesen trägt, die halb Mensch, halb Tier sind, solltest dich darüber weder wundern noch lustig machen.«

»Verzeiht, mein Herr«, sagt der Junge und beugt leicht das Knie.

Spätestens jetzt ist Iris sicher, dass Huja vor ihnen steht, obwohl er keine Schminke mehr trägt und eine andere Frisur, nämlich einen Kugelkopf aus vielen kleinen Zöpfen, hat.

Gerade als sie ihn fragen will, wie er aus Memphis nach Babylon gekommen ist, stellt sich der vermeintliche Huja vor: »Ich bin Neriglissar und arbeite als Lehrling bei den Maurertrupps, die das Straßenpflaster am Ischtar-Tor erneuern. Aber meine Freunde nennen mich Neri.«

»Aha«, sagt Iris verdutzt und sieht, wie Thot heimlich den Zeigefinger an die Lippen legt. »Hättest du Zeit und Lust, uns durch

Babylon zu führen? Wir beide heißen übrigens Iris und Martin.«

Neri schaut Iris lange an, danach betrachtet er Martin. Dann nickt er lächelnd: »Warum nicht? Meine Arbeitspause hat gerade erst begonnen.«

Neri drückt noch einmal das Wasser aus dem halblangen zottigen Leinentuch, das er um die Hüften trägt, schlüpft in seine Sandalen – sehen fast aus wie die von Huja, denkt Iris – und geht mit ihnen zu dem Torbau, der bis in den Himmel zu ragen scheint.

Auf seiner nackten linken Schulter sieht Iris, die zurückgeblieben ist, fünf rote Punkte.

»Hast du dich verletzt?«, fragt sie den Jungen und deutet darauf.

Neri dreht sich um, schielt auf die Punkte und schüttelt dann den Kopf.

»Nein, das habe ich mit auf die Welt gebracht, sagt meine Mutter. Sie nennt es ein Muttermal.«

»Du vermutest richtig«, raunt ihr nun Thot zu. »Es sind die Abdrücke deiner Finger, als du Huja in Abu Simbel berührt hast. Aber sprich nicht mehr davon. Du würdest Neri nur durcheinanderbringen.«

Iris nickt, obwohl ihr vor Unbehagen Schauer über den Rücken laufen. Wenn Thot nicht so hilfsbereit wäre und Neri nicht so freundlich, denkt sie, würde ich mir vorkommen wie in einem Gruselfilm. Habe ich jemandem ein Mal aufgedrückt und ihn zum Wiedergänger gemacht?

Martin, der überhaupt nicht nervös wirkt, und Neri stehen inzwischen vor dem Ischtar-Tor, das sich in der Stadtmauer öffnet.

»Alljährlich im Frühling«, erklärt Neri, »dienen die Straße und das innere Tor für Kulte der Ischtar und des Marduk. Ischtar ist Babylons Göttin der Fruchtbarkeit und der Liebe, aber auch des Kriegs. Zu Frühlingsanfang erwacht Tammuz, der ermordete Jünglingsgott der Hirten und Bauern, wieder zum Leben, kehrt aus der

Unterwelt, in der er den Winter verbracht hat, zurück und feiert mit Ischtar heilige Hochzeit.

Die Straße führt auch zum Tempel des Marduk, dem obersten aller unserer Götter, der sich alljährlich symbolisch mit einer Oberpriesterin verheiratet. Mit diesen Hochzeiten wird der Kreislauf des Jahres und damit unser aller Leben erneuert. Ischtar und Marduk, die Geschwister sind, weshalb sie auch Mond und Sonne verkörpern, besuchen sich ebenfalls jährlich.«

»Was?«, fragt Martin erstaunt, »bei euch laufen die Götter auf der Straße herum?«

»Nicht doch«, mischt sich nun Thot ein. »Das ist Sache der Priester. Sie tragen die verhüllten Götterstatuen von Tempel zu Tempel, während das Volk am Rand der Straßen steht und jubelt.«

»Deshalb«, sagt Neri, »setzen wir momentan die Prozessionsstraße und ihre Mauern instand. Die vielen Menschen schaden dem Straßenbelag, vor allem aber die Soldaten und ihre Streitwagen, die dauernd hier aufziehen. Denn das Ischtar-Tor ist auch militärisch das wichtigste in Babylon.

Ehrlich gesagt würde ich lieber bei den Kunsthandwerkern arbeiten, die die blauen Ziegel ausbessern und die Reliefs mit den göttlichen Tieren. Die sind nämlich sehr empfindlich und leiden extrem unter dem starken Sonnenlicht. Na ja, aber erst mal muss ich mich als Hilfsarbeiter bewähren.«

Martin schaut die Tiere an, die in regelmäßigen Abständen vor die blau glitzernden Ziegelschichten treten.

»Die Straße ist 20 bis 25 Meter breit«, hört er Thot sagen, »und 250 Meter lang. Sie wird von Mauern begrenzt, in die in regelmäßigen Abständen Türme eingefügt sind. Die schreitenden Löwen der Reliefs gehören zu Ischtar. Sie tragen abwechselnd ein weißes Fell und gelbe Mähnen oder ein gelbes Fell mit roten Mähnen. Die Drachen oder auch Chimären, mit Schuppenfell, Schlangenkopf, Skorpionschwanz und den Läufen von Panthern und Greifen sind die Symbole des Marduk. Die Stiere schließlich sind dem Wettergott Adad geweiht. Ihn fürchten die Babylonier besonders, weil er verheerende Dürre über das Land bringen kann. Insgesamt schmücken 575 Reliefs die Wände.«

»Gehen wir jetzt zum Turm Babel?«, fragt Martin.

»Wollte ich gerade vorschlagen«, antwortet Thot und führt sie zur Prozessionsstraße. »Wenn wir an den Leuten dort vorn vorbeikommen, verbeugt euch. Wir fallen sonst zu sehr auf, obwohl sich in Babylon die seltsamsten Reisenden aus aller Welt bewegen.«

Der Lärm in Babylon ist ohrenbetäubend. Überall hasten Menschen, feilschen Kunden schreiend mit Straßenhändlern, rufen Kinder nach ihren Eltern, die sie im Gedränge verloren haben, und warnen Kutscher brüllend vor ihren rumpelnden Gefährten, die sie mitten durch die unablässig strömenden Menschenmassen lenken. In einem Pulk von Lastenträgern, Ochsengespannen und Passanten sehen die Zwillinge vier schwitzende Männer auf sich zukommen, die behutsam eine Sänfte tragen. Die Träger schauen niemanden an, sie achten nur auf den Weg.

Sklaven, denkt Iris.

Die Vorhänge der Sänfte sind zurückgeschlagen. Nachdem sie sich ehrerbietig verneigt haben, riskieren Iris und Martin einen Blick hinein. Sie sehen einen dickbauchigen Mann mit halb geschlossenen Augen zwischen Seidenkissen liegen. Er hat einen mächtigen, in kleine Zöpfe geflochtenen Bart, der vor Öl glänzt. Auch die Haare sind geflochten und zu einem Knoten auf dem Hinterkopf geschlungen. Den Körper des Mannes hüllt ein knöchellanges Gewand ein. Es ist safrangelb und an den Säumen üppig bestickt. Darüber, nur eine Schulter bedeckend, trägt der Mann einen Umhang, der mit unzähligen Reihen von bunten Fransen geschmückt ist. Ab und zu greift er in einen kleinen, mattweißen Becher – Elfenbein, wie Vaters altes Schachspiel, denkt Martin – und nimmt eine Handvoll Kerne in den Mund. Er kaut und spuckt dann die Hülsen achtlos in die kleinen Gräben, die Neris Arbeitskollegen überall ausgehoben haben, um den Unterbau des Pflasters zu erneuern.

Beim Anblick des kauenden Mannes kriegt Martin unwillkürlich Lust auf einen Kaugummi. Ehe die Sänfte vorüber ist, schaut der Mann plötzlich direkt in Martins Augen. Sein Mund öffnet sich ruckartig, als wolle er etwas sagen, sein Blick wird eindringlich. Martin erschrickt. Doch in diesem Moment stolpert einer der Träger, und der Vorhang gleitet vor die Öffnung der Sänfte. Schnell dreht Martin sich um und geht den anderen nach.

Kurz darauf haben Thot und die Kinder das innere Ischtar-Tor erreicht. Halbrund wölbt es sich in schwindelnder Höhe über ihnen. An den Seiten zeigt es die heiligen Monster, darüber umspannt eine Girlande aus glasierten weißen Blüten, die wie Margeriten aussehen, den Torbogen.

»Das sind die Blumen der Ischtar«, erklärt Thot. »Aber jetzt muss ich meine magischen Kräfte einsetzen. Das Tor ist bewacht. Ich werde uns eine Zeitlang unsichtbar machen.«

Neri schaut alarmiert zu Thot auf.

»Ich habe doch gleich gewusst, dass dir nicht zu trauen ist. Du bist kein Magier, sondern ein Dämon, und wirst mir und den beiden da Unglück bringen.«

»Werde ich nicht«, sagt Thot rasch, »im Gegenteil. Du wirst endlich sehen können, was du dir so lange schon gewünscht hast: den Turm Marduks mit all seinen herrlichen Verzierungen. Wenn du sie dir einprägst, hast du später einen gewaltigen Vorsprung vor den anderen Lehrlingen und kannst vielleicht sogar wirklich Kunsthandwerker werden.«

»Aber nur die obersten Priester dürfen den Tempel betreten und sein Inneres sehen!«, protestiert Neri.

»Und wer hat ihn gebaut?« entgegnet Thot. »Die Priester? Oder die Architekten, die Maurer, Zimmerleute, Maler und Kunsthandwerker? Glaubst du, die haben das alles mit geschlossenen Augen getan? Außerdem ist dein Zögern zwecklos. Wir sind schon unsichtbar. Schau, die Wächter, die eben noch so misstrauisch geguckt haben, nehmen uns nicht mehr wahr.«

Schnurstracks geht Thot auf die Soldaten zu. Tatsächlich bleiben diese so ruhig, als wäre die Straße vor ihnen leer. Die Zwillinge folgen Thot, ohne zu zögern. Neri kratzt sich unschlüssig am Kopf, dann aber schließt er sich ihnen an.

»Buahhh«, ruft Martin, als sie den von hohen Mauern eingefassten, menschenleeren Vorhof des Turms zu Babel erreicht haben.

Vor ihnen erhebt sich eine atemberaubend steile Treppe. Sie durchschneidet die Mitte eines massigen Bauwerks. Seine Wände zeigen regelmäßige turmartige Vorsprünge, die von Plattformen abgeschlossen werden, auf denen sich, etwas zurückversetzt, weitere Mauern türmen. Dadurch sieht das Gebäude aus, als wären mehrere, nach oben immer schmaler werdende Würfel aufeinandergesteckt.

»Das ist der Turm zu Babel«, sagt Thot. Sogar in seiner Stimme klingt nun Bewunderung. »Man nennt ihn ein Zikkurat. Das Wort stammt vom babylonischen Begriff zaqaru ab, der so viel wie aufrichten oder in die Höhe stapeln bedeutet. So gesehen ist der Zikkurat der Urahn eurer Wolkenkratzer.«

»Wolkenkratzer? Das Wort kenne ich nicht, aber es passt gut zu unserem Turm«, sagt Neri und schaut Iris fragend an. »Gibt es in eurem Land viele davon?«

Thot redet schnell weiter, um Iris aus der Verlegenheit zu helfen: »Der Turm zu Babel ist 90 Meter hoch. In eurer Bibel, genauer: im Alten Testament, heißt es, Nimrod, der Vater der Ischtar, habe ihn 3100 vor Christus erbaut. In den Archiven Babylons wird dagegen das Jahr 2050 genannt. Dort werden auch Urkunden aufbewahrt, die bezeugen, dass der weise Hammurabi 1780 vor Christus den Turm erneuert und dem Marduk geweiht hat.

Der Bau, den wir hier vor uns sehen, ist etwa 580 vor Christus von König Nebukadnezar II. auf den Trümmern des vorherigen Turms errichtet worden. Seine Reste wird 1890 der deutsche Archäologe Robert Koldewey ausgraben.«

»Ausgraben?«, fragt Iris erstaunt, während Neri ungläubig auf Thot starrt, »wie soll denn so ein riesiges Bauwerk in der Erde verschwinden?«.

»Wie ich schon sagte, ist der Turm aus unzähligen Ziegeln errichtet. Sie bilden 16 Meter dicke Wände, aber wenn die Ziegellagen nicht dauernd instand gehalten werden, lösen sie sich mit der Zeit auf«, erklärt Thot.

»Stimmt«, mischt sich Neri ein. »Wir formen unsere Ziegel aus Lehm, den wir mit Stroh und etwas Wasser vermischen. Den Brei, der dabei entsteht, gießen wir in hölzerne viereckige Formen. Dann lassen wir ihn in der Sonne härten. Diese Lehmziegel sind sehr fest und halten so einiges aus. Aber sie müssen immer wieder überstrichen und von Zeit zu Zeit in den Außenschichten ausgetauscht werden, sonst zerbröseln sie.

Dauerhafter sind nur die glasierten Ziegel, die mit Salzen und Mineralien überstreut und dann gebrannt werden, wobei sich leuchtende Farben auf ihrer Oberfläche ergeben. Die schönsten, die laspislazuliblauen Glasurziegel, konntet ihr am Ischtar-Tor und der Prozessionsstraße sehen.«

»Jetzt könnt ihr euch wohl vorstellen«, sagt Thot, »dass der Turm zu Babel immer wieder in sich zusammensinkt. Den Rest wird ihm Alexander der Große geben, wenn er 320 vor Christus Babylon erobert. Zu der Zeit ist Marduks Tempel wieder mal eine Halbruine, und Alexander wird ihn abtragen lassen, um ihn schöner und höher denn je wiederaufzubauen. Aber dazu wird es nicht kommen, weil Alexander in Babylon überraschend sterben wird.«

»Alexander, Alexander«, wirft Martin ein, »immer wieder Alexander. In Edfu hast du doch davon erzählt, dass er Ägypten erobert hat.«

»Dieser besessene junge Griechenprinz aus Makedonien eroberte fast die gesamte damals bekannte Welt. Er kam bis nach Indien –

Der Turm zu Babel.

nur, um dann in Babylon 323 vor Christus an der Malaria zu sterben. Der Stich einer kleinen Fliege, und aus. Hätte er euer Penicillin gekannt, hätte er noch lange herrschen können.«

Neris Augen gehen immer schneller zwischen Thot und den Zwillingen her. Mehrmals öffnet er den Mund, um dazwischen zu fragen. Dann aber zuckt er mit den Achseln und murmelt: »Ist wohl das babylonische Sprachgewirr, von dem die Juden reden.«

Thot führt die drei zur Treppe. Während sie die Stufen hinaufklettern, erzählt Thot, dass der Turm das Symbol eines heiligen Berges ist, auf dessen Gipfel sich Marduk niederlässt, um die Geschicke der Menschen zu lenken.

»Das lässt sich mit eurem Berg Sinai vergleichen, von dem die Bibel erzählt, dass auf ihm Gott dem Moses erschienen ist.«

»Stimmt«, sagt Martin, »dort hat er ihm die steinernen Gesetzestafeln mit den zehn Geboten überreicht.«

»Und die – beziehungsweise die zweiten, denn die ersten hat er ja aus Wut über die wankelmütigen Israeliten zerschlagen –, hat Moses dann«, ergänzt Thot »in der Bundeslade aufbewahrt, so wie übrigens auch Hammurabi seine Gesetze in Stein hat meißeln lassen. Was wiederum auf Marduk zurückgeht. Denn dem wurden, als er seine Herrschaft antrat, von rätselhaften Urgöttern die steinernen ›Schicksalstafeln‹ übergeben, auf denen die Geschicke der Welt verzeichnet sind.

Marduks Sohn heißt übrigens Nabu. Er hat die Keilschrift erfunden und ist deshalb der babylonische Gott ...«

»Ja, ja, ja ... der Weisheit«, fällt ihm Martin ins Wort. »Wahrscheinlich wirst du uns als Nächstes erzählen, dass du nicht nur Thot, sondern auch Nabu bist.«

»Gar nicht so schlecht kombiniert, mein Junge«, sagt Thot unerwartet friedlich. »Tatsächlich gibt es in den alten Religionen viele Entsprechungen zwischen den Göttern des Orients und denen Europas. Ihr werdet das im Lauf eurer Reise – denn lasst euch gesagt sein, ihr werdet noch viel reisen – genauer kennenlernen.«

»Können wir einen Moment ausruhen?«, fragt Neri, den der Tempelbesuch zunehmend unruhig macht. »Mir tun die Beine weh.« Er setzt sich und schielt hinüber zu Iris: »Sonst schleppe ich stundenlang Paletten mit Ziegeln auf die Baustelle, ohne müde zu werden«, sagt er verlegen.

»Brauchst dich nicht zu genieren«, beruhigt ihn Thot, »Iris ist sicherlich auch längst klar, dass du eher ein zukünftiger Künstler bist. Die brauchen keine strammen Waden, sondern geschickte Hände, einen klugen Kopf und jede Menge Phantasie.«

»Die Treppe ist wirklich unheimlich steil, wir sind alle außer Atem«, sagt Iris und setzt sich zu Neri.

Martin lässt seinen Blick über Babylon schweifen. Von hier oben scheint die Stadt sich grenzenlos auszudehnen. Ihre Straßen, auf denen die Menschen wie Ameisen wimmeln, sind im Schachbrettmuster geordnet. Viele ihrer dicht an dicht stehenden Häuser haben mehrere Stockwerke. Sie sehen fast wie kleine Türme – Zikkurate – aus. Den Euphrat überspannt eine steinerne Brücke auf Ziegelpfeilern. Sie verbindet die Altstadt mit der Neustadt am westlichen Ufer. Beide werden von einer Doppelmauer mit Wassergraben umschlossen.

»50 000 Menschen leben hier«, sagt Thot. »Und dazu Tausende von Fremden aus aller Welt, die kommen, um Handel zu treiben.«

Neri scheint sich ein wenig entspannt zu haben. Er schnuppert mit halb geschlossenen Augen: »Man riecht den Weihrauch bis hier oben«, sagt er stolz. »Weihrauch ist das getrocknete Harz der Weihrauchbäume und kommt vor allem in Arabien und Persien vor. Wenn man es auf Glut legt, strömt es beim Verbrennen einen wunderbaren Geruch aus«, erklärt er und schaut Iris an. »Er zählt zu den wichtigsten Handelsgütern Babylons. Aber den besten behalten wir für uns und unsere Götter.«

»Wenn euch ägyptische Händler nicht gerade wieder zusätzliche Goldbarren anbieten. Denn dann wird auch der frömmste Babylonier schwach«, widerspricht Thot.

»Ägyptens Götter und Ägyptens Reiche lieben Weihrauch so sehr wie die Babylonier. Sie zahlen fast jeden Preis dafür. Ich muss gestehen, dass auch ich geradezu närrisch auf diesen Wohlgeruch bin. In meinen Tempeln opfern mir die Priester …«

»Na klar, tonnenweise Weihrauch«, ergänzt Martin. »Sag mir lieber, was dieses Gebilde da drüben neben dem Ischtar-Tor ist. Sieht aus wie ein großer Park, der in der Luft schwebt.«

»Das ist der Palastgarten«, sagt Thot, »mit Hunderten von Palmen, Koniferen und Myrtensträuchern, die der Ischtar heilig sind. Im antiken Griechenland und noch in eurer Zeit wird man das Ganze die *Hängenden Gärten der Semiramis* nennen und zu den sieben Weltwundern zählen. Semiramis ist eine Königsgemahlin gewesen. Aber die hängenden Gärten hat nicht sie, sondern Nebukadnezar I. 1120 vor Christus bauen lassen.«

»Sie sind über 500 Jahre alt«, sagt Neri, der seinen Ärger über Thots spöttische Bemerkungen zur Handelstüchtigkeit der Babylonier beiseiteschiebt. »Mein Meister hat mich einmal in die Unterbauten geführt. Sie bestehen aus hohen Kammern, die von Rundbögen überwölbt werden und stufenweise ansteigen. Sie sind, anders als sonst unsere Bauwerke, aus Haustein gemauert, um größere Standfestigkeit und Härte zu gewährleisten. Über die Gewölbe wurden Steinbalken gelegt. Auf die hat man eine dicke Schicht Erdpech gestrichen, dann zwei Lagen mit Gips verstrichenen Ziegelstein, zuletzt eine Schicht Blei. So ist der Untergrund gegen die Feuchtigkeit der Gartenerde isoliert, die auf sieben Terrassen von je fünf Metern Breite gehäuft wurde.«

»Ich hätte es kaum besser sagen können«, lobt Thot. »Nur eines noch: Was Neri Erdpech nennt, ist natürlicher Asphalt, bei euch auch Bitumen genannt, der als Ausscheidung von Erdöl hier im Mittleren Osten aus dem Boden quillt. Man nennt diese Paste auch Mumm oder Mummya. Sie ist vielseitig verwendbar, als Heilsalbe oder als Mittel zur Konservierung von Mumien. Die Babylonier verdienen ganze Vermögen mit Erdpech.«

»Gehen wir jetzt endlich zur obersten Plattform?«, unterbricht Iris die Erklärungen Thots.

Alle schauen nach oben. Im Dunst erkennen sie ein flachgedecktes rechteckiges Bauwerk mit einer breiten Türöffnung, in der ein goldblitzender Vorhang sich schwerfällig im leichten Wind bewegt. Die fensterlosen Außenwände strahlen so blau wie das Ischtar-Tor. Auf dem Dachfirst sitzt mit wippendem Kopf ein Vogel. Er äugt nach einem zweiten, der immer wieder aus den Wolken auf den Zikkurat herabstößt, um im letzten Moment wieder aufzusteigen.

»Das ist Hajo«, ruft Martin und steigt, zwei Stufen auf einmal nehmend, so schnell er kann nach oben.

»Er balzt«, sagt Thot lächelnd. »Schaut nur, was er anstellt, um dem weiblichen Falken auf dem Dach zu imponieren. Soll wohl auch eine Hochzeit werden.«

Die Zwillinge, Neri und Thot sind nur noch wenige Stufen vom Marduk-Haus entfernt, als plötzlich unten Signalhörner gellen. Dutzende bewaffnete Wächter und Priester in langen Wollröcken rennen gestikulierend auf die Treppe zu; die ersten beginnen schon heraufzusteigen.

»Meinen die uns?«, fragt Martin verblüfft. »Wir sind doch unsichtbar.«

»Ähem«, antwortet Thot, und wenn er nicht den Vogelkopf hätte, würde er nun bestimmt rot, »meine Zauberkräfte sind nicht unerschöpflich, und außerdem bin ich ein wenig aus der Übung. Wir sind«, er weicht mit einer blitzschnellen Bewegung einem Pfeil aus, der von unten herangeschwirrt ist, »wohl wieder zu sehen.«

»Los, los, schnell ins Haus«, schreit Iris, »dort sind wir vor den Pfeilen sicher.«

»Niemals«, stößt Neri hervor und verdreht vor Schreck die Augen, »der Gott würde uns zermalmen.«

Tatsächlich weht in diesem Moment der Vorhang viel stärker, so, als ob ein Sturm in der Kapelle wüten würde.

Aus den Augenwinkeln sieht Iris im Inneren ein geschnitztes Bett aus Ebenholz, Elfenbein und Edelsteinen stehen, daneben einen goldenen Tisch. Auch die Wände blitzen von Gold und Juwelen.

»Tut mir leid«, hört Iris im selben Moment Thots gehetzte Stimme, »aber es geht nicht anders.«

Ehe sie weiß, wie ihr geschieht, hopst statt dem menschengestaltigen Gott ein Ibis auf sie zu, fegt sie und Martin unter seine Flügel, packt Neri mit seinen Krallen und lässt sich mit allen dreien in die Luft fallen.

Während er schwerfällig wie ein Fass über die Dächer Babylons torkelt, schießen die beiden Falken an ihm vorbei. Martin meint zu sehen, wie einer von ihnen, bestimmt Hajo, einen spöttischen Blick auf den ächzenden Ibis wirft. Dann sind die beiden Raubvögel verschwunden.

»Da unten gibt's weichen Uferschlamm«, schreit Neri.

Der Ibis lässt sich trudelnd sinken und plumpst mit einem gequetschten »Uuuuffff« ins Schilf.

»Ge- ge- geht doch«, sagt gleich darauf Thot und zieht, wieder in Menschengestalt, ein zerknicktes Schilfrohr aus seiner aufgeweichten Perücke.

Die Zwillinge, die der Aufprall ins Wasser geschleudert hat, spucken braune Brühe, Neri schüttelt, vielleicht, um das Wasser loszuwerden, vielleicht aber auch wegen Thots Rumpelflug, den nassen Kopf.

»Was ist denn mit euch los«, fragt ein Junge, der plötzlich aus dem Schilf auftaucht, und stapft durch das knietiefe Wasser auf die Gruppe zu.

»Äh ... missglückter Badeausflug«, antwortet Neri, während Thot zur Vorsicht das Handtuch, das er gerade aus der Luft gezaubert hat, über seinem Vogelkopf lässt.

»Na, das sieht man«, sagt ein Mädchen und stellt sich neben den Jungen.

Beide sind exakt gleich groß, haben die gleichen glatten hellbraunen Haare und große, mandelförmige, braun-grüne Augen.

Die sehen sich zum Verwechseln ähnlich, denkt Iris und blickt zwischen den beiden Kindern hin und her.

Die beiden tun dasselbe mit Iris und Martin.

»Seid ihr vielleicht auch Zwillinge?«, fragt jetzt der Junge.

»Stimmt haargenau«, antwortet Martin.

»Willkommen im Klub, Schicksalsgenosse«, sagt daraufhin der Junge.

Das Mädchen knufft ihn in die Schulter.

»Er beschwert sich immer, ich würde ihm dauernd hinterherlaufen. Dabei ist es umgekehrt. Ich muss immer auf ihn aufpassen.«

Sie greift nach dem kurzen Kittel des Jungen und hebt den Saum hoch.

»Siehst du? Alles voll Schlamm! Den kriegt man nie mehr raus!«

»Aba du, aba du, guck disch ma an«, entgegnet der Junge, wobei er die babylonische Art zu sprechen parodiert. Er zeigt auf die schlammverschmierten Beine des Mädchens. Sie schaut nach unten, lacht laut auf und nimmt ihren Bruder versöhnlich bei der Hand. Dann waten beide mit den anderen ans Ufer.

Das Mädchen betrachtet Neri interessiert. »Bist du der große Bruder der beiden? Wir haben eine große Schwester, sie heißt Lea.«

»Und wir heißen Rebekka und David«, sagt der Junge.

»Nein, ich habe keine Schwester. Mein Name ist Neriglissar«, sagt Neri, »und ich lebe hier in Babylon. Die beiden anderen sind Reisende. Sie heißen Iris und Martin … Ihr tragt auch keine babylonischen Namen. Sie klingen hebräisch. Seid ihr Kinder Israels?«

»Genau«, antwortet David. »Aber wir sind in Babylon geboren. Unsere große Schwester kam noch in Israel zur Welt, aber sie kann sich nicht an die Wanderung ins babylonische Exil erinnern.«

»Na ja«, fügt Rebekka hinzu, »da war sie ja auch noch ein Baby.«

Thot, der schon die ganze Zeit unter seinem Handtuch Kommentare gemurmelt hat, kann sich nicht mehr beherrschen.

»Das babylonische Exil«, tönt es unter dem Tuch in Richtung Iris und Martin, »kennt ihr bestimmt aus eurer Bibel.

597 vor Christus marschierten die Babylonier in Israel ein, weil das Land keinen Tribut mehr zahlen wollte. Erst wurde die Königsfamilie nach Babylon verschleppt, elf Jahre später, wegen Aufruhr, das ganze Volk. Nebukadnezar ließ Jerusalem und den Tempel zerstören. Der Tempelschatz wurde nach Babylon entführt.

Hier sind die meisten Israeliten das, was ihr in eurer Zeit Zwangsarbeiter nennt. Einige haben es aber auch zu etwas gebracht. Sie gehören als Beamte zum königlichen Hof oder arbeiten als Fernhändler, weil sie enorm viele Sprachen sprechen. Drei Hebräer sind sogar Generäle des königlichen Heers.«

»Wir wären trotzdem lieber in Israel«, sagt Rebekka. »Abends treffen sich unsere Leute oft am Euphrat und erzählen davon, wie schön Jerusalem war und sein Tempel. Sie haben einen Leitspruch: ›Tochter Babel, wohl dem, der dir vergilt, was du uns angetan hast‹.«

»Rache bringt nie Frieden«, sagt Martin. »Im Gegenteil, dann geht nur der Streit weiter. So was nennt man einen Teufelskreis.«

»Es sei denn, jemand kommt zur Einsicht«, sagt Thot dumpf unter dem Tuch hervor. »So jemand ist der Perserkönig Kyros. Er wird 539 vor Christus zwar auch Krieg führen, nämlich gegen Babylon, und die Stadt besetzen. Aber dann wird er ein milder Herrscher sein und den Israeliten die Rückkehr in ihr Land erlauben. Im März 515 vor Christus wird der Tempel in Jerusalem wiedergeweiht werden.«

»Was redet der da?«, fragt David leise und stellt sich, schützend, vielleicht aber auch schutzsuchend, neben seine Schwester.

»Ist er ... ein Prophet?«, wispert Rebekka.

Als Thot den Kopf wendet, um ihnen zu antworten, rutscht ihm das Tuch auf die Schultern.

»Ein Monster«, schreit David.

»Nein, kein Monster«, sagt Rebekka mit gepresster Stimme, »eine sprechende Mumie.« Sie fasst nach Neris Hand: »Tu was, Großer. Bei Mumien krieg ich Schreikrämpfe … Oder ist er eine Mistgeburt? Mit denen hab ich Mitleid.«

Während Thot, dem zum ersten Mal die Worte fehlen, verblüfft und beleidigt seinen Schnabel in die Luft reckt, unterdrücken Iris und Martin ein Lachen.

»Du meinst Missgeburt, Rebekka«, sagt Iris. »Aber das ist keine Missgeburt, sondern Thot. Er kommt aus Ägypten. Trotzdem ist er keine sprechende Mumie, sondern ein Gott, der zum Vergnügen unseren Reiseführer spielt.«

»Ein Gott? Pah!«, sagt Rebekka und richtet sich kerzengerade auf. »Höchstens ein Götze. Und mit denen wollen wir nichts zu tun haben.«

»In dieser Beziehung sind die Israeliten sehr empfindlich«, sagt Neri. »Hinter unserem Rücken verfluchen sie unsere Götter. Aber wir lassen sie in Ruhe, solange sie uns in Ruhe lassen.«

Während er spricht, schauen Rebekka und David heimlich um sich. Sie suchen nach einem Weg, dem Götzen und seinen Begleitern zu entkommen. Doch die vier haben die Kleinen unbewusst eingekreist.

»Rebekka«, sagt nun David mit entschlossener Stimme, obwohl er noch ziemlich blass um die Nase ist, »lass uns einfach sagen, dass wir das alles hier träumen. Auch den Götzen, den wir meiden müssten … Für Träume kann man nichts.«

»In Ordnung«, sagt Rebekka ergeben.

»Tapfer, die Knirpse«, flüstert Martin Iris zu.

»Knirpse? Die sind mindestens neun, wenn auch ziemlich schmächtig für ihr Alter. Aber Mut haben sie, da hast du recht.«

»Dann erzähl mal, wo ihr herkommt«, sagt Rebekka zu Thot, wobei man ihren ausweichenden Blicken ansieht, dass ihr der Vogelmann noch immer nicht geheuer ist. »Ich höre nämlich für mein Leben gern Geschichten, besonders von Reisenden aus fernen Ländern.«

»Wird gemacht, Kleine. Aber wenn wir schon mit euch zusammen sind, erzähle ich euch erst mal vom Tempel Salomons … Was heißt hier eigentlich erzählen? Einen Moment!«
Thot schließt die Augen und hebt seine Arme.

3. Der Tempel Salomons
oder Hajos Taubenjagd

Iris und Martin erschrecken nicht mehr, als wieder Dunkelheit eintritt, die von plötzlicher Helligkeit abgelöst wird. Im grellen Sonnenlicht sehen die beiden, dass auch Neri den Zeitsprung ziemlich ruhig hingenommen hat. Er schaut nur einen Moment verwundert auf seine Kleidung, die jetzt wieder so trocken und sauber ist wie die der Zwillinge. Selbst die Schlammspritzer sind verschwunden.

Mutig, dieser Neri, denkt Martin. Na ja, er hört in Babylon ja auch täglich Geschichten von den verrücktesten Reisen und sonderbarsten Wesen.

Auch die Kleinen haben sich tapfer gehalten. David steht mit leicht zitternden Knien, aber gefasst neben Martin. Rebekka, die sich an seinem Kittel festgehalten hat, holt einmal tief Luft und streckt ihnen dann eine Tonschale hin, in der Datteln, getrocknete Feigen und Melonenstücke liegen.

»Die waren für unser Picknick am Euphrat. Ich hab sie mir schnell gegriffen, als der Vogelmann mit der Zauberei anfing. Auf Reisen esse ich nämlich furchtbar viel. Wollt ihr auch?«

Alle greifen zu. Kaum haben sie zu essen begonnen, schlägt sich David mit der Hand vor die Stirn und beginnt in den beiden tiefen Taschen seines Kittels zu wühlen. Schließlich zieht er zwei röh-

renförmige, mit Wachspfropfen verschlossene kleine Behälter
hervor.

»Und ich gehe nie ohne etwas zu trinken nach draußen«, sagt
er. »Wer will Traubensaft? Ein großer Schluck für jeden ist drin!«

»Du warst wieder an Leas Saft«, flüstert Rebekka David ins
Ohr. »Wenn sie das merkt, setzt's was!«

»Wird es nicht. Sie weiß genau, dass ich Papa sonst erzähle, wie sie
heimlich mit Aaron und Absalom Rudern auf dem Euphrat trai-
niert, obwohl sie ein Mädchen ist!«

Rebekka rollt mit den Augen, sagt aber nichts mehr.

»Ich rieche Weihrauch«, sagt Neri plötzlich, »der Duft kommt von
dort oben.«

Jetzt erst betrachtet die Gruppe ihre Umgebung. Sie stehen auf
einer Straße, die in den Hang eines hohen Bergs aus glitzerndem
Gestein einschneidet. Unter ihnen breitet sich eine Stadt mit dicht
gedrängten würfelförmigen Steinhäusern aus. Vor ihnen steigt
eine hohe Mauer auf, über deren Rand ein massiges, flachgedecktes Bauwerk ragt. Die Mauer hat ein weites Tor, zu dem eine breite
Straße führt. An ihrem Ende stehen bewaffnete Wächter. Sie mustern die Menschen, die dort ein und aus gehen. Die Steine der Mauern glitzern so stark im grellen Sonnenlicht, dass man beim Betrachten die Augen zusammenkneifen muss.

»Das ist der Tempel Salomons«, sagt Thot. »Keine Bedenken wegen
der Wächter – ich habe uns unsichtbar gemacht. Sollte zwischendurch etwas schiefgehen, wäre es auch nicht schlimm, denn es ist
gerade Mittagsruhe in Jerusalem.«

Kaum hat sie von Unsichtbarkeit gehört, hebt Rebekka ihre Arme
vors Gesicht und betrachtet sie, als wolle sie jede Pore einzeln über-
prüfen.

»Sehn aus wie vorher«, sagt sie zu sich. Dann senkt sie achselzuckend den Kopf: »Komm, Davidchen, jetzt ist sowieso schon alles
egal.«

David klopft ihr stumm auf die Schulter und schlingt den Arm um ihre Hüfte. Dann schließen sich die beiden den anderen an. Unbemerkt von der Tempelwache passieren alle das Tor und gelangen auf einen weiten, gepflasterten Vorhof, in dessen Mitte ein großer, gemauerter Steinblock steht.

»Das muss der Brandaltar sein«, sagt Rebekka ehrfürchtig. »Meine Eltern haben mir davon erzählt.«

»Finden hier Menschenopfer statt?«, fragt Neri und wird blass.

»Bist du verrückt«, ruft David empört. »Menschenopfer bringt nur ihr Heiden dar. Ich weiß sehr wohl, dass ihr in Babylon, so wie die Phönizier in Karthago, eure erstgeborenen Söhne opfert. Scheußlich ist das!«

»Was plapperst du?«, ruft Neri ärgerlich. »Das war in grauer Vorzeit so. Und auch dann nur, wenn uns die Götter zürnten und alles zu vernichten drohten. Oder wenn Krieg war, den wir nur durch ein Menschenopfer gewinnen konnten … Tu nur nicht so empört, Kleiner! Ich habe sehr wohl von eurem Abraham gehört, der seinen Sohn Isaak für euren Gott geschlachtet hat.«

»Hat er eben nicht!«, ruft Rebekka. »Der Allmächtige wollte nur Abrahams Glauben prüfen und hat den Sohn durch einen Widder ersetzt. Deshalb werden auf dem Brandaltar nur Widder, Lämmer und Tauben geopfert.«

»Hört auf!«, sagt Thot zornig. »Besser wäre es, wenn ihr erkennen würdet, dass eure Religionen, jede auf ihre Weise, sich gottlob von diesen furchtbaren Ritualen wegentwickelt haben. Was spielt es da für eine Rolle, ihr Streithammel, wer als Erster davon abgelassen hat?«

Alle schweigen eingeschüchtert.

Iris, die die Stille nicht lange aushält, zeigt auf die wuchtige Fassade des Tempels, die sich mit einem mächtigen Portal und riesengroßen Säulen links und rechts davon hinter dem Brandaltar erhebt.

»Die Fassade sieht ziemlich ägyptisch aus«, sagt sie.

»Gut erkannt, Iris«, sagt Thot, der sich wieder beruhigt hat. »Alles, was König Salomon 957 vor Christus hat bauen lassen, sein Palast, seine Nebenresidenzen und der Tempel, gleicht den Großbauten meiner Heimat; einiges auch denen Babylons.

Die Säulen sind aus Bronze gegossen und heißen Jachin und Boas, in eurer Sprache Festigkeit und Stärke. Sie sind von Phöniziern gemacht, wie der ganze Tempel.«

»Der Tempel insgesamt«, sagt Martin, »kommt mir vor wie eine Vergrößerung der kleinen Kapellen in der Cheops-Pyramide und im Horustempel von Edfu.«

»Exakt«, bestätigt Thot, »nur ist der Innenraum hier dreigeteilt. In den beiden schmalen Seitenflügeln sind Kultgeräte, der Tempelschatz und Bibliotheken untergebracht, in der Mitte die Kulträume. Kommt, wir gehen jetzt in die Vorhalle.«

Rebekka zögert.

»Ist doch nicht schlimm«, sagt David, »wir tun das im Traum. Schon vergessen?«

»Na und?«, sagt Rebekka störrisch und ängstlich zugleich. »Den Tempel dürfen einzig die Priester betreten, das Allerheiligste ist allein dem Oberpriester erlaubt. Und das nur an einem Tag im Jahr, zu Jom Kippur, dem Versöhnungsfest, wenn Gott seinem Volk die Sünden verzeiht.«

»Keine Angst, mein Kind«, sagt Thot beruhigend. »Stell dir das Ganze als eine der Visionen vor, von denen eure Propheten berichten.«

Rebekka denkt kurz nach.

»David, würdest du hier draußen mit mir warten?«

David schüttelt stumm den Kopf. Rebekka seufzt, dann geht sie mit den anderen. In der Vorhalle vergisst sie ihre Angst und betrachtet staunend die Wände. Sie sind mit goldenen Pflanzenreliefs und Schriftzeichen verziert, auf deren Oberflächen sich die Maserung von Holz abzeichnet.

»Die Wandvertäfelungen«, sagt Thot, »sind aus den berühmten

Zedern des Libanon gemacht. Auf ihr Holz hat man hauchdünne Goldfolien aufgebracht.«

»Wunderschön«, sagt Martin.

Neri nickt. Dann fragt er: »Das ist doch ein Tempel. Warum gibt es hier keine heiligen Tiere wie bei uns zu sehen, und warum ist der Gott der Israeliten nirgends dargestellt?«

»In unseren Geboten heißt es: Du sollst dir kein Bildnis machen«, sagt David mit ernster Stimme. »Deshalb stellen wir nur Pflanzen und Ornamente und in ganz seltenen Fällen Tiere oder Menschen dar.«

Im angrenzenden Saal verstummen alle vor Staunen. Auch hier strahlen die Wände von Gold. Noch beeindruckender aber ist der mannshohe siebenarmige Leuchter, neben dem ein vergoldeter Tisch steht, auf dem in verzierten Metallbehältern Brotlaibe liegen.

»Das sind die Schaubrote«, sagt Rebekka scheu, »genau, wie es in der Bibel beschrieben ist, aus der unser Rabbi vorliest. Es sind zwölf, genau so viele wie die Stämme Israels. Sie werden aus ungesäuertem Weizenmehl gebacken und als Opfergabe an jedem Sabbat erneuert.«

Auf einem zweiten Tisch, der Räder unter seinen gekreuzten Beinen hat, stehen kunstvoll durchlöcherte Becher. Ihnen entströmt bläulicher Rauch, der betäubend riecht.

»Weihrauch«, sagt Neri strahlend, »in allerbester Qualität.«

Dann wendet er sich dem gigantischen bestickten Vorhang zu, der am Ende der Halle einen weiteren Raum abtrennt.

»Die Stickereien gleichen aufs Haar denen der Wandteppiche in unseren Palästen und Tempeln. Da ist der Lebensbaum, da sind die Sternbilder unserer Astronomen, da die Myrtensträucher der Ischtar.«

»Gut möglich«, unterbricht ihn Thot, »dass auch Stickerinnen aus Babylon an dem Vorhang mitgewirkt haben. Salomon holte viele Fremdlinge, gern auch schöne Frauen, nach Jerusalem. Das gab oft

Gerede unter den Israeliten. Aber dann haben sie doch viel von den anderen Kulturen gelernt.«

David und Rebekka halten sich inzwischen wieder an den Händen. Sie stellen sich stocksteif vor die anderen.

»Hinter dem Vorhang«, sagen sie wie aus einem Mund, »ist das Allerheiligste, die Bundeslade mit den steinernen Gesetzestafeln des Moses. Niemals gehen wir da hinein, und wenn das alles hier tausendmal ein Traum ist! Der Herr würde uns zermalmen. Und euch auch!«

»Die Kinder haben recht«, sagt Thot, »wir sollten respektieren, was alle Generationen vor und nach uns respektiert haben.«

»Aber du könntest uns wenigstens erzählen, wie es im Allerheiligsten aussieht«, sagt Martin.

»Gern.« Thot lächelt. »Im verborgenen Saal ist alles vertäfelt und vergoldet. In der Mitte steht die Bundeslade. Den Namen hat sie vom Bund, den der Gott der Israeliten mit seinem auserwählten Volk geschlossen hat. Sie ist eine große tragbare Truhe aus Edelholz und Elfenbein. Auf ihrem Deckel knien zwei goldene, menschengestaltige Flügelwesen als einzige Ausnahme vom Bilderverbot. Cherubim heißen sie bei den Israeliten, Engel bei den Christen, und ich hoffe, euch, Rebekka und David, aber auch euch, Iris und Martin, nicht zu kränken, wenn ich sage, dass diese Cherubim unserer Isis gleichen, wenn sie als geflügelte Schutzgöttin dargestellt wird, die ihre Flügel tröstend über die Menschen hält.«

»Traum, Traum, Traum«, leiert Rebekka mit leiser Stimme und geschlossenen Augen vor sich hin. Als Thot Isis erwähnte, hat sie erschrocken nach oben zur vergoldeten Balkendecke geschaut, als könne von dort ein Blitz auf sie alle niederfahren.

»Sie ist nicht immer so«, flüstert David den anderen entschuldigend zu. Dabei sieht auch er vor Furcht totenbleich aus.

»Schon gut«, sagt Martin, »ich denke, wir gehen besser.«

Rebekka und David atmen auf. Draußen im Hof schauen sie auf die vielen Verkaufsstände, die längs der Mauer aufgereiht sind. Die

Händler haben sich in die Schatten der Markisen zurückgezogen und halten Mittagsschlaf. Man hört nur das Gurren vieler Tauben, die in hölzernen Käfigen auf den Verkaufstischen stehen.

»Die Tauben«, sagt David und geht auf einen Käfig zu, »sind für Leute, die es sich nicht leisten können, ein Lamm oder einen Widder zu opfern.«

»Darf ich?«, fragt er Thot und hat schon geschickt einen der Käfige geöffnet und eine dicke weiße Taube herausgenommen. Das Tier schmiegt sich erst in Davids Hände. Dann flattert es mit trägen Bewegungen auf, lässt sich auf dem Pflaster nieder und beginnt zwischen den Fugen zu picken.

Plötzlich fällt ein Schatten über die Taube. Iris, die sofort weiß, was das zu bedeuten hat, springt nach vorn und packt sie. In der nächsten Sekunde saust direkt neben ihr ein Falke mit ausgebreiteten Schwingen auf das Hofpflaster. Geschickt fängt er sich ab und bleibt verwirrt hocken.

»Hajo«, sagt Martin und nähert sich vorsichtig dem Falken. Der späht zu ihm hinüber und schlägt nervös mit den Flügeln.

»Ist das eurer?«, ruft Rebekka freudig, »Er wirkt so zutraulich.«

»Ja«, sagt Iris, »aber gib acht. Er hackt zu, wenn er sich bedroht fühlt.«

»Ach was«, sagt Rebekka, »ich liebe Tiere. Die spüren das und tun mir nichts.«

Ehe jemand sie aufhalten kann, geht sie auf den Falken zu. »Komm, komm.«

Hajo flattert erschreckt auf. Rebekka, ebenso erschrocken, versucht ihn abzuwehren.

»Achtung, die Krallen«, ruft Martin und reißt Rebekka zurück.

Kaum hat er ihre schmale Schulter berührt, fühlt er nichts mehr unter seinen Händen.

»Mist«, hört Martin Iris sagen, »diesmal hast du's vermasselt.«

Sie sitzen wieder unter dem Apfelbaum.

Einsilbig trotten sie zurück nach Hause. Ihre Mutter fragt nicht nach Hajo. Sie erklärt sich die Schweigsamkeit der beiden als Niedergeschlagenheit, weil sie den Falken wieder nicht gefunden haben. Aber als Martin beim Abendessen mit einem »Nicht noch mehr Wassermelone« seinen Teller zurückschiebt, wundert sie sich doch.

»Wir haben seit zwei Wochen keine Melone mehr gehabt. Sonst bist du doch ganz wild drauf«, sagt sie.

»Ja, aber ich habe erst vorhin ... ein Meloneneis gegessen«, antwortet Martin. Iris stößt erleichtert die Luft aus.

Abends liest sie noch im Lexikon über die Phönizier, die Salomons Tempel erbaut haben. Sie lebten im heutigen Libanon und Syrien an der Mittelmeerküste. Reich wurden sie durch den Handel mit Holz, Metall und vor allem durch die Purpurschnecken. Das waren Meerestiere, die in den phönizischen Küstengewässern lebten und aus denen ein immens teurer Farbstoff gewonnen wurde, der Purpur, mit dem Könige und die Reichsten der Reichen ihre Kleidung lila färbten.

Während Iris danach in den Weisheiten des Salomon blättert, fallen ihr die Augen zu. Seinen schönsten Ausspruch nimmt sie mit in den Schlaf: »Geschieht etwas, von dem man sagen könnte ›Sieh, das ist neu? Es ist längst auch vorher geschehen in den Zeiten, die vor uns gewesen sind‹.«

4. Der Palast von Knossos
oder Der Irrweg durch das Labyrinth

»Heute hab ich mir ein Kleid angezogen«, sagt Iris zu Martin, als sie wieder zu ihrem Apfelbaum unterwegs sind. »Rebekka hat meine Jeans ein paar Mal ziemlich entsetzt angeschaut, so, als würde sie mich gleich fragen, ob ich auch eine ›Mistgeburt‹ bin.«

»Ich glaube, unsere Kleidung war ihr egal«, sagt Martin. »Sie hat wohl eher darüber nachgedacht, ob wir Dämonen sind. Im Alten Testament ist viel davon die Rede.

Wer sagt dir eigentlich, dass wir sie und ihren Bruder heute wiedersehen?«, fragt er dann. »Erstens wissen wir nicht, ob es überhaupt noch einmal klappt mit dem Zeitsprung. Und zweitens sind wir gestern in einer völlig anderen Zeit angekommen als beim ersten Mal.«

»Keine Ahnung, aber Reisen werden wir bestimmt wieder, davon bin ich überzeugt«, sagt Iris, setzt sich und lehnt ihren Kopf an den Stamm des Apfelbaums.

Wie zur Bestätigung beginnt sofort das Summen. Einen Moment lang sieht Iris nur Sonnenfunken, dann spürt sie einen leichten Wind auf dem Gesicht und riecht salzige Meerluft.

Martin steht auf einer Düne und schaut über eine Bucht, an deren Strand sich weiß schäumende Wellenkämme brechen. Das Wasser ist türkisgrün, der Himmel leuchtend blau mit einigen hohen weißen Wolken. In der Ferne können sie Landungsstege sehen und steinerne Molen, die ins Wasser führen. Viele Schiffe haben dort angelegt. Sie gleichen denen der Ägypter, scheinen aber schlanker und wendiger zu sein. Einige fahren gerade hinaus aufs Meer, andere steuern das Land an.

»Tut gut, die Brise, was?«, hört Iris eine vertraute Stimme fragen. »Kreta ist berühmt für sein mildes Küstenklima und die endlosen Strände. Auch noch in eurer Zeit.«

Thot schlendert lächelnd heran und neigt freundlich seinen Vogelkopf. Hinter ihm sieht Iris Hügel, die mit hohen dunklen Zypressen bewachsen sind, die sich ganz leicht im Wind wiegen. Martin geht freudig auf Thot zu.

»Na, Alter, auch wieder da?«

»Alter??? Ich habe zwar von eurer Warte aus schon über viertausend Jahre auf dem Buckel, aber schau dir meinen Rücken an! Kerzengerade! Ich bin …«

»Ewig jung, klar doch«, unterbricht ihn Martin. »Ist mir nur so rausgerutscht. Ich freue mich einfach, dich wiederzusehen.«

»Das klingt schon besser«, sagt Thot. Man merkt, dass ihm Martins Antwort gefällt.

Dann wendet er sich Iris zu.

»Und du trägst heute ein Kleid. Ich bin platt, wie ihr sagen würdet. Aber hier auf Kreta ist es gut, dass du dich hübsch gemacht hast. Die Minoer – eure Archäologen nennen sie nach Minos, dem legendären ersten König der Insel – legen großen Wert auf schöne Kleidung. Den Frauen kann es gar nicht genug Stickereien und Bänder und bunt geflochtene Schnüre auf ihren weiten Röcken geben. Na, du wirst ja sehen.«

Ein krächzender Schrei tönt aus der Luft. Sofort schauen die Zwillinge nach oben.

»Das sind Möwen«, sagt Thot, »Falkenrufe klingen völlig anders. Doch heute könntet ihr Glück haben mit eurem Hajo. In den Wäldern und Bergen Kretas leben sehr viele Wildvögel. Vielleicht ist Hajo zu ihnen geflogen. Vor Vogelfängern ist er auf Kreta sicher. Den Minoern gelten nämlich viele Vogelarten als heilig. Sie werden als Begleiter oder Erscheinung von Göttern angesehen.«

»Heilige Vögel? Wieso denn das?«, fragt Martin.

»Liegt doch auf der Hand«, sagt Thot. »Vögel sind Flugwesen, die kein Hindernis kennen und sich frei wie Götter zwischen Himmel und Erde bewegen.«

»Na, da hab ich aber gestern am Euphrat ganz andere Erfahrungen mit einem göttlichen Flugwesen gemacht.« Martin grient.

Thot stutzt, dann lacht er laut auf. »1:0 für dich«, sagt er. »Ich verzichte auf den Hinweis, dass du unter meiner Achsel gehangen hast wie ein nasser Sack.«

»Und ich auf den, dass wir Menschen euch Götter mit unseren Flugzeugen und Raumschiffen längst eingeholt haben«, gibt Martin zurück. »Aber sag, weshalb du dir überhaupt die Mühe machst, mit uns zu fliegen. Du könntest uns doch jedes Mal mit deiner Magie an einen anderen Ort versetzen.«

»So einfach ist das nicht«, sagt Thot. »Der Wechsel von Raum und Zeit braucht Konzentration und Ruhe, auch wenn er sich dann blitzschnell vollzieht. Wenn von einer Sekunde zur anderen entschieden werden muss, bleibt mir meist nur der Ibisflug.«

Thot spricht, als wäre ihm das Eingeständnis seiner eingeschränkten Möglichkeiten peinlich. »Zeit, dass Spiros kommt«, sagt er, um davon abzulenken, und schaut zu den Zypressenhügeln.

»Neri heißt hier also Spiros und weiß auch diesmal nichts von uns?«, fragt Iris. »Was ist denn aus Neri geworden und aus David und Rebekka?«

»Ich habe die drei direkt nach eurem Verschwinden nach Babylon zurückversetzt und am Ufer des Euphrat einschlafen lassen. So waren sie endgültig überzeugt, dass ihre Erlebnisse ein Traum gewesen seien.

Neri dagegen hat zäh mit mir verhandelt. Er wollte unbedingt weiter mit euch reisen. Erst, als ich ihm eine Lehrstelle in einer Brennerei versprochen habe, die Ziegel glasiert und Reliefs formt, hat er Ruhe gegeben … Er wird vergessen.«

»Wieso kannst du Lehrstellen in Babylon vergeben?«, fragt Iris, »Und dass Neri das größte Abenteuer seines Lebens vergessen könnte, ist unmöglich«, setzt sie hinzu.

»Ich habe … nun, sagen wir: viele Verbindungen«, antwortet Thot und blickt vor sich hin. »Und was das Vergessen angeht: Es gehört zu den Grundbedingungen eurer Zeitreise.«

»Du sprichst in Rätseln«, sagt Martin. »Was sind das für Grundbedingungen?«

Während er noch fragt, kommt ein Junge die gepflasterte schmale Straße hinab, die vom Hafen her in die Hügel führt.

»Später«, sagt Thot. »Ich habe Neri, äh, Spiros schon auf alles vorbereitet. Damit er nicht erschrickt, habe ich … ein wenig geflunkert. Mich hält er für einen kauzigen Priester aus Ägypten, das die Minoer sehr gut kennen. Den Ibiskopf habe ich ihm als Teil meiner Priestertracht erklärt. Und ihr seid für ihn Besucher aus Mykene, einem Fürstensitz auf dem griechischen Festland, der enge Handelsbeziehungen mit Kreta unterhält. Spiros und ich werden euch Knossos zeigen, den größten und prächtigsten Palast der minoischen Kultur.«

Inzwischen hat Spiros die drei erreicht. Er neigt den Kopf und lächelt ein wenig befangen. Wie es Iris und Martin erwartet haben, sieht er Huja und Neri zum Verwechseln ähnlich, hat diesmal aber sehr lange Haare, die in dicken Kringeln über seinen Rücken und die Schultern fallen.

Bekleidet ist er mit einer Art knielangem Wickelrock aus festem, mit Rauten besticktem Stoff. Seine Füße stecken in weichen knöchelhohen Filzstiefeln, die in leicht nach oben gebogenen Spitzen enden. Um die Taille hat er einen extrem breiten und engen Ledergürtel, der Oberkörper ist nackt. Als der Wind sein Haar zurückweht, erkennt Iris die fünf roten Punkte auf seiner Schulter.

Das Muttermal bleibt also, denkt sie. Rebekka hat jetzt wahrscheinlich auch eines an der Stelle, an der Martin sie gestern zurückgerissen hat.

»Seid gegrüßt, Iris und Martin«, sagt der Junge, »ich bin Spiros, ein Maurerlehrling, und arbeite gerade in Knossos, dem Zentralpalast unserer Insel. Dort müssen einige Außenmauern wiederhergestellt werden, die bei einem leichten Erdbeben vor ein paar Wochen beschädigt wurden … Es gibt oft Erdbeben bei uns.«

»Wir haben davon gehört«, sagt Martin, »aber momentan ist ja alles ruhig.«

»Das kann täuschen«, antwortet Spiros, »aber ich vertraue auf unsere Priester. Sie haben dem Donnerer wochenlang Opfer dargebracht, das müsste ihn versöhnt haben. Und die Seher, die den Flug der Schwalben und Falken beobachten, haben keine Anzeichen für neue Schicksalsschläge erkennen können.«

Als das Wort Falken fällt, schauen die Zwillinge sich kurz an.

»Wirklich verheerend war ein Erdbeben, das nach eurer Zeitrechnung 1600 vor Christus stattgefunden hat«, erklärt Thot. »Etwa 100 Jahre vor Spiros' Geburt. Damals wurde nicht nur Knossos zerstört, sondern auch die Paläste in Phaistos, Hagia Triada und Mallia, den anderen Zentren von Kreta.«

Spiros hat Thot zunehmend irritiert zugehört.

»Entschuldige meine Offenheit«, sagt Martin, um ihn abzulenken, »aber du bist sehr schlank. Schaffst du es denn überhaupt, schwere Steine zu heben?«

»Sicher«, antwortet Spiros nach einer verblüfften Pause und sieht Martin befremdet an. »Ich bin kräftiger, als ich aussehe. Außerdem haben wir Seilwinden für die größeren Quader.« Dann schweigt er. Es ist ihm anzumerken, dass Martins Frage ihn verärgert hat.

»Martin wollte dich nicht verletzen«, sagt Iris schnell. »Es ist nur so, dass du uns an einen Freund erinnerst. Deshalb kommt es uns vor, als würden wir dich schon lange kennen.«

Spiros betrachtet die Zwillinge nachdenklich.

»Seltsam«, sagt er dann versöhnlich, »mir geht es genauso. Dabei kenne ich niemanden aus Mykene näher … Aber wenn wir schon so offen reden: Mit euren hellbraunen Haaren und der hellen Haut seid ihr zwar typische Mykener. Aber so kräftig wie die, die ich auf den Märkten von Knossos gesehen habe, wirkt ihr nicht gerade, sondern viel größer und … dünner.«

»Du beobachtest sehr genau, mein Junge«, wirft Thot ein, »fast wie ein Maler.«

»Maler?«, antwortet Spiros. »Das wäre schön. Vorläufig bin ich Maurerlehrling. Am liebsten arbeite ich aber mit Alabaster. Das ist ein weicher Gipsstein, der wunderbar leuchtet. Wenn man ihn ganz dünn schleift, wird er durchscheinend wie Bergkristall. Wir verwenden ihn auch für Böden und Wandverkleidungen. Dabei versetzen wir die Alabasterplatten so, dass sich aus den Maserungen verschlungene Ornamente bilden, Bilder fast ... Noch lieber würde ich Gefäße aus Steinen schleifen.«

»Steine schleifen?«, fragt Martin. »Das stelle ich mir extrem mühsam vor. Warum formt ihr euer Geschirr nicht aus Ton?«

»Können wir auch«, antwortet Spiros. »Hast du noch nie etwas von unserer Keramik gehört? Ihr Mykener kauft sie uns doch dauernd ab, und eure Töpfer versuchen unentwegt, sie nachzumachen.

Aber Steinvasen und Steinschalen schätzen wir höher ein. Unsere Steinschleifer sind sehr angesehen. Sie wohnen und arbeiten direkt im Palast.«

»Jetzt hast du meine Gäste bestens vorbereitet«, sagt Thot, »wir sollten endlich nach Knossos aufbrechen.«

Ihr Spaziergang führt sie erst durch einen dichten Zypressenwald, dann durch Felder, Weingärten und Weiden. Schließlich sehen sie den Palast vor sich aufragen. Er ist auf einen langgestreckten Hügel gebaut. Rings um ihn stehen würfelförmige Häuser. Viele davon sind prächtig und bunt bemalt.

»Hier wohnen reiche Kaufleute, die den Hof mit Luxuswaren beliefern, und hohe Beamte«, sagt Spiros.

»Zur Baustelle geht es hier lang. Die kann ich euch zeigen, in den Palast selbst kommen wir nicht, er darf nur auf Einladung oder Befehl der Priester und des Königs betreten werden.«

»Keine Sorge, Spiros«, sagt Thot. »Priester wie ich beherrschen auch einige Zauberkünste. Seit eben sind wir für alle außer uns selbst unsichtbar. Also können wir über die große Freitreppe und die Nordrampe in den Palast gehen.«

Spiros bleibt ruckartig stehen. »Magie?«, sagt er, »davon war aber nicht die Rede bei unserer Abmachung.« Doch dann siegt seine

Neugierde: »Ich könnte endlich die kostbaren Steinmetzarbeiten sehen, von denen unser Meister immer erzählt«, überlegt er laut. »Gehen wir!«

Sie betreten einen weiten, mit großen spiegelglatten Steinplatten bedeckten Platz zu Seiten der Palastmauer.

»Kalkstein aus unseren Bergen«, sagt Spiros stolz und geht in die Hocke. Seine Handflächen streichen über die Platten, als würde er sie streicheln.

»Sieht aus wie ein Aufmarschgelände«, sagt Martin. »Werden hier Paraden abgehalten?«

»Als Mykener musst du das wohl fragen«, antwortet Spiros mit leicht spöttischem Unterton. »Wir haben zwar Palasttruppen, genau wie ihr. Aber wir schauen lieber Prozessionen als Märschen zu. Hier feiern die Palastpriester und das Volk den Frühlingsbeginn, die Erntedankfeste und die Thronjubiläen unserer Fürsten.«

»Die Mykener sind ein sehr kriegerisches Volk«, flüstert Thot den Zwillingen zu, »die Minoer dagegen sind zwar genauso tapfer, aber bevorzugen die Diplomatie.«

Spiros hört nichts davon. Er ist völlig auf die Architektur des Palasts konzentriert.

»Der Stein der Außenwände«, sagt er, »lässt sich gut bearbeiten. Er ist nachgiebig, aber doch nicht zu weich. Deshalb ist er ideal für unser erdbebengefährdetes Land. Bei Erdstößen machen die Mauern bis zu einem gewissen Grad die Bewegungen mit. Auch, weil wir nach mehreren Steinlagen dicke Balken aus Zypressenholz einfügen. Kreta ist berühmt für seine riesigen Zypressen. Wir verschiffen sie bis nach Ägypten.«

Thot ist inzwischen auf die breite Treppe zugegangen, die sich am Ende des Hofs in bequem niedrigen Stufenfolgen erhebt. Er stellt sich auf eine der unteren Stufen und zeigt zurück zur Straße.

»Vielleicht habt ihr es nicht bemerkt«, sagt er zu den Zwillingen, »aber das letzte Wegstück sind wir auf einer Prozessionsstraße gelaufen. Sie verbindet den Palast mit der Stadt Knossos, der größten Kretas. Sie hat zwei Überseehäfen, die von Schiffen aus Ägypten, Zypern, den Kykladen, Phönizien, Santorin und dem Peloponnes – also Griechenland – angelaufen werden.

Die Kreter selbst haben eine riesige Handelsflotte. Kreter beziehungsweise Minoer trifft man auf allen Märkten der bekannten Welt. Weil es keinen Ort gibt, an dem sie nicht wären, sagt man, sie drängen sich auf. Ähnliches gilt für die Phönizier. Noch in eurer Zeit spricht man deshalb von ›Krethi und Plethi‹, wenn Leute extrem neugierig, aufdringlich und respektlos sind.«

»Nicht gerade schmeichelhaft, was du da erzählst«, sagt Spiros mit zusammengezogenen Augenbrauen. »Du vergisst, dass du Gast auf unserer Insel bist und höflich sein solltest. Und wenn es um Neugierde und Aufdringlichkeit geht, dürftest du doch wohl mit der Nase, oder besser gesagt mit dem Krummschnabel, vorneweg sein. Wer ist es denn, der unbefugt und mit Zaubertricks in den Palast von Knossos eindringen will?«

»Tschuldigung, Spiros«, versucht Martin den Jungen zu beruhigen. »Thot versucht nur, uns etwas Bildung beizubringen. Und Knossos ist in … Mykene … eine wahre Legende. Jeder spricht davon, wie herrlich dieser Palast ist. Seinetwegen sind wir nach Kreta gekommen.

Bei uns zu Hause hat noch nie jemand schlecht über die Kreter gesprochen. Im Gegenteil: unser Vater schwärmt noch heute von einem Kreta-Urlaub. Eine seiner Lieblings-CDs ist die mit griechischen Liedern von Nana Mouskouri, der Sängerin … äh … mit der Brille, die … ähm … auf Kreta … geboren … ist.«

»CD? Brille? Nana Mouskouri?? … Mykene muss wirklich ein seltsames Land sein!«, sagt Spiros verwirrt. Dann schaut er zu Iris, die mit hochrotem Kopf in Gedanken Martins unbedachtes Gerede verwünscht.

»Na gut, ich will nicht nachtragend sein«, sagt Spiros und strahlt Iris an. »Doch merkt euch eines: Wir Kreter sind zwar überall, aber wir lassen auch jeden, der in guter Absicht kommt, auf unsere Insel. Vor allem Achäer, so nennen wir eure Landsleute aus Mykene und den übrigen griechischen Fürstentümern. Sie werden immer mehr. Meine Eltern sagen manchmal, die Achäer wären eine richtige Landplage, Rüpel, die tun, als gehöre Knossos ihnen. Also eigentlich das, was ihr mit eurem ›Krethi und Plethi‹ uns unterstellt.«

»In ferner Zukunft«, mischt sich Thot wieder ein, der eine Zeitlang, verblüfft über Spiros' Schlagfertigkeit, geschwiegen hat, »wird Knossos tatsächlich den Mykenern gehören. Um 1400 vor Christus wird einer ihrer Fürsten hier herrschen.

Jetzt aber«, sagt er schnell, als er Spiros' fassungsloses Gesicht sieht, »stehen die Macht und die Kultur der Minoer auf ihrem Höhepunkt. Die Treppe zum Beispiel, auf der ich stehe, bietet Platz für 500 Menschen. Sie dient als Tribüne, wenn hier Zeremonien stattfinden. Im Palast gibt es noch einen weit größeren Hof. Er ist das Zentrum der gesamten Anlage – und dorthin gehen wir jetzt.«

Hinter der Schautreppe führt eine breite Rampe nach oben. Zu ihrer Rechten sehen die Zwillinge regelmäßig gefugte helle Steinwände. Auf der Mauerkrone stehen Säulen, die ein zweites Stockwerk tragen. Sie sind leuchtend rot und verbreitern sich von unten nach oben, wo sie in schwarzen Wulsten enden.

Die Wand hinter den Säulen trägt große, leuchtend bunte Wandgemälde. Sie zeigen schreitende junge Männer, die ähnlich wie Spiros gekleidet sind, Frauen in weiten bunten Röcken, aber auch Affen mit blauem Fell, Landschaften und Gärten.

»Was sind das für Zacken am Dachabschluss über den Säulen?«, fragt Martin. »Sind das Zinnen?«

»Nein«, sagt Spiros, »die Paläste auf Kreta sind nicht befestigt. Uns genügen Forts und Wehrtürme an den inneren Landesgrenzen. Und zur Außenverteidigung haben wir unsere Flotte, die beste der Welt. Wenn du die Zacken genau anschaust, siehst du, dass sie paarweise angeordnet sind und sich ganz leicht nach außen biegen. Sie stellen Stierhörner dar, denn der Stier ist das heilige Tier Kretas.«

»Es gefällt mir, dass ihr lieber Terrassen und Säulengänge um eure Paläste baut statt Wehrgänge und Bollwerke«, sagt Martin.

Spiros bleibt stehen und schaut ihm aufmerksam in die Augen.

»Ihr seid keine Achäer, so wenig wie Thot ein Priester ist. Echte Mykener fragen immer als Erstes, wo unsere Befestigungen sind. Wenn es heißt, dass wir das nicht brauchen, lachen sie uns aus und erklären, jedes Volk müsse wehrtüchtig sein. Dann erzählen sie stundenlang von ihrer Trutzburg in Mykene. Mein Onkel, der Händler ist, war einmal dort. Er sagt, die Mauern sind wirklich zyklopisch. Aber die Häuser für den Fürsten und seinen Hofstaat sind ziemlich plumpe Kopien unserer Bauwerke. Wie gesagt, Mykener verachten unsere unbefestigten eleganten Bauten, sie bewundern sie nicht, wie ihr das tut.«

Die Zwillinge schauen sich an. Sollen sie Spiros von ihren Zeitreisen erzählen?

»Apropos Stiere«, mischt sich der gedankenlesende Thot in ihre Überlegungen, »Habt ihr in eurem Unterricht schon von Europa und dem Stier gehört?«

»Aber sicher«, sagt Martin und ist froh über die Ablenkung. »Europa war die Tochter des Königs Agenor von Phönizien. Bei einem Spaziergang am Strand kam Zeus, der griechische oberste Gott, zu ihr, der in sie verliebt war. Um sie zu entführen, hatte er sich in einen scheinbar zahmen weißen Stier verwandelt. Als Europa sich auf seinen Rücken setzte, sprang er ins Meer und schwamm bis Kreta. Dort lebte er eine Zeitlang mit ihr, und sie bekamen drei Söhne. Einer war Minos.«

»Richtig«, sagt Thot und lächelt anerkennend.

»Minos wurde der mächtigste König Kretas und gründete Knossos. Die anderen beiden hießen Rhadamanthys und Sarpedon. Sie wurden auch Könige und verbündeten sich mit ihrem Bruder. Alle drei waren klug und begabt.

Der Palast von Knossos auf Kreta. Links im Vordergrund das Löwentor von Mukene.

Noch klüger aber und göttlich erfindungsreich war Daidalos, ein Grieche, den es nach Kreta verschlagen hatte. Minos hielt ihn gefangen, damit er seine Kenntnisse nicht an andere Völker weitergeben konnte.

Aber Daidalos baute sich und seinem Sohn Ikaros Flügel aus Holz, Wachs und Federn. Sie flohen über das Meer. Ikaros musste die Flucht mit dem Leben bezahlen, denn er kam der Sonne zu nah, das Wachs schmolz, und er stürzte ins Meer. Daidalos erreichte das Festland und gab dort aus Wut auf Minos seine Kenntnisse an alle Völker weiter. Den Ruhm aber ernteten zuletzt doch Kreta und Europa. Denn heute trägt ja der ganze Kontinent ihren Namen, und Kreta heißt bei euch die ›Wiege Europas‹.«

»Minos hatte noch etwas mit einem Stier zu tun«, sagt Iris. »Nämlich mit dem Minotauros. Er war ein Monster mit Menschenleib und Stierkopf, das die Frau des Minos zur Welt gebracht hatte. Der König ließ das Ungeheuer in ein Labyrinth sperren, das Daidalos sich ausgedacht hatte. Dort wurden dem Minotauros alle sieben Jahre Mädchen und Jungs aus Athen geopfert, weil Athen sich irgendwie an Kreta versündigt hatte.«

»Menschenopfer gibt es bei uns seit dem großen Beben nicht mehr«, ruft Spiros empört.

»Das sind Mythen, mein Junge«, beschwichtigt ihn Thot, »Geschichten, die Geschehnisse, die sich wirklich einmal abgespielt haben, blutrünstig übertreiben. Wahrscheinlich haben mykenische Kaufleute eure Stierspiele zu Ehren der Götter gesehen und dann zu Hause von ihnen berichtet. Mit der Zeit sind daraus Mythen geworden. Geschichte wurde in Griechenland jahrhundertelang mündlich überliefert, denn man konnte dort nicht schreiben, anders als ...«

»Weiß schon, weiß schon«, fällt ihm Martin ins Wort, »anders als in Ägypten, dem du in deiner grenzenlosen Güte das Schreiben beigebracht hast.«

»Falsch«, sagt Thot grienend, »ich wollte lediglich sagen: anders als auf Kreta, denn hier gibt es eine Schrift. Genauer gesagt sogar drei. Eine, die ebenfalls Hieroglyphen verwendet, haben die Archäologen eurer Zeit noch immer nicht entziffert. Die anderen beiden, Abwandlungen der orientalischen Keilschrift, man nennt sie Linear A und B, sind euch inzwischen bruchstückhaft verständlich. Aber sie sagen nichts über die minoische Kultur aus. Es sind lediglich Listen über Lieferungen von Öl, Getreide, Wolle und so weiter, die man in den Palastarchiven gefunden hat. Die Paläste sind nämlich Verwaltungszentren, in denen alles gesammelt, registriert und verteilt wird, was die jeweiligen Herrschaftsgebiete produzieren.«

»Hört auf mit dem Gerede über unentzifferte Schriften und schaut euch lieber um«, sagt Iris. »Hier bleibt einem die Luft weg.«

Tatsächlich, der Palasthof ist von überwältigender Schönheit. An drei Seiten umgeben ihn zweigeschossige Bauwerke mit Flachdächern. Ihre Fassaden sind mit Pfeilern und weiteren roten Säulen geschmückt. Dazwischen ziehen sich bunte Gesimse über die Wände, verziert mit Rosetten und Spiralen. Die Schmalseite des Platzes, an der die Rampe einmündet, ist von einer halbhohen Brüstungsmauer begrenzt. Hier wirkt der Hof wie eine hochgelegene Terrasse, von der aus man einen wunderbaren Blick auf die Berge und das Meer hat.

»Diese Prunktreppe«, sagt Thot und weist auf strahlend weiße Stufen zwischen zwei Palastfassaden an der Nordseite, »führt in die Haupträume. Unten links sind Kultkammern, rechts die Vorhalle zum Thronsaal.«

»Zuerst zum Thronsaal«, schlagen die Zwillinge vor.

Gleich darauf stehen sie in einem eleganten, aber verblüffend kleinen Raum. Der steinerne, seidig glänzende Fußboden fühlt sich unter ihren Sohlen wie ein weicher Teppich an. An den Wänden zieht sich eine Steinbank entlang, die zu beiden Seiten eines steinernen Throns endet. Er hat eine eingetiefte Sitzfläche, seine Rückenlehne zeigt außen Schlangenlinien. Die Beine, die gerillt sind wie

Palmfächer, bilden nach innen einen Spitzbogen. Zwischen ihnen krümmt sich ein Gebilde, das einem Halbmond gleicht. Über der Steinbank und hinter dem Thron verläuft ein breiter Streifen aus stark marmoriertem grünem Stein. Darüber sind stilisierte Lilien auf sattroten Grund gemalt, die links und rechts der Rückenlehne von kauernden Greifen ersetzt werden, Fabeltieren, deren Körper aus einem Löwenleib, Vogelkrallen, einem Adlerkopf und riesigen Schwingen zusammengesetzt ist.

»Herrlich, dieser kostbare Schiefer«, sagt Spiros und fährt mit den Fingerkuppen vorsichtig über die schwarzen Äderungen im dunkelgrünen Stein. Der Thron ist aus Alabaster. Aber ihn werde ich nicht berühren, er ist göttlich.«

»Saß hier schon Minos?«, fragt Iris mit halbblauer Stimme.

»Das entzieht sich sogar meiner Kenntnis«, sagt Thot, »die Minoer sind zwar sehr redselig, aber über ihre Kulte geben sie nichts preis. Sicher kann ich nur sagen, dass überall im Palast Kapellen sind und dass scharenweise Priesterinnen und Priester hier leben, die aber auch die Magazine verwalten. Es scheint, dass der König und die Königin auch oberste Priester sind.«

Spiros achtet nicht auf die anderen, sondern geht bewundernd an den Wänden entlang, ehe er mit einem »der Schiefer ist ja noch schöner, und hier ist sogar samtiger Speckstein vermauert« in einem Nebenraum verschwindet.

»Welche Götter haben die Minoer denn?«, fragt Iris.

Thot zuckt mit den Schultern. »Was ich sagen kann, ist, dass ihre Hauptgöttin die sogenannte Herrin der Tiere ist. Ihre Begleiter sind Löwen, Affen, Schlangen und Vögel. Sie wird als Göttin der Fruchtbarkeit, der Liebe, aber auch der Unterwelt und des Kriegs angebetet. Damit erinnert sie an Babylons Ischtar. Wie sie hat auch die Herrin der Tiere einen jugendlichen Gemahl, der nur von Zeit zu Zeit erscheint.

Der seltsame kretische Stier ist vielleicht die Verkörperung eines dritten Hauptgotts, der für Kraft und Fruchtbarkeit steht, aber auch die Erde so beben lässt, wie sie unter den Hufen rasender Stiere erzittert.«

Iris ist inzwischen zur Tür des Nebenzimmers geschlendert. Ihr Blick fällt auf eine Steinbank. Auf ihr stehen mehrere Stierhörner, dazu Prunkäxte mit Doppelklingen und die kleine, wie lackiert glänzende Statue einer Frau, um die herum einige Muscheln verstreut sind.

Iris erinnert sich aus Babylon, dass die Figur aus glasiertem Ton sein muss. Sie trägt einen weit schwingenden Rock, dessen bestickter Stoff in sieben Abstufungen übereinanderfällt. Darüber, ebenfalls mit Stickereien, hängt eine Art kleiner Schürze. Ein eng geschnürtes, kurzärmliges Purpur-Mieder mit sich überkreuzenden Goldkordeln umspannt ihren Oberkörper, der Busen ist nackt. Ihr Blick aus weit aufgerissenen Augen geht ins Leere. Über ihren langen, krausen Locken sitzt eine bauschige Kappe, auf der eine Wildkatze oder Löwin kauert. In den waagerecht ausgestreckten Armen hält sie zwei Schlangen, die ihre Köpfe dem Gesicht der Frau zuwenden.

»Ist das die Herrin der Tiere?«, fragt Iris, während Martin auf die freiliegenden Brüste der Figur starrt, rot wird und sofort wieder wegschaut.

»Nein, eine ihrer Priesterinnen«, erwidert Thot.

»An diese Art von Bekleidung wirst du dich gewöhnen müssen«, sagt er zu Martin. »Alle Hofdamen und reichen Frauen laufen hier so herum.«

»Aha«, gibt Martin zurück und kratzt sich verlegen den Hinterkopf. »Wo ist eigentlich Spiros?«

»Er war doch eben noch bei uns«, sagt Iris.

Sie suchen ihn im nächsten Zimmer, dann in einem Säulengang und einer weiteren Reihe von Kammern. Spiros ist nirgends zu sehen.

»Verflixt, wo steckt der Kerl«, sagt Thot, »ihr wisst, meine Verwandlungskraft wirkt nicht stundenlang. Hier geht gleich die Mittagsruhe zu Ende, und wenn Spiros plötzlich in einem der Verwaltungsbüros oder in den Zimmern der Höflinge sichtbar wird, könnte das unangenehm für ihn und uns werden.«

Martin hört die letzten Worte schon nicht mehr. Er ist losgespurtet, um Spiros zu suchen. Endlos rennt er durch Gänge, Treppenhäuser und Lichthöfe, wo Säulen und Pfeiler bis zu vier Geschosse bilden. Überall öffnen sich Zimmer, Terrassen, Bäder und Ruheräume, Kultkammern und Kapellen.

Dann kommt er durch Werkstätten, später durch lange Gänge mit Zellen, in denen mannshohe dickbauchige Tonkrüge stehen, aus denen es nach Olivenöl, Honig und Weizen riecht. Treppauf, treppab, hin und her rennt Martin. Aus einigen Fenstern sieht er das Meer, aus anderen schaut er tief hinab in eine Bergschlucht, aus wieder anderen blickt er auf Knossos und seine Wein- und Zypressenhügel.

Ich find mich nicht mehr zurecht, denkt Martin und sinkt mit Seitenstechen auf eine Steinbank, das ist ja das reinste Labyrinth.

»Ins Schwarze getroffen!«, sagt Thot, der plötzlich vor ihm steht, ihm zur Seite sind Iris und Spiros. »Rings um seinen Zentralhof hat Knossos ein solches Gewirr von Räumen und Bauten – insgesamt 1300 –, dass die Griechen, wenn sie in 500 Jahren vor seinen Trümmern und steinernen Stierhörnern stehen werden, vom Labyrinth des Minotauros reden.

Hättest übrigens nicht so kopflos wegrennen sollen. Wenn ich mich konzentriere, kann ich durch Wände sehen, schon vergessen? In einer Minute hatten wir Spiros wieder. Er stand völlig versunken vor dem Lilienprinzen.«

»Vor wem?«

»Ein herrliches Gemälde«, sagt Spiros. »Es zeigt den jungen Gemahl der Herrin der Tiere, wie er einen Stier am Halfter führt. So ein Tier habe ich noch nie gesehen. So schön gemalt, meine ich. Fast zum Fürchten echt.«

In die letzten Worte von Spiros mischen sich andere Stimmen. Vom Ende des Ganges her kommen plaudernd drei junge Frauen. Sie haben weiß gepuderte Gesichter, Rouge auf den Wangenknochen und kirschrot geschminkte Lippen. Alle drei tragen Mieder wie die Figur der Priesterin, und ihre Röcke wippen und rascheln so stark, dass sie über dem Boden zu schweben scheinen. Lachend greift sich eine von ihnen in die aufgetürmten Locken, um eine verrutschte Perlenschnur neu zu befestigen. Dabei fällt ihr Blick auf die Zwillinge und ihre Begleiter. Ihre Bewegung erstarrt. Sie staunt eine Sekunde mit offenem Mund.

»Was wollt ihr hier?«, ruft sie laut. »Wer hat euch in die Zimmer der Königin gelassen? Wachen, sofort hierher!«

»Also wieder sichtbar«, murmelt Thot. »Zeit zu verschwinden. Aber diesmal wird nicht geflogen. Hab mich genug lächerlich gemacht.«

Mit plötzlich stieren Vogelaugen und klapperndem Schnabel stakst er auf die drei Frauen zu.

»Hüte deine Zunge, kreischende Elster«, sagt er, »siehst du nicht, dass du einem Boten Ägyptens gegenüberstehst? Einem Priester Thots, des Allwissenden?«

»Allwissend, allwissend?«, äfft die Frau Thot nach. »Wenn du, du gerupfter Halbstorch, allwissend wärst, wüsstest du, dass selbst höchste Gesandte nur auf Antrag bei der Königin vorgelassen werden. Ziemlich dämliche Ausrede also. Wer sind deine Begleiter? Etwa Jungstörche? Oder doch eher … Attentäter?«

»Sabotage, Überfall, Räuber, Diebe, Dämonen«, rufen sofort die beiden anderen Frauen und klammern sich schutzsuchend aneinander.

»Hysterische Ziegen«, zischt die Wortführerin.

Dann dreht sie sich um und springt plötzlich, als stünde sie auf einem Trampolin, hoch in die Luft. Ihr Oberkörper ist nach vorn gestreckt, ihre gespreizten Finger zielen auf Thots Augen.

»Ihr Götter, ist die rabiat«, ächzt Thot und weicht zurück. »Die hat eine Ausbildung im Stierspiel hinter sich, sonst könnte sie nicht springen wie eine Heuschrecke.«

Im selben Moment schießt ein Falke durch das große Pfeilerfenster des Gangs. Er hackt mit dem Schnabel nach der Schulter der Frau, die sich vor Schreck in ihrem Rock verfängt und zu Boden stürzt. Verwirrt stützt sie sich auf die Ellenbogen und hebt den Kopf.

»Euch hilft ein Falke? Ein Bote der Großen Herrin?«

Das gibt eine Riesenbeule, denkt Iris, als sie die rote Stelle an der Stirn der Frau sieht.

Als sie zu Hajo schauen will – sie ist sicher, dass er der Falke ist –, sieht sie nur noch eine kleine Feder im Fensterrahmen nach unten schaukeln. Der Vogel ist wieder auf und davon.

Iris und den anderen bleibt keine Zeit mehr. Denn vom anderen Ende des Gangs her nähert sich das eilige Getrappel von Stiefelsohlen.

»Die Palastwachen«, sagt Thot. »Na schön … aber den schaukelnden Ibis mach ich heute trotzdem nicht.«

Er packt Iris und Martin an den Handgelenken, fordert Spiros mit einem Kopfnicken auf, ihnen zu folgen, und ist mit einem Satz auf der steinernen Fensterbank. Etwa einen halben Meter unter ihnen ragt eine kleine Gartenterrasse wie ein Balkon über den Abhang des Palasthügels.

»Los, wir springen!«

Kaum sind sie, begleitet vom Gekreisch der Hofdamen, auf dem weichen Rasen gelandet, wendet er sich nach links, zu einem kleinen Durchgang.

»Hier entlang, wir verschwinden über die Lieferantentreppe«, ruft er und steigt eilig die Stufen hinab.

Am Fuß des Hügels, unter dem Bogen einer Brücke versteckt, bleiben alle stehen.

»So, ihr verschnauft ein wenig«, sagt Thot, »und ich habe Zeit, mich zu konzentrieren.«

Er schließt die Augen, bald beginnt die Luft ringsumher zu sirren – und dann wird es wieder einmal dunkel.

Als die Helligkeit zurückkommt, stehen sie auf einer Ebene, die von sanften Hügeln umgeben ist. Hinter ihnen ragen schroffe Berge, einige tragen sogar Schnee auf ihren Gipfeln. An einem der unteren Berghänge sieht Martin ein weißes Gebäude mit der typischen minoischen Würfelform zwischen Baumgruppen stehen. Auf dem Dachfirst kann er gerade noch die Stierhörner erkennen, die er im Palast gesehen hat. Das Portal des Baus rahmen zwei der roten Säulen, die er ebenfalls von dort kennt.

»Das ist ein Bergheiligtum der Minoer«, sagt Thot. »Es steht unweit einer kleinen Stadt, die in eurer Zeit Archanes heißen wird. Auf Kreta werden die Götter nicht nur in den Palästen verehrt, sondern oft auch in Höhlen und auf Bergen. Manchmal baut man ihnen dort Tempel, meistens aber werden nur steinerne Altäre aufgerichtet oder heilige Haine mit kleinen Mauern eingefriedet. Wenn in den uralten Bäumen der Wind braust, glauben die Minoer, ihre Götter würden ihnen Zeichen geben oder sogar erscheinen.

»Ich habe mit meinem Meister im vorigen Frühjahr dort oben Reparaturen durchgeführt«, sagt Spiros atemlos. »Es hat fast einen halben Tag Fußmarsch gedauert, bis wir von Knossos hierherkamen. Eben aber ging alles wie im Flug ... Thot, wer seid Ihr?«

»Sagen wir ... ein Reiseführer mit außergewöhnlichen Fähigkeiten. Hab noch ein wenig Geduld, Spiros, ich werde dir später alles ausführlich erklären.«

»Na, da bin ich gespannt«, sagt Spiros, gibt sich aber vorläufig zufrieden.

»Das da vorn ist ein Landgut«, sagt Thot und zeigt auf eine Gruppe flachgedeckter Würfelbauten. Sie sind umgeben von Weinstöcken, zwischen denen Feigen- und Olivenbäume wachsen. Dahinter breiten sich Getreidefelder aus.

»Auf Kreta wird hervorragender Wein gekeltert«, sagt Thot, »und feinstes Olivenöl gepresst. Selbst wir in Ägypten sind ganz versessen darauf. Am höchsten aber schätzen wir das wunderbare Geschirr der kretischen Palast-Töpfereien. Besonders in Phaistos versteht man es, Vasen und Becher zu brennen, deren Wandungen so hauchdünn sind wie Eierschalen. Und die Verzierungen … exzellent. Land- und Meerestiere, Lilien, Myrten und Krokusse in den schillerndsten Farben, so hingehaucht, als seien sie vom Wind auf die Form geweht worden.«

»Klingt wie die Beschreibung von dem tausendjährigen Porzellan aus China«, sagt Martin, »das Iris und ich im Frankfurter Museum für Kunsthandwerk gesehen haben.«

»China??«, fragt Spiros verständnislos. »Ich glaube, unsere Unterhaltung nachher wird sich ziemlich lang hinziehen!«

»Ich habe euch weder wegen des Olivenöls noch wegen der Keramik hierher versetzt«, schaltet sich Thot ein, »sondern weil ich in euren Gedanken gelesen habe, dass ihr unbedingt mehr über den Minotauros wissen wollt.«

Thot weist auf eine Koppel mit etwa einem Dutzend weidender Stiere. Dann greift er in die Luft und hat in der nächsten Sekunde einen steinernen Stierkopf mit goldenen Hörnern in den Händen. Die Augen der Büste glänzen, als sei das Tier lebendig.

Wie magisch angezogen, geht Spiros auf den Kopf zu.

»Wird er mich«, fragt er Thot, »mit einem Blitz erschlagen, wenn ich ihn anfasse?«

Als Thot lächelnd verneint, lässt Spiros bewundernd die Fingerspitzen über den Stein gleiten.

»Polierter Steatit, ein Stein, den nur die geschicktesten Meister bearbeiten können. Die weißen Nüstern sind eine Einlegearbeit aus Elfenbein und die Augen aus Bergkristall«, sagt er.

»Droben im Bergheiligtum gibt es Vasen aus Staetit, in die springende Stiere geschliffen sind. Auf einer ist sogar eine Stierjagd dargestellt«, sagt Thot.

»Könnten wir?«, fragt Spiros und schaut ihn an.

»Ich würde das Bergheiligtum auch gern sehen«, sagt Martin.

»Also mir wären die lebendigen Stiere lieber«, wendet Iris ein und zeigt auf die Koppel.

Als Iris Spiros' enttäuschtes Gesicht sieht, zögert sie einen Moment. Dann wendet sie sich an Thot.

»Versetz doch euch drei auf den Berg und lass mich hier unten. Bei deinen magischen Kräften seid ihr doch schnell wieder zurück.«

»Und du hättest keine Angst, so allein?«, fragt Martin zweifelnd.

»Hat sie nicht«, sagt Thot, »ich weiß, dass keine zehn Pferde, oder sagen wir besser: zehn Stiere, sie auf den Berg bringen würden. Sie hat irgendetwas hier unten vor. Ich kann nur nicht genau erkennen, was es ist.«

»Nun macht schon«, sagt Iris. »Ich habe wirklich keine Angst. Wenn wirklich etwas passieren sollte, schicke ich Thot in Gedanken einen Hilferuf. Und nebenbei werde ich auf den Wiesen und Feldern Ausschau nach Hajo halten. Solches Gelände mag er.«

»Abgemacht«, sagt Thot.

Gleich darauf sind die drei verschwunden. Nur die Konturen ihrer Körper zittern noch einen Moment in der Luft.

Iris wendet sich dem Haupthaus zu und erschrickt. An den Türrahmen gelehnt, beobachtet sie ein junges Mädchen. Obwohl sie wesentlich kleiner ist als Iris, scheint sie ungefähr gleich alt zu sein. Sie trägt einen gelben wollenen Umhang mit roten Randstreifen, der eine Schulter freilässt.

Ihre Lippen sind geschminkt, auf ihrem Gesicht sind einige kleine blaue Ornamente zu sehen. Wie winzige Tattoos, denkt Iris. Am sonderbarsten aber ist die Frisur des Mädchens. Ihr Kopf ist geschoren und schimmert bläulich von den nachwachsenden Haarstoppeln. Nur von der Schläfe baumelt ein dicker Zopf, in den bunte Bänder geflochten sind. In der Hand hält das Mädchen eine kleine Metallkanne.

»Wer bist du?«, fragt das Mädchen.

»Ich komme aus Mykene und bin zu Besuch in Knossos«, antwortet Iris und versucht ihre Nervosität zu verbergen.

»Ganz allein?«, fragt ihr Gegenüber ungläubig. Sie hat also die drei anderen nicht gesehen.

»Ich war auf einem Ausflug, habe getrödelt und deshalb meine Begleiter verloren«, sagt Iris.

Das Mädchen guckt weiterhin misstrauisch, sagt dann aber: »Nachher wird eine Gruppe unserer Landarbeiter eine Ladung Ziegenfelle nach Knossos bringen. Sie können dich mitnehmen. Willst du solange hereinkommen?«

»Gern«, sagt Iris, um sich nicht noch mehr verdächtig zu machen, während sie gleichzeitig fieberhaft überlegt, wie sie Martin und den anderen ein Zeichen hinterlassen könnte. Thot in Gedanken zu Hilfe zu rufen scheidet aus. Wer weiß, wie viele Personen auf dem Landgut wohnen, die das Mädchen alarmieren würde.

Als sie eine kleine Halle betreten, geht das Mädchen zu einem niedrigen Tisch, auf dem eine flache Tonschale steht.

»Warte einen Moment, ich krieg den Weihrauch nicht zum Schwelen.« Sie legt beide Hände um die Schale und bläst leicht hinein. »Endlich«, sagt sie, als gleich darauf eine winzige Flamme aus dem Moos schlägt, das in der Schale gequalmt hatte. Sie nimmt einen Kienspan und hält ihn an das Moos. Als er brennt, greift sie nach der Metallkanne und hält ihn hinein. Kurz darauf quillt bläulicher Rauch aus dem Gefäß. Iris erkennt den Weihrauchduft sofort wieder.

»Komm«, sagt das Mädchen nun feierlich.

Sie gehen in einen großen Raum, dessen Wände ringsum bemalt sind. Die Gemälde zeigen eine Berglandschaft. Zwischen bewachsenen Felsbrocken springen Ziegen, turnen blaue Affen und flattern Rebhühner. Auf einem breiten Bildstreifen darunter bewegen sich junge Frauen und Mädchen, die gekleidet sind wie die Palastfrauen. Sie pflücken kleine violette Blüten und sammeln sie in Körben.

Eine Wand ist fast vollständig vom Bild einer reich geschmückten, lächelnden Frau auf einem Thron ausgefüllt. An ihrer Seite sitzen Löwen und Greife, vor ihr knien zwei junge Mädchen und reichen ihr Körbe mit den Blüten.

»Ist das die Herrin der Tiere?«, fragt Iris.

Das Mädchen nickt, dann sagt sie leise und stolz: »Und ich werde zu ihrer Priesterin ausgebildet.

Es ist gerade die Zeit der Blumenernte, wie du sie hier gemalt siehst. Deshalb bin ich mit meinen Freundinnen, die auch Priesterinnen werden, aus dem Palast hierher geschickt worden. Wir sammeln die Blüten wegen der Staubfäden. Wenn man sie trocknet und zerreibt, entsteht ein rotes Pulver. Tränke und Salben aus ihm haben große Heilkraft. Doch nimmt man zu viel, wird es zum tödlichen Gift.

Schon eine winzige Menge von dem Pulver färbt Stoffe zum schönsten Gelb der Welt. Als Färbemittel und als Gewürz ist unser Pulver in aller Herren Länder begehrt.«

Gelb färbendes Gewürz?, denkt Iris, das kann nur Safran sein. Der macht die Paella immer so schön gelb, wenn wir zum Spanier essen gehen. Dann fällt ihr ein, dass Safran aus Krokussen gewonnen wird und auch heute noch zu den teuersten Gewürzen der Welt zählt.

»Ich muss los«, sagt das Mädchen, nachdem es den Weihrauchbehälter mit einer Verbeugung vor dem Bild der Großen Herrin abgestellt hat. »Gehst du mit zur Blumenernte? Die Arbeiter, die dich nach Knossos bringen werden, treffen erst gegen Abend ein.«

»Kommen wir bei den Stieren vorbei?«, fragt Iris.

»Wenn du magst.«

Iris schiebt den Gedanken an Martin und die anderen beiseite. Die Stiere sind ihr zu wichtig. Später wird es bestimmt eine Gelegenheit geben, sich davonzustehlen.

Wenig später stehen die junge Priesterin und Iris am Gatter, in dem die Stiere jetzt nervös mit den Hufen scharren. Der Grund ihrer Unruhe sind junge Männer und Frauen, die Dehnübungen hinter einer hölzernen Schutzwand machen. Sie tragen nur den kurzen Wickelrock und die Filzstiefel. Auch der Oberkörper der Frauen ist nackt.

Gut, dass Martin nicht hier ist, denkt Iris, er würde vor Verlegenheit im Erdboden versinken.

Martin aber ist mit ganz anderen Dingen beschäftigt. Er steht im linken Raum des dreigeteilten kleinen Bergtempels und bestaunt eine lebensgroße Holzfigur. Nur ihre Füße sind aus Ton.

»Die Minoer sind Genies im Herstellen von kleinen Statuen«, sagt Thot gerade, »an große Figuren aber wagen sie sich selten. Wenn, dann schnitzen sie sie aus Holz.«

»Welcher Gott wird hier verehrt?«, fragt Martin.

»Hmm«, sagt Thot grübelnd, »nach den vielen Stierbildnissen zu schließen dürfte es der Erderschütterer sein.«

Sie gehen in den Mittelraum, wo Spiros versunken eine Steinvase anschaut, die mit Reliefs aus Stierköpfen und Blumengirlanden verziert ist.

»Nie werde ich es so weit bringen, nie«, sagt er und schaut die beiden an. »Aber vor einigen Monaten«, er nestelt in einem Beutel an seinem Gürtel, »habe ich ein Bruchstück Steatit aufgehoben, das die Meister im Palast weggeworfen hatten. Abends nach der Arbeit habe ich daran geübt.«

Er hält ihnen eine winzige Vase entgegen. Sie läuft spitz nach unten zu. Oben hat sie einen ausladenden runden Rand, der wie eine in der Mitte offene Scheibe gestaltet ist. In die Wandung der Vase hat Spiros regelmäßige Streifen eingehöhlt. Dabei hat er geschickt die Äderung des Steins genutzt, die jetzt wie eine zusätzliche kostbare Umhüllung aus schwarzer Spitze wirkt.

»Meinst du, die würde Iris gefallen?«, fragt er Martin.

»Ganz sicher, sie sammelt solche Dinge«, antwortet Martin.

»Dann gib du sie ihr. Ich würde mich zu sehr genieren«, sagt Spiros.

Er schaut Martin irritiert an, als er merkt, dass dieser es vermeidet, beim Übergeben der Vase die Finger von Spiros zu berühren. Gerade als Spiros nachfragen will, hört man den durchdringenden Schrei eines Falken. Martin stürzt hinaus, gefolgt von Thot und dem verblüfften Spiros.

»Wenn das kein Warnruf war«, murmelt Thot, »will ich ab sofort Storch heißen. Verflixt, ich hätte Iris im Auge behalten sollen.«

An der Koppel fühlt Iris sich vor Spannung inzwischen, als hätte sie Fieber. Die Jugendlichen haben alle Stiere bis auf einen in eine Umzäunung getrieben. Der übrig gebliebene Stier trabt aufgeregt hin und her.

Iris schnappt nach Luft, als ein junges Mädchen mit wilden Bewegungen direkt vor den Stier springt und zu singen und zu tanzen beginnt. Die anderen stimmen in ihr Lied ein und laufen hinter das Tier. Dann geht alles blitzschnell: Der Stier rast auf das Mädchen zu, das daraufhin – wie die Hofdame in Knossos, denkt Iris – mit einem federnden Satz in die Höhe springt. Im Fallen packt das Mädchen den Stier bei den Hörnern und schwingt sich in einem Salto über dessen Rücken. Als es landet, wird es von zwei Mittänzern aufgefangen.

Das sind also die legendären Stierspiele der Minoer, denkt Iris, genauso, wie es das große Gemälde im Palast von Knossos zeigt.

Unterdessen sind noch zwei Mädchen und drei Jungen über den Stier gesprungen. Die kleine Priesterin zupft Iris am Kleid.

»Du siehst aus, als würdest du auch springen wollen«, sagt sie und lächelt ein wenig hochnäsig. »Aber hüte dich, selbst perfekt ausgebildete Stierspringer verunglücken manchmal.«

Iris denkt an ihren Turnverein und an das Trampolinspringen, in dem sie die Beste ist.

»Ich könnte springen«, sagt sie, »aber ich tu's aus Prinzip nicht.

Eure Übungen haben was von Tierquälerei.« Iris hat gesehen, dass der Stier mit spitzen Stöcken gestochen wurde, um ihn zu reizen.

»Quälerei?«, fragt die kleine Priesterin und runzelt nachdenklich die Stirn. »Allen ist es eine Ehre, zum Lob der Götter ihr Leben zu riskieren. Den Tieren, die ihnen geweiht sind, bestimmt auch.«

Inzwischen sind die eingepferchten Stiere immer unruhiger geworden. Einige werfen sich brüllend gegen die hölzerne Absperrung. Plötzlich gibt sie mit einem lauten Knall nach. Sofort galoppieren die Stiere auf der Wiese umher.

Einer prescht auf den jüngsten Tänzer zu. Der will über ihn hinwegspringen, knickt ab und landet schräg verkrümmt auf dem Rücken des Tiers, von wo er in hohem Bogen auf die Wiese geschleudert wird. Der Stier wendet sich schnaubend zu ihm um.

»Nein«, schreit Iris entsetzt, und klettert über das Gatter.

»Nicht«, ruft die junge Priesterin. »Die Götter wollen es.«

Iris hört nicht auf sie und rennt zu dem Jungen, der ohnmächtig im Gras liegt. Plötzlich rast von rechts ein weiterer Stier heran. Iris wirft sich zur Seite und spürt, wie ihr Arm gegen einen der geborstenen Balken des Pferchs prallt.

»Bist du verrückt geworden, Mädchen?«, hört sie plötzlich Thot, der aus einer Staubwolke auf sie zurennt.

An ihm vorbei schießt Spiros.

»Schnell, schnell, der Stier kommt zurück«, ruft er, beugt sich herab und schlingt, ehe ihn Iris warnen kann, seine Arme um ihre Hüften.

Diesmal ist es wie ein Hieb, als die Dunkelheit über Iris zusammenschlägt.

oder Wie Iris und Martin sich verlieren ◇◇◇◇◇◇◇

»Aufhören, das tut weh«, stöhnt Iris und wendet den Kopf weg. Sie liegt unter dem Apfelbaum. Martin, der ihr unentwegt kleine Ohrfeigen gegeben hat, ist über sie gebeugt.

»Endlich«, sagt er und schaut ihr ziemlich ängstlich ins Gesicht. »Ich habe schon gedacht, du wirst gar nicht mehr wach.«

»Wieso?«, fragt Iris.

»Du warst ohnmächtig, nachdem die Berührung von Spiros uns in die Gegenwart zurückgeschleudert hat. Aber das kommt sicher von dem Sturz im Stiergatter.«

»Stiergatter?«

Jetzt erinnert sich Iris.

»Ist der Junge gerettet worden?«

»Keine Ahnung. Du hast dir jedenfalls ziemliche Blessuren geholt. Dein Unterarm ist grün und blau, und auf der Stirn hast du ein dickes Ei. Du brauchst mindestens zwei Eisbeutel.«

Diesmal gehen sie sehr langsam nach Hause. Ihre Mutter erschrickt sehr, als die beiden durch die Tür kommen.

»Iris, wie siehst du denn aus?«

»Ich … ich … ich bin mit dem Fahrrad gestürzt.«

»Mit dem Fahrrad? Eure Räder haben doch den ganzen Tag hinten in der Garage gestanden!«

»Iris ist vorhin zur Garage gerannt«, springt Martin ein. »Sie wollte schnell noch mal nach Bergen-Enkheim zu Tanja.«

»Tanja? Ist die nicht mit ihren Eltern und Geschwistern nach Italien gefahren? Ach, egal jetzt, erst mal mach ich dir 'nen Eisbeutel. Tut's sehr weh?«

»Geht so«, sagt Iris.

»Leg dich besser hin«, sagt die Mutter, als sie mit den Eisbeuteln zurückkommt. »Wenn's schlimmer wird, gehen wir morgen zum Arzt.«

Bloß das nicht, denkt Iris und sieht an Martins erschrockenem Gesicht, dass ihm das Gleiche durch den Kopf geht.

Abends sitzt Martin bei Iris am Bett.

»Ich hab vorhin noch was vergessen«, sagt er und reicht ihr die winzige Vase von Spiros. »Das hat er dir geschenkt.«

»Ist die schön!«

Iris streicht vorsichtig mit den Fingerspitzen über den kühlen Stein.

»Ich werde Spiros nie vergessen, er hat sein Leben für mich riskiert.«

»Kann man wohl sagen. Bin gespannt, was Thot über seine Reaktion erzählen wird, als wir uns plötzlich in nichts aufgelöst haben.«

»Dann willst du also morgen auch wieder zum Apfelbaum?«

»Na sicher.«

»Der Schreck sitzt mir jetzt noch in den Gliedern«, sagt Thot, als er am folgenden Tag vor ihnen steht.

Diesmal ging alles im Nu. Iris, der es am Morgen schon viel besser ging, war von ihrer Mutter mit einer elastischen Binde um den Arm und einem Pflaster für die Beule versorgt worden. Auf einen Arztbesuch hatte sie verzichtet.

Am Apfelbaum hatten die Zwillinge einige Minuten gewartet. Gerade als Martin meinte, heute könne es vielleicht nicht klappen, weil ein Temperatursturz Regen gebracht hatte, war Sonnenlicht wie Laserstrahlen durch einige Wolkenlücken gefallen. Wieder war das Luftflimmern eingetreten. Für einen kurzen Moment hatte Iris geglaubt, den Schatten des fliegenden Hajo zu sehen.

Und hier sind sie nun, und schauen von der Spitze eines grünen Hügels hinunter auf ein Gewirr steinerner, würfelförmiger Häuser. Viele davon haben ummauerte Gärten, in denen, gerahmt von Säulengängen, Zypressen und Nussbäume, Oleander, Lorbeer und Rosmarin wachsen. Über allem ragt ein Berg mit schroffen Felshängen auf. Vom breiten, flachen Gipfel her leuchten steile Mauern und breitgelagerte Gebäude im Sonnenlicht.

»Ich hätte gründlicher in deinen Gedanken lesen sollen«, fährt Thot an Iris gewandt fort. »Mir war schon aufgefallen, dass du extrem stur sein kannst, wenn du dir etwas in den Kopf gesetzt hast. Aber wer kommt schon auf die Idee, dass ein dreizehnjähriges, fast schon vierzehnjähriges Mädchen so unvernünftig ist, mit durchgedrehten Stieren turnen zu wollen?«

»Nicht turnen!«, sagt Iris. »Ich wollte nur sehen, wie die Minoer das geschafft haben. In unserer Zeit könnte das auch der gelenkigste Akrobat nicht.«

»Das wird vorerst ein Geheimnis Kretas bleiben«, sagt Thot, »schließlich sollen eure Archäologen und Ethnologen noch etwas zu rätseln haben.«

»Was ist mit Spiros?«, fragt Martin.

»Ich habe ihn mir unter den Arm geklemmt«, sagt Thot, »und den wohl weitesten und höchsten Luftsprung meines ewigen Lebens gemacht. Der Stier ist vor Verblüffung über seine eigenen Hufe gestolpert. Sein Sturz war ein kleines Erdbeben!

Den anderen Jungen haben seine Gefährten aus dem Pferch gezogen. Er hat sich ein Bein gebrochen, aber das wird verheilen. Die Stiertänzer sind zäh. Spiros habe ich am selben Tag noch der kleinen Priesterin übergeben und gesagt, ich müsse mich um euch kümmern. Sie wird seine Schrammen heilen und ihm und auch sich selbst unser Verschwinden mit dem Wirken der Götter erklären.

Seid nicht besorgt wegen Spiros. Er wird seinen Weg machen. Die kleine Priesterin hat gute Kontakte zum Palast. Sie wird ihn in die

Werkstätten der Steinschleifer und Bildhauer einführen. Den Rest erledigt sein enormes Talent. Du hast ja den schönsten Beweis dafür auf deinem Regal stehen«, sagt er zu Iris und lächelt.

»Schade, dass ich mich nicht selbst bei ihm bedanken kann«, sagt Iris.

»Aber wenigstens dir können wir danken«, sagt Martin nun. »Denn wenn du Spiros und mich nicht in Sekunden aus dem Bergtempel zur Koppel gebracht hättest, wäre das Ganze für Iris schlimm ausgegangen.«

»Gern geschehen«, antwortet Thot. »Aber eigentlich war Hajo der Retter. Er hat mich oben auf dem Berg alarmiert. Auch wenn er immer flieht, sobald ihr euch nähert – er scheint sich doch verantwortlich für euch zu fühlen.«

»Vielleicht haben wir heute Glück und finden ihn da oben«, sagt Iris.

»Auf der Akropolis?«, fragt Thot skeptisch. »Was wir dort mit Sicherheit sehen werden, sind Unmengen von Eulen. Kennt ihr das Sprichwort ›Eulen nach Athen tragen‹? Hier gibt es massenhaft Eulen! Sie sind der Athene, der Schutzgöttin Athens, geheiligt. Und die Akropolis ist für die Griechen ihr irdischer Wohnsitz.

Ursprünglich stand dort oben eine Fürstenburg der Mykener. Seht ihr die verfallene Bruchsteinmauer mitten in den neuen Stützmauern? Sie ist – das werden eure Archäologen feststellen – ein Rest dieser mykenischen Burg. Aus Ehrfurcht hat man ihn nicht erneuert, als die Akropolis zwischen 460 und 400 vor Christus wiederaufgebaut wurde.

Die Akropolis, wie ihr sie hier vor euch seht, ist nämlich schon die zweite. Die erste wurde im Perserkrieg 480 vor Christus zerstört. Als die Griechen schließlich doch die Perser besiegten, bauten sie die Akropolis schöner denn je wieder auf.

Alle großen Städte Griechenlands haben übrigens eine Akropolis. Aber die Athens ist die bedeutendste. Auch, weil in ihrem Haupttempel, dem Parthenon, der Staatsschatz aufbewahrt wird, zu dem alle Stadtstaaten Griechenlands ihren Beitrag leisten … besser gesagt: leisten müssen.«

»Können wir jetzt endlich raufgehen?«, sagt Martin ungeduldig.

»Na schön, wenn Ökonomie dich langweilt«, antwortet Thot achselzuckend.

Sie laufen über eine gepflasterte Rampe, die in eine breite Stufenfolge mündet. Hoch über ihnen türmen sich mächtige Säulen und Giebel auf.

»Das sind die Propyläen, der Haupteingang der Akropolis«, sagt Thot, »in Auftrag gegeben von Perikles, einem klugen Staatsmann und, wie es in eurer Zeit heißt, radikalen Demokraten. Die Planung aller Baumaßnahmen übertrug er dem genialen Bildhauer und Architekten Phidias.«

Inzwischen sind die drei am Mittelbau der Propyläen angelangt. Er hat sechs gigantische Säulen, über denen sich ein Dreiecksgiebel erhebt.

»Sieht aus wie ein klassischer griechischer Tempel«, sagt Martin, der sich an Bilder aus seinem Geschichtsbuch erinnert.

»Gut beobachtet«, sagt Thot. »Aber du wirst gleich sehen, dass dies hier wirklich ein Torbau ist. Man hat ihm allerdings eine Tempelfront gegeben, um die Würde des Ortes schon von fern sichtbar zu machen.«

Iris zählt fünf Tore: ein mittleres breites, das keine Stufen hat und verschlossen ist, zu seinen beiden Seiten folgen je zwei schmalere Durchlässe mit niedrigen Treppen.

»Der mittlere Durchgang«, sagt Thot, »ist für Prozessionen mit Opferstieren. Er wird nur für sie geöffnet. Wegen der Tiere gibt es hier keine Stufen.«

Derweil verrenkt Martin sich fast den Hals bei dem Versuch, bis zum Dachsims der beiden Säulenhallen zu schauen, die links und rechts des Torbaus vorspringen. Eine ist vollendet, die andere noch Baustelle.

Die Akropolis mit dem Parthenon, dem Tempel der Athene. Vorne rechts die Propyläen und der kleine Niketempel. Links unten der Apollotempel von Delphi.

»Das ist die Pinakothek, eine Gemäldegalerie«, sagt Thot und weist auf die fertige Halle. »Kommt weiter, es gibt so viel zu sehen.«

Sie gelangen in eine von Säulen umstandene Torhalle, so hoch und beeindruckend wie die ägyptischen Tempelsäle.

»Seht ihr den Unterschied zwischen den Säulen draußen und drinnen?«, fragt Thot.

»Ich weiß nicht, was du meinst«, sagt Martin.

»An der Außenseite«, sagt Thot, »wachsen sie direkt aus dem Steinboden und enden oben in einfachen, runden Wülsten, genannt Echinus, auf denen eine quadratische Steinplatte sitzt, die Abakus heißt. Diese Säulen nennt man dorisch.

Der Griechenstamm der Dorer hat sie der Sage nach erfunden. Aber wenn ihr genau hinseht, könnt ihr erkennen, dass sie fast Doppelgänger der ägyptischen Säulen sind. Nur die regelmäßigen Einhöhlungen am Säulenschaft, die Kanneluren, sind anders.«

»Dann sind das hier innen keine dorischen Säulen«, sagt Iris und schaut nach oben.

»Exakt«, sagt Thot. »Die hier haben nämlich am unteren Ende eine Standplatte und am oberen ein Kapitell. Ionisch nennt man es, nach dem Stamm der Ionier. Die Ionier erzählen, ihre ersten Steinmetzen hätten das Kapitell den Kissen nachgebildet, die ihre Frauen sich auf den Scheitel legten, um den Druck der Körbe und Krüge zu mildern, die sie auf ihren Köpfen balancierten.«

»Dann sind also die Spiralen an den äußeren Enden der Kapitelle die einwärts gerollten Kissenränder«, sagt Iris.

»Richtig«, sagt Thot, »man nennt sie Voluten.«

»Aber mit den Säulen von Knossos«, sagt Martin, »haben die hier keine Ähnlichkeit.«

»Genau«, bestätigt Thot. »Die Minoer benutzten Zypressenstämme als Säule, die sie kopfüber, also mit dem schmalen Ende nach unten in Haltelöcher setzten. Bei den Griechen, die anfänglich auch Baumstämme als Säulen verwandten, ist es umgekehrt. Ihre Säulen verjüngen sich nach oben. Zusätzlich haben sie eine Art Bauch, eine kaum merkliche Verdickung auf halber Höhe. Man nennt sie Entasis. Sie dient dazu, dass die Säulen nicht von fern aussehen, als würden sie kippen.

Kurz nach der Vollendung der Akropolis wird man übrigens noch eine dritte Säulenart erfinden – die korinthische. Bei ihr besteht das Kapitell aus zwei Akanthusblatt-Kränzen, und die Deckplatte ist an allen vier Seiten einwärts gekurvt. Das macht alles schwungvoller und leichter.«

»Und ich dachte immer, Säule ist Säule«, stöhnt Martin, dem von all den vielen Stilbegriffen der Kopf schwirrt.

»Es ist dir nur nicht bewusst gewesen, aber du hast garantiert die Unterschiede wahrgenommen«, sagt Thot. »Jeder Mensch wird von Bauwerken beeinflusst, je nachdem, ob er sich in einem niedrigen oder hohen Raum befindet, ob er vor gedrungenen oder schlanken Säulen steht.«

»Ich glaube, du hast recht«, sagt Iris, »vor allem mit dem unbewussten Wahrnehmen. Ich zum Beispiel fühle mich hier doch an Knossos erinnert, obwohl ich nicht sagen kann, wodurch.«

»Hast du noch den großen Südeingang von Knossos vor Augen?«, fragt Thot eifrig, den Iris' Bemerkung freut. »Bei ihm musste man, wie hier in den Propyläen, auch erst in eine Säulenhalle, ehe man zum Haupthof kam.

Diese Ähnlichkeit ist möglicherweise kein Zufall. Denn die Propyläen stehen da, wo sich das Tor der mykenischen Fürstenburg von Athen befunden hat. Die Mykener, davon hat ja auch Spiros erzählt, haben viele Bauformen Kretas übernommen. Also vielleicht auch die Torhalle, die dann ihrerseits den Schöpfer der Propyläen beeinflusst hat.«

»Wenn wir Athener irgendetwas aus Kreta übernommen haben sollten, dann höchstens die Erfindungen des Daidalos«, hören sie eine Stimme hinter sich.

Sie drehen sich um. Vor ihnen steht ein Junge in einem weit fallenden Hemd, das bis zu den Knien reicht. Um die Hüften trägt er einen Gürtel, an den Füßen Riemensandalen. »Spiros«, hätte Iris beinahe ausgerufen, denn bis auf die rundum gestutzte Frisur gleicht der Junge verblüffend dem aus Kreta. Nur die Haare sind heller, eigentlich braun, und wenn die Sonne direkt auf sie scheint, leuchten sie fast blond.

Thot blinzelt Iris zu.

»Darf ich vorstellen: Das ist Polybios, Maurerlehrling am Tempel der Nike. Ich habe ihm heute Morgen, als ich unseren Akropolis-Ausflug vorbereitete, schon von euch erzählt.«

Deshalb, denkt Martin, hat Thot sich ein breites Tuch um den Kopf drapiert. Es verdeckt sein Gesicht bis auf einen Augenspalt.

»Wir heißen Iris und Martin«, wendet er sich jetzt dem Jungen zu, »und kommen aus ... äh ...«

»Zypern«, ergänzt Thot rasch, »der Insel, wo die sonderbarsten Fremdlinge leben. Habe ich Polybios alles schon erzählt. Also Schluss mit den Förmlichkeiten, lasst uns zur Baustelle des Nike-Tempels gehen. Wir werden ungestört sein. Die Bauarbeiter haben heute einen freien Tag und sitzen alle in den Tavernen von Athen.«

»Das Entscheidende ist die perfekte Bearbeitung des Steins«, sagt Polybios, als sie gleich darauf zwischen säuberlich aufgeschichteten Quadern aus Marmor, hölzernen Gerüsten und Flaschenzügen stehen. »Zugeschlagen werden die Quader schon in den Steinbrüchen, wir machen hier die Feinarbeit. Danach müssen die vorher nummerierten und mit Steinmetzzeichen versehenen Blöcke nur noch an ihren vorbestimmten Platz im Gesamtbau gesetzt und mit Bronzeklammern aneinandergeheftet werden. Die Standfestigkeit besorgt die lotrechte Schichtung.«

»Lotrecht?«, fragt Martin.

»Na ja, absolut senkrecht«, antwortet Polybios. »Dabei hilft uns das Senkblei, ein Metallgewicht an einem dünnen Seil, das schnurgerade nach unten hängt.«

»Ich dachte, alles hier ist der Athene geweiht«, sagt nun Iris. »Wieso baut ihr dann einen Tempel für die Siegesgöttin Nike?«

»Ursprünglich«, schneidet Thot Polybios das Wort ab, »sollte sich die zweite Säulenhalle der Propyläen bis hierher erstrecken. Dann aber wurde der Plan zugunsten des Nike-Tempels geändert. Deshalb ist sie viel schmaler als die gegenüberliegende Pinakothek. Der Nike-Tempel nimmt die prominenteste Stelle am Eingang der Akropolis ein. Außerdem ist er der auffallendste Bau hier oben, weil er über dem Abgrund zu schweben scheint. Für ihn hat man nämlich 425 vor Christus einen steilen Felsvorsprung des Akropolisbergs erhöht und zur Plattform erweitert.«

»Phidias hat den Tempel entworfen und Kallikrates baut ihn«, meldet sich jetzt Polybios, »gegen den Willen des Perikles übrigens. Die konservativen Athener, die auf einem überall sichtbaren Siegeszeichen bestanden, haben sich hier durchgesetzt. Ihr Bau ist der Nike Apteros der ungeflügelten Siegesgöttin, geweiht.«

»Ist damit deine Frage beantwortet, Iris?«, fragt Thot.

»Ich denke schon«, sagt Iris, »obwohl mich die vielen Namen durcheinanderbringen. Auf jeden Fall aber habe ich verstanden, dass die Bauwerke der Akropolis nicht nur etwas mit Glauben und Schönheit zu tun haben, sondern auch mit Politik und Parteien.«

Polybios schaut Iris anerkennend an und nickt.

»Politik«, sagt Thot, »wird auch eine große Rolle spielen, wenn man im 19. Jahrhundert eurer Zeitrechnung die Akropolis restauriert. 1835 wird in Athen ein Prinz aus Bayern König der Griechen. Um populär zu werden, wird er die Restaurierung in Auftrag geben. Und dank der Steinmetzzeichen, von denen Polybios gerade erzählt hat, kann dann der deutsche Archäologe und Architekt Ludwig Ross den Nike-Tempel aus seinen Einzelteilen wieder zusammensetzen.

Das wird nötig sein, weil er tausend Jahre nach seiner Erbauung von den Byzantinern und Franken abgerissen werden wird, um aus seinen Steinen eine Bastion zu bauen.«

»Ist euer Führer ein Seher?«, fragt Polybios, der mit gerunzelter Stirn zugehört hat.

»So etwas Ähnliches«, sagt Martin.

»Bevor er noch mehr orakelt, führe ich euch zum Parthenon«, schlägt Polybios vor.

Sie gehen auf den Haupttempel der Akropolis zu, vorbei an einer riesigen Statue. Sie zeigt eine schöne junge Frau, die Helm und Schild trägt und über ihrem weiten, bis zu den Füßen wallenden Gewand einen Brustpanzer geschnallt hat. Mit der rechten Hand hält sie einen Speer, der auf den Boden aufgestützt und so lang ist, dass seine Spitze über ihren Kopf hinausragt.

»Das ist Athene«, sagt Polybios stolz, »Göttin der Städte, des Kriegs und der Weisheit, Schirmherrin der Künste und Wissenschaften, Beschützerin der Spinnerinnen, Weberinnen und Handwerker. Niemand kämpft so tapfer und grausam wie sie, aber niemand ist auch so bemüht, Kriege zu vermeiden oder zu beenden.«

»Erinnert mich an die *Große Herrin* aus Kreta«, sagt Iris. »Hat Athene auch einen Gemahl, der in regelmäßigen Abständen auftaucht und wieder verschwindet?«

»Nein, Iris«, sagt Polybios und lächelt sie freundlich an.

»Pallas Athene wie sie mit vollem Namen heißt, wird auch Athene Parthenos genannt, das ist ›die Jungfrau‹, weil sie sich nie mit einem Gott verbunden hat. Geboren wurde sie von Zeus, dem Göttervater. Sie ist in voller Rüstung seinem Kopf entsprungen. Weil sie beim Speerkampftraining versehentlich ihre Freundin Pallas tötete, schwor sie zur Sühne, nie zu heiraten. Deshalb ist sie auch kinderlos.

Doch auf gewisse Weise sind alle Menschen, vor allem aber wir Athener, ihre Kinder. Denn auf Bitten des Titanen Prometheus, der ein Freund der Menschen war, als noch alle Götter sie verachteten, hat Athene den Menschen in grauer Urzeit den Drang zu Wissen und Weisheit eingehaucht.«

Na, denkt jetzt Martin und grinst Thot stumm und erwartungsvoll an, von einer schönen jungen Frau wirst du doch wohl nicht auch noch behaupten, sie sei nur eine Verkörperung von dir und deiner Allwissenheit?

Ob Thot lächelt, kann Martin wegen des Tuchs nicht sehen. Aber er erkennt, dass er sacht den Kopf schüttelt.

»Zur Schutzgöttin Athens«, fährt Polybios fort, »wurde Athene durch einen Wettstreit mit Poseidon, dem Meeresgott, der die Erdbeben sendet.«

Aha, wieder Kreta. Die Minoer hatten doch auch einen Erderschütterer, denkt Iris.

»Die beiden Götter wetteiferten, wer der Stadt das nützlichste Geschenk machen würde. Poseidon ließ eine Quelle auf dem Berg entspringen. Doch sie war salzig. Athene aber ließ die Olive aus dem Felsen wachsen. Ihr Baum brachte nicht nur essbare Früchte und Öl, sondern zusätzlich Holz, um Feuer zu machen und zu bauen. Er wächst noch heute, drüben beim Erechtheion.«

»Und was ist mit den Eulen?«, fragt Martin.

»Wir nennen Athene oft Glaukops, die Eulenäugige«, antwortet Polybios, »zum einen wegen ihrer wunderschönen großen Augen. Zum andern aber, weil sie auch nachts jede Kleinigkeit sieht.«

»Um den Parthenon zu sehen, braucht ihr jedenfalls keine Eulenaugen«, unterbricht Thot sie, »der Tempel steht gerade in der vollen Mittagssonne.«

Alle vier konzentrieren sich auf den mächtigen Bau. Er erhebt sich auf einem gemauerten Podest, dem Stylobat, wie ihnen Polybios erklärt, zu dem auf allen Seiten drei Stufen hinaufführen. Acht dorische Säulen, noch gigantischer als die der Propyläen, bilden seine Schaufront, insgesamt hat der Außenbau 46 Säulen. Im Dreiecksgiebel der Fassade ist ein Relief zu sehen, in dem die Zwillinge die Geburt der Athene erkennen, von der Polybios gerade erzählt hat.

»Die Rückseite des Parthenons ist genauso gestaltet wie die Schaufront«, sagt Thot, »auf dem dortigen Giebel ist der Wettstreit zwischen Athene und Poseidon dargestellt.

Der gesamte Tempel ist aus pentelischem Marmor gebaut, einzelne Partien wie Kapitelle und Friese, wurden in hellem Rot, Blau, Gelb und Grün abgesetzt. Nur die Kassettendecke der Cella, des inneren Baus, in dem das Götterbildnis aufgestellt ist, besteht aus teilvergoldetem Holz. Wie jede Cella ist auch diese hier fensterlos.

Begonnen wurden die Arbeiten am Parthenon 447, beendet 438 vor Christus. Eine Rekordzeit. Nur an den Relieffriesen der Architrave, der tragenden Steine auf den Säulen, wurde noch fünf Jahre länger gearbeitet.«

Polybios weist auf einen Fries, der hoch oben am äußeren Dachansatz um den ganzen Tempel läuft.

»Dort oben sind die berühmtesten Schlachten der Götter und der Griechen dargestellt.«

»Ziemlich viel Krieg und ziemlich wenig Weisheit, findest du nicht?«, wirft Martin ein, »wo doch Athene die Wissenschaften und Künste so lieben soll.«

»Keineswegs«, erwidert Polybios stolz. »An der Außenwand der Cella gibt es einen gleich hohen Fries, der die *Panathenäen* zeigt. Sie sind das alljährliche größte Fest zu Ehren Athenes. In einem feierlichen Umzug ziehen dann alle Athener auf die Akropolis. Im Abstand von fünf Jahren nehmen sogar sämtliche Bewohner Attikas, der Inseln und der Kolonien an den Feierlichkeiten teil. Es werden sportliche und geistige Wettkämpfe ausgetragen. Danach gibt es ein großes Brandopfer für Athene und ein Festmahl.«

»Klingt nach den Olympischen Spielen«, sagt Martin.

»Es gibt Ähnlichkeiten«, antwortet Polybios. »Aber die Olympischen Spiele finden in Olympia zu Ehren des Zeus statt, dessen Statue ebenfalls von Phidias geschaffen wurde.

Bei uns dreht sich alles um Athene. Jedes Jahr tragen junge Mädchen zum Fest ein neues Gewand für die Göttin in den Parthenon. Der Stoff, an dem sie neun Monate weben, wird mit Safran gelb gefärbt.«

»Jetzt müsst ihr aber endlich die Athene des Phidias sehen«, sagt Thot.

»Unmöglich«, sagt Polybios. »Der Naos und die Cella dürfen nur von den Priestern betreten werden. Laien brauchen eine Genehmigung, und das dauert Wochen.«

»Keine Angst. Ich habe mittlerweile für unsere Unsichtbarkeit gesorgt«, sagt Thot.

Polybios schaut ihn entrüstet an.

»Das ist also der Trick, von dem Ihr heute Vormittag geredet habt. Aber ob unsichtbar oder nicht, wir übertreten das Verbot, wenn wir hineingehen.«

»Willst du lieber draußen warten?«, fragt Martin.

Polybios beißt die Zähne zusammen. »Ich will endlich mit eigenen Augen das berühmteste Kunstwerk Griechenlands sehen«, sagt er dann. »Für ein Werk des Phidias nehme ich sogar Zauberei in Kauf. Athene, die Schutzgöttin der Künstler, wird mich verstehen ... Sie weiß sicher längst, dass ich lieber Bildhauer als Steinmetz werden würde.«

Weiß ich auch, hätte Martin, der sich sofort an Spiros erinnert, beinahe geantwortet.

Auch wenn sie unsichtbar sind, aufgeregt sind die drei trotzdem. Und so gehen sie schweigend mit Thot durch das riesige Bronzetor. Der Raum ist in unruhiges Licht getaucht, das von den Flammen Dutzender großer Kandelaber sowie von Öllampen erzeugt wird, die von der Decke herabhängen.

Vor ihnen erhebt sich, geheimnisvoll schimmernd und bis zur Decke der Cella reichend, das titanische Bildnis einer jungen Frau. Sie steht mit einem leicht abgewinkelten linken Bein aufrecht da und schaut versonnen in die Ferne. Ihre linke Hand stützt einen mächtigen Rundschild, der auf der Standfläche des Statuensockels aufsitzt. An seiner Außenseite ist im Relief eine Fratze zu sehen: Gorgo, das Monster, bei dessen Anblick die Menschen zu Stein erstarren. Im bemalten Innenrund des Schilds ist die Schlacht zwischen Griechen und Amazonen dargestellt.

Der ausgestreckte rechte Arm Athenes ruht mit dem Handrücken auf einer Säule. Auf der Handfläche bietet die Göttin eine geflügelte Nike als Symbol des Sieges dar. Zwei Pferde verzieren den Helm der Göttin.

Iris, die schon beim Anblick der elfenbeinernen Schlange, die sich am Schildrand aufrichtet, gestutzt hatte, fühlt sich nun endgültig an Kretas Herrin der Tiere erinnert. Deren Priesterinnen trugen auch Kappen, auf denen Tiere saßen, und waren oft mit Schlangen zusammen.

»11,5 Meter hoch ist diese Figur«, sagt Thot. »Sie besteht aus Elfenbein, die Kleidung, die Sandalen, der Helm und der 4,80 Meter große Schild sind aus Gold gefertigt; insgesamt 1000 Kilogramm.

Sie und die ebenso große und prächtige Statue des Zeus in Olympia wurden bis ans Ende der Antike und noch darüber hinaus als Weltwunder angesehen. Die Athene wird bis in das fünfte Jahrhundert nach Christus in ihrem Tempel stehen, ehe sie einer der letzten römischen Kaiser nach Konstantinopel transportieren lassen wird, wo sie später verlorengeht. Vielleicht wird sie bei den Plünderungen im Jahr 1204 zerstört, wenn die Ritter des Vierten Kreuzzugs Konstantinopel verwüsten.«

»Komm«, sagt Polybios, der eben noch die Athene förmlich mit Blicken verschlungen hat, zu Martin, »wir gehen schon mal zum Erechtheion. Ich krieg eine Gänsehaut, wenn er solche düsteren Prophezeiungen von sich gibt.«

Iris bleibt mit Thot vor der Statue stehen.

»Traurig, dass so viel Schönheit vernichtet werden soll«, sagt sie und sieht sich um.

Über ihr wölbt sich eine durchsichtige Kuppel, genau da, wo eben noch die vergoldeten Balken der Holzdecke gefunkelt haben.

»Thot, was ist das?«, fragt sie verwirrt, »ich sehe plötzlich eine Kuppel und an den Wänden sind bunte Kacheln.«

»Du erlebst gerade dasselbe wie in der Cheops-Pyramide«, antwortet ihr Thot. »Erinnerst du dich? Dort hast du durch die Wände der Truhen gesehen und dann durch die Zeitalter. Deine Fähigkeit, zwischen den Zeiten zu wechseln, ist ausgeprägter als die deines Zwillingsbruders. Was du momentan wahrnimmst, ist die Moschee, die die Türken in den Parthenon einbauen werden, wenn sie 1456 Athen erobert haben.

Der Parthenon ist zu dieser Zeit schon eine Marienkirche der Byzantiner gewesen und später eine Kirche der Kreuzritter. Zur Ruine, wie ihn eure Zeit kennt, wird der Tempel erst 1687. In diesem Jahr belagern die Venezianer Athen, das zu einer winzigen Stadt geschrumpft ist. Sie beschießen die Akropolis mit Kanonen und treffen dabei ein türkisches Pulvermagazin im hinteren Teil des Parthenons. Die Explosion reißt riesige Lücken in die Säulenreihen und lässt die Cellawände einstürzen.«

»Nein«, ruft Iris.

Ihr ist, als könnte sie die Kanonen hören, während sich vor ihren Augen die Athene-Statue in Nebel aufzulösen beginnt.

»Iris«, ruft Thot warnend, »nicht an die Kanonen denken, nicht an die Explosion!«

Zu spät. Der Tempel scheint in Abertausende Lichtsplitter zu zerbersten – und Iris ist verschwunden.

»Ich Narr«, ruft Thot und springt mitten ins Zentrum der wirbelnden Funken. Im nächsten Moment ist absolute Stille in der Cella. Nur von einigen Säulen schweben, für menschliche Augen unsichtbar, kleine Wolken aus Steinstaub lautlos zu Boden. Athenes Standbild schaut unbewegt ins Leere.

Zur selben Zeit stehen Polybios und Martin nichtsahnend vor dem Erechtheion.

»Wie ein Tempel sieht das nicht gerade aus«, sagt Martin.

»Es ist einer – und doch keiner«, antwortet ihm Polybios. »Das Erechtheion stellt nämlich einen Palast und einen Tempel zugleich dar, weil es an der Stelle steht, wo sich einmal der Palast des Königs Ereichthonios befand.

Er war König von Attika. Seine Mutter war die Urgöttin Gaia, sein Vater Hephaistos, der Gott der Schmiede. Gaia vertraute Erichthonios, der mit Schlangenbeinen geboren worden war, der Athene an. Obwohl er für viele Menschen wie ein Ungeheuer aussah, hat er viel Gutes bewirkt: Wegen seiner Beine, die ihm das Laufen erschwerten, erfand er das Rad. Für seine Wohltäterin Athene hat er die Panathenäen gestiftet, von denen vorhin schon die Rede war. Sie hat ihn dafür wie einen Sohn geliebt. Aber seinen Tod konnte sie nicht verhindern: Poseidon hat ihn umgebracht.«

»Aus Rache, weil er Athene bevorzugte?«, fragt Martin.

»Ja, so erzählt es der Mythos. Trotzdem verehren wir auch Poseidon im Erechtheion. In der großen Halle hinter dem Tempeleingang ist im Bodenpflaster die Stelle freigelassen, wo er seinen Dreizack in den Felsen rammte, um die Quelle sprudeln zu lassen, von der Thot erzählt hat. Auch die Quelle fließt noch im Erechtheion, genauso wie Athenes Ölbaum noch dort steht. Siehst du die Marmormauer da hinten, über deren Rand die Olivenzweige hängen?«

Martin schaut hinüber. Dabei sieht er nicht nur den Ölbaum, sondern auch eine weit vorspringende Terrasse. Ihr flaches Dach ruht auf den Statuen von sechs jungen Mädchen. Sie tragen wallende bunte Gewänder, haben lange lockige Haare, und die Arme sind entspannt in die Hüften gestützt. Das ganze Gewicht des Dachs ruht auf ihren Köpfen. Aber sie stehen so aufrecht, als trügen sie gar kein Gewicht.

»Die kenne ich aus dem griechischen Restaurant, in dem wir oft essen gehen«, sagt Martin, »dort hängen Fotos von ihnen an den Wänden. Karyatiden oder Koren heißen die Mädchen, stimmt's?«

»Fotos?«, fragt Polybios verwirrt.

»Na ja, Bilder eben«, antwortet Martin.

»Ach so«, sagt Polybios. »Die Koren sind das Schönste am Erechtheion, findest du nicht auch?«

Martin nickt. »Sie sind wunderschön. Aber gerade deshalb verstehe ich nicht, wieso sie als Stützen einer Veranda dienen, statt frei zu stehen, wie es sich für so perfekte Statuen gehört.«

»Veranda?«, fragt Polybios. »Die Koren umgeben das eingefriedete Grab des Kekrops, des zweiten Königs von Attika, der hier lebte! Er war halb Drache, halb Mann. Kekrops einigte Attika, gab den Bewohnern eine Verfassung und führte die Ehe und das Eigentum ein.«

»Komisch, dass eure Urahnen alle halbe Monster gewesen sind«, sagt Martin. »Und eure Götter sind mal weise und gerecht, mal begehen sie Mord und Totschlag.«

»Zur Tiergestalt sagen unsere Philosophen, sie sei das Zeichen dafür, dass wir Menschen oft kopflos und grausam wie Tiere handeln«, antwortet Polybios nach längerem Nachdenken. »Und unsere Ahnen standen den Tieren noch näher als wir. Was die Götter angeht … wir Menschen können uns ihr Wesen nicht anders vorstellen als das unsere. Und jeder Mensch hat gute und böse Anlagen … Mir werfen meine Eltern oft vor, ich sei jähzornig und würde mich damit noch mal ins Unglück stürzen.«

Polybios hält inne. Warum erzähle ich das diesem fremden Jungen, denkt er. Es kommt mir so vor, als wäre er schon lange mein Freund. Ob das auch etwas mit der Magie dieses merkwürdigen Ägypters zu tun hat?

»Wem sagst du das«, antwortet Martin, der Polybios aufmerksam beobachtet hat, und dem es ebenso geht wie ihm. »Ich kann manchmal auch sehr jähzornig sein … und rachsüchtig. Als unser Falke weggeflogen ist, habe ich sofort Iris die Schuld gegeben und dann vor Wut das Falkenhaus demoliert. Wenn ich den Falken wiederfinde, muss ich von meinem gesparten Taschengeld ein neues kaufen.«

»Danke für deine Offenheit«, sagt Polybios verlegen und erleichtert zugleich. »Aber was Taschengeld sein soll, ist mir rätselhaft. Ihr habt komische Sitten auf Zypern!«

»Erzähl lieber noch von den Tiermenschen, die hier gelebt haben sollen«, sagt Martin schnell.

»Im Moment fällt mir nur noch die Bergschlange ein«, sagt Polybios. »Sie ist die Urgöttin der Akropolis gewesen. Heute verehren wir insgesamt dreizehn Götter im Erechtheion. Aber auch hier hat Athene Vorrang. Ihr ist ein Raum reserviert, in dem ihr hölzernes Urbild verehrt wird. Sie selbst hat es uns in grauer Vorzeit geschenkt.«

Als Polybios Athene erwähnt, fällt Martin auf, dass Iris und Thot noch immer im Parthenon sind.

»Wo bleiben die beiden?«, fragt er unruhig.

Plötzlich hört er ein Flügelrauschen neben sich.

»Hajo?«, ruft er und schaut zur Seite.

Doch statt des Falken landet ein junger Mann neben Martin und Polybios. Er trägt eine runde Kappe, aus der seitlich zwei Flügel wachsen. Auch an den Fersen seiner geflochtenen Sandalen sind Flügel, die sich unruhig bewegen, sodass der junge Mann dauernd von einem Fuß auf den anderen springt.

»Darf ich mich vorstellen?«, sagt er mit einem freundlichen Kopfnicken, »mein Name ist Hermes.«

Polybios schnappt erschrocken nach Luft und verneigt sich vor der Gestalt. Martin senkt vorsichtshalber auch den Kopf.

»Woher kommen Sie?«, fragt er dann.

»Sag ruhig du zu mir«, antwortet Hermes. »Ich bin einer der Dreizehn, die im Erechtheion verehrt werden. Ich schütze die Träumer, die Wanderer und Reisenden, bin also wie gemacht für dich, Martin. Du heißt doch Martin?«

»Ja«, antwortet Martin verdutzt, »woher weißt du das?«

»Wie ich eben sagte, ich bin ein Gott«, antwortet Hermes. »Außerdem erfahre ich als Götterbote Neuigkeiten immer zuerst. Darum weiß ich nicht nur von deiner Reise, sondern auch, dass deine Schwester und euer Reiseleiter verschwunden sind. Nur wohin, das ist mir verborgen.«

»Das darf doch nicht wahr sein«, sagt Martin. Er setzt sich ratlos auf die Stufen vor dem Erechtheion. »Und was mach ich jetzt?«

»Athen ist riesengroß«, sagt Polybios, der so erschrocken ist wie Martin, »hier finden wir die beiden, wenn überhaupt, erst nach Tagen.«

»Sie sind weder in Athen«, sagt Hermes, »noch sonstwo in Attika oder auf den griechischen Inseln. Das wüsste ich … Martin, du hast ein Problem: Wer in der Zeit reist, kann auch in ihr verschwinden.«

»Ich verstehe zwar nicht genau, was du meinst«, sagt Polybios, »aber es scheint um übernatürliche Dinge zu gehen. Wäre es da nicht das Beste, nach Delphi zu wandern und das Orakel zu befragen?«

»Delphi?«, sagt Martin. »Du meinst dieses Heiligtum, in dem die Pythia über einer Erdspalte sitzt und Schwefeldämpfe einatmet, bis sie im Rausch die Antworten ausspricht, die ihr angeblich Apollon einflüstert? Ich weiß, dass Delphi und sein weltberühmter Tempel Hunderte Kilometer von hier entfernt sind. Wir bräuchten mehrere Tage, um dorthin zu kommen.«

»Die Pythia könnte dir wohl kaum helfen«, sagt Hermes. »Mein Bruder Apollon ist zwar allen Menschen freundlich gesinnt, aber auf Kommando gibt er nur ungern Auskunft. Außerdem trägt er mir immer noch nach, dass ich mir als Neugeborener eine Herde Rinder, die ihm heilig waren … ähem … ausgeliehen habe.«

»Siehst du«, Polybios lächelt verschmitzt, inzwischen scheint er überhaupt keine Scheu mehr vor Hermes zu haben, »so ist das mit unseren Göttern – sogar Gaunereien sind ihnen nicht fremd.«

Hermes schnalzt missbilligend mit der Zunge, dann kichert er amüsiert. Nach einem leisen Räuspern wendet er sich wieder Martin zu.

»Den Brüderstreit einmal beiseitegelassen, ist es trotzdem höchst unwahrscheinlich, dass dir Apollon raten könnte. Er würde euch vielleicht wahrnehmen, aber könnte bestimmt keinen Kontakt zu euch herstellen. Ihr Zwillinge seid aus einer anderen Zeit hierhergelangt. Mit euch umzugehen ist nur Göttern wie mir oder Thot möglich, denn uns ist aufgetragen, Reisende zu schützen. Deshalb dürfen wir auch die Grenzen der Zeit überschreiten. Woher ihr diese Fähigkeit habt, ist dagegen ein Rätsel.«

»Mir egal. Ich will wissen, wo meine Schwester ist!«, sagt Martin.

»Soweit ich weiß, seid ihr bisher von einem Zeitalter ins nächste gereist«, grübelt Hermes laut vor sich hin. »Also könnte es gut sein, dass deine Schwester und Thot ins Imperium Romanum übergewechselt sind, nach Rom beispielsweise. Denn Rom ist Athens Nachfolger als Zentrum der Alten Welt.«

»Und wie soll ich da hinkommen?«, sagt Martin, der sich nur noch mühsam zusammenreißen kann.

»Das ist bei deinen Erfahrungen eine ziemlich dämliche Frage«, antwortet Hermes lächelnd. »Siehst du meine Flügel nicht? Sie sind zwar kleiner als die eines Ibis, aber geschickter. Mit anderen Worten: Ich kann dich zwar nicht wie Thot durch pure Konzentration von einer Epoche in die andere befördern. Aber ich kann besser und schneller fliegen als er. Also komm.«

»Polybios, es tut mir leid«, sagt Martin und springt auf.

»Ach was, Iris zu finden geht vor«, antwortet der junge Athener. »Und überhaupt: Das Erscheinen zweier Götter und eine Zeitreise – das wäre an einem Tag zu viel für mich. Ich werde nachher in die Bildhauer-Werkstatt gehen. Dort ist es momentan ruhig, und ich kann ungestört nachdenken.

Vielleicht«, sagt er dann und wendet sich spitzbübisch lächelnd Hermes zu, »mache ich dort eine Skizze für eine Hermes-Statue. Jetzt, wo ich weiß, wie der Gott aussieht, gelingt mir womöglich etwas, das die Meister überzeugt.«

»Dann leb wohl, Polybios«, sagt Martin und hebt grüßend die Hand.

»Leb wohl, Martin«, antwortet Polybios und geht lächelnd auf Martin zu.

»Her mit dir, Junge«, ruft Hermes und schlingt sich Martins linken Arm über die Schulter. »Das fehlte noch, dass er dich umarmt und damit ins 21. Jahrhundert zurückschleudert.«

Noch während er spricht, versinkt die Akropolis unter ihnen, und Polybios ist nur noch ein winziger winkender Zwerg. Dann schlagen Wolken über ihnen zusammen.

◇◇◇ 6. Das Kolosseum und das Pantheon
oder Wo steckt Iris? ◇◇◇◇◇◇◇◇◇◇

»Gut festhalten«, hört Martin die Stimme von Hermes durch den dichten Wolkennebel, »die Landung könnte etwas kompliziert werden.«

Gleich darauf fallen beide in ein raues Leinentuch, das sie einen halben Meter hoch zurückschleudert. Beim nächsten Mal kommen sie mit den Füßen auf.

Hermes nimmt Martin bei der Hand und stapft mit ihm über eine breite Stoffbahn, die sich aufwärts spannt. Wankend erreichen sie eine breite, ringförmig laufende Mauer.

»Setz dich«, sagt Hermes, »und warte, bis die Benommenheit nachlässt.«

Martin schaut sich um. Tief unter ihnen sieht er einen großen Platz, auf dem Menschen zwischen Zelten und Bretterbuden hin und her laufen. Gegenüber dem riesigen Rundbau, auf dem sie sitzen, erhebt sich ein Tempel. Einige Schritte davon entfernt wölbt sich ein Triumphbogen, von dem eine breite Straße wegführt. Im Hintergrund steigt ein hoher Hügel auf. Er ist mit mächtigen Terrassen und Rundbögen bebaut, auf denen Paläste und Tempel stehen. Zwischen ihnen sind üppige Gärten mit Farnen, Buchsbaumhecken, Oleanderbüschen und Lilien angelegt, über denen Pinien und zierliche Maulbeerbäume ihre Äste ausbreiten. Der Himmel über allem ist von einem milchigen Blau, so, als würde Dampf von unten nach oben steigen.

Martins Haut ist wie in einer Sauna im Nu von einem Schweißfilm überzogen. Das ist der schwüle römische Hochsommer, von dem Iris erzählt hat, als sie letztes Jahr hier auf Klassenfahrt war, denkt er.

»Das da drüben ist der Palatin«, sagt Hermes, »auf dem die Kaiser und der Adel Roms ihre Paläste haben. Er ist einer der sieben Hügel der Stadt. Wir sitzen auf dem Kolosseum. Der Triumphbogen direkt unter uns ist Kaiser Konstantin geweiht. Wie viele Triumphbögen ist er als freistehendes rundbogiges Tor mit zwei niedrigeren Seitendurchgängen gestaltet.«

»Weiß ich«, sagt Martin, der sich schnell erholt hat. »Iris und ich haben auf einer Urlaubsreise mit unseren Eltern den Triumphbogen in Paris gesehen.«

»Richtig, der Arc de Triomphe«, sagt Hermes. »Der ist aber rund 2000 Jahre nach den Triumphbögen der Römer entstanden. Ein bisschen größenwahnsinnig, so wie dieser Kaiser Napoleon, der ihn erbauen ließ, findest du nicht?

Aber Größenwahn war auch den römischen Kaisern nicht fremd. Gebaut wurden die Triumphbögen jedenfalls, um Siege zu feiern. Der Kaiser zog dann mit seinen Truppen, der Beute und den Kriegsgefangenen durch diese Tore und wurde gefeiert. Der Triumphbogen drüben am Palatin gehört zu Kaiser Titus. Die Reliefs an den beiden Außenseiten erinnern an die Niederschlagung des jüdischen Aufstands in Israel und die Zerstörung Jerusalems im Jahre 70 nach Christus.«

Dieser Hermes, denkt Martin, weiß eigentlich genauso viel wie Thot … Wenn Thot bei Iris ist, wird ihr bestimmt nichts passieren.

»Der Tempel, den du gerade anstaunst«, sagt Hermes, dem Martins Gedanken offenkundig entgangen sind, »ist der Tempel von Venus und Roma, eine Doppelanlage, die Kaiser Hadrian 121 nach Christus errichten ließ. Die zu uns gerichtete Seite ist der Venus geweiht, die gegenüberliegende, genauso gestaltete, Roma, der Verkörperung Roms; sie stehen sozusagen Rücken an Rücken.

Typisch römisch ist dieser Tempel nicht gerade, denn Hadrian schwärmte für Griechenland und gab ihm deshalb umlaufende Säulenreihen. Die original römischen Tempel dagegen stehen auf einem sehr hohen Podium und haben nur an der Vorderseite freistehende Säulen. Diese Form haben die Römer von den Etruskern übernommen, einem uralten Volk, das vor ihnen Mittel- und Süditalien beherrschte, bis es von den Römern unterworfen wurde.«

»Im Moment können mir Triumphbögen und Tempel, Römer und Etrusker gestohlen bleiben«, unterbricht Martin den Redefluss, »ich will wissen, wo Iris ist.«

»Lass uns noch ein wenig warten«, beschwichtigt Hermes den aufgeregten Jungen. »Soweit ich auf der Akropolis feststellen konnte, sind Iris und Thot nicht ganz freiwillig aufgebrochen. Thot könnte deshalb länger brauchen, um den richtigen Kurs zu finden. Aber wenn sie nach Rom unterwegs sind, werden sie unweigerlich zum Kolosseum kommen. Niemand, weder in dieser Zeit noch in eurer, besucht Rom, ohne das größte Amphitheater der Welt aufzusuchen.«

»Mir bleibt ja wohl nichts anderes übrig«, sagt Martin resigniert.

»Dann komm«, sagt Hermes, »lass uns nach unten gehen. Hier oben sticht die Sonne zu sehr. Deshalb sind wir auch auf diese Plane gefallen. Sie dient nämlich, wie eine riesige Markise, dazu, das grelle Licht und die Hitze abzuhalten.«

Während sie durch lange, rundbogig überwölbte Flure laufen, erzählt Hermes ständig weiter. Er will Martin ablenken.

»Die Plane ist ein ›velum‹, in eurer Sprache ein Sonnensegel, das während der Vorstellungen in den Sommermonaten über die offenen Zuschauertribünen gespannt wird. Dazu klappt man halsbrecherisch lange Holzmasten über den Zuschauerraum aus, zwischen denen die Tücher an Seilen verspannt werden. Ein Meisterwerk der Ingenieurkunst ist das, so wie der gesamte Bau. Aber das Risiko der Montage tragen Seeleute. Sie werden verpflichtet, weil ihnen das Klettern und Hantieren mit Seilen in großer Höhe von ihren Segelschiffen her vertraut ist.«

Endlich sind die beiden im Erdgeschoss angelangt. Nervös schaut Martin auf die Menschenmengen, die sich hier bewegen. Er zögert, auf den Platz hinauszutreten.

»Du brauchst keine Angst zu haben«, sagt Hermes.

»Woher weißt du, was ich denke?«, fragt Martin.

»Das fällt mir als Gott so leicht wie das Atmen. Du fragst, weil ich vorhin nichts von dem geahnt habe, was du dachtest. Das kam, weil ich schon so lange niemanden mehr begleitet habe. Ich musste mich erst auf dich einstellen.

Also: Mach dir keine Sorgen, wir werden niemandem auffallen. Ich bin nämlich, anders als Thot, auch ein Meister der Verkleidung und Verstellung.«

Martin schaut den jungen Gott an. Die Flügelhaube ist verschwunden, ebenso die geflügelten Sandalen. Stattdessen trägt Hermes nun ein kurzärmliges, bis an die Knie reichendes blaues Hemd. Tunika nennen es die Römer, erinnert sich Martin.

Zusätzlich hat Hermes einen gerafften kurzen Umhang mit Kapuze umgelegt. An den Füßen trägt er Sandalen mit genagelten Sohlen.

»Dein langes T-Shirt«, sagt Hermes, »und deine knöchelhohen Turnschuhe sind die perfekte Verkleidung. Schling nur noch deinen Gürtel über das Shirt, dann merkt niemand etwas.«

Martin ist sich zwar nicht ganz sicher, ob er damit wie ein Römerjunge aussieht, beschließt aber, dem Gespür von Hermes zu vertrauen.

»Da wir gerade bei Veränderungen sind«, sagt Hermes, »hier in Rom nennst du mich besser Merkur. Unter diesem Namen verehren mich die Römer. Sie haben alle Götter des griechischen Olymps übernommen und ihnen römische Namen gegeben.«

»In Ordnung, Merkur«, sagt Martin.

Wahrscheinlich wollte Hermes ein wenig damit angeben, dass er auch in Rom ein Gott ist, denkt er.

Das trägt ihm einen kurzen ärgerlichen Blick von Merkur ein. Dann aber lächelt der Gott wieder. Er steuert auf einen der Stände vor dem Kolosseum zu.

»Falls du Hunger hast, gibt es hier Würstchen und eingelegte Bohnen. Aber statt Cola wirst du nur Wein zu trinken bekommen.«

»Wovon willst du das Essen denn bezahlen?«, zischt Martin, als Merkur sich zu den wartenden Kunden stellt, »die nehmen hier bestimmt kein griechisches Geld.«

Merkur dreht sich um. In seiner Hand ist ein kleiner Lederbeutel.

»Unter uns gesagt«, er grinst, »bin ich, wie du wohl bei Apollons Rindern schon erraten hast, ab und zu auch der Gott der Diebe. Und in deinem Fall handelt es sich ja sogar um einen guten Zweck.«

Wenige Minuten später sitzen sie auf den unteren Stufen des Tempels der Venus und Roma und lassen sich das Essen schmecken.

Ein bisschen gewöhnungsbedürftig, denkt Martin, der an einem Würstchen kaut, über das der Verkäufer eine dunkelbraune dickflüssige Soße gegossen hat.

»Was so sonderbar schmeckt«, sagt Merkur, »ist garum. Das ist eine Soße, die aus mehreren Sorten Fisch, Salz und Gewürzen gemacht wird. Vergoren, genauer gesagt, denn man lässt Salzlake mit den Fischen wochenlang in der grellen Sonne stehen, bis sich ein Brei gebildet hat, der durch Siebe gestrichen wird, damit keine Gräten zurückbleiben. Die Römer essen garum zu fast jeder Mahlzeit. Man könnte es mit eurem Ketchup vergleichen. Aber anders als diese Tomatensoße ist garum in tausenderlei Qualität zu haben. Die besten Sorten werden mit Gold aufgewogen. Sie kommen aus Pompeji, einer Handelsstadt am Golf von Neapel.«

»Schmeckt eher nach Maggi«, sagt Martin.

»Jetzt tust du den Römern aber Unrecht«, entgegnet Merkur. »Wenn schon ein Vergleich, dann würde ich asiatische Fischsoße sagen.«

Ob asiatische Soße, salziges Maggi oder salziger Fisch – das Zeug macht durstig, denkt Martin. Aber er schreckt vor dem Wein zurück.

»Der Wein ist mit sehr viel Wasser verdünnt«, erklärt Merkur prompt.

Martin trinkt und fühlt sich erfrischt; das Getränk schmeckt tatsächlich eher wie ein leicht süßlicher Fruchtsaft.

»Ich werde dir noch einiges zum Kolosseum erzählen«, sagt Merkur, der merkt, dass Martins Gedanken immer wieder zu Iris wandern. »Das Kolosseum ist der größte Bau der römischen Antike. Es wurde in der Rekordzeit von acht Jahren zwischen 72 und 80 nach Christus erbaut. Bauherr ist Kaiser Vespasian. Er war der Nachfolger Kaiser Neros, der, wie du vielleicht weißt, ein grausamer Tyrann war. Vespasian ließ die *domus aurea*, den Prunkpalast, den sich Nero auf Kosten der Römer hatte bauen lassen, abreißen und durch das Kolosseum ersetzen. Finanziert wurde es aus der Beute des jüdischen Kriegs, insbesondere durch das Gold des Tempelschatzes.

Das Kolosseum besteht außen aus drei übereinander angeordneten Reihen von rundbogigen Arkaden, die sich um die eliptische Arena und die Zuschauerränge ziehen. Die treppenartig gestaffelten Sitzreihen bieten Platz für insgesamt 50 000 Menschen.«

So viele, wie das Zentrum Babylons Einwohner hatte, denkt Martin ungläubig.

»Vespasians Sohn Titus«, hört er Merkur weiterreden, »ließ ein glattes viertes Geschoss mit rechteckigen Fenstern auf das Kolosseum setzen, sodass es insgesamt 48 Meter hoch ist, also fast so hoch wie in deiner Welt die kleineren Hochhäuser Frankfurts. Die Außenmauern sind aus Travertin, der Marmor sehr ähnlich ist. Die inneren Konstruktionen bestehen aus Ziegeln und Tuff, einem porösen leichten Stein, der sich gut bearbeiten lässt.

Wegen seiner insgesamt 80 Eingänge und seines durchdachten Systems von Gängen und Treppen kann das Kolosseum notfalls in 15 Minuten geleert werden und ist deshalb heute noch ein Vorbild für eure gigantischen Fußballstadien.

Die Zuschauerränge spiegeln übrigens den Aufbau der römischen Gesellschaft: Das Podium, die erste Sitzreihe direkt an der Arena, ist den Senatoren vorbehalten. In ihr befinden sich auch die Loge des Kaisers sowie die Logen der Vestalinnen. Das sind Roms wichtigste Priesterinnen. Darüber sitzt der römische Adel. Über ihm, in drei Abschnitten, haben die Bürger ihre Plätze, zuoberst die ärmsten. Dann erst, auf einem Holzgestell mit Stehplätzen, kommt der Platz für die Frauen.«

»Klingt, als würdest du ein altmodisches Parlament beschreiben«, unterbricht ihn Martin. »Dabei hat dieser Riesenbau doch nur einen Zweck, nämlich den, dass Zehntausende ihren Spaß an Metzeleien haben ... so hab ich es jedenfalls im Kino gesehen. ›Gladiator‹ hieß der Film.«

»Film?« Merkur denkt kurz nach. »Ah ja, ich weiß, was du meinst. Ziemlich realistisch das Ganze. Aber immer noch zu schwach, wenn man an die Einweihung des Kolosseums denkt: 80 nach Christus war das, die Vorstellungen dauerten 100 Tage. Es gab Gladiatorenkämpfe und Tierhatzen, bei denen am Ende 5000 Tiere getötet worden waren. Wie viele Gladiatoren umgekommen sind, weiß niemand. Nicht einmal ich. Ich will es auch nicht wissen. Denn ich verachte diese barbarische Volksbelustigung.«

Merkur sieht, dass Martin nicht mehr zuhört, sondern wieder an Iris denkt.

»Mir fällt gerade die Geschichte von der Gründung Roms ein«, wechselt er abrupt das Thema, um ihn abzulenken. »Als Zwilling müsstest du sie eigentlich kennen.«

»Klaro«, antwortet Martin. »Rom wurde von den Zwillingen Romulus und Remus gegründet.«

Das Kolosseum, größtes Amphitheater der Welt. Rechts eines der römischen Aquädukte im Hintergrund der Palatin; der Hügel der Kaiserpaläste Roms.

»Der Sage nach am 21. April 753 vor Christus«, sagt Merkur.

»Ja, ja, schon gut, kenn ich aus dem Lateinunterricht«, sagt Martin. »Die beiden waren die Söhne der Vestalin, also: Vesta-Priesterin Rhea Silvia und des römischen Kriegsgotts Mars. Rhea Silvia setzte Romulus und Remus auf dem Tiber aus, dem Fluss, der durch Rom fließt, denn sie durfte als Priesterin der Vesta keine Kinder haben.«

»Die Zwillinge wurden am Fuß des Palatins angeschwemmt und dort von einer Wölfin gerettet, die sie an Kindes statt annahm«, ergänzt Merkur.

»Wenn du mich nicht dauernd unterbrechen würdest, hätte ich genau das jetzt gesagt«, sagt Martin verärgert.

»In Ordnung, mach du weiter«, sagt Merkur und guckt zerknirscht, muss dabei aber auch grinsen.

Martin konzentriert sich: »Als Romulus und Remus erwachsen waren, erhielten sie die Erlaubnis, am Palatin ihre eigene Stadt zu gründen. Aber sie konnten sich nicht einigen, nach wem die Stadt heißen sollte. Deshalb befragten sie ein Vogel-Orakel. 12 Vögel flogen zu Romulus, 6 zu Remus. Also begann Romulus mit dem Bau einer Stadtmauer. Der wütende Remus sprang über die niedrigen ersten Steinlagen und lachte Romulus dann aus. Der zog sein Schwert und tötete Remus, weil er mit dem Sprung die Heiligkeit der Mauer geschändet hatte ... Brutal, das Ganze.«

»Aber später bereute Romulus seine Tat«, sagt Merkur, als er merkt, dass Martin am Ende seiner Geschichte ist.

»Er baute ihm einen Tempel auf dem römischen Quirinalshügel. In ihm verehren die Römer jetzt beide, Remus und Romulus.«

Martin starrt vor sich hin.

»Jetzt bist du erst recht traurig, oder«, sagt Merkur. »Ich hätte wohl besser nichts von Zwillingen gesagt.«

»Ich mach mir schreckliche Sorgen um Iris«, sagt Martin leise. »Wir streiten zwar oft, dass die Fetzen fliegen. Aber sie ist doch meine Schwester ... und ich war es, der immer wieder auf die Zeitreise wollte.«

»Sie wollte es genauso wie du, glaub mir«, sagt Merkur und legt Martin die Hand auf die Schulter.

»Weißt du was? Ich bringe uns zum Pantheon. Es ist außer dem Kolosseum Roms berühmtestes Bauwerk. Vielleicht warten Thot und Iris dort auf uns.«

Mit einem kurzen Seitenblick überzeugt Merkur sich, dass niemand sie beobachtet. Er packt Martin, und schon schweben sie über den Dächern Roms.

»Die Griechen sagen, ich sei schneller als das Licht, was zwar ein ganz klein wenig übertrieben ist – aber hier ist schon das Pantheon.«

Vor ihnen reckt sich ein kreisrundes Bauwerk in den Sommerhimmel. Sein riesiges Portal zeigt Säulen und einen dreieckigen Giebel mit einer großen Inschrift aus Metallbuchstaben.

»Die Vorhalle«, erklärt Merkur, »besteht aus 16 korinthischen Granitsäulen. Jede von ihnen wurde aus einem einzigen Block gehauen. Die Inschrift im Giebel lautet in deiner Sprache: ›Marcus Agrippa, Sohn des Lucius, hat dieses Gebäude errichtet, als er zum dritten Mal Konsul war.‹ Bis zur Zeit des Kaisers Augustus war Rom nämlich eine Republik, an deren Spitze Konsuln standen. Marcus Agrippa war ein Freund des Augustus, der 31 vor Christus Kaiser wurde.

Die Inschrift bezieht sich auf den Vorgängerbau des jetzigen Bauwerks. Er brannte 80 nach Christus ab, 38 Jahre später ließ Kaiser Hadrian das Pantheon neu erbauen, übernahm aber aus Pietät die alte Inschrift.«

Als sie, für alle anderen unsichtbar, durch das riesige Bronzeportal hindurchgehen, verschlägt es Martin den Atem. Er steht in einem kreisrunden Raum, den eine riesige Kuppel überwölbt, in deren Zentrum sich eine runde Luke zum Himmel öffnet.

»Die Kuppel ist mit 43 Metern Höhe bis zum Beginn deines Zeitalters die größte, die je gebaut wurde«, sagt Merkur. »Sie ruht auf Mauern, die so dick sind wie eure heutigen Einfamilienhäuser. Die Innenwände sind mit Marmor aus fast allen Ländern Europas verkleidet. In den sieben offenen Nebenräumen, die abwechselnd rechteckig und rund geformt sind, werden die sieben … ähem … Planetengottheiten verehrt.«

»Also auch du«, sagt Martin. Er muss schmunzeln, weil Merkur sich so sehr um Bescheidenheit bemüht.

»Ja«, sagt Merkur, »aber in den acht kleineren Wandnischen dazwischen stehen die Statuen von Kaisern. Und das, obwohl der griechische Name Pantheon besagt, dass der Bau ausschließlich Göttern, und zwar allen Göttern, geweiht ist.«

Wenn das Thot hören würde, denkt Martin. Sofort steigt wieder die Angst um Iris in ihm auf. Er versucht, sich auf den prunkvollen Innenraum des Pantheons zu konzentrieren. Trotz des glänzenden Marmors und der funkelnden Mosaike rings um ihn her wandern seine Augen immer wieder hinauf in die Kuppel.

»Die Luke dort oben«, erklärt ihm Merkur, der seinem Blick gefolgt ist, »die von hier unten so klein wirkt, hat in Wirklichkeit einen Durchmesser von 9 Metern. Das entspricht in deiner Zeit einem Hotel-Swimmingpool. Die Kassetten der Wölbung sind vergoldet und so geformt, dass sie durch perspektivische Tricks die Kuppel noch höher erscheinen lassen, als sie ist.

Alle Generationen bewundern sie. Deshalb wird das Pantheon auch nie zerstört, sondern 609 zur Kirche geweiht und wird in eurer Zeit eine Art Mausoleum für Künstler und Politiker sein.«

»Ist die Kassettendecke in der Vorhalle auch aus Gold?«, fragt Martin.

»Nein, sie ist aus polierter Bronze und damit fast ebenso kostbar«, sagt Merkur. »Darum wird sie 1632 auf Befehl des Papstes Urban VIII. abgenommen und eingeschmolzen. Er wird daraus 80 Kanonen für seinen Wohnsitz, die Engelsburg, gießen lassen, die übrigens ursprünglich das Mausoleum Kaiser Hadrians gewesen ist. Ein anderer Teil der Bronze wird von dem genialen Architekten und Bildhauer Bernini verwendet werden, um daraus die gedrehten Riesensäulen über dem Papstaltar im Petersdom zu machen.«

Als Merkur von Papst Urban spricht, muss Martin an Benedikt XVI. denken, der im selben Jahr Papst wurde, in dem die Zwillinge mit ihren Eltern auf den Lohrberg gezogen sind – und natürlich an Iris. Merkur hat sich getäuscht, denkt er. Wir sind schon seit einer Stunde im Pantheon, und Iris ist immer noch nicht aufgetaucht.

Ohne auf Merkur zu achten, geht Martin deprimiert nach draußen. Er schaut zum Himmel, obwohl er sicher ist, dass Thot und Iris, wenn sie kämen, bestimmt in irgendeinem versteckten Winkel landen würden. Die kleinen weißen Wolken über der Kuppel haben sich rosa gefärbt. Die Sonne wird also bald untergehen. Als er gleich darauf auch noch ein Paar Turmfalken sieht, die am Abendhimmel ihre Kreise ziehen, steigen ihm Tränen in die Augen.

Merkur, der ihm diskret gefolgt ist, nimmt Martin in die Arme.

»Vor mir brauchst du nicht den starken Mann zu spielen«, sagt er, als Martin sein Gesicht abwendet. »Ich habe meinen Bruder Dionysos aufgezogen und weiß, dass auch große Jungen weinen. Ach was, nicht nur Jungs, auch Männer weinen. Sogar ich habe schon manchmal – wie sagt ihr? – Rotz und Wasser geheult.«

»Meine Mutter dreht durch, wenn wir heut Abend nicht zu Hause sind«, sagt Martin. »Und ich dreh gleich durch, wenn wir Iris nicht bald finden.«

»Sorg dich nicht um deine Mutter und um eure Welt. Dafür werden Thot und ich eine Lösung finden. Wichtiger ist jetzt, dass du dich beruhigst … Ich bringe dich nach Pompeji, der Stadt, die ich vorhin erwähnt habe. Dort gibt es nicht nur garum-Fabriken. Pompeji ist auch berühmt für sein mildes Klima, seine Heilquellen und seine wunderschönen Villen. Dort kannst du ausschlafen, und morgen sehen wir weiter.«

Martin denkt einen Moment nach.

»Einverstanden«, sagt er dann. »Könnte sogar sein, dass Iris dorthin kommt. Wir haben nämlich zu Ostern den Roman ›Die letzten Tage von Pompeji‹ geschenkt bekommen und gleich gelesen. Er beschreibt, wie die Stadt beim Ausbruch des Vesuvs untergeht. Die Sprache ist altmodisch, aber das Buch hat Iris trotzdem so gut gefallen, dass sie unsere Eltern gefragt hat, ob wir in den Sommerferien die Ausgrabungen besichtigen könnten. Mein Vater hat aber keinen Urlaub gekriegt.«

»Wir werden sehn«, sagt Merkur und schwingt sich mit Martin in die Luft. »Ich fliege etwas langsamer«, sagt er, »dann hast du einen guten Blick auf Roms berühmte Aquädukte.«

Martin schaut unter sich. Er sieht bebaute Felder und Hügel mit Weingärten und Olivenplantagen. Zwischen ihnen laufen aus allen Richtungen Bauwerke auf das hinter ihnen liegende Rom zu. Wie endlose Brücken bestehen sie aus gemauerten Bögen, manche haben zwei, einige sogar drei Geschosse.

»Die waagerechten Mauern auf den Bögen«, sagt Merkur, »sind Kanäle. Sie haben eine leichte Neigung. So strömt das Wasser aus den Quellen der Berge bis in große Sammelbehälter in Rom, von wo aus Tausende Wasserleitungen in öffentliche Brunnen und Privathäuser abzweigen.

Fast alle römischen Städte haben inzwischen Aquädukte. Auch Pompeji. Dort sind die Bürger besonders froh über die Wasserversorgung. Denn vorher mussten sie bis zu dreißig Meter tiefe Brunnen bohren, weil die Stadt auf einem Lavafelsen steht. Achtung, jetzt wird's einen Moment turbulent. Denn ich muss uns um 300 Jahre zurückversetzen – Pompeji wurde schon 79 nach Christus verschüttet.«

7. Das Haus des Fauns
oder Wie Iris und Martin knapp
einer Katastrophe entkommen ◇◇◇◇◇◇◇◇

Martin spürt, wie Merkur schneller und schneller wird. Einige Augenblicke später sieht er das Meer unter sich. Die Küste bildet eine sanfte Bucht, hinter der sich eine weite Ebene erstreckt, die von hohen, bewaldeten Bergen begrenzt wird. Mitten im flachen Land erhebt sich hoch und breit der Vesuv. Dass dieser Berg ein Vulkan ist, kann man nicht erkennen. Sein Gipfel zeigt keinen Krater, sondern eine mit verdorrtem Gestrüpp bewachsene graue Fläche. Direkt darunter breiten sich dichte Wälder aus. Sie gehen in üppige Weinhänge, Olivenhaine und Kornfelder über, zwischen denen Dörfer, Bauernhöfe und Landgüter liegen.

»Die große Stadt hinter uns ist Neapel, eine griechische Gründung. Momentan heißt sie Neapolis, was in deiner Sprache Neustadt bedeutet.

Und hier«, sagt Merkur, während er sich sachte nach unten gleiten lässt, »ist Pompeji. Wir überfliegen gerade den Meereshafen. Dort drüben, wo die vielen Lastkähne festgemacht sind, ist der Flusshafen.«

»Habe ich mir ganz anders vorgestellt«, staunt Martin.

»Als Edward Bulwer 1834 ›Die letzten Tage von Pompeji‹ schrieb, hatten die Ausgräber nur einen kleinen Teil der Stadt freigelegt. Von den beiden Häfen wusste man noch nichts.

Wir landen jetzt beim Kanal, der vom Meer direkt an ein Stadttor führt. Von dort haben wir den kürzesten Weg zum Forum. Wenn Iris und Thot hierhergekommen sind, müssten sie dort sein.«

Martin schaut sich um. Im Abendrot wirkt das Wasser des Kanals wie Purpur; ebenso das Meer, von dem er einen kleinen Abschnitt erkennen kann. Über ihm steigt 30 Meter hoch der Stadthügel auf. Er besteht aus erstarrter Lava von einem früheren Ausbruch des Vesuvs. Davon aber wissen die Pompejaner nichts.

Hoch oben, am Rand des Stadthügels, sieht Martin eine Stadtmauer, über die an vielen Stellen Häuser mit Terrassen und Loggien gebaut sind. Sie reichen in Abstufungen bis hinunter zum Kanal und an die Gärten, Wege und Küstenstraßen.

Das Stadttor, von dem Merkur gesprochen hat, ist ein wuchtiger Zinnenturm, in dem sich unten ein weiter und ein kleiner Bogen öffnen. Zu ihnen führt eine steile gepflasterte Straße, auf der sich beladene Maultiere und kleine Lastkarren mühen. Auch die vielen Fußgänger gehen ziemlich langsam.

»Das sind die letzten Hafenfuhren für heute«, sagt Merkur und deutet auf die Packesel und Träger. »Und vergiss nicht: Wir sind wieder sichtbar.«

Als sie das kleine Fußgängertor und einen dahinter gelegenen, langen Tunnel passiert haben, laufen sie durch eine steile enge Straße mit sehr hohen Bordsteinkanten. Links und rechts ragen steile Mauern auf. Die linken stützen Wohnhäuser mit Balkonen, auf denen Frauen sitzen und den abendlichen Passantenstrom betrachten. Die rechte Seite bildet eine durchgehende Wand, über die ein Satteldach hervorschaut.

Durch ein weites Portal wird gerade eine Sänfte getragen. Sie besteht aus einem Sessel, der auf zwei kräftige, mit Schnitzereien verzierte Stangen montiert ist. Auf ihm sitzt eine Frau. Sie hat einen rosa Seidenumhang über den Oberkörper und ihren Kopf geschlungen, darunter trägt sie ein langes Kleid aus dunkelblauem feinem Tuch. In der Hand hält die Frau einen Fächer aus Stroh. Er hat die Form eines großen Lindenblatts. Wenn sie sich Luft zufächelt, bewegen sich die unzähligen hennaroten Löckchen über ihrer weiß gepuderten Stirn.

Martins Blick bleibt an einem dicken goldenen Armreif haften, der ihr bis an den Ellenbogen gerutscht ist. Er ist geformt wie eine geringelte Schlange. Grüne Steine markieren ihre Augen. Smaragde, denkt Martin beeindruckt. Als die Sänftenträger durch das Tor gehen, dreht die Frau sich um und mustert Martin forschend aus ihren smaragdgrün geschminkten Augen. Martin zuckt zusammen und wendet schnell seinen Blick ab.

»Die Frau, die da eben hineingetragen wurde, ist eine Priesterin der Venus«, sagt Merkur. Hinter der Mauer steht nämlich der Tempel der Venus Pompeiana, sie ist die Schutzgöttin der Stadt. Ihr Heiligtum ist ganz aus Marmor gebaut. Es ist das prächtigste hier und erhebt sich auf einer großen Terrasse, die man an den Rand des Stadtfelsens gebaut hat. So können alle Seeleute, die vom Meer her Pompeji ansteuern, den Venustempel schon von weitem sehen und sich an ihm orientieren.

Hinter der anderen Mauer, da vorn auf der linken Straßenseite, steht der Tempel meines Bruders Apollon. Er ist einer der ältesten Tempel Pompejis, vor sechshundert Jahren von Griechen und Etruskern erbaut.«

»Könnten wir dort …?«, fragt Martin.

»Leider nicht«, antwortet Merkur, ehe Martin seine Frage ganz aussprechen kann. »Hier gibt es keine Orakel. Dafür ist die Sybille von Cumae zuständig. Und die Höhle, in der sie lebt und weissagt, liegt auf der anderen Seite des Golfs oberhalb der Stadt Cumae.

Lass den Kopf nicht hängen, Martin«, sagt Merkur tröstend, als er Martins enttäuschtes Gesicht sieht.

»Wie gesagt: Sollten Iris und Thot in Pompeji sein, treffen wir sie garantiert auf dem Forum.«

Sie gehen noch einige Schritte weiter, laufen zwischen zwei Säulen hindurch – und stehen auf einem überraschend weiten, rechteckigen Platz, den eine zweigeschossige Säulenkolonnade umgibt. Auf ihrem oberen Geschoss sieht Martin Leute schlendern, die sich unterhalten. Manche bleiben stehen, legen die Arme auf eine elegante

Brüstung und schauen hinunter auf das Menschengewimmel. Von Iris und Thot aber fehlt jede Spur.

»Siehst du den hohen Giebelbau mit dem säulengeschmückten Riesenportal?«, fragt Merkur, der Martins Enttäuschung auffangen will.

»Wo?« Martin, irritiert vom Gewimmel der Menschen und Bauten, schaut sich fragend um.

»Na da, rechts von dir. Das ist die Basilika. Sie dient als Gerichtshalle und im Winter als überdachtes Forum. Momentan wird sie wiederaufgebaut. Vor 17 Jahren hat sie nämlich schwere Schäden erlitten, als hier in Pompeji die Erde bebte.«

»Entschuldigung, wenn ich mich einmische«, sagt ein Junge neben ihnen.

Er trägt einen groben, knielangen Kittel, seine Arme und sein Gesicht sind mit Mörtel verschmiert. Auffallend sind seine abstehenden Ohren, die Martin an das Gemälde eines Fauns erinnern, das er einmal in einer Ausstellung über römisch-antike Malerei gesehen hat. Trotzdem erkennt er in dem Gesicht des Jungen auf Anhieb die Züge des Polybios und der anderen Maurerlehrlinge, die ihm und Iris bisher begegnet sind.

»Die Schäden an der Basilika sind neu«, sagt der Junge. »Seit dem vergangenen Jahr hat es nämlich einige weitere kleine Erdbeben gegeben. Deshalb stehen schon wieder überall Baugerüste. Aber die Zerstörungen des großen Bebens hatten wir, auch dank der Geldspenden Kaiser Neros, schon größtenteils beseitigt.«

»Nero?«, fragt Martin erstaunt. »Ich denke, der war ein Tyrann, der Unsummen für seine eigenen Prunkbauten verschwendet hat.«

»Nicht immer«, sagt der Junge und schaut sich vorsichtig um. »Pompeji, auch wenn unsere Oberen das nicht mehr wahrhaben wollen, verdankt ihm viel. Vielleicht auch, weil Poppaea, seine zweite Frau, hier geboren wurde.«

»Verstehe«, sagt Martin. »Aber warum schaust du dauernd so ängstlich um dich?«

»Nero wird hier totgeschwiegen. Und über die neuen Beben redet man auch nicht. Wer es trotzdem tut, wird schnell als Panikmacher beschimpft. Aber Ihr, mein Herr«, sagt der Junge und wendet sich Merkur zu, »habt Euch offensichtlich nicht einschüchtern lassen. Seid Ihr vielleicht ein Kurgast? Sucht Ihr einen Führer? Ich könnte Euch und dem Jungen die Stadt zeigen … und ich verlange … kein so hohes Honorar wie die offiziellen Fremdenführer.«

»Kurgast? … Na, so etwas Ähnliches«, antwortet Merkur. »Eigentlich kenne ich Pompeji gut. Aber meinem Begleiter hier täte momentan die Gesellschaft eines Gleichaltrigen gut. Was meinst du, Martin?«

Martin, der wieder in Gedanken versunken ist, reagiert nicht.

»Abgemacht, du führst uns!«, sagt Merkur.

Der Junge geht mit ihnen zur Mitte des Forums.

»Von wo kommt ihr?«, fragt er beiläufig. Als weder Merkur noch Martin antworten, zuckt er die Achseln. »Die Basilika ist momentan so voller Gerüste, dass man kaum etwas von ihr sieht. Aber dort vorn der Jupitertempel, wo ich arbeite, ist fast völlig wiederhergestellt. Wenn ihr mögt, zeige ich ihn euch. Ich heiße übrigens Quintus.«

»Mein Name ist … Popidius, und das hier ist Martin. Er kommt aus Alexandria«, sagt Merkur.

»Hier laufen zwar täglich Schiffe aus Alexandria und anderen ägyptischen Häfen ein und laden Fremde mit den seltsamsten Namen aus«, erwidert Quintus und schaut Martin neugierig an. »Aber einen so sonderbaren Namen habe ich noch nie gehört. Mmuaartin … mit deiner hellen Hautfarbe wirkst du eher wie ein Germane.«

Martin druckst herum. Er weiß zu wenig über Alexandria, um eine plausible Antwort zu geben.

»Seine Familie ist aus Makedonien eingewandert. Dort haben sie alle sehr helle Haut«, sagt Merkur rasch. »Und der Name ist ein Spleen seiner Eltern. Sie haben ihn von der germanischen Amme des Jungen. Es heißt Martin, mit einem kurzen M und einem kurzen A. Genug erklärt. Zeig uns jetzt lieber deinen Jupitertempel.«

»Wir nennen ihn auch das Kapitolium«, sagt Quintus, während sie auf das Gebäude zugehen, »weil wir, wie jede römische Stadt, unseren Forumstempel nach dem Vorbild Roms Jupiter, Juno und Minerva geweiht haben, die bei euch Griechen Zeus, Hera und Athene heißen.

Davor wurde hier nur Jupiter verehrt. Seit dem Erdbeben erzählen allerdings alte Leute, dass ursprünglich, zur Zeit unserer Vorfahren, der Griechen und Samniten, dieser Tempel dem Hephaistos oder Vulcanus, also dem Gott der Schmiede, heilig gewesen sei.

Er soll seine Werkstatt in den unterirdischen Höhlen des Vesuvs gehabt haben. Deshalb sagen einige Besserwisser, er sei ein erloschener Vulkan. Doch das glaube ich nicht. Vulkane speien Feuer. Und ihre Hänge sind, wie beim Ätna auf Sizilien, kahl und unfruchtbar. Bei uns aber gedeihen die süßesten Trauben und das beste Korn an den unteren Hängen des Vesuvs.«

Martin und Merkur schauen sich nur vielsagend an. Sie sind inzwischen vor dem Tempel angelangt. Er beherrscht das hintere Drittel des Platzes. Hinter ihm ragt die gigantische Silhouette des Vesuvs in den tiefroten Abendhimmel.

Martin spürt ein Kribbeln im Rücken, so, wie man es manchmal fühlt, wenn einen jemand von hinten fixiert. Er dreht sich um. Hinter ihnen schlurft eine alte Frau, von der ein durchdringender modriger Geruch ausgeht, über die Steinplatten des Forums. Sie stützt sich auf einen langen Stock, trägt zerschlissene lange Gewänder, einen von der linken Hüfte baumelnden Ledergürtel mit sonderbaren goldenen Schriftzeichen und hat einen dicken grünen Schleier über den Kopf gezogen, der ihr bis zu den Kniekehlen fällt. Unter dem Tuch quellen stark gelockte schwarze Haare hervor, die von grauen Strähnen durchzogen sind. Die Haut der Frau ist gelblich braun und zeigt tiefe Falten. Sie hat eine scharfe Adlernase, dichte schwarze Augenbrauen, die über der Nasenwurzel zusammengewachsen sind, und stechende dunkle Augen, die Martin anstarren. Ihr zahnloser Mund murmelt Worte in einer unverständlichen Sprache.

Martin rückt näher an Merkur: »Die alte Frau hinter uns, die mich so seltsam ansieht, ist das die Vesuvhexe?«

»Vesuvhexe? Ich weiß nicht, was du meinst.«

»Na, die aus Edward Bulwers Roman«, sagt Martin. »Diese alte Etruskerin, die als Ausgestoßene in einer Höhle des Vesuvs lebt und den Pompejanern Kräutertränke verkauft und aus der Hand liest.«

Quintus, der die Frau mit einem Blick gestreift hat, mischt sich ein. »Ich weiß nicht, von welchem Roman du redest. Aber das ist Vulvia. Sie stammt tatsächlich aus einer der letzten etruskischen Familien Pompejis. Seit ihr Haus beim großen Beben einstürzte und ihre Kinder und Enkel unter sich begrub, ist sie wunderlich geworden, man könnte auch sagen verrückt. Sie hat keinen der kaiserlichen Kredite angenommen und lebt stattdessen in einer Grotte des Vesuvs. Nur ab und zu kommt sie in die Stadt und wühlt in den Ruinen ihrer Villa herum. Die Leute meiden sie, aus Angst, Vulvia könnte sie verfluchen. Die Etrusker stehen nämlich im Ruf, Hellseher zu sein und über zauberische Kräfte zu verfügen.«

Vulvia ist stehen geblieben und hat Quintus' Erklärungen mit einem spöttischen Lächeln zugehört. Martin, der sie aufmerksam beobachtet, glaubt, eine Bewegung in dem Bündel bemerkt zu haben, das sie über dem linken Arm trägt. Die Schlange, denkt er. Bei Edward Bulwer hat die Vesuvhexe eine Schlange als Haustier, die sie so verhätschelt wie andere alte Frauen ihren Dackel.

»Brauch keine Dackel«, ruft Vulvia plötzlich zu ihm herüber. »Schlangen sind klüger, und sie halten Verbindung zu unseren Ahnen ... Die Ahnen warnen seit Jahren. Wären wir Etrusker noch an der Macht – Pompeji wäre nicht so sorglos!

Und du, Turms«, richtet sie nun das Wort an Merkur, »was hat dich aus Veji hierher verschlagen? Und was willst du mit dem Buben? Schick ihn zurück, er gehört nicht hierher!«

»Turms?«, fragt Martin, den es plötzlich fröstelt, weil von Vulvia ein eisiger Hauch ausgeht.

»Unter diesem Namen verehren mich die Etrusker«, flüstert Merkur. »In ihrer Stadt Veji haben sie mir vor vielen Jahrhunderten einen großen Tempel gebaut. Aber der ist längst zerstört. Seltsam, dass diese Greisin noch von ihm weiß.«

»Und seltsam, dass du so wenig von mir weißt«, antwortet Vulvia. »Wenn ich wollte, könnte ich mit einer Handbewegung deine ganze Maskerade hier beenden … Wenn du den Jungen schon nicht zurückschickst, dann gib ihn mir … Seit dem Beben bin ich so allein … Er soll es gut haben … und mein Vermögen kriegt er auch!«

»Genug jetzt, Vulvia«, ruft Quintus mit plötzlich schriller Stimme. »Troll dich, sonst rufe ich die Stadtwache!«

»Oh, der vorwitzige Quintus spielt sich als Beschützer auf«, sagt Vulvia und streckt ihren gebeugten Rücken. Plötzlich wirkt sie groß, größer als alle Leute ringsum. »Solltest besser dich schützen, Bürschchen. Wirst sehr bald Schutz nötig haben … Aber gut, gut«, sagt sie mit einem Blick auf Merkur, der ebenfalls gewachsen scheint und wie sprungbereit vor ihr steht. »Ihr sollt kriegen, was ihr verdient …

Die Zeit ist aus den Fugen«, murmelt Vulvia kopfschüttelnd und hinkt langsam davon. »Die Götter vermenschlichen … Die Menschen wechseln Raum und Zeit … Das Schiff, ich wollte doch zum Schiff …« Ihre Stimme verliert sich im Lärm der Passanten, gleich darauf ist sie verschwunden.

»Ich hab's euch ja gesagt«, seufzt Quintus erleichtert, »Vulvia ist nicht mehr bei Verstand. Vergesst sie und ihr konfuses Gerede.«

Er wendet sich dem Jupitertempel zu. Martin und Merkur schauen sich einen Moment an, dann drehen auch sie sich um.

»Das große Podium, auf dem der Altar steht«, sagt Quintus, »haben wir nachträglich in die Freitreppe der Tempelfassade eingebaut. Dadurch wirken ihre 12 Meter hohen Säulen noch höher. Auf den beiden Sockeln links und rechts der Treppe haben bronzene Reiterstatuen gestanden. Sie sind beim großen Beben zerbrochen.«

»Das ist nun tatsächlich ein klassisch römischer Tempel«, sagt Merkur zu Martin. »Siehst du, die Wände der Cella sind bis an den Podiumsrand gerückt und haben an den Außenwänden nur Halbsäulen als Schmuck. Sieht aus wie ein großes Wohnhaus mit einer offenen Vorhalle aus korinthischen Säulen – sechs an der Vorderseite und je vier an den Langseiten.«

»Im Moment findet der Tempelkult in einem Ersatzbau statt. Wenn ihr wollt, kann ich euch in die Cella führen«, sagt Quintus und beginnt die Stufen hinaufzusteigen.

Martins Knie schmerzen vor Müdigkeit, aber er ist doch neugierig. Als er Quintus folgt, gibt Merkur ihm ein Zeichen und verschwindet durch einen kleinen Triumphbogen hinter dem Jupitertempel.

»Dein Popidius hat etwas anderes zu tun?«, fragt Quintus.

»Er … muss noch etwas besorgen«, sagt Martin.

»Kommt er wieder, oder bezahlst du mich nachher?«, fragt Quintus.

»Du wirst dein Geld schon kriegen«, sagt Martin verlegen.

»Denke nicht, ich sei gierig«, sagt Quintus nach einem kurzen Zögern. »Aber ich bin auf meine Nebenverdienste angewiesen.«

Martin und Quintus gehen durch das Portal. Die Cella ist vom letzten Licht des Tages beleuchtet, das durch die weit geöffneten Türflügel fällt. Als er die Schwelle überschreitet, zuckt Martin zurück. Der innere Fußboden scheint aus Würfeln zu bestehen, die mit ihren spitzen Ecken in die Luft ragen. Dann erkennt er, dass es sich um ein Mosaik mit raffinierten optischen Tricks handelt.

Ringsum sind hölzerne Gerüste mit Laufstegen aufgebaut. Am oberen Rand der Wände sieht man eine Serie kleiner Bilder. Darunter sind glatt verputzte, bildlose Flächen.

»Morgen kommen die Maler«, sagt Quintus, »und tragen eine

letzte dünne Putzschicht auf. Dann beginnen sie sofort mit den großen Hauptbildern. Alle Wandgemälde müssen auf feuchten Verputz aufgetragen werden. Wenn er schon trocken ist, haften die Farben nicht mehr.«

Quintus zeigt auf zwei doppelgeschossige Säulenreihen, die den Raum in einen breiten mittleren Teil und zwei schmale Seitengänge teilen. »Die inneren Säulen haben sogar dem Beben standgehalten«, sagt er.

Am Ende des Mittelteils ragt eine Statue auf. Es ist der Körper eines muskulösen älteren Manns, der ein Bündel aus Blitzen in der rechten Faust hält. An seiner linken Seite sitzt mit gespreizten Flügeln ein Adler. Vor der Statue steht ein Gestell aus dicken Bohlen und Holzböcken. Auf ihm steckt ein bärtiger Steinkopf mit langen Locken in einer Halterung. Das Gesicht ist noch unfertig, nur die Augenbrauen und die Nase zeigen schon Konturen.

»Das ist der Kopf des Jupiter. Er wird in einigen Wochen vollendet sein und dann auf die Statue gesetzt werden«, sagt Quintus. »Für die Figuren der Juno und der Minerva warten wir noch auf den Marmor. Wenn es so weit ist, sagt mein Meister, darf ich an den Gewandfalten mitmeißeln. Ich möchte nämlich ...«

»Bildhauer werden«, ergänzt Martin, ohne nachzudenken.

»Woher weißt du das?«, fragt Quintus verwundert.

»War doch nicht schwer zu erraten«, antwortet Martin, »du hast mir zwar den Raum erklärt, aber dabei die ganze Zeit auf den Jupiterkopf geschaut.«

»Stimmt«, entgegnet Quintus. »Aber offen gesagt: Du scheinst auch nicht gerade brennend an der Tempelarchitektur interessiert. Schon draußen hast du immer wieder die Leute auf dem Forum gemustert, statt den Tempel zu betrachten. Ich glaube, du bist in Gedanken ganz woanders.«

»Kein Wunder«, platzt es aus Martin heraus, »ich habe meine Schwester verloren.«

»Wie meinst du das, verloren?«, fragt Quintus vorsichtig.

»Auf der Reise … Wir haben heute früh die Akropolis besichtigt, und plötzlich war sie verschwunden.«

»Auf der Akropolis? Heute morgen? Und wie kommst du dann hierher?« Quintus tritt unwillkürlich einen Schritt zurück.

»Ach Quintus, das ist eine lange, komplizierte Geschichte. Sie hat mit Merkur, ich meine mit … Popodius zu tun.«

»Dem, der auch gerade verschwunden ist?«, fragt Quintus verwirrt.

»Ach, vergiss es einfach.«

Martin setzt sich auf ein Brett und vergräbt den Kopf in den Händen.

Quintus kommt näher, geht in die Hocke und verschränkt verlegen seine Hände: »Ich wollte dich nicht bedrängen, Martin … Außerdem kann ich mir gut vorstellen, wie dir zumute ist. Ich habe auch eine Schwester. Sie heißt Cornelia und ist zwölf. Sie arbeitet in Herculaneum, eine halbe Tagesreise von hier entfernt.«

»Arbeitet?«, fragt Martin ungläubig. »Sie ist doch fast noch ein Kind!«

»Sie muss«, entgegnet Quintus. »Unsere Eltern hatten ein kleines Haus mit Weingarten und Ausschank direkt am Amphitheater. Es ist beim Erdbeben eingestürzt. Dazu kam, dass seither die Reben und die Obstbäume nicht mehr richtig gedeihen. Unser Garten wird im Sommer trocken wie Sand. Das wird so bleiben, sagt mein Vater, weil das Beben den Grundwasserspiegel abgesenkt hat.

Er wollte das Haus trotzdem wiederaufbauen. Aber erst musste er Geld verdienen. Also hat er eine Stelle als Hilfsarbeiter bei den Wiederaufbautrupps angenommen. Dann kam ich zur Welt, zwei Jahre später Cornelia. Das Geld war immer zu knapp, und unser Haus liegt immer noch in Trümmern.

Deshalb hat meine Mutter Cornelia bei einer Familie in Herculaneum verdingt – dort haben nämlich die ganz reichen Römer ihre Sommer- und Ruhesitze. Am Anfang hat sie hart arbeiten müssen, Feuerholz schleppen, die Badeöfen heizen und so. Seit die Herrin einen kleinen Sohn zur Welt gebracht hat, geht es Cornelia besser. Sie kann gut mit Säuglingen umgehen und ist deshalb so etwas wie die Amme des Kleinen geworden. Das heißt aber auch, dass sie überhaupt keine Zeit mehr für Besuche zu Hause hat.«

Mit zwölf Jahren rund um die Uhr arbeiten und weit weg von zu Hause sein, denkt Martin, das könnte Iris nicht aushalten, und ich auch nicht.

Ehe er etwas antworten kann, ist plötzlich Merkurs Stimme zu hören.

»Martin«, ruft er von draußen, »kommst du? Es kann jeden Moment dunkel werden, und ich habe einen Schlafplatz für dich gefunden.«

»Ich muss los«, sagt Martin und steht auf. »Vielleicht sehen wir uns ja morgen noch mal. Dann erkläre ich dir das mit der Akropolis.«

»Na, da bin ich gespannt«, sagt Quintus und schaut Martin noch einmal prüfend an. »Dass irgendetwas mit euch beiden nicht stimmt, war mir vorhin schon klar. Dein Popidius, den du versehentlich Merkur genannt hast, ist nämlich nicht durch den Triumphbogen gegangen, sondern war plötzlich von der Bildfläche verschwunden wie ein Geist ... oder ein Gott.«

»Hab ja schon gesagt, dass das alles eine verzwickte Geschichte ist ...«, sagt Martin hilflos.

»Schon gut«, sagt Quintus, während sie zurück zum Tempelportal gehen. »Schade, dass du schon wegmusst, ich hätte dir gern noch die kleine Statue gezeigt, die ich an meinen freien Tagen von unserer Venus gemeißelt habe. Der Meister hat mir einen falsch geäderten, angebrochenen Marmorblock dafür geschenkt.«

»Morgen, Quintus, ganz bestimmt«, antwortet Martin, winkt und rennt Merkur hinterher, der in der Menschenmenge zu verschwinden droht.

»Moment noch«, ruft Quintus hektisch. »Mein ... mein Geld!« Ehe er seinen Satz beendet hat, fällt klingend ein kleiner Lederbeutel vor seine Füße.

»Dein Honorar. Besten Dank«, ruft Merkur, der den Beutel mit einer geschickten Bewegung über die Köpfe der Passanten hinweg zu Quintus geworfen hat. Quintus hebt ihn auf und öffnet ihn.

»Viel zu viel«, stammelt er verwirrt. Aber als er aufschaut, sind Merkur und Martin schon verschwunden.

Die beiden laufen durch eine kleine Straße, die von hohen Häusern gesäumt ist. Sie haben weiß verputzte, vornehm wirkende Fassaden. Ihre Haustüren werden von Pfeilern gerahmt, deren Kapitelle kleine Büsten sind; man erkennt Götter und Göttinnen, aber auch Männer und Frauen, die Laubkränze auf dem Kopf tragen. Aus vielen Wänden ragen zierliche geschnitzte Balkone in die Straße, doch es gibt nur wenige Fenster. Dafür zeigen die meisten Erdgeschosse breite Öffnungen, in denen zur Straße hin Verkaufstheken stehen. Martin erkennt Läden, Werkstätten und Imbiss-Stände. Die meisten werden gerade mit hölzernen Schiebetüren verschlossen, in einigen aber zünden die Verkäufer Öllampen an, die wie flache Kaffeekannen geformt sind.

»Da sind wir«, sagt Merkur und bleibt vor einer schmalen hohen Haustür stehen.

Sie hat schön gemasertes, ölglänzendes dunkles Holz und vergitterte Oberlichter. Die Türblätter sind mit golden schimmernden Bronzenägeln beschlagen. An der Schwelle ist ein Mosaik in das Pflaster des Bürgersteigs eingelegt. Es zeigt den Schriftzug »Have« als Willkommensgruß. Merkur schaut rasch nach links und rechts, dann ergreift er einen vorragenden Metallreif, dreht ihn und öffnet einen Türflügel.

»Hier entlang«, flüstert er, »der Pförtner schläft wie ein Stein. Ich habe ihm Träume geschickt, die für mehr als eine Nacht reichen würden. Sonst ist niemand zu Hause. Die Familie, die hier wohnt, hat sich aus Angst vor den letzten Beben in ihren Sommersitz an der Küste zurückgezogen.«

Sie gehen durch einen leicht ansteigenden Flur, dessen Wände mit

Gemälden und zwei Miniaturtempeln aus Stuck geschmückt sind. Dann stehen sie in einer hohen Halle, deren Decke in der Mitte eine breite quadratische Öffnung hat, durch die Martin den dunklen Himmel sieht. Ihm fallen beinahe die Augen zu.

»Ich bringe dich in den ersten Stock«, sagt Merkur und schiebt Martin zu einer schmalen Holztreppe hinter einem bunt gewebten Vorhang.

Oben angelangt, betreten sie ein weites, dämmriges Zimmer. Die Holzläden des großen Fensters, das sich auf eine schmale Gasse öffnet, sind zurückgeschlagen. Ein zweites gibt auf der gegenüberliegenden Seite den Blick in einen Garten mit Palmen und Nussbäumen frei. Martin kann ihn nicht richtig erkennen, riecht aber den Duft von Rosmarin, Lilien und Lorbeer.

»Das hier ist ein Wohnraum. Die Schlafzimmer der Römer und Pompejaner – sie nennen sie oecus – sind sehr eng, kaum mehr als Zellen. Du würdest dich darin wahrscheinlich wie in einem Gefängnis fühlen. Komm, leg dich hier auf diese Kline, oder wie es bei euch heißt, Sofa. Du brauchst nur eine leichte Decke. Die Sommernächte sind trotz der dauernden Meeresbrise auch in Pompeji heiß. Und dieser August hat geradezu tropische Temperaturen.«

»Ich weiß«, antwortet Martin schlaftrunken, »meine Mutter hat mir gestern sogar erlaubt, auf dem Balkon zu schlafen.«

»Ja, manchmal ähneln sich die Welten, auch wenn zweitausend Jahre zwischen ihnen liegen«, sagt Merkur leise und schließt die Tür.

Ehe ihm die Augen ganz zufallen, schaut Martin noch einmal durch das Fenster. Am Himmel sieht er einen großen Stern leuchten.

Der Abendstern, denkt er noch, Venus, wie die Schutzgöttin Pompejis. Wenn Iris das sehen könnte. Was mach ich eigentlich auf diesem Sofa? Ich muss sie suchen.

Er versucht sich noch einmal aufzurichten. Aber die Müdigkeit ist stärker. Man wandert nicht umsonst mit einem Gott der Träume, denkt er noch. Dann ist er eingeschlafen.

Martin schwitzt. Als er die Augen öffnet, schaut er direkt aus dem offenen Fenster in den Morgenhimmel. Die Sonne geht gerade erst auf, und trotzdem ist es im Zimmer heiß wie in einem Backofen. Martin beschließt barfuß zu bleiben. Seine Füße würden in den Turnschuhen zu heiß werden. Er schlüpft von der Kline. Wenigstens der Steinboden fühlt sich kühl an.

»Guten Morgen«, sagt in diesem Moment Merkur, »prima, dass du so früh wach bist. Dann kannst du noch baden und frühstücken, und wir kommen trotzdem rechtzeitig weg. Der Pförtner schläft zwar immer noch, aber manchmal schickt der Hausherr morgens seinen Verwalter, um nach dem Rechten zu sehn.«

Sie gehen die Treppe hinunter, und Merkur führt Martin in eine zweite Halle, die genau neben der liegt, die sie am vergangenen Abend gesehen haben.

»Der Raum ist fast so hoch und weit wie die Aula in unserer Schule«, sagt Martin staunend. Prompt fällt ihm Iris ein. Doch Merkurs Stimme reißt ihn aus seinen Gedanken.

»So eine Halle nennen die Römer Atrium. Das Atrium, in dem wir gestern waren, dient der Familie für Empfänge und offizielle Feste. Hier, im zweiten, bleiben sie unter sich. Nur die Reichsten haben Häuser mit zwei Atrien. Aber diese beiden hier sind selbst für römische Verhältnisse verschwenderisch groß.

Da hinten sind die Badezimmer«, sagt Merkur und deutet auf einen schmalen Flur. »Auch ein Luxus, den sich nur die Oberschicht erlauben kann. Ich habe es nicht riskiert, den Ofen für Warmwasser zu heizen. Aber bei der Hitze wird dir kaltes sowieso lieber sein.«

Martin steht in einem kleinen Raum, dessen Decke ein geriffeltes Rundgewölbe hat.

Fast wie im Inneren einer Muschel, denkt er.

Von oben fällt Licht durch ein kleines Rundfenster. Eine grünlich schimmernde Scheibe aus Glas verschließt es.

»Die Römer haben eine Methode entdeckt, Fensterscheiben aus Glas anzufertigen«, sagt Merkur. »Sie ist sehr teuer und aufwen-

dig. Aber in den öffentlichen Bädern Pompejis, den Thermen, gibt
es schon richtige Panoramafenster mit Meerblick.«

In der Mitte des Zimmers steht ein Marmorbrunnen. Er ist wie ein
großes flaches Weinglas geformt. Aus seiner Mitte sprudelt klares
kaltes Wasser. Martin wäscht sich und trocknet sich mit weichen
Leinentüchern ab, die auf einem Schemel bereitliegen.

»Seife gibt es in diesem Zeitalter noch nicht«, sagt Merkur, »die
Griechen und Römer benutzen Pottasche und Olivenöl, das sie
sich auf den Körper reiben und anschließend mit kleinen Metall-
bügeln abschaben, die wie Sensen geformt sind. Man nennt
sie *strigulum*. Eine solche Prozedur würde uns zu lange aufhalten.«

Merkur geht mit Martin zurück zum Atrium und von dort in ein
Zimmer, das sich zu dem Garten öffnet, den er abends gesehen hat.
Kleine Brunnen sprudeln dort, zwischen kugelrund gestutzten
Buchsbaum- und Rosmarinbüschen stehen Statuetten aus Marmor
und Bronze. An den schmalen Gartenwegen wachsen Lilien und
Lorbeer. Die Säulen, die den Garten einfassen, sind von Rosen um-
rankt. Ihre Zweige reichen bis zu einer zweiten Säulenreihe hinauf,
die vor den Zimmern des ersten Stocks verläuft.

»So einen Gartenhof gibt es in fast jedem wohlhabenden römischen
Haus«, erklärt Merkur. »Man nennt ihn Peristyl. In Italien kannte
man vorher nur kleine Nutzgärten hinter dem Haus. Als das römische Imperium erstarkte und viele Römer reich wurden, haben
ihre Architekten die Gärten der Griechen mit den Säulenhöfen und
verschlungenen Beeten übernommen; daher der griechische Name.
Das Haus hat nicht nur zwei Atrien, sondern auch zwei Peristyle.
Das zweite ist so groß wie in eurer Zeit zwei Tennisplätze. Hier
lebt eine der reichsten Familien der Stadt, die sich vor zweihundert
Jahren diesen Stadtpalast hat bauen lassen. Er ist größer als das
Schloss, in dem Alexander der Große geboren wurde. Eure Ausgräber werden das Haus *Casa del Fauno* nennen, weil sie in ihm
die kostbare Bronzeplastik eines tanzenden Satyr gefunden und

mit einem Faun verwechselt haben … Aber jetzt iss erst einmal etwas.«

Auf einem runden Tischchen mit drei elegant geschwungenen Beinen steht eine Schale, in der kleine Birnen und Feigen glänzen. Daneben sieht Martin ein Ei, das in einem silbernen, fein ziselierten Eierbecher sitzt. Auf einer flachen, ebenfalls silbernen Schale liegt ein goldgelber Kuchen.

»Eigentlich mag ich am Morgen nichts Süßes«, sagt Martin.

»Das ist kein Kuchen, das ist Brot, Martin«, entgegnet Merkur. »Es wird nur rund gebacken und, wie eure Kuchen, in dreieckige Stücke gekerbt. Pompejis Brot ist berühmt. Probier es, es ist sehr knusprig. Auch die Birnen solltest du versuchen. Sie werden sogar auf den Märkten Roms zu hohen Preisen verkauft, weil sie durch die fruchtbare Vesuv-Erde ein intensives Aroma haben.«

Martin greift zu, ohne darüber nachzudenken, aus welcher Vorratskammer Merkur sich wohl bedient hat. Alles schmeckt wunderbar. Frischer als zu Hause, geht ihm durch den Kopf. Sofort denkt er wieder an Iris.

Martin schaut hinaus in den Garten. Über dem Obergeschoss sieht er blauen Himmel und eine sonderbare weiße Rauchfahne am Horizont. Gerade als er Merkur danach fragen will, gleitet der Umriss eines Falken vor dem Vesuv vorbei.

»Hajo«, ruft Martin und läuft zum Fenster.

»Was, wo?«, hört er Iris rufen.

Iris? Mit einem wilden Satz springt Martin über die niedrige Fensterbank in den Garten. Tatsächlich, hinter einem hohen Oleanderbusch steht Iris. Sie hebt schützend die Hand vor die Augen und schaut nach oben zu Hajo, der gerade wieder abdreht. Neben ihr erkennt Martin Thot, der ihn trotz seines Ibis-Schnabels strahlend anlächelt.

Gleich darauf rennen die Zwillinge aufeinander zu. Dann tun sie etwas, was sonst ganz und gar nicht ihre Art ist – sie fallen einander um den Hals.

»Nicht heulen, Iris«, sagt Martin, »sonst fang ich auch gleich an. Wo warst du? Geht's dir gut?«

»Ihr geht es gut«, antwortet stattdessen Thot und knufft Martin kumpelhaft die Schulter. »Grüß dich, Alter.«

»Grüß dich auch«, sagt Martin und stupst Thot vor Freude vertraulich am Schnabel.

»Wir sind nach ziemlichen Irrfahrten in Pompeji gelandet«, sagt Thot und stößt erleichtert die Luft aus. »Die Sache hätte übel ausgehen können. Deine Schwester, Martin, hat sehr viel Phantasie. Sie hat sich die Explosion des Parthenons so lebhaft vorgestellt, dass sie schließlich eingetreten ist. Iris wurde wie ein Geschoss durch die Zeitalter geschleudert. Aber rückwärts. Ich habe sie erst kurz vor dem Sturz in die Eiszeit erwischt.«

»Davon habe ich gar nichts bemerkt«, sagt Iris, »ich habe die ganze Zeit nur Funken um mich wirbeln sehn.«

»Solltest du auch nicht, sonst stünden wir nicht mehr hier«, sagt Thot kurz.

Dann schaut er durch das Fenster auf Martins Frühstückstisch.

»Ist für Iris noch etwas übrig? Ich müsste eigentlich auch etwas in den Schnabel kriegen. Ob ich schnell mal an den Sarno fliege? Da gibt es hervorragend schmeckende Flussmuscheln, die in eurer Zeit ausgestorben sein werden. Und dann die leckeren Frösche und allerliebsten kleine Fische im Sarno-Delta...«

Thot denkt einen Moment nach.

»Nein, bis zum Fluss würde es zu lange dauern. Gib mir doch bitte zwei besonders weiche Feigen, Iris, das muss fürs Erste genügen.«

»Wie seid ihr auf Pompeji gekommen?«, fragt Martin, während Thot und Iris essen.

»Das müsste dir eigentlich klar sein«, sagt Thot, nachdem er hastig geschluckt hat. »Ich fand in Iris' Gedächtnis den Pompeji-Roman, den ihr beide so mögt!«

»Gut kombiniert, Herr ... Urahn«, sagt jetzt Merkur, der sich bisher im Hintergrund gehalten hat. »Ich hätte es kaum besser machen können.«

»Aha, Hermes, oder Merkur, wie er hier heißt«, sagt Thot. »Ich ahnte, nein: wusste, dass dieser vorwitzige Grieche sich die Gelegenheit nicht entgehen lassen würde, auch mal wieder ein bisschen zu reisen.«

»Immer zu Diensten, Herr Allwissend«, sagt Merkur spöttisch und deutet eine leichte Verbeugung an. »Mit Verlaub: Wenn ich nicht eingegriffen hätte, würde Martin noch immer durch Athen irren. Oder er würde, denn seine Phantasie kann manchmal so stark sein wie die seiner Schwester, vielleicht sogar im Weltall Wettlauf mit Asteroiden spielen. Ganz so umsichtig, wie Ihr meint, seid Ihr nicht, Herr Kollege.«

»Jetzt reicht's«, knurrt Thot und ist plötzlich mehr Ibis als Mensch. »Was erlaubst du dir, du Wicht? Als du noch mit den geklauten Rindern deines Bruders über die Wiesen gehüpft bist, hatte ich schon ganze Weltreiche kommen und gehen sehn.«

»Mit äußerst geringem Erfolg, was Euren Weitblick angeht«, gibt Merkur zurück.

»Lümmel.«

»Tattergreis.«

»Flügelhopser.«

»Krummschnabel.«

»Stopp«, rufen die Zwillinge gleichzeitig.

»Ihr beide habt uns gerettet, ihr beide habt unheimlich gut auf uns aufgepasst«, sagt Martin, »und ihr solltet nicht vergessen, dass ihr Götter seid, die nicht streiten wie zwei herrenlose Straßenköter.«

»Ha, Straßenköter ist gut. Wohl eine Spitze gegen unsere Wanderlust«, fällt ihm Merkur ins Wort.

»Ich höre immer unsere«, sagt Thot, »wüsste nicht, was ich mit Ihnen zu schaffen habe, Sie Parvenü.«

»Ich hab genug von dem Gebrülle«, sagt Iris. »Komm, Martin, wir gehen und helfen uns selbst weiter.«

Kaum dreht sie sich um, werden die beiden Streithähne friedlich.

»Moment, Moment. Nichts überstürzen«, rufen sie wie aus einem Mund.

»Frieden?«, sagt Thot und reicht Merkur die Hand. »Wir sind nun beide für die Zwillinge verantwortlich. Ich weiß nicht, wie es Ihnen geht, Merkur, aber ich habe seit Jahrtausenden nicht mehr so viel Spaß gehabt wie mit diesen beiden Kindern der Moderne. In allen Ehren in irgendwelchen Museen zu verstauben und immer nur respektvoll angestarrt zu werden, ist auf Dauer furchtbar langweilig.«

»Sie haben absolut recht«, sagt Merkur. Dann wendet er sich Iris und Martin zu. »Wir verplempern die Zeit. Kommt, wir zeigen euch rasch noch das Haus, ehe uns jemand überrascht.«

»Hatte ich auch gerade vor«, sagt Thot.

Gleich darauf stehen sie in einem eleganten hohen Zimmer, das sich zum zweiten Peristyl öffnet. Seine Eingangsseite flankieren zwei schlanke Säulen auf hohen Sockeln. Die Schwelle bildet ein Mosaik, das eine Flusslandschaft zeigt.

»Das ist der Nil«, sagt Thot stolz, »wie ihr an den Lotosblüten, den Nilpferden und Pygmäen seht, die hier Boot fahren. Seit den Tagen Caesars und Kleopatras sind die Römer geradezu süchtig nach ägyptischer Kunst.«

»Und nach griechischer sowieso«, sagt Merkur und lächelt Thot dabei entschuldigend an. »Das große Fußbodenmosaik dieses Zimmers ist nämlich die Kopie eines berühmten griechischen Gemäldes aus Pergamon. Es zeigt die Schlacht zwischen Alexander dem Großen und dem Perserkönig Darius. Seht ihr, wie der fliehende König fassungslos auf den siegreichen Alexander zurückschaut? Das Eindringlichste aber ist der gestürzte Perserkrieger, über dem sich der Rappe Alexanders aufbäumt. Zunächst bemerkt man nur seine Rückansicht, bis man sein vor Todesfurcht verzerrtes Gesicht sieht, das sich in dem Schild spiegelt, der vor ihm liegt.«

»Stimmt, sehr raffiniert«, sagt Iris. »Trotzdem: könnten wir jetzt aufbrechen? Vorhin haben wir doch Hajo um den Vesuv fliegen sehen. Wir sollten auf den Berg steigen, um ihn zu finden. Außerdem könnte jemand ins Haus kommen und uns für Diebe halten.«

»Gut«, sagt Thot und schaut Merkur an, ob er einverstanden ist. »Ich schlage vor, wir gehen durch das Atrium zum vorderen Ausgang.«

»Atrium?« fragt Iris.

»So nennt man die großen Wohnhallen hier«, sagt Martin, stolz auf sein neues Wissen.

»Fast jedes römische Haus, ob arm oder reich, hat ein Atrium«, ergänzt Thot. »Es ist die zentrale Wohnhalle, von der die Schlafzimmer, andere Nebenräume und der Gang zur Küche abgehen. In dem flachen Becken in der Mitte, dem Impluvium, wird das Regenwasser aufgefangen, das über die nach innen geneigten Dachflächen hereinströmt, und läuft von dort in eine Zisterne, wo es gesammelt wird. Hier am Impluvium steht übrigens der Faun, von dem Merkur erzählt hat.«

»Thot, bitte, wir sollten uns beeilen«, drängt Iris.

»Schon gut. Nur drei Sätze noch, so viel Zeit muss sein«, antwortet Thot und ignoriert Merkurs genervtes Augenrollen. »So wichtig wie das Atrium ist das Tablinum, der große Raum, der sich gegenüber dem Eingang auf das Atrium öffnet. Dort empfängt der Hausherr und ist die Truhe mit dem Geld der Familie aufgestellt. Im Tablinum oder in seiner Nähe steht das Lararium, ein kleiner Altar, auf dem die Bildnisse der Vorfahren verwahrt und die Laren und Penaten, die Schutzgötter des Hauses, angebetet werden.«

Gerade will Iris den redseligen Thot erneut unterbrechen, da öffnet sich die Haustür.

»Polonius, du Tölpel, schläfst du etwa noch?«, hören sie eine Männerstimme.

»Mist«, ruft Merkur, »der Verwalter!«

Die beiden Götter sehen einander einen Moment an, dann nicken sie sich zu. Thot beginnen sofort Federn zu wachsen, an Merkurs Fersen wirbeln plötzlich wieder die Flügel, und schon schnappt sich jeder der beiden einen Zwilling.

»Gut, dass die Dachöffnung in diesem Stadtpalast so breit ist«, ächzt Thot und wuchtet sich nach oben.

Merkur saust spöttisch grinsend an ihm vorbei.

Gleich darauf schweben die vier über den unteren Hängen des Vesuvs. Iris schaut fasziniert hinüber zum Meer. Gegenüber von Pompeji sieht sie die Insel Capri liegen, unter sich die Küste, an der weiße Villen wie Perlenschnüre aufgereiht sind. Beim Blick auf Pompeji erkennt sie sofort das Forum, das wie ein blank gefegtes Rechteck aus dem Gewimmel der Häuser und Straßen hervorsticht. In der Mitte der Stadt fällt ihr eine große halbrunde Mulde mit ansteigenden Steinbänken auf. Ihnen gegenüber steht eine Wand, vor der Säulen, Nischen und Portale eine Palastfassade bilden.

»Was du siehst, ist das Theater«, ruft Thot ihr ein wenig kurzatmig zu. »Da Pompeji viele hundert Jahre lang von der griechischen Kultur geprägt war, wurde hier, wie in jeder großen griechischen Stadt, ein Theater gebaut. Inzwischen besitzt auch fast jede römische Stadt Theater.«

»Das würfelförmige große Haus daneben«, hört Iris nun Merkur, »mit dem Dach, das wie ein Zelt aussieht, ist auch ein Theater. Hier finden Lesungen, Rezitationen und Musikaufführungen statt. Deshalb das Dach. Es verbessert die Akustik. Das kleine Theater, man nennt es Odeion, fasst 3000, das große 5000 Zuschauer.«

»Pompeji hat ja auch ein Amphitheater«, ruft jetzt Martin und zeigt auf eine Stelle am Rand der Stadt. »Sieht fast aus wie das Kolosseum, nur kleiner.«

»Stimmt«, bestätigt Thot, der angestrengt seine kurzen Flügel bewegt. »Die Grundform ist dieselbe. Pompejis Amphitheater ist das älteste steinerne in Italien. Kein Wunder, denn die Gladiatorenspiele wurden hier in Kampanien erfunden. Was das Fassungsvermögen angeht, bleibt das Kolosseum unübertroffen. Aber dort unten ist immerhin Platz für 30 000 Menschen.«

»Gibt es hier überhaupt so viele Einwohner?«, fragt Iris.

»Wenn man die Bewohner der Vorstädte mitzählt«, sagt Merkur, »kommen etwa 25 000 zusammen. Aber zu den Spielen reisen auch Bürger aus allen Nachbarstädten an; das führt manchmal, wie in euren Fußballstadien, zu Massenschlägereien.«

»Merkur, fliegt nicht so hektisch«, ächzt Thot, der mit Mühe die Flugbalance hält. »Es ist wirklich unglaublich heiß heute. Selbst mir macht die Hitze zu schaffen, obwohl ich unser afrikanisches Klima gewohnt bin.«

Martin, der den linken Arm um Merkurs Hüfte geschlungen hat und den linken Fuß leicht auf den rechten des Gottes stützt, hat es bequemer als Iris. Sie sitzt schwitzend auf Thots kurzem Vogelrücken und muss dauernd darauf achten, seine Flügel nicht zu behindern, ganz zu schweigen von seinem Schlingerkurs. Martin dagegen kann sich sogar vom Flugwind abkühlen lassen. Das tut gut, besonders an den nackten Füßen – jetzt erst bemerkt Martin, dass er seine Turnschuhe in der Casa del Fauno vergessen hat.

Die Archäologen werden sich wundern, wenn sie in zweitausend Jahren meine Schuhe dort entdecken, denkt er, vorausgesetzt, es ist noch etwas übrig von ihnen.

Martin riskiert einen Blick nach oben. Vielleicht kann er ja Hajo entdecken. Er hätte ihn in der Aufregung beinah schon wieder vergessen. Aber der Falke bleibt verschwunden. Stattdessen bemerkt Martin, dass die weiße Rauchfahne, die er am Morgen über dem Vesuv gesehen hat, viel breiter geworden ist. Er öffnet den Mund, um Merkur danach zu fragen. Aber im selben Moment übertönt ein dröhnender Donner jedes Geräusch.

Merkur beginnt bedenklich zu trudeln, und Thots Ibis-Körper gerät für einige Sekunden sogar in freien Fall. Aus dem Wind ist ein Sturm geworden. Entsetzt starrt Martin nach oben. Wo eben noch die Rauchfahne war, bricht nun eine gigantische Säule aus Erde, Asche und Steinen aus dem Gipfel des Vesuvs. Schon fliegen ihnen Steinbrocken um die Ohren und Asche ins Gesicht.

»Der Vesuv bricht aus«, hört Martin Iris schreien. In dem Getöse klingt ihre Stimme dünn wie die eines kleinen Kinds.

»Himmel, heute ist der 24. August 79 nach Christus«, stöhnt Thot, der das Gleichgewicht wiedergefunden hat und mühsam gegen den Sturmwind anrudert, »daran hat der Wirrkopf Merkur nicht gedacht ... Und ich habe es auch vergessen«, setzt er zerknirscht hinzu.

»Keine Zeit für Vorwürfe!«, schreit Merkur, »wir müssen schleunigst hier weg.«

Er wendet seinen Körper in Richtung Meer.

»Halt«, ruft Martin, »was wird aus Quintus? Er arbeitet doch da unten am Jupitertempel.« Martin schaut Merkur an. »Rette ihn, Merkur, bitte. Thot kann bestimmt auch Iris und mich hier rausschaffen.«

Er dreht sich unwillkürlich zu Thot um. Durch die plötzliche Bewegung verlieren er und Merkur das Gleichgewicht. Martin stürzt nach unten.

»Neiiiiin«, schreit Merkur.

Da saust ein Schatten an ihm vorbei. Hajo, der Falke.

»Das schafft er nicht, der Junge ist viel zu schwer«, stößt Thot hervor und packt mit seinen langen Beinen blitzschnell Martins Schultern. Als Martins Gewicht auf ihn einwirkt, zieht es den Ibis-Körper sofort mehrere Meter tiefer nach unten. Hajo dreht so schnell ab, wie er gekommen ist.

»Nur einen Moment noch«, knirscht Thot durch seinen Schnabel, den er wegen der immer dichteren Aschewolken zusammengepresst hat. »Sobald wir aus der unmittelbaren Gefahrenzone sind, entmaterialisiere ich uns.«

Merkur schwebt neben ihnen.

»Ich fliege zum Forum, Martin. Diesen Quintus muss ich retten.

Der Bengel ist so begabt, wäre schade um ihn. Leb wohl, Martin, leb wohl Iris, und auch du, Thot.«

Jetzt duzt er mich auf einmal, denkt Thot verblüfft.

Dann aber ruft er: »Leb wohl, Merkur, mein Freund und Bruder.« Seine letzten Worte erstickt die heiße Asche, die ihnen allen in dichten Wolken ins Gesicht weht.

Merkur ist verschwunden. Der Vesuv brüllt wie tausend Riesen. Dann, von einer Sekunde zur anderen, ist alles still. Die Zwillinge hören nur noch Thots Stimme.

»In diesem Chaos leidet mein Orientierungssinn. Aber bleibt ruhig, bis zum Goldenen Horn schaffe ich es.«

8. Die Hagia Sophia
oder Die Stadt, die drei Mal
ihren Namen wechselte

»Wie siehst du denn aus?«, fragt Iris Martin erstaunt.

»Wahrscheinlich genauso gespensterhaft wie du«, antwortet er ihr und beginnt, sich hustend weiß-graues, mit winzigen Steinchen durchsetztes Pulver aus den Haaren zu schütteln.

Die Zwillinge sind dick bestäubt mit der Asche, unter der Pompeji binnen Stunden versunken ist. Thot hat wieder Menschengestalt angenommen und schüttelt sich nur einige der kleinen Steine aus der Perücke. Dann hilft er den beiden, ihre Kleidung auszuklopfen. Seine Kleider sind tadellos sauber – die Asche ist mit den Federn des Vogelkörpers verschwunden.

Iris zittert am ganzen Körper. Als sie die weiße Schicht wegwischt, die wie eine Maske auf ihrem Gesicht sitzt, bleiben ihre Züge aschfahl.

»Das war furchtbar«, sagt Martin mit bebender Stimme, »viel schlimmer als im Roman.«

»Der Vesuv«, sagt Thot ernst, »hat nicht nur Pompeji, sondern auch seine beiden Nachbarstädte Herculaneum und Stabiae verschüttet. Dazu Dutzende Dörfer, Landgüter und Weiler. Nur Stabiae wird man später wiederaufbauen können. Alles andere bleibt bis zu 30 Meter tief unter Steinen und Lava begraben, bis es 1748 Ausgräber entdecken und langsam freilegen werden.«

»Und die Menschen …?«, fragt Iris leise.

»Viele kommen ums Leben. Sehr viele, wie du aus dem Roman ja weißt«, antwortet Thot. »Aber ebenso viele können sich auch retten. Zu Schiff und über die Landstraßen in Richtung Neapel, das verschont bleibt. Sie finden eine neue Heimat dort und in Städten an der anderen Seite des Vesuvs. Einige kehren sogar zurück und gründen an der neuen Mündung des Sarno ein Fischerdorf.«

»Ein Dorf? Was ist das schon im Vergleich mit der Schönheit und dem Reichtum, den wir gesehen haben«, sagt Martin. »Und es muss furchtbar sein, da zu leben, wo unter den Trümmern die Nachbarn und Freunde begraben liegen.«

»Du hast recht«, sagt Thot. »Darum werden nur wenige zurückkehren. Außerdem bleibt das ehemalige Gebiet von Pompeji und Herculaneum viele Jahre lang so verbrannt und trostlos wie eine Mondlandschaft. Beim Anblick dieser Einöde schreibt der berühmte Dichter Martial ein Gedicht, das mit dem Satz endet ›Selbst die Götter reut es nun, was sie getan‹.«

»Ob Merkur Quintus retten kann?«, fragt Martin.

»Das hat er bereits«, sagt Thot. »Der Junge sitzt in einem Boot mit anderen Flüchtlingen, die es zum Hafen von Neapel schaffen werden. Im selben Boot sitzt übrigens auch Vulvia, die dich gestern so erschreckt hat.«

»Deshalb hat sie dauernd von einem Schiff geredet«, sagt Martin. »Sie wusste, was kommt.« Er atmet auf. »Vielleicht macht Quintus ja in Neapel sein Glück. In einer Großstadt gibt es bestimmt

viele Bildhauerateliers, wo er als Lehrling unterkommen kann …
Weißt du auch etwas über seine Schwester Cornelia?«

Thot schweigt einen Moment. Dann sagt er: »Quintus wird nur
seine Eltern wiederfinden. Cornelia ist mit ihrer Herrschaft zum
Hafen von Herculaneum geflüchtet und hat dort auf Rettungs-
schiffe gewartet. Aber die Menschen wurden von einem Lavastrom
überrascht, der sich plötzlich mit rasender Geschwindigkeit den
Vesuv hinabwälzte … Archäologen werden Cornelia im Jahr 1986
in einer Bootskammer entdecken, in der sie mit dem Sohn ihrer
Herrin Schutz gesucht hat. Wenigstens haben sie und der Kleine
nicht leiden müssen. Die Giftgase des Vesuvs haben die beiden
einschlafen lassen wie bei einer Narkose.«

Wie grausam, am liebsten wäre ich nie in Pompeji gewesen, denkt
Martin.

»Nimm dir das alles nicht zu sehr zu Herzen, Martin«, sagt Thot
tröstend. »Wer, wie ihr beide während dieser Reise, im Zeitraffer-
verfahren die Schicksale anderer erlebt, lebt viel intensiver. Es hilft
ein wenig, wenn du dir klarmachst, dass alle eure Abenteuer auch
eine Vorbereitung auf euer eigenes künftiges Leben und seine mög-
lichen Schicksalsschläge sein können.«

Wenn das so leicht wäre, denkt Martin, der sich fragt, wie Quintus
den Tod Cornelias aufnehmen wird. Dann aber spürt er die Sonne
auf seinem Gesicht und Iris' Hand auf seiner Schulter. Er beschließt,
erst zu Hause gründlich über das Ganze nachzudenken.

Thot, der ihn beobachtet hat, nickt ihm zu: »Wir befinden uns,
wie versprochen, am Bosporus. Das Goldene Horn begrenzt als
Bucht eine Halbinsel, auf der die Stadt Konstantinopel liegt. Fast
600 000 Einwohner hat sie, unvorstellbar viel für die Zeit der
Spätantike.«

»Für mich auch«, sagt Iris. »Das sind ja fast so viele Menschen wie
in Frankfurt.«

»Wieso eigentlich Goldenes Horn?«, fragt Martin. »Ich sehe nur
Unmengen weißer Häuser, Paläste, Gärten und Parks.«

»Ebendrum«, sagt Thot. »So viele Prunkbauten wie hier an der Spitze der Halbinsel hat nicht einmal Rom an einer Stelle aufzuweisen.

Seht ihr den riesigen Turm auf der anderen Seite der Bucht? Das ist der Galata-Turm. Zwischen ihm und dem Goldenen Horn hat Konstantinopel eine dicke eiserne Kette gespannt und kann damit jederzeit die Durchfahrt sperren. Deshalb glauben die Kaiser von Konstantinopel, ihre Hauptstadt und ihr Reich seien unbesiegbar.«

»Waren sie aber nicht«, sagt Martin, »das weiß ich genau. Konstantinopel ist irgendwann, das Datum hab ich vergessen, von den Türken erobert worden.«

»Exakt, Martin«, sagt Thot anerkennend. »Aber wir sehen die Stadt auf dem Höhepunkt ihrer spätantiken Zeit.«

Es scheint noch früh am Morgen, nur einige Maultiertreiber trotten mit verschlafen gesenktem Kopf neben ihren Tieren her, ohne auf ihre Umgebung zu achten. Auch Iris und Martin haben kein Auge mehr für das, was um sie herum vorgeht, denn sie betrachten längst staunend den überkuppelten Riesenbau, der sich wie ein Gebirge vor ihnen auftürmt.

»Das ist die Hagia Sophia«, sagt Thot, »in eurer Sprache ›Göttliche Weisheit‹, die Palastkirche der oströmischen Kaiser.«

»Göttliche Weisheit?«, sagt Martin, als er sich endlich vom Anblick des Bauwerks losreißen kann. »Du hast ja gar keine Bemerkung darüber gemacht, dass dieser Name klingt, als sei er für dich gemacht.«

»Vielleicht bin ich nicht ganz so eitel, wie du glaubst«, erwidert Thot. »Vor allem aber: Dieses Bauwerk ist einer Weisheit geweiht, die die meine weit übersteigt. Seine Gestalt bezeugt jenes allumfassende Wissen, das vom Atom bis zum Zusammenspiel aller Planeten auch in fernsten Winkeln des Weltalls eine einzige perfekte Ordnung geschaffen hat. Da bleibe selbst ich stumm!«

»War nicht bös' gemeint«, sagt Martin versöhnlich. »Magst du uns erklären, was an der Hagia Sophia so bedeutend ist?«

»Gern«, antwortet Thot. Er schlingt sich einen weiten Umhang aus weichem weißen Wollstoff um die Schultern und über den Vogelkopf. So getarnt, läuft er mit den Zwillingen langsam auf die Kirche zu.

»Erbaut wurde die Hagia Sophia im Jahr 533 unter dem ost-römischen Kaiser Justinian I., der auch momentan noch regiert. Sie ersetzt eine ältere Kirche, die der römische Kaiser Kontantin I. im Jahr 325 hier errichten ließ. Ihr kennt ihn vielleicht als den Kaiser, der das Christentum im Römischen Reich als inoffizielle Staatsre-ligion duldete und die Peterskirche in Rom baute.

Anlass für Konstantins hiesigen Kirchenbau war die Trennung des Imperium Romanum in ein ost- und ein weströmisches Reich. Im Westen blieb Rom Hauptstadt, im Osten wurde es das von Griechen gegründete Byzanz. Konstantin benannte die Stadt in Nova Roma um, neues Rom. Aber nach seinem Tod wurde daraus ihm zu Ehren Konstantinopel. Was übrigens nicht der letzte Namenswandel war: 1453 – das war das Datum, das du vergessen hat, Martin – nannten die Türken die von ihnen eroberte Stadt Istanbul.«

»Heißt sie ja bis heute«, sagt Iris ein wenig ungeduldig. »Aber wie ist die Hagia Sophia entstanden?«

»Durch Justinian, wie schon gesagt!«, antwortet Thot. »Er ließ die Ruine der vorherigen Kirche, die bei einem Aufstand in Brand gesteckt worden war, niederreißen. Sein Ehrgeiz war es, das Pan-theon zu übertreffen. Dafür stellte er 145 Tonnen Gold bereit.«

»Deshalb die riesige Kuppel«, sagt Martin.

»Richtig«, erwidert Thot. »Aber eigentlich bestehen alle größeren Bauten der byzantinischen Architektur aus einem Verbund von Kuppeln und Halbkuppeln. Byzantinisch heißt diese Baukunst üb-rigens nach Byzanz, dem alten Namen Konstantinopels. Sie wird inzwischen so bewundert, dass auch im Weströmischen Reich, das Justinian zu einem großen Teil von den Germanen zurückerobert hat, Kuppelkirchen entstehen. In Mailand zum Beispiel und in Ravenna, das momentan weströmische Hauptstadt ist. Dort hat

Der Markusdom von Venedig, rechts die Hagia Sophia.

Justinian die Kirche San Vitale erbauen lassen, die wie eine kleinere Kopie der Hagia Sophia aussieht. Und sogar noch 600 Jahre später, im zwölften Jahrhundert, wird der berühmte Markusdom in Venedig nach dem Vorbild der Hagia Sophia entstehen.«

»Halt, stopp«, sagt Iris. »Ich brauch' eine Erklärungspause. Von diesen vielen Vorgänger- und Nachfolgerbauten wird mir ganz schwummerig.«

Die drei gehen langsam zur Fassade. Beiderseits einer gigantischen Wandnische unterhalb der Kuppel sind Stützmauern zu sehen, so hoch und massig wie Türme. Davor stehen Baugerüste. Auf einem der untersten Laufbretter liegt ein Stoffbündel. Als sie näher kommen, bewegt es sich. Ehe die Zwillinge erschrecken können, bemerken sie einen Kopf, der zwischen zwei dicken Stofffalten hervorkommt.

Ein Junge schlägt die Decken zurück und springt leichtfüßig zur Erde. Er hat dunkle Locken und auffallend große, runde schwarze Augen, deren Iris im Weiß des Augapfels zu schwimmen scheint. Sie sind das Einzige, das ihn von den Jungs unterscheidet, die Martin und Iris im Laufe ihrer Reise kennengelernt haben.

»Mal sehen, wie er diesmal heißt«, flüstert Martin Iris zu.

Der Junge kommt gähnend näher. Als er die drei bemerkt, hält er sofort die Hand vor den Mund.

»Guten Morgen, mein Junge«, sagt Thot, »haben wir dich geweckt? Das täte uns leid.«

»Ehrlich gesagt ... ja«, antwortet der Junge verlegen, der sich erst schlaftrunken die Augen reibt, aber sofort die Hände sinken lässt, als ihm bewusst wird, was er tut. »Aber ... das ist gut so ... ohne euch hätte ich ...«

»Du hast, wie ich sehe, ein Nachtlager bei der Kirche«, unterbricht ihn Thot. »Aber für einen Stadtstreicher bist du zu gut gekleidet. Ich schätze, du gehörst zu der Maurertruppe, die an der Fassade arbeitet.«

»In der Tat, mein Herr«, sagt der Junge und wirkt mit einem Mal hellwach. Er macht eine tiefe Verbeugung, in die er alle drei mit einer gezierten Bewegung seines rechten Arms einschließt: »Ich heiße Proskopios und bin Hilfsmaurer an der Kirche Ihrer Majestät, Kaiser Justinians.«

Benimmt sich ziemlich förmlich, denkt Iris. So überhöflich waren die anderen Jungen nicht. Aber vielleicht achtet man in Konstantinopel besonders auf gutes Benehmen.

»Gut kombiniert, Iris«, raunt Thot ihr zu. »Man legt hier extrem großen Wert auf gepflegte Umgangsformen. Deshalb sprachen noch eure Urgroßeltern von byzantinischem Gehabe, wenn es irgendwo stocksteif zuging.

Das sind Iris und Martin, Reisende aus dem fernen Germanien«, sagt er dann laut zu Proskopios und verneigt sich ebenfalls. »Ich heiße Thot, komme aus Ägypten und bin der Reiseführer der beiden. Du arbeitest an den Stützmauern der Hagia Sophia, wenn man fragen darf?«

»Sie sind fast vollendet«, sagt Proskopios. »Aber die Gerüste bleiben. Denn jetzt muss der Mauerring unter der Kuppel kontrolliert werden. Sie hat neue Risse.«

»Ach so«, sagt Martin, »dann bist du hier als Nachtwächter wegen der Einsturzgefahr.«

Proskopios räuspert sich sichtlich verlegen: »Offen gesagt: Ich habe an der Hagia Sophia übernachtet, um mir den langen Weg von zu Hause hierher zu sparen … Im Morgengrauen übe ich mich nämlich oft ein wenig in Bildhauerei, ehe die anderen Arbeiter kommen.«

»Machen deine Eltern sich keine Sorgen, wenn du nachts wegbleibst?«, fragt Iris. »Entschuldige, wenn ich so direkt frage«, setzt sie hinzu.

»Ich habe nur noch meine Mutter«, sagt der Junge ruhig. »Mein Vater ist beim Nika-Aufstand kurz vor meiner Geburt umgekommen. Meine Mutter versteht, dass ich für mein Leben gern Bildhauer werden würde. Doch weil wir das Geld brauchen, kann ich keine Lehre machen, sondern bin Hilfsarbeiter bei den Maurern hier. Aber unser Vorarbeiter ist nett. Er lässt mich üben. Und wenn meine nächste kleine Statue so gut wird wie die ersten beiden, will er mich einem Bildhauer vorstellen.«

Das Thema ist ihm unangenehm, denkt Martin. »Auf jeden Fall«, sagt er deshalb zu Proskopios, »dürftest du die Hagia Sophia gut kennen. Warum treten denn so viele Risse auf? Sie ist doch fast neu.«

»Sie musste auf Drängen des Kaisers Justinian in Rekordzeit gebaut werden«, sagt Proskopios. »Er hat zwischen 533 und 538 täglich die Baustelle besucht, um die Arbeiten voranzutreiben, deshalb haben die Baumeister lieber einen Einsturz riskiert, als ihn zu verärgern. 10 000 Mann waren damit beschäftigt, die tragenden Wände aus Ziegeln aufzumauern und mit Marmor zu verkleiden. Die Leitung der Bauarbeiten unterstand dem Architekten Anthemios von Tralleis und dem Mathematiker Isidor von Milet.

Schon während der Bauarbeiten gab es Risse in den Wänden, weil sie nicht richtig austrocknen konnten, ehe die Kuppeln aufgesetzt wurden. Trotzdem feierte der Kaiser bereits im Rohbau, am 27. Dezember 537, Einweihung.«

»Genau, und er fuhr mit einem Triumphwagen in die Hagia Sophia ein«, sagt Thot. »Nach einem kurzen Gebet rief er laut ›Salomon, ich habe dich übertroffen‹.«

»Aber Salomons Tempel sah doch völlig anders aus«, sagt Martin. Proskopios schaut ihn verwundert an.

»Gewiss«, antwortet Thot. »Als hier gebaut wurde, war der Tempel Salomons schon fast 1000 Jahre und sein Nachfolger fast 500 Jahre zerstört. Aber man stellte sich ihn als Kuppelbau vor. Doch der wichtigste Grund für Justinians Salomon-Vergleich war ein anderer: Er will das oströmische Kaisertum als heilige Institution unantastbar machen. Die Kaiser sollen, wie einst Salomon, nur noch Gott und nicht mehr dem Senat oder dem Volk verantwortlich sein.«

»Dann ist Justinian ein verkappter Tyrann!«, wirft Iris ein.

»Wäre er«, sagt Thot, »wenn er sein sogenanntes Gottesgnadentum uneingeschränkt durchsetzen könnte. Aber der Senat und das Volk lassen sich nicht auf Dauer ausschalten. Momentan freilich kriechen sie auf dem Bauch vor ihm.

Später, wenn in eurer Heimat ein Kaiser das *Heilige Römische Reich* gründen wird, werden die Untertanen sich ihm und seinen ersten Nachfolgern übrigens zunächst ebenso eifrig beugen.«

Iris merkt, dass Proskopios immer fassungsloser zuhört.

»Proskopios«, sagt sie, um ihn abzulenken, »darf ich dich Kopio nennen? Dein Name ist so kompliziert auszusprechen.«

»Gern«, sagt der Junge und lächelt. »Meine Mutter und meine besten Freunde nennen mich auch so.«

Dann aber kehrt sein verwirrter Gesichtsausdruck zurück: »Wieso redet ihr, als wärt ihr im Tempel Salomons gewesen? Und wie kommt Ihr auf zukünftige Kaiser und ein Heiliges Römisches Reich, Herr Thot?«

»Das ist eine lange Geschichte, mein Junge. Wir erzählen sie dir später. Wenn du einverstanden bist, würden wir jetzt gerne mit dir in die Hagia Sophia gehen.«

»In Ordnung«, sagt Kopio nach kurzem Zögern und nickt Iris zu, die ihn bittend angelächelt hat. »Die Morgenmesse für die kaiserliche Familie beginnt erst zur zehnten Stunde, und vorher lässt sich hier selten jemand blicken … Aber nach dem Rundgang will ich hören, was es mit euch auf sich hat!«

»Autsch«, ruft Martin, als sie einige Schritte gelaufen sind. Ein kleiner spitzer Stein hat sich in seine Ferse gedrückt.

Mir was von Stadtstreicher erzählen und selber barfuß gehn, denkt Kopio. Dann aber lächelt er Martin zu.

»Wenn du magst, kann ich dir ein Paar Sandalen leihen. Unsere Füße scheinen in etwa die gleiche Größe zu haben.«

Kopio läuft zurück zum Gerüst, wo er ein Bündel unter seiner Schlafdecke hervorzieht. Er holt ein Paar Sandalen heraus und schiebt seine Habseligkeiten sorgfältig wieder unter das Tuch.

»Ich habe für alle Fälle immer Waschzeug und Ersatzkleidung dabei«, sagt Kopio, als er zurückkommt. »Da, probier die Sandalen an, Martin.«

»Sie passen, vielen Dank«, sagt Martin. Nur an den Zehen sind sie etwas zu eng, denkt er. Könnte 'ne Blase geben. Aber was soll's, dafür sehe ich die Hagia Sophia, wie sie in unserer Zeit niemand mehr sieht.

»Wow, super«, sagt Iris, als sie die Kirche betreten.

Ringsum streben mächtige Marmorsäulen nach oben. Sie tragen Bögen, auf denen wiederum schlankere Säulen kleinere Bögen stützen. Über diesen breiten sich Wände aus, in denen so viele Rundbogenfenster verteilt sind, dass die Mauern an Spitzengewebe erinnern. Auch die Kapitelle der Säulen wirken, als wären komplizierte Häkelmuster in Stein übertragen worden.

Hinter den Arkaden öffnen sich weitere große Räume, über denen sich kleinere Kuppeln und Halbkuppeln ausbreiten. Das Schimmern des Marmors wird überstrahlt vom Gefunkel vieler, mit farbigen Ornamenten durchsetzter Goldmosaike in den oberen Wandzonen. Am unteren Rand der Hauptkuppel zeigen sie sechsfach geflügelte Engel. Über ihnen, ebenso wie in den Nebenkuppeln, sind in noch größeren Mosaiken Heilige, die Muttergottes und Christus dargestellt.

»Dieser Christus hier sieht aus wie die Kaiser auf den Wandgemälden der Römer«, sagt Martin.

»Stimmt genau«, bestätigt ihn Thot. »In der byzantinischen Kunst, und auch noch in der des frühen Mittelalters, wird Christus als Pantokrator, das heißt als Weltenherrscher, dargestellt. Eigentlich so, wie ein Imperator des Römischen Reichs.«

»Hat Jesus nicht oft gesagt ›Mein Reich ist nicht von dieser Welt‹?«, fragt Martin.

»Hat er«, antwortet Thot. »Aber der Aufstieg des Christentums zur Staatsreligion hatte automatisch zur Folge, dass man ihn als obersten Herrscher darstellte.

Übrigens stammen nicht alle Mosaike, die ihr hier seht, aus der Zeit Justinians. Das Mosaik über dem mittleren der fünf Eingangsportale, das euch so gefallen hat, als wir in die Kirche gegangen sind, ist um 950 entstanden. Es zeigt die Kaiser Konstantin und Justinian, wie sie der thronenden Muttergottes und dem Jesuskind die Stadt Konstantinopel und die Hagia Sophia als Modelle darreichen.«

Kopio wird immer unruhiger. Manchmal schaut er zum Ausgang, als wolle er sich davonmachen. Er holt Luft, um etwas zu sagen. Doch ehe es dazu kommt, erzählt Thot, der ihn unauffällig beobachtet hat, schnell weiter.

»Mir als Ägypter«, sagt er zu Kopio, »wirst du es verzeihen, wenn ich meinen germanischen Gästen sage, dass die Muttergottes mit dem kleinen Jesus auf dem Schoß stark an die Standbilder der ägyptischen Göttin Isis erinnert, die den Horusknaben auf den Knien hält. Den Falkenkopf lässt man dabei übrigens oft weg, denn ...«

»Ich habe mir doch gleich gedacht, dass etwas mit Euch nicht stimmt«, fällt ihm Kopio jetzt erregt ins Wort. »Was redet Ihr da von einem Horusknaben? Falkenkopf? Ein Vogel als Gottessohn, die Gottesmutter als Isis? Das ist übelste Ketzerei ... Und dass Ihr den Kopf eines Ibis tragt, habe ich längst gesehen, obwohl Ihr dauernd an Eurem Tuch zupft!«

»Reg dich nicht auf, Junge«, versucht Thot ihn zu beschwichtigen.

»Nicht aufregen? Meint Ihr, ich hätte nicht gesehen, wie dieser thronende Christus über dem Kaiserportal entstanden ist? Im Jahr 950 geschaffen! Pah, das liegt 400 Jahre in der Zukunft. Dabei habt Ihr dieses Trugbild vor wenigen Augenblicken gemacht! Ich habe sehr wohl bemerkt, dass Ihr durch Euren Sehschlitz zum Portal hinaufgeblinzelt habt, ehe das Mosaik erschien – vorher war dort ein Lamm mit der Kreuzesfahne. Sagt also: Seid Ihr ein Magier oder ein Dämon? Und was habt Ihr vor?«

Iris sieht, dass Kopio sich fürchtet, aber seine Angst zu steuern sucht. Es gefällt ihr, wie er einen vermeintlichen Dämon zur Rede stellt.

»Kopio, Kopio, du hättest noch ein wenig Geduld haben sollen«, sagt Thot. »Jetzt wirst du vielleicht mehr zu sehen und hören bekommen, als deinen Nerven guttut.«

Thot schlägt das Kopftuch zurück. Dann schließt er die Augen. Die Luft um ihn beginnt zu zittern wie über heißem Asphalt. Die Umrisse des Ibiskopfs verblassen. Stattdessen nimmt das Gesicht eines etwa vierzigjährigen Manns Konturen an. Er hat einen dunklen Teint, sehr dichte gewölbte Augenbrauen und eine hohe Stirn. Seine Haare sind kurz gestutzt und kräuseln sich an den Schläfen. Das Auffallendste an ihm aber ist seine Nase. Sie ist ziemlich lang, schmal, leicht nach unten gekrümmt – und erinnert ein wenig an den Ibisschnabel.

Kopio starrt den Mann entgeistert an und weicht zurück. Selbst Iris und Martin stockt einen Moment der Atem.

»So«, sagt Thot. »Hätte ich meinen Ibiskopf weiter aufbehalten, hättest du die Palastwachen alarmiert, stimmt's?«

Der Junge nickt stumm mit weit aufgerissenen Augen.

»Höre mir jetzt genau zu. Ich heiße wirklich Thot und bin ein Gott des Alten Ägypten. Vor wenigen Tagen durchbrach ich, weil ich mich im Dämmer meiner Ewigkeit langweilte, die Grenzen der Zeit. Ich traf diese beiden Germanenkinder, die auf der Suche nach ihrem entflogenen Falken sind. Ich sagte zu, ihnen zu helfen und dabei ein wenig Fremdenführer in deiner herrlichen Stadt zu spielen.«

Kopio setzt sich auf eine steinerne Bank. Ihm sind die Knie weich geworden.

»Das sollte genügen«, raunt Thot den Zwillingen zu. »Die ganze Geschichte würde ihn verrückt werden lassen!«

»Das ist fantastischer und unglaubwürdiger als alle Märchen, die mir meine Mutter je erzählt hat«, sagt Kopio. »Andrerseits sind auch die Geschichten unserer Kaiser und Helden und sogar die Bibel voll von sonderbaren Geschehnissen ... Als Dämon würdet Ihr Euch wohl kaum in eine geweihte Kirche wagen. Böses wollt Ihr mir nicht, das hättet Ihr schließlich längst tun können.«

»Im Gegenteil«, versichert ihm Thot. »Ich will dir helfen. Vielleicht könnte ich dich mit Erlaubnis deiner Mutter nach Alexandria mitnehmen. Wie du sicher weißt, ist es immer noch die Stadt der Künste. Dort kenne ich mehrere Bildhauer, die einen geschickten Lehrling zu schätzen wüssten. Und ab jetzt sage du zu mir ... bitte.«

Die Stichworte Alexandria und Bildhauerei geben den Ausschlag. Kopio schaut noch einmal zu Iris, die ihm ermutigend zulächelt. Dann sagt er: »Also gut, ich glaube dir, Thot.«

»Sehr schön, du wirst es nicht bereuen«, antwortet Thot. »Lass uns jetzt die Besichtigung zu Ende bringen. Denn lange halte ich es mit diesem Menschenhaupt nicht aus. Ich bin meinen Ibiskopf schließlich seit fast viertausend Jahren gewohnt.«

»Kommt«, sagt Kopio mit einem letzten misstrauischen Blick auf Thot. Er läuft unter die Hauptkuppel, die drei folgen ihm erleichtert.

»Die Hagia Sophia ist ein Zentralbau, das heißt, um den inneren quadratischen Hauptsaal liegen an allen vier Seiten spiegelbildlich identische Nebenhallen. Die zentrale Kuppel ist 56 Meter hoch und hat einen Durchmesser von 31 Metern. Sie ruht auf einem Mauerband, das 40 Fenster durchbrechen. Dadurch fällt nicht nur viel Licht in den Innenraum: Die Fenster entlasten auch das Gewicht und den Druck der Kuppel.«

Iris, die die Höhe der Säulen bewundert, sieht plötzlich zwei Mädchen und eine ältere Frau, die, von Kopf bis Fuß in weite Umhänge gehüllt, auf einem Zwischengeschoss hinter den Arkaden flüsternd zur Hauptkuppel laufen. Sie zuckt zusammen.

Kopio, der ihrem Blick gefolgt ist, schüttelt den Kopf.

»Keine Angst, Iris. Die drei sind keine Aufseherinnen, sondern

Hofdamen. Sie wollen zu dem kleinen Altar in der Ecke dort oben, da, wo die Weihrauchwolken aufsteigen. Die Emporengeschosse sind den Frauen vorbehalten. Nur Männer dürfen zu ebener Erde in die Kirche.«

»Wieder mal typisch«, sagt Iris halblaut. Dann aber lächelt sie Kopio zu. »Na, du kannst ja nichts dafür. Hast du dich von dem Thot-Schock erholt?«

»Weiß nicht so recht«, antwortet Kopio. »Aber dir traue ich. Du bist viel zu nett, um ein Hexenmädchen zu sein. Und Thot macht eigentlich auch einen freundlichen Eindruck, seit er sein Menschengesicht trägt. Wenn er wirklich Verbindungen nach Alexandria hat: Dort Bildhauerei zu lernen wäre ein Traum. Schon deswegen, weil bei uns alle paar Jahre ein anderes Bilderverbot erlassen wird. Mal heißt es, die Kunst dürfe zum Lobe Gottes alles darstellen, was ist. Dann heißt es wieder, Gottes Gebot ›Du sollst dir kein Bildnis machen‹ gelte für alles und alle.«

»Ich bin mir sicher«, sagt Iris, »dass man Kunst nirgendwo auf Dauer verbieten kann. Überall lieben die Menschen Bilder und Statuen. Dagegen kommt kein Gesetz an.«

»Gehen wir langsam nach draußen?«, sagt Martin, »der Weihrauch macht mich ganz benommen. Ich brauche frische Luft.«

Eine Viertelstunde später schlendern die vier auf das Hippodrom zu, die Pferderennbahn von Konstantinopel. Die Straße, auf der sie laufen, ist breit und sorgfältig gepflastert. Ab und zu rumpeln Lastkarren und vierspännige Fuhrwerke vorbei, doch um diese frühe Zeit hält der Verkehr sich noch in Grenzen.

Iris atmet zufrieden die frische Morgenluft ein, sie ist kühl und weich wie Seide. Auf den Lippen spürt sie einen leichten Salzgeschmack. Das liegt an der Meeresbrise, denkt sie und schaut hinüber zum Goldenen Horn, das immer wieder zwischen den Lücken der Bauten auftaucht. Wenn sie an Gärten vorbeikommen, breitet sich das Aroma von Zitronen, Rosen und Lavendel aus, durchmischt mit dem kräftigen Duft von Zypressenharz. Iris kann gar nicht genug davon bekommen, denn von Zeit zu Zeit glaubt sie immer noch den ätzenden Gestank der Schwefelgase des Vesuvs zu riechen.

Kopio hat ihnen unterwegs die Sehenswürdigkeiten der Stadt gezeigt, die Thermen, das nach weströmischem Vorbild erbaute Kapitol und das Konstantinsforum, das so viele Säulen aufweist wie das Forum Romanum. Am längsten sprach er über die Stadtmauer, eine riesige, mit Dutzenden massiger Zinnentürme verstärkte Anlage aus roten Ziegeln, zwischen denen Streifen aus weißem Kalkstein verlaufen. Kopio erklärte, dass diese *Theodosianische Mauer* und das *Griechische Feuer*, eine Geheimwaffe, Konstantinopel uneinnehmbar machen würden. Martin war aufgefallen, dass Thots neues Menschengesicht sich während Kopios Erklärungen mehrmals verfinsterte.

»Hier wird kaum ein Stein auf dem anderen bleiben«, sagt er leise zu Martin, als sich der Abstand zwischen ihnen und Iris und Kopio ein wenig vergrößert. »Was die häufigen Erdbeben am Bosporus nicht zerstören, wird erst den Kreuzritterheeren und dann den Türken zum Opfer fallen. Am Ende werden nur die Hagia Sophia und einige andere große Kirchen übrig bleiben, die man in Moscheen umwandelt.

»Weiß ich«, sagt Martin, »ich kenne Fotos von der Hagia Sophia, wie sie heute aussieht. In der Kuppel hängen riesige Schilder mit Zitaten aus dem Koran, die die Türken damals aufgehängt haben. Ziemlich mies, sich die heiligen Stätten anderer unter den Nagel zu reißen. Sollen sie doch ihre eigenen Gotteshäuser bauen.«

»Ihr Christen wart lange Zeit auch nicht besser«, entgegnet Thot. »Im spanischen Toledo zum Beispiel haben seit der Antike viele Juden gelebt. Sie bauten dort eine der schönsten Synagogen der Welt mit wahren Wäldern von kostbaren Säulen. Als die Mauren – euch sind sie als Araber geläufiger – 712 halb Spanien erobert hatten und in Toledo residierten, machten sie die Synagoge zur Moschee. Aber 1087 eroberten die Christen Toledo zurück, schlossen zunächst Frieden mit Juden und Mauren und profitierten von beiden Kulturen. Doch dann beschlagnahmten sie die Synagoge und machten daraus die Kirche Santa Maria la Blanca, die fortan als eine der schönsten Kirchen Spaniens galt. Wer war nun schlimmer? Die Mauren? Die Christen?

Oder denke an den Ersten Weltkrieg: Da haben 1914 deutsche Soldaten die gotische Kathedrale der französischen Stadt Reims mit Granaten beschossen und schwer beschädigt. Christen gegen Christen!«

Martin weiß nicht, was er sagen soll.

»Ihr Menschen seid sonderbare Wesen«, sagt Thot nach einer nachdenklichen Pause. »Da errichtet ihr Architekturen mit einem Schönheitssinn, dass selbst wir Götter staunen. Und dann zerstört ihr sie so stumpfsinnig, als hättet ihr genauso wenig Verstand wie eure Kriegsmaschinen, die ihr mit demselben Eifer baut wie die schönsten Gebäude.«

»In Toledo und in Konstantinopel haben jedenfalls die Araber angefangen«, sagt Martin, dem nichts Besseres einfällt.

»Ziemlich billige Ausrede, findest du nicht?«, antwortet Thot. »Immer sind es die anderen … Aber ich will dir den Kopf nicht schwer machen. Immerhin gibt es in deinem Zeitalter Organisationen wie die UNO, die sich weltweit um friedliche Lösungen bemühen, und die UNESCO, die das Kulturerbe der Menschheit zu schützen versucht.«

»Hätt' ich selbst drauf kommen können«, sagt Martin und ist erleichtert, dass Thot sein düsteres Urteil einschränkt.

Iris und Kopio sind in ihre eigene Unterhaltung vertieft. Kopio läuft vergnügt neben Iris her und strahlt wechselnd sie und die Bauten Konstantinopels an, auf die er ungemein stolz ist. Als sie das Hippodrom erreichen, schließen Thot und Martin zu den beiden auf. Martin tritt beim Gehen sehr vorsichtig auf, denn die Innenseiten seiner beiden großen Zehen brennen mittlerweile wie Feuer.

»Wie alle Rennbahnen, zum Beispiel auch der berühmte Circus Maximus in Rom«, erklärt Kopio, »hat unser Hippodrom die Form eines langgestreckten U. Es ist 450 Meter lang und 130 Meter breit, und die Sitzreihen an den beiden Langseiten fassen 100 000 Menschen.«

»Unglaublich – fast doppelt so viele, wie in unsere Fußballstadien passen«, sagt Martin.

»Fußball?«, fragt Kopio ratlos.

»Gleich«, vertröstet ihn Martin.

Kopio schaut ihn kurz unwillig an, doch dann erzählt er weiter: »Da vorn, der breite Bau am Ende der Rennstrecke, ist die Kaiserloge. Hier nahm Kaiser Konstantin, der Stifter des Hippodroms, 338 zur Einweihung Platz. Die vier bronzenen Pferde auf dem Logendach verkörpern für uns die vier Rennmannschaften, die mit ihren Quadrigen gegeneinander antreten: die Blauen, die Grünen, die Roten und die Weißen. Einige von ihnen könnt ihr heute trainieren sehen.«

»Zu eurer Zeit«, sagt die, »stehen Konstantins Pferde über dem Hauptportal des Markusdoms in Venedig. Die Venezianer werden sie als Beute mitnehmen, wenn sie 1206 Konstantinopel plündern.«

Kopio, der sich an die für ihn rätselhaften Einwürfe gewöhnt zu haben scheint, folgt Iris und Martin zu einer Absperrung, von wo aus sie dem Training zuschauen. Auf der Rennbahn ziehen mehrere Quadrigen – halbrunde, von vier Pferden gezogene Kästen, die den Fahrern bis zur Taille reichen und auf Deichseln mit zwei großen Speichenrädern montiert sind – ihre Kreise. Am Rand der Rennstrecken steht eine Gruppe älterer Männer in weißen Togen und mit dicken Goldketten an Hals und Armen. Sie feuern die Fahrer an und reden gestikulierend aufeinander ein, sobald die Quadrigen vorüber sind. Es klingt wie ein wütender Streit.

»Die Bürger Konstantinopels sind verrückt nach den Rennen«, sagt Kopio mit einem Blick zu den diskutierenden Männern. »Sie wetten Unsummen auf ihre Favoriten. Auch die Vornehmsten beginnen sich zu prügeln, wenn ihnen das Ergebnis nicht passt oder wenn sie Betrug vermuten. Wegen eines Wagenrennens brach auch der Aufstand aus, bei dem mein Vater getötet wurde. Damals starben 30 000 Menschen.«

Kopio tut Iris leid. Ihr Vater ist zwar dauernd unterwegs, aber er gehört trotzdem zu ihr und Martin. Ganz ohne ihn zu leben, wäre furchtbar.

Martin, der eben noch heimlich Spucke auf die Blasen an seinen Zehen getupft hat, hebt den Kopf und schaut besorgt auf Kopio, der plötzlich still geworden ist. »Was sind denn das für Kunstwerke auf dem Podium, das die Rennstrecke in der Mitte teilt?«, fragt Martin, um ihn abzulenken.

»Man kann sie kaum alle aufzählen«, antwortet Kopio, und wird wieder lebhaft. »Fast jeder Kaiser hat hier welche gestiftet. Die kostbarsten sind von Konstantin und Theodosius. Den riesigen Altar mit den gedrehten Säulen hat Konstantin aus Delphi vom Apollontempel hierher transportieren lassen. Die bronzene Schlangensäule, die eine Goldschale trägt, stammt auch von dort.«

»Und der Obelisk aus rosafarbenem Granit«, sagt Thot, »kommt aus meiner Heimat. Genauer: aus Karnak in Luxor. Pharao Thutmosis III. hat ihn dort 1490 vor Christus zu Ehren des Horusfalken aufrichten lassen. Kaiser Theodosius ließ ihn in drei Teile sägen, als er befahl, ihn nach Konstantinopel zu schaffen.«

Während Thot andächtig auf den Obelisken schaut, verwandelt sich sein Kopf zusehends in den eines Ibis zurück.

»Thot ... du kriegst 'nen Federbart«, feixt Martin, der es als Erster bemerkt.

»Hoppla, das wird doch kein Heimweh-Anfall sein?« Thot blinzelt den dreien zu.

Prompt kommt sein Männergesicht wieder zum Vorschein. Martin lacht auf, dann wendet er sich der Rennbahn zu, auf der gerade zwei Quadrigen an ihnen vorüberrasen.

»Schneller, schneller«, ruft er übermütig den Lenkern zu. In diesem Moment, als habe ihn die Stimme Martins herbeigerufen, kreist ein Falke über dem Obelisk.

»Hajo«, ruft Martin, »diesmal bleibst du aber bei uns.«

Er rennt trotz seiner schmerzenden Füße auf die Fahrbahn. Glücklicherweise sind sämtliche Gespanne gerade am anderen Ende der Strecke. Iris ist unschlüssig, ob sie ihrem Bruder folgen soll, der jetzt zum Obelisken läuft, auf dessen pyramidenförmiger Spitze sich Hajo niedergelassen hat.

Kopio merkt an ihren Bewegungen, dass auch sie über die Zuschauersperre klettern will. »Bleib hier, die Pferde galoppieren schon wieder in unsere Richtung«, ruft er aufgeregt.

Ehe Iris zurückweichen kann, hat Kopio ihren Arm ergriffen. Sie spürt noch den Druck seiner Hand, dann wirbeln Pferde, Rennbahn, Himmel und Säulen wie in einem Kaleidoskop vor ihren Augen. Sofort danach breitet sich Stille aus.

◇◇◇ 9. Das Aachener Münster
oder eine Einladung zum Abendessen ◇◇◇◇◇◇◇

»Puh, diesmal seh’ ich Sternchen«, stöhnt Iris, als sie unter dem Apfelbaum liegt.

»Na ja, aber wir sind endlich mal wieder zu Hause«, antwortet Martin. »Du siehst Sternchen?«, sagt er dann. »Wohl eher ›Sternstunden der Menschheit‹.«

Beide schauen sich an und fangen zu lachen an.

»Verrückt, dass dir gerade jetzt Papas altes Schulbuch einfällt«, sagt Iris kopfschüttelnd.

»Nö, nicht verrückt. Weißt du nicht mehr, dass ihn in diesem Buch die Erzählung von der Eroberung Konstantinopels besonders beeindruckt hat? ›Eine Festung für die Ewigkeit, Kinder‹, hat er immer gesagt. ›Und dann fällt sie durch den Verrat einer Zicke, die aus Rache eine kleine Pforte in der Stadtmauer öffnet.‹«

»Das mit der zickigen Frau kam aber nur, wenn er Mama auf den Arm nehmen wollte«, sagt Iris.

»Und meistens«, antwortet Martin, »hat es funktioniert. Sie ist jedes Mal auf die Palme gegangen, bis sie gemerkt hat, dass er genau das wollte.«

»Egal«, sagt Iris, »blöd ist es doch, dass Frauen so oft so schlecht wegkommen in solchen Weltgeschichten.«

»Nu mach mal halblang«, sagt Martin. »Gab's in Konstantinopel nicht auch die herrschsüchtige Kaiserin Theodora, die oft mehr zu sagen hatte als ihr Mann Justinian?«

Iris will etwas erwidern, dann aber winkt sie ab.

»Sind wir eigentlich noch bei Trost? Wir sitzen hier und reden über Bücher und Gleichberechtigung, während wir nicht mal wissen, ob Mama nicht längst schon eine Vermisstenanzeige aufgegeben hat und vor Sorge durchdreht!«

»Diese anderen Welten sind einfach wie ein Sog«, sagt Martin. »Man kann sich nur schwer aus ihnen lösen … Also los jetzt. Mal sehn, was zu Hause passiert ist.«

Iris und Martin rennen den Weg hinunter zum Haus ihrer Eltern. Ab und zu hinkt Martin, denn inzwischen sind die beiden Blasen an seinen Zehen geplatzt. Als sie zu Hause ankommen, sitzt ihre Mutter ganz gelassen in einem Liegestuhl und genießt die Abendsonne.

»Diese Hitze«, sagt sie und fächelt sich mit einer Zeitung Luft zu. »Das geht nun schon seit zwei Wochen so. Sonne und Hitze Tag für Tag – manchmal hat man das Gefühl, die Zeit würde stillstehen.«

Iris und Martin wechseln stumm einen verblüfften Blick.

»Na, ihr verhinderten Vogelfänger?«, fragt die Mutter jetzt, »wo habt ihr diesmal nach Hajo gesucht?«

»Wir haben uns in … Bergen-Enkheim umgesehen«, sagt Iris. »Dort sollen doch Turmfalken in dem alten Kirchturm nisten. Ich dachte, Hajo hätte sich dort einen Unterschlupf gesucht. Aber Fehlanzeige … Morgen gehen wir eventuell zur Vogelwarte im Oberforsthaus. Vielleicht können die uns einen Tipp geben.«

Mein lieber Schwan, denkt Martin. Merkur hätte nicht schneller eine Ausrede gefunden.

»Gute Idee«, sagt die Mutter. Dann schaut sie erstaunt auf Iris' Unterarm: »Dein Bluterguss ist ja schon ganz blass, fast so, als hättest du ihn nicht erst gestern, sondern schon vor Tagen gehabt!«

Wieder schauen Iris und Martin sich verwundert an. Thot und Merkur hatten also recht gehabt, als sie sagten, sie brauchten sich nicht zu sorgen. Während auf der Zeitreise drei Tage vergangen sind, sind in ihrer Gegenwart gerade einmal drei Stunden vorübergegangen. Jetzt geht es nur noch darum, Kopios Sandalen an ihrer Mutter vorbeizuschmuggeln. Es gelingt, denn sie vertieft sich wieder in die Zeitung. Stellenanzeigen?, denkt Martin, als er im Vorbeigehen einen Blick darauf wirft. Gleich darauf hat er es vergessen, denn in Gedanken ist er immer noch in Konstantinopel.

Vor dem Schlafengehen sitzen Iris und Martin noch beieinander.

»Blöd, diese Flunkerei Mama gegenüber. Aber es geht nicht anders. Gehen wir also morgen wieder zum Apfelbaum?«, sagt Martin.

»Ich möchte schon«, sagt Iris. »Inzwischen habe ich mich richtig an Thot gewöhnt. Und Hajo scheint von Mal zu Mal zutraulicher zu werden. Ist dir auch aufgefallen, dass er im Hippodrom auf dem Obelisken hockte, als würde er auf dich warten?«

»Stimmt«, antwortet Martin. »Morgen werde ich endlich Papas Lederhandschuh mitnehmen. Vielleicht fliegt Hajo auf meinen Arm, wenn er ihn erkennt.«

»Du kannst es ja mal probieren«, sagt Iris.

Am nächsten Morgen beschließen die Zwillinge, doch einen Tag Pause zu machen. Iris' Bluterguss ist zwar nicht mehr zu sehen. Aber ihr brummt der Schädel, und sie hat heftigen Muskelkater. Ob vom letzten Rücksprung in die Gegenwart oder noch immer von ihrem Sturz in Knossos, weiß sie nicht. Auch Martin braucht eine Pause, um die Blasen an seinen Zehen zu versorgen.

»Heute gehen wir aber gleich nach dem Mittagessen los«, sagt er am folgenden Tag zu Iris. Nachts hat er geträumt, dass Thot ihm eine Salbe auf die lädierten Füße streicht – und beim Aufwachen waren die Blasen tatsächlich verheilt.

Zwei Stunden später stehen sie am Apfelbaum. Es ist ein klarer Tag, nicht mehr so schwül wie die vorangegangenen. Der Zeitsprung erfolgt kaum merklich. Nur die dichter stehenden Bäume und das plötzliche Sprudeln von Quellwasser machen ihnen klar, dass sie den Lohrberg verlassen haben. Sie sitzen auf weichem, feucht glitzerndem Moos. Überall wölben sich dichte Farnsträucher, auf die der Schatten uralter breiter Platanen fällt, von deren Ästen blühendes Geißblatt in langen dichten Strähnen herabhängt. Aus der bemoosten Erde ragen hier und da Bruchstücke von weißen Marmorsäulen und verfallene Mauern. Sie sind von silbern und gelb leuchtenden Flechten überzogen. Das Laubdach der Platanen schirmt die Sonnenstrahlen ab und lässt die Umgebung in dämmrigem Licht verschwimmen. Im Hintergrund plätschert eine Kaskade über einige zerbröckelte Marmorstufen in ein muschelförmiges Steinbecken. Von ihm steigt feiner Nebel auf, den das matte Sonnenlicht golden färbt. Iris und Martin fühlen sich wie in einer riesigen grünen Grotte.

»Hallo, ihr beiden«, sagt Thot.

Er hat wieder sein Vogelgesicht und trägt einen Turban, über den die Kapuze eines Umhangs gezogen ist.

»Heute seid ihr im Aachen der Zeit Karls des Großen gelandet. Was da im Hintergrund rauscht, sind warme Heilquellen.«

»Das muss Schwefelwasser sein«, sagt Martin, »ich erkenn es am Geruch nach faulen Eiern.«

Thot nickt: »Die Quellen haben schon die Römer geschätzt. Sie haben hier Thermen gebaut und die Platanen gepflanzt. Eines ihrer Badehäuser ist sogar noch funktionstüchtig. Wie wär's Iris? Ein heißes Bad würde deinem Muskelkater guttun.

Und keine Sorge«, sagt Thot, als er Iris' Zögern bemerkt. »Der Badesaal hat Einzelwannen. Erst gehen Martin und ich rein, dann du. Und bis du in der Wanne liegst, dreh'n wir den Kopf weg.«

Iris nickt erleichtert und ein wenig verlegen. Kurz darauf räkeln sich die drei in einem Marmorbecken, das mit angenehm warmem Wasser gefüllt ist. Über ihnen wölbt sich eine tonnenförmige geriffelte Decke, deren Stuck ziemlich ramponiert aussieht, aber noch fest auf dem Mauerwerk haftet.

»Momentan können wir hier ungestört baden«, sagt Thot. »Kaiser Karl der Große, der wegen seines starken Rheumas das Bad häufig benutzt, kommt erst morgen von einer Reise zurück.

Er ist sehr oft unterwegs. Seine Nachfolger auch, denn bis in die Neuzeit wird Deutschland keine Hauptstadt haben.«

»War nicht Regensburg im Mittelalter deutsche Hauptstadt?«, fragt Iris, während sie sich genüsslich Heilwasser über den Nacken rinnen lässt, das sie aus einem großen weichen Schwamm drückt.

»Nee«, sagt Martin. »Da hat nur der sogenannte ›Immerwährende Reichstag‹ des Spätmittelalters stattgefunden. Haben wir doch in Geschichte gehabt, Iris. Soweit ich weiß, ist Berlin die erste deutsche Hauptstadt geworden, und zwar 1871.«

»So ist es«, sagt Thot. »Karl würde zwar gerne Aachen, wo er gerade seine Residenz bauen lässt, zur Hauptstadt machen. Aber ihm bleibt zu wenig Zeit zwischen den dauernden Feldzügen, die er zur Sicherung seines großen Reichs unternimmt. Und wenn er keine Schlachten schlägt, muss er irgendwo Gericht halten.«

»Bist du sicher, dass uns hier niemand überrascht?«, fragt Iris.

»Völlig sicher«, antwortet Thot. »Außer Karl benutzen höchstens einige seiner Hofbeamten die Thermen. Für die Leute, die hier dauernd leben, sind sie tabu. Aberglauben, wisst ihr. Sie fürchten sich vor den römischen Ruinen, erzählen, in ihnen würden Geister und Dämonen hausen.«

»Na, wenn sie dich mit deinem Vogelkopf sehen würden, wären sie endgültig davon überzeugt.« Martin schmunzelt. Thot lacht.

»Was ist aus Kopio geworden?«, fragt Iris.

»Ihm geht es gut«, sagt Thot. »Als sein Schreck über euer Verschwinden sich gelegt hatte, begleitete ich ihn nach Hause und sprach mit seiner Mutter. Sie war einverstanden, den Jungen nach Alexandria zu lassen. Am nächsten Tag schifften wir uns ein. In Alexandria habe ich ihn bei Apollonios, einem tüchtigen Bildhauer, untergebracht. Er weiß Kopios Talent zu schätzen und wird ihn nach Kräften fördern. Der Junge ist übrigens gerade rechtzeitig aus Konstantinopel weggekommen. Denn dort wütet jetzt die Pest.«

»Jetzt?«, fragt Martin. »Ich kann mich einfach nicht an dieses Zeitengewirbel gewöhnen. Wir waren gerade mal einen Tag zu Hause! In derselben Zeit hast du eine tagelange Schiffsreise hinter dich gebracht, erzählst von einer Seuche, die momentan in Konstantinopel grassiert, und hältst dich gleichzeitig mit uns in einer Stadt auf, die vierhundert Jahre nach Justinian entstanden ist.«

»Exakt berechnet«, sagt Thot anerkennend. »Nimm es einfach so: Die Zeiten existieren nebeneinander. Sie treiben wie Wolken durch die Unendlichkeit.«

»Aber ich will nicht unendlich in diesem Schwefelwasser schwitzen«, sagt Iris. »Mir wird der Geruch allmählich zu viel.«

Beim Anziehen fällt Martin ein, dass er den Lederhandschuh zu Hause vergessen hat. Mist, denkt er, aber das kommt davon, dass ich inzwischen fast mehr an unsere Reisen denke als daran, Hajo wieder einzufangen.

Wenig später verlassen die drei den Thermenbau. Thot zieht einen Zipfel seines Umhangs über das Gesicht.

»So sehe ich aus wie ein Muslim«, erklärt er den Zwillingen. »Und da zur Zeit gerade eine Delegation des Kalifen Harun al Raschid in Aachen ist, kann ich, wenn wir auffallen, notfalls sagen, ich gehörte zu ihr.«

»Harun al Raschid?«, fragt Martin, »der aus Tausendundeiner Nacht?«

»Ebender«, sagt Thot. »Er regiert in Bagdad, der Hauptstadt des Abbasidenreichs. Sein Großvater al Mansur hat sie im Jahr 762 nahe bei den Ruinen von Babylon gegründet. Harun al Raschid ist ein sonderbarer Mann, klug und heißblütig, weitsichtig und jähzornig. Er führt viele Eroberungskriege gegen Byzanz, hat aber andrerseits Friedensverhandlungen mit Karl dem Großen aufgenommen. Es geht darum, dass Karl Muslime unbehelligt nach Mitteleuropa lassen soll. Im Gegenzug wird der Kalif sich bereit erklären, die vielen Christen und Juden in seinem Reich zu tolerieren. Das aber hindert ihn nicht, sie zu zwingen, besondere Kleidung zu tragen, damit sie sofort als sogenannte Ungläubige zu erkennen sind.«

»Das hat es in unserer Zeit auch gegeben«, sagt Martin zögernd. »Während der Diktatur des Dritten Reichs mussten alle Juden, die über sechs Jahre waren, gelbe Davidsterne auf ihre Kleidung nähen. Und viele wurden in Konzentrationslager gebracht und getötet.«

»Was in Deutschland geschehen ist, ist der bisher schlimmste Massenmord in der Geschichte der Menschheit«, sagt Thot ernst. »Aber Massaker gab es zu allen Zeiten. Auch Harun al Raschid ließ bedenkenlos Christen und Juden töten. Und die Toleranz Karls des Großen hat nicht nur mit Humanität zu tun, sondern auch mit Geschäftssinn. Er braucht die Juden in seinem Reich als Bankiers, denn Christen ist der Geldhandel verboten.«

Inzwischen haben die drei das verfallene Thermengebäude hinter sich gelassen. Iris, die einen Rock und ein T-Shirt trägt, bewegt sich unbefangen. Martin in seinen Jeans auch. Sie laufen eine Straße entlang, deren große Pflastersteine tiefe Kerben von Wagenrädern zeigen. Viele wackeln lose, sodass die Zwillinge oft stolpern. Thot dagegen läuft so elegant wie immer.

Vielleicht schwebt er ja, ohne dass wir es merken, denkt Iris.

»Das ist eine alte Römerstraße, die man so gut es geht weiter benutzt«, sagt Thot. »Es wird noch viele Jahrhunderte dauern, ehe eure Zivilisation den technischen Stand der Römer erreicht. Die meisten Straßen und Gassen hier sind Knüppelwege, mit Rundhölzern mehr schlecht als recht befestigt. Die oft völlig unbefestigten Landstraßen sehen noch schlimmer aus; Schlamm im Frühjahr und Herbst, Schneewehen und Baumbruch im Winter. Nur im Hochsommer sind sie einigermaßen nutzbar. Seit die Römer im fünften Jahrhundert Germanien und ihre anderen Provinzen verlassen haben, sind die schiffbaren Flüsse und Ströme die Hauptverkehrswege.«

»Ich weiß«, sagt Martin. »Deshalb ist ja auch Frankfurt mit seinem großen Mainhafen und seiner Brücke erst richtig aufgeblüht.«

»Und die Römerstädte Köln und Mainz haben weiterexistiert, weil sie den Rhein hatten«, fügt Iris hinzu, die sich freut, dass ihr endlich einmal der langweilige Unterricht ihrer ebenso langweiligen Geschichtslehrerin zugutekommt.

Thot zeigt ans Ende der Straße: »Dort hinten könnt ihr schon die Pfalz Karls des Großen sehen.«

»Pfalz?«, fragt Martin. »Ich kenne nur Rheinland-Pfalz.«

»Ich meine Karls Palast«, sagt Thot. » Eure Sprache hat aus dem lateinischen Wort Palatium das Wort Pfalz gemacht, so wie aus Aquae, dem römischen Namen für die hiesigen Quellen, Aachen wurde.«

Vor den hohen Mauern der Pfalz sehen Iris und Martin niedrige strohgedeckte Holzhütten stehen.

»Das Nest hier soll die Kaiserstadt Aachen sein?«, fragt Iris ungläubig.

»Mit dem Zusammenbruch des Römischen Reichs sind viele Kenntnisse verlorengegangen«, erklärt ihnen Thot. »Nur in den ehemals römischen Städten wie Trier, Köln, Koblenz oder Mainz wohnen die reichsten Menschen noch in Steinbauten und verstehen es, zu mauern. Der größte Teil der Bevölkerung aber lebt in Dörfern und ist zur Holzbauweise der Germanen zurückgekehrt.«

Neugierig betrachten Iris und Martin die Fachwerkhäuser. Sie zeigen einfache rechtwinklige Gerüste aus Balken, manchmal auch aus Rundhölzern. Die Zwischenräume bestehen aus Astgeflecht, über das Lehm geschmiert und geglättet wurde. Das können die Zwillinge an den vielen Stellen sehen, wo der dünne, weiß und rot getünchte Putz abgefallen ist. Die Fenster der Häuser sind, wie die Türen, winzig und haben hölzerne Klappläden. Einige Fensteröffnungen sind mit ölgetränkten Tierhäuten bespannt. Fensterglas gibt es offenkundig nicht mehr. Schornsteine sind auch nicht zu sehen, der Rauch quillt durch Luken am Rand der Strohdächer.

Auf der Straße gehen Leute ihren Geschäften nach. Sie tragen lange Kittel und Umhänge aus grobem Leinen. Die Männer haben zusätzlich Hosen an, deren Hosenbeine an den Knöcheln zusammengebunden sind. Die Menschen beobachten Iris und Martin, am meisten aber Thot. Sie zeigen mit Fingern auf ihn und tuscheln. Thot zieht das Tuch vor seinem Gesicht unauffällig noch ein Stück höher.

Endlich stehen die drei vor der Pfalz. Sie ist ein mächtiger zweigeschossiger Bau mit einem langgestreckten Satteldach. Die Fenster sind hoch und breit und schließen oben in Rundbögen. Je ein oberes und unteres Fenster werden von Bögen überspannt, die vom Sockel bis an den Dachrand reichen. Das Mauerwerk ist unter einem weißen Verputz, auf den mit roten Linien Fugen aufgemalt sind, gut zu erkennen. Es besteht aus Bruchsteinen, von denen sich manchmal regelmäßig behauene Quader abheben. Die rechte Schmalseite des Gebäudes bildet ein Halbrund wie die Altarnische einer Kirche.

»Das ist der Palas, das Hauptgebäude der Pfalz«, sagt Thot. »Er ist zwar ein Palast, aber seinen Namen spricht man im Mittelalter ohne t aus. Im Palas befinden sich der Thronsaal und beheizbare Wohnräume für den Kaiser und sein Gefolge. Wenn ihr schon einmal in Trier wart, kennt ihr bestimmt die römische Basilika dort. Sie ist seit langem eine Kirche, aber ursprünglich war sie die Palastaula, also der Thron- und Gerichtssaal Kaiser Konstantins, der seine Geburtsstadt Trier zu einer der damals vier Hauptstädte des Römischen Reichs gemacht hatte. Nach dem Vorbild der Trierer Basilika hat Karl der Große seinen Palas gestalten lassen. Später werden die Aachener Bürger ihn kaufen und daraus ihr Rathaus machen.

Für den Palas hat der Kaiser die Reste vieler römischer Bauwerke in der Umgebung abreißen lassen, um die exakten Quader und die Bruchsteine wiederverwenden zu können.«

Martin nickt stumm. Er ist ungeduldig, endlich die Kaiserkapelle zu sehen, die im Hintergrund in den Himmel ragt. Entlang an einem Verbindungsbau zwischen Palas und Kirche laufen sie auf das Gotteshaus zu. Auf halber Strecke sehen sie einen Jungen am Sockel des Laufgangs knien, der mit einem spitzen Hammer losen Mörtel aus den Fugen eines Steinblocks schlägt.

Der Junge schaut auf und betrachtet neugierig Thot.

»Entschuldigt, Herr«, sagt er und erhebt sich, »seid Ihr einer der Gesandten aus dem Morgenland?«

Thot räuspert sich: »In der Tat, das bin ich. Mein Name ist Thot, und meine beiden Begleiter sind Iris und Martin. Sie kommen aus Köln und wollen, wie ich, die hochberühmte kaiserliche Kapelle sehen.«

»Ich heiße Caspar«, sagt der Junge, »und lerne das Maurerhandwerk bei den italienischen Werkleuten, die unser Kaiser hierher rief, um seine Pfalz zu bauen.«

Caspar betrachtet Iris und Martin genauer.

»Merkwürdige Tracht, die ihr da tragt. Es kommen öfter Leute aus Köln hierher, aber so seltsam war noch niemand von ihnen gekleidet.«

Die Zwillinge sind verlegen. Doch dann antwortet Iris schnell: »Unser Vater ist Schneider. Er probiert öfter neue Stoffe und Schnitte aus. Dann müssen wir die Sachen Probe tragen.«

»Aha«, sagt Caspar. »Nun ja, es wird genug eitle Reiche in Köln geben, die sich dergleichen nähen lassen. Dein Rock jedenfalls ist eigentlich ganz hübsch, obwohl er so kurz ist. Oder deswegen. Der Stoff wirkt so leicht, wie ich noch nie einen gesehen habe.«

Iris erwidert Caspars Lächeln. Sie wird vor Freude sogar ein wenig rot. Am meisten aber freut sie, dass sie ihren Maurerlehrling wiedergefunden haben. Dass er diesmal rote Haare hat, denkt sie, sieht eigentlich super aus. Aber sie sagt nichts darüber.

»Wenn ihr mögt, begleite ich euch vor die Palastkapelle«, sagt Caspar. »Ich kann euch einiges über sie erzählen. Als Gegenleistung könntet Ihr, Thot, mir Bagdad und den Kalifen schildern. Ich mag Geschichten aus fremden Ländern sehr.«

Als er aufsteht, rutscht sein grobes Leinenhemd einen Moment von der linken Schulter. Iris sieht, dass auch er das Muttermal mit den fünf roten Abdrücken ihrer Finger trägt.

»Hast du denn schon den Elefanten gesehen, den unser Kalif eurem Kaiser geschenkt hat?«, fragt Thot.

»Ja«, antwortet Caspar lebhaft. »Seine Wärter holen ihn ab und zu aus dem Stall und führen ihn umher. Er heißt Abu Abbas. Ein Riese, höher als unsere Häuser ist er und weiß wie ein Albino. Unheimlich ist das. Aber er schaut einen eher freundlich an. Isaak sagt, die Wärter hätten Abu Abbas abgerichtet, schwere Lasten zu tragen. Nächstes Jahr würden sie ihn beim Fällen der Bäume als Lasttier einsetzen.«

»Isaak?«, fragt Thot.

»Ein Hofjude«, sagt Caspar. »Er ist in seiner Jugend weit gereist. Spricht unendlich viele Sprachen und kennt sehr viele Länder. Isaak war Dolmetscher, als die erste Gesandtschaft aus Bagdad hier ankam. Jetzt ist er mit einer Delegation unseres Kaisers am Hof des Kalifen. Seine Familie wartet ziemlich ängstlich auf seine Rückkehr. Denn seit Monaten haben wir keine Nachricht mehr von ihm und den anderen Diplomaten des Kaisers.«

Caspar packt sein Werkzeug in einen Rucksack aus Sackleinwand, dann gehen sie weiter. Bald stehen die vier vor einem weiten, viereckigen Säulenhof, hinter dem die Fassade der Kirche aufragt. Sie besteht aus einem sehr hohen Rundbogen, der sich vor der eigentlichen Front erhebt, in die ein hohes, halbrundes Fenster eingetieft ist. Links und rechts des großen Bogens schließen sich zwei Rundtürme an.

»Erinnert irgendwie an einen römischen Triumphbogen«, sagt Martin.

»Eher an die Hauptfassade der Hagia Sophia«, sagt Iris.

»Ihr habt beide sehr gut beobachtet«, sagt Thot. »Diese Westfassade soll an beide Bautypen erinnern. Zum einen an die Triumphe des Weströmischen Reichs, zum anderen an die Macht des Oströmischen. Die gesamte Palastkapelle, wie ihr gleich sehen werdet, nimmt gestalterisch Bezug auf Justinians Kirche San Vitale in Ravenna und auf die kaiserlichen Kirchen von Konstantinopel. Karl der Große sieht sich nämlich als Erneuerer des Imperium Romanum. Deshalb lässt er alle seine Bauwerke in *more Romano*, das heißt: auf römische Weise, bauen. Für den inneren Schmuck der Palastkapelle hat er sogar antike Säulen und Marmor aus Ravenna und Rom über die Alpen transportieren lassen.«

»Aber der Architekt unserer Kirche ist kein Italiener«, mischt sich nun Caspar ein. »Das ist der Franke Otto von Metz, der viele antike Bauten studiert hat. Beraten haben ihn die Gelehrten Alkuin und Einhard. Der eine ist ein Angelsachse, der andere ebenfalls Franke. Diese drei haben 795 mit dem Bau begonnen und ihn, wie die Kaiserpfalz auch, in Rekordzeit fertiggestellt.«

»Ich wollte weder dein Land noch deine Leute beleidigen, Caspar«, lenkt Thot ein. »Lasst uns jetzt in die Kirche gehen.« Er sieht, wie Caspar zögert. »Keine Bedenken, mein Junge«, beruhigt er ihn, »die Wächter und Pförtner schlafen alle noch fest. Sie haben gestern mit einigen meiner Landsleute vom Wein gekostet, den der Kalif nach Aachen geschickt hat. Allen hat das ungewohnte Getränk einen kolossalen Rausch eingetragen, den sie noch stundenlang ausschlafen werden.«

Caspar bleibt unschlüssig. Da nimmt Thot eine winzige Statuette aus einer Tasche seines Umhangs. Es ist ein Greif mit gespreizten Schwingen, geschnitzt aus Elfenbein.

»Nimm dies als Lohn für eine Führung«, sagt Thot freundlich. »Ich habe diese Figur aus dem Basar von Bagdad. Aber eigentlich stammt sie aus Babylon.«

»Wunderbar«, sagt Caspar staunend und streichelt über die feinen Einkerbungen. »Na gut, kommt. Aber auf eure Verantwortung.«

In der Mitte des Säulenhofs steht ein viereckiger Brunnen. In ihm erhebt sich eine mannshohe Säule, auf der ein Pinienzapfen aus Bronze sitzt. Aus seinen Schuppen sprüht Wasser in das Brunnenbecken.

»Der Pinienzapfen ist ein Herrschaftssymbol, das Kaiser Karl von den römischen Kaisern übernommen hat«, sagt Thot. »Damit dieses heidnische Zeichen weltlicher Macht einen christlichen Rahmen hat, gibt es die vier kleinen Gestalten an den Ecken, aus deren Mäulern ebenfalls Wasser sprüht. Sie symbolisieren die vier Paradiesflüsse Euphrat, Tigris, Phison und Geon. So wird dieser Vorhof zum Symbol des Paradieses.«

»Ist das Gebilde auf dem Kuppeldach auch ein Pinienzapfen?«, fragt Iris und schaut Caspar an, der ziemlich finster vor sich hin starrt. Er antwortet nicht.

»Seht ihr das hockende Bronzetier unter der Brunnensäule?«, springt Thot ein.

»Sieht fast aus wie eine Wölfin mit geöffnetem Rachen, die sich auf ihre gespreizten Vorderpfoten aufstützt«, sagt Martin.

»Genau deshalb hat der Kaiser diese 600 Jahre alte Plastik aus Italien hierher schaffen lassen«, sagt Thot. »Weil in Rom die Wölfin als Wappentier der Stadt und des Imperiums verehrt wurde, will er

Die Palastkapelle Karls des Großen. Dahinter der Palas, das Hauptgebäude der Aachener Kaiserpfalz. Auf dem Berg darüber der Felsendom in Jerusalem.

hier auch eine Wölfin haben – obwohl das Tier wahrscheinlich eine Bärin darstellt.«

»Will Karl denn Aachen auch Nova Roma nennen, so wie damals Konstantin Byzanz umbenannt hat?«, fragt Martin.

Caspar schaut jetzt richtig wütend auf Thot und die Zwillinge.

»Rom, Rom, Rom! Wir sind nicht nur darauf angewiesen, uns Kunstwerke von anderswo zusammenzuholen«, sagt er heftig. Er deutet auf das große Eingangsportal der Kirche, eine vierflügelige Bronzetür, über die der Schatten eines weit vorgezogenen Rundbogens fällt. »Das ist die erste von vier Wolfstüren in der Palastkapelle. Sie sollen so schön sein wie die Portale der römischen Tempel und Kirchen, sind aber eine Aachener Erfindung! Die Wolfsköpfe, in deren Mäulern die Ringe stecken, mit denen man die Türen öffnet, hat man, wie alle Bronzeteile der Portale und die Ziergitter der Kirche, hier gegossen. Der Kaiser hat eigens für sie eine Gießerei bauen lassen.«

»Wir wollten die Fähigkeiten der Aachener Kunsthandwerker nicht in Frage stellen«, sagt Iris.

»Klang aber so«, entgegnet Caspar. Er baut sich herausfordernd vor Thot auf. »Überhaupt hat unser Kaiser hier Großes vollbracht. Er hat nämlich eine Palastschule eingerichtet, mit Bibliotheken und Schreibstuben sowie Lehr- und Werkstätten für Bildhauer, Maler und Kunsthandwerker. In Aachen wird Philosophie, Theologie und Geschichte gelehrt, dazu jede Art der Kunst, der Politik und Geschichtsschreibung. Was bei uns geschieht, nennt man mit einem lateinischen Wort die Re… Re…«

»›Renovatio Imperii‹«, springt Thot ihm bei, »die Wiederherstellung des Reichs. Ich habe Iris und Martin vorhin schon davon erzählt. Du hast wirklich allen Grund, stolz auf eure Stadt und euren Herrscher zu sein. Er führt zwar permanent Kriege mit Sachsen und anderen Völkern. Aber er leitet auch eine Fülle von Reformen ein und legt damit den Grundstein für ein großes und dauerhaftes Reich.«

»Genau«, sagt Caspar. »Und auch den Grundstein für ein angenehmeres Leben. Wenn ich nämlich nicht gerade mit Reparaturarbeiten beschäftigt bin, helfe ich mit beim Bau des kaiserlichen Schwimmbads. Es wird so groß und schön werden wie einst die Bäder der Römer! Und einen Kanal wird es erhalten, der das heiße Schwefelwasser direkt von den Quellen in das Becken leitet.«

»Ja doch, du Heißsporn«, sagt Thot. »Ihr macht alles großartig. Könnten wir jetzt die Kirche von innen sehn?«

In der Kirche ist es dämmrig. Milchiges Licht fällt durch eine Reihe von Rundbogenfenstern, die sich auf einen umlaufenden Gang öffnen, den mächtige untersetzte Pfeilerarkaden vom Hauptraum abtrennen. Niedrige kreuzförmige Gewölbe überspannen den Umgang. Das Licht reicht kaum zu ihnen hinauf, denn die Fenster haben keine Scheiben, sondern sind mit Platten aus durchscheinendem honigfarbenem Stein verschlossen.

Caspar, der Martins bewundernde Blicke sieht, deutet nach oben und sagt: »Die Scheiben sind aus Alabaster, einem weichen Stein, der sich hauchdünn schleifen lässt.«

»Den kennen wir aus Knossos«, sagt Iris.

Caspar schaut sie verdutzt an, dann aber tritt er aus dem Umgang in den Hauptraum. Die anderen folgen ihm.

»Pro Wandabschnitt sind je zwei Fenster übereinander angeordnet«, sagt Caspar. »Die unteren erleuchten den Umgang, die oberen geben der Galerie Licht, deren Brüstungsgitter ihr hier seht.

»Emporen, wie in der Hagia Sophia«, sagt Martin.

Caspar achtet nicht darauf, sondern fährt fort.

»Wenn ihr die Wandabschnitte ringsum zählt, werdet ihr auf ein Sechzehneck kommen. Es umrundet das innere Achteck unter der Kuppel. Folgt mir jetzt in die Mitte. Der Boden, auf dem ihr lauft, besteht aus Marmorplatten, die von Ravenna hierher geschafft wurden. Die Wandverkleidungen auch.«

Die vier stehen nun im Zentrum der Kirche. Rundum sind sie von zweigeschossigen Rundarkaden umgeben. Die oberen werden durch schimmernde Säulen aus vielfarbigem Marmor und Granit unterteilt. Auch die Säulen bilden zwei Geschosse. Die Unterteilung zwischen den unteren und den oberen besteht aus je drei schmalen Rundarkaden.

»Diese Kirche«, sagt Thot in das staunende Schweigen der anderen, »ist das Paradebeispiel eines Zentralbaus: ein Achteck – man nennt es Oktogon –, das sich in den Umgängen zum Sechzehneck verdoppelt.«

»Der Kaiser und seine Berater haben das ersonnen«, sagt Caspar stolz. »Denn das Achteck ist aus dem Kreis und dem Quadrat geschnitten, den beiden Urformen der Geometrie. Der Kreis ohne Anfang und Ende steht für die Unendlichkeit und damit den Himmel. Das Quadrat mit seinen vier Ecken bedeutet die Erde mit ihren vier Himmelsrichtungen. So kommen in diesem Bau Gott als Herrscher im Himmel und der Kaiser als Herrscher auf Erden zusammen.«

»Klingt fast pharaonisch«, murmelt Martin und schaut zu Thot.

»Die goldenen Kuppelmosaike«, sagt Caspar, der kurz gestutzt hat, »sind von Künstlern aus Ravenna gemacht. Sie zeigen Christus als Pantokrator sowie Adler, Engel, Stier und Löwe, die Symbole der vier Evangelisten. Dazu kommen die 24 Ältesten, von denen die Apokalypse, der Bericht vom Ende der Welt, erzählt.«

Was der alles weiß, denkt Iris. Erzählt wie ein Wissenschaftler von Zahlensymbolik und kennt sich wie ein Theologe in der Bibel aus. Dabei ist er doch nur ein fünfzehnjähriger Maurerlehrling.

»So, jetzt ist mein Mund ganz trocken vom vielen Reden«, sagt Caspar und setzt sich, nachdem er ein Kreuzzeichen über seiner Brust geschlagen hat, auf einen der kleinen Holzschemel im Oktogon. »Mögt ihr euch auch einen Moment setzen?«

Iris und Martin machen ebenfalls das Kreuzzeichen und setzen sich. Thot verbeugt sich in die Mitte des Raums und nimmt danach ebenfalls Platz.

»Was ist das für ein weißer Sessel auf dem hohen Stufenpodest dort oben auf der Galerie?«, fragt Martin mit unwillkürlich gedämpfter Stimme.

»Das ist der Thron Karls des Großen«, sagt Caspar. »Die Rückseite und die Seitenlehnen sind aus antiken Marmorplatten zusammengefügt, die Sitzfläche besteht aus Hölzern der Olivenbäume, die im Garten Gethsemane in Jerusalem wuchsen, wo Christus in der Nacht vor seinem Kreuzestod Blut und Wasser geschwitzt hat.«

Beeindruckt schauen die Zwillinge nach oben. Thot streicht inzwischen mit den Händen sacht über die Marmorverkleidung der Wände.

»Diese Äderungen sind fantastisch. Und schau, Caspar, wie geschickt die Bauarbeiter sie zusammengesetzt haben, damit sich spiegelbildliche Ornamente ergeben.«

»Sie gefallen mir auch über die Maßen«, sagt Caspar. »Ich habe sie mir so eingeprägt, dass ich sie mit geschlossenen Augen nachzeichnen könnte. Genau wie die Mosaike. In der Palastschule zeichnen sie jeden Tag Bilder als Vorlagen für weitere Mosaike.«

Die Sonne leuchtet jetzt stärker durch die Alabasterscheiben. Die Mosaike fangen an zu flirren wie Feuer.

»Die Kirche Karls des Großen wird bis in eure Tage einer der wichtigsten Dome Deutschlands und Europas bleiben«, sagt Thot zu den Zwillingen. »Bis zum Jahre 1531 werden hier die deutschen Könige, manchmal auch die Kaiser, gekrönt werden. Karl wird man heiligsprechen, weil er die letzten Germanenstämme besiegt und zum Christentum bekehrt hat.

Später wird man das Dach der Kuppel erhöhen und zu einer Haube umbauen, die wie eine riesige Zitronenpresse auf dem Bauwerk sitzt. Zwischen 1355 und 1414 wird ein gotischer Chor an das Oktogon angebaut werden, weil Aachen dann ein wichtiger Wallfahrtsort ist. Der extrem hohe und schlanke Chor wird fast ganz aus vielfarbigen Glasfenstern bestehen, sodass er aussieht wie ein gigantischer Reliquienschrein. Und wenige Jahre vor eurer Geburt schließlich wird das Aachener Münster wegen seines Alters, seiner Schönheit, Würde und Vielfalt als erstes Denkmal Deutschlands auf die Liste des Weltkulturerbes gesetzt werden.«

Caspar hat mit offenem Mund zugehört. »Bist du Hellseher?«, fragt er eingeschüchtert. »Oder etwa einer von jenen … Druiden, die aus der Keltenzeit zurückgeblieben sind und noch immer heimlich ihre Riten und Orakel vollziehen?«

»Kein Kelte, kein Druide, Caspar, nein. Ich bin, wie ich schon sagte, aus dem Morgenland. So in etwa von dort, woher auch die drei Weisen aus dem Morgenland kamen, die dem neugeborenen Jesuskind huldigten, weil sie seinen Stern gesehen hatten. Melchior, Balthasar und Caspar, nach dem du deinen Namen trägst. Auch sie hatten Visionen und konnten in die Zukunft schauen. Genügt das einstweilen?«

Caspar schaut skeptisch, gibt sich aber zufrieden.

»Kinder, lasst uns gehen«, sagt Thot nun. »Allmählich dürften die Wärter zu sich kommen.«

Auf der Straße herrscht Aufregung. Leute hasten zur Ummauerung der Pfalz, wo ein Reitertrupp, mehrere Pferdefuhrwerke und Dutzende von Eseln haltgemacht haben, die mit schweren Säcken und Körben beladen sind.

»Unsere Gesandtschaft ist zurück aus Bagdad«, ruft ihnen ein rennender Mann zu.

»Opa, Opa«, hören sie plötzlich Kinderstimmen rufen. Zwei etwa neunjährige Kinder hetzen an ihnen vorbei, ein Junge und ein Mädchen, gleich groß und mit der gleichen haselnussbraunen Haarfarbe.

»Rebekka und David«, stößt Iris hervor und schaut Martin verdutzt an.

»Woher kennt ihr die beiden?«, fragt Caspar genauso verdutzt.

»Hast du sie vorhin nicht erwähnt?«, sagt Iris zögernd.

»Nicht dass ich wüsste«, antwortet Caspar. »Ich könnte höchstens im Zusammenhang mit Isaak von ihnen gesprochen haben. Sie sind seine Enkel. Zwillinge wie ihr … Darüber habt ihr zwar nichts gesagt, aber es ist mir gleich aufgefallen. Ihr seid exakt gleich groß, habt dieselbe Haar- und Augenfarbe und fast die gleiche Nasenform. Nur ist Iris, tut mir leid, Martin, hübscher als du.«

Iris lächelt, Martin schnaubt verächtlich durch die Nase. Inzwischen sind sie bei der Menschengruppe angelangt. Unter den vielen Reitern fällt ihnen ein älterer Mann mit langen weißen Haaren und Bart auf. Er trägt Hosen wie die anderen, dazu aber weiche lederne Stiefel, deren Spitzen aufwärts gebogen sind, und einen feinen wollenen Umhang, dessen Kapuze, fast genau so wie bei Thot, über den Kopf gezogen ist. Darunter sitzt jedoch kein Turban, sondern eine runde, enganliegende Kappe.

Das könnte Isaak sein, denkt Iris.

Die Zwillinge sind bei ihm. Rebekka schmiegt sich an die Vorderbeine des Pferds, streichelt es und murmelt immer wieder »Isidor, schön, dass du wieder da bist.«

David hüpft von einem Fuß auf den anderen und fordert seinen Großvater auf, endlich vom Pferd zu steigen.

»Sachte, sachte«, sagt dieser lachend. »Ich bin schließlich ein alter Mann. Mir tun alle Knochen weh nach diesem monatelangen Reiten.«

»Das ist unser Opa«, sagt Rebekka stolz und wendet sich Iris zu. »Er war im Morgenland, in Bagdad.«

»Opa, hast du mir etwas mitgebracht?«, ruft sie und dreht sich wieder zu ihm um.

Endlich ist Isaak abgestiegen. Er umarmt beide Kinder gleichzeitig und wird von ihnen beinahe umgeworfen. Trotzdem streift er Thot, Iris und Martin mit einem kurzen interessierten Blick.

»Sei gegrüßt Caspar«, ruft er zu ihnen hinüber, »komm und hilf mir, die Satteltaschen zu leeren.«

Während Isaak sich über David und Rebekka beugt, um sie auf die Wangen zu küssen, schaut Caspar Iris an.

»Möchtest du mitkommen? Isaak hat bestimmt viel zu erzählen von seinen Reisen!«

Iris wendet sich fragend zu Martin und Thot um.

»Geh nur«, sagt Martin. »Ich bleibe bei Thot. Er will mir irgendetwas Wichtiges zeigen, das die Gesandtschaft gerade ausgeladen hat.«

Thot und Martin gehen zu einem Nebenhof des Palas, aus dem vier Zugpferde geführt werden. Sie dampfen vor Schweiß und ihre dicken Muskeln zittern noch von der vorangegangenen Anstrengung. Nachdem die Fuhrleute gegangen sind, ist der Hof leer. Im Tor einer Lagerhalle ruht auf einem hölzernen Tragegerüst ein verhülltes eckiges Gebilde. Thot schaut sich noch einmal um, dann zieht er das Tuch weg. Vor ihnen steht ein prachtvoller Sarkophag aus Carrara-Marmor. Seine Seitenwand zeigt ein schier explodierendes Gemenge aus Leibern und dramatischen Gesten.

»Das ist der Proserpina-Sarkophag, in dem Kaiser Karl im Jahr 814 bestattet werden wird«, sagt Thot. »Er hat ihn aus Rom hierher transportieren lassen. Isaak hat ihn auf sein Geheiß hin ausgesucht.«

»Guck mal, das ist doch Hermes!«, ruft Martin freudig und deutet auf den rechten Rand des Sarkophags.

»Ja, beziehungsweise Merkur«, sagt Thot, »denn römische Bildhauer haben diese Reliefs um 300 nach Christus geschaffen. Proserpina, griechisch: Persephone, war die Tochter der Göttin Demeter, die die Römer Ceres nannten.«

»Wie soll ich mir denn das alles merken?«, stöhnt Martin.

»Dann bleibe ich jetzt bei den römischen Namen: Als Proserpina mit ihren Freundinnen auf Sizilien Blumen in einer Wiese pflückte, verliebte sich Pluto, der Gott der Unterwelt, in sie. Er raste mit seiner Quadriga heran und entführte sie. Hier siehst du, wie der Gott gerade das Mädchen, das sich verzweifelt wehrt, auf seinen Wagen gezogen hat. Merkur weist ihm schon den Weg zurück in die Unterwelt. Minerva hindert Proserpina, sich rückwärts aus dem Wagen fallen zu lassen. Hinter ihr wirft sich Venus der Mutter Proserpinas in den Weg, die mit einem Drachengespann hinter Pluto herjagt. Ceres verliert das Rennen.

So wurde, wie der Mythos erzählt, Proserpina die Gattin des Gottes der Unterwelt. Jupiter aber, der Mitleid mit der untröstlichen Ceres hatte, erlaubte, dass Proserpina jeweils zwei Drittel des Jahres zu ihr zurückkehren durfte. Das sind Frühling, Sommer und Herbst, die Zeit, in der die glückliche Ceres die Erde blühen und die Früchte reifen lässt. Wenn Proserpina zu Pluto zurückkehrt, trauert Ceres, und der Winter setzt ein.«

»Das erinnert mich an die Sagen aus Knossos«, sagt Martin, »da ging es doch auch um Blumensammeln und um Tod und Auferstehung.«

Sie sitzen in einer Ecke des Nebenhofs, in dem es still geworden ist.

»Ja«, sagt Thot, »die Geschichten leben immer weiter. Denn die Fragen und die Ängste der Menschen bleiben sich gleich. Sogar Karl, obwohl er Kaiser und Christ ist, also fest an die Auferstehung glaubt, greift, wie du siehst, zurück auf die uralte Sage von Proserpinas Wiederkehr aus dem Totenreich.«

»Vielleicht, weil in diesem Mythos die Erde und das Leben auf ihr so schön einbezogen sind«, sagt Martin.

»Wie meinst du das?«, fragt ihn Thot.

»Na ja, es geht in dieser Sage doch darum, dass man am Ablauf von Werden und Vergehen zwar nichts ändern kann, dass aber nach jedem Winter ein neuer Frühling kommt ... und nach jedem Sterben ein Auferstehen.«

»Das hast du wunderbar gesagt, mein Junge!«, sagt Thot und strahlt Martin an. »Vor allem das, was das irdische Weiterleben angeht. In den Sagen der Antike überwiegt die Freude am irdischen Dasein. Selbst wir Götter sind darin immer dann am beeindruckendsten, wenn wir auf Erden handeln. Unsere himmlischen Wohnsitze bleiben dagegen meist wie im Nebel.«

Thot schweigt. Auch Martin sagt lange Zeit nichts. Dann fragt er mit leiser Stimme: »Thot, du bist so ruhig. Und selbst deinem Vogelgesicht kann ich ansehen, dass du traurig schaust. Was ist mit dir?«

Thot zögert lange, dann beginnt er stockend zu sprechen.

»Weißt du Martin, im Grunde seid ihr, Iris und du, für mich, was Ceres für Proserpina war. Durch euer Nachdenken über die Vergangenheit habt ihr mich zur Erde zurückgeholt. Und mit jeder Sekunde, die ich euch begleite, spüre ich deutlicher, wie schön das Leben ist, wie herrlich es sich anfühlt, wie spannend es abläuft.«

»Aber du kannst doch jederzeit leben, kannst überallhin, weißt alles«, sagt Martin.

»Gewiss. Doch wir Götter sind abhängig von euch Menschen. Ihr habt uns durch eure Mythen geschaffen. Verblassen die Mythen, verblassen auch wir.«

»Du wirst niemals mehr verblassen, Thot«, sagt Martin, »nach allem, was wir miteinander erlebt haben, werde ich mein Leben lang an dich denken.«

»Ein Leben, Martin, ist lang«, antwortet Thot mit bedächtiger Stimme, »und nicht wenige eurer Philosophen sagen, dass eine der besten Seiten des Lebens die Fähigkeit zu vergessen sei.«

Jetzt schweigt Martin. Sein Blick wandert zum Proserpina-Sarkophag. Auch Thot schaut auf ihn. So bleiben sie lange beieinander sitzen.

Iris und Caspar haben sich inzwischen von Isaak und den kleinen Zwillingen verabschiedet. Isaaks Sohn, der Vater von David und Rebekka, war gekommen und hatte die Satteltaschen seines Vaters auf den Rücken geladen. Die beiden haben Caspar zum Abendessen eingeladen, das zur Rückkehr des Vaters stattfinden soll. Die Einladung, wie Isaak mehrmals versicherte, gilt auch für Iris, Martin und Thot.

Caspar hat Iris zu den römischen Ruinen geführt, die er nicht fürchtet, sondern bewundert. Um neue Fragen zu vermeiden, hat Iris ihm nicht gesagt, dass sie das Areal schon kennt. Nun sitzen beide auf einer halb eingestürzten römischen Marmorbank vor dem Thermengebäude. Caspar hält den elfenbeinernen Greifen in der Hand, und Iris erzählt ihm die Geschichte dieses Fabeltiers – dass es schon in Babylon als der Begleiter von Göttern und Königen dargestellt wurde, dass in Knossos gemalte Greifen den Thron des Minos bewachten, in Athen und Delphi Greifendarstellungen zu den Statuen der Götter gehörten ebenso wie in Rom und Pompeji.

»Woher weißt du das alles?«, fragt Caspar bewundernd. »Ich würde für mein Leben gern auch solche Dinge lernen. Am liebsten aber, wie man malt oder Figuren in Stein meißelt.«

»Du weißt doch enorm viel«, sagt Iris. »Vorhin hast du uns in der Palastkapelle die komplizierteste Zahlensymbolik erklärt, als würdest du das jeden Tag tun. Und was die Kunst angeht: Kannst du nicht zur Palastschule gehen?«

»Ich unterhalte mich oft mit Isaak und seinem ältesten Enkel Daniel«, sagt Caspar. »Als direkte Bedienstete Kaiser Karls kennen sie sich nicht nur im Judentum, sondern auch im christlichen Glauben bestens aus. Aber in die Palastschule kann ich nicht. Dorthin dürfen nur die Söhne der Adligen oder die reicher Kaufleute. Meine Eltern sind Bauern. Sie lachen, wenn ich ihnen von meinen Wünschen erzähle. Manchmal werden sie auch böse. Denn ich muss als Maurergehilfe etwas dazuverdienen. Obwohl alle meine Brüder auf dem Feld mitarbeiten und meine Schwestern meiner Mutter bei der Gartenarbeit zur Hand gehen, reicht es bei uns kaum zum Überleben, wenn ein Sommer zu trocken war oder ein Winter zu lange gedauert hat. Mein Großvater schimpft sogar oft, wenn ich von den Bildern und Figuren in der Pfalz erzähle. Er sagt, das sei Teufelswerk und ich käme in die Hölle, wenn ich solche Götzenbilder anfertigen würde.«

»Kannst du denn nicht mit deinen Freunden darüber reden?«

Caspar schüttelt den Kopf »Nein, die sagen sofort, ich spinne, wenn ich von Kunst rede. Und außerdem sind ihnen meine roten Haare unheimlich. Sie glauben, das sei ein Kainsmal, ein Zeichen des Teufels. Die Mädchen machen deshalb meistens einen Bogen um mich. Und wenn sie über Kunst reden, dann nur mit den italienischen Maurern und Kunsthandwerkern, damit sie sie später heiraten und mit in ihr schönes Land nehmen.«

»Dumme Puten«, entgegnet Iris.

»Puten?«

»Na ja, große Hühner, Truthähne eben, mein ich.«

»Truthähne, was soll das sein?«

Iris fällt ein, dass Truthähne erst nach der Entdeckung Amerikas von dort in Europa eingeführt wurden. Dabei wird ihr gleichzeitig klar, dass sie schon in einigen Stunden wieder aus Caspars Leben verschwinden wird.

»Caspar«, sagt sie vorsichtig, »ich werde nicht lange bleiben können. Nach dem Essen bei Isaak reisen wir wieder weiter.«

»Schade«, sagt Caspar und starrt auf den Boden, »dann bin ich wieder allein.«

»Gibt es denn niemanden, mit dem du dich verstehst?«

»Doch, Daniel und Lea, die älteren Geschwister von David und Rebekka, sind oft mit mir zusammen. Sie spotten nicht, wenn ich von meinem Traum rede, Künstler zu werden. Und das, obwohl ihnen ihre Religion Bilder und Statuen verbietet. Ich glaube, sie haben so viel Verständnis für mich, weil sie auch Außenseiter sind. Hier im Ort duldet man die Juden. Aber befreundet ist man nicht mit ihnen. Sie seien so merkwürdig, sagen meine Eltern.«

Sie schauen zum Himmel, der sich langsam rot färbt.

»Die Sonne geht bald unter«, sagt Caspar. »Lass uns nach Martin

und Thot suchen und dann zu Isaaks Haus gehen. Versprichst du mir, dass du dich beim Abendessen neben mich setzt?«
»Wird gemacht«, sagt Iris.

Auf der Straße treffen sie Thot und Martin. Thot räuspert sich irritiert, als von Isaaks Einladung die Rede ist, dann aber stimmt er zu. Isaaks Haus steht nahe bei der Pfalz. Es sieht ein wenig sonderbar aus. Denn ein Teil des Gebäudes ist der Rest eines steinernen römischen Baus, der aber ein Strohdach trägt. Der andere Teil ist aus Fachwerk, das sich wie schutzsuchend an die antiken Mauern lehnt.
Als sie durch die Haustür treten, kommt Isaak auf sie zu. »Seid willkommen in meinem Haus. Das Essen wird gleich bereit sein. Meine Schwiegertochter Rachel hat Zicklein für uns gemacht, dazu, wie ihr wahrscheinlich riechen werdet, Sellerie und Linsen. Deine Eltern wissen Bescheid, Caspar?«
»Ja«, sagt Caspar, »sie und meine Geschwister müssen heute Dienst bei Hof tun. Man bereitet alles für die morgige Ankunft des Kaisers vor. Mit mir rechnen sie nicht, weil der Hofmeister mir aufgetragen hat, euch beim Auspacken der diplomatischen Geschenke aus Bagdad zu helfen.«
Isaak nickt zufrieden und geleitet sie in ein großes Zimmer mit steinernen Wänden. Zwei bronzene schlanke Kandelaber, geformt wie kleine Bäumchen, stehen darin. An ihren Ästen hängen Öllampen. Sie sind bereits entzündet, denn durch die Fenster fällt nur noch dämmriges Licht. Den Boden bedeckt ein weißes Mosaik. In der Mitte ist ein Gebilde aus breiten schwarzen Linien zu sehen, das Iris und Martin an ihr Mühlespiel zu Hause erinnert. Ein Schriftzug darunter trägt die Zeilen ›Labyrinthus hic habitat Minotaurus‹.
Thot tritt vor und deutet auf das Gebilde. »Seht ihr, ein Labyrinth. Die Römer liebten es so wie die Griechen. Der lateinische Schriftzug sagt, hier lebe der Minotaurus.«

»Ihr seid ein gebildeter Mann, Thot«, sagt Isaak.

»Und ihr kein abergläubischer«, antwortet Thot, »da Ihr diese in euren Augen doch heidnische Darstellung in eurem Hause duldet.«

»Da sie weder einen Menschen noch sonst ein Lebewesen zeigt«, sagt ein sechzehnjähriger junger Mann, der gerade den Raum betritt, »hat Großvater nichts einzuwenden, ebenso wenig wie gegen die antiken Kandelaber, die wir drüben bei den Thermen gefunden und restauriert haben.

Sonst aber hält sich Großvater streng an unser jüdisches Bilderverbot. Außer, wenn er auf seinen Reisen Kunstwerke für den Kaiser aussucht, da entwickelt er einen Geschmack, wie ihn vor Jahrhunderten die römischen Kunstkenner hatten. Ich bin übrigens Daniel, der Bruder von David und Rebekka, die ihr ja schon kennt.«

Wie aufs Stichwort kommen die Zwillinge herein. David trägt mit bedeutender Miene einen Dolch vor sich her, der in einer gekrümmten Scheide steckt, die mit Halbedelsteinen und bunten gedrehten Schnüren verziert ist. »Den Dolch hat mir mein Großvater aus Damaskus mitgebracht. Toll, was?«, sagt er mit stolzer Stimme.

»Ich habe drei seidene Tücher bekommen«, fällt ihm sofort Rebekka ins Wort. »Sie kommen von noch weiter her, als Opa gereist ist. Nämlich aus China, einem Land im allerfernsten Osten, zu dem die berühmte Seidenstraße führt.«

»Gib nicht so an«, sagt nun ein Mädchen, das in etwa so alt ist wie Iris und Martin. Sie lächelt Caspar zu: »Caspar, mein Großvater hat mir Bücher aus Jerusalem und aus Alexandria mitgebracht. Sobald ich sie gelesen habe, werde ich dir erzählen, was darin steht.«

»Ich freu mich drauf«, sagt Caspar und lächelt ihr vertraulich zu. Dann wendet das Mädchen sich an Iris und Martin: »Ich bin Lea.«

»Iris und Martin, auch Zwillinge«, sagt Caspar trocken.

»Na dann: herzliches Beileid«, sagt Lea schmunzelnd.

»Wieso?«, fragt Iris.

»Bei euch geht doch bestimmt auch alles geteilt durch zwei. Und ich möchte wetten, dass ihr euch zumindest früher so oft gestritten habt wie unsere beiden.«

»Hm, geht so«, sagt Martin. »Aber das Zwillingsdasein hat auch seine Vorteile. Wir verstehn uns blind, wenn's drauf ankommt.«

»Das ist bei Becka und David genauso«, sagt Lea. »Im Ernstfall halten sie zusammen wie Pech und Schwefel. Hier könnt ihr euch übrigens die Hände waschen«, sagt sie dann und zeigt zu einem kleinen Tisch, auf dem eine bronzene Kanne und eine Bronzeschüssel neben einem Stapel weißer Leintücher stehen. »Ihr auch, mein Herr«, sagt sie mit einem leichten Neigen des Kopfs zu Thot.

Die Kanne ist geformt wie ein schlanker Löwe mit langgezogenem Leib und weit aufgerissenem Rachen. Martin hält sie einen Moment bewundernd hoch.

»Das ist ebenfalls eine Arbeit aus Damaskus«, sagt Lea zu ihm. »Großvater hat sie als junger Mann von einer seiner ersten Reisen mitgebracht. Als meine Großmutter ihn überzeugt hatte, dass die Gestalt nichts mit Heidentum zu tun hat, sondern nur ein schönes Gefäß ist, das der Hygiene dient, ist er Bestandteil unseres Familienschatzes geworden.«

»Ja«, sagt David, der seinen Dolch noch immer fest gepackt hat, »und außerdem erinnert er an die Löwen, mit denen der Thron König Davids und Salomons geschmückt war. Der Löwe ist das Wappentier unseres Volkes. Und unsere biblischen Helden«, er reckt den Dolch wie ein Krieger in die Höhe, »heißen Löwe von Juda.«

»Glückwunsch zu eurem jungen Löwen, Isaak«, sagt Thot lächelnd.

»Heutzutage braucht unser Volk eine andere Art von Tapferkeit«, sagt Isaak und schaut Thot ruhig in die Augen. »Die Tage des Moses und seiner Plagen für den Pharao sind lange vorüber! Ihr versteht, was ich meine?«

»Nur zu gut«, sagt Thot und drückt Isaak die Hand. Der behält sie lange in der seinen, als wolle er Thot prüfen.

»Außer den Büchern hat Großvater mir auch Kajal und Henna aus dem Morgenland mitgebracht«, sagt Lea zu Iris, während sie ihr Wasser über die Hände gießt, das David hilfsbereit in der Bronzeschüssel auffängt.

»Mit Kajal kann man die Augen schwarz umranden, dann sehen sie größer und leuchtender aus. Und mit Hennapaste erhalten die Fingernägel eine leuchtend rote Farbe. Wenn man sie in Mustern auf die Arme oder den Handrücken aufträgt, gibt das sehr hübsche rote Ornamente, die wochenlang halten. Du kannst es gerne ausprobieren, wenn du möchtest. Ich warte erst mal ab, sonst heißt es bei den Christenfrauen wieder, ich sei extrem eitel.«

»Und bei deiner Mutter auch«, sagt eine Frau, die mit einer dampfenden Schüssel aus der Küche kommt. »Zu Tisch«, ruft sie. »Ich bin Rachel, die Mutter der vier. Mein Mann Saul lässt sich entschuldigen, er muss im Palast bleiben.«

Die lange Tafel besteht aus Türblättern, die auf Holzböcke gelegt sind. Als Thot seine Kapuze zurückschlägt, die er bisher trotz aller verwunderten Blicke der Gastgeber aufbehalten hat, halten Iris und Martin den Atem an. Doch es kommt kein Ibiskopf zum Vorschein, sondern wieder das Gesicht des vierzigjährigen Mannes, den die beiden schon kennen. Er schaut Iris und Martin kurz mit einem so verschwörerischen wie verschmitzten Lächeln an.

»Entschuldigt, Thot«, sagt plötzlich Isaak, der die drei aufmerksam beobachtet hat. Er greift Thot behutsam ans Ohr. »In Eurem Schläfenhaar hat sich eine Flaumfeder verfangen.«

Isaak hält sich die Flaumfeder einen Moment vor die Augen.

»Schwarz ist sie und ganz anders als der Flaum unserer Hühner, Gänse und Enten, mit dem wir die Kissen stopfen.«

Mit einem hintergründigen Lächeln lässt Isaak die Feder zu

Boden schaukeln. Dann spricht er in hebräischen Worten einen Tischsegen, und alle beginnen zu essen. Gegessen wird mit den Händen, nur für das Fleisch liegen kleine Messer neben den Tonschalen. Das Gemüse und die Soßen tunken sie mit Brotstücken auf, in die sie kleine Mulden drücken. Getrunken wird aus bronzenen kleinen Pokalen. Es gibt Most für die Kinder, die Erwachsenen trinken Bier und Wein, den sie mit viel Wasser vermischen.

»Zum Nachtisch habe ich eine Überraschung für die Kleinen«, sagt Isaak, als die Schalen geleert sind. »Rachel, bringst du bitte die getrockneten Feigen und Datteln?«
David und Rebekka schauen erst misstrauisch auf die Früchte, nach dem ersten Kosten aber essen sie so viele, wie sie können.
Isaak greift unter seinen Sitz. »Caspar, ich habe auch ein Geschenk für dich«, sagt er und reicht dem Jungen eine längliche hölzerne Schatulle hinüber. »Es ist Zeichenkohle. Damit kannst du in deiner freien Zeit die Palastkunstwerke abmalen, wenn du möchtest.«
»Danke«, sagt Caspar und wird vor Freude rot.
»Mir hat Opa auch Stifte mitgebracht«, sagt Rebekka und setzt sich auf ein Sitzkissen in der Ecke des Zimmers. Sie nimmt ein dünnes, hell gehobeltes Brett auf die Knie und vertieft sich in ihre Malereien.
»Daniel«, sagt Isaak nun, »jetzt ist Zeit für meine größte Überraschung. Bring bitte den Käfig.«
Während Daniel nach draußen geht, wendet sich Isaak an die anderen. »Ich habe nämlich in Bagdad ein Falkenpaar gekauft. Die Araber haben die Kunst der Falknerei aus der Antike in unsere Tage hinübergerettet. Wir können hier mit diesen stolzen und hübschen Vögeln eine Zucht beginnen. Was meint ihr, welche Bereicherungen für unseren Speiseplan es bedeuten wird, wenn wir Kaninchen, Tauben und Wachteln nicht mühsam mit Leimruten

und Fallen fangen müssen, sondern sie uns von Falken praktisch auf den Tisch gelegt werden.«

Daniel kommt mit einem großen hölzernen Käfig zurück. In ihm sitzen zwei sehr junge Falken, die sich krampfhaft an ihren Sitzstangen festkrallen. Als Daniel das schwere Gehäuse niedersetzt, springt dessen Tür auf. Die beiden verängstigten Vögel rühren sich nicht. Während alle noch gebannt auf die Tiere schauen, tönt durch das offene Fenster ein Vogelschrei. Ehe jemand etwas unternehmen kann, sind die beiden Falken aus ihrem Käfig und fliegen zum Fenster. Einige Trinkpokale gehen zu Boden, auch zwei Tonschalen zerbrechen mit dumpfem Geklirr.

Martin, der dem Fenster am nächsten sitzt, streckt den Kopf hinaus. Im letzten Licht des Tages sieht er die beiden Falken einem größeren folgen, der aufsteigt.

»Hajo«, ruft er, »komm zurück. Bring die beiden mit!«

»Lass, Junge«, sagt Isaak zu ihm.

»Auch ihr könnt euch wieder setzen«, rät er den anderen, die aufgesprungen sind. »Den Vögeln nachzujagen hat keinen Sinn. Gleich ist es dunkel. Man hat sie schon in Bagdad gezähmt. Wenn sie merken, dass sie ohne Licht keine Beute machen können, werden sie von selbst zurückkommen. Das gilt hoffentlich auch für deinen Hajo, Martin.«

Martin weiß nicht, was er sagen soll. Er nickt stumm und schaut dann auf Iris. Die zuckt mit den Achseln und schaut ihrerseits hilfesuchend zu Thot.

»Ihr wart auch in Jerusalem?«, fragt Thot daraufhin und wendet sich Isaak zu. Augenblicklich tritt wieder Ruhe ein. Alle möchten mehr von der Reise des alten Mannes hören.

»Ja, ich wollte unbedingt zum Tempelberg. Dort ist noch eine Stützmauer vom Tempel erhalten, den die Römer vor langer Zeit in Schutt und Asche legten. Wir Juden pflegen dort zu beten. Meine Begleiter waren derweil in der Grabeskirche des Christus, die Kaiser Konstantin und seine Mutter Helena vor fünfhundert Jahren in

Jerusalem erbauen ließen. Durch die neuen Abkommen mit den muslimischen Kalifen ist der Weg in diese christliche Andachtsstätte wieder frei.«

»Habt ihr auch den Felsendom gesehen?«, fragt Thot. »Dieses berühmte Bauwerk auf dem Tempelberg von Jerusalem scheint mir nämlich auch ein Vorbild für die Aachener Palastkapelle zu sein. Es ist zwar ein islamisches Heiligtum, aber viele Europäer halten es für den Tempel des Alten Testaments.«

»Ja, ein merkwürdiger Irrtum«, sagt Isaak. »Als ich auf dem Tempelberg stand, ist mir sofort die Ähnlichkeit zwischen dem Felsendom und der Palastkapelle des Kaisers ins Auge gefallen. Beide sind ein Oktogon, über dem sich eine Kuppel erhebt. Mein arabischer Führer wusste davon nichts. Dafür aber kannte er sich bestens in der Baugeschichte des Felsendoms aus: Erbaut wurde er im Jahr 700 von dem Kalifen Abd al-Malik. Er steht über dem Felsen, von dem aus der Sage nach Mohammed, der Stifter und Prophet des Islam, in den Himmel aufgestiegen sein soll. Die jüdischen Legenden erzählen, dass Abraham hier auf Geheiß Gottes seinen Sohn Isaak habe opfern wollen, ehe dieser ihn im letzten Moment anwies, stattdessen einen Widder zu töten.

Unter dem Fels ist eine Höhle, die *Brunnen der Seelen* genannt wird. Dort sollen sich die Seelen der Verstorbenen zweimal in der Woche versammeln. Und neben ihrem Eingang wird der Fußabdruck Mohammeds gezeigt.«

»Für die Christen ist der Tempelberg auch ein heiliger Ort«, sagt Martin, »weil Jesus dort gepredigt haben soll.«

»Deshalb«, sagt Isaak, »kann man momentan auf dem Tempelberg kaum einen Fuß vor den anderen setzen, weil Gläubige aller drei Religionen dort oben beten, seit man wieder freien Zugang gewährt.«

»Gestattet, dass ich Eure Ausführungen ergänze«, sagt nun Thot.

»Ich bin ganz Ohr«, antwortet Isaak mit bedeutungsvollem Lächeln.

»Die Kuppel des Felsendoms«, sagt Thot in Richtung von Iris und Martin, »ist außen glatt wie die des Pantheons, ragt aber höher über die tragenden Mauern. Typisch arabisch ist die Verkleidung der Wände mit bunten Kacheln. Sie erinnern an die Wandverkleidungen der Paläste von Babylon, deren Reste ja noch aus dem Wüstensand ragen und den Architekten der Kalifen möglicherweise Vorbilder lieferten.

Vorbild für die Architektur des Felsendoms sind dagegen die byzantinischen Kirchen. Einige glauben sogar, dass der byzantinische Kaiser Herakleios um 630 den Bau des Felsendoms als christliche Gedenkstätte begonnen habe und Kalif Abd al-Malik ihn nur habe vollenden lassen, als er den Sieg der Araber über Byzanz und die Eroberung Jerusalems feierte.

Die arabischen Baumeister aber wandeln inzwischen die byzantinischen Formen ab, machen sie schlanker, verspielter und spitzen die Bögen zu. So wird ein eigener Stil entstehen, den das Abendland dann bestaunen und ab 1140 teilweise übernehmen wird.«

Als er von der Zukunft spricht, versuchen Iris und Martin, denen Isaaks zunehmend gespannte Miene auffällt, Thot mit Blicken zu warnen. Doch der ist wieder mal Feuer und Flamme für sein Thema und bemerkt nichts.

»Dem Felsendom wird es ähnlich wie der Hagia Sophia ergehen«, fährt Thot fort. »So wie sie zur Moschee, wird der Felsendom 1099, nach der Eroberung Jerusalems durch die Kreuzritter, die übrigens ein furchtbares Gemetzel unter der jüdischen und arabischen Bevölkerung anrichten, eine Kirche werden. Das wird bis 1186 so bleiben, wenn Sultan Saladin die Stadt zurückerobert und wieder den islamischen Halbmond auf die Kuppel setzen lässt. Er befahl seinen Truppen, zwar nicht die Ritter, aber die christlichen Einwohner zu verschonen.«

Daniel, Lea und ihre Mutter schauen verwundert auf Thot. Caspar schüttelt sogar den Kopf. Isaak aber sieht ihn ruhig prüfend an.

Dann sagt er: »Ihr seid nicht nur ein weit gereister und gebildeter Mann, Thot, sondern einer, der auch noch prophetische Gaben offenbart.«

»Ich bin von euren Kenntnissen und Fähigkeiten ebenso fasziniert«, sagt Thot, dem nun sein Versehen bewusst wird. »Kaum ein anderer Jude hätte in diesen Tagen die Gelassenheit aufgebracht, den Felsendom zu besichtigen und auch noch als baukünstlerische Leistung zu würdigen. In der Regel hassen und verhöhnen die Völker und Religionen Eurer Zeit einander.«

»Mein Opa ist ein toller Mann«, mischt sich jetzt Rebekka mit eifriger Stimme ein, ohne von ihren Zeichnungen aufzusehen. »Und so klug. Arzt ist er eigentlich auch. Daniel hat erzählt, dass Opa früher sogar Kaiser Karl mit Salben und Tränken behandelt hat, wenn ihn sein Rheuma zwickte. Erst seit einiger Zeit hat der Kaiser Leibärzte aus dem Morgenland. Er ist für einen Juden aus Aachen zu porminent geworden.«

»Was ist der Kaiser geworden?«, fragt David mit heller Stimme.

»Na, porminent«, wiederholt Rebekka und schaut auf.

»Sie meint prominent, prominent«, ruft David und lacht schallend. »Rebekka liebt Fremdwörter, verdreht sie aber oft.«

Alle lachen nachsichtig, auch Rebekka, die zunächst wütend war, kichert jetzt über sich selbst. Ehe Isaak sich Thot wieder zuwenden kann, steht dieser auf. »Es ist spät geworden«, sagt er zu Iris und Martin.

»Ich hoffte, ihr würdet bei uns übernachten. Es gibt noch viel, was ich Euch fragen will, Thot«, sagt Isaak.

»Ich danke Euch, wir nehmen die Einladung mit Freuden an«, antwortet Thot, ehe Iris und Martin etwas sagen können. »Doch gestattet, dass ich mit den beiden noch einen kleinen Spaziergang mache. Das gute Essen Eurer Schwiegertochter hat meinen Magen über Gebühr gefüllt. Die laue Nachtluft wird mir und auch meinen Begleitern guttun.«

Ehe die anderen etwas sagen können, geht Thot hinaus. Iris und

Martin folgen ihm verdutzt und lächeln entschuldigend in die verblüffte Runde. Iris winkt Caspar noch unauffällig zu, dann stehen sie auf der dunklen Straße.

Von drinnen hört man Isaak rufen: »Lebt wohl, Thot. Und auch euch alles Gute. Möge der Herr mit euch sein.«

»Wir müssen verschwinden, Kinder«, sagt Thot zu ihnen. »Ich habe mit Isaak während des Essens viel zu viel über Medizin geredet. Er hat erkannt, dass ich ein Heilkünstler bin, und wird mich unentwegt nach Rezepten und Heilmethoden fragen. Gebe ich sie ihm, würde ich Erkenntnisse vermitteln, die erst Jahrhunderte später wieder oder neu entdeckt werden. Und jetzt wird er auch noch wissen wollen, warum ich in die Zukunft sehe. Also weg von hier! Er ahnt ohnehin, dass wir nicht mehr zurückkommen werden.«

»Nichts dagegen«, sagt Martin, der seit Hajos plötzlichem Auftauchen verstört wirkt. Seine Schultern beben und er hat dunkle Schatten unter den Augen. »Mir ist kalt, als wär's schon Herbst … Ich bringe dieses dauernde Werden und Vergehen momentan nicht mehr auf die Reihe. Mir kommt es schon vor, als seien Caspar, Isaak und seine Familie realer als meine Freunde in Frankfurt. Von dir ganz zu schweigen, du bist für mich schon so etwas wie ein großer Freund oder … mein zweiter Vater. Das alles bringt mich völlig durcheinander.«

»Du bist überanstrengt«, sagt Thot. Er umarmt Martin und zieht auch Iris wortlos zu sich. Dann holt er eine kleine Alabasterphiole aus der Tasche seines Umhangs.

»Das ist ein Trank aus Mohnkapseln und einigen anderen Kräutern. Trinkt ihn, wenn ihr heute schlafen geht. Er ist ungefährlich, wird aber eure verwirrten Gemüter klären und euch friedliche Träume schenken. Dann könnt ihr in Ruhe entscheiden, ob ihr weiter mit mir reisen wollt.«

Thot geht einen Schritt zurück. Hinter ihm zeichnen sich der Palast und die Kirche Karls des Großen gegen den Nachthimmel ab. Darüber glitzern Sterne. Sie scheinen sich zu einem Kreis zu vereinen, der um Thots Kopf wirbelt. Thot schließt nach einem letzten Lächeln die Augen.

10. Der Speyerer Dom
oder Ein turbulentes Wiedersehen
und ein seltsamer Störenfried

Die Landung beim Apfelbaum erfolgt diesmal ganz sanft.

Langsam gehen die Zwillinge nach Hause; Iris denkt an Caspar und dessen schwieriges Leben, Martin an Proserpina, Thot und dessen überraschendes Bekenntnis. Als sie zu Hause ankommen, öffnet ihnen – ihr Vater.

»Hallo ihr zwei. Mama hat mir schon erzählt, dass ihr seit Tagen nach Hajo sucht.«

»Hallo Papa, es tut uns, äh … mir so leid«, sagt Martin.

»Lieb von euch. Aber verderbt euch nicht die Ferien. Ich glaube, Hajo akzeptiert nur mich als Bezugsperson. Vielleicht kommt er zurück, wenn er mich sieht oder meine Signalpfeife hört. Fürs Erste habe ich mal eine Suchanzeige ins Internet gestellt.«

Iris und Martin sind erleichtert. Beim Abendessen wundern sich die Eltern, dass die beiden kaum etwas auf ihre Teller laden. Doch sie sind noch satt von Isaaks Zicklein und den Feigen, von denen auch sie ziemliche Mengen vertilgt haben.

»Was meint ihr«, fragt die Mutter, als sie am nächsten Morgen frühstücken. »Papa und ich haben uns überlegt, einen Ausflug zu machen. Wir wollen ausnutzen, dass er bis morgen früh bleiben kann. Bei dem schönen Wetter lohnt eine Fahrt nach Speyer. Wir waren seit Jahren nicht mehr im Dom, und außerdem gibt es im Speyerer Museum eine Ausstellung über Hunnen. Das ist bestimmt interessant für euch.«

»Und Hajo?«, fragt Iris.

»Ich bin schon im Morgengrauen kreuz und quer über den Lohrberg gelaufen«, sagt der Vater. »Zwecklos. Das Internet ist wahrscheinlich unsre einzige Chance.«

»Wir werden morgen trotzdem noch mal nach ihm suchen«, sagt Martin. »Aber ein Speyerausflug klingt nicht übel. Ich hab vor ein paar Wochen deine alten Prinz-Eisenherz-Bände durchgeblättert, Papa. Da geht es ein ganzes Buch lang um die Hunnenstürme. War spannend.«

»Speyer oder hier«, sagt Iris, »Hauptsache, wir machen was zusammen. Schließlich bist du in letzter Zeit kaum noch zu Hause gewesen.«

»Kaum?«, sagt der Vater. »Jetzt übertreibst du aber.«

Er spricht, als hätte er ein schlechtes Gewissen, denkt Martin, der sieht, dass seine Mutter den Vater nachdenklich von der Seite ansieht.

»Gestern Abend klang das aber anders, Ingo«, sagt sie.

»Nicht jetzt, Sandra … Lasst uns losfahren, sonst ist der Dom so voll mit Besuchern, dass man nichts mehr in Ruhe anschauen kann.«

Die Autofahrt verläuft ziemlich schweigsam. Iris und Martin sind in Gedanken bei den Erlebnissen ihrer Zeitreise, ihre Eltern scheinen jeder mit sich beschäftigt. Iris, die selbst dann eine gute Beobachterin ist, wenn sie von eigenen Problemen abgelenkt wird, fällt auf, dass die beiden sich kaum ansehen. Sie fragt sich, ob sie womöglich abends gestritten haben. Das kommt häufiger vor, seit Ingo so oft weg ist.

»Hier sind wir«, sagt Ingo nach einer Stunde.

Er streicht Sandra mit einer kurzen zärtlichen Geste übers Haar. Die setzt schweigend ihre Sonnenbrille auf. Aber draußen nimmt sie ihn bei der Hand und schlendert mit ihm voraus. Die Zwillinge trotten einträchtig hinter den beiden her.

»Ich glaube, Thots Trank hat mir gutgetan«, flüstert Martin Iris zu. »Ich habe ganz fest geschlafen, und beim Aufwachen war mir nicht mehr traurig zumute. Im ersten Moment hatte ich den Geruch von Lotos in der Nase. Thot duftet manchmal danach.«

»Ging mir ähnlich«, wispert Iris. »Aber bei mir hat es nach Jasmin gerochen, so wie das Wasser aus der Löwenkanne ... Mit dem Zeitreisen sollten wir auf jeden Fall weitermachen, find ich.«

»Schaut mal«, sagt der Vater und bleibt stehen, »von hier unten sieht der Dom wirklich aus wie eine Gottesfestung – richtig bedrohlich. Unglaublich, welche Steinmassen da vor 900 Jahren verbaut wurden.«

Sie stehen an einer schmalen Steinbrücke, vor der kleine schmucke Fachwerkhäuser eine leicht ansteigende schmale Straße mit buckligem Kopfsteinpflaster säumen. Hinter der Brücke steigt eine breite Treppe zum Domhügel hinauf.

»Sehen idyllisch aus, diese Häuschen«, sagt die Mutter, »wie auf einem dieser Biedermeier-Gemälde von Spitzweg. Dabei war Speyer im Mittelalter doch eine der mächtigsten Städte des Kaiserreichs. Eigentlich müssten hier doch viel größere Bauten stehen.«

»Was du siehst«, erklärt der Vater, »sind die Häuser, die die Speyrer nach der Brandschatzung durch französische Truppen 1689 wiederaufgebaut haben.

Alle Städte in dieser Region sind damals verbrannt, Worms zum Beispiel und Heidelberg. Das waren die Konsequenzen des Pfälzischen Erbfolgekriegs, der ausbrach, weil der französische König Anspruch auf den kurpfälzischen Thron erhob. In Speyer sind 1689 Hunderte von mittelalterlichen Kaufmannshäusern und Dutzende von Klöstern und Kirchen verbrannt; die Stadtmauern wurden niedergelegt und die Einwohner für neun Jahre vertrieben.

Sogar der Dom hatte seinen Westteil verloren. Erst rund 100 Jahre später wurde er von Franz Ignatz Michael Neumann, dem Sohn des berühmten Barockbaumeisters Balthasar Neumann, wiederhergestellt. Aus Geldmangel hat er die Fassade im Barockstil wiederaufgebaut, mit Obelisken und einer kleinen Kuppel.«

»Aber ich seh' nichts Barockes am Dom«, sagt Iris.

»Kannst du auch nicht«, antwortet ihr der Vater. »Denn 1794 kamen wieder französische Truppen hierher und verwüsteten den Dom und die Stadt ein zweites Mal.«

»Weswegen schon wieder Frankreich?«, fragt Martin.

»Diesmal wegen der Französischen Revolution von 1789, gegen die die anderen europäischen Staaten interveniert hatten«, sagt die Mutter. »Die Folge waren mehr als zwei Jahrzehnte Krieg.«

»1804«, sagt der Vater, »wollte Speyer aufgeben und den Dom abreißen. Doch der damalige Bischof und Napoleon waren dagegen. So blieb er stehen, bis 1846 der Bayernkönig Ludwig I., der damalige neue Landesherr, das Innere restaurieren und ausmalen ließ. Er hat auch die Wiederherstellung der Westfassade in Auftrag gegeben, die du da vorn siehst.

Für sie beseitigte der Architekt Heinrich Hübsch die barocken Anbauten und führte die Türme auf ihre alte Höhe zurück. Aber von seinem Westbau, der aussieht wie ein größenwahnsinniger Triumphbogen, auf den eine ganze Kirche mit Radfenster und Säulengalerie gepackt ist, sagen die Kunsthistoriker, er sei Hübschs Fantasie und hätte nichts mit dem ursprünglichen Zustand zu tun.«

Inzwischen stehen die vier vor dem Eingang.

»Papa, das war ja ein richtiger architekturgeschichtlicher Vortrag«, sagt Martin.

»Na ja«, sein Vater grinst. »Ich habe als Abiturient mal ein Referat über den Speyerer Dom halten müssen. Auch, wenn ihr meint, das sei schon ewig her, kann ich mich bei Bedarf doch noch ziemlich gut dran erinnern.«

Ingo zieht unwillkürlich seine Jeans etwas höher und schaut unauffällig, aber stolz auf seine Cowboystiefel aus imitiertem Schlangenleder.

Iris findet sie affig. Aber das würde sie ihrem Vater nie sagen. Immerhin ist dieser Aufzug noch tausendmal besser als die ewigen Anzüge mit Hemd und Krawatte, die er trägt, wenn er zur Arbeit geht. Und manche ihrer Freundinnen finden Ingo sogar ziemlich cool.

Als sie den Dom betreten, stöhnt Sandra auf: Der riesige Raum ist überfüllt, man kommt kaum vorwärts.

»Leute, dieses Gedränge nervt total«, sagt Ingo nach einer Weile. »Ich würde lieber in die Ausstellung gehen und dann noch ein bisschen durch die Altstadt spazieren.«

Nach dem Museumsbesuch durchstreifen sie die Gassen rings um den Dom. In einer stehen sie plötzlich vor einer hohen Wand aus dunkelroten Sandsteinblöcken. Oben zeichnet das Mauerwerk den Umriss eines mächtigen Dreiecksgiebels nach, auf halber Höhe sind kleine vermauerte Rundbogenfenster zu erkennen, in denen zierliche Säulen als Stützen stehen.

»Sehen so aus wie die Säulchen am Dom«, sagt Iris.

»Kann gut sein«, sagt Ingo. »Die Wand hier ist, wenn ich mich recht erinnere, die Ostwand der ehemaligen Speyrer Synagoge und die wurde zur gleichen Zeit wie der Dom, also um 1096, vollendet. Kann sein, dass die Dom-Baumeister auch hier gebaut haben. Die Juden standen damals nämlich unter dem besonderen Schutz des Kaisers, und der war Bauherr des Doms.«

»Komisch, dass nur noch diese Wand hier steht, und die Backsteinmauer daneben. Ob die Nazis die Synagoge in der ›Kristallnacht‹ angesteckt haben?«, fragt Martin.

»Die Backsteinwand ist der Rest der Frauensynagoge, die 1354 an die Männersynagoge angebaut wurde«, sagt Sandra, die gerade eine Erläuterungstafel gelesen hat.

»Trennung, wie in der Hagia Sophia. Dabei heißt es doch bei den Juden und den Christen, vor Gott sind alle gleich«, sagt Iris vor sich hin.

Der Speyerer Dom, zur Erbauungszeit die größte Kirche der Christenheit.

Ihre Mutter schaut erstaunt zu ihr hinüber.

»Als die Nazis an der Macht waren«, sagt Ingo, »gab es die Synagogen schon lange nicht mehr. Sie sind 1534, als die Juden aus Speyer vertrieben wurden, verkauft und später abgerissen worden. Das hier sind die letzten Überbleibsel.«

»Also sind auch die Türme abgerissen worden?«, fragt Martin.

»Nein«, antwortet Ingo. »Synagogen durften im Mittelalter keine Türme haben. Sie sollten die Kirchen nicht überragen und aussehen wie Bürgerhäuser. Damit sollte jedermann sehen, dass die Juden den falschen Glauben hätten, weil sie Christus nicht als Messias anerkennen.«

»Das ist doch reine Schikane«, sagt Martin.

»War Schikane«, entgegnet Ingo. »Heute würde niemand etwas gegen Türme an Synagogen einwenden. Aber die jüdischen Gemeinden haben aus der Not eine Tugend gemacht. Es ist bei ihnen inzwischen Tradition, turmlos zu bauen. Damit bezeugen sie, dass jede Synagoge nur ein Provisorium ist, bis irgendwann der Tempel in Jerusalem wiederaufgebaut sein wird.«

»Gehen wir weiter?«, fragt Iris. Die Synagoge hat ihr Isaak und seine Familie ins Gedächtnis gerufen, und heute will sie nicht traurig sein.

In einer anderen Seitenstraße fällt ihnen erneut eine Ruine auf. Man kann vier Geschosse erkennen, das oberste zeigt eine Reihe von Fenstern, die mit Spitzbögen und Rosetten an Kirchenfenster erinnern.

»Ah, da ist der Retscher«, sagt Ingo. »Das war ein Patrizierpalast, der 1240 von dem Kaufmann Retschelinus erbaut und 1689 zerstört wurde. Aber selbst in Trümmern sieht er noch total prunkvoll aus.«

»Fast wie eine große Kapelle«, sagt Martin. »Die Fenster mit den steinernen Kleeblatt-Ornamenten in der Spitze nennt man doch Maßwerkfenster?«

»Der Kandidat hat 99 Punkte.« Ingo grinst. »Ja, das sind Maßwerkfenster, ein Kennzeichen der Gotik. Erst tauchten sie an Kirchen auf, dann auch an Burgen und Palästen. Retschelius ist einer der ersten Bürger gewesen, die sich Maßwerkfenster leisteten. Und bevor jetzt jemand fragt, woher ich nun das wieder so gut weiß: Hier am Retscher ist ein Weinlokal, in dem ich damals, als ich wegen des Referats in Speyer war, meinen ersten Rausch hatte. Das prägt sich ein.«

Während die Zwillinge kichern, sagt Sandra: »Auf eine Weinschorle hätte ich jetzt auch Lust. Wollen wir uns in den Biergarten setzen? Sieht doch hübsch aus mit den Ranken und Pflanzenkübeln.«

Ingo hat nichts dagegen. Iris und Martin aber wollen lieber noch ein wenig herumlaufen.

»Wenn ihr Lust habt, geht zum Heidenturm. Das ist einer von zwei Stadttürmen, die aus dem Mittelalter übrig geblieben sind«, sagt Ingo. »Er steht ganz in der Nähe des Doms. Von dort hat man einen fantastischen Blick auf den Rhein.«

»Klingt gut«, sagt Martin.

Nach wenigen Minuten sind sie am Heidenturm. Er ist viereckig und hat bucklige Rotsandsteinmauern mit schmalen Schießscharten, die zur Stadtseite offen sind. Oben sitzt ein offener Dachstuhl, unter dem zur Stadt hin eine Art hölzerner Balkon vorragt. Um den Turm herum ist ein kleiner Park mit alten Bäumen. Nachdem sie eine Weile die Aussicht genossen haben, steigen die Zwillinge wieder vom Stadtturm und setzen sich auf eine Bank. Das Sonnenlicht, das durch die Äste und Blätter fällt, zeichnet wirre Linien auf ihre Gesichter. Ringsum ist es ruhig, nur vom weit entfernten Dom dringt ab und zu das Stimmengewirr der Besucher herüber.

Komisch, dass hier einmal die dichtgedrängten Häuser einer Stadt gestanden haben sollen, denkt Iris.

»Überlegst du auch, was ich überlege?«, fragt Martin in die Stille.

Iris runzelt einen Moment die Stirn: »Ich bin mir nicht sicher, aber ich vermute mal, dass du im Speyerer Dom auch an Thot gedacht hast. Und daran, dass er ihn uns ohne die nervenden Touris gezeigt hätte.«

»Hätte?«, sagt Martin. »Er kann's doch jetzt auch noch. Was meinst du, wollen wir versuchen, ob der Zeitsprung auch hier klappt?«

»Garantiert, wenn du mich fragst«, antwortet Iris und deutet zum Himmel.

Dort kreist, während unter ihm ein hysterischer Schwarm Tauben in alle Richtungen auseinanderstiebt, ein Falke.

»Hajo, wie auf Bestellung«, ruft Martin und springt auf.

Mit einem »Autsch« fasst er sich an den Kopf und sinkt auf die Bank zurück. Wenn da nur eine Bank wäre ... Martins Po landet mit einem ziemlich schmerzhaften Aufprall auf einer Steinplatte. Sie gehört zum Pflaster eines engen Innenhofs. Er ist umgeben von schmalen Häusern, deren Stockwerke sich eins über das andere nach vorn schieben. Am Überhang des untersten hat sich Martin beim Aufspringen den Kopf gestoßen.

Thot hilft ihm wieder auf die Beine. Er strahlt den Jungen an. Dann dreht er sich zu Iris um und lächelt noch freudiger.

»Hier, die habe ich dir mitgebracht«, sagt er und überreicht ihr eine bläuliche Lotosblüte. »Es ist zwar kein Aachener Jasmin, dafür aber eine jener Blumenarten, die im heutigen Ägypten längst ausgestorben sind.«

»Thot«, sagt Martin erstaunt, »du hast ja deinen Menschenkopf noch auf den Schultern!«

»Hm, allmählich gewöhne ich mich an ihn. Außerdem ist er praktischer. Unter den Kapuzen jucken nämlich meine Federn zum Wahnsinnigwerden. Dazu diese dauernde Verwandelei, wenn ich Hunger habe. Und dann die sprunghaften Wechsel: mal Frösche und kleine Krebse, mal Menschennahrung. Mein Magen hat in letzter Zeit wahre Bocksprünge gemacht.«

»Mir ist es lieber so«, sagt Iris. »In deinem Menschengesicht kann ich besser erkennen, was in dir vorgeht. Und im Moment siehst du aus, als würdest du dich unheimlich freuen.«

»Tu ich. Trotz meiner Hellseherei war mir nämlich gestern Abend so, als würde ich euch nie mehr wiedersehen. Klingt komisch für einen erwachsenen Mann, der dazu noch eine eigene Familie hat.«

»Du hast Familie?«, fragt Martin. »Davon hast du noch gar nichts erzählt.«

»Es hat mich ja auch niemand gefragt«, sagt Thot. »Aber da es euch interessiert: Meine Frau ist Seschat, was in eurer Sprache Schreiberin heißt. Wie ihr Name schon sagt, ist sie die Göttin der Schreibkunst und der Buchhaltung, aber auch des Rechts und der … ähem … Baukunst. Unser Sohn heißt Neferhu, auf Deutsch: der Schöngesichtige. Er ist verantwortlich für das stetige Anwachsen von Kenntnissen, für den Informationsfluss, um es in euren Worten zu sagen.«

Schönes Gesicht?, denkt Iris. Was haben die Ägypter bloß Schönes an einem Ibiskopf gefunden?

»Mein Sohn existierte von Anfang an in Menschengestalt!«, sagt Thot sofort zu ihr. »Und zwar in äußerst anziehender!«

»Eure gemeinsamen Zuständigkeiten klingen nach einem Team«, lenkt Martin ein, dem Thots leicht verärgerter Tonfall auffällt. »Wo sind die beiden denn jetzt?«

»Es geht ihnen wie mir«, antwortet Thot. »Sie sitzen im außerweltlichen Exil und werden von Zeit zu Zeit durch die Erinnerung der Menschen in euer Zeitalter gerufen.

Bei Neferhu ist das ziemlich oft der Fall. Denn ihn kennt eure Zeit durch die Tarotkarten. Eine ziemlich dubiose Form von Wahrsagerei. Aber sie ist populär, und wer Tarotkarten benutzt, um Wissen über sein Schicksal zu gewinnen, ruft automatisch auch Neferhu herbei.«

»Und deine Frau?«, fragt Iris.

»Seschat? Sie ist eine sehr temperamentvolle Frau, immer auf dem

Sprung, das Gegenteil eines schreibenden Stubenhockers. Deshalb nimmt sie schon den reinen Akt des Schreibens irgendeines Menschen als Beschwörung und saust los, wann immer sie will, um den Schreibern über die Schulter zu schauen und an ihren Ideen teilzuhaben. Manchmal sehe ich sie wochenlang nicht.«

Jetzt schaut Thot Iris prüfend an.

»Iris«, sagt er, »du solltest meine Familie nicht mit deiner vergleichen. Wir drei gehen oft unsere eigenen Wege, weil wir seit Jahrtausenden zusammenleben und einander bedingungslos vertrauen. Zudem war es uns als Göttern schon immer bestimmt, unsere Aufgaben den Menschen gegenüber allein zu erfüllen. Das menschliche Ideal von Familienleben dagegen träumt, vor allem in eurer Epoche, von dauerndem Beisammensein. Deshalb reagieren viele von euch mit Angst, wenn äußere Umstände die Familie zeitweise trennen. Auch wenn es bei deinen Eltern momentan so aussieht, als gingen sie verschiedene Wege – hab Geduld.«

Geduld, denkt Iris. Thot hat leicht reden. Vermutlich lebt er auch dieses ›Quäle dein Herz nicht mit Fragen‹.

»Genug für jetzt«, sagt Thot unternehmungslustig. »Ich bin zwar der Gott der Zeit, aber ich verfüge nicht uneingeschränkt über sie. Los, schauen wir uns den Dom an. Es ist das Jahr 1106, kurz vor seiner Vollendung.«

Der Zeitsprung hat sie in eine Morgendämmerung versetzt. Die Gassen Speyers sind noch menschenleer. Überall krähen Hähne, denn die meisten Bürger haben Hühnergehege in ihren Höfen. Überhaupt fühlen Iris und Martin sich, als gingen sie durch ein Dorf mit ungewöhnlich hohen Fachwerkhäusern, von denen viele sogar noch Dächer haben, die mit Stroh statt mit Ziegeln gedeckt sind. Nur hier und da steht ein steinernes Gebäude, ein Kaufmannshof, eine Kapelle, ein Kloster.

»Mal sehn, wie Caspar diesmal heißt«, sagt Iris, »irgendwann verplappere ich mich und nenne ihn Kopio oder Neri.«

»Heute ist sein Name Eckhard«, sagt Thot. »Er erwartet uns am Hauptportal. Ich habe schon vorgesorgt: Mich habe ich als Italiener ausgegeben, das macht ihn nicht misstrauisch, weil viele Steinmetze aus der Lombardei hier am Dom arbeiten. Und euch habe ich als Frankfurter Zwillinge eingeführt. Im elften Jahrhundert ist Frankfurt schon eine bedeutende Stadt, in der eine Kaiserpfalz steht und die deutschen Könige gewählt werden.«

»Ich dachte in Aachen«, sagt Martin.

»Da werden sie gekrönt, nachdem sie in Frankfurt gewählt wurden«, antwortet Thot geduldig. »Und Kaiser werden sie offiziell erst, wenn ihnen der Papst in Rom die Kaiserkrone aufsetzt. Da ist unser Freund ja schon.«

»Seid gegrüßt«, sagt der Junge, der gerade aus dem Domtor geschlüpft ist. Er trägt einen Leinenkittel, der dem Caspars gleicht. Nur die Farbe ist anders. Dunkelbraun. Dafür aber ist die Haarfarbe geblieben – Feuerrot.

Das kann ja was werden, denkt Iris, ich verwechsle ihn bestimmt irgendwann mit Caspar. Auch wenn er etwas dünner ist und seine Augen grün statt blau sind.

»Sei gegrüßt, Eckhard«, sagt Thot. »Hier sind Iris und Martin. Können wir gleich beginnen?«

»Wie ihr wünscht, Herr Mercurio«, sagt Eckhard.

Iris und Martin schauen sich an. Thot, das Schlitzohr, hat sich Merkurs Namen ausgeliehen und ihn in die italienische Form gebracht.

Während Eckhard den Torflügel etwas weiter öffnet, streift sein Blick schüchtern zu Iris und Martin. Als er merkt, dass Iris ihn anschaut, lächelt er verlegen. Dann betreten sie den leeren Dom. Erst jetzt sehen sie seine wahre Größe. Die Pfeiler links und rechts von ihnen streben in solche Höhen, dass in den verschatteten Gewölben darüber noch Nacht zu sein scheint. Eckhard nickt zufrieden: »Meine Meister sagen, wir hätten die größte und höchste Kirche der Christenheit erbaut.«

»Habt ihr«, sagt Thot und dreht sich zu den Zwillingen um. »Was ihr seht, ist der zweite Dom zu Speyer. Der erste wurde 1061 geweiht. Kaiser Heinrich IV. gab 1082 einen Umbau in Auftrag, der einem Neubau gleichkam. Der Chor wurde völlig neu über der Krypta aufgemauert und hat seither eine gigantische Rundnische als Apsis. Auch alle übrigen Wände wurden erhöht und dann, das ist die größte Leistung, wurden das Querhaus und das Mittelschiff eingewölbt. Nie zuvor hatte man im Mittelalter gewagt, derartig breite Räume mit einem Gewölbe zu überspannen.«

»Eine Kuppel hat der Dom ja auch«, sagt Martin.

»Sie zeichnet die Vierung aus«, sagt Thot, »den Raum, an dem Querhaus, Chor und Langhaus aufeinandertreffen.«

»Und sie ist achteckig, wie die in der Aachener Palastkapelle«, sagt Iris.

»Hinter uns«, sagt Eckhard, »im Westteil gibt es eine zweite achteckige Kuppel.«

»Mindestens so bedeutend wie diese Zyklopenarbeit«, meldet sich Thot wieder, »sind die Verzierungen. Nie mehr seit den Tagen Karls des Großen sind derart viele steinerne Schmuckformen an einem Bauwerk angebracht worden. Mehrere Steinmetzgruppen haben daran gearbeitet. Einige verwendeten sehr altertümliche Motive, andere griffen wieder mal auf antike Vorbilder zurück, und eine dritte Gruppe arbeitete mit den neuesten Formen aus Italien.«

Eckhard, der schon ein paar Mal Luft geholt hat, um etwas zu sagen, fällt Thot ins Wort: »Bei den italienischen Mustern habe ich mitgearbeitet. Natürlich nur als Gehilfe. Die Hauptarbeit haben die erfahrenen Steinmetze und Bildhauer aus der Lombardei geleistet, die extra angeworben wurden. Sie wohnen unten am Fuß des Domhügels in ihrem eigenen kleinen Dorf.«

»Ein eigenes Dorf in einer winzigen Stadt«, sagt Thot. »Speyer hat momentan nur etwas mehr als 500 Einwohner. Das kam Heinrich IV. gerade zupass. Größere Städte hätten mit ihm um das

Grundstück gefeilscht und damit den Baubeginn verzögert. Heinrich aber will mit seinem Dom möglichst schnell die Peterskirche in Rom übertreffen.«

»Warum denn das?«, fragt Iris.

»Weil eine Fehde zwischen ihm und Papst Gregor VII. herrscht. Eure Historiker werden sie den Investiturstreit nennen. Es geht um das Recht, die Bischöfe einzusetzen – und damit um die Macht. Denn die Bischöfe sind überall weltliche und geistliche Herrscher zugleich. Wer ihr Dienstherr ist, beherrscht also indirekt das ganze Land. Wenn man so will, fungiert der Dom in Speyer als steinerne Urkunde für die Überlegenheit des Kaisers über den Papst. Was den wiederum bis zur Weißglut reizt.

»Jetzt sind wir im Langhaus«, sagt Eckhard. »Es zählt, wie ihr seht, zwölf Arkaden, die von Viereckpfeilern und Rundbögen gebildet werden. Auf der dem Langhaus zugewandten Seite der Pfeiler sind Blendbögen aus Rundstäben – also halbrund gemeißelte Steinstreifen – aufgesetzt. Sie reichen bis hinauf in die Hälfte der Gewölbeansätze. Dort umschließen sie große Rundbogenfenster, über denen sich wiederum im obersten Wandfeld je ein auf Mitte gesetztes kleineres Fenster öffnet. Vor jeden zweiten Pfeiler ist eine Halbsäule gesetzt, die unterhalb der oberen kleinen Fenster in einem Kompositkapitell endet. Sein Muster stammt von antiken römischen Bauten und kombiniert die korinthischen und ionischen Zierformen.«

»Weshalb sind die Wände gestreift?«, fragt Iris.

»Es wurden abwechselnd rötliche Quader aus dem Pfälzer Wald und gelbliche aus dem Odenwald im Mauerwerk versetzt«, sagt Eckhard, ehe ihm Thot das Wort abschneiden kann. »Diese Streifung ist das Markenzeichen der Salier, des herrschenden Kaisergeschlechts.«

»Thot, äh, Mercurio, diese vielen Rundbögen hier im Dom erinnern mich an irgendwas, das wir schon gesehen haben«, sagt Martin.

»Denk mal genau nach«, entgegnet Thot, »und ruf dir den Außen-
bau des Langhauses mit seinen Rundbogenfenstern vor Augen.«
»Ich hab's«, ruft Iris, »der Palas Karls des Großen in Aachen!«
»Wollt ich auch grad' sagen«, mault Martin.
»Ihr seid weitgereist für euer Alter«, sagt Eckhard erstaunt.
»Aachen liegt an der Westgrenze des Reichs!«
»Mit dem Aachener Palas«, übertönt ihn Thot, »habt ihr beide
recht. Aber ein anderes Bauwerk ist noch wichtiger: die Basilika in
Trier. Von ihr weiß man auch 1106, dass sie Kaiser Konstantin
diente, der das Christentum entscheidend begünstigte. Deshalb ist
die spätantike Konstantins-Basilika für Heinrich IV. ein Muster
seines Doms, er stellt sich damit in die direkte Nachfolge dieses
allmächtigen römischen Kaisers.«
»Wie wär's«, fragt Martin. »Wollen wir jetzt in die Krypta gehen?
Mein Vater sagt immer, sie ist der kostbarste Teil des Doms.«
»Ihr werdet staunen«, sagt Thot. »Die Krypta ist sozusagen eine
Kirche unter der Kirche, von Ausmaßen, wie sie nicht einmal viele
oberirdische Kirchen reicher Städte aufweisen.«
»Ich würde euch gern vorher noch die Afrakapelle zeigen«, mischt
sich Eckhard ein. »Ich kann es nicht riskieren, in die Krypta zu
gehen. Wenn man mich dort erwischt, bin ich meine Stelle los.
Denn in der Krypta sind die Gräber von Kaiser Konrad, Kaiser
Heinrich III. und ihren Gemahlinnen. Nur Geistliche, Verwandte
und Teilnehmer von Gedenkgottesdiensten dürfen dorthin. Euch
würde ich auch raten, wegzubleiben.«
»Wir werden auf jeden Fall hinuntergehen«, sagt Thot. »Als italienischer Sachverständiger für Baukunst habe ich Sonderrechte.«
Inzwischen sind er und die Zwillinge Eckhard in die Kapelle am
linken Querhaus gefolgt. »Die Afrakapelle ist die schönste und
größte Kapelle unseres Doms. Sie ist gerade fertig geworden«, sagt
er stolz. »Ihr Name erinnert an die heilige Afra, eine Märtyrerin
der Römerzeit. Die Kapelle hat vier Joche, einfacher gesagt: Raum-
abschnitte, die den vier Kreuzgratgewölben entsprechen, die ihr

über euch seht. An den Wandsäulen, auf denen die Hauptbögen der Gewölbe aufsitzen, habe ich mitgearbeitet. An dem Kapitell dort oben hat ein lombardischer Meister die auswärts gebogenen Akanthusblätter gemeißelt, aber die beiden Dämonen, die sich zwischen den Blättern nach vorn recken, sind von mir. Ich habe ihnen Blumenstengel in die Hände gegeben, an denen sie mit ihren spitzen Zähnen knabbern. Von unten sieht es aus, als würden sie eine Trompete blasen.«

»Du wirst bestimmt mal Bildhauer«, sagt Iris.

Eckhard strahlt und setzt sich auf eine umlaufende Steinbank, um zu warten, bis die drei zurück sind.

»Das ist ja eine richtige Halle«, sagt Martin, als sie in der Krypta stehen. »Ziemlich hoch, eigentlich merkt man nur an der Dunkelheit, dass das hier so eine Art Keller ist.«

»Viele Dome und große Kirchen dieses Jahrhunderts werden mit Krypten ausgestattet«, erklärt ihnen Thot. »Das hängt mit den Gräbern von Heiligen zusammen, über die man in frühchristlichen Zeiten Gedenkstätten gebaut hat. Man will ihre Lage nicht verändern und sie für die Gläubigen zugänglich halten. Also baut man unterirdische Kirchen. Inzwischen entstehen, wie hier in Speyer, Krypten auch als Grabstätten.«

»Wir haben vorhin Funde aus den Salier-Sarkophagen im Museum gesehen«, sagt Iris. »Von Heinrich IV. sind die Grabkrone und Reste seiner Gewänder ausgestellt.«

»Und eine Rekonstruktion seines Kopfs, die man mit Hilfe seines Schädels gemacht hat. Sieht ziemlich gruselig aus, diese Glasaugen und künstlichen Haare«, sagt Martin.

»Die Neugier eurer Zeit kennt kaum noch Grenzen«, sagt Thot kopfschüttelnd, »die Pietät eurer Vorfahren war mir lieber.«

»So viel davon gab's bei denen aber auch nicht«, sagt Martin. »Im Museum habe ich vorhin gelesen, dass französische Soldaten die Gräber geplündert haben!«

»Krieg setzt zu allen Zeiten die niedrigsten Instinkte frei«, sagt Thot. »Entscheidend ist, wie sich die Menschen im Frieden verhalten und welche Ideale sie dabei aufstellen … Und viel Idealismus kann ich in diesem Zurschaustellen von Toten nicht erkennen.

Jetzt aber schaut euch lieber noch einmal in der Krypta um: Sie wurde schon 1041, also 40 Jahre vor dem jetzigen Dom, geweiht. 20 Säulen und 8 Pfeiler tragen ihre Kreuzgratgewölbe. Ihre Kapitelle nennt man Würfelkapitelle.«

»Stimmt, sehen aus wie große Spielwürfel, die haben auch abgerundete Ecken«, sagt Martin, froh, dass Thot den düsteren Gedanken nicht weiter folgt.

»Würfelkapitelle«, sagt Thot, »sind ein Kennzeichen der Architektur dieser Epoche, die eure Kunsthistoriker die Romanik nennen werden. Diesen Namen geben sie ihr, weil, wie ihr gesehen habt, das Hauptmotiv der Bauten die Rundbögen sind, die man der römisch-antiken Bauweise abgesehen hat.«

»Der sieht aber verhärmt aus«, sagt Iris und deutet auf eine große rechteckige Grabplatte aus Sandstein. Auf ihr ist im Dreiviertelrelief ein Mann dargestellt. Seine Füße ruhen auf dem Rücken eines Löwen. Er trägt ein knöchellanges Gewand, darüber einen Umhang, der mit kleinen Wappenschilden an seinen Schultern befestigt ist. In der rechten Hand hält er ein Szepter, in der linken eine Kugel. Auf dem Kopf sitzt eine mächtige Krone, die aus schmalen Scheiben, die oben halbrund enden, zusammengesetzt ist. Er hat eine Adlernase, scharfe Falten laufen durch seine eingefallenen Wangen.

»Das ist die Grabplatte Rudolfs von Habsburg«, sagt Thot. »Er wurde zwar nicht vom Papst gekrönt, aber de facto, also in seinem Tun und seiner Macht, war er ein Kaiser. Deshalb trägt seine Darstellung die kaiserliche Krone, das Szepter und den Reichsapfel. Er ist der Stammherr der Habsburger, die bis in euer 20. Jahrhundert hinein regierten; lange Zeit im sogenannten Heiligen Römischen Reich Deutscher Nation und bis 1918 als Kaiser von Österreich.

»Und warum ist er so mager wiedergegeben?«, fragt Iris.

»Weil er mager war – und genau das wollte der Bildhauer festhalten, der ihn kurz nach seinem Tod 1291 darstellte. Ich habe seinen Sarkophag hierher imaginiert, obwohl wir uns erst im Jahr 1106 befinden. Aber ihr solltet das erste naturgetreue Porträt kennenlernen, das nach der Antike entstanden ist.«

»Hat man denn in den Jahrhunderten dazwischen keine Bilder, zum Beispiel von Karl dem Großen, gemacht?«, fragt Iris verwundert.

»Doch«, sagt Thot. »Aber nach dem Untergang des Römischen Reichs wurden nur Idealgestalten dargestellt, also Könige als gekrönte Gestalten, Philosophen als Bartträger und Bettler als zerlumpte Figuren mit Bettelschalen in der Hand.

»Ganz so talentiert scheint der Bildhauer aber nicht gewesen zu sein«, sagt Martin. »Der Kaiser sieht aus, als ob er steht. Dabei soll er doch als Toter gezeigt werden, der im Sarg liegt.«

»Das ist keine Ungeschicklichkeit, sondern Absicht«, sagt Thot. »Mit dem Standmotiv soll ausgedrückt werden, dass Rudolf in seiner Funktion als Kaiser unsterblich ist. Der Mensch stirbt, das Amt bleibt.«

»Hört sich nach dem Denken der Pharaonen an«, sagt Iris.

»Mit dem Unterschied, dass man nun die Sterblichkeit in gewisser Weise akzeptiert hat«, sagt Thot.

Thot und die Zwillinge holen Eckhard in der Afrakapelle ab und gehen mit ihm vor den Dom. Dort herrscht inzwischen lebhaftes Markttreiben, und die kleine Gruppe fällt nicht auf.

»Schaut, wie viele Bögen hier überall gemauert sind«, sagt Thot und zeigt auf die Oberkanten der Domfassade. »Und am Dachansatz laufen Rundbogenfriese sogar um den gesamten Bau.«

Aber Iris und Martin sind abgelenkt. Sie hören Geschrei von der Haupteingangsseite des Doms her. Eine Menschenmenge umringt dort eine fast mannshohe, dicke steinerne Brunnenschale, an der sich eine vermummte Gestalt festklammert. Die Leute, die ihr am nächsten sind, versuchen, sie wegzureißen. Andere schwingen

Knüppel, zwei haben sogar gefährlich aussehende Bratspieße in den Fäusten.

»Dieb, Strolch, Lump«, tönt es von allen Seiten.

»Warum lassen sie ihn nicht endlich in Ruhe?«, stößt Eckhard empört hervor.

»Warum sollten sie, wenn er ein Dieb ist?«, sagt Martin.

»Na, weil er sich am Domnapf festhält«, gibt Eckhard zurück.

»Ja und?«, fragt Martin.

»Der Domnapf«, sagt Thot, »markiert die Grenze zwischen der Stadt und dem Dombereich, der *Immunität*. Ein Verfolgter, der diese Stelle erreicht, ist immun. Er darf nicht mehr belangt werden.«

»Scheint nicht so, als würden die Speyrer sich dran halten«, sagt Iris, der die Gestalt, an der alle brutal herumzerren, leidtut.

Thot drängt sich durch das brüllende Menschengewühl zum Domnapf. Die Zwillinge und Eckhard sehen ihn auf die Leute einreden. Dann teilt sich die Menge. Thot führt die vermummte Person an der Hand. Hinter den beiden läuft ein schimpfender dicker Mann, der eine kleine weiße Ziege an den Hörnern gepackt hält. Gleich darauf wendet er sich ab und wird sofort umringt und mit Fragen bestürmt.

»Kommt mit, schnell, ehe sie sich's anders überlegen«, sagt Thot. Sie hasten hinter den Domchor. Dort zieht Thot dem Geretteten die Decke weg.

»Hermes, wo kommst du denn her?«, ruft Martin und umarmt ihn.

»Merkur, weshalb haben die Leute dich gejagt?«, fragt Iris im selben Moment.

Eckhard steht verwirrt daneben.

»Das ist rasch erzählt«, sagt der junge Gott. »Momentan solltet ihr mich übrigens lieber Hermes nennen … Thot hat mir ja meinen römischen Namen geklaut.«

»Geklaut?«, sagt Thot, »ich habe ihn mir lediglich … geliehen!«

»Egal – auf jeden Fall war dieser Namenstausch der Grund, weshalb ich mich hierher versetzte. Ich landete versehentlich im Hinterhof eines Speyerer Bürgerhauses. Kaum war ich da, kam aus einem Schuppen eine allerliebste kleine weiße Ziege gehopst. So was von zutraulich. Sie ist mir nicht mehr von den Fersen gewichen. Da konnte ich nicht widerstehen und nahm die süße Kleine mit.«

»Er kann's nicht lassen … Apollons Zorn damals bei der Sache mit der Rinderherde ist an ihm abgelaufen wie Wasser an einer Ölhaut«, sagt Thot.

»Wer im Glashaus sitzt, Herr Namensdieb … «, übertönt Hermes die Bemerkung. »Ich nahm also Theophanu – so hab ich sie genannt, hübscher Name, findet ihr nicht? – mit. Aber ich kam nicht weit. Ihr Besitzer rannte zeternd hinter mir her, kaum dass ich auf der Straße war. Den Rest kennt ihr. Besten Dank übrigens, Herr Urahn, dass Ihr mich rausgepaukt habt.«

»Waren wir nicht längst beim Du?«, fragt Thot lächelnd.

»Schön, ich sehe, dass du mir nicht böse bist«, sagt Hermes. »Steht dir übrigens gut, dein Menschengesicht.«

Jetzt kann Eckhard nicht mehr an sich halten.

»Was hat das zu bedeuten?«, fragt er und ist so blass, dass jede seiner unzähligen Sommersprossen wie eintätowiert aussieht.

»Lass es mich so sagen, mein Junge«, antwortet Thot, »du bist Zeuge des Wiedersehens alter Freunde, die sich länger nicht gesehen haben.«

»Eigentlich könnte man auch sagen«, fällt Iris ein und kichert, »die sich vor Jahrhunderten das letzte Mal gesehen haben.«

Ehe Eckhard, der nun völlig entgeistert wirkt, weiterfragen kann, hört man eine strenge Männerstimme rufen: »Eduardo, verflixte, wir warte!«

»Das ist mein Meister!«, sagt Eckhard. Dann schielt er halb verlegen, halb stolz zu Iris hinüber und sagt »Er nennt mich Eduardo, wie seinen Bruder in Italien … Ich muss gehen. Aber in meiner Mittagspause komm ich wieder. Ihr habt mir einiges zu erklären.«

»Schon gut, beeil dich, sonst setzt es noch Hiebe von deinem Meister«, sagt Thot.

»Was, sind die verrückt hier?«, ruft Iris.

»In diesen Zeiten sind die Erwachsenen nicht zimperlich mit Kindern und Halbwüchsigen«, sagt Thot. »Geschlagen wird oft, und Kinderarbeit ist an der Tagesordnung. Auf dem Bau geht es noch rauer zu; statt Ratschlägen gibt's Faustschläge.«

»Ich würde mir das auf keinen Fall gefallen lassen«, sagt Martin.

»Höchstwahrscheinlich hättest du keine andere Wahl«, antwortet ihm Thot.

»Wie wär's«, sagt Hermes, »mit einem kleinen Besuch auf der Zwerggalerie?«

»Nix wie rauf«, ruft Martin freudig. »Dort oben hat man bestimmt ein Gefühl wie beim Freeclimbing.«

Sie steigen in einem Treppenturm nach oben. Hermes, der keine Flügelschuhe trägt, steigt geduldig mit. Thot redet die ganze Zeit über, kommt aber nicht im Geringsten aus der Puste.

So erfahren die Zwillinge, dass die Wände des Doms bis zu sechs Metern stark sind und dass viele ihrer antik aussehenden Verzierungen denen einer gigantischen Klosterkirche in Frankreich nachgeahmt wurden. Cluny, das Kloster, zu dem sie gehört, war eines der wichtigsten Verwaltungszentren Europas. Auf die erstaunte Frage Martins, der sich Klöster als weltabgeschiedene Orte des Gebets und der Meditation vorgestellt hat, erklärt ihnen Thot, dass Klöster im Mittelalter die Vermittler aller Kenntnisse der Wissenschaften und Künste des Abendlands waren, die dort gesammelt, aufbewahrt und weitergegeben wurden.

»Und warum heißt das Ganze Zwerggalerie?«, fragt Iris kurzatmig. Ihre Waden schmerzen vom Treppensteigen.

»Weil die Galerie von unten gesehen winzig aussieht, wie eine halbierte Rundkirche für Zwerge«, sagt Thot. »Aber warte, bis wir oben sind. Du wirst staunen.«

»Warum bist du nicht einfach weggeflogen, als der Besitzer der Ziege hinter dir her war?«, fragt Martin, der neben Hermes läuft, der ihm seit Rom und Pompeji wie ein älterer Freund erscheint.

»Ach, weiß auch nicht«, sagt Hermes und wirkt etwas verschämt. »Wahrscheinlich bin ich etwas aus der Übung. Außerdem gewöhne ich mich nicht ganz so schnell wie Thot an andere Zeitalter – und ich bin durch meine griechische Herkunft menschenähnlicher als er. Bei dem Dicken fand ich's einfach noch spaßig, mit Theophanu davonzuflitzen … Aber die Speyerer mit ihren Knüppeln haben mich … ähem … für einen Moment in Panik versetzt … Was aber nicht heißen soll, dass ich sie zuletzt nicht doch an der Nase herumgeführt hätte!«

»Glaub ich dir aufs Wort«, sagt Martin und stupst ihn grinsend in die Seite.

Als die vier durch einen niedrigen Rundbogen auf die Zwerggalerie treten, bleibt Martin abrupt stehen. Dass sie in so einer enormen Höhe ankommen würden, hat er nicht gedacht. Iris betrachtet sprachlos die hohen Bögen, die den Umgang begrenzen. Was vom Domplatz aus wie ein Spielzeug wirkte, ist nun überwältigend groß.

»Gesamthöhe 2,90 Meter«, sagt Hermes, der sich geschickt wie ein Seiltänzer am offenen Außenrand der Galerie bewegt. »Fast so hoch wie die Zimmer in euren teuersten Altbauwohnungen. Ihr bleibt besser an der Innenseite, das magere Geländer würde euch im Ernstfall nicht halten.«

Gut, dass ich schwindelfrei bin, denkt Martin und betrachtet den schmalen Metallsteg, der in Brusthöhe als einziger Schutz von Säule zu Säule läuft.

»Man hat mal wieder an der falschen Stelle am Material gespart«, sagt Thot stirnrunzelnd. Noch während er spricht, rast ihm plötzlich ein kleines kreischendes Wesen zwischen den Beinen hindurch. Über ihm liegt der Schatten eines – Falken.

»Hilfe, Alarm, Mörderattacke, schändlicher Überfall … Weg, du Biest!«, schreit das Wuselding.

Martin erkennt lange, wehende Kraushaare, eine Knubbelnase und einen dicken Hängebauch, der die sausenden Beinchen stark behindert. Iris dagegen starrt wie gebannt nach oben, wo Hajo darauf lauert, durch eine Lücke zwischen den Säulen nach unten zu stoßen.

»Dieser naseweise kleine Giftzwerg«, zischt Thot im selben Moment. »Bes, wer hat dir erlaubt, Ägypten zu verlassen?«, ruft er zornig.

Doch seine Stimme wird übertönt vom Schreckensschrei, den Hermes ausstößt. Iris, die nur auf Hajo geachtet hat, ist über den Zwerg gestolpert und droht in die Tiefe zu stürzen.

»Nein«, gellt eine kräftige Jungenstimme. Es ist Eckhard, der sich von der Baustelle weggeschlichen hat, als er seine neuen Bekannten nach oben steigen sah. Er springt nach vorn und versucht Iris zurückzureißen. Kaum haben seine Hände sie gepackt, tritt wieder der Kaleidoskop-Effekt ein. Alles wirbelt durcheinander und verblasst. Mit einem letzten Blick sehen Iris und Martin, wie Thot Eckhard auffängt und Hermes, jetzt wieder geflügelt, dem Zwerg nachstürzt, der zappelnd auf die Dächer Speyers zusaust.

Einen Augenblick später stehen Iris und Martin auf der Brücke, an der sie am Vormittag mit ihren Eltern waren.

»Uff, an diese plötzlichen Wechsel werd ich mich nie gewöhnen«, sagt Martin. »Alles okay mit dir, Iris?«

»Fit wie ein Turnschuh«, sagt sie. »Ich glaube, für Hajo ist diese ganze Jagd inzwischen ein Spiel. Ob er den Zwerg wirklich gekrallt hätte?«

»Eher nicht«, antwortet Martin. »Und wenn, hätte er ihn nicht halten können. Der Kleine hatte einen ziemlichen Wanst.«

»Thot hat ihn Bes genannt«, sagt Iris.

»Keine Ahnung, wer das sein soll. Aber wir fragen ihn beim nächsten Mal«, sagt Martin. »Lass uns zurück zum Biergarten gehen … Wieso sind wir eigentlich in Speyer und nicht beim Apfelbaum gelandet?«

»Wenn es nicht so blöd klingen würde«, sagt Iris, »würde ich sagen: weil ich mich auf Speyer konzentriert habe.«

Martin schaut sie fragend an.

»Na ja, als das Gewirbel losging, dachte ich sofort: bloß nicht nach Frankfurt, sonst kommen die Zeiten durcheinander!«

»Kommen sie doch sowieso!«, sagt Martin.

»Ja, aber nie in unserer Gegenwart«, antwortet Iris zögernd. »In der können wir uns nicht mal von Frankfurt nach Sachsenhausen versetzen.«

»Ich blick so wenig durch wie beim ersten Zeitsprung«, sagt Martin. »Ist mir momentan auch egal – ich hab Hunger. Komm, du … Magierin!«

Als die beiden den Retscher erreichen, sehen sie ihre Eltern heftig gestikulierend miteinander reden. Aber als sie Iris und Martin bemerken, brechen sie die Unterhaltung sofort ab.

»Da seid ihr ja. Das war aber ein extrem langer Stadtbummel«, sagt Sandra. »Es wird bald dunkel.«

»Echt? Haben wir gar nicht gemerkt«, sagt Martin.

»Wie kann man denn so etwas nicht merken?«, sagt Ingo ärgerlich. »Ihr wart fast drei Stunden unterwegs.«

»Ingo, bitte!«, fällt ihm Sandra ins Wort. »Die zwei sind bald 14. Außerdem sind sie für ihr Alter sehr selbständig … Was nicht zuletzt etwas damit zu tun hat, dass du nicht gerade häufig zu Hause bist.«

»Nicht schon wieder! Mit dem Thema waren wir doch eben durch!«

»Wenn du meinst«, gibt Sandra ziemlich heftig zurück. Plötzlich schaut sie auf Iris' rechte Hand. »Was ist denn das für eine Blume?«

»Die … äh … habe ich auf der Straße gefunden«, antwortet Iris. Ihr war gar nicht bewusst gewesen, dass sie Thots Lotosblüte nicht aus der Hand gegeben hat. Jetzt erst merkt sie, wie stark die Blume duftet. Ihr süß-herber Geruch füllt sogar den Biergarten.

»Komisches Gewächs. So etwas habe ich noch nie gesehen«, sagt Sandra. »Sieht aber wunderschön aus. Lass dir ein großes Glas bringen, damit sie nicht verwelkt.«

Anschließend greifen Iris und Martin zur Speisekarte, und als ihre Spaghetti vor ihnen stehen, scheint der Ärger zwischen den Eltern vergessen. Sandra probiert von Ingos Saumagen, einem Pfälzer Nationalgericht, das sie wegen des Namens abgelehnt hatte. Jetzt ärgert sie sich fast, es nicht bestellt zu haben, denn die Kastanien der Füllung schmecken ihr ausgezeichnet. Ingo lobt die mit Mandeln gebratene Forelle, die auf Sandras Teller liegt.

Die wäre auch was für Thot gewesen, denkt Iris. Sie hätte ihm als Ibis genauso geschmeckt wie als Mensch.

Als die Zwillinge im Auto sitzen, schauen sie durch die Rückscheibe noch einmal zum Dom. Im Licht der untergegangenen Sonne steht er wie ein schwarzer Scherenschnitt vor dem dunkelroten Himmel. Es sieht aus, als würde an einem der Türme ein Vogel, ein Falke vielleicht, zwischen die Säulen der Zwerggalerie schlüpfen.

◇◇◇ 11. Castel del Monte
oder Eine Unterhaltung mit dem Kaiser ◇◇◇◇◇◇

Iris und Martin fühlen sich heute ausgesprochen wohl. Gestern waren ihre Eltern noch in eine Bar gegangen, um zu zweit den Rest des Abends zu verbringen. So hatte Martin in aller Ruhe den Lederhandschuh, einige Lederkappen und Köder für Hajo in seinen

Rucksack packen können. Er hatte sich fest vorgenommen, ihn von jetzt an immer mitzunehmen. Iris hatte ihre Andenken auf dem Regalbrett geordnet und eine Vase mit Thots Lotos dazugestellt. Mit ihrem Duft, der das ganze Zimmer erfüllte und der Gewissheit, dass ihre Eltern sich versöhnt haben, war sie eingeschlafen.

Am nächsten Morgen hatte Ingo sich noch Zeit genommen, mit ihnen zu frühstücken. Danach war er zum Flughafen gefahren, und die Zwillinge hatten sich auf den Weg zum Apfelbaum gemacht. Kaum angekommen, war schon die Anziehungskraft des Zeitsprungs spürbar gewesen.

Und nun stehen sie hier. Über ihnen wölbt sich ein tiefblauer wolkenloser Himmel, ringsum breiten sich sanfte Hügel bis zum Horizont. Auf ihnen wachsen dichtgedrängt Pinien, Zypressen und Lorbeerbüsche, unterbrochen von abgezirkelten Kornfeldern, die sich im Wind wiegen. Das Auffallendste aber sind Olivenbäume, die in regelmäßigen endlosen Reihen viele Hügelhänge überziehen. Wenn eine Brise ihre Blätter bewegt, sieht es aus, als würden wechselnd hellgrüne und silberne Schleier über der Landschaft wehen. Dazu glitzern und flirren hell gepflasterte, schmale Straßen, die sich wie diamantbesetzte Bänder am Saum der Hügel schlängeln. Im gleißenden Sonnenlicht sieht alles aus, als würde man es durch einen Kristall betrachten.

»Apulien«, sagt Thot, »ist nicht nur eine der schönsten Gegenden Süditaliens, sondern ganz Europas. Aber ihr hättet es sehen sollen, ehe die Römer hier die Wälder für die Galeeren ihrer Flotten abgeholzt haben – ein Paradies, um es in einem christlichen Begriff auszudrücken.«

»Wälder? Kann man sich gar nicht vorstellen«, sagt Martin. »Sieht aus, als sei es schon immer so gewesen.«

»Die Welt ändert sich ständig durch die Eingriffe der Menschen«, sagt Thot. »Aber sie merken immer zu spät, was sie angerichtet haben.

Doch an so einem schönen Tag will ich euch nicht die Laune verderben! Ich habe uns vor ein ganz besonderes Bauwerk versetzt. Es gibt noch heute euren Kunsthistorikern Rätsel auf.«

»Wieso?«, fragt Martin und wendet sich dem riesigen steinernen Achteck zu, das auf einem sacht gewölbten Hügelrücken vor ihnen aufragt. »Sieht man doch sofort, dass das hier eine Burg ist.«

»Treffer«, sagt Thot. »Es heißt Castel del Monte und dient seit 1240 als Jagd- und Lustschloss des Kaisers Friedrich II. Nebenbei bemerkt: Es müsste mit dem Teufel zugehen, wenn wir hier nicht Hajo finden würden.«

»Warum das denn?«, fragt Iris.

»Friedrich II. ist ein leidenschaftlicher Falkner«, sagt Thot. »Wo er ist, sind auch Falken. Also: Auf geht's!«

»Erst möchte ich noch wissen, was auf der Zwerggalerie passiert ist«, sagt Iris. »Vor allem: Wer ist Bes, und was hatte er auf dem Speyerer Dom zu suchen?«

Thot seufzt. »Bes ist … ein altägyptischer Gott, na, sagen wir: ein Gottchen. Auf alle Fälle ein sehr untergeordneter Gott, ein kleiner Dämon, der sich aus Babylon und Ninive zu uns geschlichen hat.«

»Eigentlich hat Ägypten doch mehr als genug Götter«, sagt Martin.

»Aber wir erschienen den Ägyptern oft zu unnahbar«, sagt Thot. »Deshalb haben sie sich diesen Irrwisch angeschafft. Sie lieben ihn sehr. Wie kaum anders zu erwarten, ist Bes der Patron aller Tänzer, Musikanten und Spaßmacher. Aber er ist auch zuständig dafür, böse Geister von ihren Häusern fernzuhalten. Zusätzlich errang er die Würde, neben der großen Isis ein Helfer der Schwangeren und Gebärenden und der Beschützer der kleinen Kinder zu sein. Einige Pharaonengeschlechter verehrten Bes sogar als Schutzgott des Horuskinds, also des Thronfolgers.«

»Und wie kam er nach Speyer?«, fragt Iris.

»Auch Bes langweilt sich bei seinem Schattendasein in den Vitrinen ägyptischer Museen oft zu Tode. Hajos Erscheinen in Alt-Ägypten hat ihn angelockt. Und da Bes als einstiger Patron der Kronprinzen – ihr erinnert euch: die Horusknaben – über gute Kontakte zum Falkengott verfügt, konnte er Hajo ausfindig machen und aushorchen. Sofort hat er sich eingeredet, ihr wärt Kinder, die er schützen müsse. Als dann noch im Speyerer Dom von Zwergen die Rede war, war er nicht mehr zu halten. Er ist Hajo heimlich gefolgt. Als der in Speyer merkte, dass Bes ihn ausspioniert hatte, wurde er wütend. Um ein Haar hätte er ihn von der Zwerggalerie gestürzt. Merkur hat den Schleicher gerettet.«

»Gerettet?«, fragt Iris erstaunt, »einen Gott?«

»Wie ich schon sagte«, gibt Thot zurück, »Bes ist eine Art Neben- oder Untergott. Als solcher ist er zwar unsterblich, aber alles andere als unverwundbar. Ich hätte seine Beulen wochenlang pflegen müssen. Er kann wegen seiner Dickleibigkeit nur mühsam und für kurze Zeit fliegen. Dass er es überhaupt bis Speyer geschafft hatte, ist schon ein Wunder.«

»Wäre nicht alles so schnell gegangen, hätte ich ihn ganz putzig gefunden«, sagt Iris.

»Putzig. Das ist es ja … Bes ist manchmal schon niedlich, aber er bringt alles durcheinander. Mal benimmt er sich wie ein lebendes Spielzeug, dann wieder wie ein weiser alter Mann und im nächsten Moment wie ein tückischer Kobold. Und wenn er wütend ist, kann er zum Löwen werden. Na ja, eher zum löwenmähnigen Kater«, sagt Thot. »Wie auch immer – hier würde er enorm stören.«

»Klingt, als würdest du mit ihm rechnen«, sagt Martin.

»Warten wir's ab. Wenn Bes sich etwas in den Kopf gesetzt hat, lässt er nicht locker … Kommt, wir gehen jetzt erst mal um den Bau herum. Wir werden unter uns sein, denn momentan hält der Kaiser Gericht in Capua. Falls die Besatzung doch aufmerksam werden sollte, braucht ihr nichts zu fürchten: Ich habe mich nach Sarazenenart gekleidet – und in der Leibwache Friedrichs II. gibt es viele Sarazenen.«

Die Zwillinge mustern Thot genauer. Er hat, wie in Aachen, einen Turban auf. Dazu trägt er weite Pluderhosen, einen Umhang mit hohem Kragen und spitz geschnittene weiche Lederstiefel. Sein Gürtel, in dem ein kurzes Schwert steckt, das Davids Aachener Dolch gleicht, ist mit Halbedelsteinen besetzt. Unter dem Turban aber schaut sie wieder einmal der Ibis an.

Iris muss kichern. Der Gegensatz zwischen Thots prächtiger orientalischer Kleidung und seinem Vogelkopf erinnert sie plötzlich an Wilhelm Hauffs Märchen vom Kalif Storch.

Thot stutzt. »Ich mach mich doch nicht zum Affen, äh Storch«, sagt er dann, wirft einen halb beleidigten, halb belustigten Blick auf Iris und schließt die Vogelaugen. Im Nu kommt sein Menschengesicht zum Vorschein. »So viel zu deinen Märchenfantasien, du … Gans«, grinst er der verblüfften Iris zu.

»War doch nur so ein Einfall«, sagt sie. »Eigentlich finde ich deinen Ibiskopf ja ganz beeindruckend … Aber so bist du … vertrauter.«

»Hm«, sagt Thot nachdenklich. »Ich werd's mir merken.« Er wirkt irritiert.

»Also auf jeden Fall passt der Turban besser zu deinem Männer- als zu deinem Vogelgesicht«, sagt Martin. »Und mit dem Schwert siehst du richtig kühn aus! … Was sind eigentlich Sarazenen?«

»Araber, die seit der Spätantike als besonders tapfere, aber auch blutrünstige Krieger bekannt sind«, sagt Thot. »Nach dem Zusammenbruch des Römischen Reichs haben sie als Piraten zeitweise das ganze Mittelmeer beherrscht. Auch zu Beginn der Herrschaft von Friedrich II., der sie aber im Jahr 1221 unter Kontrolle brachte. Er hat sie zwar besiegt, schätzt aber ihre Fähigkeiten sehr. Hier in Apulien sind auf seinen Befehl sogar einige kleine Städte mit Moscheen für die Sarazenen gebaut worden. Und für die Juden solche mit Synagogen. Im Gegenzug haben ihm einige der besten arabischen Architekten auf Sizilien wunderbare Kirchen gebaut. Durch dieses Miteinander der Kulturen sind Friedrichs Beamte und sein Hofstaat inzwischen das reinste Völkergemisch – Deutsche, Italiener, Sizilianer, Franzosen, Normannen, Israeliten und

Araber. Nur Engländer nicht, denn die sind mit seinen Feinden verbündet.«

»Hieß es in Aachen nicht, das Morgen- und das Abendland seien sich spinnefeind?«, fragt Martin.

»Nicht bei Friedrich II.«, sagt Thot. »Das liegt an seiner Kindheit. Er ist in Palermo auf Sizilien aufgewachsen. Die Insel war schon immer so etwas wie ein Vielvölkerstaat und Palermo das, was ihr einen Schmelztiegel nennt. Nach dem Untergang des Römischen Reichs ist die Insel zeitweise arabisches Territorium gewesen, dann normannisch, kurz darauf französisch. Deshalb spricht der Kaiser auch fließend Arabisch, Italienisch, Provenzalisch, Latein, Griechisch und Hebräisch. Deutsch kann er auch, aber das hat er zuletzt gelernt ... Seit der Antike gab es keinen Menschen mehr, der derart viele Kulturen kennt und respektiert«, fährt Thot fort. »Das ist auch seinem Schloss anzusehen.«

»Mit Dach oder einer Kuppel«, sagt Iris, »könnte es genauso gut eine Kirche sein – wie die Hagia Sophia.«

»Dann schon eher wie das Pantheon«, sagt Martin. »Aber wenn ich mir die achteckige Großform ansehe und dazu die achteckigen Türme an allen Kanten, erinnert Castel del Monte auch an die Palastkapelle in Aachen.«

»Oder an den achteckigen Felsendom in Jerusalem, von dem Isaak gestern erzählt hat«, sagt Iris.

»Seht ihr, was ich meine?«, fragt Thot. »Diese Architektur vereint ein Dutzend Stile und Vorbilder in sich. Übrigens: Man merkt, dass ihr schon ziemlich viele Bauten gesehen habt.

Jetzt aber zu den Fakten: Das Oktogon ist 25 Meter hoch, die Türme sind einen Meter höher. Das Baumaterial ist ein heller Kalkstein mit mineralischen Einsprengseln. Deshalb funkelt Castel del Monte mit seinen regelmäßigen Winkeln im Licht wie ein geschliffener Diamant.

Dabei geht es nicht nur um Schönheit: Eure Forscher werden herausfinden, dass die Geometrie des Gebäudes auch die astronomischen Kenntnisse des Kaisers und seiner Gelehrten ausdrückt. Und weil das Achteck aus einem Kreis und einem Quadrat konstruiert ist, spielt zusätzlich christliche Symbolik mit: Der Kreis ist für Christen das Symbol des Jenseits und das Quadrat das des Diesseits; zusammen ergibt das die Auferstehung.«

»Passt aber besser zu einer Kirche. Zum Aachener Münster beispielsweise«, sagt Iris. »Dort hat Caspar uns ja auch von dieser Symbolik erzählt.«

»Die Kaiser der Spätantike und die des Mittelalters, das dürfte euch in Konstantinopel, Aachen und Speyer klar geworden sein«, sagt Thot, »erklärten ihre Macht immer als von eurem Gott gegeben. Deshalb repräsentierten sie sich in Kirchenbauten. Das wirkt aber auch zurück auf ihre weltlichen Bauwerke ... Wo wir gerade dabei sind: Von weitem sieht Castel del Monte aus wie eine gigantische Kaiserkrone. Die ist nämlich auch achteckig.«

»Thot«, sagt Martin und runzelt unbewusst die Stirn, »ist das jetzt nicht ein bisschen zu viel Symbolik? Ein Jagdschloss ist schließlich in erster Linie ein Jagdschloss. Klar, ein Kaiser lässt es besonders kostbar ausschmücken. Aber bei dir klingt es, als wäre jeder Stein hier bis zum Gehtnichtmehr mit Bedeutung aufgeladen.«

»Das ist auch so. In Castel del Monte verkehren Gesandte aus allen Ländern«, entgegnet Thot. »Ihnen soll das Bauwerk sagen, was der Kaiser aus diplomatischen Gründen oft nicht offen aussprechen kann.«

»Dazu müssten sie aber die Architektur lesen können wie ein Buch«, sagt Martin.

»Tun sie«, sagt Thot. »Alle Epochen vor der euren mussten ohne Kommunikationstechniken wie Zeitungen, Fernsehen und Internet auskommen. Erzählungen und Bilder – also auch die Bildhaftigkeit von Bauwerken – hatten deshalb eine zentrale Bedeutung. Lesen konnte nur die Elite. ›Pictura est biblia pauperorum‹, auf Deutsch: Bilder sind die Bibel der Armen, hat ein christlicher Gelehrter des Mittelalters einmal gesagt.«

»Die Armen? Na, die werden ja nicht gerade in Scharen als Besucher durch Castel del Monte gehen«, sagt Iris.

»Auch die Reichen und Gebildeten brauchten und schätzten Abbilder – Statuen, Gemälde und Bauwerke«, sagt Thot. »Ob im Alten Ägypten oder im Mittelalter und sogar noch in eurer Neuzeit: Der Malerei, Bildhauerei und Baukunst kam eine magische Wirkung zu, fast so etwas wie eine höhere Wahrheit. Alle Menschen, die Reichen genauso wie die Armen, saugten sie förmlich in sich auf. Deshalb sahen sie mehr und schärfer als ihr, die ihr in Bilderfluten ertrinkt.«

»Allmählich verstehe ich, was du meinst«, sagt Iris. »Was wohl die Bewohner von Aachen über Karl den Großen dachten, wenn sie aus ihren Holzhütten in das Münster kamen? Oder die besiegten Sachsenfürsten, wenn sie statt den Blockhäusern in ihren Wäldern plötzlich die Säulengänge der Pfalz vor sich sahen? Ihnen muss der Kaiser als eine Art Halbgott erschienen sein. Und wenn die Gesandten aus Bagdad oder Konstantinopel Aachen betrachtet haben, waren sie bestimmt schnell überzeugt, dass Karl der Große ihren Herrschern ebenbürtig ist.«

»Und damit ist es höchste Zeit, dass wir uns das Castel del Monte von innen ansehen«, sagt Martin.

»Find ich auch«, sagt Iris und blinzelt Thot zu: »Nichts wie rein … du Sarazene!«

»Genau«, ergänzt Martin grinsend, »entere das kaiserliche Schiff.«

Thot schmunzelt. Er wirft sich in die Schultern und stemmt die Fäuste auf seinen Gürtel. »Piratig, was?« Dann geht er mit weit ausgreifenden Schritten wie ein Eroberer auf das Schloss zu.

Wie Papa, wenn er sich besonders wohl fühlt, denkt Iris. Oder wenn er und Mama in die Disco gehen, von der er sagt, sie wären eigentlich zu alt für sie.

»Auch der Innenbau ist vollkommen dem Achteck untergeordnet«, sagt Thot, als sie die Eingangsseite des Schlosses erreicht haben. »Deswegen sind alle Räume trapezförmig. Ihre Aufteilung zwingt die Bewohner zu großen Umwegen. Manchmal müssen sie zweimal treppauf, treppab steigen und mehrmals den Innenhof überqueren. Das gilt besonders für den Weg zum Thronsaal. Deshalb vermuten einige eurer Bauhistoriker, Friedrich II. habe aus Angst vor Attentätern diese komplizierte Struktur angeordnet.«

»Was du bisher von ihm erzählt hast, klang aber nicht gerade nach einem ängstlichen Mann«, sagt Iris.

»In Zeiten so skrupelloser Machtpolitik, wie sie Friedrich II. erlebt«, entgegnet Thot, »muss man kein Feigling sein, um jede erdenkliche Vorsichtsmaßnahme zu treffen.«

»Wen muss er denn fürchten?«, fragt Martin.

»Frag lieber, wen nicht«, erwidert Thot. »Der Adel Siziliens und Apuliens hasst ihn, weil er dessen Vorrechte zurückgedrängt hat. Das Gleiche gilt für die deutschen Fürsten. Dazu kommt die Wut der oberitalienischen Städte, deren Rechte er einschränkt. Gegen Ende seiner Regierung wird ihn fast das ganze Reich verabscheuen, vor allem aber der Papst, der den Kaiser sogar exkommuniziert und als den teuflischen Antichrist verdammt.«

»Aber hat er nicht einen Kreuzzug durchgeführt?«, sagt Martin. »Da hätte ihn die Kirche doch feiern müssen.«

»Kreuzzug schon«, antwortet Thot. »Aber er verhandelte mit dem zuständigen Sultan von Kairo, statt zu kämpfen. So erreichte er, dass Jerusalem und andere heilige Stätten wie Bethlehem und Nazareth an die Christen zurückfielen – und er Herrscher des neuen Königreichs Jerusalem wurde. Das rettete zwar Tausenden Arabern und Juden das Leben, aber der Papst und die christlichen Fürsten wünschten ihm dafür die Pest an den Hals.

Ganz gleich, ob Friedrich II. aus lauteren oder unlauteren Gründen handelte: Wenn ihr mich fragt, ist er in Vielem ein Vorbild auch für eure Epoche. Er hat beispielsweise in Neapel 1224 die erste

Universität Europas nach der Antike gegründet, die es noch in eurer Zeit gibt. Zwei Jahre später ließ er in Salerno eine Universität für Mediziner und Apotheker einrichten.

»Gefällt dir als Heiler doch bestimmt ganz besonders«, sagt Martin.

»Tut es auch«, erwidert Thot. »Und deshalb freue ich mich über den Namen *das Staunen der Welt*, den ihm seine Anhänger gegeben haben.«

»Ich glaube, so wird er auch noch im 21. Jahrhundert genannt«, sagt Iris.

Gleich darauf stehen die drei vor dem Hauptportal. Zwei breite seitliche Treppen führen zu ihm hinauf, die Mitte beherrscht ein mächtiges Podest, das wie ein Altar wirkt.

»Sieht fast aus wie der Altarraum im Speyerer Dom«, sagt Martin.

»So soll dieser Aufbau aus dem kostbaren *Breccia rossa*, auf Deutsch: roter Stein, auch wirken«, sagt Thot. »Er erhöht den Kaiser, wenn er hier steht, zum Halbgott.«

»Und das Portal«, sagt Iris, »rahmt ihn dann wie eine edle Altarnische ein.«

»Nur das steinerne Rechteck«, sagt Martin, »das sich quer über dem dreieckigen Portalsgiebel ausbreitet, passt nicht richtig dazu.«

»Das ist eine arabische Zutat«, sagt Thot, »genauso wie die Portalöffnung zwischen den beiden Halbpfeilern. Der breite Spitzbogen, in dem sie endet, ist eine Erfindung der arabischen Architekten; eure Kunsthistoriker werden ihn maurischen Bogen nennen.«

»Aber Spitzbögen sind doch das Merkmal der gotischen Architektur«, widerspricht Iris. »Das weiß ich ganz genau. Ich musste nämlich im Kunstunterricht stundenlang Spitzbögen und Maßwerk zeichnen.«

»Beides ist richtig«, sagt Thot. »Der Spitzbogen ist ursprünglich arabisch, wurde aber von den Kreuzrittern nach Europa importiert, wo ihn die Baumeister schlanker geformt haben als im Morgenland.

Spitzbogenfenster mit Maßwerk gibt es zur Zeit Friedrichs II. an den französischen Kathedralen und an den ersten gotischen Kirchen Deutschlands. Sie gelten dort inzwischen als typisch christliche Neuerung. Deshalb hat Friedrich II. sie als neueste abendländische Gütesiegel in Castel del Monte eingesetzt.

Die steinernen Portal-Löwen unter den Halbpfeilern, die man übrigens Pilaster nennt, sind dagegen ausgesprochen altertümlich: Vor etwa 100 Jahren wurden Kirchenportale in Oberitalien und Deutschland mit ihnen geschmückt. Sie waren ein kaiserliches Hoheitszeichen. Hier in Castel del Monte stehen sie für die traditionelle uralte Würde des Kaisertums.«

»Trotzdem«, sagt Martin »ist der erste Eindruck der, vor einem Triumphbogen zu stehen … Erinnert an Karl den Großen, der hat doch auch die Antike nachbauen lassen.«

»Friedrich II. hat ihn darin sogar übertroffen«, sagt Thot. »Auf dem Brückentor von Capua in Süditalien wurde eine Statue aufgestellt, die ihn als römischen Imperator zeigt. Sie wirkt so antik, dass die Gelehrten eures 19. Jahrhunderts sie für ein Bildnis Caesars halten werden.«

Endlich sind die drei im Inneren des Palastes. »Castel del Monte ist absolut luxuriös«, sagt Thot, während sie die Wendeltreppe eines der Türme hinaufsteigen. »Der Kaiser hat Bäder einbauen lassen, so raffiniert wie die römischen Thermen. Und die Zimmer, es sind natürlich jeweils acht in den beiden Stockwerken, sind für diese Zeit außergewöhnlich hell und gut belüftet.«

Iris schaut nach oben in das Turmgewölbe, dessen Rippen auf kleinen Konsolen enden, die als Köpfe gemeißelt sind. Bei ihrem Anblick fällt ihr Eckhard ein.

»Kommt der Junge heute nicht?«, fragt sie Thot.

»Diesmal bleiben wir zu dritt«, antwortet Thot. »Hier in Castel del Monte waren nur geschickte Maurer und Steinmetze tätig, die das Konzept der Gelehrten nichtswissend in Architektur umsetzten. Der Junge könnte euch also keine Auskunft geben.«

»Schade«, sagt Martin, »irgendwie war mir immer wohler mit einem Gleichaltrigen.«

»Ziemlich unhöflich, mir so direkt zu sagen, dass ihr euch mit mir unwohl fühlt«, sagt Thot und bleibt stehen.

»Das meinte ich doch gar nicht«, protestiert Martin. Er ist rot geworden. »Wir freuen uns jedes Mal auf dich, das musst du doch wissen. Aber wenn der Junge da ist, bin ich … unbefangener. Der Unterschied zwischen ihm und dir ist so wie der, wenn man mit einem Erwachsenen oder mit einem Gleichaltrigen Fußball spielt.«

»Aha«, sagt Thot zerstreut. Er macht keine Anstalten, weiterzugehen. »Seltsam, was die Treffen mit euch aus mir machen«, sagt er vor sich hin. »Anfangs habe ich mich wie ein verknöcherter alter Narr dauernd bemüht, euch mein Wissen und Können zu beweisen … Und nun laufe ich oft schon stundenlang wie ein Mensch herum … In gewisser Weise verzaubert ihr mich genauso wie ich euch … dabei würde mir ein Fingerschnipsen genügen …«

Iris und Martin sehen sich beklommen an. Ob Thot sie jetzt zurückschicken wird?

»3500 Jahre gelebt und nichts dazugelernt. Damals, als Tutanchamun mit neun Jahren schon Pharao wurde, war ich auch immer verletzt, wenn der Kleine mal lieber zur Falkenjagd wollte, als mit mir über Staatsangelegenheiten zu reden. Deshalb habe ich mich öfter zurückgezogen, obwohl es so viel Spaß gemacht hat, mit ihm durch die Wüste zu rasen … So war ich dann im entscheidenden Moment, als die Deichsel seines Jagdwagens brach, nicht zur Stelle. Ich habe danach alles getan, um seinen Leibärzten zu helfen. Aber die abergläubischen Narren haben meinen Rat in ihrer Hysterie überhört … und Tut musste mit 18 Jahren sterben … Ich konnte nur ohnmächtig zusehen … wie ein ganz gewöhnlicher Mensch.«

»Thot«, sagt Iris leise. »Wenn du so redest, wirst du mir unheimlich. Als ob du wirklich der wärst, an den dein Name im Deutschen erinnert – der Tod.«

Thot schaut sie erschrocken an: »Um Himmels willen, Kind. Daran habe ich nicht gedacht. Ich bin der Gott des Schlafs und der Träume, bin ein Heiler und tröste und geleite sogar die Sterbenden. Aber ich bin doch nicht der Sensenmann! Im Gegenteil. Ich will euch zeigen, wie herrlich es ist, zu leben und welche wunderbaren Dinge ihr Menschen zu schaffen imstande seid.«

Thots Miene hellt sich nun auf. »Sofort Schluss mit den trüben Gedanken – und erwachsenen Eitelkeiten. Es gibt noch so viel für euch zu sehen – und für mich auch. Kommt!«

Iris und Martin fällt ein Stein vom Herzen.

»Hier ist der Thronsaal«, sagt Thot gleich darauf feierlich und führt sie in einen großen trapezförmigen Raum.

Die Steinwände sind sorgfältig gefugt, die Oberfläche der Quader flimmert besonders kostbar. In einer breiten spitzbogigen Fensternische führen Stufen auf einen steinernen Sitz mit seidenen Purpurpolstern. Den Wänden entströmt der frische Duft von Sandelholz, kunstvoll verschlungene hölzerne Fenstergitter filtern das eindringende Licht, das bizarre ornamentale Schatten auf den gefliesten Boden und seine leuchtend bunten Wollteppiche wirft.

Während die Zwillinge sich noch umschauen, tritt plötzlich eine Gestalt aus dem Schatten des Nebenraums. Es ist ein bärtiger Mann, kaum größer als Iris und Martin, aber von kräftiger Statur. Seine merkwürdig verschleierten Augen glänzen hell in dem gebräunten Gesicht, der Mund ist auffallend rot. Wenn Lichtstrahlen auf seine langen dunkelbraunen Haare fallen, schimmern sie, als seien sie rotblond.

Thot legt einen Finger auf den Mund. Die Zwillinge schauen schweigend zu, wie der Mann langsam, gleich einem Schlafwandler, auf die Thronnische zugeht. Als er ihnen den Rücken zuwendet, sehen sie die goldenen Stickereien auf seinem dunkelrot glühenden Seidenumhang. Iris und Martin erkennen einen Dattelbaum, zu dessen beiden Seiten Kamele von Löwen mit gezückten Krallen niedergezwungen werden.

»Eine arabische Arbeit«, flüstert Thot. »Das ist der Krönungsmantel des sizilianischen Königs Roger II.; er war der Großvater Friedrichs II., den ihr vor euch seht.«

»Hab ich mir schon gedacht«, flüstert Martin. »Aber was ist mit ihm? Er wirkt wie ein Mondsüchtiger.«

»Erklär ich dir später«, wispert Thot. Dann hebt er den rechten Arm und führt mit seltsam verschlungenen Fingern behutsam einige runde Gesten aus. Die Augen des Mannes leuchten nun forschend auf.

»Wer seid ihr?«, fragt er »Was wollt ihr hier?« Seine Stimme klingt bestimmt, aber nicht drohend.

»Verzeiht, Euer Majestät«, antwortet ihm Thot. »Ich bin ein Gesandter Sultan Al-Kamils und halte mich schon längere Zeit in Eurem Schloss auf. Man hat wohl vergessen, mich und diese beiden Gäste aus Frankfurt anzumelden. Ein Versehen.«

Friedrich winkt ab. »Keine Fantasiegeschichten. Ich weiß sehr wohl, dass ich entweder träume … oder Ihr mich in einen traumartigen Zustand versetzt habt. An Eurem Akzent erkenne ich, dass Ihr ein Ägypter seid.«

Thot verneigt sich schweigend.

»Und ihr wollt aus Frankfurt sein?« Der Kaiser mustert Iris und Martin. »Ich kenne diese Stadt, habe mich während meiner Deutschlandreise einige Wochen in der dortigen Pfalz aufgehalten. Ziemlich heruntergekommen, aber vom Ufersöller aus hat man einen schönen Blick auf den Main und die Brücke.«

»Wir Frankfurter«, antwortet Martin mit einer tiefen Verneigung, der sich Iris anschließt, »sind Kaufleute. Ihr müsst verzeihen, aber deshalb kümmert sich niemand sonderlich um die Instandhaltung der Pfalz, wenn der Hofstaat nicht anwesend ist.«

Er spricht so vornehm, als hätte er jeden Tag mit Kaisern zu tun, wundert sich Iris.

»Reisen bildet«, raunt ihr Thot lächelnd zu.

»Ihr habt bestimmt nicht eine derart weite Reise unternommen, um mir das zu erzählen«, sagt unterdessen der Kaiser mit leicht spöttischem Unterton.

»Nein«, entgegnet Martin. »Wir … wir … sind momentan auf der Suche nach unserem Falken. Er heißt Hajo, und wir waren so ungeschickt, ihn wegfliegen zu lassen.«

Jetzt ist die Miene des Kaisers hellwach. »Euch ist ein Falke entflogen? Wie kann so etwas passieren! Na ja, ihr seid fast noch Kinder«, setzt er hinzu. »Aber als ich in eurem Alter war, hat es kein Falke gewagt, ohne mein Kommando auch nur mit dem Flügel zu zucken … Immerhin, mutig seid ihr, sogar das Mädchen trägt Jagdkleidung – ich werde mir die Frankfurter nächstes Mal genauer ansehen müssen.«

Kunststück, denkt Iris, dass ihm nie ein Falke entflogen ist. Er wirkt, als wäre er schon als Junge bei Bedarf beinhart gewesen. Vielleicht ist er ja doch ein Tyrann. Thot wirft ihr einen warnenden Blick zu.

Auch der Kaiser schaut sie einen Moment lang durchdringend an, als könne er ihre Gedanken lesen. »Setzt euch«, lädt er dann mit einer eleganten Geste die Zwillinge und Thot ein. Er zeigt auf drei hohe runde Sitzkissen aus samtweichem Leder, in denen sie fast versinken. Während Iris und Martin zur Nische gehen, fällt ihnen auf, dass Gesicht und Hände Friedrichs II. aussehen, als seien sie aus Bernstein, nicht völlig durchsichtig, aber doch durchscheinend.

»Ich habe schon als Kind die Falknerei von meinen arabischen Erziehern gelernt«, sagt der Kaiser. »Meine deutschen Lehrer hätten das nicht gekonnt. Nach den Tagen Karls des Großen war in Deutschland die Falkenjagd in Vergessenheit geraten. Jetzt haben die Kreuzritter sie von den Arabern übernommen und in Deutschland wieder populär gemacht … Mich wundert nur, dass Bürgerkinder Falknerei betreiben. Jenseits der Alpen betrachtet der Adel sie als ein Privileg.«

Den Zwillingen wird mulmig. Ihnen fällt keine Ausrede ein. Während sie noch fieberhaft überlegen, schwebt ein Falke lautlos durchs Fenster und setzt sich, unbemerkt von Friedrich, auf die steinerne Thronlehne. Er späht hinüber zu den Zwillingen.

Obwohl es eindeutig Hajo ist, machen Iris und Martin keinen Versuch, ihn einzufangen: Er ist nämlich so durchscheinend wie der Kaiser. Beide sind, das ist den Geschwistern inzwischen klar, nur dreidimensionale Illusionen, die Thot beschworen hat. Trotzdem könnte es brenzlig werden, wenn Friedrich ihre wahre Identität herausfindet. Iris ist besonders nervös. Sie wird das Gefühl nicht los, dass der Kaiser fast so hellsichtig ist wie Thot. Kein Wunder, denkt sie, dass viele seiner Gegner ihn für einen Dämon gehalten haben.

Im Moment aber scheint Friedrich II. in sich hineinzuhorchen. »Ich habe ein Buch über die Falknerei geschrieben«, sagt er versonnen. »›De arte venandi cum avibus‹ heißt es, auf Deutsch: ›Über die Kunst, mit Vögeln zu jagen‹. Aufmerksame Leser werden erkennen, dass ich darin Falkner und Herrscher gleichstelle: Um Macht zu erlangen und zu erhalten, muss jeder Fürst klug, wachsam und respektgebietend sein wie ein Falkner. Man muss alles im Auge behalten und wissen, wann man den Falken wo zuschlagen lässt.

Die Falken meines Buches, das lasst euch gesagt sein, sind wiederum Porträts des idealen Untertanen. Falken ehren und respektieren ihre Herren, aber sie sind stolz und freiheitsliebend. Sie tun, was den Regeln entspricht, die zwischen ihnen und ihren Herren festgeschrieben sind, aber im Übrigen bleiben sie innerlich unabhängig. Deshalb tut es mir manchmal in der Seele weh, dass ich die Lederhaube erfunden habe, die die Falken während der Jagdausflüge in absolute Dunkelheit versetzen, bis sie auf die Beute losgelassen werden. Es ist eine Entmündigung meiner stolzen Freunde … aber notwendig.«

Nach diesen Worten verschwimmt der Blick des Kaisers, und er brütet mit eingesunkenen Schultern vor sich hin. Hajo fixiert unablässig die Zwillinge. Es wirkt, als wolle er jedes kaiserliche Wort stumm bekräftigen.

»So stellen sich die Menschen Friedrich II. nach seinem Tod vor«, flüstert Thot in die Stille. »Kurz nach seiner Beerdigung geht die Sage um, er sei nicht gestorben, sondern säße schlafend im Vesuv und werde von dort als Retter wiederkommen. In Deutschland verwechseln ihn spätere Generationen mit dem legendären Kaiser Barbarossa, der bei einem Feldzug in Kilikien, dem heutigen Armenien, ertrunken ist und im Morgenland an einem unbekannten Ort begraben wurde. Der Berg, von dem man dann erzählt, ist nicht mehr der Vesuv, sondern der Kyffhäuser in Thüringen. Und aus dem Falken machen die Legenden einen Raben, der einmal jährlich die Außenwelt erkundet, um Barbarossa aufzuwecken, wenn sich zeigt, dass Deutschland in höchster Not ist.«

Friedrich regt sich wieder, doch seine Augen wandern jetzt ziellos durch den Raum. »Stolz und frei wie die Falken … so wollte ich auch meine Söhne. Aber das hat sich gerächt … Heinrich war nicht frei, sondern stur und wollte von mir keinen Rat annehmen. Was blieb mir anderes übrig, als ihn abzusetzen und seinen Bruder Konrad zum deutschen König zu machen? … Dafür hasst mich nun wieder sein Halbbruder Manfred und liegt mir unentwegt in den Ohren, er sei nur König von Sizilien … Nur! … Der Narr. Ich wollte, ich wäre wieder in Palermo und könnte statt mit dem Papst über Macht mit meinen sizilianischen Bauern über die Mandelernte streiten.«

»Gut, dass er nicht ahnt, wie seine Dynastie enden wird«, flüstert Thot. »Seinen Enkel Konradin werden sie in Neapel nach vielen Jahren Kerker öffentlich enthaupten. Zwar werden alle Mädchen der Stadt über das Schicksal des schönen blonden Jünglings weinen, aber das hat Machtpolitiker noch nie interessiert.«

Der Kaiser hebt den Kopf, der ihm wieder auf die Brust gesunken ist, und schaut Thot mit einem müden und doch forschenden Blick an. »Neapel? Schön, aber wankelmütig … Ich hätte das antike Theater wiederaufbauen lassen sollen, die Neapolitaner sind geradezu närrisch nach Rezitationen und Liedern …«

Plötzlich sieht Friedrich II. Thot direkt in die Augen: »Dein Kopf speit Flammen, Ägypter … wie der Vesuv!« Jetzt schaut er Martin an. »Wie heißt du? … Konradin? … Woher kenne … ich … dich?«

Es wird dunkler im Zimmer. Auch über Thots Platz liegen nun Schatten. Wäre er nicht größer als Friedrich, denkt Iris, könnte ich die beiden kaum noch unterscheiden. Als sie noch einmal zum Kaiser hinüberblickt, sieht es aus, als wachse sein Bart durch die Platte des Beistelltischs, auf den er seinen linken Arm stützt.

»Ihr müsst gehen, meine Beschwörungskraft lässt nach«, raunt Thot den Zwillingen zu. »Ich möchte nicht riskieren, dass Friedrich doch noch herausfindet, wie ich hier Schein und Sein vertausche. Es könnte ihn auf falsche Gedanken bringen; etwa, dass er seine Astrologen ruft, um uns zu bannen.«

Castel del Monte beginnt sich aufzulösen. Iris und Martin können kaum noch die Hand vor Augen sehen, und Thots Stimme klingt, als käme sie von weit her durch einen Tunnel. »Macht's gut für heute, ihr zwei«, sagt er noch. »Ich hoffe, diese letzten Kaiserbilder haben euch deutlich gemacht, dass Architektur weit mehr ist als ein Haufen mehr oder weniger kunstvoll aufgestapelter Steine und Balken. Architektur ist Kunst, ist Leben, ist Schicksal und … Poesie.«

12. Der Kölner Dom – erster Teil
oder Der weiße Schatten

»Pass doch auf, du Tölpel. Hier wird gearbeitet und nicht gegafft.«
»Schon gut, wir gehen ja beiseite«, antwortet Thot dem Mann, der ihn gerade angeblafft hat. Kopfschüttelnd zieht dieser seinen mit Steinen beladenen hölzernen Kufenkarren weiter.

Iris, Martin und Thot setzen sich auf eine Bank vor einer Holzbude. Sie sind in Köln. Vor ihnen öffnet sich ein Platz, den teils offene, teils von Wänden verschlossene Holzhütten einrahmen. Ein beißender Geruch nach Ätzkalk strömt aus breiten viereckigen Bütten, in denen Arbeiter Mörtel anmischen. Überall sind dumpfe Hammerschläge zu hören, dazu das helle Klirren von Metallmeißeln, die auf Stein treffen. Hinter den Hütten ragt riesig hoch das Bauwerk, dem all die Anstrengungen gelten, in den Sommerhimmel: der Kölner Dom.

Was die drei sehen, ist ein gigantisches Fragment. Im Osten, dem Rhein zugewandt, erhebt sich schwindelnd hoch der Altarraum, der Chor, dessen Wände mit unzähligen Maßwerkfenstern durchsetzt sind. Und im Westen stehen, breit wie eine Burg, die unteren Geschosse des Südturms. Auf ihnen ragt ein hölzerner Kran, dessen Hebearm von einem riesigen Laufrad betrieben wird. Selbst von hier unten wirkt er in seinen riesigen Ausmaßen monströs. Zwischen den beiden gotischen Bauteilen erstreckt sich ein romanisches Langhaus mit Rundbogenfenstern. Wenn Menschen dort vorübergehen, sieht man, dass es eine stattliche Größe hat. Aber im Vergleich mit dem Chor und dem Südturm wirkt es winzig. Man schreibt das Jahr 1410.

Thot trägt Strumpfhosen und ein Wams, das bis knapp oberhalb der Knie reicht. Ein Gürtel teilt es in ein gebauschtes Oberteil und eine Art Minirock mit vielen kleinen Längsfalten. Unter dem Wams schaut ein weißes Hemd mit Stehbund hervor. Wegen des warmen Sommerwetters hat Thot die Ärmel hochgekrempelt. Seine braune Haut, die schwarzen Haare und die scharf gebogene Nase fallen kaum auf. Denn viele Leute in Köln sehen südländisch aus. Sie sind, wie Thot den Zwillingen erklärt hat, Nachfahren der Römer, die Köln in der Antike zu einer Großstadt gemacht haben.

Martin steckt in seinen gewohnten Jeans mit T-Shirt. Iris hat einen knöchellangen, weiten indischen Rock an. Damit, und mit ihrem Kopftuch, das sie wie eine Kappe über die Haare geschlungen hat, gleicht sie den Mägden, die ab und zu hierherkommen, um den Bauarbeitern Körbe mit Getränken, Brot und Wurst zu bringen.

»Hier könnt ihr sehr gut den Unterschied zwischen der Romanik und der Gotik erkennen«, sagt Thot und deutet auf das Langhaus. »Den romanischen Mauern des alten Doms sieht man sofort an, dass sie sehr massiv sind, und ihre typischen Rundbogenfenster sind in ziemlich weiten Abständen auf der Wand verteilt. Bei dem gotischen Chor ist es umgekehrt. Er hat so viele Spitzbogenfenster, dass die Wände zwischen ihnen fast wie Stäbe aussehen, die nur dazu da sind, die Fenster aufrecht zu halten.«

»Ist doch eigentlich ganz praktisch«, sagt Martin. »Wenn nicht so viele Wände gebraucht werden, kann man bestimmt viel schneller bauen.«

»Das täuscht«, sagt Thot. »Denn bei den gotischen Großbauten muss man ganz genau berechnen, an welchen Stellen kompaktes Mauerwerk notwendig ist und wo dünne Wände genügen. Das braucht enorm viel Planungszeit. Am allerwichtigsten sind die Fundamente. Wenn sie nachgeben, stürzt alles wie ein Kartenhaus zusammen.«

»Klingt ja wie bei den Architekten unserer Zeit«, sagt Iris, die daran denkt, wie viele Stunden ihr Vater vor dem Computer mit Berechnungen seiner Entwürfe verbringt, um sie zuletzt dann doch von Statikern nachprüfen zu lassen.

Der Kölner Dom nach seiner Fertigstellung im Jahr 1880. Im Hintergrund Castel del Monte.

»Ja und nein«, sagt Thot. »Auch in der Gotik beruht noch vieles auf Erfahrungswerten und Ausprobieren. Deshalb geht es beim Kathedralenbau nicht immer gut aus. In Beauvais in Frankreich beispielsweise wurde 1275 der damals höchste gotische Chor der Welt eingeweiht. Aber man hatte seine Wände und Pfeiler so schlank gemauert, dass er 9 Jahre später einstürzte. Er wurde mit dickeren und zusätzlichen Pfeilern wiederaufgebaut, aber letztlich hatte man doch nichts aus dem Einsturz gelernt. Als nämlich 1548 endlich das Querhaus gebaut war, hatte der Baumeister, trotz aller Warnungen seiner Kollegen, einen riesigen Turm über dem Vierungsgewölbe errichtet. 1569 war er fertig, 1573 stürzte er ein. So ist bis in eure Tage die Kathedrale von Beauvais ein riesiger Torso geblieben, dessen Gewölbehöhe von 48,50 Metern allerdings noch immer die höchste der Christenheit ist.«

»Wie lange wird denn in Köln schon gebaut?«, fragt Martin.

»Seit fast 200 Jahren, genauer gesagt seit 1248«, sagt Thot. Und trotzdem wird in 100 Jahren nicht sehr viel mehr da sein als das, was ihr schon vor euch seht. Dann wird man aus Geldmangel die Arbeiten auf die Instandhaltung beschränken und 1560 die Baustelle endgültig schließen. Die Kölner werden spotten, dass die Welt untergehe, wenn der Dom je fertig werden würde.«

»Aber in unserer Zeit ist er doch fertig«, sagt Iris.

»Schon«, entgegnet Thot. »Trotzdem ist immer irgendeine Stelle eingerüstet, weil der empfindliche Stein, Trachyt aus dem Siebengebirge, dauernd erneuert werden muss.

Vollendet wird der Dom im 19. Jahrhundert. 1814 und 1816 werden die verschollenen, 1280 von Dombaumeister Arnold und von Gerhard von Rile gezeichneten Baupläne wiederentdeckt werden. Die Deutschen werden von da an die Fertigstellung als nationale Pflicht propagieren und ihn am 15. Oktober 1880 als Nationaldom feierlich einweihen. Zu der Zeit ist er mit seinen 157 Meter hohen Türmen das höchste Gebäude der Welt.

1943, während des 2. Weltkriegs, dachten viele Kölner, dass die

Welt tatsächlich untergehen würde. Denn der Dom wurde von 70 Bomben getroffen.«

»Hier scheint es aber auch nicht gerade friedlich zuzugehen«, sagt Martin und deutet auf schwarze Rußpartien rund um die Fenster des romanischen Langhauses. »Im Langhaus hat es doch gebrannt.«

»Das«, antwortet Thot, »war die Dummheit der ersten Bautrupps. Als man 1248 den Ostchor des alten Doms aus dem Jahr 873 abbrennen wollte, um langwierige Abbrucharbeiten zu vermeiden, ging die ganze Kirche in Flammen auf. Damals hat man das Langhaus provisorisch wiederhergestellt, damit weiter Messe gehalten werden konnte.«

»Heißt das, die Kölner feiern seit 200 Jahren in einer Brandruine Gottesdienst?«, fragt Iris erstaunt.

»Nein, so schlimm ist es nicht«, antwortet Thot. »Köln gehört zu den Städten mit den meisten Kirchen Europas. Aber der Dom ist die wichtigste. Denn in ihm werden seit 1164 die Gebeine der Heiligen Drei Könige in einem goldenen Schrein aufbewahrt. Sie ziehen Pilger aus ganz Europa an. Deswegen hat man sofort nach der Fertigstellung des Domchors im Jahr 1322 die Messen in den Neubau verlegt. Das alte Langhaus ist durch eine Mauer von ihm abgetrennt. Es dient nur noch als Stütze für die gotischen Rohbauten.«

»Hatte denn niemand Bedenken, den wertvollen alten Dom abzureißen?«, fragt Martin.

»Denkmalschutz ist eine Errungenschaft eurer Zeit«, sagt Thot. »Vorher hat man in der Regel alte Bauten ohne Federlesens beseitigt, um sie im Stil der eigenen Zeit zu erneuern. Denkt nur an die Peterskirche in Rom. Für die heutige mit der berühmten Kuppel Michelangelos musste die altehrwürdige Basilika weichen, die Kaiser Konstantin 325 nach Christus erbaut hatte.

Auch die Gotik, deren Hochblüte ihr hier gerade erlebt, wird von späteren Generationen nicht mehr geschätzt werden. Was übrigens schon ihr Name bezeugt. Er wurde von dem italienischen Künstler und Kunsthistoriker Vasari erfunden. Er behauptete 1550, die Goten hätten den Spitzbogenstil geschaffen. Und Goten galten als Barbaren. So wurde die gotische Architektur als barbarisch gebrandmarkt, wodurch wiederum die damals in Italien blühende Renaissance, eine Nachahmung der Antike, sich in ganz Europa als edel und zivilisiert gegen die Gotik durchsetzen konnte.«

»Gut, dass in Köln niemand auf die Idee kam, den Dom mit einem Renaissancebau ersetzen zu wollen«, sagt Iris.

»Vorbilder hätte man genug gehabt«, sagt Thot. »Denn wann immer man in Köln für einen Brunnen oder einen Neubau in die Tiefe gräbt – das gilt auch noch für eure Zeit –, treten antike Überreste zutage. Unter dem Dom sind sogar mehrere Vorgängerbauten erhalten. Als Erstes die Reste einer Kirche von etwa 550 nach Christus. Unter ihr befinden sich die Mauern einer 390 entstandenen Kirche und die wiederum stehen auf einem römischen Merkur-Tempel.«

»Na endlich fällt mein Name«, sagt eine helle Stimme neben den Zwillingen.

Merkur strahlt über das ganze Gesicht. Auch er ist mit Strumpfhosen und einem goldbestickten Wams bekleidet. Statt seines Flügelhelms hat er ein kleines Barett auf dem Kopf und statt der geflügelten Schuhe violett gefärbte Stulpenstiefel.

»Hallo, ihr Zeitenhopser, habt wohl gedacht, ihr seht mich nie wieder«, sagt Merkur.

»Merkur, super«, ruft Martin.

Iris lacht, als Merkur ihr zuzwinkert, weil er in ihren Gedanken gelesen hat, dass sie sich über sein extrem elegantes Kostüm amüsiert.

»Das bin ich mir schuldig«, sagt er zu ihr und streicht mit der Hand über den seidenen Kragen seines bestickten Hemds. »Schon als Hermes galt ich den Griechen als einer der schönsten Götter.«

»Und als einer der eitelsten«, sagt Thot und geht auf Merkur zu. »Du wirst uns heute also wieder begleiten?«

»Worauf du dich verlassen kannst«, antwortet Merkur und boxt

Thot, dem man trotz der spitzen Bemerkung die Freude über das Wiedersehen ansieht, kumpelhaft in den Oberarm. »Siehst übrigens von Mal zu Mal männlicher aus.«

»Was man von dir nicht behaupten kann«, sagt Thot grienend. »Du wirkst nämlich kaum noch wie ein Jüngling, sondern eher, als seist du höchstens zwei Jahre älter als Iris und Martin.«

»Die Reisen mit Iris und Martin sind für uns eben so etwas wie eine Verjüngungskur!«, sagt Merkur, der sich suchend umschaut. »Wo bleibt der Junge?«, fragt er. Als Thot mit den Achseln zuckt, deutet Merkur auf eine der Hütten. »Was haltet ihr von dem da? Vom Alter her könnte er passen. Scheint jedenfalls zur Bauhütte zu gehören, sonst würde er nicht so konzentriert an seinem Stein herummeißeln.«

»Bauhütte?«, fragt Iris. »Du meinst, er wohnt in dieser Holzbude?«

»Das unter Umständen auch«, sagt Thot. »Viele, die am Dom arbeiten, wohnen auch in diesen Hütten.

Aber eigentlich bezeichnet das Wort Bauhütte die Organisation aller am Kathedralbau Beteiligten: vom Baumeister bis zum Lehrling. Nur die Hilfsarbeiter, die Steinschlepper, Mörtelmischer und einfachen Maurer gehören ihr nicht an. Jede Kathedrale hat eine Bauhütte.«

»Sind Bauhütten so eine Art Zunft der Bauhandwerker und Architekten?«, fragt Martin.

»Sie sind mehr!«, sagt Thot. »Zünfte unterliegen der städtischen Gerichtsbarkeit oder der eines Landesherrn. Die Bauhütten dagegen haben unabhängige Gerichte und eigene geheime Statuten. Ihre Organisation unterscheidet sich grundlegend von der ständischen Ordnung des Mittelalters, denn Bauhütten sind fast demokratische Vereinigungen. Jeder hat Wort und Stimme.«

»Also, ich kann mir nicht vorstellen, dass ein Junge wie der dort drüben einem gestandenen Steinmetzen Vorschriften machen kann«, sagt Martin.

»Da hast du natürlich recht«, sagt Thot geduldig. »Auch in den Bauhütten gibt es Hierarchien. Man beginnt als Lehrling. Dafür muss man 14 Jahre alt sein, getauft und von rechtmäßig verheirateten Eltern abstammen. Beim Eintritt in die Bauhütte muss eine Bürgschaft von 20 Gulden hinterlegt werden. Sie fällt an die Bauhütte, wenn ein Junge die Lehre, die 5 Jahre dauert, abbricht. Am Ende der Lehre erfolgt die sogenannte Ledigsprechung zum Gesellen. Der neue Geselle erhält 10 Gulden und ein eigenes Steinmetzzeichen. Von da an ist er Mitglied der Bruderschaft und hat Mitspracherecht. Gesellen können zum Parlier, das heißt Vorarbeiter, und sogar zum Bildhauer aufsteigen.

Das letzte Wort aber hat immer der Meister, weil er die Pläne zeichnet und die wichtigsten Figuren der Bauplastik entwirft. Da ihm das Ruhm und auch ein Vermögen einbringt, wird heftig um diese Position gekämpft. Meist übergeben Baumeister ihr Amt an ihre Söhne; es gibt inzwischen regelrechte Baumeister-Dynastien.«

»Na«, sagt Merkur, »war das ein gelehrter Monolog?!«

Iris nickt. Sie wendet sich Thot zu, während Merkur zu dem Jungen vor der Hütte schlendert.

»Thot«, sagt Iris, »du hast von Bruderschaft gesprochen. Das klingt irgendwie nach Kloster und Mönchen.«

»Die Bauhütten haben tatsächlich eine klösterliche Vergangenheit«, sagt Thot. »Erinnert euch, als ich euch in Aachen erzählt habe, dass im Mittelalter die Klöster Kulturzentren waren. Sie, vor allem die Benediktiner, betreuten auch die Architektur. So entstand allmählich ein Netzwerk aus klösterlichen Bauschulen. Sie bauten nicht nur Klöster, sondern auch öffentliche Bauwerke wie Brücken oder Versammlungshäuser. Als der Bedarf daran immer größer wurde, entschloss man sich um 1000 nach Christus, sogenannte Conversi auszubilden. Das waren Laienbrüder, die ohne Mönchsgelübde in den Klöstern lebten und dort die Baukunst lernten. Bald zogen Trupps aus Mönchen und Conversi durch die Länder, um zu bauen, wo sie gebraucht wurden. Irgendwann formierten sich die

Conversi zu Bauhütten, während die Mönche in die Klöster zurückkehrten.«

»Dann sind also Bauhütten eine Erfindung des Mittelalters?«, fragt Martin.

»Ja und nein«, antwortet Thot. »Ihre volle Entfaltung verdanken sie der gotischen Kathedrale. Aber die Idee zu den klösterlichen Bauschulen schöpften die Äbte aus antiken Schriften, die von den *collegia* des Römischen Reichs berichten. Diese Vereinigungen von Ingenieuren und Architekten hatten auch schon eigene Gesetze und Organisationen. Sie wiederum gehen zurück auf griechische Vorbilder, die ihrerseits vermutlich den Organisationen meiner Heimat nachgebildet wurden, den spezialisierten Teams der Pyramidenbauer.

Die jetzigen Bauhütten ahnen noch etwas von diesen Ursprüngen: Untereinander erzählen die Meister nämlich, ihre Kunst gehe auf die Erbauer des Tempels Salomons zurück. Die Templer, Mönche, die zugleich Ritter waren und im 13. Jahrhundert Jerusalem zurückeroberten, sollen in den Ruinen des Tempels die alten Aufzeichnungen der Bauleute Salomons entdeckt und den Bauhütten übergeben haben.«

»Begrüßt lieber unseren Domführer, ehe ihr in den Zeiten Salomons versinkt«, unterbricht Merkur das Gespräch. Neben ihm steht der Junge, den sie vor der Hütte gesehen haben. Wie immer scheint er etwa 15 Jahre alt zu sein und trägt einen groben Leinenkittel über seiner Strumpfhose. Seine Füße stecken in festen ledernen Schnallenschuhen mit genagelten Sohlen.

»Er sieht aus wie Quintus«, raunt Iris Martin zu. »Die gleichen dunklen Locken, die gleichen schwarzen Augen, die gleiche braune Haut.«

»Und die gleichen Segelohren – römische Vorfahren«, flüstert Martin grienend zurück, während er dem Jungen zunickt.

»Sei gegrüßt im Namen des Herrn«, sagt Martin und ahmt die klösterliche Redeweise nach, die er in einem Historienfilm gehört hat. »Ich bin Martin aus Frankfurt am Main, und das ist meine Zwillingsschwester Iris.«

»Seid auch ihr gegrüßt«, erwidert der Junge, »ich heiße Albin und bin Kölner. Euer italienischer Freund Mercurio hat mich gebeten, euch den Dom zu erläutern. Ihr habt Glück, denn ich habe einen freien Tag, weil heute Abend meine Lossprechung zum Gesellen stattfindet.«

»Für einen Gesellen siehst du mir reichlich jung aus«, sagt Thot und reicht Albin ebenfalls die Hand.

»Ihr habt ein scharfes Auge, Herr …?«, gibt Albin ein wenig verlegen zurück.

»Toto … Toto mein Name«, antwortet Thot hastig, »ich stamme aus Mailand und bin wegen Handelsgeschäften über Frankfurt hierher gereist.«

»Interessant, so weit gereiste Menschen in Köln zu sehen, Herr Toto«, sagt Albin. »Wenn ihr aus Mailand seid, kennt ihr gewiss auch den Dom dort. Es würde mich interessieren, über seine Baufortschritte zu hören. Die Statuen am Strebewerk sollen sehr ungewöhnlich sein.«

»Sind sie«, sagt Thot. »Unsere Bildhauer orientieren sich nämlich inzwischen an den antiken Figuren, die in Italien überall ausgegraben werden. Dadurch sehen die Heiligenfiguren nicht mehr so geschraubt aus wie eure.«

»Um auf Eure Frage zurückzukommen«, sagt Albin, »ich bin gerade erst 15 geworden. Aber mein Parlier und mein Vater haben sich bei meinem Eintritt in die Bauhütte auf ein Jahr Lehre geeinigt. Mein Vater ist Maurer, und ich habe schon als Kind bei ihm gelernt. Der Parlier schätzt meine Bilderhauerarbeiten sehr. Er möchte mich deshalb so schnell wie möglich Skulpturen meißeln lassen. Mir ist das nur recht, ich meißle für mein Leben gern Menschen- und Tiergestalten.«

Beim letzten Satz schaut Albin schüchtern in Richtung Iris. Als sie ihm anerkennend zulächelt, wendet er zufrieden seinen Blick auf Thot.

»Wenn ihr mir folgen wollt, Herr Toto«, sagt Albin, »ich schlage vor, zunächst zur Rückseite des Chors zu gehen. Von dort haben wir die beste Sicht auf das Strebewerk und die Pfeiler.«

»Sieht aus, als stünde hier ein Wald aus riesigen schmalen Türmen«, sagt Martin, als sie ihr Ziel erreicht haben.

»Hier mussten Dutzende von Strebepfeilern hochgezogen werden«, erläutert Albin, »um die Last der Gewölbe im Innenraum abzufangen. Drinnen sollen ja hauptsächlich die Fenster und ihre farbigen Glasbilder wirken, tragende Konstruktionen würden da stören; außerdem drückt die Last der Gewölbe schräg nach außen.

Seht ihr dort oben die Bögen, die wie Brücken von den Wänden zwischen den Fenstern zu den Strebepfeilern führen? Das sind die Strebebögen, die das Gewicht der Gewölbe und den Druck der Mauern von innen nach außen leiten. Hätte man hier draußen ohne Bauverzierungen gearbeitet, würdet ihr nur eine Art nacktes Steingerüst sehen. Eigentlich ist der ganze Dom so konstruiert. Aber durch die steinernen Verzierungen, die Fialen, Kreuzblumen und Krabben, wirken die Pfeiler, als seien sie nicht Notwendigkeit, sondern Schmuck.«

»Ja, fast wie dekorierte Stalaktiten«, stimmt ihm Iris zu.

»Oder wie Kristallbündel«, ergänzt Albin. »Denn viele Gelehrte beschreiben Kathedralen als ein irdisches Abbild des Himmlischen Jerusalem, wie es in der Heiligen Schrift geschildert wird. Eine Stadt mit Toren, Türmen und Wänden aus lauter funkelndem Edelstein.«

»So hat es schon der Bauherr der ersten Kathedrale der Gotik formuliert«, sagt Thot, »der Abt Suger. Im neuen Chor der Kirche seines Klosters Saint-Denis bei Paris hat er 1140 die vier entscheidenden

Neuerungen der gotischen Architektur eingeführt: den Spitzbogen, das Maßwerk, die Strebepfeiler und die Kreuzrippengewölbe.«
»Rippen?«, fragt Martin.
»Erinnert euch an die Gewölbe, die ihr im antiken Rom oder auch im Speyerer Dom gesehen habt«, sagt Thot. »Sie alle waren geformt wie zwei halbe Fässer, die über Kreuz zusammengesteckt sind. Ihre Kreuzungslinien bilden scharfe, hauchdünne Grate. In der Gotik werden diese Grate durch Stege aus Stein ersetzt. Die Stege laufen, gebogen wie Rippenknochen und wie ziseliert, auf einen Stein in der Mitte des Gewölbes, den Schlussstein, zu. So entsteht eine Art tragendes Knochengerüst, zwischen dessen Leerstellen die konkaven Gewölbeflächen, man nennt sie Kappen, gemauert werden.«
»Die Strebepfeiler«, ergreift nun wieder Albin das Wort, »die Iris wie einzelne schlanke Türme erscheinen, sind die entscheidenden tragenden Elemente. Den Raum zwischen ihnen füllen wir mit dünnem Mauerwerk, in das die Maßwerkfenster eingesetzt werden. Maßwerk nennt man die geometrischen Ziermuster, die ihr am oberen Ende der Spitzbogenfenster seht. Zu ihnen führen Lanzetten, also die dünnen, oben in Spitzbögen zusammengeführten Steinstreben zwischen den einzelnen Fensterabschnitten. Das Maßwerk darüber wird zunächst aufgezeichnet – ein Kreis, in den Halb- und Viertelkreise eingeschrieben sind. Sie bilden dann ein drei-, vier- oder fünfblättriges Kleeblatt.
Heutzutage haben wir die Formen erweitert. Die Linien können gewunden und geschlängelt sein wie Blütenblätter oder Fischblasen. Wir befestigen auch Maßwerkreliefs auf Wandabschnitten, das heißt dann Blendmaßwerk, und setzen Balustradengitter aus Maßwerk zusammen. Das Schönste aber sind die Fensterrosen, Rundfenster, in denen Maßwerkstreifen kreisförmig wie die Blätter einer weit geöffneten Rose angeordnet werden.«
Bei seinen letzten Worten hat Albin nur Iris angeschaut.
Um ihre Verlegenheit zu überspielen, richtet sie sich an Thot:

»Wieso hat der Pariser Abt, den du eben erwähnt hast, die Gotik eingeführt? War er ein Kunstliebhaber?«

»Das auch«, sagt Thot. »Aber er war auch ein sehr kluger Politiker. Er hat eng mit den französischen Königen zusammengearbeitet, die in seiner Kirche ihr Erbbegräbnis haben. Um 1140 begann das Königtum, sich gegen den französischen Adel durchzusetzen, der ihm dauernd den Rang streitig machte. Mit dem neuen Chor von Saint-Denis, den alle Welt bewunderte, wurde die Gotik zum Stil der Könige, die bald darauf in der Stadt Reims ihre Krönungskathedrale gotisch bauen ließen und damit ihren Sieg über den Adel darstellten.«

»Also so etwas wie das Gottesgnadentum, das schon Karl der Große und die Kaiser in Speyer durch ihre Kirchen ausgedrückt haben?«, fragt Martin.

»Du hast es erfasst«, sagt Thot freundlich.

»In Amiens«, sagt Albin, »steht auch eine französische Königskathedrale. Sie ist das Vorbild des Kölner Doms, ... und«, wieder guckt er zu Iris hinüber, »sie hat eine der schönsten Fensterrosen der Christenheit ... Wollen wir jetzt in den Chor?«

Zu fünft gehen sie um das Bauwerk, bis sie an dessen Südseite gelangen. Dort ist ein Teil der gotischen Langhauswand bereits fertiggestellt. Sie müssen sich durch eine Menschenmenge drängen, die ihnen aus dem Dom entgegenkommt oder gleich ihnen hineinstrebt.

»Was wollen die vielen Leute hier?«, fragt Martin, der einem Dominikanermönch, welcher sich rücksichtslos durch die Menge drängt, in letzter Sekunde ausgewichen ist.

»Kathedralen sind Treffpunkte der Bürger«, erklärt ihm Merkur, während Albin dem Mönch ein ärgerliches »Auch Geistliche, und sogar Dominikaner können sich entschuldigen« hinterherruft.

»In die Dome«, sagt Merkur, »geht man nicht nur zur Messe. Hier werden auch Geschäfte besprochen, Hausfrauen halten ihren Schwatz, und in manchen Kathedralen haben sogar bevorzugte

Zünfte ihre Verkaufsstände. An hohen kirchlichen Feiertagen werden die Dome zu einer Art Theater. Dann werden Mysterienspiele veranstaltet, Heiligenlegenden, die von Schauspielern dargestellt werden.

Außerdem gibt es Wegerechte, denn die Kathedralen beanspruchen ja Riesenflächen im städtischen Raum. In Straßburg beispielsweise dürfen die Schweinehirten ihre Herden mitten durchs Münster treiben.«

Iris und Martin staunen Merkur nach seiner Bemerkung über die Schweineherden im Straßburger Münster mit offenem Mund an. Der aber wendet sich gerade einer stark geschminkten jungen Frau zu, die lässig an einem Pfeiler lehnt. Ein Lichtstrahl, der durch die bunten Scheiben der Maßwerkfenster fällt, färbt ihr Gesicht grün und rot.

»Hallo, meine Schöne«, ruft er halblaut zu ihr hinüber. Sofort richtet sie sich auf und zeigt ihm ein breites Lächeln. »Wie ihr seht«, sagt Merkur und grinst spitzbübisch, »gibt es in den Kathedralen sogar käufliche Liebe. In einigen haben die Dirnen das Recht erwirkt, sich anzubieten, solange sie die öffentliche Ordnung respektieren und sich vom Gottesdienst fernhalten.«

»Ein ander Mal«, sagt er und zwinkert der Dirne zu, die sich mit einer obszönen Geste verärgert abwendet. Dann stolziert er davon, als habe ihm Venus persönlich ein Angebot gemacht.

»Schade um die Kleine«, sagt Albin nun betont männlich. »Sie ist so hübsch, dass sie Modell für eine Heiligenfigur stehen könnte.«

»Das ist heute noch undenkbar«, sagt Thot. »Aber in etwa 200 Jahren werden große Künstler wie der italienische Maler Caravaggio sich nicht scheuen, Straßenmädchen als Heilige darzustellen.«

»Das ist Lästerung, was Ihr da sagt«, sagt Albin erschrocken. »Lasst das keinen Pfarrer oder Gerichtsdiener hören, man könnte Euch der Blasphemie anklagen. Wie kommt Ihr überhaupt dazu, so von der Zukunft zu reden? Könnt Ihr weissagen!«

»Rundheraus gesagt: Ich kann's, Albin«, antwortet Thot. »Aber verschone mich jetzt mit Fragen … Du hast Iris und Martin noch nichts über euren Chor erklärt.«

»Mailand muss eine seltsame Stadt sein, wenn ihre Kaufleute Hellseher sind …«, sagt Albin skeptisch. »Aber ich wollte Euch nicht zu nahe treten, Herr Toto.«

Dann dreht er sich zu Iris und Martin um: »Die 12 Pfeiler, die ihr hier seht, symbolisieren die 12 Apostel, die die tragenden Stützen des Christentums sind. Deshalb wurde zwischen 1270 und 1280 auch an jedem Pfeiler die Statue eines Apostels angebracht.«

»Weshalb haben sie alle Dächer über ihren Köpfen?«, fragt Iris. »Hier drinnen muss man sie doch nicht gegen Regen schützen.«

»Diese Dächer, oder besser: Baldachine«, sagt Albin und schaut Iris freundlich lächelnd an, »haben symbolische Bedeutung, was man auch an ihrem reichen Schmuck aus Fialen und Maßwerk sehen kann. Sie sind ein Hoheitszeichen. Deshalb wurden auch die Baldachine an den beiden zusätzlichen vordersten Pfeilern besonders üppig verziert. Unter ihnen stehen nämlich Jesus und Maria.«

»Die Kleider Marias leuchten so sehr, dass es fast blendet«, sagt Iris bewundernd. »Bei Christus und den Aposteln ist es genauso.«

»Das liegt an den kostbaren Farben und dem Blattgold, das die Maler, die die Gewänder auf die Steinfiguren gemalt haben, verwenden durften«, sagt Albin.

»Die Stoffe sind absolut wirklichkeitsgetreu wiedergegeben«, sagt Thot. »Golddurchwirkter Brokat aus Lucca und Venedig. Das war 1289 das kostbarste Gewebe Europas – und ist es noch heute.«

Iris merkt, dass sich Albins Gesicht aufhellt. Jetzt glaubt er bestimmt, dass Thot ein italienischer Tuchhändler ist, denkt sie erleichtert.

»Und wozu dienen die riesigen Nischen dort in den Chorwänden hinter dem Hauptaltar?«, fragt sie. »In jeder stehen ja noch einmal Altäre.«

»Das ist der Kapellenkranz«, sagt Albin. »Fast jeder Kathedralchor hat ihn. In jeder Nische wird ein besonders hoher Heiliger verehrt, der höchste in der mittleren Kapelle direkt hinter dem Hauptaltar. Bei uns sind es die Heiligen Drei Könige.«

»Wenn man von weitem dorthin schaut«, sagt Martin, »sieht es aus, als würden die Kapellen endlos weitergehen.«

»Das ist Absicht«, sagt Albin. »Das himmlische Reich, das der Dom abbildet, ist ja auch grenzenlos.«

»Eure Kunsthistoriker sprechen dabei vom *diaphanen Prinzip* der Gotik«, sagt Thot. »Es besagt, dass die Raumaufteilung der Kathedralen die Illusion endlos hintereinandergestaffelter, durchscheinender und damit übernatürlicher Räume illusionieren will.«

»Toll!«, sagt Martin. »Aber ehrlich gesagt macht mich dieses ständige Dämmerlicht hier ganz konfus. Und außerdem kriege ich langsam Genickstarre vom Hochschauen. Könnten wir nicht allmählich zum Südturm gehen? Mich interessiert der Kran.«

»Vor einigen Wochen«, sagt Albin, während die fünf die Wendeltreppe im Südturm hinaufsteigen, »haben wir die zweite Plattform fertiggestellt. Jetzt soll ein provisorischer hölzerner Glockenstuhl auf ihr errichtet werden, weil unser Meister als Nächstes das zweite Geschoss des Nordturms in Angriff nehmen will.«

»Da sind wir.« Albin atmet auf und führt sie auf die Plattform. An einer Seite stehen lebensgroße steinerne Figuren aufgereiht. Es sind Teufel, Dämonen und Menschen mit Fratzengesichtern. Manche hocken, andere verrenken sich wie Akrobaten nach vorn.

»Das sind Wasserspeier. Wir haben sie auf Vorrat für die Dachbalustrade des Langhauses gemeißelt«, sagt Albin. »Bei uns wird vieles vorgefertigt. Wir kennzeichnen die Werkstücke dann mit Nummern und unseren Steinmetzzeichen. So können sie leicht zusammengesetzt werden. Vorfertigung ist praktischer, vor allem, weil wir dadurch auch im Winter arbeiten können, wenn die Arbeit am Bau wegen Frost eingestellt wird.«

»Hässlich, aber kunstvoll«, sagt Martin, während er an den Wasserspeiern entlanggeht.

»Damit bannen wir die Teufel und die verdammenswerten antiken Götzen«, sagt Albin.

Thot und Merkur sehen sich an und verdrehen die Augen.

»Indem wir sie als Wasserspeier verwenden, löschen wir symbolisch das Höllenfeuer. Und wir zeigen, dass unser Erlöser alle Geister und Teufel in Ketten geschlagen hat und Frondienste verrichten lässt.«

»Schau mal«, sagt Iris und zeigt auf einen Wasserspeier, der mit kurzen Ärmchen, dickem Bauch und strammen Oberschenkeln vor sich hin stiert, »sieht fast aus wie ein kleiner Quasimodo.«

»So hässlich wie der da war nicht einmal der Glöckner von Notre-Dame«, sagt Merkur.

»Zum Kuckuck, ach was, beim Falken: Das geht zu weit«, tobt der Wasserspeier, der plötzlich lebendig geworden ist. Er springt auf seine Beinchen und trippelt wutschnaubend auf die fünf zu.

»Ihr, mein vorlauter Herr Merkur alias Hermes, habt wohl die frühen Statuen vergessen, die die Griechen von euch aufgestellt haben! Zum Fürchten habt Ihr da ausgesehen! Altersschwarzes, grässlich verzogenes Olivenholz, triefend von Öl.«

Der verblüffte Merkur reibt unwillkürlich seine Hände am Wams, als seien sie fettig.

»Plumpes öliges Holz, jawohl«, zetert Bes weiter. »Und darüber eine hölzerne Fratze, bei deren Anblick selbst eure abgebrühte hässliche Gorgo zu Stein erstarrt wäre.«

Schnaubend wie eine kleine Dampflokomotive hopst er nun auf Thot zu.

»Und Ihr, Herr Kollege, braucht gar nicht so vornehm zu tun. Ihr könnt noch so viel zaubern an Eurem Menschengesicht, der Hängebacken-Vogel schlägt doch immer durch. Schaut bloß nicht in den Spiegel. Beim Anblick Eurer monströsen krummen Ibisnase könntet Ihr glatt ohnmächtig werden.

Kinder«, wendet er sich mit plötzlich sanfter Stimme an Iris und Martin, »ich bin Bes, der euch in Speyer beinah euren Hajo zurückgebracht hätte.«

»Da hört sich doch alles auf«, donnert Thot. »Da wagt sich dieses Winzmonster, kaum dass man es in Speyer vor dem wütenden Falken gerettet hat, nach Köln!«

»Schon mal was von den Kölner Heinzelmännchen gehört, Meister Lulatsch?«, sagt Bes. »Wenn jemand das Recht hat, hier zu sein, dann ich, den ihr als Winzling zu beschimpfen beliebt … Akzeptiert mich als Begleitung«, flötet er auf die Zwillinge ein, »ich könnte euch noch nützlich werden hier in Köln.«

»Kommt nicht in Frage«, rufen Thot und Merkur gleichzeitig. »Mit dir gibt's nur Durcheinander.«

»Dürfen wir vielleicht auch mal etwas dazu sagen?«, fragt Martin mit betont ruhiger Stimme, während Albin fassungslos von einem zum andern schaut. »Thot, du warst es doch, der uns erzählt hat, Bes sei bei einigen Pharaonen als Schützer des Thronfolgers verehrt worden. Also kann der Kleine – tschuldigung: der kleine Mann – ja nicht nur ein Wirrkopf sein.«

»Ja, und du und Merkur habt euch doch auch manchmal tödlich im außerirdischen Exil gelangweilt«, sagt Iris.

Bes beobachtet Martin, Iris, Thot und Merkur mit einem Gesicht, das plötzlich ganz ruhig geworden ist, lauernd, aber auch klug und freundlich.

Thot streicht sich mit der Hand über die Stirn.

»Ihr habt recht«, sagt er dann. »Wir argumentieren wie egoistische und eifersüchtige Menschen. Das ausgerechnet Menschenkinder mich darauf aufmerksam machen müssen, ist beschämend.«

Thot beugt sich zu Bes hinunter: »Bes, es tut mir leid. Schließlich bist du es, der mich im Exil oft genug schon mit Possen aufgeheitert hat. Begeistert bin ich zwar nicht, wenn du mitkommst. Aber wenn Iris und Martin das gerne möchten, so sei es.«

»Einverstanden«, sagt Merkur, geht in die Knie und knufft Bes. »Außerdem findet sich auf meinem Olymp kein so merkwürdiges Wesen wie du. Mal sehn, was du anstellst … Nur von dem öligen Baumstrunk will ich nichts mehr hören.«

»Das wäre also geklärt«, sagt Iris. »Aber was machen wir jetzt mit dir, Albin?«

Sie dreht sich zu dem Jungen um, der während der Unterhaltung an den äußersten Rand der Plattform zurückgewichen ist.

»Das ist … das ist … Hexerei«, bringt Albin stockend hervor. Seine Stimme bebt, aber er ballt trotzig die Fäuste. »Alle in Köln reden ständig von Hexenspuk. Ich habe das immer für übertrieben gehalten, dieses ›Satan lauert überall‹ und das ›hinter jedem freundlichen Gesicht kann die Fratze eines Zauberers oder einer Hexe verborgen sein‹. Aber wenn plötzlich Wasserspeier lebendig werden und angebliche italienische Händler sich als Wahrsager entpuppen … Fehlt nur noch, dass Iris behauptet, sie wäre eine Elfe.«

»Albin«, sagt Iris und stellt sich neben den Jungen. »Ich bin ein ganz normales Mädchen und komme, genau wie mein Zwillingsbruder Martin, aus Frankfurt am Main. Nur – wir sind aus dem Frankfurt der Zukunft in deine Zeit gereist und werden begleitet von Göttern aus der tiefsten Vergangenheit. Wie das geschehen ist, wissen wir selbst nicht genau. Aber wir wollen nichts Böses. Martin und ich möchten nur sehen, wie ihr lebt, wie ihr denkt – und wie ihr baut.«

»Gerede«, sagt Albin trotzig. »Ihr seid Geister und wollt meine Seele!«

»Nenn uns Geister, wenn du magst«, sagt Thot sanft. »Aber wir wollen weder deine Seele noch dir sonst etwas zuleide tun. Im Gegenteil: Wir schätzen, obwohl wir dich erst kurz kennen, deinen wachen Geist, dein Wissen und die Energie, mit der du deinen Traum von der Bildhauerei verwirklichen willst. Dabei können Merkur, ich … und … äh … Bes dir helfen. Lass es dir beweisen: Wir sollten zum Petersportal gehen und dort die Apostelfiguren betrachten. Ich werde dir sagen, wie du ähnlich schöne Gestalten zustande bringen und wie du neue Formen für sie ersinnen kannst.«

Albin zögert noch immer. Aber als Iris ihn bittend anlächelt, gibt er sich einen Ruck.

»Na schön«, sagt er und geht langsam auf sie zu. »Dann lasst uns hinunter zum Petersportal steigen … Aber ihr geht vor.«

»Moooment«, ruft Bes, »da wäre noch eine Sache zu klären.« Er zeigt an sich hinunter.

»Stimmt«, sagt Iris und mustert amüsiert sein Fellröckchen. »In dem Aufzug kannst du nicht unter die Leute.« Sie nimmt ihr Kopftuch ab und entfaltet es. »Das könnte gerade noch als Umhang für dich reichen.«

Bes zieht eine Grimasse, dann aber lässt er sich mit einem vergnügten Kichern einhüllen. »Rosa, die Farbe steht mir«, sagt er, schaut Iris an und kneift ein Auge zu.

»Jetzt aber los, ehe Albin wieder Zweifel kommen«, sagt Merkur. Kaum haben alle sich in Bewegung gesetzt, ertönt wieder die Stimme von Bes.

»Mooooment.«

»Was ist denn nun schon wieder«, knurrt Thot.

»Wären zwei gewisse Herrschaften eventuell bereit, ihr Tempo zu drosseln? Nicht alle haben solche Segelbootfüße und Siebenmeilenstiefel … Auf gut Ägyptisch: Traaaaagt mich!«

»Wenn's denn sein muss«, sagt Merkur und beugt sich zu Bes hinunter, »ich habe früher meinen kleinen Bruder stundenlang herumgeschleppt.«

»Klein? Untersetzt!«, sagt Bes, schlingt aber eifrig seinen Arm um Merkurs Schulter.

Als sie etwa auf halber Höhe der Treppe sind, sehen sie weiter unten eine weiße Gestalt um die Ecke biegen.

»Wieder ein Dominikaner«, raunt Bes in Merkurs Ohr. »Vorhin, als ich euch von oben beobachtet habe, lief auch einer hinter euch her. Das gefällt mir nicht.«

Merkur nickt. »Ich bin sicher, es ist derselbe. Der Kerl führt etwas im Schilde. Lass uns vorerst die anderen nicht beunruhigen. Aber halte die Augen offen, Kleiner … Autsch, du Giftzwerg … Aua, das tut wirklich weh. Noch ein drittes Mal, und ich schmeiß dich vom Turm.«

Unten stellen sich alle vor das Petersportal im Südturm. Es ist spitzbogig und in vielen Abstufungen in die Wand eingetieft.

»Diese Abstufungen«, sagt Albin, der inzwischen wieder ganz gelassen wirkt, »nennt man Gewände. Dementsprechend heißen diese Portale Gewändeportale und die Figuren an ihnen Gewändefiguren. Diese hier sind überlebensgroß und aus französischem Kalkstein gemeißelt, der sehr weich und empfindlich ist. Benannt ist das Portal nach dem obersten Apostel, der hier rechts außen steht. Er ist gemeinsam mit der Heiligen Jungfrau auch der Patron des Doms. Es folgen nach innen Andreas und Jakobus, auf der anderen Seite stehen Paulus, Johannes und Matthias. Geschaffen wurden die Skulpturen zwischen 1370 und 1380 von den Parlern, einer berühmten Familie von Architekten und Bildhauern.«

»Ein Clan, wisst ihr, ein Clan«, lispelt Bes dazwischen, stolz auf seine modernen Sprachkenntnisse.

»Gut erläutert, Albin«, sagt Thot. »Du kennst dich aus. Was würdest du, wenn du jetzt schon Bildhauer wärst, anders machen?«

»Eigentlich gar nichts«, sagt Albin grüblerisch. »Die Apostel sind auf ihre Weise perfekt. Aber wenn man genau hinsieht, ist ihr Standmotiv ein wenig unbeholfen. Heute würde man sie eleganter, spielerischer stehen lassen. Und ihre Gewänder wären üppiger, mehr Kaskadenfalten.«

»Also fällt dir ja doch etwas Neues ein«, sagt Thot.

»Ich würde«, sagt Albin, der sich sichtlich über das Lob freut, »die Gesichter der Apostel, und überhaupt Menschengesichter, markanter meißeln. Petrus zum Beispiel, der hier so stattlich aussieht, war doch schon uralt, als er oberster Apostel wurde. Die alten Männer in Köln haben ausgemergelte Gesichter, eingefallene Wangen, hängende Unterlippen und hängende Lider. Ihre Haare sind schütter, und die Stirn ist gefurcht wie ein ausgetrockneter Acker. Dort an den Schläfen von Petrus würde ich …«

Albin reckt sich auf die Zehenspitzen, denn die Figuren stehen sehr hoch, sodass man die Details ihrer Gesichter kaum sieht.

»Albin«, unterbricht ihn Thot, »du hast schon so viel von unseren Kräften mitbekommen, dass das Folgende dich sicher nicht mehr erschreckt: Ich lasse uns nach oben zu den Figuren schweben, dann kannst du allen besser erklären, was du anders machen würdest.«

Albin zuckt nicht einmal mit der Wimper, so sehr ist er in seine Bildhauerträume vertieft.

»Na, dann los«, sagt er.

»Aber wenn uns jemand sieht«, sagt Bes, »kommen wir in Teufels Küche.«

»Papperlapapp, selbstverständlich mache ich uns unsichtbar«, sagt Thot ungeduldig. Er konzentriert sich, das Menschengewirr rings um das Portal verblasst, und die fünf schweben plötzlich direkt vor den Aposteln.

»Seht ihr, da an den Schläfen von Petrus würde ich dicke Adern unter der Haut hervortreten lassen«, sagt Albin. »Das ist so bei Greisen. – Und Paulus«, fährt er fort, »der eine Halbglatze gehabt haben soll, würde ich ein paar flache Warzen auf den Schädel setzen. Nicht aus Respektlosigkeit, sondern weil es wahrheitsgetreu wäre. Seine Heiligkeit und die der übrigen Apostel würde ich, wie es jetzt schon der Fall ist, mit üppigen Gewändern ausdrücken. Und mit Standmotiven, die kaum noch erkennen lassen, ob die Gestalten stehen oder schweben.«

»Apropos schweben«, sagt Iris aufgeregt, »Martin, schau mal nach oben.«

Über ihnen schwebt Hajo. Während die Zwillinge und ihre Begleiter noch zu dem Falken aufblicken, hören sie unter sich laute Rufe.

»Das gibt es doch nicht. Da fliegen Engel vor dem Portal. Ein Wunder, ein Wunder«, ruft jemand.

»Engel? Wunder? Von wegen! Sieht hier jemand Flügel? Das sind Gaukler, das ist Hexerei am helllichten Tag«, schreit eine Frau.

»Zum Henker«, ächzt Thot. »Ich habe mich zu sehr ablenken lassen. Wir sind wieder sichtbar.«

Unter ihnen stiert eine Menschengruppe halb entsetzt, halb drohend nach oben. In der vordersten Reihe sieht Martin einen Dominikanermönch, der im selben Moment mit greller Stimme zu schreien beginnt: »Ergreift das Pack. Haltet die Ketzer!«

Nun geht alles blitzschnell. Sie sehen, wie Hajo sich auf den Mönch stürzt und sich in dessen Kapuze verkrallt. Im selben Augenblick prallen sie auf den Boden. Die Menschen weichen zurück und bilden einen Kreis um die sechs.

Bes rappelt sich als Erster auf. »Hallo, Leute, nichts für ungut«, piepst er mit plötzlich kindlicher Stimme »ich bin's, eins von euren berühmten Heinzelmännchen.«

»Nichts da«, schreit der Mönch, dem die Attacke des wieder verschwundenen Hajo einen blutigen Striemen auf der Stirn hinterlassen hat. »Verhaftet den teuflischen Gnom und ebenso die andern«, ruft er den Wächtern zu, die aus dem Bischofspalast herübergelaufen kommen.

»Na gut, ich kann auch anders«, brüllt Bes und wuselt mit glühenden Augen und feuerrotem Kopf wie eine kleine Leuchtrakete den rennenden Wächtern zwischen die Beine. Prompt fallen sie übereinander.

Wie macht er das?, schießt es Iris durch den Kopf, sonst watschelt er doch wie eine lahme Ente. Ehe sie zu Ende gedacht hat, recken sich die Hände eines kräftigen Mannes nach ihr.

»Bleib weg von dem Mädchen«, schreit Albin und springt von hinten auf den Rücken des Angreifers.

Merkur dreht sich einmal um sich selbst. »Das wird eng«, stößt er hervor. Im nächsten Moment zerspringt sein Barett in hundert Fetzen. Darunter kommt der Flügelhelm zum Vorschein. An den Füßen surren bereits die Flügelschuhe, als Merkur nach Martin greift. »Arrivederci«, ruft er der verdutzten Menge zu und ist im nächsten Augenblick schon ein schwarzer Punkt am Horizont.

Thot hat inzwischen Iris und Albin gepackt. Er schließt die Augen, dann sind alle drei verschwunden.

Bes blickt sich einen Moment suchend um, holt mit einem »Wenn schon, denn schon« noch einen spindeldürren hochgewachsenen Bauarbeiter von den Beinen und löst sich ebenfalls in Luft auf.

Zurück bleiben fassungslose Kölner, die sich später weigern werden, Bes in ihren zahllosen Geschichten von den Helden- und Untaten der Heinzelmännchen zu erwähnen.

◇◇◇ 13. Der Frankfurter Domturm
oder Ein trauriges Wiedersehen ◇◇◇◇◇◇◇◇◇◇

»Komisch, ich dachte, Thot würde Iris auch nach Frankfurt zurückbefördern.« Merkur schaut sich suchend um, während Martin noch einen Moment verschnauft.

Die beiden stehen vor dem Frankfurter Dom. Sein Turm zeigt nur das vierkantige Untergeschoss. Da, wo sich die achteckigen Obergeschosse erheben müssten, sind lediglich Gerüste zu erkennen. Noch immer schreibt man das Jahr 1410, Merkur hat in der Eile zwar den Ort, nicht aber die Zeit gewechselt.

»Irre, dieser Bes«, sagt Martin, »wie der die größten Kerle zum Fallen gebracht hat. Er hat wirklich Löwenmut.«

»Stimmt«, sagt Merkur und grinst in der Erinnerung an die ungläubigen Gesichter der stürzenden Kölner. »Was machen wir jetzt? Wollen wir gleich wieder zurück? Ich bin zwar nicht so allwissend wie Thot, aber dass er und die anderen noch in Köln sind, kann ich erkennen.«

»Lass' uns eine Weile hierbleiben. Ich denke, Iris ist es ganz recht, wenn sie mal mit Albin allein reden kann, wenn du verstehst, was ich meine … «, sagt Martin.

»Ihm wird es genauso lieb sein«, sagt Merkur lächelnd. »Einverstanden, bleiben wir eine Weile in Frankfurt, das ist eine meiner Lieblingsstädte. Im Moment denkt hier niemand an mich. Aber das wird sich bald ändern. In knapp 300 Jahren wird jeder zweite Frankfurter Kaufmann sein Haus mit einer Statue oder Büste von mir schmücken. Und wenn Frankfurt erst zu einer der wichtigsten Börsen- und Bankenstädte Europas aufgestiegen ist, werde ich als Gott des Handels der heimliche Stadtpatron sein. Erinnerst du dich noch an das *salve lucrum*, es lebe der Gewinn, auf der Schwelle eines der Stadthäuser in Pompeji? Die Pompejaner sind Waisenkinder im Vergleich mit den geschäftstüchtigen Frankfurtern der Zukunft.«

»Sagt mein Vater auch oft«, entgegnet Martin. »Aber was willst du mir denn hier zeigen? Ich bin doch Frankfurter!«

»Alles weißt du noch lange nicht über deine Stadt. Nimm zum Beispiel den Dom. Ist dir schon mal aufgefallen, dass das Obergeschoss des Domturms, an dem hier gerade gebaut wird, nach seiner Fertigstellung mit seiner Kuppel und seiner achteckigen Form der Aachener Palastkapelle Karls des Großen gleicht?«

»Warum soll er ausgerechnet wie die Aachener Palastkapelle aussehen?«, fragt Martin.

»Weil damit der Frankfurter Dom, in dem die deutschen Könige und später auch die Kaiser nur gewählt, aber nicht gekrönt werden, sich Aachens Karlsdom, wo ihnen die Krone aufgesetzt wird, als gleichrangig darstellt«, sagt Merkur. »Der Frankfurter Rat und der Erzbischof von Mainz, die Bauherren des Turms, gehen mit dieser Nachahmung noch einen Schritt weiter: Sie deuten damit nämlich an, dass die Krönungen auch in Frankfurt stattfinden sollten. Was wiederum noch dadurch bekräftigt wird, dass das Oktogon mit seinen acht Giebeln und der Kuppel an die achteckige Kaiserkrone mit ihrer Haube erinnert.«

»Das mit der Krönung hat der Rat ja auch geschafft«, sagt Martin, stolz, dass ihm das wieder eingefallen ist. »Ab 1562 findet sie tatsächlich hier im Dom statt. Aber es heißt doch, dass der Domturm das Wahrzeichen der Bürger gewesen ist.«

»War er auch«, sagt Merkur, »und das auf den ersten Blick. Denn er bildet eine Einturmfassade, so wie auch am Ulmer und am Freiburger Münster. Einturmfassaden sind eine Erfindung des Bürgertums, um sich gegen die bischöflichen Kathedralen und Dome abzusetzen, die fast immer zweitürmig gebaut wurden. Zusätzlich wirkt Frankfurts Domturm für die Menschen des Spätmittelalters wie ein Rathausturm. Vielleicht kennst du die Rathaustürme in Flandern, den von Brügge zum Beispiel. Köln hat auch einen an seinem gotischen Rathaus, er ist noch in deiner Zeit berühmt wegen seiner schönen Statuen, die die Außenfassade übersäen.

In Frankfurt hat man das Rathaus, das dem Domturm im Weg stand, auf Wunsch des Mainzer Erzbischofs an den Römerberg verlegt. Weil die Stadt ihm diesen Gefallen getan hat und weil der Rat die Hälfte der Baukosten zahlt, akzeptierte der Bischof den Einturm des Stadtbaumeisters Madern Gerthener. Sobald seine Kuppel beendet sein wird, werden Frankfurts reiche Familien dort oben Feste feiern.«

»Na ja«, sagt Martin. »Wenn es ihr Rathausturm ist. Aber so ganz kann das nicht stimmen mit der bürgerlichen Einturmfassade: Ich war im vergangenen Jahr auf Klassenfahrt in Lübeck. Dort haben wir die Marienkirche besichtigt. Sie ist die gotische Ratskirche der Stadt – und sie hat eine Fassade mit zwei riesigen Türmen.«

»Richtig, die Marienkirche … Es gibt immer die Ausnahmen von der Regel«, sagt Merkur. »In Lübeck war es so, dass die reichen Kaufleute im Dauerstreit mit dem Lübecker Bischof waren. Der hat am Rand der Stadt einen kolossalen Dom mit Zweiturmfassade errichten lassen. Daraufhin hat der Rat beschlossen, die geplante Einturmfassade der Marienkirche in eine mit zwei Türmen abzuändern, die höher und breiter waren als die des Doms. Der Bischof hat geschäumt. Solche Rivalitäten hat es oft gegeben … und es gibt sie auch noch in deiner Zeit. Denk nur an den Wettlauf zwischen Frankfurt und London, wer das höchste Hochhaus Europas hat.«

Inzwischen stehen die beiden vor dem Portal des weit vorragenden nördlichen Querhauses.

»Die Rose da würde Albin gefallen«, sagt Martin und deutet auf das Rundfenster über dem Portal.

»Man hat sie hier angebracht, weil die Könige zur Wahl durch das Nordportal in den Dom gehen«, sagt Merkur.

»Aber ich habe dich aus einem anderen Grund hierher geführt. Sind dir schon einmal die Reliefs unter den Sockeln der Apostelfiguren aufgefallen, die zu beiden Seiten der Rose an der Außenwand stehen?«

»Wüsste nicht«, sagt Martin und schaut suchend nach oben. Dann fällt es ihm wie Schuppen von den Augen.

»Merkur, das gibt's doch nicht. Das sind ja lauter antike Gestalten. Da unten, das ist doch ein Kentaur, ein Mann mit Pferdeleib wie auf der Akropolis. Und da, die junge Frau mit der Harfe und den Vogelkrallenbeinen, das muss eine Sirene sein, wie die von Odysseus. Wer hat sich so was einfallen lassen?«

»Das ist ein Rätsel für eure Epoche, das ich nicht auflösen will«, sagt Merkur mit undurchdringlichem Lächeln. »Bekannt ist euch nur, dass die Reliefs um 1370 entstanden sind und dass es kein anderes Beispiel gibt, wo Christentum und Heidentum so unmittelbar aufeinandertreffen … Komm, ehe wir nach Köln zurückkehren, zeig ich dir eine letzte Besonderheit.«

Sie gehen an die Südseite der Kirche, vorbei an den Baugerüsten des Domturms. Überall klettern Maurer umher, der Baustellenplatz wimmelt von Menschen. Niemand achtet auf die beiden.

»Guck, da oben, der bärtige Mann mit dem Senkblei, das ist Madern Gerthener«, sagt Merkur.

Martin schaut nach oben. Im selben Moment dreht der Mann seinen Kopf. Mit stechendem Blick mustert er die beiden. Dann fixiert er Martin und öffnet den Mund, als wolle er ihm etwas zurufen. Martin friert plötzlich. Er blickt zu Boden und geht weiter.

»Übrigens«, sagt Merkur, der nichts bemerkt hat, »wird Albin seine Ausbildung als Bildhauer bei Madern Gerthener beenden und dann gemeinsam mit ihm die sogenannte Goldene Pforte im Mainzer Dom gestalten. Schau sie dir gelegentlich einmal an. Die Gewändefiguren dort zeigen genau die raffinierte Mischung aus Realismus und Eleganz, von der Albin träumt. Der noble heilige Martin und der grausam entstellte Bettler sind ihm besonders gelungen. In eurer Zeit nennt man diesen Spätstil der Gotik den *Weichen Stil* oder die *Internationale höfische Gotik*. Sie breitet sich in ganz Europa aus.

Albin wird sich als Bildhauer in Frankfurt niederlassen. Sein Spätwerk als alter Mann wird eine wunderschöne Madonna sein … Kennst du das Steinerne Haus am Römerberg?«

Martin nickt.

»Das Haus wird 1463 von einem Kölner Kaufmann errichtet. Er wird es mit Zinnen und Ecktürmchen krönen lassen. Damit ahmt er, so wie im 14. und 15. Jahrhundert viele Kaufleute, die Paläste und Burgen des Adels nach. Das direkte Vorbild für das Steinerne Haus ist jedoch ein Kölner Bauwerk: der Gürzenich, das Festhaus der Patrizier. Wir haben es vom Südturm des Kölner Doms aus gesehen.«

»Und was haben der Gürzenich und das Steinerne Haus mit Albin zu tun?«, fragt Martin.

»Der Kölner Kaufmann wird Albin beauftragen, eine Eckmadonna für sein Haus zu meißeln«, sagt Merkur. »Während der Arbeit daran wird Albin unbewusst Iris aus dem Gedächtnis porträtieren. Er wird sie vergessen haben, aber die Kölner Formen des Steinernen Hauses werden ihn an seine frühe Jugend erinnern und von Iris träumen lassen, so lange, bis er sie in der Marienstatue mit genau dem traurigen Blick, den sie ihm zum Abschied zugeworfen hat, porträtieren wird. Doch die Frankfurter werden später von einem jungen wandernden Bildhauer erzählen, der sich in Jutta, die Tochter des Kaufmanns, verliebt und seiner Madonna deren Gesichtszüge gegeben habe.«

»Ich habe die Madonna am Steinernen Haus schon öfter angeschaut. Eine Ähnlichkeit mit Iris habe ich nie bemerkt!«, wirft Martin ein.

»Kannst du auch nicht«, sagt Merkur. »Die Statue, die du siehst, ist ein Ersatz für das 1944 von Bomben zerstörte Original. Der moderne Bildhauer wollte auf keinen Fall die alten zarten Formen kopieren. Er hat nur die Umrisse nachgeahmt.«

Martin, eben noch in Gedanken, rümpft plötzlich die Nase.

»Hier stinkt es extrem«, sagt er.

»Kein Wunder«, antwortet Merkur. »Zehn Schritt von hier steht das Frankfurter Schlachthaus. Es wurde zwar direkt am Main gebaut, um die Abfälle in den Fluss spülen zu können. Aber trotzdem liegt immer auch Unrat auf dem Pflaster. In allen mittelalterlichen Städten starren die Gassen vor Müll, und die Kanalisation ist, gelinde gesagt, mangelhaft.«

Martin und Merkur gehen, vorbei an hohen Fachwerkhäusern mit weit vorspringenden Stockwerken, bis zu einem mächtigen Steinhaus, dessen Walmdach aus Schiefer ein Zinnenkranz mit Ecktürmchen umgibt.

»Das ist das Leinwandhaus«, sagt Merkur.

»Ich kenne es«, sagt Martin, »zu meiner Zeit steht es auch noch am Dom, beziehungsweise wieder. Nach dem Krieg musste es neu aufgebaut werden. Hier wurden zu Messezeiten die teuren Stoffe vermessen und zugeschnitten. Es sieht auch so ähnlich aus wie der Kölner Gürzenich, stimmt's?«

»Du kriegst langsam einen Blick wie ein Baukundler«, sagt

Merkur. »Und du kennst dich tatsächlich gut aus in deiner Stadt.«

Aus dem steinernen Giebelbau neben dem Leinwandhaus – nur ein Davidstern im Maßwerk seines Mittelfensters zeigt, dass er eine Synagoge und kein Kaufmannshaus ist – kommen zwei Kinder, denen ein etwa 15-jähriges Mädchen folgt. Martin erkennt die drei sofort: Rebekka, David und Lea.

Die Zwillinge laufen unbefangen auf Martin und Merkur zu.

»Schalom, Friede sei mit euch«, sagt David, der als Erster bei ihnen ankommt. »Ihr seid fremd in der Stadt, gell? Nur Auswärtige betrachten den Dom so genau.«

»Von wo kommt ihr?«, fragt Rebekka und stellt sich neben David.

»Seid nicht so neugierig, ihr zwei«, ermahnt Lea, die nun auch herangekommen ist, die Zwillinge. »Ihr müsst entschuldigen«, sagt sie dann mit einer leichten Verbeugung. »In den letzten Wochen wurden vom Rat mehrmals Ausgangssperren verhängt. Die Kinder vertragen es schlecht, dauernd in der Stube bleiben zu müssen. Jetzt, wo das Verbot gerade aufgehoben wurde, sind sie außer Rand und Band.«

»Ausgangssperre? Ist Krieg?«, fragt Martin.

»Natürlich nicht. Wie hättet ihr sonst reisen können?«, antwortet Lea irritiert. »Der Erlass galt uns Juden. Es hieß, wir hätten wieder die Marktgesetze gebrochen.«

»Juden dürfen nur mit bestimmten Waren handeln, vorzugsweise mit Geld«, sagt Merkur zu Martin.

»Ist das nicht eine Gemeinheit, dieses Verbot?«, fragt David entrüstet. »Ich finde es ungerecht, obwohl mein Vater immer sagt, wir müssten noch dankbar sein, weil die anderen Städte ihre Juden längst vertrieben haben.«

»Ganz genau, gemein ist das. Richtige Ty… Tyrannei«, ereifert sich Rebekka. »Und dauernd heißt es, Juden wären Wucherer. Dabei werden die großen Geldgeschäfte, so hat unser Rabbi gesagt, längst von christlichen Kaufleuten betrieben. Von den Fuggern in

Augsburg zum Beispiel. Bei denen hat selbst der Kaiser einen Schuldenberg so hoch wie die Alpen. Das sagt Daniel, unser großer Bruder. Und der muss es wissen. Er war nämlich mit unserem Großvater im kaiserlichen Palast in Innsbruck, weil der Kaiser heimlich Geld von ihm leihen will. Da heißt es dann plötzlich nicht mehr ›die abscheulichen Wucherer‹.«

»Becka, David, ihr seid vorlaut und unvorsichtig«, mahnt Lea. Sie ist rot geworden.

»Ich kann die beiden verstehen«, sagt Martin und grüßt das Mädchen mit einem Kopfnicken. »Ich heiße übrigens Martin und bin Frankfurter. Ich wollte unserem italienischen Gast den Dom zeigen.«

»Mercurio … aus … Rom«, sagt Merkur und verbeugt sich galant. Lea nickt, macht eine Bemerkung, dass Frankfurt viele Gäste aus Italien habe, aber schaut unverwandt Martin an. »Ich heiße Lea Ben Isaak und das sind meine Geschwister David und Rebekka«, sagt sie dann.

Martin, dem beinah ein »Weiß ich doch« herausgerutscht wäre, schluckt. Dann deutet er auf ihren safrangelben Umhang und sagt »Hübsch, der Stoff steht dir gut zu Gesicht, wenn ich das so frei sagen darf. Woher hast du ihn? Aus Venedig?«

»Willst du dich über mich lustig machen?«, fragt Lea und wirkt mit einem Mal sehr wütend. »Wenn du Frankfurter bist, müsstest du wissen, dass der Rat uns diese Umhänge zur Pflicht gemacht hat, damit jedermann uns sofort als Juden erkennt.«

»Entschuldige bitte, ich wusste das tatsächlich nicht«, sagt Martin erschrocken, »ich … war längere Zeit auf Reisen und bin erst seit kurzem zurück.«

»Ach so«, sagt Lea, scheint aber noch immer verletzt zu sein.

»Es ist eine Seuche, dieses dauernde Demütigen«, mischt sich Merkur ins Gespräch. »Auch in Italien denkt man sich permanent neue Schikanen gegen Juden aus. In Venedig hat man sie sogar in einem einzigen Stadtteil zusammengepfercht; er heißt Giudecca, auf

Deutsch: Ghetto … Erst hat man die Juden zum Handel gezwungen, vor allem mit Geld. Jetzt, wo sie es besonders gut können, will man sie los sein.«

»Mein Vater denkt, wie ihr ja schon von den beiden Plappermäulern gehört habt, ähnlich«, sagt Lea. »Dabei wäre er viel lieber Landwirt als Kaufmann geworden. Aber das ist uns verboten … Ich zum Beispiel würde sehr gern als Ärztin arbeiten. Doch das ist mir nicht nur wegen meiner jüdischen Herkunft unmöglich, sondern auch, weil ich ein Mädchen bin. Mir bleibt nichts anderes als Hebamme zu werden, und nur in unserer jüdischen Gemeinde. Dabei haben wir Juden so viel mehr medizinische Kenntnisse als die Christen.«

»Man sollte den Rat an die Versprechen erinnern, die er vor nicht einmal siebzig Jahren der Frankfurter Jüdischen Gemeinde und dem Kaiser gegeben hat«, sagt Merkur. »Damals hat hier in Frankfurt ein Pogrom, also ein Massaker an den Juden, stattgefunden. Es kam überraschend, denn vorher waren Juden und Christen in Frankfurt gute Nachbarn. Eine Wandersekte, die die Juden für die Pest verantwortlich machte, hat die Frankfurter Christen aufgehetzt.«

»Inzwischen hetzen sie selber«, sagt Lea.

Merkur wirft ihr einen bedauernden Blick zu. »Damals jedenfalls«, sagt er dann, »befahl der Kaiser, die geflüchteten Überlebenden nach Frankfurt zurückzuholen, neue jüdische Familien anzusiedeln und sie in Frieden leben zu lassen. Die Frankfurter hätten das auch ohne kaiserlichen Befehl getan, denn sie bereuten ihre Taten. Das Südportal des Doms hier hinter uns ist ein Beweis dafür.«

Alle schauen hinüber zu dem Eingang, der über die Dächer von hölzernen Verkaufsbuden ragt, die den Dom umringen.

»Die Statuen dort oben wurden 1350, kurz nach dem Pogrom, von dem Freiburger Bildhauer Antze geschaffen«, sagt Merkur. »Sie zeigen die Heiligen Drei Könige, wie sie den neugeborenen Christus anbeten. In der Mitte Maria mit dem Jesuskind, rechts die Könige und links Joseph, der Pflegevater. Er ist das Besondere in dieser Darstellung. Denn er trägt den spitzen Judenhut, den alle erwachsenen männlichen Juden tragen müssen.«

»Mir setzt später keiner so ein blödes Ding auf den Kopf!«, ruft David.

»Ich verstehe nicht, was Ihr meint, Mercurio«, sagt Lea. »Mir scheint dieser alte Mann mit dem grässlichen Judenhut eine Erniedrigung unseres Volks!«

»Oder umgekehrt eine Ehre«, erklärt Martin und schaut Lea an. »Schließlich ist Joseph der Pflegevater gewesen, der Jesus aufgezogen hat. Vielleicht soll diese Figur zeigen, dass der jüdische Glaube der Vater des christlichen ist und Respekt verdient.«

»Genau darauf wollte ich hinaus«, sagt Merkur.

Lea guckt skeptisch. Dann aber sagt sie: »Ich bin zwar nicht davon überzeugt, aber es ist nett, dass du dieses Standbild so deutest, Martin.«

»Schamlos ist das, auf offener Straße mit fremden Männern reden«, keift eine vorübergehende Frau und schüttelt den Kopf. »Die Judenmädchen werden von Tag zu Tag frecher.«

»Ich muss gehen«, sagt Lea, die blass geworden ist, »sonst gibt es noch Ärger für mich ... und für euch. Trotzdem, es war schön, mit dir zu plaudern.«

Lea nimmt die Zwillinge, die seit dem Geschimpfe der Frau verschüchtert wirken, bei der Hand und wendet sich zum Gehen.

»Vielleicht auf bald«, ruft sie mit gedämpfter Stimme über die Schulter.

»Bis bald«, ruft Martin. Dann gehen er und Merkur in die andere Richtung davon.

»Arme Kinder«, seufzt Merkur. »Als Erwachsene, in 40 Jahren, werden sie in ein Ghetto ziehen müssen. Der Frankfurter Rat wird vor der Stadtmauer, nahe beim Dominikanerkloster, eine sogenannte Judengasse errichten, mit Mauern drumherum und zwei Toren, die jeden Abend zugesperrt werden.«

»Ich weiß«, sagt Martin bedrückt, »im Frankfurt meiner Zeit gibt es ein Museum, wo die Fundamente einiger Häuser der Judengasse zu sehen sind und die Geschichte des Ghettos dokumentiert ist. Verglichen mit anderen jüdischen Gemeinden, hatten es die Frankfurter sogar noch erträglich. Denn in den übrigen deutschen Großstädten wurden bis ins 18. Jahrhundert gar keine Juden mehr geduldet.«

»Gut, dass du deine Gedanken in die Zukunft gerichtet hast«, sagt Merkur, »das hier ist deprimierend. Wollen wir zurück nach Köln?«

»In Ordnung«, sagt Martin. »Mal sehen, wie Thot die beiden anderen gerettet hat. Und wie Bes damit zurechtgekommen ist.«

Gleich darauf schweben sie schnell wie ein Komet zum Himmel. Zwei Angler am Mainufer reiben sich ungläubig die Augen.

»Eben hab ich doch tatsächlich gemeint, ich sehe zwei Burschen durch die Luft sausen«, sagt der eine. »Einen davon sogar mit Flügelhut.«

»Du wirst von Tag zu Tag verrückter«, sagt der andere. »… Ich aber auch … Bei mir hatte er winzige Windmühlen an den Fersen … Ja ja, das kommt vom ewigen Warten, dass einer anbeißt, da sieht man irgendwann Gespenster am helllichten Tag!«

◇◇◇ 14. Der Kölner Dom – zweiter Teil
oder Außer Kontrolle ◇◇◇◇◇◇◇◇◇◇◇◇◇◇

»Das könnt ihr mit mir nicht machen«, protestiert Bes. Um ihn herum stehen Iris, Albin und Thot. Sie sind in einem Zimmer des kleinen Hauses von Albins Eltern, die sich nach einem kurzen Umtrunk mit den Gästen ihres Sohnes ziemlich verwirrt über die Fremden, vor allem den seltsamen zwergenwüchsigen Herrn Bes, zurückgezogen haben.

»Sei doch vernünftig«, redet Thot auf Bes ein, »wie sollen wir dich denn anders zu Albins Lossprechung mitnehmen können?«

»Ich als Baby – das geht zu weit«, sagt Bes. »Ich habe vorhin noch sieben Männer zu Fall gebracht, um euch zu retten, und jetzt soll ich den sabbernden Säugling markieren?«

»Es waren drei«, sagt Albin trocken.

»Genau«, sagt Thot, »und du hast nichts anderes getan, als wie eine Heuschrecke zwischen ihren Füßen herumzuwuseln. Albin dagegen hat richtig gekämpft.«

Albins Gesicht leuchtet auf. Aber er wehrt ab: »Schon gut, ohne Bes wäre ich zwei Sekunden später platt wie eine Flunder gewesen.«

»Och Bes, bitte«, sagt Iris, »ich würde so gern erleben, wie im Mittelalter gefeiert wird.«

»Na gut, na gut, na gut«, schnaubt Bes. »Wenn du mich darum bittest, mach ich's. Aber tragen«, er fährt zu Thot herum, »werdet Ihr mich, Herr Oberspielleiter. Und zwar behutsam, wenn ich bitten darf. Ich habe nämlich jede Menge blaue Flecken von meinem heldenhaften Kampf!«

»Kein Problem, mein Herrchen«, sagt Thot, »Ihr werdet ja ohnehin gern getragen.«

Zwei Minuten später hat Bes Höschen und einen Kittel an. Es sind Kleinkindsachen, die Albins Mutter aufbewahrt und die er aus der Truhe der Ahnungslosen gezogen hat. Über dem Kopf trägt Bes ein breites weißes Wolltuch – ein bärtiges Baby würde ziemliches Aufsehen erregen.

Die vier schlendern zur Bauhütte. Aus der größten Hütte tönt Musik. Als sie eintreten, sehen sie vier Musikanten am hinteren Ende des Raums stehen. Sie tragen ziemlich zerlumpte Kleidung, aber ihre Instrumente glänzen fleckenlos. Einer bläst einen Dudelsack, der zweite spielt eine Fiedel, der dritte eine Laute, der vierte schlägt ein

Tambourin. Überall stehen lange Tische; es sind Baubretter auf Holzböcken, an deren Langseiten lehnenlose Bänke platziert sind. Neben den Musikanten ist ein kleines hölzernes Podest aufgestellt.

»Das ist mein Meister«, sagt Albin und deutet nach vorn. Er spricht gerade Wulf los. Heute feiern insgesamt vier Lehrlinge. Nach Wulf bin ich mit der Lossprechung an der Reihe.«

»Sei gegrüßt, Albin«, ruft ein junger Mann am Nebentisch. »Was hast du denn da für komische Vögel mitgebracht?«

»Wenn der wüsste, wie recht er hat«, flüstert Thot Iris zu.

»Das sind meine Gäste, der Meister hat es erlaubt«, antwortet Albin dem jungen Mann.

»Hätt' ich mir denken können«, antwortet der, »dir wird ja sowieso dauernd eine Extrawurst gebraten! Sogar ein Mädel darfst du mitbringen, obwohl Weibsbilder in der Bauhütte nichts zu suchen haben! Nichts für ungut, Mädchen«, sagt er zu Iris. »Mir persönlich gefällt es ganz gut, dass auch mal weibliche Gesellschaft da ist. Setz dich. Ihr anderen auch. Wir rücken zusammen.«

Als Thot neben ihm Platz nimmt und den verhüllten Bes auf die Knie nimmt, schaut der junge Mann irritiert zu Iris.

»Das ist doch wohl nicht dein Kind? Dafür bist du reichlich jung!« Geht's noch, denkt Iris.

»Wie kommt Ihr auf die Idee?«, sagt Thot schnell. »Das ist mein Sohn. Ich hab ihn mitnehmen müssen, weil seine Mutter schmollt. Sie ist wütend, dass sie nicht zu eurem Fest darf!«

»Verstehe!« Der junge Mann blinzelt Thot zu. »Aber nimm dem Kleinen doch das Tuch vom Kopf. Der erstickt ja bei der Hitze.«

»Das geht nicht«, sagt Thot nervös »Er … er … hat einen grässlichen Schorf auf dem Kopf. Den Anblick kann ich keinem zumuten!«

Nur Albin und Iris bemerken, dass Thots Augen sich eine Sekunde lang weiten, weil der wütende Bes ihm unter der Verhüllung seinen gestreckten Daumen in die Rippen rammt.

»Albin Schindler, tritt vor«, ruft nun eine Stimme durch den Raum.

Albin drückt sich durch die Bankreihen zum Podest, wo sein Meister wartet. Iris hat ihm noch »Viel Glück« zugerufen und dafür ein zutrauliches Lächeln des Jungen und ein »Wird schon gutgehn!« erhalten.

»Nach solich alt Harkumen ernüwert und geluttert und int dieser Ordnung und Brüderschaft freyntlich vereynt, sprech ich dich, Albin Schindler, im Namen aller ander Meister und Gesellen unsers gantzen Hantwarcks …«, hört man den Meister feierlich verkünden. Aber die vielen Gäste scheinen sich nicht sonderlich für die Zeremonie zu interessieren. Sie unterhalten sich ungeniert weiter, sodass die folgenden Worte des Meisters und Albins Antworten im Stimmengewirr untergehen.

»Wo kommt Ihr her, Herrr …?«, wendet sich der junge Mann an Thot. »Ihr redet zwar ein ausgezeichnetes Deutsch, aber ein Deutscher seid Ihr nicht. Da ist ein fremdländischer Klang in euren Worten.«

»Toto, mein Name«, antwortet Thot, »ich komme aus Mailand, der Stadt, aus der euer Bischof vor 300 Jahren die Gebeine der Heiligen Drei Könige hierher gebracht hat. Ich möchte Albin für den dortigen Dombau anwerben.«

»Aha. Na dann sehr zum Wohl, Meister Toto«, antwortet der Geselle. »Gut, wenn wir den Träumer los wären. Hat nur Flausen im Kopf. Sieht sich schon als Oberbildhauer und hat gerade mal zwei kleine Konsolfigürchen gemeißelt!«

»Mir kommt er aber sehr bescheiden vor«, gibt Thot zurück, ehe er an dem Wein nippt.

»Buäh«, sagt er gleich darauf mit heruntergezogenen Mundwinkeln. »Mit Verlaub, das ist ja der pure Essig!«

»Dacht' ich mir, dass Euch als Italiener unser hiesiger Wein zu sauer ist. Probiert besser unser Bier, das macht den Kölnern keiner so leicht nach.«

Der junge Mann stellt einen großen hölzernen Bierhumpen vor Thot.

»Ausgezeichnet«, sagt Thot nach einem tiefen Schluck und wischt sich den Schaum vom Mund.

»Leichter als unser ägyptisches, aber süffig, durchaus süffig.«

»Ägyptisch??? Was meint Ihr damit?«

»Ähem … nur so eine Redensart«, antwortet Thot und nimmt sofort noch einen Schluck. Unter dem Tuch kichert Bes vor sich hin. Albin kommt zurück und setzt sich neben Iris.

»Alles gutgegangen?«, fragt sie.

»Ja, war ohnehin nur Formsache … Na ja, ehrlich gesagt, war ich doch ziemlich aufgeregt. Der Meister hat so feierlich gesprochen, und zum Schluss hat seine Hand gezittert, als er mir die Urkunde überreicht hat … Meine auch … Aber jetzt ist es überstanden, und ich kann endlich auf Wanderschaft. Ich muss es nur noch meinem Meister beibringen.«

»Wohin willst du denn?«

»Mein Traumziel ist die Kathedrale von Reims. Dort stehen Statuen, schöner als alles, was ich bisher gesehen habe. Ein durchreisender Geselle aus Frankreich hat mir Skizzen von ihnen gezeigt. Sie sind fast 200 Jahre alt, aber die Art, wie die Bildhauer Engel und Heilige dargestellt haben, entspricht genau dem, was mir vorschwebt. Weißt du, die Reimser Figuren haben richtige Körper. Unsere, obwohl sie sehr elegant sind, wirken dagegen oft wie Gliederpuppen. Und die Reimser Gesichter sind unverwechselbare Menschengesichter, jedes hat seinen eigenen Ausdruck: lacht, weint, ist nachdenklich oder freudig. Das will ich studieren, zu dieser Kunst will ich zurück.«

»Dann musst du auch nach Bamberg und Naumburg in Deutschland«, mischt sich Thot ein, der mit halbem Ohr zugehört hat. »Dort gibt es ebenfalls solche lebensnahen Statuen. Im Bamberger Dom sind es vor allem zwei. Sie stellen den Besuch Marias bei ihrer Cousine Elisabeth dar. Wenn man nicht genau hinschaut, könnte man die beiden mit den perfekten griechischen und römischen Statuen der Antike verwechseln.

»Und das hat nichts mit heidnischen Bräuchen zu tun?«, fragt Albin.

»Woher denn«, sagt Thot. »Nur mit Kunst und dem immer wieder auftauchenden Wunsch, die Wirklichkeit getreu abzubilden. Das gilt auch für Naumburg. Im Dom dort hat sich ein Adelsgeschlecht verewigen lassen. Es sind die Stifter der Kirche und ihre Frauen. Eine von ihnen, die Gräfin Uta von Naumburg, ist schön wie Isis und hat ein so stolzes abwehrendes Gesicht, dass Hunderte von Jahren später Romane über sie geschrieben werden.«

»Jetzt redest du wieder wie ein Magier«, sagt Albin.

Thot wendet sich seinem Humpen zu. Es ist schon der zweite. Iris und Albin halten sich an Apfelmost. Zwischendurch nehmen sie knusprig gebratene Fleischstücke von Platten, die herumgereicht werden. Albin angelt zusätzlich zwei kleine Tonnäpfe von einem Holzbrett.

»Hirsebrei mit Honig«, sagt er zu Iris. »Der beste Nachtisch, den's gibt. Wenn wir nicht sofort zugreifen, ist er weg!«

»Was ist das für Fleisch«, fragt Iris, während sie ein Stückchen unter das Tuch schiebt, wo Bes vergnügt schmatzt.

»Tauben, Wachteln und Rebhuhn«, antwortet Albin. »Meine Eltern und die von Wulf haben sie gespendet. Schmecken sie dir?«

»Tauben, Wachteln? Sag bloß, ihr jagt mit Falken?«

»Nein, aber mein Vater kennt einen Vogelfänger. Der arbeitet mit Leimruten, wie alle. Falknerei betreiben nur die Patrizier und der Adel.«

»Keine Chance, meine Liebe«, tönt es dumpf unter dem Tuch. »Hajo ist längst über das Siebengebirge auf und davon.«

»Apropos auf und davon«, sagt Albin, »... willst du mich nicht auf meiner Wanderschaft begleiten? Wenigstens ein paar Tage?«

»Das geht nicht«, sagt Iris und schaut ihn an. »Ich muss wieder zurück. So viel Zeit könnte selbst Thot nicht ... Ach, das ist zu kompliziert zu erklären. Ich versteh es ja selbst nicht richtig.«

»Ich, ich wäre am liebsten immer mit dir zusammen«, beharrt Albin. »Hier habe ich niemand, weil alle mich wegen der Bildhauerei für einen Spinner halten. Ich habe noch nie ein Mädchen wie dich getroffen ... eines, mit dem man so gut reden kann und das sich für die Dinge, die mich bewegen, interessiert ... Bleib doch bei mir.«

»Albin«, sagt Iris leise, »ich bin erst 13. Ich denke, ich weiß, was in dir vorgeht, aber dafür bin ich zu jung ... und von zu weit her.«

Traurig und stumm schauen die beiden in ihre Mostbecher.

Nach einer Weile wendet Thot sich ihnen zu: »Und außerdem, hicks, Albin, solltest du, hicks, unbedingt mal nach, wie heißt das noch mal? ... Nnnnnorddeutschland wandern. Nach Lüüüüüübeck, Schschsch ... Stralsund und so. Dort wird mit Ziegeln gebaut. Nicht solchen Lehmziegeln wie bei uns am Nil, sondern mit gebrannten großformatigen Ziegeln. Backsteine heißen sie. Daraus baut man gigantische Kirchen und Rathäuser. Riesenbrocken ... wahre Gottesburgen. Die musst du seh'n, die Backsteingotik, hicks! Fast so gut wie die massigen Tempel von Luxor.«

»Wirklich 'n komischer Vogel«, sagt der junge Mann, der Thot zugehört hat. »Was will der nur dauernd mit Ägypten?«

Verblüfft sieht er, wie Thot seinen Bierhumpen unter das Tuch schiebt. Noch verblüffter schaut er, als gleich darauf lautes Schlürfen darunter zu hören ist.

Thot, der trotz seines Rauschs die Irritation des jungen Mannes bemerkt, zuckt die Achseln.

»Verzogenes Gör, hicks. Aber gestern hat er noch Milch getrunken!«

Ringsum werden die Stimmen immer lauter, die Musik dröhnt, die Männer lachen über Witze, schimpfen über zu niedrigen Lohn und singen gleich darauf dröhnend Lieder, in denen vom freien Wanderleben die Rede ist. Nur Iris und Albin sind still.

»Da drin geht's ja hoch her«, sagt Martin. Er und Merkur sind gerade vor dem Dom gelandet. Es ist dunkel geworden, über den Platz streicht ein leichter Wind, der die Sommerhitze ein wenig abkühlt. Eine weiß schimmernde Gestalt nähert sich ihnen.

»Thot?«, fragt Martin ins Dunkel.

»Ich bin nicht der Tod«, lautet die halblaut gezischte Antwort, »aber für euch könnte ich es werden!

Erkennt ihr nicht die Kutte? Ich bin Pater Matthias, und ich rate euch, freiwillig stehen zu bleiben. Diesmal werden die Wachen sich weder von Flügeltricks noch von Zwergen verwirren lassen!«

Vor Martin und Merkur steht der Dominikanermönch. Die Wunde auf seiner Stirn ist inzwischen verschorft, leuchtet aber rot vor Zorn.

»Wir müssen die anderen schleunigst aus der Hütte kriegen«, flüstert Merkur Martin zu. »Die Dominikaner vertreten die Inquisition. Wenn dieser Kerl Alarm schlägt, könnte es großen Ärger geben.«

»Ah, der Herr Glaubenswächter«, sagt Merkur nun mit lauter Stimme, »immer im Dienst, wie ich sehe.«

»Wachen, Wachen, hierher«, schreit der Pater schrill und macht einen Schritt auf Martin und Merkur zu. Doch dann wird er, wie die beiden, vom Lärm aus der Hütte abgelenkt.

»Warum ist es am Nil so schön, warum ist es am Nil so schön, am Nil soooooooo schön …«, hört man Thots Stimme über dem allgemeinen Geschrei schallen.

»Was ist denn mit dem los? Und was singt er da?«, fragt Merkur verdutzt.

»Eigentlich heißt es: ›Warum ist es am Rhein so schön?‹«, sagt Martin hastig, muss aber doch lachen. »Das ist ein Karnevalslied. Mein Großvater singt es manchmal, wenn er ein Glas Wein zu viel intus hat. Ich denke mal, Thot geht es ähnlich.«

»Ihr Götter … oder so … Das könnte die Sache noch brenzliger machen«, stößt Merkur hervor.

Drinnen breitet Thot selig die Arme aus. »Leute, ich fühl mich tierisch wohl bei euch. So gutes Bier bringen nicht mal die Braumeister Pharaos zustande. Ich geb euch mein Wort als Ibis: Das ist Spitzenklasse, hicks!«

Während er redet, sprießen Federn aus seinen Wangen, und Thots Nase nähert sich bedenklich der Schnabelform.

Gerade sagt Iris »Oje, er verliert die Kontrolle«, da steht Thot auf, um noch einmal zu singen. Bes purzelt von seinen Knien.

»He, das arme Kind«, ruft der junge Mann und greift nach dem weißen Bündel. Doch er erwischt nur das Tuch. Vor den Augen der versteinerten Festgesellschaft rappelt sich Bes auf.

»Die Geschichte mit dem Heinzelmännchen nehmt ihr mir wohl nicht mehr ab, was?«, sagt er dann kleinlaut und schaut fragend in die Runde.

Der junge Mann unterbricht das fassungslose Schweigen.

»Von wegen kleiner Sohn«, schreit er und springt wie von der Tarantel gestochen auf, »der verrückte Albin hat uns einen Gnom hier reingeschleppt. Und der da, der Lange mit den Federn am Kopp, faselt dauernd was von Ägypten und Zeitreisen. Wenn ihr mich fragt, sind das entweder Gauner oder … Zauberer. Auf die Wache mit ihnen.«

»Thot, tu was«, brüllt Bes, während er den jungen Mann mit einem erstaunlich wendigen Purzelbaum zu Fall bringt.

»Wird … prompt … erledigt«, lallt der schwankende Thot.

Während er noch mit seinem Rausch kämpft, kommt ihm der Zufall zu Hilfe. Vor den ungläubigen Augen der Kölner Bauhüttenleute verwandelt sein Kopf sich vollends zurück in den eines Ibis. Als alle erschrocken zurückweichen, erkennt Bes die Chance.

»Mir nach«, ruft er und wieselt auf den Ausgang zu. Thot stakst murmelnd hinter ihm her, bleibt aber plötzlich stehn: »Augenblick noch, meine Sandalen« sagt er mit schwerer Zunge und deutet auf die umgekippte Sitzbank hinter ihnen. Entschlossen schubst ihn Iris nach draußen und springt ihm, gefolgt von Albin, nach.

Jetzt stehen die vier vor Merkur, Martin und dem Mönch.

»Wo kommt ihr denn her?«, stößt Albin hervor.

»Keine Zeit für Erklärungen, wir müssen weg«, sagt Merkur und deutet auf das hintere Ende des Platzes, von dem her eine Gruppe Wächter auf sie zurennt.

»Mit Thot können wir diesmal nicht rechnen«, sagt Iris und schaut resignierend auf den hilflos wackelnden Ibiskopf.

Hastig aber gefasst wendet sie sich Albin zu:

»Albin, was ich jetzt gleich tun werde, wird dich freuen und gleich drauf erschrecken. Doch es muss sein.«

Während Iris spricht, sprinten Merkur und Bes auf die Bauhüttenleute zu, die inzwischen aus der Tür nach draußen drängen. Merkur, der wieder seine Göttergestalt angenommen hat, hält einen Stab in der Hand, an dessen oberem Ende sich zwei Schlangen ringeln, die wie Phosphor in der Sommernacht glühen. Die Augen von Bes sind größer geworden und sprühen Feuer. Aus seinem offenen Mund ragen die Reißzähne eines Löwengebisses. Trotz seiner winzigen Gestalt sieht er plötzlich furchterregend aus.

»Zurück«, schreien die beiden – und die Männer bleiben tatsächlich wie erstarrt stehen.

»Ich kann's mir schon denken. Das ist der Abschied«, sagt Albin, als Iris auf ihn zugeht.

Sie nickt. Dann legt sie behutsam ihre Hand an seine Wange und sagt: »Leb wohl, ich war sehr gern bei dir.«

»Und ich bei dir«, sagt Albin traurig lächelnd, während er ihr die Tränen wegwischt, die aus ihren Augen laufen.

Martin hält die Luft an vor Verwunderung, als er und Iris diesmal nicht schlagartig in die Gegenwart zurückkatapultiert werden. Stattdessen beginnt Albin durchsichtig zu werden, als würde glitzerndes Wasser über seinen Körper rieseln.

»Keine Sorge, Iris, ich bring ihn hier raus«, hört Iris Bes sagen. Dann sind Albin und Köln verschwunden.

Während noch Dunkelheit die Zwillinge umgibt, riechen sie schon den Wiesenduft des Lohrbergs. Iris spürt einen kleinen harten Gegenstand in ihren Fingern. Sobald sie wieder festen Boden unter den Füßen fühlt, schaut sie, was es ist. Auf ihrer Handfläche liegt eine kleine steinerne Maske. Es ist ein Menschengesicht, das an Hals, Wangen und Stirn in einwärts gerollte Akanthusblätter übergeht. Obwohl ein Fabelwesen dargestellt ist, blicken die Augen sanft und freundlich.

»Ein Abschiedsgeschenk von Albin«, sagt Iris, »hab gar nicht gemerkt, dass er es mir in die Hand gedrückt hat.«

Martin beschließt, Iris vorerst nichts von der Madonna am Steinernen Haus zu erzählen. Es würde sie vielleicht noch trauriger machen.

◇◇◇ 15. Die Domkuppel und der Palazzo Pitti in Florenz
oder Ein Gott mit Brummschädel ◇◇◇◇◇◇◇◇◇◇

»Wart ihr schon einmal in Florenz?«

Thot kneift die Augen zusammen, um sie vor der hellen Morgensonne zu schützen.

»Ja, vor zwei Jahren bei einem Urlaub mit unseren Eltern«, antwortet Martin, während Iris insgeheim lächelnd das ziemlich graue Gesicht Thots betrachtet.

Kater, denkt sie. Der behindert sogar seine Allwissenheit. Das hat er nun vom süffigen Kölner Bier.

»Sehr gut«, sagt Thot und streicht sich vorsichtig über den Hinterkopf. »Dann kann ich mich heute auf Stippvisiten in Sachen Renaissance beschränken. Bei Isis und Osiris, mein Schädel dröhnt, als würden alle Steinklopfer Ägyptens in ihm hämmern.«

Er mustert Iris und Martin: »Ihr habt Regenumhänge an?«

»Als wir vorhin aufgebrochen sind, sah es nach einem Gewitter aus«, sagt Iris. »Unsere Mutter hat uns nur unter der Bedingung gehen lassen, dass wir die Dinger anziehen.«

»Das ist gut. Hier hat es auch gerade einen Platzregen gegeben«, sagt Thot. »Die reichen Florentiner tragen wegen ihrer kostbaren Kleidung Umhänge, sobald sich nur ein Wölkchen am Himmel zeigt. Den Kunststoff eurer Capes werden sie für Seide halten. Also werden wir ihnen nicht auffallen.«

»Wir?«, fragt Martin und schaut auf Thots ägyptisches Gewand.

»Ich bin zerstreut ... dieses Bier«, sagt Thot und greift ächzend in die Luft. »Florentinischer Loden, beste Qualität«, sagt er gleich darauf und nimmt den braunen Filzumhang über die Schultern, der in seinen Händen baumelt.

»Warum zauberst du eigentlich keine Kostüme für uns?«, fragt Martin. »Dann bräuchten wir uns nicht immer so umständlich zu tarnen.«

»Weil ich auch damit die Grenzen zwischen den Epochen verletzen würde«, sagt Thot. »Ihr wärt sofort in die Zeit gebannt, in der ihr euch gerade befindet.«

»Gut, dass du uns das nicht schon in Ägypten erklärt hast«, sagt Iris. »Ich hätte wahrscheinlich vor lauter Vorsicht keinen Schritt mehr machen können. Aber so richtig hältst du dich nicht an diese Regeln: Vorgestern hast du uns einen Trank mitgegeben, du kümmerst dich jedes Mal darum, was aus dem Jungen wird ... und von deinen vielen Rettungsaktionen will ich lieber gar nicht reden.«

»Ist auch besser so«, sagt Thot. »Heute kann ich beim besten Willen nicht über so verwickelte Dinge nachdenken. Eins steht jedenfalls fest: Ich vermenschliche ... autsch ... zu sehr.«

»Wann kommt Albin, ich meine, der Junge?«, fragt Martin, der bei dem Wort Vermenschlichen Angst bekommen hat, dass Thot noch einmal so melancholisch werden könnte wie in Castel del Monte.

»Ihr müsst diesmal ohne ihn und die anderen auskommen. Den Jungen aufzutreiben war mir in meinem Zustand zu mühsam,

Merkur streunt um einen Schriftsteller herum, der einen historischen Roman über ihn schreiben will, und Bes hat sich Lea an die Fersen geheftet, weil Merkur ihm erzählt hat, dass sie Hebamme werden will.«

»Lea?«, fragt Iris. »Aber in Aachen war Merkur doch gar nicht dabei.«

»Ich hab sie in Frankfurt wiedergetroffen ... war ein ziemlich trauriges Wiedersehen«, sagt Martin und hat plötzlich ein ganz verschlossenes Gesicht. »Erzähl ich dir ein anderes Mal. Thot, zeig uns Florenz.«

»Subito«, sagt Thot, sinkt aber gleich wieder auf die steinerne Bank vor dem Dom von Florenz. »Verflixt, mein Kopf! Jetzt täte mir ein Cappuccino gut, aber den gibt's hier erst in 300 Jahren. Momentan schreibt man das Jahr 1440. Vor vier Jahren wurde die Domkuppel von Florenz eingeweiht.

Und während hier die Renaissance beginnt«, jetzt schaut Thot Iris an, »sitzt dein Albin als Bildhauer in Frankfurt.«

»Was ist mit seinem Gesicht«, fragt Iris beklommen.

»Du meinst, weil du ihn an der Wange berührt hast?«, entgegnet Thot. »Es sind nur drei kleine rote Punkte zurückgeblieben. Ich habe einen Heilzauber angewandt, als Bes und ich ihn in das Haus seiner Eltern schleusten. Ich war, wie ihr wisst, etwas gehandicapt, deshalb habe ich die Male nicht richtig löschen, aber wenigstens abmildern können. Als Albin die Punkte am nächsten Morgen entdeckte, hat er sie als Andenken an dich betrachtet. Später, als er wegen des Geredes der Leute über seine Freundschaft mit Zauberern und Hexen auf Wanderschaft ging, hat er seinen Bart drüberwachsen lassen – und sie irgendwann vergessen.«

»Ich wusste ihm und uns nicht anders zu helfen«, sagt Iris hilflos.

»Mach dir keine Vorwürfe. Du hast richtig gehandelt. Schließlich war ich ... ähem ... indisponiert. Du hast getan, was dein Herz dir eingab. Das war wichtig – für dich und für ihn ... Du hast übrigens eben sehr enttäuscht ausgesehen, als ich sagte, dass er dich vergessen hat. Mach ihm das nicht zum Vorwurf. Er musste dich vergessen.«

Iris wird rot und schaut vor sich hin.

»Was ist eigentlich aus deinen Sandalen geworden?«, fragt Martin, dem das Gespräch peinlich wird.

»Die hat sich einer der Gesellen geschnappt, als wir nach draußen gerannt sind. Jetzt baut er sich ein Haus von dem Erlös – altägyptisches Gold, da hat der Juwelier nicht nachgefragt wo es herkommt.«

»Was ist denn nun die Renaissance«, fragt Iris, die endlich Köln und ihre Erinnerungen hinter sich lassen will.

Thot schaut sie verständnisvoll an. »Eigentlich müsste es *rinascita* heißen. Das ist das italienische Wort für Wiedergeburt. Im Lauf der Zeit aber hat sich der entsprechende französische Begriff durchgesetzt.

Wiedergeburt hat Vasari diesen Stil genannt, weil sich die Gelehrten und die Künstler Italiens seit dem Ende des 14. Jahrhunderts zunehmend der Antike zugewandt haben. Sie hatten die römischen Ruinen vor Augen und haben die in Klosterbibliotheken aufbewahrten Schriften der griechischen und römischen Philosophen, Dichter und Schriftsteller studiert, bis sie schließlich die antiken Zeiten wiederbeleben wollten.«

»Das ist genau das, was auch Albin vorschwebt, ohne dass er es weiß«, sagt Martin.

»Du hast es erfasst«, sagt Thot mit einem schnellen Seitenblick zu Iris. »Aber in Deutschland sind vorläufig die Traditionalisten stärker. In Italien dagegen wächst aus der Rückwendung zur Antike bald nicht nur ein eigener Stil, sondern auch eine neue Weltanschauung. Anders als im Mittelalter, wo allein Stand, Zünfte, Gilden, Geschlecht und Religion zählen, stellt die Renaissance das Individuum in den Mittelpunkt.«

»Also so etwas wie ›Jeder ist seines Glückes Schmied‹?«, fragt Martin.

»Na so was«, sagt Thot grinsend, »jetzt bist du es, der Merksprüche klopft. Aber das klingt eher nach eurem Jahrhundert. Lass es mich so sagen: In der Renaissance gewinnt das Diesseits an Bedeutung. Im Mittelalter galten alle irdischen Dinge als unbedeutend gegenüber dem, was im Jenseits wartete. Jetzt gelten alle irdischen Dinge als Herausforderung sie der himmlischen Ordnung entsprechend zu regeln. Sie sind, was eine große Verantwortung bedeutet, dem Einzelnen zu vernünftigem Gebrauch anvertraut. Zugespitzt formuliert, kann man sagen, dass in der Renaissance das Individuum aufgefordert ist, auf Erden quasi göttliche Vernunft und Gerechtigkeit walten zu lassen.«

»Klingt mehr nach vielen Pflichten als nach Erleichterungen!«, sagt Iris.

»Das auch. Aber insgesamt hat man diese neue Auffassung doch als Befreiung empfunden«, sagt Thot. »Dem Mittelalter galt das Leben nämlich als eine von Gott auferlegte Last, von der man durch den Tod und die Aufnahme ins Paradies erlöst würde. Jetzt existiert das Ideal, dass jeder das Recht hat, sein Leben zu gestalten und seine von Gott geschenkten Talente zu entfalten. Dieses Ideal wird zwar durch Leibeigenschaft, Kriege und die beginnende Kolonisation mit Füßen getreten, aber trotzdem schreibt 1518 der deutsche Gelehrte Ulrich von Hutten ›Es ist eine Lust zu leben‹.

All das spiegelt sich in der Architektur dieser Zeit. Sie ist klar, überschaubar und orientiert sich an den Bauwerken der Antike. Florenz ist die Geburtsstadt der Renaissance, so wie Italien ihr Geburtsland ist. Und der erste Monumentalbau der Renaissance ist die Kuppel des Doms von Florenz.«

Martin schaut skeptisch nach oben. »Was soll denn an dieser Kuppel antik sein? Sieht doch eher aus wie ein nach außen gestülptes gotisches Gewölbe mit roten Dachziegeln.«

»Du meinst die Bänder, die sich wie zu breit geratene gotische Rippen über die Kuppel ziehen? Das sind nur die technischen Hilfsmittel«, erklärt Thot, »die der Architekt Filippo Brunelleschi anwenden musste, um die ungeheure Breite von 44 Metern zu überspannen. Die Bürger von Florenz haben ihn anfangs für verrückt erklärt, als er behauptete, er könne das.

Aber Brunelleschi hat sich nicht beirren lassen. Er war vorher zum Pantheon gereist und hatte dort alles studiert und vermessen. Dabei hat er entdeckt, dass die alten Römer ganz leichten Stein, Tuff und Bimsstein für die Kuppel verwendeten. Er schlug vor, diese Gewichtsverringerung mit dünnen Ziegeln auf Florenz zu übertragen. Das, und auch, dass er in den antiken Ruinen Roms gegraben hat, um antike Fundamentierungstechniken und den Gießmörtel, einen Vorgänger eures Betons, zu analysieren, überzeugte schließlich die Bankiersfamilie Medici. Sie sind die reichste und mächtigste Dynastie in Florenz. Später werden sie als Herzöge die Stadt allein regieren. Damit wird sich dann die Renaissance ihrem Ende zuneigen, die zwar auch von Adligen, vor allem aber von den Bürgern der italienischen Stadtrepubliken vorangetrieben wurde.«

»Was hat denn die Bürger plötzlich an der Antike interessiert?«, fragt Iris.

»Die Bürgerrechte der griechischen und römischen Republik, die Wahrung der Würde des Einzelnen, die Diesseitigkeit. Vielleicht kann man sagen: die Berechenbarkeit der Welt dank fester, von Willkür unabhängiger Regeln. Eigentlich so, wie ein Kaufmann die Welt sieht. Denn für den muss ja auch alles einschätzbar, berechenbar und verlässlich sein.«

»Feste Regeln gab es doch auch im Mittelalter jede Menge«, sagt Martin.

»Das schon«, antwortet Thot. »Aber sie durften nicht in Frage gestellt werden. Jetzt muss sich zumindest theoretisch jedes Gesetz als vernünftig erweisen – der Verstand gesellt sich zum Glauben hinzu und stellt ihn manchmal sogar auf die Probe.«

»Und was hat das mit der Kuppel hier zu tun?«, fragt Iris.

»Sie ist so etwas wie das Triumphzeichen der menschlichen Geisteskraft«, sagt Thot. »Stellt euch vor, welche Massen Brunelleschi mit dem Bau der Kuppel bewältigte: Vier Meter dick hat er die innere Schale mauern lassen und durch ein System von 24 Rippen mit der halb so dicken äußeren Schale verbunden. So entstand die erste doppelschalige Kuppel der Welt, aufgetürmt aus etwa vier Millionen Ziegeln. Und all das sitzt auf einem Dom, der noch gotische Formen hat.«

»Alle Dome, die du uns bisher gezeigt hast«, sagt Martin, »haben eine Fassade mit zwei Türmen oder mindestens mit einem. Hier sehe ich keinen einzigen.«

»Die Regel gilt für alle anderen europäischen Länder. In Italien aber hat man am antiken Muster der freistehenden Basilika mit Giebelfront festgehalten. Der Turm wird separat neben die Kirche gestellt, so wie beispielsweise der berühmte Schiefe Turm von Pisa. Man nennt diese Türme Campanile. Auch der Florentiner Dom hat einen. Hier rechts neben der Fassade steht er. Er wurde übrigens 1330 von dem berühmten Maler Giotto entworfen. Bekannter als sein architektonisches Werk sind seine Gemälde. Besonders die 1306 entstandenen Wandgemälde in der Scrovegni-Kapelle in Padua. Sie gelten als Vorreiter der Renaissance-Malerei, weil dort Menschen zum ersten Mal wieder dreidimensional wirken und frei im Raum zu agieren scheinen.«

»Kenn ich aus dem Kunstunterricht«, sagt Iris. »Bei Giotto lachen und weinen die Menschen, gestikulieren, springen und tanzen.«

»Andiamo, lasst uns jetzt zum Palazzo Pitti gehen«, sagt Thot. »Vielleicht mildert ein Spaziergang meine Kopfschmerzen.«

In den Gassen von Florenz sind viele Menschen unterwegs, die meisten tatsächlich in Umhängen. So fallen die drei im Gedränge der vermummten Gestalten nicht auf.

»Aaahhh«, sagt Thot, »der Septemberwind tut gut. Wie lange dauern eigentlich noch eure Sommerferien?«

»Noch eine Woche, Hessen war diesmal das Bundesland mit dem spätesten Ferienbeginn.«

»Gut«, antwortet Thot. »Bis dahin könntet ihr Hajo eingefangen haben. Und unser Reiseprogramm durch die Baugeschichte Europas dürfte dann auch beendet sein. Euch ist doch inzwischen klar, dass wir sämtliche Stilepochen kennenlernen?«

»Aber sicher«, sagt Iris. »Manchmal wissen wir schon nicht mehr, ob wir wegen Hajo oder wegen der Baukunst zu dir kommen.«

»Oder weil du unser Freund geworden bist«, ergänzt Martin.

»Ohne meinen Brummschädel würde ich dir für diese nette Bemerkung um den Hals fallen, Martin. Aber so sage ich einfach nur danke.«

Die drei stehen auf einer Terrasse der Boboli-Gärten. Die letzten grauen Schleierwolken sind verschwunden, die Sonne sticht, und auf dem Pflaster trocknen die Pfützen in Minuten. Iris und Martin hängen ihre Umhänge über eine steinerne Brüstung, Thot tut es ihnen nach. Vor ihnen erhebt sich die Rückfront des Palazzo Pitti, des wichtigsten weltlichen Renaissance-Gebäudes in Florenz. Das grelle Licht verursacht Schlagschatten auf den Mauern, die die Gesimse und Quader scharf hervortreten lassen. Wäre nicht das Grün der Rasenflächen, würde die Architektur fast bedrohlich wirken.

Unterwegs hat Thot ihnen andere berühmte Renaissancebauten der Stadt gezeigt. Den Palazzo Vecchio, das Rathaus, das vorspringende umlaufende Zinnen und sein himmelhoher Turm wie eine spätmittelalterliche Burg wirken lassen. Daneben die »Loggia dei Lanzi« von 1382, eine offene Halle, die sich in weiten Bögen auf den Rathausplatz öffnet und als Treffpunkt der Honoratioren die antiken Versammlungshallen des Römischen Reichs nachahmt.

Das letzte Wegstück hatte sie über die Ponte Vecchio geführt, die steinerne, auf beiden Seiten mit Häusern bebaute Brücke über den Arno. Iris und Martin hatten sie schon mit ihren Eltern gesehen. Jetzt aber waren in den Erdgeschossen statt der Souvenirläden die Werkstätten von Goldschmieden und Läden von Gewürzhändlern. Thot hatte ihnen erzählt, dass alle Brücken europäischer Städte seit dem Mittelalter mit Häusern bebaut waren und dass dort, wegen des dauernden Publikumsverkehrs, sehr reiche Händler wohnten und arbeiteten.

Thot lässt seinen Blick über die Gartenterrassen schweifen: »Die Boboligärten sind Eigentum der Medici, werden aber oft für die Öffentlichkeit freigegeben. Der Palazzo Pitti ist älter als sie. Er wurde schon 1458 vom Kuppelbaumeister Filippo Brunelleschi für den Kaufmann Luca Pitti erbaut. Seine drei Geschosse mit den Rundbögen und grob behauenen Steinquadern hat man den römischen Aquädukten nachgestaltet. 1549, als die zu Herzögen aufgestiegenen Medicis ihn kauften, wurde er erweitert und mit den Boboli-Gärten umgeben.«

»Die Fassade hier sieht wirklich aus wie ein Aquädukt«, sagt Martin. »Trotzdem: Das mit der Rückkehr der Antike leuchtet mir immer noch nicht ein. Zum Beispiel haben wir kaum Säulen in Florenz gesehen. Und die sind doch das Wichtigste für die Bauten der Römer und Griechen gewesen.«

»Vielleicht«, sagt Thot, »hätte ich uns besser nach Mantua versetzen sollen, vor die Kirche Sant' Andrea. Sie ist ein Schlüsselwerk der Renaissance, 1472 von dem Architekten Leon Battista Alberti gebaut. Ihre Fassade knüpft mit riesigen Säulen an die römischen Tempel an. Zusätzlich hat Alberti in ihr noch die Triumphbögen Roms nachgeahmt.«

»Von Alberti redet mein Vater öfter«, sagt Iris. »Hat er nicht auch ein Buch über Architektur geschrieben?«

»Genau«, sagt Thot. »Und dazu Werke über die Bildhauerei und sogar die erste Grammatik der italienischen Sprache. Alberti ist ein Musterbeispiel für die neue Art von Gelehrsamkeit in der Renaissance.

Aber mir geht deine Frage nach den Säulen nicht aus dem Kopf, Martin: Falls ihr irgendwann einmal wieder nach Rom kommt, dann müsst ihr dort unbedingt den sogenannten Tempietto von Donato Bramante anschauen. Er ist 1502 an der Stelle gebaut worden, wo der Legende nach Petrus gekreuzigt wurde. Bramante hat den Bau als Rundtempel entworfen, dessen Säulen einen Oberbau mit Nischen wie im Pantheon tragen. Eine Kuppel hat der Tempietto auch. Du wirst sehen, auf den ersten Blick glaubt man, einen antiken Tempel vor sich zu sehen.«

Der sanfte Wind, der durch die Boboli-Gärten streicht, trägt den Duft von Rosmarin und Lavendel mit sich. Iris schaut auf die ornamental unterteilten Beete: »Die Gärten hier kommen mir vor wie die Peristyle in Pompeji«, sagt sie, »nur größer.«

»Sie sind nach dem Muster der antiken kaiserlichen Gärten Roms angelegt«, sagt Thot. »Überall finden sich künstliche Grotten mit Statuen, Brunnen und Denkmälern. Wir sitzen im sogenannten Amphitheater, dem Kernstück des Parks. Aber eigentlich ist diese hufeisenförmige Anlage einem Hippodrom nachgebildet.«

»Und so ganz nebenbei«, fügt Martin grinsend hinzu, »hast du uns mit dem Hippodrom darauf hingewiesen, dass auch deine Heimat etwas zur Schönheit der Renaissance beigetragen hat.«

Martin deutet auf einen Obelisken, der im Zentrum des Platzes steht.

»Ertappt«, sagt Thot schmunzelnd. »Den Obelisken haben die Medici aus ihrer Villa in Rom hierher transportieren lassen. Wie er nach Rom kam, wissen nur die Götter – und ich.«

Aus einer Nebenpforte des Palazzo Pitti tritt ein Mann und räkelt sich in der Sonne. Er rollt die Schultern und öffnet und schließt seine Hände, die, genau wie seine Unterarme, mit bunten Farbklecksen gesprenkelt sind.

»Das ist einer aus der Malertruppe«, sagt Thot, »die drinnen die Wände bemalt. Jeder in Florenz oder Rom, der es sich leisten kann, lässt seinen Wohnsitz mit Fresken schmücken, die antike Bilder imitieren.«

»Woher haben sie die Vorlagen?«, fragt Martin. »Pompeji und Herculaneum werden doch erst im 18. Jahrhundert wiederentdeckt.«

»Für die Renaissancemalerei ist Neros Palast ausschlaggebend, die *domus aurea*. Als man sie in der Antike abriss, blieben die Erdgeschosse mit fast allen Wandgemälden erhalten. Sie wurden nur zugeschüttet. Jetzt sind sie wiedergefunden worden, und täglich strömen Maler und Architekten dorthin, um sie abzuzeichnen.«

Dann war sogar Neros Protzerei zu etwas nütze, denkt Martin, dem Quintus eingefallen ist, der den Kaiser als Wohltäter Pompejis verteidigt hat.

Iris ist derweil auf die Gartenfassade des Palazzo Pitti zugeschlendert. Im 19. Jahrhundert, so hat Thot unterwegs erzählt, kurz nachdem Italien sich aus Hunderten kleiner Fürstentümer wieder zu einem einzigen Land vereinigt hatte, diente er einige Monate lang als Residenz des neuen Königs von Italien. Seine Schönheit führte dazu, dass der Bayerische König Ludwig I. sich von dem Architekten Leo von Klenze eine Kopie des Palazzo Pitti an seine Münchner Residenz bauen ließ, den Königsbau. Auch die Loggia dei Lanzi wurde auf Betreiben von Ludwig I. in München nachgebaut und dort 1844 unter dem Namen Feldherrnhalle eingeweiht.

Ab und zu schaut Iris nach oben, denn der Obelisk hat sie an Hajo erinnert. Beinahe wäre sie gegen eine Reihe kompliziert beschnittener Buchsbaumhecken gelaufen, hinter denen sich eine Mauer mit einem kleinen Brunnen erstreckt. Er besteht aus einem viereckigen Unterbau, an dem eine breite steinerne Muschelschale befestigt ist. Sie fängt das Wasser auf, das aus dem Rachen einer Schildkröte aus Marmor plätschert. Auf ihrem Panzer hockt ein dicker, bärtiger Zwerg. Sein marmorner Hängebauch glänzt speckig von den vielen Händen, die schon daraufgeklatscht haben.

Iris bleibt stehen, um das amüsante Kunstwerk zu betrachten. Sie traut ihren Augen nicht, als der steinerne Kleine ihr plötzlich zublinzelt.

»Bes?!«

»Pschscht«, flüstert der Zwerg und hält einen Finger an den Mund. »Konnte der Versuchung für einen Blitzbesuch nicht widerstehen. Wie auch, wenn hier im Palazzo Pitti ein Zwerg aufgestellt ist, der mir zum Verwechseln ähnlich sieht? Das soll übrigens Morgante sein, der Hofzwerg und Hofnarr von Cosimo I., dem Medici-Herzog. Ein kluger Mann ... der Morgante, meine ich. Unterschätzt, wie es uns kleinen Leuten oft geht. Ups, da hinten kommen die beiden anderen, ich gehe nochmal in Deckung.«

Augenblicklich wird die Zwergenmiene wieder starr.

»Iris«, sagt Martin, als er und Thot angekommen sind, »Thot will noch mit uns zum Heidelberger Schloss, um uns zu zeigen, wie die Renaissance in Deutschland ausgesehen hat.«

»Du bist ein Held«, lächelt Iris Thot an, »noch ein Zeitsprung heute, und das bei deinem geschwächten Zustand.«

»Kein Problem, solange ich ungestört bleibe«, antwortet Thot und wirft einen Blick in Richtung des Morgante. Ein winziger Blitz zuckt aus seinem rechten Auge, gefolgt von einem »Auuutsch« aus dem Inneren des Marmorbilds.

»Leaaaa«, tönt Bes' Stimme wie ein Echo, »du musst mir eine Salbe zubereiten. Ein Schuft hat mir eine fette Brandblase auf mein Bäuchlein verpasst!«

»Brandblase!!! Dass ich nicht lache, ein winziger roter Punkt, weiter nichts«, sagt Thot. »Allerdings werden sich die Gärtner wundern, wenn sie heute Abend auf dem Marmorbauch des echten Morgante einen schwarzen Fleck entdecken, der nicht wegzuwischen ist.

Wie gesagt, heute können mir Störenfriede gestohlen bleiben«, sagt Thot und verdreht die Augen. »Und störrische Falken auch«, ergänzt er und zeigt nach hinten zum Obelisken, auf dem sich Hajo niedergelassen hat, bereit, bei der geringsten Bewegung der drei aufzufliegen. »Diesmal ist er sowieso nur hinter Bes her – Hajo ist nachtragend!«

Thot schließt die Augen, und schon nach einigen Sekunden Dunkelheit stehen er und die Zwillinge in einem von hohen Häusern umschlossenen Hof.

»Voilà, das Heidelberger Schloss«, sagt Thot und reibt sich vorsichtig die Schläfen.

»Schaut ihr euch einen Moment alleine um, während ich mich erhole?«

»Klar, machen wir. Gute Besserung«, sagt Iris.

Iris und Martin bleiben vor einem der Hofbauten stehen. Er schließt direkt an den mächtigen Torturm an. Iris deutet auf ein Spitzbogenportal im Erdgeschoss.

»Schau mal«, sagt Iris, »die beiden steinernen Engel in der Mitte des Bogens. Richtige Lausbubengesichter haben die. Süß!«

»Sie müssen irgendetwas mit der Architektur zu tun haben«, sagt Martin. »Der eine hat nämlich einen Architektenzirkel in der Hand.«

»Ihr steht vor dem Ruprechtsbau«, sagt Thot, der es nicht lassen kann und doch hinter ihnen hergekommen ist. »Er stammt noch aus spätgotischer Zeit, um 1420. Benannt ist er nach seinem Bauherrn Ruprecht, Kurfürst der Pfalz und deutscher König. Wenn du genau hinschaust, Iris, kannst du den Stil der Engelsbüsten erkennen.«

»Ich? Wieso denn das?«, fragt Iris.

»Albin hat sie gemeißelt«, sagt Thot.

»Stimmt. Er wollte ja Skulpturen immer nach lebenden Vorbildern entwerfen«, sagt Iris lächelnd. »Und die beiden da oben sehen aus, als könnten sie jeden Moment über den Burghof toben.«

»Eben!«, sagt Thot. »Aber die Leute lieben es halt düsterer. Von den steinernen Buben erzählen sie, sie wären Bildnisse der Söhne des Baumeisters und Bildhauers, die vom Gerüst gestürzt und gestorben seien. Ihr Vater habe sie aus Trauer als Engel mit einem

Rosenkranz und dem Architektenzirkel verewigt und danach seinen Beruf aufgegeben.«

Heute ist Thot wirklich von der Rolle, denkt Martin. Schauergeschichten über Albin sind wirklich das Letzte, was Iris jetzt braucht.

»Iris, schau nicht so entsetzt«, sagt Thot prompt. »Albin hat keine Toten porträtiert. In Wirklichkeit hat er seine Söhne aus Frankfurt mitgenommen, als er hier einen Auftrag bekam, und sie wohlbehalten wieder zurückgebracht. Er hat sie in Heidelberg porträtiert, weil er sehr stolz auf sie war. Der ältere, dem er einen Zirkel in die Hand gegeben hat, ist Architekt geworden, der jüngere wurde Priester – das ist das ganze Geheimnis.«

»Puh, ich hatte schon einen Riesenschreck gekriegt«, sagt Iris erleichtert.

»Aber wir sind ja hier, weil ich euch etwas zur deutschen Renaissance erzählen wollte«, sagt Thot und wendet sich zwei hoch aufragenden Fassaden zu.

»Dieser Stil hat sich im Vergleich mit Frankreich, den Niederlanden und England hier erst sehr spät verbreitet. Das liegt hauptsächlich daran, dass Deutschland schwere Krisenzeiten durchlebte – die Reformation und die damit verbundenen Glaubenskriege. Da war wenig Zeit für Kunst und erst recht kein Geld, um zu bauen.

Als man dann schließlich doch die Renaissance übernahm, geschah das auf sehr spezifische Art. Kurz gesagt hat man gotische Grundformen wie Giebelhäuser beibehalten und nur mit antiken Schmuckelementen und Motiven überkleidet. Das seht ihr hier am Friedrichs- und Ottheinrichsbau, die beide nach pfälzischen Kurfürsten benannt sind. Sie haben, anders als die italienischen Renaissancebauten, sehr steile Proportionen, und sie tragen Zwerchhäuser, also große Dreiecksgiebel an der Langseite ihrer Dächer. Von fern wirkt das, als stünden insgesamt vier Giebelhäuser nebeneinander.«

»Aber der Ottheinrichsbau«, widerspricht Martin stirnrunzelnd, »wirkt trotzdem so breit wie die Häuser in Florenz.«

Der Palazzo Pitti in Florenz, darüber ragt das Heidelberger Schloss.

»Du hast fast schon einen Expertenblick«, sagt Thot. »Als der Ottheinrichsbau, eines der ersten Renaissancegebäude Deutschlands übrigens, 1556 errichtet wurde, orientierten sich die Architekten tatsächlich an italienischen Palazzi. Die monumentalen Giebel, die die horizontale Wirkung überspielen, wurden erst nachträglich geschaffen, als ein konservativer Kurfürst regierte. Trotzdem nannten die Heidelberger das Gebäude wegen seiner antiken Säulen und Hermenpilaster weiterhin den ›heidnischen Bau‹.«

»Hermen?«, fragt Martin, »hat das was mit Hermes zu tun?«

»Gut dass er heute nicht da ist, sonst würde er jetzt zehn Zentimeter wachsen«, sagt Thot. »Ich habe von sozusagen vermenschlichten Pilastern gesprochen, antiken Stützen, wo ein männlicher Oberkörper auf einem Halbpfeiler sitzt, der nach unten zu schmaler wird. Allerdings war ihre Ursprungsform tatsächlich ein primitives Bildnis des Hermes … Aber das Heidentum hier im Heidelberger Schloss sehen die Bürger vor allem in den Statuen, die mythische Helden, römische Kaiser und antike Götter zeigen. Gemacht hat sie der Niederländer Alexander Colin.«

»Die Kaiserstatuen, die ich in Rom und Pompeji gesehen habe, sahen anders aus«, sagt Martin. »Schlanker und irgendwie gelenkiger.«

»Das hängt mit dem Körperideal der Nordeuropäer zusammen«, sagt Thot. »Sie bevorzugen gedrungene athletische Männer und üppige Frauen.«

»Beim Friedrichsbau sehen die Figuren weniger plump aus als die hier«, sagt Iris.

»Er ist knapp fünfzig Jahre später entstanden«, sagt Thot. »Sein Architekt war Johannes Schoch. Ihm ist die Verbindung der drei Geschosse mit den beiden Giebeln harmonischer gelungen. Auch die Statuen, sie stammen von dem Schweizer Bildhauer Sebastian Götz, sind organischer in die Fassade eingebunden. Sie stellen eine Ahnengalerie der Kurfürsten dar. Oben auf den Giebelspitzen stehen allegorische Figuren. Sie verkörpern Frühling und Sommer und sind Verweise auf die Zeit und die Vergänglichkeit. Damit bilden sie ein Gegengewicht zum Ewigkeitsanspruch der Ahnengalerie.«

»Auf jeden Fall«, sagt Iris, »wirkt alles hier antiker. Die dreieckigen Giebel über den Fenstern und die Pilaster daneben könnte man glatt mit denen in der Casa del Fauno verwechseln.«

»Sehr gut beobachtet«, freut sich Thot. »Aber um die Verwirrung komplett zu machen, muss ich euch darauf hinweisen, dass diese Fassaden zwar einerseits Zentralwerke der Renaissance in Deutschland sind, andererseits aber dem Manierismus zugerechnet werden. Das ist eine Spätphase der Renaissance, in der man – so wie es in eurem Sprachgebrauch das Wort manieriert ausdrückt – mit allem übertrieb; hier noch ein Schnörkel, da noch ein Ornament. In Italien baute man manieristisch aus Überfülle, weil man schon 150 Jahre Renaissance hinter sich hatte, in Deutschland, weil man so viele antike Ornamente wie möglich zeigen wollte.

So, ihr beiden, genug Steine angeschaut. Ich gehe in den Hortus Palatinus, den Schlossgarten, der momentan – wir schreiben das Jahr 1620 – einer der berühmtesten Gärten Europas ist. Gestaltet, versteht sich, nach dem Vorbild der kaiserlichen Gärten auf dem Palatin. Die Aussicht von dort hinunter ins Neckartal ist unvergleichlich.«

»Wir kommen gleich nach«, sagt Martin, »lass uns erst noch die Fassaden ein wenig genauer anschauen.«

»Seltsam«, sagt Iris, während die Zwillinge langsam den Hof umrunden, »wie sich Architektur verändert, sobald man weiß, was man sieht. Als wir letztes Jahr den Ausflug nach Heidelberg gemacht haben, hat uns das Schloss ziemlich gelangweilt.«

»Stimmt«, sagt Martin. »Obwohl – gefallen hat es mir doch irgendwie. Aber eher, weil es in unserer Zeit eine Ruine ist. Der *Dicke Turm*, dem eine ganze Hälfte fehlt, war enorm beeindruckend. Leuchtet ein, dass, wie Papa gesagt hat, die Dichter im 19. Jahrhundert das Heidelberger Schloss zur romantischsten Ruine der Welt hochgejubelt haben.«

»Wann wurde das Schloss nochmal zerstört?«, fragt Iris. »Papa hat es uns zwar gesagt, aber ich hab's vergessen.«

»1689 im Pfälzer Erbfolgekrieg, demselben, bei dem Speyer und sein Dom verbrannt sind«, sagt Martin.

»Hast du gestern Abend eigentlich mitgekriegt, dass Mama ganz lange mit ihm telefoniert hat?«, fragt Iris. »Verstehen konnte ich nichts, aber sie klang sehr aufgeregt und hat unheimlich schnell gesprochen. Fast so, als würden die beiden sich schon wieder streiten.«

»Ich mach mir sowieso dauernd Gedanken«, sagt Martin. »Sobald sie einen von uns bemerken, hören sie auf, so hektisch zu reden. Als würden wir das nicht merken! «

Während Martin zum Hortus Palatinus geht, bleibt Iris noch einmal vor dem Ottheinrichsbau stehen. Aus dem Augenwinkel bemerkt sie eine Bewegung im oberen Stock. Sie schaut hinauf. Ihr Blick gleitet über die Statuenreihe: Saturn, Mars, Venus, Jupiter, Sol und Luna, Planetengottheiten, von denen sie vorigen Sommer im Reiseführer gelesen hat. Sie blickt noch einmal zum vierten der Reihe, zu Merkur. Und jetzt weiß sie es: Das Lächeln dort oben ist kein steinernes.

Noch ehe Iris Martin zurückrufen kann, steht der junge Gott schon neben ihr.

»Na, Iris! Ziemlich trocken heute die Monologe des Herrn Toto aus Mailand, was?«

»Du glaubst wohl auch, ohne dich geht nichts?«, sagt Iris mit einem leisen Lachen.

»Im Gegenteil! Und unter uns gesagt, lerne auch ich noch einiges von Thot. Mir war gerade nur schrecklich langweilig bei dem Dichter, der über mich schreibt. Er ist so von seinem Hermes-Bild überzeugt, dass keine meiner Einflüsterungen in seinen Kopf dringt.«

»Merkur«, ruft Martin freudig, der dazukommt.

»Los, lasst uns hinübergehen zu unserem leidenden Freund«, fordert Merkur die Zwillinge auf.

Als sie im Schlossgarten ankommen, stöhnt Thot laut.

»Merkur, auch das noch. Dabei hat mein Arzt mir jede Aufregung verboten!«

»Dein Arzt??«, fragt Merkur erstaunt.

»Ich bin der Gott der Heilkunst und als solcher mein eigener Arzt. Also troll dich, du Klette!«

»Weißt du, was du jetzt brauchst?«, fragt Merkur ungerührt. »Ein richtiges Dampfbad, dann geht's dir besser. Lass uns hinüber nach Pompeji fliegen. Dort hast du Bäder in bester Qualität und den schönsten Blick über den Golf bis nach Capri. Die Zwillinge schicken wir derweil zum Heidelberger Riesenfass von 1589. Wie viele Liter fasst das Monstrum nochmal?«

»Um aller Götter Ägyptens willen, kein Wort über Alkohol«, sagt Thot. »Aber die Thermen sind eine gute Idee. Kinder, werft noch einen Blick auf den Garten. Alles ist zwischen 1614 und 1619 von dem Landschaftsarchitekten Salomon de Caus geschaffen worden. Doch was die Kunst- und Architekturliebhaber dieser Zeit vom *achten Weltwunder* reden lässt, sind die riesigen Stützkonstruktionen, mit denen die Garten-Terrassen an den Berg gebaut sind.« Thot unterbricht sich und streicht vorsichtig mit den Fingerspitzen über seine Schläfen.

»Also dieses Gehämmere ist auf Dauer nicht auszuhalten. Iris, Martin, ich versetze euch nach Frankfurt zurück. Wenn ihr wollt, nicht gleich in eure Epoche, sondern ins Frankfurt der Renaissancezeit.«

»Gibt es da etwas Besonderes zu sehen?«, fragt Martin.

»Ihr kennt doch bestimmt das Salzhaus am Römerberg«, sagt Thot. »Das Eckhaus neben den drei Häusern des Römers. Es ist eines der bedeutendsten Renaissancehäuser in Deutschland. In eurer Zeit gibt es nur noch den Ersatzbau, den man 1954 auf den Fundamenten des 1944 zerbombten Hauses errichtet hat.«

»Es gibt noch Reste vom alten Salzhaus«, sagt Martin. »Seine Arkaden haben den Krieg überstanden. Und an der neuen Fassade hängen vier geschnitzte Holztafeln, die man aus den Trümmern geborgen hat. Auf ihnen sind Allegorien der vier Jahreszeiten zu sehen.«

»Stimmt«, sagt Iris. »Der Winter ist ein alter Mann mit einem dicken Pelzmantel und einer Kapuze. Als wir klein waren und mit unseren Eltern dort zum Weihnachtsmarkt gingen, dachte ich immer, das wäre der Nikolaus.«

»Also, abgemacht?«, sagt Thot. »Ich versetze euch in das alte Frankfurt.«

»Und wie kommen wir später in unsere Zeit, wenn du nicht dabei bist?«, fragt Iris nervös.

»Genau so, wie ihr zu mir kommt. Iris! Hast du noch nicht bemerkt, dass es deine besonders ausgeprägte Vorstellungskraft ist, die mich herbeiruft? Denk an die Akropolis. Da warst du es, die sich selbst herauskatapultiert hat. Hätte deine Panik wegen der Explosion im Parthenon nicht ein Chaos bewirkt, wärst du unter dem Apfelbaum auf dem Lohrberg gelandet. Also bleib ruhig. Sobald ihr die Besichtigung des Salzhauses beendet habt, konzentrierst du dich auf dein Ziel. Dann wird alles im Handumdrehn funktionieren.«

»Okay«, sagt Martin, während Iris ziemlich skeptisch guckt, »wird schon schiefgehn.«

»Aber Hajo«, sagt Iris. »Wir haben in den Boboligärten gar nicht auf ihn geachtet. Sollten wir nicht ...«

»Vielleicht ist er da hinten in diesem viereckigen Bau mit den Gitterwänden«, fällt Martin ihr ins Wort. »Scheint eine Art Voliere zu sein.«

»Hajo ist nicht eingesperrt«, sagt Thot. »Vorhin in Florenz habe ich ihn in Richtung Fiesole fliegen sehen. Das ist eine alte Festungsstadt mit hohen Türmen. Er wird dort Artgenossen getroffen haben. Ihr solltet inzwischen gemerkt haben, dass er nur auftaucht, wenn er euch in Gefahr glaubt. Und hier ist es momentan ja ausgesprochen friedlich.«

»Das wird sich gleich ändern«, donnert eine Stimme hinter einem Triumphbogen aus Buchsbaum.

Ein Mann mit einer Muskete über der Schulter tritt durch den Bogen.

»Was habt ihr im Garten des Kurfürsten zu suchen?«

»Meine Nerven«, stöhnt Thot auf, »mein Kopf. Guter Mann, schreien Sie hier nicht so rum! Kinder«, er dreht sich zu den Zwillingen um, »für heute ist's genug. Ich mach mich davon.«

Während Merkur ihnen noch zuwinkt, sehen die Zwillinge ihn, Thot und den Wächter des Hortus Palatinus schon gläsern werden. Gleich darauf stehen sie auf dem Römerberg.

17. Das Salzhaus in Frankfurt am Main
oder Wer bezahlt die Birnen?

»Komisch«, sagt Martin. »Inzwischen kommen einem diese Zeitsprünge vor wie eine Selbstverständlichkeit. Oder warst du ängstlich, als der Wächter auf uns zugerannt kam?«

»Nein, aber das liegt an Thot und Merkur. Sie finden immer blitzschnell einen Ausweg … Nur diesmal sind wir auf uns selbst angewiesen. Mir ist ganz mulmig.«

»Ach was, Thot hat recht – auf deine Fantasie ist Verlass.«

»Wenn du meinst …«

Die Zwillinge schauen sich um. Sie stehen auf dem Römerberg, dem größten Platz der Frankfurter Altstadt. In seiner Mitte plätschert ein Brunnen. Sein Wasser fließt aus einer Säule mit einer Frauenfigur, die in einer Hand ein Schwert, in der anderen eine

Waage hält – Justitia, die Verkörperung der Gerechtigkeit. Überall laufen Passanten umher, diskutierende Kaufleute, Lastenträger, Dienstmägde mit Körben, Handwerker mit Schubkarren, Matrosen, die Fässer eine enge Gasse hinunterrollen, die abwärts zum Mainhafen führt.

Der Römerberg wird von hohen schmalen Giebelhäusern eingefasst. Die meisten bestehen aus Fachwerk. Einzig die Erdgeschosse, vor denen fast überall Verkaufsbuden und -tische stehen, sind aus roten Sandsteinbögen. Eine Ausnahme bilden die drei Häuser des Römer, des Rathauses, die völlig aus Stein gebaut und deren steile Treppengiebel alles ringsum überragen.

Doch die prächtigste Fassade ist die des Salzhauses neben der Dreigiebelfront. Sie ist schlank und sehr hoch – fünf Geschosse, die über üppig verzierten Rundbögen aus Sandstein aufsteigen. Die drei obersten Geschosse befinden sich im Giebel des Hauses, dessen dreieckige Grundform an den Seiten von auswärts gebogenen Kurven und einem verschnörkelten Zierband aus Metall überspielt wird.

Wie Thot gesagt hat, denkt Martin. Eigentlich ist das doch noch ein typisch gotisches Giebelhaus. Wenn ein Römer es sehen würde, käme es ihm so fremd vor wie uns ein chinesischer Tempel.

»Ist das toll«, sagt Iris verblüfft. »Die ganze Fassade besteht aus Holzschnitzereien, siehst du, Martin? Und sie sind rot, golden und schwarz bemalt. Das sieht man in unserer Zeit gar nicht mehr. Irre, die Hermen und Karyatiden, die die Stockwerksüberhänge abfangen. Die Bockshörner und Fellbeine mit Hufen sehen mehr nach gotischen Wasserspeiern aus als nach antiken Statuen. Aber sie haben trotzdem was Nettes an sich.«

»Die eine da oben mit den Perlenketten über der Stirn und der dicken Haarmähne könnte glatt die Schwester von Bes sein«, sagt Martin feixend. »Guck mal, im ersten Stock sind Büsten unter den Fenstern – eine Frau, zwei Männer und ein alter Mann. Die sehen ganz normal aus.«

»Der Alte ist Andreas Koler«, sagt eine Gemüsehändlerin, die ihren Karren vor den Bögen des Salzhauses aufgestellt hat. »Er kam aus den Niederlanden. Ein reicher und stolzer Mann. 1612 war er sogar Zweiter Bürgermeister. Aber dann ging's mit ihm bergab. Er hatte sich beim Bau des Hauses übernommen, die Tafeln, reines Eichenholz, haben Unsummen gekostet. Allein für die Schnitzereien musste er ein Vermögen geben, zu schweigen von den Porträts. Die beiden Männer sind seine Söhne, und das schöne junge Ding in der Mitte war seine zweite Frau. Sie ist 1613, bald nach der Vollendung des Hauses, im Kindbett gestorben. Das hat Koler das Genick gebrochen. Er hat seine Geschäfte vernachlässigt, und die Söhne haben Geld ausgegeben statt einzunehmen. Dann hat er sich auch noch am Fettmilch-Aufstand der Zünfte beteiligt und ist zur Strafe verbannt worden. Jetzt steht das Haus zum Verkauf.«

Die Zwillinge wissen nicht recht, was sie der Frau antworten sollen. Iris schaut noch einmal nach oben zur Büste der jungen Frau. Sie scheint zu lächeln.

»Genug geschwatzt«, sagt die Marktfrau. »Wollt ihr nicht ein paar Birnen kaufen? Ich habe sie heute früh frisch gepflückt. Butterzart und süß wie Honig.«

Iris und Martin schauen sich an. Eine saftige Birne täte gut. Sie haben den ganzen Nachmittag weder etwas gegessen noch getrunken. Nur – wie sollen sie die Frau bezahlen?

»Schönen Dank, gute Frau«, sagt Martin, »kein Bedarf. Unsere Eltern haben selber einen Birnbaum.«

»Dann seid ihr also von hier? Komisch, ich habe euch noch nie auf dem Römerberg gesehen, und dabei kommt jeder Frankfurter mindestens einmal in der Woche zum Markt! Zu welcher Familie gehört ihr denn? Und du, du bist ja gar kein Junge, sondern ein Mädchen. Weshalb trägst du dann Hosen? Was soll diese Maskerade?«

»Zeit zu gehen«, raunt Iris Martin zu, der sich verwirrt umschaut, als könnten die tarnenden Regenumhänge, die sie in Florenz ver-

gessen haben, irgendwo auf dem Kopfsteinpflaster liegen. »Wir …
sind die Vorboten der Schauspieltruppe, die morgen ihr Zelt auf
dem Römerberg aufbauen darf … Noch nicht davon gehört?«

»Klar doch, ein Zelt mit Birnbaum, gelle?«, sagt die Frau sarkas-
tisch. »Erzähl mir keine Märchen!«

Die Zwillinge winken ihr hastig zu und flitzen um die Ecke. Die
Seitenfront des Salzhauses trägt keine Holztafeln, sondern ist bunt
bemalt. Man sieht antike Gottheiten, die in Gärten und vor Tempeln lustwandeln. Merkur ist mitten unter ihnen. Dich könnten
wir jetzt gut brauchen, denkt Martin.

»Jetzt zeig, was du kannst«, sagt er zu Iris.

Iris konzentriert sich, aber nichts geschieht. Das Geschrei der
Markthändler tönt ununterbrochen weiter, man hört Schubkarren
rattern und Planwagen rumpeln, aus den Goldschmiedeständen in
den Römerhallen klingt Gehämmer, aus den oberen Stockwerken
der dichtgedrängten Häuser rufen Frauen nach ihren Kindern, und
vom Salzhaus her tönt das Keifen der Marktfrau, die nach der
Stadtmiliz ruft.

»Ich schaff's nicht«, sagt Iris verzweifelt, »wenn doch Thot hier
wäre!«

»Bleib ruhig«, sagt Martin und zwingt sich, langsam zu sprechen.
»Du brauchst ihn nicht jedes Mal.«

Iris schließt die Augen. Thot, hilf mir bitte, denkt sie. Plötzlich
schrillt das durchdringende Klingeln einer Straßenbahn durch die
Braubachstraße – sie stehen an der Haltestelle Römerberg.

»Sag ich doch«, sagt Martin und grinst Iris zu. »Lass uns einsteigen, ich hab 'nen Sammelfahrschein in der Tasche.«

»Blöd, dass wir die Umhänge in Florenz liegen gelassen haben«,
sagt Iris, als die Zwillinge auf dem Lohrberg die letzten Schritte
zum Haus ihrer Eltern gehen.

»Reg dich nicht schon wieder auf«, sagt Martin. »Mama merkt
garantiert nichts. Sie ist doch seit einigen Tagen mit ihren Gedan-

ken ganz woanders. Mich wundert's, dass sie uns die Dinger heut Mittag überhaupt aufgedrängt hat – kriegt ja kaum noch mit, wann wir kommen und gehen.«

»Frag sie doch, was mit ihr los ist«, schlägt Iris vor.

»Ich? Warum nicht du? Wenn sie wirklich Probleme mit Papa hat, würde sie bestimmt eher mit dir als mit mir darüber reden!«

»Mal sehn, ob sich eine Gelegenheit ergibt«, antwortet Iris zögernd.

»Ich glaube, am liebsten würde ich gar nichts darüber hören.«

◇◇◇ 18. Die Würzburger Residenz
oder Eine Hosenrolle für Iris ◇◇◇◇◇◇◇◇◇◇

»Diesmal heißt er Veit«, klärt Thot die Zwillinge auf, während sie auf die Würzburger Residenz zugehen.

Wie auf dem Lohrberg ist auch hier die Hitzewelle abgeebbt. Stattdessen scheint eine milde Septembersonne. Hinter den dreien liegt die Stadt, an deren Rändern Weinberge ansteigen. Überall sieht man Winzer als winzige Punkte die Weinstöcke pflegen und erste Trauben ernten. Thot hat sich gut für den Besuch im Barockzeitalter ausgestattet. Er trägt ein weißes Hemd mit aufgestelltem Kragen und eine Weste, dazu Kniebundhosen und weiße enge Baumwollstrümpfe. An den Füßen hat er Lederschuhe, deren genagelte hohe Absätze laut auf dem Kopfsteinpflaster klackern. Auf dem Kopf sitzt ein schnittiger dreieckiger Filzhut, ein Dreispitz. Sein Schwarz sticht scharf von der weißen Zopfperücke ab, die sich Thot über seine schwarzen Locken gestülpt hat.

Die Zwillinge haben wie üblich Jeans und T-Shirts an. Aber auf ihren Köpfen sitzen, trotz des schönen Wetters, Baseballkappen, und um den Hals haben sie gewürfelte Tücher gebunden.

»So könnt ihr einigermaßen als Handwerksburschen durchgehen«, hat ihnen Thot erklärt. »Die Leute achten momentan nicht so sehr auf das Äußere. Sie sind in Gedanken alle bei der bevorstehenden Einweihung des Treppenhauses der Residenz. Seit Monaten erzählt man sich wahre Wunderdinge darüber, wie prächtig und hoch es sein soll.«

Iris guckt ziemlich mürrisch vor sich hin. Thot hat ihr nämlich erklärt, dass im Barock ein Mädchen oder eine Frau in Hosen absolut undenkbar seien. Deshalb soll sie sich als Junge ausgeben; Kurt haben Martin und Thot sie getauft.

»Zieh keinen Flunsch, … Kurt«, sagt Martin grinsend. »Es ist doch nur für ein paar Stunden. Außerdem bin ich ganz froh, dass du diesmal als Junge mitkommst. Dieses dauernde Getue mit Albin ging mir ziemlich auf die Nerven. Er hat ja manchmal gar nicht zugehört, wenn ich ihn etwas gefragt habe. Und du sowieso nicht.«

»Quatsch«, zischt Iris. »Du musst grad was sagen. Merkur hat mir erzählt, was du für Stielaugen gemacht hast, als ihr in Frankfurt Lea getroffen habt!«

»Seid friedlich, ihr zwei«, sagt Thot. »Ihr steht mit euren fast 14 Jahren an der Schwelle zum Erwachsenwerden. Da kommt so etwas vor – und das ist gut so. Und du Iris, genieße den Ausflug ins Jungendasein. Du wirst sehen, dass Jungs sich hier viel freier bewegen können als Mädchen.«

Eine dunkelhaarige Version von Albin kommt auf sie zu. Veit trägt Kniebundhosen, ein weißes Hemd und einen Dreispitz. Man sieht, dass er sich für die Führung seine besten Sachen angezogen hat. Nur weiße Rillen in seinen Händen und dicke Hornhaut auf den Fingerkuppen verraten, dass er mit Steinen und Mörtel arbeitet. An seiner linken Wange kann Iris, die sofort dorthin gesehen hat, drei winzige rote Punkte erkennen.

»Grüß Gott«, sagt er, »ich heiße Veit Bergmann und bin Maurer- und Stukkaturlehrling hier an der Residenz-Baustelle. Messer Toto hat mir berichtet, dass ihr zu Besuch aus Frankfurt seid und euch für das Schloss der Fürstbischöfe von Würzburg interessiert.«

»Genau«, sagt Iris und bemüht sich, mit besonders tiefer Stimme zu sprechen, »ich bin Kurt Kröger, und das ist mein Bruder Martin.«

Beide deuten eine Verbeugung an.

»Messer«, flüstert Thot ihnen zu, »ist die alte italienische Bezeichnung für Signore, also Herr. Ich sehe«, fährt er mit lauter Stimme fort, »dass du einiges von den italienischen Bauarbeitern gelernt hast, die an der Residenz tätig sind. Als Messer wird unsereins selten in Deutschland angesprochen.«

»Ich möchte noch viel mehr italienische Wörter und Sitten kennenlernen«, antwortet Veit. »Ich würde nämlich, wenn es sich machen lässt, gerne als Geselle nach Italien wandern. Am liebsten bis Rom. Wer die Peterskirche nicht gesehen hat, die Kirche Il Gesù oder die römischen Kirchen und Palazzi von Bernini und Borromini – der weiß nicht, was Baukunst ist.«

»Ziemlich anspruchsvoll, der junge Messer Bergmann.« Thot lächelt. »Aber Veit hat recht. Italien ist nicht nur das Geburtsland der Renaissance, sondern auch des Barock. Dieser Stil – eure Zeit berechnet seine Dauer auf die beiden Jahrhunderte zwischen 1590 und ungefähr 1770 – begann als Weiterentwicklung des Manierismus, von dem ich euch in Heidelberg erzählt habe. Als Faustregel gilt, dass in der barocken Bauweise die Übernahme der antiken Bauformen fortgesetzt wird, nun aber die Wände sozusagen in Bewegung geraten sind, vor- und zurückschwingen, Kurven und Einbuchtungen formen. Vor allem aber wirken jetzt alle Künste zusammen, sie verschmelzen, um aus Architektur, Malerei, Plastik und Dekoration ein geschlossenes Kunstwerk zu schaffen, in dem alles aufeinander abgestimmt ist.

»Messer Toto«, unterbricht ihn Veit verlegen. »Ihr habt eben von … Barock … gesprochen. Was soll das sein?«

»Der Baustil deiner Zeit«, antwortet Thot gelassen, »der 1584 mit der Kirche Il Gesù in Rom, die du eben erwähnt hast, beginnt. Die Nischen und Säulen ihrer Fassade wirken so elastisch bewegt, dass es scheint, als würden sie unter Strom stehen.

Momentan spricht noch niemand von Barock. Aber im kommenden Klassizismus, wo man plötzlich alles schlicht und gradlinig haben will, bürgert sich der Begriff als abfällige Kennzeichnung ein. Er kommt aus dem Portugiesischen, wo *barocco* dem Deutschen schief-rund oder grotesk entspricht. Erst der Kunsthistoriker Jacob Burckhardt wird das Schimpfwort Barock 1855 zur wissenschaftlichen Bezeichnung aufwerten.«

»Veit, du hast eben von Stukkatur gesprochen«, sagt Martin, der sieht, wie Veit immer verwirrter wird. »Was ist das?«

»Plastische Verzierungen von Wänden und Decken. Sie bestehen aus Stuck, einem Edelgips, den man gut formen kann. Gemischt mit Marmorstaub, wirkt er sogar wie geschliffener Stein ... Entschuldige Martin«, sagt er dann und wendet sich Thot zu: »Messer Toto, was ihr mit Strom meint, ist mir noch unverständlicher als das Wort Barock. Der einzige Begriff, der mir etwas sagt, ist der Klassizismus. Die Söhne von Messer Tiepolo, der aus Venedig angereist ist, um das Treppenhaus der Residenz auszumalen, reden ebenfalls vom Klassizismus, der bald den Stil ihres Vaters ablösen wird. Unter der Sonne Italiens wird man wohl weitsichtiger?«

»Ja«, sagt Thot schnell, »wir blicken gern in die Zukunft.«

Veit scheint das nicht zu genügen. Doch er verzichtet auf weitere Fragen. Iris ist erleichtert, dass er nicht nachhakt. Ihre Stimme klingt, als sei sie im Stimmbruch. Die tiefen Töne gelingen ihr nicht immer.

»Was ist denn jetzt das Besondere an diesem Schloss?«, fragt sie, »bisher war nur von Kirchen die Rede.«

»Guter Hinweis«, sagt Thot. »Schlösser sind im Barock ebenso wichtig wie Kirchen. Sie haben dem Stil entscheidende Impulse gegeben. Die wichtigsten gingen von Schloss Versailles bei Paris aus, das Ludwig XIV. ab 1661 für sich erbauen ließ. Dort dient alles, von der Großform über die doppelte Ausführung der Prunkräume für den König und seine Gemahlin bis hin zum kleinsten Ornament nur einem Ziel: der Verherrlichung der Monarchie. Alles ist auf das Herrscherpaar ausgerichtet, wie Strahlenbündel, die sich zuletzt im Thron treffen. Denn selbstverständlich hat der König, trotz all seiner Minister und Berater das Sagen, während die Königin ihn allenfalls unterstützt. Nur manchmal, wenn eine Frau, zum Beispiel Österreichs Kaiserin Maria Theresia, die Thronfolge übernimmt, ist es umgekehrt.«

»So wie bei der Queen in England«, sagt Martin. »Ich habe mal im Fernsehen gesehen, wie sie das Parlament eröffnet. Ihr Mann muss immer einen Schritt hinter ihr bleiben – wie ein Hündchen. Und wenn sie mit ihrem Gefolge auf den Thron zugeht, staksen alle so feierlich und steif wie Störche.«

»Fernsehen?«, fragt Veit ratlos, während Thot bei dem Storchenvergleich die Augenbraue hochgezogen hat und Martin mit ironisch funkelnden Augen mustert.

»Ein Jahrmarktsvergnügen, so ähnlich wie die *Laterna Magica*«, sagt Thot rasch. »Was dir bei der ... ähem ... Storchenparade aufgefallen ist, Martin, sind die in eure Zeit hinübergeretteten, äußeren Zeichen des Absolutismus, so nennt man diese besonders zeremoniöse, machtfixierte und extrem hierarchische Ausprägung von Monarchie. Man kann den Barock mit seinem Aufwand an theatralischen Formen als absolutistischen Stil bezeichnen, eine Erfindung des Adels und der Gegenreformation, so wie die Renaissance eine des Bürgertums war.

Alle berühmten barocken Schlösser haben auf die eine oder andere Weise Versailles zum Vorbild – die Schlösser Schönbrunn und Belvedere in Wien, das Königsschloss Caserta bei Neapel, der Winterpalast des Zaren in St. Petersburg, das gigantische Schloss in Mannheim und die Schlösser des preußischen Königs in Berlin und Potsdam. Selbst kleinste Residenzen in Deutschland, das mitt-

lerweile in Hunderte winziger Fürsten- und Herzogtümer aufgeteilt ist, folgen dem Versailles-Prinzip.«

Die vier durchqueren inzwischen den weiten Ehrenhof der Würzburger Residenz, den zwei nach vorn ragende lange Seitenflügel rahmen. Vor ihnen erhebt sich der gleichfalls dreigeteilte Mittelbau.

»In der Würzburger Residenz ist der Bischof Hausherr«, sagt Thot,
während sie auf den Eingang zugehen. »Er ist selbstverständlich
wie alle katholischen Priester unverheiratet. Deshalb hat man zu
einem Trick gegriffen, um die doppelte Raumordnung beizubehal-
ten: Die Prunkzimmer in der Beletage, dem ersten Stock, werden
Gästezimmer für den Kaiser und die Kaiserin genannt. So kann
alles absolutistisch verdoppelt werden, und trotzdem bleibt das
Prinzip des Zölibats gewahrt.«

»Gut, dass unser momentaner Fürstbischof Carl Philipp von Greif-
fenclau Eure Worte nicht gehört hat«, sagt nun Veit. »Er wäre
gewiss wütend über das Wort Trick. Seine Majestät legt Wert auf
einen untadligen Ruf. Kommt, jetzt zeige ich euch das größte Treppenhaus der Welt.«

Im selben Moment rasselt von hinten eine Kutsche heran.

»Achtung, zur Seite, wichtige Mission«, ruft der Kutscher. Dann
rollt eine Kalesche mit zwei schnaubenden Pferden an den vieren
vorbei. Sie hält in der gewölbten Zufahrt direkt vor dem rechten
Treppenabsatz. Zwei dunkel gekleidete ältere Herren mit riesigen
weißen Perücken steigen aus und hasten die Stufen hinauf. Einer
wendet sich auf halber Höhe zurück und fixiert die Zwillinge, besonders aber Iris. Dann dreht er sich wieder um und stürzt seinem
Kollegen hinterher.

»Finanzbeamte des Fürstbischofs, sie werden mit dem Messer Tiepolo abrechnen wollen. Man munkelt von einem Rekordhono-
rar«, erklärt Veit. »Die Hofbürokraten haben's immer eilig. Deswegen ist unser Vestibül bestens für große Kutschen und Kaleschen
geeignet. Man kann sogar durch den Gartensaal, die sogenannte
Sala Terrena, direkt in den Schlosspark fahren.«

»Bei uns gibt's dafür Tiefgaragen«, sagt Martin gedankenlos. Iris stupst ihn. Aber Veit ist so auf den Bau konzentriert, dass ihm Martins Einwurf entgangen ist.

»Das Vestibül ist nur ein bescheidenes Vorspiel, verglichen mit dem eigentlichen Treppenhaus, das Balthasar Neumann 1719 gemeinsam mit dem ganzen Schloss entworfen hat«, fährt er fort. »Es ist so riesig und hat so weite Gewölbe, dass Balthasar Neumanns Auftraggeber, der Fürstbischof Johann Philipp Franz von Schönborn, an ihrer Standfestigkeit zweifelte. Sein Bruder und Nachfolger, Friedrich Carl von Schönborn, war noch misstrauischer. Als zu Silvester 1744 der Rohbau stand, ließ Neumann deshalb Kanonen im Treppenhaus abfeuern. Sie richteten keinerlei Schäden an. Damit waren alle Zweifler zum Schweigen gebracht.«

»Was Papa wohl machen würde«, flüstert Martin Iris zu, »wenn der Scheich in Dubai plötzlich von ihm verlangt, er soll beweisen, dass sein Hochhaus jedem Wüstensturm standhält?«

Thot räuspert sich warnend, aber das ist unnötig, denn Veit hat schon begonnen, die Treppe hinaufzugehen. Er winkt sie zu sich heran.

»Balthasar Neumann«, sagt er, als sie neben ihm stehen, »hatte es als leitender Architekt der Residenz alles andere als leicht. Denn man stellte ihm dauernd Berater zur Seite, die dann gegen ihn intrigierten. Zeitweise wurde er sogar entlassen. Trotzdem ist ein wunderbar einheitlicher Riesenbau entstanden. Findet ihr nicht?«

Staunend betrachten Iris und Martin die Anlage. Eine breite mittlere Treppe führt auf die halbe Höhe der Halle, dann teilt sie sich unterhalb eines Podests in zwei Treppen, die links und rechts an einem Umgang mit halbhohen Balustraden enden. Über allem spannt sich ein flaches bemaltes Gewölbe.

»670 Quadratmeter«, sagt Veit stolz, »das größte zusammenhängende Deckenfresko unserer Zeit, gemalt von Giovanni Battista Tiepolo, dem berühmtesten Maler Europas! Nur ein Jahr haben er und seine Söhne Lorenzo und Domenico dafür gebraucht.«

Die Würzburger Residenz. Im Hintergrund ragt die Kuppel der Dresdner Frauenkirche auf.

»Dargestellt ist«, sagt Thot, »die Huldigung der bisher bekannten vier Erdteile an den Fürstbischof. Die Personifikationen der Kontinente treten wie Herrscher mit ihrem Gefolge auf. Afrika wird von einer Schwarzen vertreten. Aber hinter ihr …«

»Na klar«, sagt Iris spöttisch, »symbolisieren ein Obelisk und eine Sphinx die Kultur Afrikas. Wie könnten wir das übersehen!«

»Was habt ihr gegen Obelisken?«, fragt Veit verblüfft. »Der geniale Architekt und Bildhauer Gian Lorenzo Bernini hat in Rom gleich zwei Mal mit Obelisken gearbeitet. Vor der Kirche Santa Maria sopra Minerva hat er 1667 einen kleinen Obelisken auf den Rücken eines Miniaturelefanten gestellt, der einen Brunnen schmückt. Und auf der berühmten Piazza Navona krönt ein Obelisk Berninis Vier-Ströme-Brunnen. Manche sagen, damit habe er dem Nil den Vorzug vor der Donau, dem Rio de la Plata und dem Ganges gegeben.«

»Sag ich doch – warum ist es am Nil so schön?« Thot lächelt verschmitzt. »Und es gibt sogar noch ein drittes Beispiel: der Brunnen vor dem Petersdom in Rom. Ihn schmückt ein 25,5 Meter hoher Obelisk aus Heliopolis. Kaiser Caligula hatte ihn im Jahr 37 nach Rom schaffen lassen und im Circus auf dem Vatikan-Hügel aufgestellt. 1586 befahl Papst Sixtus V. ihn von dort auf den Petersplatz zu schaffen. Der von ihm beauftragte Architekt Domenico Fontana setzte 44 Seilwinden ein, um das 322 Tonnen schwere Gebilde zu transportieren. Vier Monate lang schufteten 900 Bauarbeiter und 140 Pferde. Als man schließlich am 10. September den Obelisken auf den Brunnen hieven wollte, wäre es beinahe zur Katastrophe gekommen. Der Stein war bis dahin unzerbrochen und sollte es auch bleiben. Deshalb hatte Papst Sixtus bei schwerster Strafe absolutes Stillschweigen angeordnet.

Was ich jetzt erzähle, Veit, wird dich als Maurerlehrling besonders freuen: Als der Obelisk schon in der Luft schwebte, sah ein Bauarbeiter, dass die Halteseile durch die Reibungshitze zu kokeln begannen und zu reißen drohten. Er zögerte nur kurz, dann schrie er ›Wasser über die Seile‹. Der Papst belohnte ihn fürstlich für seinen rettenden Mut.«

»Auf Baustellen muss man oft geistesgegenwärtig sein, um Unfälle zu verhindern«, sagt Veit. Er schielt zu dem vermeintlichen Kurt hinüber, um zu sehen, ob sein Kommentar Eindruck macht.

Iris tut so, als hätte sie seinen Blick nicht bemerkt.

Jetzt stehen wir mitten im Treppenhaus der Würzburger Residenz, und Thot erzählt stundenlang Geschichten von Rom und Ägypten, denkt Martin ungeduldig.

»Also ich finde besonders den offenen Himmel genial, den Tiepolo gemalt hat«, sagt er und schaut nach oben. »Ist doch Wahnsinn, diese lachsrosa Wolken, auf denen die Erdteile schweben. Man hat das Gefühl, als hätte das Treppenhaus keine Decke, sondern würde sich direkt in den Himmel öffnen … Wer ist eigentlich die Gestalt, die direkt vor dem Bildnis des Fürstbischofs schwebt?«

Während er fragt, grinst Martin herausfordernd hinüber zu Thot.

»Das ist Apoll« antwortet der schnell, »der mit seinem Sonnenwagen den Erdteilen vorausgefahren ist, um sie zum Fürstbischof zu bringen.«

»Nein, Messer Toto«, mischt Veit sich ahnungslos ein. »Martin meint den Jüngling vor Apoll, direkt bei Seiner Majestät. Das ist Merkur, Martin, der Götterbote, der die Gäste ankündigt.«

»Ach ja«, feixt Martin, »Merkur, der mit Lichtgeschwindigkeit durch Länder und Zeiten düst. Ein Alleskönner.«

»Gewonnen, Martin«, sagt Thot amüsiert. »Was meinst du, Veit, wollen wir nun hinauf in den Kaisersaal?«

»Gern«, antwortet Veit.

Während sie die Treppe hinaufgehen, weist er die anderen auf die kahlen Seitenwände hin: »Hier soll noch alles stukkiert werden. Es sind schon erste Skizzen von Lodovico Bossi aus Italien eingetroffen. Man sagt, er entwirft *à la grecque*, also in jenem Stil, den Ihr, Messer Toto, vorhin Klassizismus genannt habt.«

»Exakt«, sagt Thot, »du hast ein gutes Gedächtnis. Die Arbeit wird dir Freude machen.«

Thot dreht sich zu den Zwillingen um.

»Die Innendekorationen, die ihr gleich sehen werdet, sind Kunstwerke des Rokoko, der Endblüte des Barock, in der alles verspielter und anmutiger wird. Auch diese Phase hat ihren Namen aus Portugal. Ursprünglich wurden damit Perlen bezeichnet, die nicht rund, sondern schief gewachsen sind. Weil das Rokoko die Formen gerne kunstvoll verzerrt, hat man dem Stil diesen Titel gegeben.«

Wieder mustert Veit Thot verwundert, sagt aber nichts. Stattdessen geht er etwas langsamer, bis er Iris an seiner Seite hat.

»Gefällt dir die Residenz?«, fragt er. »Du sagst kaum etwas.«

»Doch, gefällt mir sehr«, brummt Iris. »Ich bin etwas heiser. Hatte eine Erkältung. Da fällt mir das Sprechen noch schwer.«

»Ach so«, sagt Veit. »Jetzt kommen wir in den Weißen Saal, der das Entree zum Kaisersaal bildet«, fährt er dann laut fort. »Wichtigster Gestalter der beiden Räume war der Hofmaler Johann Rudolf Byss. Ihm folgte 1739 der Bildhauer Johann Wolfgang von der Auwera. Er arbeitet gemeinsam mit dem berühmten Stukkateur Antonio Bossi, dem Vater des eben erwähnten Ludovico. Seine Kunst bestimmt den Weißen Saal, in dem tatsächlich alle Verzierungen weiß sind.«

»Auf mich wirkt das alles ziemlich kühl«, sagt Iris, als sie im Weißen Saal stehen.

»Dann sollten wir in den Kaisersaal wechseln«, sagt Veit, »dort erscheinen einem die Farben des Marmors und der Gemälde durch das vorherige Weiß noch intensiver.«

Iris, Martin und Thot drehen sich bewundernd um die eigene Achse. Die Wände des Kaisersaals gliedern mächtige rötliche Dreiviertelsäulen. Das Gewölbe darüber und die Wände zeigen farbsprühende beschwingte Gemälde von Tiepolo. Sie behandeln die

Geschichte des bischöflichen Fürstentums und seine engen Beziehungen zum Kaiserhaus.

»Hier könnt ihr besonders gut sehen«, sagt Thot und deutet auf die Gemälde, »wie eng die Künste in Barock und Rokoko zusammenarbeiten. Die plastischen Vorhänge an den Bildrändern und die Putti, die sie zurückziehen, sind aus Stuck. Als Halbplastiken verlängern sie die gemalten Szenerien in den realen Raum.«

»Links und rechts vom Kaisersaal«, sagt Veit, »erstrecken sich die Prunkappartements für den Kaiser und die Kaiserin. Vorgeschaltet ist ihnen noch der Spiegelsaal. Er ist mit Hunderten venezianischen Spiegeln gestaltet; die Würzburger sagen, er sei das Schönste am ganzen Schloss. Aber ich denke, dass die Hofkirche der Höhepunkt ist. Habt ihr noch Lust, sie anzuschauen?«

»Na klar«, sagt Iris und geht zurück zur Treppenhalle. Die anderen folgen ihr.

»Kurt«, sagt Veit, als alle im Vestibül ankommen, »magst du vorher noch die Gartenfront der Residenz sehen?«

Iris nickt, fasst aber sofort nach ihrer Kappe. Sie ist durch die Bewegung leicht verrutscht. Iris befürchtet, dass sie herunterfallen könnte und dann ihre langen Haare sie als Mädchen entlarven.

Als die vier, vorbei an verschlungenen Blumenbeeten, über den funkelnden Gartenkies laufen, fällt helles Sonnenlicht auf Iris' Gesicht. Wieder schaut Veit sie prüfend an. Iris geht zur mittleren Hauptallee des Gartens, um mehr Abstand zum Schloss, aber auch zu Veit zu gewinnen. Von dort betrachtet sie die mächtige Fassade. Anders als an der geraden Stadtseite wölbt sich hier der Mittelpavillon in einem Halbrund nach außen. Dadurch wirkt er noch kolossaler.

»Von außen ist die Hofkirche nicht zu erkennen«, sagt Veit, als sie wieder vor der Stadtseite der Residenz stehen. »Der Rohbau der Residenz war nämlich schon fertig, als beschlossen wurde, die

Hofkirche im rechten Seitenflügel unterzubringen. Darum bestimmt die Fensterfolge der Seitenfassade auch den Kirchenraum, was Neumann mit eigenwilligen Säulenstellungen überspielt hat. Der eigentliche Clou aber sind die drei ovalen Abschnitte, in die er das schmale Kirchenschiff aufgeteilt hat. Dadurch wirkt es großzügiger, wie eine wogende Abfolge von Räumen, die sich alle dem Altar zuwenden. Die Säulen und Wandverkleidungen sind übrigens aus Marmorstuck.«

»Ich finde die Farben am stärksten«, sagt Martin.

»Das dunkle Rosa der Säulenschäfte und der Wände, dazu das Gold der Kapitelle und Simse – so viel Schimmern und Flimmern haben wir bisher nur in den antiken Palästen Roms gesehen.«

»Ihr wart also schon einmal in Rom?«, sagt Veit und stellt sich neben Iris. »Wenn wir Pause machen, musst du mir davon erzählen, Kurt.«

»Vielleicht«, sagt Iris und geht schnell in Richtung Chor.

Veit lässt sich nicht abschütteln. »Die lebensgroßen Heiligenfiguren auf dem oberen Altar stammen von Antonio Bossi, die hier unten hat Auwera gemacht. Und ganz oben, bei der Himmelskönigin Maria, die auf der Weltkugel steht, hat Messer Bossi mich einige Partien selbst machen lassen.«

»Also willst du Bildhauer werden?«, fragt Iris.

»Lieber Architekt. Da habe ich auch mit Bildhauerei zu tun, könnte aber die Gesamtform bestimmen. Doch daraus wird sicher nichts. Für eine Architektenausbildung fehlt meinen Eltern das Geld. Vielleicht klappt es, dass ich Stukkateur werde, dann habe ich immer noch viel mit Architektur zu tun.«

Während Iris ihm zuhört, betrachtet Veit sie unentwegt.

»Und was willst du werden, Kurt?«

»Weiß noch nicht, aber Architektur interessiert mich schon sehr.«

»Da müsstest du aber noch einiges zulegen, denn zum Architekten gehört Praxis. Mauern zum Beispiel.«

»Ja und?«, fragt Iris.

»Das würdest du momentan bestimmt nicht schaffen, du bist viel schmaler als dein Bruder, fast so zart wie ein Mädchen.«

Iris versucht, sich ihre Überraschung nicht anmerken zu lassen.

»Das täuscht«, sagt sie und wendet sich ab.

Als die vier nach draußen gehen, herrscht auf dem Platz vor der Residenz Gedränge. Die Bürger versammeln sich, um die Anfahrt der Gäste zu sehen, die zur Einweihung des Treppenhauses kommen. Einige vornehme Gestalten stehen schon plaudernd in der Zufahrt. Die Frauen tragen hoch aufgetürmte weiße Perücken, die mit Bändern, Perlen, Federn und kleinen Figuren geschmückt sind. Auch die Perücken der Männer bauschen sich wie kleine Hügel auf den Köpfen. Genauso voluminös sind die Kleider der Damen. Die bodenlangen Röcke sind so weit, dass es ausschaut, als würden die Oberkörper aus schaukelnden halbierten Riesenkürbissen wachsen.

Beim Näherkommen erkennt man, dass sämtliche Gesichter der Gäste geschminkt sind. Lippen und Wangen leuchten rosa oder dunkelrot, die Gesichter sind weiß und mit vereinzelten schwarzen Punkten verziert.

»Hier riecht's ziemlich penetrant nach Maiglöckchen«, sagt Martin leise und rümpft die Nase. »Dazu Schweiß. Deftige Mischung. Gibt es in der Residenz Bäder?«

»Einige«, sagt Thot. »Aber es sind kleine Kabinette, in die man bei Bedarf Wannen oder Waschschüsseln trägt. Doch meist wäscht man sich nur Gesicht und Hände. Die normalen Sterblichen mit Wasser, die Adligen mit Parfüm. Deshalb der starke Blütenduft. Ludwig XIV. soll übrigens oft so extrem gerochen haben, dass Höflinge in Ohnmacht fielen, wenn sie ihm die Hand küssten.«

»Also ich«, wirft Veit ein, »gehe, so oft ich kann, abends im Main schwimmen. Unterhalb der alten steinernen Brücke ist ein schöner versteckter Platz dafür.«

»Mensch, ein Bad im Fluss täte jetzt gut«, sagt Martin. »Es ist doch noch ziemlich heiß geworden seit heute Morgen.«

»Sollen wir gehen?«, fragt Veit, »Kurt, kommst du mit? ... Und Ihr selbstverständlich auch, Messer Toto?«

»Mit Hajo können wir hier wohl nicht rechnen?«, wechselt Iris schnell das Thema.

»Ich glaube nicht«, antwortet Thot, der ihre Hilflosigkeit bemerkt hat. »Wir sollten uns in Dresden umschauen. Die Dresdner Hofgesellschaft jagt gerne mit Falken. Könnte gut sein, dass Hajo sich dort rumtreibt. Und ich wollte euch noch den Zwinger und die Frauenkirche zeigen.«

»Wer ist Hajo?«, fragt Veit unruhig. »Und warum wollt Ihr plötzlich nach Dresden, Messer Toto?«

»Mein Junge«, sagt Thot und schaut Veit eindringlich an.

»Bist du bereit für ein Experiment, das dein Leben auf den Kopf stellen könnte?«

»Was meint Ihr damit? Ein Experiment? Würde Kurt mitmachen ... äh, und Martin?«

»Rundheraus gesagt: Ich habe magische Fähigkeiten und würde uns, noch ehe du zwei Mal mit den Augen blinzeln kannst, nach Dresden versetzen.«

Veit fallen vor Staunen fast die Augen aus dem Kopf.

»Bis heute Abend wärst du wieder zurück in Würzburg«, sagt Thot beschwichtigend.

»Messer Toto!« Veit hüstelt, dann richtet er sich entschlossen auf. »Wir leben im Zeitalter der Aufklärung. Ich glaube nicht an Hexenritte auf Besen und erst recht nicht an Ortswechsel in Sekundenbruchteilen. Sofort nach Dresden? Das müsstet Ihr mir beweisen!«

»Wenn's weiter nichts ist«, sagt Thot und lächelt den Zwillingen verschwörerisch und zufrieden zu.

Er schließt die Augen. Das Letzte, was Iris sieht, ehe es dunkel wird, ist das überraschte Gesicht einer Würzburger Gräfin, die zu ihnen herüberschaut. Der Blick, mit dem sie Iris fixiert, ist erschrocken, aber irgendwie auch merkwürdig wissend.

19. Die Frauenkirche in Dresden
oder Warum Veit nicht
nach Würzburg zurückkehrt ◇◇◇◇◇◇

»Das ist doch etwas anderes als dein schmaler Main«, sagt Thot
zu Veit und deutet mit großzügiger Geste über die breit und ruhig
fließende Elbe. Längs des Flusses reihen sich die Häuser der Stadt.
Ihre Außenbezirke verlieren sich in den Ausläufern sanfter Berge,
auf denen vereinzelt Landhäuser inmitten von Wein- und Obst-
gärten stehen. Am gegenüberliegenden Ufer, zu dem eine steinerne
Brücke mit vielen Bögen führt, drängen sich säuberlich kleine
Häuser mit roten Hauben; Mansarddächer, wie Iris und Martin
von ihrem Vater gelernt haben, die charakteristisch für den Barock sind. Flussabwärts ragen die türkisgrün patinierten Kupfer-
dächer eines großen Gebäudes über die Gärten, die dort die Elbe
säumen.
»Wo genau sind wir denn gelandet?«, fragt Iris.
»Auf der Brühl'schen Terrasse. Sie war früher eine Uferbastion der
Stadtbefestigung, ist jetzt aber zur Promenade umgestaltet worden, die gleichsam über dem Fluss schwebt. Wegen des einzig-
artigen Ausblicks nennt man sie den *Balkon Europas*. Da drüben,
die bizarren grünen Dächer gehören zum Japanischen Palais. Seit
kurzem ist es Mode geworden, Bau- und Zierformen aus Japan
und China zu imitieren.«
Veit, dem noch immer die Knie zittern, sucht nach Worten. Zum
Schrecken, dass Thot sie tatsächlich nach Dresden gebracht hat,
kommt sein Staunen über Iris. Sie hat nämlich beim Zeitsprung
ihre Kappe verloren und ist eindeutig als Mädchen erkennbar.
Schließlich hat Veit sich wieder einigermaßen unter Kontrolle.
»Ist das hier wirklich Dresden? Und … äh … Kurt, was ist mit
dir?«

Veit fasst sich unwillkürlich an den Kopf, als wolle er sich überzeugen, dass er noch auf den Schultern sitzt.

»Na ja«, sagt Iris. »Dein Gespür hat dich nicht getäuscht. Ich bin tatsächlich ein Mädchen. Mein Name ist Iris. Als Junge muss ich rumlaufen, weil ich keinen Reifrock habe. Die Hosen, die ich stattdessen trage, heißen Jeans, und sie stammen aus der Zukunft … wie ich selbst.«

Veits Miene bleibt fassungslos.

»Verflixt, das ist alles so kompliziert zu erklären. Also: Martin und ich leben eigentlich im 21. Jahrhundert. Wir sind mit dem ägyptischen Gott Thot, den du als Messer Toto kennst, auf einer Zeitreise. Und weil ich als Mädchen mit meinen Hosen Aufsehen erregt hätte, bin ich zum Kurt geworden.«

»Ver… verstehe«, sagt Veit. »Oder eigentlich nicht. Aber für einen Traum ist hier alles zu real.«

Er schlägt mit der flachen Hand auf die steinerne Balustrade der Brühl'schen Terrasse.

»Also gut«, sagt er nach längerem Schweigen, »ich nehme mal alles so, wie's ist.« Veit atmet tief ein. »Trag den hier«, sagt er dann und zieht seinen Dreispitz ab. Während Thot geistesgegenwärtig ein Zauberzeichen macht, um einen Zeitsprung zu verhindern, setzt Veit Iris seinen Hut mit einem Lächeln auf den Kopf. »Siehst zwar immer noch wie ein Mädchen aus, aber nur, wenn man dich sehr genau betrachtet.«

Was er ja die ganze Zeit tut, denkt Martin.

»Veit, du wirst dein Vertrauen zu uns nicht bereuen«, sagt Thot und lächelt dem Jungen ermutigend zu. Dann geht er mit den dreien zu einer kleinen steilen Treppe, die von der Brühl'schen Terrasse hinunter in eine Gasse führt. An ihrem Ende ragt ein monumentaler Kuppelbau in den Himmel – die Frauenkirche.

»Wer ist eigentlich dieser Hajo, von dem du vorhin gesprochen hast?«, fragt Veit.

»Ein Falke. Er gehört unserem Vater. Wir haben ihn versehentlich wegfliegen lassen und folgen ihm nun schon seit Tagen durch Raum und Zeit.«

»Nett, dass er euch zu mir gebracht hat«, sagt Veit und strahlt Iris an.

»Thot«, ruft Martin nach vorn, »erzähl uns doch schon mal etwas über die Frauenkirche, hier hinten wird nur Süßholz geraspelt.«

»Aber immer«, sagt Thot. »Die Frauenkirche wurde zwischen 1722 und 1743 als prächtigste Kirche des Protestantismus in Deutschland und Europa errichtet. Sie hat eine Gesamthöhe von 91,23 Metern. Die Kuppel ist, wie der gesamte Bau, aus sächsischem Sandstein gemauert. Der Architekt dieses gigantischen Bauwerks ist George Bähr. Auftraggeber war der Rat der Stadt Dresden, als Förderer des Kirchenbaus wirkte August der Starke, der König von Sachsen. Die Vorbilder der Frauenkirche sind unverkennbar: Da ist zum einen die berühmte Kuppel Michelangelos über dem Petersdom in Rom – die katholische Konkurrentin, wenn man so will. Dazu gibt es die St.-Pauls-Kathedrale von Christopher Wren in London, die seit 1710 von aller Welt bestaunt wird. Für den König aber war die Königin aller Kuppelkirchen Leitbild: die 1687 eingeweihte Kirche Santa Maria della Salute in Venedig.«

»August der Starke ist aber katholisch, soweit ich weiß«, sagt Veit.

»Ziemlich edel, als katholischer König eine prächtige protestantische Kirche zu unterstützen«, ergänzt Martin.

»Na ja«, sagt Thot. »August musste, salopp gesagt, die Dresdner bei Laune halten. Außerdem hielt sein Nachfolger sich mit der ebenso prachtvollen katholischen Hofkirche schadlos. Ihr seht sie dort rechts am Elbufer. Sie wurde 1739 begonnen und 1755 eingeweiht. Ihr Turm, von dem Italiener Gaetano Chiaveri entworfen, ist das vielleicht schönste Monument des Rokoko in Deutschland. Er ragt wie eine gigantische Spieldose zum Himmel.«

»Und die Frauenkirche mit ihrer sonderbar geformten Kuppel wie eine Riesenglocke«, sagt Martin.

»Deshalb nennt man sie auch die *Steinerne Glocke*«, bestätigt Thot. »Die Kuppel zu mauern ist eine Tollkühnheit gewesen. George Bähr war nämlich eigentlich Zimmermann. Deshalb sollte ursprünglich die Kuppel auch in Holz ausgeführt und mit Kupfer überzogen werden. Aber Bähr war ehrgeizig. 1734 hatte er den Rat und den König überzeugt. Doch bald traten Risse auf, weil die inneren Pfeiler und die Außenwände die gigantischen Massen kaum tragen konnten. Darum zog man später einen eisernen Ringanker im Kuppelansatz ein.

Nach den ersten Rissen gab es einen Baustopp, und erst 1741, zwei Jahre nach George Bährs Tod, wagte sein Nachfolger es, die Laterne auf die Kuppel zu mauern. Am 27. Mai 1743 wurde dann das Kuppelkreuz aufgesetzt … Bähr hatte übrigens einen Obelisken als Abschluss vorgesehen.«

»Hätte sicher ausgezeichnet gepasst«, sagt Veit und blinzelt den Zwillingen komplizenhaft zu.

»Heuchler!«, sagt Thot trocken. »Gehen wir um die Kirche herum. Seht ihr, der Grundriss ist ein Quadrat, dem Bähr sozusagen die Ecken abgeschnitten und sie durch quergestellte Treppentürme ersetzt hat. Sie dienen auch als Widerlager für die Kuppel.«

»Widerlager?«, fragt Iris.

»Stelle sie dir als eine Art gigantische Stützpfeiler vor, die sich der nach außen drängenden Schubkraft der Kuppel entgegenstemmen. Die Treppen in ihnen führen auf die Emporen – auf die steigen wir jetzt.«

Als die vier angekommen sind, weicht Iris sofort von der Brüstung zurück. Der Blick hinunter in den Kirchenraum oder hinauf in die Kuppel macht sie extrem schwindlig.

»Es ist, als hätte man keinen Boden unter den Füßen, so steil ist hier alles«, sagt sie zu Veit.

Der bestaunt den Raum mit offenem Mund. Sein Blick gleitet nach unten, wo vor dem halbrunden hohen Chor eine wie ein doppeltes

S geschwungene flache Treppe den Gemeinde- und den Altarraum trennt. In ihrer Mitte steht ein üppig verziertes steinernes Lesepult, im Hintergrund erhebt sich ein säulengeschmückter Altar, über dem sich wie ein gezackter Koloss eine Orgel türmt. Überall sieht man Girlanden und Palmzweige aus Stuck.

Martin schaut nach oben in die Kuppel. Sie ist in 8 Felder eingeteilt, in die zyklopische Gestalten gemalt sind: die vier Evangelisten und als Frauen die Tugenden Glaube, Liebe, Hoffnung und Barmherzigkeit.

Iris hat sich auf eine der Sitzbänke der Emporen gesetzt. »Die hinteren Reihen«, sagt sie, »sehen ja aus wie Wandschränke mit Fensterscheiben.«

»Das sind Logen reicher Dresdner Familien. Jede hat ihren eigenen Bereich in der Kirche«, sagt Thot.

Martin geht hinüber zu Iris.

»Schau mal da unten das Altarrelief mit Jesus, der am Ölberg aus Todesangst Blut und Wasser schwitzt«, sagt er. »Das war immer wieder zu sehen, als 2005 im Fernsehen die Wiedereinweihung der Frauenkirche übertragen wurde.«

»Papa war am Anfang gegen den Wiederaufbau, weißt du noch?«, sagt Iris. »Er meinte, dass die Ruine der Frauenkirche das erschütterndste Mahnmal Europas gegen den Bombenkrieg wäre.«

Veit hört aufmerksam zu. Als das Wort Bombenkrieg fällt, reißt er kurz die Augen auf, sagt aber nichts.

»Lasst uns zum Zwinger gehen. Wir könnten ein bisschen frische Luft vertragen«, sagt Thot.

Kurz darauf schlendern sie, vorbei an großen Tontöpfen, in denen Orangenbäumchen wachsen, über den rötlichen Kies, mit dem der Innenhof des Zwingers bestreut ist. Wegen der vielen Spaziergänger hat Thot sie – Veit schüttelte nur wortlos und verwundert den Kopf – unsichtbar gemacht. Ungehindert betrachten die vier nun die Bauten und Menschen.

»Im Grunde«, sagt Thot, »ist der Zwinger ein Festsaal unter freiem Himmel. Zunächst war er, wie sein Name zeigt, Teil der Stadtbefestigung, ein freies Gelände zwischen der inneren und äußeren Stadtmauer. Dann wurde er ein Freiplatz für Turniere und Hetzjagden. 1710 bis 1719 ließ August der Starke die alten hölzernen Zuschauergalerien von Landesbaumeister Daniel Pöppelmann durch eine Orangerie und Bauten für seine Sammlungen ersetzen. Pöppelmanns wichtigster Mitarbeiter war der Bildhauer Balthasar Permoser. Von ihm stammen die 21 mannshohen Pan-Figuren an den Galerien und die Satyrhermen an den Portalen.«

Martin betrachtet die bocksbeinigen gehörnten Gestalten mit ihren spitzbübisch grinsenden haken- und plattnasigen Bartgesichtern.

»Schade, dass Bes nicht da ist«, sagt er. »Hier sind schon wieder Wesen, die wie Verwandte von ihm aussehen.«

Veit stutzt, als er abermals einen neuen Namen hört. Dann zuckt er ergeben mit den Achseln und konzentriert sich auf die Architektur.

»Ist euch schon aufgefallen«, fragt Thot, »dass der Zwinger symmetrisch, also perfekt absolutistisch wirkt, obwohl er es letztlich nicht ist?«

»Meint Ihr die große Lücke da drüben?«, fragt Veit.

»Nein. Dort plant Pöppelmann weitere Bauten bis hinunter zum Ufer der Elbe«, sagt Thot. »Aber dazu wird es nicht kommen. Erst 1847 wird dort der Architekt Gottfried Semper eine Gemäldegalerie bauen, die auch noch im 21. Jahrhundert weltberühmt ist.

Ich habe an das sogenannte Nymphenbad gedacht. Wir sind vorhin daran vorbeigegangen. Mit seinen Kaskaden und Nixen ist es eine fantasiereiche Umsetzung der antiken Nymphäen, auf Deutsch: Quellenheiligtümer. Das Nymphenbad ist als einziger Teil des Zwingers ein Einzelbau. Alle anderen haben spiegelbildliche Entsprechungen: Dem Glockenspielpavillon, der einen geschwungenen Umriss wie eine asiatische Pagode hat, korrespondiert

der Wallpavillon am anderen Ende des Hofs. Auch die Galerie-
bauten, die die Pavillons und das Kronentor auf der linken Langseite verbinden, sind identisch, ebenso die beiden größeren Häuser
links und rechts vom Glockenspielpavillon.«

»Auf dem Kronentor«, sagt Iris, »sitzt tatsächlich die Nachbildung
einer Krone.«

»Es ist selbstverständlich die sächsische«, sagt Thot.

»Da«, ruft plötzlich Martin und deutet zum Himmel, »Hajo!«
Alle schauen nach oben. Über den Dächern des Zwingers schwebt
eine große, dichte Staubwolke, vor ihr her fliegt der Falke. Jetzt
sind auch Trompeten zu hören. Sie übertönen ein dumpfes Geräusch. Es klingt wie schwere Metallhämmer, die auf Stein treffen – die Hufeisen von Pferden, die über Kopfsteinpflaster galoppieren.

»Das darf nicht wahr sein«, sagt Thot hastig, »ich hätte bei unserem Zeitsprung genauer auf den Termin achten sollen. Statt im
Jahr 1754 sind wir im Jahr 1756 gelandet. Der Siebenjährige Krieg
beginnt, und die Preußen besetzen Dresden. Der Hof ist Hals über
Kopf geflohen.«

Oben, über der Staubwolke stößt Hajo einen schrillen Schrei aus.
Dann lässt er sich hinunter in ihre Richtung fallen. Inzwischen
flüchten die Spaziergänger nach allen Seiten. Sie achten nicht auf
Thot und die anderen, die wieder sichtbar sind.

»Schnell, dort hinüber, zum Italienischen Dörfchen«, ruft Thot
und rennt zur offenen Seite des Zwingers.

Sie hasten auf eine Gruppe kleiner Häuser zu, zwischen denen ges-
tikulierende Männer hin und her laufen.

»Hier wohnen die Bauleute, die Chiaveri mitgebracht hat, als er
die Hofkirche zu bauen begann«, ruft Thot atemlos. »Bei ihnen
haben wir vielleicht noch eine Chance, ungestört unseren Abgang
zu machen.«

»Vieni, vieni«, ruft ihnen ein kräftiger junger Mann zu. »Mir sein
Italiener, unsä tune die Preuße nix!«

Veit, der bisher stumm neben Iris hergelaufen ist, beginnt zu strahlen. »Grazie Dio«, ruft er dem jungen Mann zu. Er geht hinüber und beginnt auf ihn einzureden.

»Der Teufelskerl spricht ja fast fließend Italienisch«, murmelt Thot schwer atmend. »Lasst uns ein wenig verschnaufen.«

Martin hält Ausschau nach Hajo. Doch der Falke ist nicht mehr zu sehen. Aus dem Zwinger hört man aufgeregtes Rufen, ab und zu taucht ein Soldat in der breiten Bebauungslücke auf, späht zu ihnen herüber und verschwindet dann wieder. Die Truppen scheinen noch mit der Besetzung des Platzes beschäftigt zu sein. Doch irgendwo in der Nähe müssen Kämpfe stattfinden. Aus der Richtung der Frauenkirche hört man zuweilen ohrenbetäubenden Kanonendonner, der sämtliche Scheiben des Zwingers klirren lässt, als würden sie jede Sekunde zerbrechen. Iris schaut hinüber zur Stadt. Überall strömen Menschen auf die Straßen. Sie schleppen Bündel, Truhen und Körbe mit sich, Frauen weinen und Kinder schreien. Eine Massenflucht ist im Gange, die Iris zu ängstigen beginnt. Auch Martin schaut immer öfter aufgeregt zu den fliehenden Dresdnern. Ob Thot das Ganze noch im Griff hat?

Veit kommt zurück.

»Ich habe mit Silvio gesprochen. Er ist Polier. Die Italiener packen ihre Sachen und machen sich noch heute auf den Weg zurück nach Italien. Die Preußen haben ihnen freien Abzug gewährt. Wenn wir wollen, nimmt Silvio uns mit.«

»Iris und Martin können dich nicht begleiten«, sagt Thot, »sie müssen zurück in ihr eigenes Zeitalter.«

Zuerst sieht Veit verdutzt aus, dann aber wird sein Gesicht ruhig und entschlossen.

»Damit hätte ich rechnen müssen«, sagt er. »Aber ich will auf keinen Fall zurück nach Würzburg. Silvio sagt, er hätte in seiner Heimat Verona Verwendung für mich, falls ich wirklich ein guter Maurer und Stukkateur bin.«

»Das bist du bestimmt«, sagt Iris.

Veit lächelt ihr dankbar zu. »Das ist die Chance meines Lebens. Meine Eltern werden mich verstehen, ich habe immer wieder gesagt, wie gern ich nach Italien möchte, um ein wirklich guter Stukkateur, vielleicht sogar ein Baumeister zu werden. Nur … was tun sie heute Abend, wenn sie merken, dass ich verschwunden bin?«

»Darüber mach dir keine Sorgen«, antwortet Thot. »Schreib ihnen schnell etwas auf und überlasse den Rest mir. Ich werde deinen Eltern das Schreiben überbringen und ihnen alles erklären.«

»Vorher müsstest du uns aber noch nach Frankfurt versetzen«, sagt Martin und schaut hinüber zum Zwinger, in dem jetzt der Lärm der Truppen anschwillt. »Ich glaube nicht, dass Iris in dieser Hektik den richtigen Ort und den richtigen Zeitpunkt trifft.«

»Tja dann«, sagt Iris zu Veit, »sag ich auf Wiedersehen. Viel Glück in Italien … und in deinem weiteren Leben.«

»Ich danke dir, Iris«, sagt Veit. »Schade, dass ihr nicht länger bleibt. Kurt war zwar ein angenehmer Kamerad, aber als Iris fand ich dich viel netter.«

»Dio mio«, seufzt Martin theatralisch, der während der Italienurlaube mit den Eltern einige Brocken Italienisch aufgeschnappt hat. »Schluss mit l'amore, Veit, jetzt geht's für dich nach Bella Italia. Mach's gut und lern was Schönes.«

Martin hebt die Hand, Iris tut es ihm zögernd nach.

»Ich werde mir eure Geste merken«, sagt Veit.

»Du wirst aber«, sagt Iris, »ein rotes Mal zurückbehalten, wenn ich dich berühre.«

»Nicht schlimm« sagt Veit mit einem traurigen schiefen Lächeln, »dann habe ich ein Andenken an dich.«

Erst schlägt er seinen Handteller auf Martins Hand und dann vorsichtiger auf die von Iris. Er zuckt nicht zusammen, als die beiden und Thot sich dabei in Glas zu verwandeln scheinen und gleich darauf verschwunden sind. Nur Silvio bleibt vor Staunen der Mund offen.

Veit wird ihm einiges erklären – und einiges verschweigen müssen.

20. Das Berliner Schauspielhaus
oder Der Rachegesang einer Göttin ◇◇◇◇◇◇◇◇

Iris und Martin haben einen beunruhigenden Abend hinter sich. Als sie zurückkamen, wartete Sandra schon am Gartentor auf sie. Sie war sehr nervös, neben ihr stand ein kleiner Koffer. Über die Verspätung der Zwillinge verlor sie kein Wort. Stattdessen erklärte sie ihnen, sie müsse schon in einer Stunde am Flughafen sein. Ingo habe angerufen, es gebe etwas sehr Dringendes in Dubai zwischen ihnen zu besprechen. Dann kamen nur noch ausweichende Antworten wie: dass es noch nicht spruchreif sei, und sie wolle ihnen keine falschen Hoffnungen machen.

Drei Tage, hatte Sandra gesagt, könnten sie leicht allein zurechtkommen, schließlich würden sie bald 14. Zuletzt war das übliche »Essen ist in der Tiefkühltruhe« gekommen, »lasst eure Sachen nicht rumliegen, hängt nicht ewig vor der Glotze, denkt dran, die Blumen im Garten zu gießen, treibt euch nicht mit der komischen Clique aus der Nachbarschaft rum!«

»Iris, ich zähl auf dich!« Mit einem letzten von-Frau-zu-Frau-Blick war Sandra ins Taxi gestiegen. Iris war sich vorgekommen wie an der Nase herumgeführt.

»Meinst du, die reden über eine Trennung?«, hatte Martin mit belegter Stimme gefragt, als sie in das leere Haus gegangen waren.

»Ich weiß gar nichts mehr«, war Iris' Antwort gewesen. »Uns bleibt nichts anderes übrig, als abzuwarten. Du merkst doch, dass sie abblockt.«

»Morgen ruf ich Papa an, mir reicht's«, hatte Martin geantwortet. Dann war er an den Kühlschrank gegangen, hatte eine Familienflasche Cola statt der Milchtüte aufgemacht und den Fernseher ganz laut gedreht.

Am nächsten Vormittag war Ingos Handy abgestellt gewesen. Aber auf dem Anrufbeantworter ihres Festnetzanschlusses hatten sie seine Stimme gehört. Er hatte mitten in der Nacht angerufen, um mitzuteilen, dass Sandra gut angekommen sei. Dann hatte er die Zwillinge noch halb ironisch, halb ernst ermahnt, keine Dummheiten zu machen.

»Er hat geklungen wie immer«, hatte Iris festgestellt. »Wenn er sich über irgendwas Sorgen macht, spricht er viel tiefer. So oder so, solange Mama weg ist, können wir nichts rauskriegen.« Sie war in ihr Zimmer gegangen und hatte ein weißes, knöchellanges Kleid aus dünnem Stoff aus ihrem Schrank gekramt, das sie einige Monate vorher während einer Aufführung ihres Ballettkurses getragen hatte.

»Beim Tanzen hat der schmale lange Rock furchtbar gestört«, hatte sie Martin auf dessen verwunderte Frage, was sie damit wolle, erklärt. »Aber laufen kann ich darin prima. Thot will doch heute mit uns in eine Theateraufführung des Jahres 1823 gehen. Und genau zu der Zeit hat man solche Kleider getragen. Die Mode damals hat die antiken Kleider nachgeahmt.«

»Dann soll ich mir wohl ein Bettlaken als Toga um den Bauch wickeln, was?«

»Nö, du könntest die schwarzen Kniebundhosen und das weiße Flatterhemd mit den weiten Ärmeln von der Hippie-Fete im letzten Jahr mitnehmen. Das Zeug liegt noch in der Faschings-Kiste.«

Also hatte Martin Kleid, Hose und Hemd zu den Falken-Utensilien in seinen Rucksack gepackt. Dann waren sie losgezogen, hatten unter dem Apfelbaum die Kleidung gewechselt und gleich darauf Thots Sog gespürt.

»Willkommen im Klassizismus«, begrüßt Thot sie. Die drei stehen auf dem Berliner Gendarmenmarkt, einem weiten, viereckigen Platz, in dessen Mitte sich ein mächtiges Gebäude erhebt. Es hat ein sehr hohes Sockelgeschoss. An seiner Vorderseite führt eine große Freitreppe zu einem breiten Podest, auf dem sechs ionische Kolossalsäulen stehen. Die Stufen werden links und rechts von hohen Mauern eingefasst, die fast wie Altäre aussehen. Auf ihnen sind zwei Plastiken aus Zink aufgestellt. Sie zeigen einen schreitenden Löwen und eine schreitende Löwin, auf denen jeweils ein geflügeltes Kind reitet.

»Weißt du noch in der Casa del Fauno?«, fragt Martin und deutet auf die Figuren. »In dem einen Zimmer am Garten war ein Mosaik, auf dem auch so ein kleiner Dickbauch zu sehen war, wie er einen Löwen reitet.«

»Ja«, sagt Iris. »Merkur hat gesagt, das wäre sein Bruder Dionysos, den als Säugling wilde Tiere begleitet haben.«

»Das Motiv hier in Berlin ist das gleiche«, sagt Thot. »Aber die Kleinen sind diesmal Genien, Schutzgeister, die das Theater zum Tempel machen.«

»Hat ja auch was von Tempel«, sagt Martin und schaut auf die Fassade. Hinter der Kolonnade sieht man vier rechteckige Portale, über ihnen ebenso viele Fenster. Auf den Säulen ruht ein dreieckiger Giebel, mit steinernen Statuen zu beiden Seiten und auf der Spitze. Im Giebelfeld ist ein Relief mit vielen Figuren.

Die Fassade hinter den Säulen setzt sich in zweigeschossigen Seitenteilen mit rechteckigen Fenstern fort. Über dem Ganzen erhebt sich ein Mittelbau, der in einem weiteren Dreiecksgiebel endet. Auch dieser Gebäudeteil ist von Fenstern gegliedert, der Giebel trägt ebenfalls ein Relief und eine bronzene Figurengruppe auf der

Spitze. Es ist ein Triumphwagen, den zwei Greifen ziehen, die sich mit gezückten Krallen aufbäumen. Ein junger Mann mit flatternden Gewändern und wehenden langen Haaren, im Arm eine Harfe, steht in dem Wagen.

»Das ist Appollon als Gott der Künste und Herr der Musen«, sagt Thot. »Der Junge auf dem Relief direkt unter ihm ist Eros. Er ist euch womöglich schon als Sohn der Aphrodite vertraut, der die Liebespfeile verschießt. Hier am Theater ist er als vernünftig gewordener Junge wiedergegeben und versinnbildlicht das Streben des Menschen nach Erkenntnis, nach dem Wahren und Guten. Die beiden Mädchen, die links und rechts von ihm Theatermasken betrachten, verkörpern beide seine Gefährtin Psyche. Von ihr heißt es, sie habe mit ihrer Schönheit sogar Venus eifersüchtig gemacht und die anderen Götter an Aufrichtigkeit übertroffen.«

»Dem Wahren, Schönen, Guten, das steht auch auf dem Giebel unserer Alten Oper in Frankfurt«, sagt Iris.

»Im Moment wüsste ich lieber, was hier das Relief über den Säulen bedeuten soll«, sagt Martin. »Sieht nach einem Drama aus. Die Figuren gestikulieren so heftig, als hätten sie Krämpfe.«

»Hier geht es um ein Massaker«, sagt Thot. »Die Frau in der Mitte, die ein junges Mädchen an sich drückt, ist die griechische Königin Niobe. Sie versucht ihre jüngste Tochter vor den Pfeilen von Appollon und Artemis, den Götterzwillingen, zu schützen. Links und rechts von Niobe brechen ihre anderen dreizehn Kinder getroffen zusammen. So bestrafen Appollon und Artemis den Frevel an Leto, ihrer Mutter. Niobe hatte Leto nämlich verspottet, weil sie nur zwei Kinder zur Welt gebracht habe. Appollon tötet die Jungen, Artemis die Mädchen. Niobe erstarrte deswegen vor Schmerz zu einem Stein, aus dem bis heute ihre Tränen als Quelle rinnen.«

»Das ist ja heftig«, sagt Iris. Martin nickt stumm.

»Die Mythen der antiken Welt und auch euer Altes Testament«, sagt Thot, »sind voll von solchen Grausamkeiten. Ihr solltet aber bedenken, dass sie lediglich spiegeln, was Menschen einander antun. Das Theater ist auch ein solcher Spiegel. Indem auf der Bühne Grausamkeiten und Schicksale dargestellt werden, hofft man, die Menschen zum Besseren zu bewegen.«

»Kino ist mir lieber«, sagt Martin.

»Wart's ab, bis du die Vorstellung gesehen hast«, erwidert Thot, der diesmal besonders elegant gekleidet ist. Dunkelblaue, eng sitzende Kniebundhosen, ein schwarzer Frack, weißes Hemd, schwarze glänzende Lackschuhe. In der Hand hält er einen Zylinder. »Ich habe nicht widerstehen können«, sagt er, als er bemerkt, dass Iris immer wieder eine goldene Anstecknadel auf seinem Revers anschaut, die ein runder dunkelblauer Stein krönt. »Das ist Lapislazuli, für die alten Ägypter einer der kostbarsten Edelsteine überhaupt. Sie haben ihn mir oft in meinen Tempeln dargebracht … Na ja, und ihr solltet merken, dass nicht nur Merkur sich auf elegante Kleidung versteht.«

»Du siehst toll aus, Thot«, sagt Iris lächelnd. »Und dein neuer Haarschnitt gefällt mir auch.«

»So kurz geschoren gehen hier in Berlin und in ganz Europa momentan fast alle Männer. Man ahmt die Frisur der Römer nach«, sagt Thot und streicht sich verlegen und geschmeichelt zugleich über den Kopf.

Dann beugt er sich mit leiser Stimme zu Iris, »Ihr macht euch große Sorgen wegen eurer Eltern, nicht wahr?«

Iris nickt.

»Du bist doch allwissend, Thot … Oder jedenfalls fast. Kannst du mir sagen, was mit ihnen los ist?«

»Nein, Iris. Ich würde entscheidend in euer Leben eingreifen, was ich ohnehin schon zu oft und entgegen meiner Bestimmung getan habe. Denn mit der Verabschiedung der antiken Götter haben die Menschen eurer Kultur sich für mündig erklärt. Entscheiden und handeln müsst ihr deshalb selbst, auch wenn es noch so schwer fällt … Sei aber nicht zu besorgt. Eure Eltern vertrauen euch – und ihr könnt ihnen vertrauen.«

»Jetzt klingst du wie ein Orakel«, sagt Iris. »Aber das muss wohl so sein.«

Thot schaut sie bedauernd an, gibt aber keine Antwort. Martin, der inzwischen vor der Fassade auf und ab gegangen ist, kommt zurück.

»Sieht eigentlich aus wie eine Mischung aus den römischen Tempeln und der Basilika in Pompeji«, sagt er. »Und von weitem hat der Bau mich irgendwie auch an das Erechtheion auf der Akropolis erinnert.«

»Bestens«, antwortet Thot »genau solche Bauwerke waren die Vorbilder des Architekten. Er heißt Karl Friedrich Schinkel. Bestimmt habt ihr seinen Namen schon gehört. Euer Vater zum Beispiel schätzt ihn, wie viele seiner Kollegen, als Pionier der Moderne.«

»Was soll an dieser Antike-Kopie denn modern sein?«, fragt Iris gedehnt.

»Schinkel«, sagt Thot, »hat einerseits, wie alle seine Zeitgenossen, die Antike nachgeahmt. Andrerseits aber ist es ihm gelungen, seine Bauten absolut zweckmäßig, sparsam und vielfach verwendbar zu gestalten. Der größte Effekt mit dem geringsten Aufwand an Mitteln war sein Ziel, das in eurer Zeit erst recht das oberste ist.«

»Dann hätte er ja auch Kisten bauen können«, sagt Martin.

»So einfach hat er es sich nicht gemacht«, sagt Thot.

»Schinkel wollte die Hülle jedes Bauwerks so gestalten, dass sie möglichst klar und schön den Zweck der jeweiligen Architektur ausdrückt. Deshalb hat er beim Schauspielhaus Tempel und Basilika, die Stätten des Kults und der Justiz, kombiniert und so die Bühne als geheiligten Ort der Gerechtigkeit veranschaulicht.«

»Das klingt alles so feierlich«, sagt Iris. »Theater soll doch auch Spaß machen.«

»Natürlich«, sagt Thot. »Aber im Klassizismus lag der Schwerpunkt auf der Würde. Das zeigt sich besonders bei Schinkels zweitem berühmtem Berliner Bau, dem Königlichen Museum, das bei euch das Alte Museum heißt. Seine Fassade, eine gigantische Kolonnade aus 18 ionischen Säulen, hat er der Stoa in Athen nachgeahmt, wo die Athener zusammenkamen, um über ihren Staat und manchmal auch über Kunst zu debattieren. Die Empfangshalle des Museums ist eine überkuppelte Rotunde, die er …«

»Dem Pantheon in Rom nachgeahmt hat. War doch klar«, fällt ihm Martin ins Wort. »Aber das, was du von der Stoa erzählst, klingt nach einer Art Parlament oder Bürgerhaus. Wieso hat Schinkel sie imitiert, um ein Museum zu bauen?«

»Gute Frage«, sagt Thot. »Das Museum und auch das Theater in Berlin tragen den Titel ›Königlich‹. Aber sie sind eigentlich von der Monarchie unterstützte bürgerliche Institutionen. Der Absolutismus ist durch die Französische Revolution und die Napoleonischen Kriege untergegangen. Nach ihrem Ende hat man auf dem berühmten Wiener Kongress eine neue Ordnung festgelegt. Zwar existieren viele Herrscherhäuser weiter. Doch sind zumindest einige Reformen durchgeführt worden, die den Bürgern mehr Rechte zugestehen.

Deshalb werden die antiken Bauten nicht mehr auf die barocke absolutistische Art nachgeahmt, sondern so, wie die demokratischen Stadtstaaten der Griechen und die Republik der Römer einst gebaut haben. Schinkel präsentiert dadurch das Theater und das Museum als bürgerliche Versammlungs- und Diskussionsorte.«

»Wenn Se’ noch weiter von die alten Griechen und Römer quasseln, versäum’ Se’ die Zauberflöte«, sagt ein Herr im Vorübergehen zu ihnen.

Er hat eine Dame in einer hellrosa Seidenrobe untergehakt. Sie wendet ihren Kopf, auf dem eine eng anliegende Haube mit Gesichtsschleier sitzt, in Richtung Iris. Durch das dünne Gewebe erkennt man ihre Augen, die Iris neugierig mustern. Sie öffnet den Mund. Doch ehe sie etwas sagen kann, zieht der Herr sie weiter.

»Der Mensch ist zwar ein Grobian«, sagt Thot schnell, »aber er hat recht. Kommt, ich habe uns Billetts besorgt.«

Zehn Minuten später sitzen die drei auf ihren Plätzen. Sie schauen sich um. Die ansteigenden Sitze im Parkett sind in Halbkreisbögen wie in einem griechisch-antiken Theater angeordnet. Aus der halbrunden Wand, die sie umschließt, ragen übereinander drei umlaufende Balkone. Das sind die Ränge, wie ihnen Thot zuflüstert. Von dort oben beäugen Zuschauer die unten Sitzenden.

In der Mitte des ersten Rangs wölbt sich eine Loge nach vorn. Über ihr breitet sich ein Baldachin aus, dessen Spitze eine goldene Krone verziert – das ist der Sitz der preußischen Könige.

In den Wänden, die die Bühne einfassen, sind je drei rechteckige große Öffnungen zu sehen, Sonderlogen, die an die Ehrensitze erinnern, die im antiken Theater die Bühne flankierten. Von oben hängt ein voluminöser Kronleuchter mit unzähligen brennenden Kerzen herab. Die Decke ist flach gewölbt und bemalt. Es sieht aus, als würden bunt bestickte, straff gespannte Stoffbahnen, die sternförmig auf den Mittelpunkt eines Halbkreises zulaufen, den Zuschauerraum überdecken.

»Sieht genau aus wie das Sonnensegel über dem Kolosseum«, raunt Martin zu Iris hinüber. »Warum«, fragt er dann Thot und deutet auf den Vorhang, »ist dort der Gendarmenmarkt aufgemalt? Das ist wie eine doppelte Wirklichkeit – eben waren wir noch draußen und haben das Schauspielhaus angesehen, jetzt sind wir drin und schauen es wieder an.«

»Eben das hat Schinkel gewollt«, antwortet Thot. »Er hat zur Eröffnung des Hauses im Jahr 1821 die Vorlage für den Vorhang gezeichnet; er ist nämlich auch ein ausgezeichneter Maler. Mit dieser Verkehrung von drinnen und draußen deutet er an, dass das Schauspielhaus kein exklusiver Ort ist, sondern der ganzen Stadt offen steht und dass alles, was hier geschieht, eine öffentliche Angelegenheit ist.«

Iris und Martin schauen sich die Bürger Berlins an. Das Theater ist bis auf den letzten Platz besetzt, nur die Königsloge ist leer. Überall wird halblaut geredet und gelacht, dauernd gehen Blicke hin und her. Eigentlich wie im Frankfurter Theater, denkt Iris, die mit ihren Eltern ab und zu das dortige Schauspielhaus besucht. »Sehen und gesehen werden«, sagt Papa dann immer abfällig, dabei guckt er heimlich auch, ob er Bekannte oder Prominente im Publikum sieht. »Sämtliche Kulissen der ›Zauberflöte‹ sind auch von Schinkel«, sagt Thot. »Die Oper spielt in einem Fantasiereich, in dem ein Kampf zwischen Gut und Böse, Helligkeit und Finsternis tobt. Verkörpert wird er durch die düstere Königin der Nacht und den sonnenhellen Priesterkönig Sarastro, der Isis und Osiris verehrt. Zwischen den beiden ...«

»Aha«, unterbricht ihn Martin leise auflachend, »deshalb musste es also unbedingt Mozart sein. Isis und Osiris!«

»Kleingeist«, zischt ihn Thot an, gibt aber zu erkennen, dass er es nicht ernst meint. »Egal, mit welcher Kunst und welchen Kunstwerken des Klassizismus du dich beschäftigst, du wirst immer auch auf Alt-Ägypten treffen. Die Intellektuellen und Künstler dieser Epoche sind geradezu süchtig nach unserer Kunst und unserer Philosophie. Nur das Interesse an der griechischen und römischen Antike ist noch stärker.«

»Pssst ... et jeht los«, sagt eine dunkle Stimme hinter ihnen. Es ist der Mann, den sie auf dem Gendarmenmarkt gesehen haben. Wieder schaut seine Begleiterin Iris durchdringend an. Dann sind die letzten Kerzen im Zuschauerraum gelöscht, und der Vorhang öffnet sich.

»Ein Vogelfänger kommt auch vor. Er heißt Papageno«, sagt Thot in letzter Sekunde, »aber mit Falken hat er nichts am Hut!«

»Ohhhh.« Ein Raunen geht durch das Publikum, als der Vorhang sich eine Stunde später zum vierten Mal öffnet. Jetzt scheint die

Bühne von einem dunkelblauen Gewölbe ausgefüllt zu sein. Es bildet einen Nachthimmel nach, auf dem flimmernde Sterne zu Strahlenreihen geordnet sind. Den unteren Rand nehmen Nachtwolken mit silbernem Saum ein. Zwischen ihnen schwebt eine Mondsichel, die einer Barke gleicht. Auf ihr, geheimnisvoll von unten beleuchtet, steht eine verschleierte Frau. Ihre Gewänder sind schwarz-blau und mit Silber bestickt, auf dem Kopf trägt sie ein breites silbernes Sternendiadem – die Königin der Nacht, die nun gleich ihre Arie singen wird.

Thot, der bis dahin häufig mit geschlossenen Augen die Musik genossen hat, wird unruhig. Er richtet sich auf, schaut angestrengt nach vorn, runzelt die Augenbrauen, versteift den Rücken.

»Wow«, flüstert Martin Iris zu, »dieser Sopran geht einem durch und durch. Den hört man bestimmt noch draußen auf dem Gendarmenmarkt.«

»Ja, unglaublich. Ich habe noch nie jemanden so laut und so perfekt singen hören. Hoch, tief, hoch, tief, das klappt bei ihr so mühelos, wie ein Floh springt. Guck mal, Thot kann sich vor Begeisterung kaum noch halten!«

Tatsächlich steht Thot inzwischen und stiert staunend auf die Bühne. Dort gleitet der Umhang von den Schultern der Sängerin. Ein eng anliegendes Gewand aus Leopardenfell kommt zum Vorschein. Im selben Moment hebt sie den Gesichtsschleier. Mit ihren ägyptisch geschminkten Augen scheint sie genau auf die Plätze von Iris, Martin und Thot zu starren.

»Ich wusste es …«, ächzt Thot und sackt auf seinen Sitz, »Seschat …«

»Wat singt'n die Person da?«, lamentiert der Mann hinter ihnen. »In meim Textbuch steht wat jantz anderet!«

»Ertappt, du Schleicher!«, gellt es von der Bühne.

Der Kopf des Dirigenten zuckt nach oben. Er scheint so verwirrt wie Thot und das Publikum. Doch noch schwingt er den Taktstock.

»Mir gebührt es, die Zwillinge zu führen!«, geht es weiter mit Gesang. »Denn ich bin die Schutzgöttin der Maurer und Architekten.«

Jetzt lässt der Dirigent seinen Stab sinken. Die Musik stockt. Er streicht sich den Schweiß vom Schädel – und hält sein Toupet in der Hand.

»Siehste, siehste, Wilhelmine«, dröhnt es hinter den Zwillingen, »ick hab et doch jesacht, der Dirigent trägt ne Perücke. Eitler Fatzke, jeschieht ihm recht.«

Aus der breiten Muschel, dem Souffleurkasten, in der Mitte des Bühnenrands kommt ein zerzauster Kopf zum Vorschein.

»Weiter, weiter«, hört man ihn dem Dirigenten zuraunen.

»Bes«, röchelt Thot, während die Zwillinge sich zusammenreißen, damit sie nicht loslachen.

»Det is'n Ding. Die ham'n Zwerg als Souffleur!!«, kommentiert ihr Hintermann.

Der Dirigent ermannt sich, schiebt das Toupet zurück auf seinen Platz und gibt dem Orchester das Zeichen, weiterzuspielen. Seschat holt tief Luft und singt erneut.

»Ich lasse mich nicht länger ausschalten.«

»Kinder, wir verschwinden«, haucht Thot und schließt die Augen.

»Umsonst die Flucht, Verruchter. Der Hölle Rache kocht in meinem Herzen. Zertrümmert sei'n auf ewig alle Bande der Natur!«, schmettert Seschat so laut, dass der gemalte Nachthimmel hinter ihr bebt.

»Na also, nu isse wieder richtich«, hören Iris und Martin noch die Stimme hinter ihnen, während ringsum alles verblasst. »Det steht im Textbuch. Bravo, junge Frau, bravo … Aber bei dem Kleen hättn Se jenauer hinkieken solln. Der hat so ne Wampe, det er beinah in der Muschel stecken bleibt … Und wieso rennt er nu wech? Und die Könijin ooch? Die Oper dauert doch noch mindstns zwee Stunden …«

21. Die Synagoge in Karlsruhe
oder Ein Paar versöhnt sich ◇◇◇◇◇◇◇◇◇◇◇

»Uff«, sagt Thot und nestelt sein Spitzentuch vom Hals. »Früher oder später musste Seschat mir auf die Schliche kommen.«

»Uns was von Erwachsenwerden erzählen und sich selbst wie ein kleiner Bub davonschleichen.« Iris grient.

Thot fächelt sich Luft zu.

»Nicht direkt davonschleichen. Eigene Wege gehen, würde ich sagen. Seschat, ich habe es euch ja schon erzählt, ist manchmal sehr besitzergreifend. Aber es stimmt, was sie da eben gesungen hat. Sie ist die Schutzgöttin der Architekten. Deshalb war sie seit kurzem dauernd unterwegs. Und zwar in eurer Zeit. In Frankfurt hat sie immer wieder die Direktorin des Deutschen Architekturmuseums beobachtet, und in Berlin geisterte sie dauernd durch zwei Architekturgalerien, die von einer Frau geleitet werden.

Dass Frauen sich in der Architektur eurer Tage Positionen erobern, hat Seschat geradezu elektrisiert. Am meisten die Architektin Zaha Hadid mit ihrem neuen Sience-Center in Wolfsburg, das aussieht wie eine in Beton gegossene Amöbe. Als Seschat erfuhr, dass Frau Hadid aus dem Iran stammt, war sie überzeugt, dass sie die Architektin dazu bringen kann, eine Art neuen babylonischen Turm zu entwerfen.«

»Warum auch nicht?«, hören sie plötzlich Seschats Stimme. Sie tritt hinter der kleinen Pyramide aus Rotsandstein hervor, bei der Iris, Martin und Thot gelandet sind. »Der Iran liegt im alten Zweistromland. Ninive, Babylon, Ur – all diese wunderbaren Städte sind dort noch als Ruinenstätten zu besichtigen. Das muss doch Menschen mit architektonischem Gespür inspirieren. Ihr könnt euch bestimmt auch vorstellen, dass die großartigen babylonischen Türme in Gestalt von Hochhäusern auferstehen könnten, nicht wahr?«, sagt die Göttin und schaut Iris und Martin an.

Sie trägt immer noch ihr altägyptisches Leopardengewand und eine ausladende, mit blauem Lotos und Silbersternen geschmückte Lockenperücke.

Wow, denkt Martin, sieht die gut aus. Wie Prinzessin Leia in ›Krieg der Sterne‹.

Thot wirft Martin einen erstaunten Blick zu.

Bleib bei deinen eigenen Gedanken, denkt Martin zurück.

Thot schmunzelt und schaut weg.

»Es gibt in Frankfurt seit einiger Zeit ein Hochhaus, das an den Turm zu Babel erinnert. Seine Fassaden sind mit dunkellila Klinker verkleidet und tragen goldene Würfel auf ihren Spitzen. Der Turm ist ein Hotel und heißt Main Plaza«, sagt Iris und lächelt die Göttin an. Sie gefällt ihr.

»Gebaut von Hans Kollhoff«, sagt Seschat freundlich und interessiert. »In Berlin am Potsdamer Platz hat er vor fünf Jahren einen ähnlichen Turm gebaut. Wenn es nach mir ginge, hätte ich euch das Main Plaza schon längst erklärt. Doch mein Mann hatte ständig anderes mit euch vor.«

»Hätte ich gewusst …«, sagt Thot.

Seschat wirbelt zu ihm herum.

»Hätte ich gewusst! Natürlich hast du gewusst, dass ich liebend gerne den beiden auch etwas über Baukunst beigebracht hätte. Ganz abgesehen von dem Spaß, endlich mal wieder in Abenteuer verwickelt zu werden. Außerdem hätte ich dafür gesorgt, dass die beiden mehr von Europa sehen. Seit Aachen führst du sie ja fast nur noch zu deutschen Bauwerken. Ziemlich eng begrenzte Perspektive!«

»Liebes, ich dachte, du wärst vollauf mit deiner Zaha Hadid beschäftigt«, sagt Thot, den die Zwillinge zum ersten Mal kleinlaut erleben. »Und was Europa angeht: Iris und Martin haben nur noch einige Tage Ferien. Und in einigermaßen vertrauter Umgebung lernen sie Baustile schneller und besser verstehen … meine ich.«

»Immer eine Erklärung. Der Mann ist ein Phänomen«, sagt Seschat. Sie betrachtet ihn eine Weile, dann schleicht sich ein amüsiertes Lächeln auf ihren Mund.

»Du hättest dein Gesicht sehen sollen«, gluckst sie, »als ich plötzlich das hohe C geschmettert habe! So entgeistert hat nur noch die Sopranistin geschaut, als ich sie wieder aus dem Garderobenschrank geholt habe, in den ich sie vorsichtshalber eingesperrt hatte. Aber morgen wird ganz Berlin von ihren Spitzentönen reden. Da wird sie sich hüten, von einer anderen zu erzählen, die ihren Part für kurze Zeit übernommen hat.«

»Wie hast du uns gefunden?«, fragt Thot. Aus seiner Stimme klingt jetzt Bewunderung.

»Du vergisst, dass wir beide dieselben Gaben haben. Das bisschen Nebel, das du über eure Route ausgebreitet hast, kann doch mich nicht hindern! Und selbst wenn ich nicht die ganze Zeit über eure Reisen orientiert gewesen wäre, hätte ich spätestens heute etwas merken müssen, als du meine Lapislazuli-Brosche hast mitgehen lassen … Männliche Eitelkeit und männlicher Egoismus, in dieser Beziehung warst du schon immer sterblich.«

Seschat streicht Thot erstaunlich behutsam übers Haar.

»So, mein Lieber, jetzt habe ich dir eine Lektion erteilt und werde euch nicht mehr länger aufhalten. Und ihr«, wendet sie sich beim Davongehen noch einmal zu Iris und Martin um, »habt ein Beispiel dafür gesehen, wie Eheleute, selbst wenn sie schon Jahrtausende zusammen sind, immer wieder lernen müssen einander zu respektieren und zu vertrauen… Es kommt darauf an, Geduld miteinander zu haben. Auch, wenn es nach meinem Opernauftritt aussieht, als hätte ich keine – ich gönne Thot die Zeit mit euch von Herzen.«

»Seschat, meine Leopardin, du bist …« Thot rennt strahlend hinter seiner Frau her. Er und sie sind für einen Moment hinter der Pyramide verschwunden.

»Ist sie nicht wunderbar? Es war ein Fehler, ihr nichts von euch zu erzählen. Ich hätte wissen müssen, dass sie meine Ausflüge genauso akzeptiert wie ich ihre!«

»Und eine tolle Sängerin ist sie auch«, sagt Martin.

»Ich werd nicht mehr – Martin als Opernfan«, kichert Iris.

»Eher Seschat-Fan«, sagt Thot grinsend. »Jedenfalls habt ihr einmal erlebt, wie sich plötzlich das Leben auf die Bühne gedrängt hat.«

Iris horcht auf, dann schaut sie Thot prüfend an.

»Sag mal, könnte es sein, dass ihr das Ganze inszeniert habt, um uns wegen unserer Eltern zu beruhigen?«

»Nein.« Thot schüttelt energisch den Kopf. »Da überschätzt du uns … Das war einer von diesen Zufällen, bei denen man denkt, irgendjemand hat im Hintergrund Regie geführt … Wir sind, das weißt du doch längst, in gewisser Weise so menschlich wie ihr … Aber seltsam ist es schon, dass Seschat ausgerechnet jetzt aufgetaucht ist …«

»Nenn's höhere Gewalt«, sagt Martin, der im Moment nicht an die Probleme zu Hause erinnert werden will. »Wo sind wir hier eigentlich?«

»Ups«, sagt Thot und schaut sich um, »in der Eile habe ich uns statt nach Frankfurt nach Karlsruhe versetzt. Macht nichts, hier habt ihr auch wichtige Beispiele klassizistischer Architektur. Die Pyramide, die mitten auf dem Marktplatz steht, ist der schönste Beweis für die Ägyptomanie dieser Epoche. Sie ist erst vor einigen Wochen von dem Hofarchitekten Friedrich Weinbrenner über dem Grab des Stadtgründers erbaut worden.«

»Als ich mit Merkur über Rom geflogen bin«, sagt Martin, »habe ich eine ähnliche Pyramide gesehen.«

»Das war die Cestius-Pyramide«, sagt Thot, »die 18 vor Christus als Grabmal des Prätors Gaius Cestius an der Aurelianischen Stadtmauer entstanden ist. Weinbrenner hat sie als Vorbild genommen. Sie ist noch in euren Tagen ein Wahrzeichen Roms … Das interessanteste klassizistische Bauwerk Karlsruhes aber ist die neue Synagoge. Habt ihr Lust?«

Die Zwillinge nicken. Auf dem Weg erklärt ihnen Thot, dass die Juden seit dem Wiener Kongress endlich rechtlich als gleichberechtigte Bürger anerkannt sind.

»Im Gefolge dieser Emanzipation haben sich viele Jüdische Gemeinden neue Synagogen bauen lassen. Oft wählen sie altägyptische Motive für die Architektur. Damit symbolisieren sie ihre Herkunft und die ihrer Religion aus dem Alten Orient.«

Und tatsächlich, der Eingangsbau der Synagoge besteht aus zwei altägyptischen Tempel-Pylonen. Nur die drei Fenster in jedem von ihnen und die ziemlich schmale Form verraten, dass diese Fassade 1806 entstanden ist.

Iris deutet verblüfft auf das Tor zwischen den beiden Pylonen.

»Das ist doch ein gotischer Spitzbogen«, sagt sie, »und die Fenster darüber erinnern an die in Castel del Monte!«

»Gut beobachtet«, lobt Thot. »Das sind die ersten Anzeichen des Historismus, der alle vorangegangenen Stile wieder aufgreift. Er beginnt mitten im Klassizismus mit vereinzelten Nachahmungen des gotischen Stils.

Neugotische Bauten sind schon um 1750 in England entstanden. In Deutschland treten sie ab 1790 auf. Sie sind ein Reflex auf die Besetzung vieler deutscher Länder durch Napoleon. Der Widerstand dagegen fachte den Patriotismus an. Gotik gilt als der Stil des Heiligen Römischen Reichs Deutscher Nation und damit als Symbol der Einheit Deutschlands.

Karl Friedrich Schinkel hat zum Beispiel mitten im Zentrum Berlins eine neugotische Kirche aus leuchtend rotem Backstein gebaut. Sie heißt Friedrichwerdersche Kirche und ist in eurer Zeit ein Schinkel-Museum.

Hier in Karlsruhe signalisiert die Jüdische Gemeinde durch ihr neugotisches Portal, dass sie sich mit ihrer deutschen Heimat verbunden fühlt.«

»Weshalb ist dann der Innenhof hinter dem Portal von dorischen Säulen umgeben?«, fragt Martin.

»Stimmt«, sagt Iris. »Sieht ein bisschen so aus wie die Torhalle der Propyläen auf der Akropolis.«

»Der Hauptstil in Deutschland ist immer noch der Klassizismus«, sagt Thot. »Deshalb ist der Hauptraum hier als Basilika gestaltet. In eurer Zeit existiert das alles übrigens nicht mehr. Die Synagoge ist 1871 abgebrannt.«

»Unser Vater hat mir mal erzählt«, sagt Iris, »dass in Frankfurt besonders viele klassizistische Bauten entstanden sind. Um 1830 soll Frankfurt deshalb als eine der schönsten Städte Europas gegolten haben.«

»Viele Städte in Deutschland und Europa finden im Klassizismus ihre bestimmende Gestalt«, sagt Thot. »Auch Berlin, München und Hamburg. In London und Paris entstehen ganze klassizistische Stadtteile. Und in Skandinavien sind Städte wie Kopenhagen, Stockholm oder Helsinki fast durchweg klassizistisch gebaut.«

»Als Kind«, sagt Iris, »habe ich ein Märchen von Hans Christian Andersen gelesen, das in Kopenhagen spielt. Es beschreibt, wie dort ein uraltes gotisches Haus abgerissen und durch ein helles klassizistisches ersetzt wird. Es ist ein trauriges Märchen, denn eigentlich geht es um einen alten Mann, der in dem gotischen Haus lebt … Erst stirbt er, dann das Haus und mit ihm alle Erinnerungen.«

»Deshalb gibt es in eurer Zeit die Denkmalpflege«, sagt Thot. »Und ihre Anfänge liegen im Klassizismus, das beweist ja Andersens Märchen, das eigentlich ein Appell ist, historische Bauten zu schonen. Wohl auch, weil der Klassizismus selbst die Vergangenheit in die Gegenwart zurückholen wollte.

Dafür ist Athen ein besonders gutes Beispiel. In den Jahrhunderten unter türkischer Herrschaft war es fast zum Dorf geworden. Doch nach der Befreiung Griechenlands haben Architekten aus ganz Europa Athen klassizistisch wieder aufgebaut. Man überlegte sogar,

die Akropolis zum Palast des neuen griechischen Königs auszu-
bauen.«

Während Thot redet, bleiben einige Passanten stehen und hören
interessiert zu.

»Was reden Sie denn da?«, sagt einer von ihnen. »Schön wär's,
wenn Griechenland frei wäre. Seit zwei Jahren kämpfen die Griechen um ihre Freiheit, wir alle hoffen auf ihren Sieg, aber danach
sieht es weiß Gott nicht aus. Setzen Sie den Kindern keine Flausen
in den Kopf.«

»Zeit, dass wir uns aus dem Staub machen«, raunt Thot den Zwillingen zu. »Sie haben recht, mein Herr«, sagt er dann laut. »Ich
habe mich von der Sympathie für Griechenland hinreißen lassen.«

◇◇◇ 22. Die Paulskirche
oder Ein rasanter Ballonflug ◇◇◇◇◇◇◇◇◇◇◇◇

Als sie in eine Seitenstraße eingebogen sind, bleibt Thot stehen.
Niemand ist ihnen gefolgt.

»So, versuchen wir es noch einmal mit Frankfurt. Ich hatte es
ohnehin auf meiner Liste. Dort gibt es nämlich eines der bedeutendsten deutschen Bauwerke des Klassizismus.«

»Nicht so schnell«, sagt Martin. »Was war denn nun mit den Griechen?«

»Griechenland befreite sich 1830 mit Hilfe alliierter Truppen aus
Russland, England und Frankreich von den Türken und wurde
unabhängig«, sagt Thot.

»Napoleonische Kriege, griechischer Freiheitskampf ... ziemlich
viel Unruhe in diesem klassizistischen Zeitalter. Dabei sehen die
Bauwerke so harmonisch und still aus«, sagt Martin.

»Das ist, denke ich, der Reflex auf die allgemeine Unruhe«, entgegnet Thot. »Man beschwört den Frieden, den man nicht hat, in der Architektur. Ihr habt bestimmt schon vom Biedermeier gehört. Das ist eine Bezeichnung für die deutsche Alltagskultur um 1820. Häuslichkeit, Familienleben, idyllische Zustände und stille Bauten sind das Ideal der Bürger. Damit versuchen sie die Wirren der Zeit auszugleichen.«

»Dann los ins biedermeierliche Frankfurt«, sagt Iris. »Nach dem Berliner Opernrummel hab ich nichts gegen etwas Ruhe.«

Wenig später stehen sie auf einem schmalen Platz vor der Paulskirche. Hinter ihnen ragen die mittelalterlichen Häuser und Höfe des Römers auf, vor ihnen reckt sich der rotsandsteinerne Kirchturm in den Himmel.

»Sieht aus wie in meinem Geschichtsbuch«, sagt Martin. »Da ist eine Abbildung von der Eröffnung des Paulskirchenparlaments 1848. Bin gespannt, wie die Paulskirche innen aussieht. Gehen wir rein?«

»Einen Moment noch«, sagt Thot und schaut sich suchend um. »Wir sind leider etwas zu spät. Ich hatte uns mit dem Jungen verabredet. Moritz heißt er diesmal.«

»Mir macht's nichts aus, ohne ihn loszuziehen«, sagt Martin. »Der Kerl verguckt sich doch fast jedes Mal in Iris – und die Schmachterei nervt auf Dauer!«

»Bist du bescheuert?«, sagt Iris wütend.

Ehe es zu einem Streit kommen kann, löst sich eine Gestalt aus der Eingangsnische der Paulskirche.

»Da ist Moritz, er hat gewartet«, sagt Thot.

»Ach nee«, sagt Martin maulend vor sich hin. »Jetzt geht das verliebte Geglotze doch wieder los.«

Iris boxt ihn stumm in die Schulter.

»Es ist mir eine Ehre«, sagt Moritz und macht eine sehr knappe, fast nachlässige Verbeugung vor Thot und den Zwillingen.

Er trägt ein blau-weiß gestreiftes Hemd mit aufgerollten Ärmeln, weite blaue Hosen und hat ein rotes Halstuch umgeknotet. Auf dem Kopf sitzt eine breite, bequeme Schiebermütze. Auch diesmal ist er schmal, aber muskulös. Seine Haare und seine Augen sind wieder einmal dunkel, und er scheint etwa 15 Jahre alt zu sein.

Den Diener, denkt Iris, macht er so kurz, weil wir in unserem vornehmen Theaterfummel vor ihm stehen. Er hat uns ziemlich verächtlich betrachtet, als er auf uns zugegangen ist; hält uns wohl für Lackaffen.

»Schade, dass ihr euch verspätet habt«, sagt Moritz. »Jetzt müssen wir uns beeilen mit der Besichtigung. Ich habe noch einen wichtigen Termin.«

»Gut, dann los«, sagt Thot. »Die Formalitäten mit langwierigem einander Vorstellen sollten wir uns unter diesen Umständen ersparen.«

»In der Tat«, sagt Moritz und geht ohne weiteres zur Paulskirche. Eigentlich ziemlich unverschämt, wie er uns behandelt, denkt Iris. Während sie auf den Turm zugehen, zieht Moritz unauffällig eine Taschenuhr hervor und blickt rasch darauf. Iris versucht zu erkennen, ob ihr Dresdner Handschlag Spuren hinterlassen hat.

»Diesmal«, sagt Thot, der ihren spähenden Blick bemerkt hat, leise, »habe ich vorher schon Magie eingesetzt. Eine feuerrote Handwerkerhand – das wäre zu viel.«

»Ich arbeite seit einem Jahr an der Paulskirche«, sagt Moritz, der seine Uhr so schnell wieder weggesteckt hat, wie er sie hervorgeholt hatte. »zwei Jahre vorher, 1830 war das, wurden nach 40 Jahren Baustopp die Arbeiten wiederaufgenommen.«

»Erinnert euch dieses Dach an ein Vorbild?«, fragt Thot dazwischen.

Er zeigt auf das mit Schiefer gedeckte Gebilde, das wie ein riesiges Zelt die sandsteinerne Rotunde der Paulskirche überdeckt.

Nach längerem Zögern antwortet Martin.

»Wenn hier nicht alles so glatt und schmucklos wäre und statt der

Das Königliche Schauspielhaus in Berlin und die Paulskirche in Frankfurt am Main.

Schieferbedeckung das Ganze aus Stein wäre, würde ich sagen: die Frauenkirche.«

»Nicht so schüchtern«, freut sich Thot, »du hast es genau getroffen.

Die Paulskirche wurde 1787 als protestantische Hauptkirche Frankfurts geplant. Der erste Entwurf stammte vom Stadtbaumeister Johann Andreas Liebhardt, und der nahm sich die berühmteste protestantische Kirche Deutschlands zum Vorbild, die Frauenkirche. Der Rat der Stadt aber ließ die Pläne als zu altertümlich von dem Architekten Johann Georg Christian Hess überarbeiten. Der zeichnete ein Bauwerk nach dem damals allerneuesten klassizistischen Stil, behielt aber die Grundform eines runden – genauer: eliptischen – Zentralbaus mit kuppelartigem Dach und seitlichen Treppentürmen bei. Nur hat er dem Ganzen einen Hauptturm angefügt. 1792 waren die Umfassungsmauern fertig, dann stockte der Weiterbau wegen der französischen Revolutionskriege.«

»Und heute«, sagt Moritz, der bei dem Wort Revolutionskriege aufgehorcht hat, »haben wir den 3. April 1833. In drei Monaten soll die Kirche endlich eingeweiht werden … Wenn der lahme Rat nicht wieder etwas anderes beschließt oder die Herren aus dem Thurn und Taxis-Palais sich in letzter Sekunde einmischen.«

»Er spricht vom Bundestag«, erklärt Thot den ratlos blickenden Zwillingen. »Der ist auf dem Wiener Kongress als gesamtdeutsche politische Institution eingerichtet worden und tagt regelmäßig in Frankfurt. Sein Sitz ist das Thurn-und-Taxis-Palais hinter der Hauptwache, ungefähr 10 Minuten Fußweg von hier. Ihr kennt es vielleicht, zu eurer Zeit wird es rekonstruiert.«

»Ja, unser Vater hat davon erzählt«, sagt Iris. »Es soll mit zwei gläsernen Hochhäusern kombiniert werden. Ich bin mal gespannt, wie das wirkt.«

Wieder mal verplappert, denkt Iris. Doch Moritz hat gar nicht zugehört. Er schaut schon wieder auf seine Uhr.

»Der Bundestag ist ziemlich unbeliebt bei vielen Deutschen«, sagt

Thot. »Er verschleppt die meisten der versprochenen Reformen.«

»Verschleppt?«, ruft Moritz empört aus. »Die erlauchten Herren verschleppen nicht, sie verhindern. Letztes Jahr, nach dem Hambacher Studentenkongress, hat der Bund viele Redner verhaften lassen, bloß weil sie von Republik gesprochen hatten. Aber jetzt gibt es in Frankfurt das Zentralkomitee des Vaterland-Vereins, da werden bald andere Zeiten anbrechen.«

Iris und Martin schauen verlegen unter sich. Sie haben zwar gelegentlich vom damaligen Bundestag und dem Hambacher Fest gehört, sich aber nicht viel gemerkt.

»Moritz, im Moment geht es um die Baukunst«, sagt Thot ruhig. »Willst du uns nicht den Turm erklären?«

»Gern«, sagt Moritz und lächelt zum ersten Mal. »Also, auf den Turm sind wir besonders stolz. Wie ihr seht, ist in seinem Untergeschoss das Hauptportal eingebaut. Meister Hess hat es nach dem Vorbild römischer Kleintempel gestaltet. Ganz nobel und schlicht: zwei toskanische Säulen, die einen Dreiecksgiebel tragen, darunter ein schön proportioniertes Rundportal – Schluss.

Das Geschoss darüber mit einem monumentalen Rundbogenfenster hat eine Rustika, das heißt, es ist aus regelmäßigen Quadern mit breiten Fugen gemauert. Das folgende Geschoss zeigt, wie die Wände der Rotunde, glattes Mauerwerk, ebenso das dritte. Einziger Schmuck sind Rundbogenfenster.

An dem schmalen Rundturm ganz oben habe ich mitgemauert. Sogar da, wo die kugelige Kupferhaube alles abschließt. Es war die Idee von Meister Hess, auf den Vierkant noch einen schlanken Zylinder zu setzen.«

»Wenn ihr euch auf diese Grundformen konzentriert«, sagt Thot, »werdet ihr feststellen, dass der Paulskirchenturm zwei Frankfurter Vorbilder hat.«

Die Zwillinge schauen ziemlich ratlos an dem Bau hinauf.

»Seht doch mal hinüber zum Turm der Katharinenkirche und dann in die andere Richtung zum Domturm«, sagt Thot.

»Ich weiß immer noch nicht, was du meinst«, sagt Martin.

»Na, bei beiden sitzt ein schmaleres Achteck auf einem breiten Vierkant. Mit anderen Worten: Die Paulskirche, in der ein Zylinder auf den Vierkant folgt, variiert das Grundmuster der ersten protestantischen Hauptkirche Frankfurts, der Katharinenkirche, und das von Frankfurts altehrwürdigem katholischem Dom. Damit zeigt der Neubau, dass er den Traditionen seine Reverenz erweist, sie aber auch übertrifft.«

»So hab ich das noch nie gesehen«, sagt Moritz. »Doch die Erklärung gefällt mir. Vor allem, dass unser Neubau sich sozusagen vor der alten Krönungskirche verbeugt. Schließlich ist sie ein Symbol des Kaisertums und des geeinten Reichs, das wir verloren haben.«

»Du politisierst schon wieder, mein Junge«, ermahnt ihn Thot.

»Nur schlafmützige Biedermänner politisieren in diesen Zeiten nicht«, sagt Moritz hitzig.

»Wie du meinst«, sagt Thot. »Aber lass uns trotzdem noch in den Innenraum gehen.«

»Du brauchst diesmal nichts zu erklären, Thot«, sagt Martin, als sie in der Rotunde stehen. »Hier sieht man sofort, dass das Pantheon Pate gestanden hat.«

»Thot?«, fragt Moritz irritiert. »Euer Name lautet doch Signore Toto, oder hab' ich das falsch verstanden?«

»Eine Abkürzung unter Freunden«, sagt Thot schnell.

»Ah so«, sagt Moritz, scheint aber noch nervöser zu werden. Dann gibt er sich einen Ruck und wendet sich an Martin: »Das Pantheon ist tatsächlich Vorbild des Innenraums. Aber Meister Hess hat sich auch von Kirchen Friedrich Weinbrenners in Karlsruhe und Darmstadt inspirieren lassen.

Nur ist hier bei uns in Frankfurt alles ein wenig schlichter. Aber auch edler, wie ich finde. Der einzige Schmuck sind die 20 hohen ionischen Säulen, die die Empore mit ihren umlaufenden Sitzen tragen. Ihr Marmorstuck war schwierig zu beschaffen und teuer. Aber es hat sich gelohnt, was meint ihr?«

»Ja«, sagt Iris, »für mich ist er nicht von echtem Marmor zu unterscheiden.«

»Als weiteren Schmuck«, sagt Moritz, »haben wir nur die Kanzel in der Mittelachse direkt gegenüber dem Haupteingang und darüber die Orgel. Später sollen auf der Balustrade vor den Emporen noch Statuen der vier Evangelisten aufgestellt werden.

Alles Übrige ist klassisch Weiß, so, wie es die alten Griechen schon liebten. Nur die Kuppel macht uns Sorgen. Sie ist aus Holz – und trotzdem gibt es große Probleme mit der Akustik.«

Wenn der wüsste, denkt Martin, der sich an die farbig verzierte Akropolis erinnert. Aber er verkneift sich eine Bemerkung, um Moritz nicht noch mehr zu irritieren.

»Apropos Akustik«, sagt Thot plötzlich. »Was ist das für ein Lärm draußen?«

»Herrje, es geht los«, ruft Moritz. »Ich muss weg, der Aufstand.«

»Aufstand??«, fragt Iris überrascht, während sie und die anderen hinter Moritz herrennen.

»Nein!«, stößt Thot hervor. »Seschat hat mich völlig durcheinandergebracht. Ich bin schon wieder unkonzentriert gewesen. Dabei hat Moritz doch gesagt, dass heute der 3. April ist. Er wird als der Tag des *Frankfurter Attentats* in die Geschichte eingehen. Studenten, Gesellen und Demokraten stürmen die Hauptwache. Moritz hat sich ihnen vor einigen Monaten angeschlossen Sie wollen politische Gefangene befreien und die Revolution ausrufen. Aber der Bundestag ist durch Spitzel informiert worden. An der Hauptwache wartet Miliz. Sie wird auf die Aufständischen schießen … Lauft schneller. Der Junge rennt sonst in sein Unglück!«

»Fürsten zum Land hinaus!«, schallt es von allen Seiten, als die drei versuchen, Moritz einzuholen. Überall hasten Leute in Richtung Hauptwache.

»Bleib stehen«, ruft Thot, als sie Moritz endlich eingeholt haben.

»Da hinten lauert Miliz. Ihr seid verraten. Hörst du, sie haben schon das Feuer eröffnet.«

Moritz stoppt abrupt ab, dann geht er mit steinernem Gesicht auf Thot zu: »Seid Ihr ein Spion? Ich dachte mir so etwas, als vorhin diese komische Namensverwechslung passierte. Und was habt ihr bei dem monarchistischen Schuft zu suchen?«, fragt er Iris und Martin. Im selben Moment marschieren Soldaten mit erhobenen Gewehren auf den Platz.

Während ringsum das Chaos ausbricht, stürzt sich Moritz mit geballten Fäusten in Richtung Thot. Im selben Moment schießt ein dunkler Fleck auf seinen Kopf herab.

»Hajo, nicht!«, schreit Iris entsetzt.

Moritz gleitet die Mütze vom Kopf. Doch ehe der Falke sich in seinen Haaren verkrallen kann, stößt Thots rechter Arm nach vorn. Moritz' Körper scheint plötzlich in einer gläsernen Hülle zu stecken. Hajo weicht zurück und fliegt wieder auf.

»Ddddanke«, stottert Moritz. »Oder – wolltet Ihr mich nur unverletzt dem Kommandanten übergeben?«

Das Leuchten um seinen Körper ist erloschen.

»Red keinen Unsinn, Junge. Ich will dir helfen. Komm jetzt!«

Die vier schlüpfen durch eine kleine Gasse an der Katharinenkirche und hetzen, vorbei an der Paulskirche, zum Mainufer. Dort rennen sie in Richtung der Mainbrücke und weiter bis zu zwei kleinen, mit Säulen geschmückten Häusern, dem Obermaintor. Dahinter säumen Gärten, Wiesen und Sommerhäuser eine Landstraße. Auf der größten Wiese ist ein Heißluftballon vertäut. Der Pilot späht angestrengt in Richtung Frankfurt, wo in Höhe der Hauptwache Pulverdampf über die Dächer steigt.

»Was habt Ihr vor?«, keucht Moritz.

»Frankfurt ist doch ein bevorzugter Start- und Landeplatz für Heißluftballons, oder etwa nicht?«, sagt Thot.

»Kann schon sein«, sagt Moritz. »Aber was soll uns das nützen?«

»Heute wirst du Passagier eines Ballons sein!«

»Nie im Leben! Entweder seid Ihr wahnsinnig oder ich.«

»Hast du Höhenangst?«, fragt Thot.

»Nein, Angst hab ich nur vor Euch und Euren irren Ideen.«

»Keine Diskussion mehr. Ich erkläre dir alles später. So viel nur für jetzt: Du fliegst bis nach Weilburg. Dort wartest du am Rathaus auf mich. Wenn ich die Zwillinge weggebracht habe, komme ich nach. Ich verspreche dir, du wirst unversehrt zurückkehren und schon bald die Einweihung der Paulskirche feiern, statt als Aufrührer und Demagoge im Gefängnis zu sitzen!«

»Ich lass meine Kameraden nicht im Stich!«, ruft Moritz.

»Du nützt ihnen mehr, wenn du frei bleibst. Momentan ist in Frankfurt eure Sache verloren!«, sagt Thot. »Versteh mich nicht falsch. Deine Empörung ist berechtigt, und dein Wunsch, die Dinge zu ändern, auch. Jetzt aber würdest du dir deine Zukunft verbauen. Als ehemaliger Demagoge könntest du nie Abgeordneter im deutschen Parlament werden.«

Moritz nimmt seine Mütze ab und kratzt sich nachdenklich am Hinterkopf.

»Vorsicht, falls Hajo dich verletzt hat«, sagt Iris besorgt.

»Halb so wild«, sagt Moritz und lächelt sie an. »Er hat nur ein Büschel Haare erwischt.«

»So einfach lassen wir uns diesmal aber nicht abhängen«, sagt Martin zu Thot. »Ein Ballonflug über dem Frankfurt von 1833 – das ist cooler als jeder Sience-Fiction-Film.«

»Na schön, ich werde mein Bestes tun«, sagt Thot und geht zu dem Mann, der sie aufmerksam beobachtet. Kurz darauf winkt er.

»Ehrlich gesagt: Jetzt hab ich doch enorm Schiss«, raunt Martin Moritz zu, als sie dichtgedrängt im Ballonkorb stehen.

»Flugangst«, sagt Iris, »im Flugzeug sitzt er immer steif wie ein Brett.«

»Flugzeug???«

»Lass mal«, sagt Iris hastig. »Erklär uns lieber, weshalb du so wild auf die Revolution warst.«

»Ich möchte Baumeister werden und später mal mein eigenes Geschäft aufmachen«, sagt Moritz und schaut ins Leere. Er achtet gar nicht darauf, dass sie abheben. »Aber unter den jetzigen politischen Bedingungen ist das aussichtslos. Kaum Lohn, um Gründungskapital anzusparen, überall Zollgrenzen, überall Spitzel, die jedes demokratische Wort als Demagogie auslegen, auf die Gefängnis steht. Man lebt wie in einem Zuchthaus.«

»Verlass dich auf Thot. Er weiß, wovon er spricht, wenn er dir bessere Zeiten prophezeit«, sagt Martin.

Dann klammert er sich mit kreideweißem Gesicht und zusammengebissenen Zähnen schnell wieder an die Taue. Der Windstoß, der ihn erschreckt hat, treibt den Ballon auf die Stadt zu. Unter sich sehen die vier leuchtend weiße Häuser an schachbrettförmig ausgerichteten Straßen, die parallel zum Main verlaufen.

»Das ist das Fischerfeldviertel«, sagt Moritz, der sich ein wenig beruhigt hat. »Es ist 1796 als erste Stadterweiterung begonnen worden. Die Bauarbeiten haben sich unendlich lang hingezogen. An den letzten Häusern habe ich mitgemauert. Sie sind alle im klassizistischen Stil gebaut. Die schönsten und teuersten haben Säulenportale und geräumige hohe Zimmer, die ebenfalls mit Säulen und antiken Rundnischen geschmückt sind. Sie stehen an der Schönen Aussicht, der neuen Uferstraße.«

»Schau mal«, flüstert Iris Martin zu »Da steht die Stadtbibliothek, die gerade rekonstruiert worden ist.«

Wie auf ein Stichwort zeigt Moritz hinunter zu dem weißen prächtigen Bau: »Den Abschluss der Schönen Aussicht bildet die Stadtbibliothek. Könnt ihr die Tempelfassade mit den sechs korinthischen Säulen erkennen? Stadtbaumeister Hess hat sie 1820, nach dem Abzug der napoleonischen Besatzungstruppen gebaut. Deshalb ist die Bibliothek unser Tempel der Befreiung, so, wie es in goldenen Buchstaben über dem Portal steht: ›Die der Freiheit wiedergegebene Stadt den Musen‹.«

»Was machen Sie da eigentlich?«, donnert in diesem Moment Thot den Ballonführer an. »Warum reduzieren Sie die Hitze? Wir sinken ja ständig.«

»Ich lande, und zwar sofort«, sagt der Mann. »Sie glauben doch nicht, dass ich mich der Fluchthilfe für einen Demagogen schuldig mache!«

Tatsächlich schabt der Ballonkorb inzwischen fast schon die Schornsteine des Fischerfeldviertels.

»Das gibt's doch nicht!« Iris stößt Martin an und zeigt nach oben. Über ihnen umkreist Hajo den Ballon. Durch Iris' heftige Bewegung beginnt der Korb zu trudeln. Trotzdem beugt sie sich weit nach vorn, um den Falken besser zu sehen.

»Iris«, ruft Moritz, »pass auf!«

Er packt sie erschrocken am Arm und es geschieht, was geschehen muss: Der Ballon, der Himmel und die Stadt drehen sich wie ein rasendes Kaleidoskop, dann bricht Dunkelheit herein.

Moritz' Schreckensschrei verebbt, und die Zwillinge landen mit einigen wilden Purzelbäumen unter ihrem Apfelbaum.

»Heut geh ich früh schlafen«, sagt Martin, als sie heimwärts laufen. »Erst das Opernspektakel, dann der Frankfurter Aufstand – mir reicht's. Aber morgen seh ich im Internet nach, ob ich Moritz als Abgeordneten im Paulskirchenparlament von 1848 finde.«

»Vergiss es. Wir haben ihn nicht nach seinem Nachnamen gefragt«, sagt Iris.

»Dann muss Thot uns eben helfen«, antwortet Martin, ehe er die Haustür aufschließt. »Ich will unbedingt wissen, was aus ihm geworden ist!«

23. Der Reichstag
oder Von der Beschleunigung der Zeit

»Heute ist ein Kuppeltag«, sagt Thot.

Er hat sich und die Zwillinge auf die Kuppel des Reichstags am Berliner Spreebogen versetzt. Die Septembersonne scheint mild, der Himmel ist so blau wie in Frankfurt, als Iris und Martin eine Viertelstunde zuvor zum Apfelbaum gingen. In der Luft glitzern feine Spinnfäden, die ersten Vorboten des Herbstes. Am Horizont ragen Schlote auf, die dicken schwarzen Rauch ausstoßen: Berlin, das gestern noch wie eine auferstandene antike Stadt aussah, ist nun eine Industriemetropole mit Hunderten von Fabriken.

»Genauso rund und rutschig wie ein Fesselballon«, sagt Martin und streicht prüfend über das gewölbte Glas der Kuppel.

»Ach ja, der Ballonheld«, sagt Thot und schaut Martin gutmütig grinsend an. »Hast du dich erholt?«

»Schon. Aber von jetzt an werd ich nur noch in Flugzeuge steigen.«

»Schade«, sagt Thot spöttisch, »ich hatte mir überlegt, ob wir heute einen Zeppelinflug machen könnten.«

»Nicht mit mir!« Martin greift nach seinem Rucksack und wühlt darin, um Thots Blicken auszuweichen.

»Zieh ihn nicht auf«, sagt Iris. »Du warst schließlich auch ziemlich nervös, als die Stadtmiliz an der Hauptwache geschossen hat. Ich wollte dich schon ein paar Mal danach fragen, aber dann ist immer was Aufregendes dazwischengekommen. Also: Warum rennst du eigentlich regelmäßig mit uns weg, wenn es bedrohlich wird? Du könntest doch jeden Speer und jede Gewehrkugel abfangen.«

»Könnte ich nicht«, sagt Thot und wird sehr ernst. »Ich darf den Lauf der Welt nicht beeinflussen. Würde ich es doch versuchen, käme es zu einer Zeitexplosion, mit der verglichen eure Zeitsprünge so harmlos sind wie ein Herbstblatt, das langsam vom Baum sinkt.«

»Aber du hast uns doch jedes Mal gerettet, wenn's gefährlich wurde«, sagt Martin. »Und gestern hast du sogar eine Schutzhülle um Moritz gelegt. Wenn das kein Eingriff in die Wirklichkeit war!«

»Ich habe es riskiert und es ist gutgegangen. Warum, weiß ich auch nicht. Wahrscheinlich, weil Gefühle manchmal sogar die Naturgesetze überwinden«, sagt Thot.

»Gefühle?«, fragt Iris.

»Was hat euch zu mir ins alte Ägypten gebracht?«, sagt Thot. »Eure Sorge um Hajo, eure Neugier auf die Vergangenheit, dann wohl auch Sympathie für mich – vor allem aber der Drang, eurer Welt eine Weile zu entkommen.«

»Entkommen? Wie meinst du das?«, fragt Martin.

»Ihr habt zwar wenig darüber gesprochen, aber ihr habt große Angst, eure Eltern könnten sich trennen«, sagt Thot ruhig. »Mit den Zeitsprüngen verschafft ihr euch Abstand zu eurem Alltag, so wie andere sich in Bücher flüchten oder in die Fantasie und tun, als wären sie jemand ganz anderes.«

»So'n Quatsch«, sagt Martin. »Gestern Abend hat unsere Mutter aus Dubai angerufen und erzählt, wie klasse es dort ist. Sie hat ganz normal geklungen, hat auch gleich gefragt, ob wir allein zurechtkommen. Mein Vater hat auch mit uns gesprochen, der fühlt sich richtig wohl dort, das hört man … Also ich mach mir keine Sorgen.«

Thot antwortet nicht. Er schaut Martin, der immer schneller geredet hat, mit unbewegter Miene an.

»Echt nicht!!«, sagt Martin nach einer Weile trotzig.

»Hör auf, Martin«, sagt Iris. »Du weißt doch, dass Thot mehr von uns weiß, als wir ihm sagen.

Im Moment«, sagt sie zu Thot, »warten wir ab. Was sollen wir sonst auch machen? Wir halten uns an deinen Leitspruch: ›Besorge deine Angelegenheiten und quäle dein Herz nicht mit Fragen.‹«

»Siehst du!«, sagt Thot. »Und diese Weisheit hast du durch eure Zeitreise kennengelernt. Eure Ängste, aber auch eure Wissbegier und Offenheit sind wie ein innerer Kompass, der euch zu notwendigen Erfahrungen lenkt. Was ihr in den Welten der Vergangenheit erlebt, verändert euch. Denke daran, wie du bei Albin in Köln reagiert hast: Obwohl du wusstest, dass du euch beide statt nach Hause ins Chaos schleudern könntest, hast du ihn berührt.«

»Um ihn und uns zu retten … und weil ich ihn sehr gern habe«, sagt Iris.

»Eben«, sagt Thot bestimmt. »Das ist es, wovon ich gerade gesprochen habe. Es sind die Gefühle füreinander, die uns manchmal alles riskieren und uns über uns selbst hinauswachsen lassen. Oft sind sie so unausweichlich wie … der Drang zum Atmen. Das ist bei Menschen so und bei Göttern auch.«

Das hat er eigentlich schon bei unserem ersten Treffen gesagt, denkt Martin. »Glaube versetzt Berge«, komisch, damals klang's so altmodisch und jetzt … Aber bei den Jungs, bei Veit zum Beispiel, hat Thot eingegriffen. Ohne seine Hilfe wäre der nie nach Italien gekommen. Andererseits … ohne seinen Glauben an sich selbst auch nicht.

»Thot …«, Iris zögert lange, ehe sie fragt. »Ich frage jetzt nochmal ganz direkt: Warum hast du unsretwegen so oft deine Grenzen übertreten?«

»Zuerst«, sagt Thot langsam, und überlegt jedes einzelne Wort, »habe ich gar nicht darüber nachgedacht, sondern instinktiv gehandelt. … Ich vergesse jetzt manchmal, dass ich ein unnahbarer ägyptischer Gott war … äh … bin, denn ihr seid mir inzwischen ans Herz gewachsen, als wärt ihr … meine eigenen Kinder.«

»Das ist … schön«, sagt Iris leise. Martin nickt stumm. Er hat einen Kloß im Hals. Dann schauen alle drei verlegen in verschiedene Richtungen.

»Schluss jetzt mit Bekenntnissen … Wisst ihr, wo ihr euch befindet?«, fragt Thot endlich, um seine Rührung zu überspielen.

»Das Einzige, was ich erkenne«, sagt Martin, »ist das Brandenburger Tor da drüben. Aber die Kuppel, auf der wir sitzen, habe ich noch nie gesehen, ich kann nur sagen, dass ihre Halterungen aus Stahl sind.«

»Wir sitzen auf dem Reichstag im Jahr 1911«, sagt Thot. »Du hast seine Kuppel nicht identifizieren können. Denn in eurer Zeit hat er eine neue. Der englische Architekt Norman Foster hat sie entworfen, als er nach der Wende den Reichstag zum Bundestag umgebaut hat.

Diese Kuppel hier geht auf Paul Wallot zurück. Er hat den Wettbewerb zum Reichstag gewonnen, der ausgeschrieben wurde, nachdem am Ende des Deutsch-Französischen Kriegs 1871 das Zweite Deutsche Kaiserreich ausgerufen worden war.«

»Ohne die Glaskuppel«, sagt Iris, »hätte ich den Reichstag für einen Palast der Renaissance oder des Barock gehalten.«

»Damit hast du das Wesen des Historismus genau erfasst«, lobt Thot sie. »Dieser Stil – ihr würdet ihn heute Retrostil nennen – ist die Antwort der Baukunst auf die Industrialisierung: Je rascher sie voranschreitet, desto eiserner wird auf die Stile der Vergangenheit zurückgegriffen. So erscheint es, als würde alles bleiben wie in der sogenannten guten alten Zeit.

Nicht zufällig entstanden deshalb auch die ersten historistischen Großbauten Europas in England, dem Mutterland der Industrialisierung. Zum Beispiel das Parlament in London. Es wurde zwischen 1840 und 1880 als neugotischer Ersatz für die verbrannte gotische Parlamentshalle von 1280 errichtet.«

»Dann wären also«, sagt Iris, die sich an ihre Erlebnisse in der Dombauhütte erinnert, »das nachträglich vollendete Langhaus und die Türme des Kölner Doms Neugotik?«

»Exakt«, bestätigt Thot. »In Deutschland werden zwischen 1860 und 1910 viele unfertig gebliebene gotische Kirchen vollendet. Am Ulmer Münster, am Regensburger und am Breslauer Dom zum Beispiel werden die Turmfassaden zu Ende geführt. Und überall in den wachsenden deutschen Städten entstehen auch große neue Kirchen in Neugotik.

Beim Bau von Gerichten und Rathäusern greift man meist auf die deutsche Renaissance zurück, Theater und Museen werden im Neobarock und Neoklassizismus ausgestaltet und die Börsen wie die in Berlin oder Frankfurt zeigen Fassaden, die der venezianischen Renaissance entnommen sind.«

»Vermutlich, weil Venedig die älteste Handelsrepublik Europas ist«, sagt Martin.

Thot guckt Martin erstaunt an. Iris grinst vor sich hin. Sie haben nämlich einen Freund, dessen Vater an der Frankfurter Börse arbeitet und ihnen beiden kürzlich das Gebäude erklärt hat.

»Gut, wenn man kluge Freunde hat«, sagt Thot leicht säuerlich, als er Iris' Gedanken erkannt hat.

»So wie dich, Thot«, sagt Martin und stößt ihn sachte mit dem Ellenbogen an. »Komm, sei nicht gleich beleidigt. Erklär uns weiter den Historismus.«

»Hast ja recht«, sagt Thot. »Da werd ich sauer, bloß weil euch ein Gleichaltriger auch mal etwas beigebracht hat, albern ... Also: Am deutlichsten wird der Charakter des Historismus bei den Bahnhöfen. Die Dampflokomotive ist der Inbegriff der neuen Maschinenwelt und des rasanten Fortschritts. Und in welche bauliche Hülle steckt man sie? In historisch ausstaffierte Paläste.

»So wie der Frankfurter Hauptbahnhof von 1888«, sagt Iris. »Er gleicht irgendwie dem Reichstag.«

»Wenn du das nächste Mal dort bist«, sagt Thot, »kannst du ihn dir noch einmal genauer ansehen. Die Architekten haben nämlich zusätzlich indische und arabische Formen angebracht. So zeigt man, dass Bahnhöfe das Tor in die weiteste Ferne sind, und macht sich vor, dass den Industrienationen die ganze Welt gehört.

Die Endphase des Historismus nennt man Eklektizismus. Er kombiniert alle historischen Stile. Das führt um 1900 zu einer Übersättigung, auf die als Gegenreaktion der Jugendstil folgt, der pflanzliche Formen in geschmeidige Bauten mit etwas weniger Ornamenten umsetzt. Ihn löst dann bald die Moderne mit ihren radikal ornamentlosen Würfelbauten ab.«

»Also, mir gefällt das Geschnörkel hier«, sagt Iris und streicht über die metallenen Ranken, die die stählerne Armierung der Reichstagskuppel verzieren.

»Das ist verständlich«, sagt Thot. »Du lebst in einer Welt, in der Bauornamentik nur noch eine untergeordnete Rolle spielt. Aber jetzt schauen wir uns erst einmal den Reichstag an.«

Thot steigt mit Iris und Martin eine Wendeltreppe am Rand der Kuppel hinab. Von dort werfen sie einen Blick in den großen Plenarsaal. Dann führt Thot die beiden auf den Platz vor dem Haupteingang.

»Die Baugeschichte des Reichstags«, sagt er, »ist so langwierig wie die der Paulskirche. Der Beschluss zum Bau fiel schon 1872, direkt nach der Gründung des Zweiten Kaiserreichs. Es gab einen Wettbewerb und einen ersten Preis. Doch der Entwurf wurde wegen Grundstücksstreitigkeiten nie gebaut. Den zweiten Wettbewerb 1882 gewann Paul Wallot. Bei der Grundsteinlegung am 9. Juni 1884 zersprang Kaiser Wilhelm I. beim traditionellen ersten Schlag der Hammer; ein übles Vorzeichen, wie die Maurer glaubten.«

»Das ist auch in unserer Zeit noch so«, sagt Martin. »Mein Vater hat das als Praktikant bei der Grundsteinlegung für ein Hochhaus erlebt. Zuerst haben alle gelacht, aber hinterher war der Polier am Boden zerstört.«

»Beim Reichstag«, sagt Thot, »fingen mit diesem schlechten Omen tatsächlich die Probleme erst richtig an. Sie gipfelten im sogenannten Kuppelstreit: Wallot plante eine steinerne Kuppel über dem Plenarsaal, die Abgeordneten forderten eine kleinere über der Eingangshalle. Als der Plenarsaal schon gemauert war, wollten sie doch Wallots Kuppel, die nun aber zu schwer für die Mauern war. Als Retter erschien 1889 der Ingenieur Hermann Zimmermann. Er entwarf die leichtere Kuppel aus Stahl und Glas, auf der wir eben gesessen haben.«

»Ingenieure, sagt mein Vater, werden dauernd unterschätzt. Dabei könnte kein Architekt seine Entwürfe ohne sie realisieren«, sagt Martin.

»Er hat recht«, sagt Thot. »Das Berechnen tragfähiger und dauerhafter Konstruktionen ist maßgebend für jede Architektur. Aber die Öffentlichkeit urteilt meist nur nach dem, was sie sieht, und das ist der Entwurf des Architekten. Immerhin: In eurer Zeit wird Hermann Zimmermanns Reichstagskuppel als Ingenieursbau gelobt, der unverhüllt seine Konstruktion zeigte und damit die Moderne vorwegnahm. Momentan aber beschimpft der regierende Kaiser Wilhelm II. sie als ›Punschterrine und Gipfel der Geschmacklosigkeit‹. Er explodierte fast vor Wut, als herauskam, dass sie höher ist als die des Stadtschlosses.«

»Klingt nach einem Choleriker«, sagt Iris.

»Das ist er«, sagt Thot, »vor allem, wenn es um Kunst und Architektur geht. Er fühlt sich nämlich als verkannter Architekt und liebt den Historismus bedingungslos. Den Reichstag verachtet er trotzdem als Stilmischmasch.«

»Damit hat er doch eigentlich recht«, sagt Iris. »Du hast uns ja gerade erklärt, dass der, wie heißt das nochmal, ach ja, der Eklektizismus der Untergang für den Historismus war.«

»Das ist ja fast schon eine Stildebatte«, sagt Thot vergnügt. »Du musst Wallot zugutehalten, dass er die Stile nicht willkürlich vermengt hat, sondern damit die Vereinigung der nord- und süddeutschen Länder im neuen Kaiserreich symbolisieren wollte.«

»Wieso?«, fragt Martin.

»Es gibt in Norddeutschland mehr Renaissancebauten und in Süddeutschland mehr barocke«, sagt Thot. »Indem Wallot beide Stile am Reichstag zusammenführte, symbolisierte er die Einigung des Reichs, das ja aus der Vereinigung vieler extrem unterschiedlicher deutscher Länder gebildet wurde.

Überall am Gebäude wird darauf angespielt: An den Fassaden sind sämtliche Länderwappen angebracht, im Hauptgiebel sitzt nicht das Kaiserwappen, sondern der Reichsadler. Und auf der Giebelspitze steht kein Hohenzollern, sondern Germania, die Allegorie Deutschlands.«

»Hohenzollern?«, fragt Martin.

»Die jetzigen Kaiser stammen aus dem Geschlecht der Hohenzollern«, sagt Thot.

»Die Germania mit ihrem Helm und dem Brustpanzer sieht so aufgeplustert aus wie die Wagnersängerinnen auf alten Fotografien«, spottet Iris.

»Gefallen dir die Statuen auf den Ecktürmen besser?«, fragt Thot. »Das sind die Verkörperungen von Kunst, Wissenschaft, Erziehung und Volksernährung.«

»Geht so«, sagt Iris. »Ich finde sie zu aufgedonnert. Die Gestalten auf den Reliefs links und rechts vom Reichsadler wirken richtig lächerlich – als wären sie jeden Tag im Fitness-Studio; Spiderman auf Germanisch.«

»Die Künstler dieser Zeit versuchen, ihre Körperideale mit denen der Antike zu verschmelzen«, sagt Thot. »Das geht oft schief. So, als würde Merkur sich einen Wikingerhelm, einen hochgezwirbelten Schnurrbart und Hosenträger zulegen, aber seine Tunika behalten. Das ist für eure Sehgewohnheiten sagen wir: gewöhnungsbedürftig.«

»Ich fänd's auch komisch, wenn ich in dieser Zeit leben würde«, sagt Iris beharrlich.

»Na gut«, sagt Thot, »du hast eben feste Vorstellungen von Schönheit. Aber verstelle dir damit nicht den Blick auf das, was diese Figuren aussagen: Wenn du genau hinsiehst, zeigt sich, dass sie stählerne Zahnräder stemmen und vor Maschinen lagern. Das heißt, sie versinnbildlichen trotz ihrer antiken Maskerade das Industriezeitalter. Womit wir wieder bei dem sind, was ich euch anfangs zu erklären versuchte: Durch den Rückgriff auf die Vergangenheit beschwichtigt man seine Ängste vor der beschleunigten Entwicklung und den gesellschaftlichen Umbrüchen, von denen euch gestern das *Frankfurter Attentat* einen Eindruck gegeben hat. Und das war ja nur der Anfang. Überall in Europa gibt es während des 19. Jahrhunderts Aufstände und Revolutionen, bis sich mit der Russischen Revolution 1917 die ganze Welt verändert.«

»Aber die Innenausstattung des Reichstags wirkt nicht so heroisch, eher gemütlich«, sagt Martin.

»Auch das liegt an eurem heutigen Blick«, sagt Thot. »Wallot hat alle Räume, vom Parlamentssaal bis zu den Abgeordnetenbüros, in deutscher Renaissance entworfen; jede Menge dunkel gebeiztes Eichenholz, gedrechselte Säulen und … ähem … Obelisken. Vorbild sind die Kaufmannsstuben der deutschen Bürgerhäuser. Ihr findet das anheimelnd, aber die Menschen im wilhelminischen Deutschland sehen darin einen Beweis für die angeblich seit Jahrhunderten überlegene deutsche Kultur.«

»Hatten sie das nötig?«, fragt Iris. »Eigentlich sind doch alle Wünsche der Deutschen, von denen Moritz gesprochen hat, in Erfüllung gegangen.«

»Blinder Nationalismus war im späteren 19. Jahrhundert in ganz Europa verbreitet«, sagt Thot. »In Deutschland drückt er sich unter anderem im maßlosen Stolz darauf aus, dass die 24 Millionen Reichsmark für den Reichstagsbau aus Geldern stammen, die Frankreich als Verlierer des Deutsch-Französischen Kriegs von 1870 bis 1871 hat zahlen müssen. Das wird sich 1918, am Ende des Ersten Weltkriegs, rächen. Dann demütigt nämlich Frankreich den Verlierer Deutschland.«

»Hast du uns vorhin nicht einen Kuppeltag versprochen?«, fragt Martin. »Bis jetzt haben wir erst eine gesehen.«

»Bin euer gehorsamer Dschin«, sagt Thot ironisch. »Der Wunsch sei mir Befehl, Prinz Aladin.«

24. Der Berliner Dom
oder Eine riskante Spritztour ◇◇◇◇◇◇◇◇◇◇◇◇

Iris, Martin und Thot schlendern durch das Brandenburger Tor die berühmte Allee Unter den Linden hinauf. Die vielen Passanten achten nicht auf sie. Die Zwillinge wirken mit Jeans und Baseballmützen – Iris hat sich achselzuckend bereit erklärt, noch einmal Kurt zu spielen – auch hier wie Handwerksburschen. Thot ist mit einem hellen Leinenanzug und Strohhut ausstaffiert. Fast alle Männer sind gekleidet wie er. Nur tragen viele dichte Voll- oder mit Pomade hochgeklebte Schnurrbärte. Er ist glattrasiert geblieben.

»Wie ist es eigentlich gestern mit Moritz weitergegangen?«, fragt Iris.

»Hat alles geklappt«, sagt Thot. »Ich habe beim Ballon ein wenig nachgeholfen, genauer gesagt: den völlig hysterischen Piloten in Schlaf versetzt und selbst gesteuert. Moritz war einsichtig. Er bleibt ein paar Wochen in Weilburg bei Gesinnungsgenossen, bis sich die Aufregung in Frankfurt gelegt hat. Dann kehrt er zurück. Er wird 1848 wirklich im Paulskirchenparlament sitzen.«

Die drei sind am oberen Ende der Linden angelangt. Vor ihnen steht das wuchtige Stadtschloss.

»Da seht ihr die Schlosskuppel«, sagt Thot und weist nach vorn.

»Und die links davon, neben der breiten Brücke, ist die Domkuppel. Ihr Vorbild kennt ihr?«

»Klar, nach zehn Tagen Stilkunde!«, sagt Martin. »Hier hat einer Michelangelos Kuppel am Petersdom in Rom nachgeahmt.«

»Treffer«, sagt ein Junge, der plötzlich neben ihnen aufgetaucht ist. »Aber der Architekt Julius Raschdorff hat auf Wunsch seiner Majestät nicht einfach den vorhandenen Petersdom nachgebaut, sondern den ursprünglichen Plan von Bramante. Der hat nämlich um 1505 einen Zentralbau entworfen, der später zugunsten der heutigen Basilika aufgegeben wurde.«

Thot blinzelt Iris und Martin zu, während der Junge sich räuspert.
»Ihr gestattet, dass ich mich vorstelle: Fritz Baumann. Ich bin an der Dombaustelle beschäftigt. Genauer gesagt: mit Nachbesserungen. Der Dom wurde nämlich 1905, also vor fünf Jahren, eingeweiht.«

»Und warum arbeitest du jetzt nicht?«, fragt Iris.

»Vormittags besuche ich die Baugewerbeschule. Mein Meister hat mir ein vorzeitiges Begabtenstipendium verschafft. Und nebenbei verdiene ich mir etwas Geld mit Führungen.«

»So ist es«, sagt Thot. »Deshalb wird Fritz uns den Dom erläutern. Er weiß schon, dass ihr von der Frankfurter Bauarbeitergewerkschaft auf Bildungsreise geschickt worden seid und als stolze Kinder eines Gewerkschafters eure Arbeitsmontur tragt.«

Martin überlegt blitzschnell. »Tach, Genosse«, sagt er dann und begrüßt Fritz mit einem knappen Nicken. »Ich bin Martin Kröger, und das ist mein Bruder Kurt.« Iris schaut Martin einen Moment erstaunt an, dann wiederholt sie mit einem betont männlichen »Tach, Genosse« Martins Gruß.

»Ich habe mich bei Fritz als exzentrischer Diplomat aus Ägypten ausgegeben, der die deutschen Gewerkschaften kennenlernen will«, flüstert Thot den Zwillingen zu, als sie den Dom betreten.

»Der Zentralraum unter der Kuppel«, sagt Fritz, »ist 74 Meter hoch und knapp 36 Meter breit. Innen wie außen ist der Dom in Formen der römischen Renaissance gestaltet. Raschdorff hat Bramantes Entwurf die vier Türme an den Ecken hinzugefügt sowie die Tauf- und die Denkmalkirche, die im Norden und Süden angebaut sind. Aber bei der Gestaltung der Hauptfassade hat er auf römische Triumphbögen zurückgegriffen.«

»Was zeigt, dass Wilhelm II. auf Biegen und Brechen die triumphale Hauptkirche des deutschen Protestantismus, wenn nicht aller Protestanten der Welt erbauen lassen will«, wirft Thot ein.

»Ihr seid wirklich gut informiert, Herr Thot«, entgegnet Fritz. »Und Euer Deutsch ist perfekt. Eure Ansichten sind allerdings, wenn ich das sagen darf, recht frei.«

»Als Ausländer wird mir dies wohl gestattet sein«, antwortet Thot.

»Selbstverständlich!«, gibt Fritz eilig zurück.

»Ich weiß sehr wohl, dass im Ausland viel über den deutschen Kaiser und seine konservativen Ansichten gespottet wird. Offen gestanden: Auch wir an der Baugewerbeschule finden seinen Dom völlig unzeitgemäß.«

»Ich habe schon davon gehört, dass an diesem Institut viel über eine Stilreform debattiert wird«, sagt Thot.

Fritz nickt begeistert. »Wir haben gerade die Entwurfszeichnungen von Friedrich von Thiersch für die Festhalle der Frankfurter Messe studiert. Fabelhaft. Er hat sich zwar von der Hagia Sophia anregen lassen. Aber die Glaskuppel mit ihrem gigantischen Tragwerk aus Stahl – das ist der kommende Stil! Die Moderne!« Fritz wendet sich Iris und Martin zu. »Ihr könnt stolz sein, wenn sie gebaut werden sollte.«

»Seid ihr in Berlin eigentlich stolz auf die Kaiser-Wilhelm-Gedächtniskirche?«, fragt Martin, dem gerade eingefallen ist, dass diese Kirche zu den Wahrzeichen der Stadt gehört.

Fritz zuckt die Achseln.

»Wir finden sie eher albern. Ein imitierter romanischer Dom mitten im neuen Kaufhaus- und Amüsierviertel! Bei der Einweihung 1895 waren viele Kleriker empört, dass man ein Gotteshaus nach einem weltlichen Herrscher genannt hat … Und die kaiserliche Familie mit Ballkleidern und Gala-Uniformen unserer Zeit in Mosaiken darzustellen, die die uralten byzantinischen Mosaike von San Vitale in Ravenna imitieren – das ist lächerlich!«

»Die Gedächtniskirche wächst den Berlinern und den Deutschen erst nach 1945 als Kriegsruine ans Herz«, sagt Thot zerstreut.

Iris wirft einen raschen Seitenblick auf Fritz, der ihn verblüfft anstarrt.

»Warum hat man jetzt erst einen Dom in Berlin gebaut?«, fragt sie schnell.

»Hier sind die Verhältnisse nicht ganz unkompliziert«, sagt Fritz,

Der Berliner Dom und die Synagoge in der Oranienburger Straße.

schaut aber immer noch verwundert auf Thot. »Im Mittelalter gab es keinen, weil der Bischof in Brandenburg saß. Friedrich der Große erlaubte 1747 den Berliner Katholiken, die Hedwigs-Kathedrale zu bauen, eine Kuppelkirche, die das Pantheon in Rom nachahmt. Seit 1781 gibt es den Deutschen und den Französischen Dom am Gendarmenmarkt, links und rechts vom Schauspielhaus. Sie heißen aber nur so, weil man riesige Kuppelbauten vor die winzigen Kirchen der Deutsch- und Französisch-Reformierten Gemeinden gestellt hat.

Der Kaiser ist Protestant. Deshalb, und weil die meisten Preußen Protestanten sind, bestand er auf einem protestantischen Dom. Dafür hat er die alte Schlosskirche abreißen lassen, ursprünglich eine gotische Dominikanerkirche, der Karl Friedrich Schinkel eine Kuppel und ein Säulenportal anfügte. Viele meinen, sie sei zwar kleiner, aber schöner und bedeutender gewesen als der jetzige Riesendom.«

»Was ist das eigentlich für ein sonderbares Bauwerk?«, fragt Martin und zeigt zu einer goldglänzenden zwiebelförmigen Kuppel im Hintergrund.

»Das ist die neue Hauptsynagoge in der Oranienstraße«, antwortet Fritz. »Na ja, neu kann man eigentlich nicht mehr sagen. Sie ist schon 1866 eingeweiht worden. Aber seitdem gilt sie als Sehenswürdigkeit. Wenn ihr möchtet, können wir sie anschauen, es ist nicht weit.«

»Gern«, sagt Iris. »Wir haben nämlich heute unseren Kuppeltag.«

»Der Entwurf der Synagoge stammt von Eduard Knoblauch. Aber wegen dessen frühem Tod hat August Stüler, der Architekt der Nationalgalerie und des Neuen Museums auf der Museumsinsel, die Bauleitung übernommen«, erzählt Fritz, als sie unterwegs sind.

»Sieht aus wie eine Moschee«, sagt Martin, als sie vor dem hochragenden Gebäude stehen. »Der Eingang hat drei maurische Spitzbögen, die beiden Türme links und rechts sind so schlank und rund wie Minarette – und die Kuppel mit dem goldenen Netzmuster wirkt total arabisch.«

»Stimmt«, sagt Thot, »ich könnte dir Dutzende Moscheen aus Kairo nennen, die dieser Synagoge gleichen. Aber sie ist nicht das erste Bauwerk mit maurischen Formen in Europa. In England hat man schon während des späten 18. und frühen 19. Jahrhunderts maurische und auch indische Formen verwandt.«

»Wieso gerade in England?«, fragt Martin.

»Zum einen holte man sich damit die Architektur der englischen Kolonien ins eigene Land«, sagt Thot. »Zum anderen begann man allmählich, seine eigenen Baudenkmäler zu schätzen. So kam die Gotik zu neuen Ehren – und mit ihr das Wissen darum, dass sie teilweise in der maurischen Architektur wurzelt.«

Iris' Gedanken wandern zu ihrem Besuch im Castel del Monte und seinen maurischen Elementen. Schade, denkt sie, als wir dort waren, habe ich nicht an die Alhambra gedacht, das maurische Schloss im spanischen Granada. Wenn es sich ergibt, werde ich Thot danach fragen.

»In Deutschland«, sagt Thot, »verlief die Entwicklung ähnlich. Hier wurde der Orient als Sitz großer Kulturen anerkannt, denen die abendländische Kultur viel verdankt. Aus diesem Geist heraus entstand 1789 im kurfürstlichen Schlosspark in Schwetzingen eine kleine Moschee. Dort wurde zwar nie islamischer Gottesdienst abgehalten, aber sie war das Symbol religiöser Toleranz. Zwei Generationen später bauten überall in Deutschland Juden ihre Synagogen im maurischen Stil. Sie vertrauten den neuen Toleranz-Idealen.«

»Den Schlosspark von Schwetzingen kennen wir«, sagt Iris. »Er ist nicht weit von Frankfurt entfernt. Es gibt dort auch einen Merkur-Tempel. Kennst du ihn, Thot?«

»Sicher, sicher«, antwortet Thot wegwerfend. »Ganz nett, der Bau. Eine künstliche Ruine, wie es damals Mode war … Aber jetzt schaut lieber nochmal auf die Synagoge. Ihre Fassade besteht aus Klinkern, genau so, wie an Karl Friedrich Schinkels Friedrichwerderscher Kirche. Damit vereint diese Synagoge preußische und maurische Formen.«

»Verzeihung, wenn ich mich einmische«, sagt ein junger dunkelhaariger Mann. »Genau das war die Absicht unserer Gemeinde. Wir wollten zum einen auf die Herkunft von uns Juden aus dem Morgenland verweisen. Zum anderen sollte deutlich werden, dass wir genauso vaterländisch denken wie alle Deutschen.
Wie gesagt, ich will nicht stören, aber ich stand auf dem Vorplatz und habe so Ihr Gespräch gehört … und Architektur interessiert mich brennend.«

»Sie sind aus Kairo?«, hört man im selben Moment eine Jungenstimme hinter dem jungen Mann. »Dann kennen Sie bestimmt den Suezkanal. Der interessiert mich. Ich will nämlich Ingenieur werden.«

Mit diesen Worten tritt ein etwa zehnjähriger Junge zu ihnen und schaut Thot interessiert an. Ihm folgt mit neugierigen Augen ein gleichaltriges Mädchen.

»Ich muss mich nochmals entschuldigen«, sagt der junge Mann. Iris und Martin, die auf Anhieb Rebekka und David wiedererkannt haben, wird nun auch klar, wer er ist – Daniel, den sie schon in Aachen getroffen haben.

»Das ist mein vorlauter kleiner Bruder David«, sagt der junge Mann, »neben ihm steht seine Zwillingsschwester Rebekka. Ich heiße Daniel, Daniel Isaaksohn und habe gerade mit dem Studium der Kunstgeschichte begonnen.«

»Es ist mir ein Vergnügen, Herr Isaaksohn«, sagt Thot. »Mein Name ist Ibn Thot, Gesandter Ägyptens in Berlin. Das hier ist Fritz Baumann, Stipendiat der Baugewerbeschule und hier Martin und … Kurt Kröger, Maurerlehrlinge aus Frankfurt.«

Umständlich werden reihum steife Verbeugungen und mehrfache Diener gemacht.

Was ist das denn?, denkt Martin. Aber Thot hat ja erzählt, wie förmlich unsere Ururgroßeltern sich benommen haben.

Als die Prozedur endlich zu Ende ist, wendet Thot sich David zu: »Dich kann ich zu deinem Berufswunsch nur beglückwünschen. Ingenieur, das hat heutzutage Zukunft. Du hast nach dem Suez-kanal gefragt. Er ist wirklich eine fantastische Ingenieursleistung. Franzosen haben ihn für Ägypten gebaut. Aber meine ältesten Vor-fahren waren auch nicht von schlechten Eltern. Denn den Suezkanal gab es vor fast 3000 Jahren schon einmal. Seine Bauherren waren die Pharaonen Sethos I. und Ramses II. Der Kanal hieß Ta Tenat, auf Deutsch: der Durchstich, und existierte bis in die Zeit der Köni-gin Kleopatra. Dann versandete er. Amr, der Feldherr des Kalifen Omar, hat ihn im 7. Jahrhundert nach Christus wiederhergestellt, aber 50 Jahre später war er wieder unter Sand begraben.«

Während David Thot wortlos anstaunt und Martin über Thots Pharaonenstolz schmunzelt, geht Rebekka zu Iris.

»Darf ich dich etwas fragen«, sagt sie.

»Klar doch«, sagt Iris.

»Wieso bist du Maurerlehrling geworden? Du hast doch kaum Muskeln. Ich habe gedacht, du wärst ein Stallbursche oder so etwas Ähnliches. Unser junger Kutscher ist nämlich auch so dünn wie du. Er sagt, das sei gut, weil er später mal Jockey werden will, und die müssen dünn und klein sein, damit ihre Pferde schneller galoppieren können ... Ich würde auch gern Rennen reiten, wenn ich groß bin. Aber für Frauen ist das verboten.«

»Rebekka!!«, sagt Daniel, »das gehört sich nicht. Tut mir leid, Herr Kröger. Seit die Kleine Reitunterricht hat, kennt sie kein anderes Thema mehr.«

»Na ja, ist doch wahr«, sagt Rebekka trotzig. »Dauernd heißt es: Mädchen dürfen dies nicht, Mädchen dürfen das nicht, sei nicht so laut, sei nicht so wild, mach dich nicht schmutzig. Neulich, ich hab's genau gehört, hat Mama zu Papa gesagt, es wär jammerschade, dass ich später nie ein schulterfreies Abendkleid tragen kann, weil ich fünf rote Muttermale auf dem Schulterblatt habe. Dabei mach' ich mir gar nichts aus den Fetzen. Mama und Lea brauchen immer mindestens eine Stunde, bis sie sich reingezwängt haben ... Grins nicht so doof, David.«

»Selber doof!«

»Jetzt ist es aber wirklich genug, Rebekka«, sagt Daniel. »Zurückhaltung ist wohl ein Fremdwort für dich. Und für dich auch, David.«

»Es sind Kinder«, sagt Iris.

»Und sehr verwöhnte obendrein«, sagt Daniel, »typische Nachzüglinge.«

»Rebekka hat aber doch recht, wenn sie sich darüber beschwert, dass Mädchen benachteiligt werden«, sagt Iris. Um Daniels befremdetem Blick und weiteren Fragen Rebekkas auszuweichen, zeigt sie auf das Hauptportal der Synagoge: »Hübsch, diese Zackenbögen. Sie glänzen wie frisch lackiert.«

»Das ist Majolika«, sagt Daniel, »glasierter und besonders hart gebrannter Ton; eine Berliner Spezialität. Aber ihr Stil ist so überholt wie die ganze Synagoge. Ehrenfried Hessel, ein junger Architekt, den Sie vielleicht kennen, Herr Baumann, hat gerade eine neue Synagoge in der Fasanenstraße im Berliner Westend gebaut. Sie ist ein Kuppelbau, in dem altbabylonische Formen dominieren. Zurück zu den Anfängen der Baukunst – das ist der Stil der Zukunft.«

Babylon – Seschat würde sich freuen, wenn sie das hören könnte, denkt Martin.

»Ich glaube nicht«, sagt Fritz, »dass diese Rückgriffe der richtige Weg sind. Wir können mit Aeroplanen fliegen, haben Dampfer, Eisenbahnen und Automobile, die jeden Geschwindigkeitsrekord brechen – und unsere Bauten sollen aussehen, als lebten wir vor 3000 Jahren?«

»Mein Bruder weiß nicht, was er will«, sagt David mit einem Spitzbubengrinsen. »Beim Bauen kann es ihm nicht alt genug aussehen. Aber von Papa hat er sich ein Automobil schenken lassen, das ist das Neueste vom Neuesten. Unter dem liegt er jetzt dauernd und montiert mit seinem Freund Caspar daran herum, damit es noch schneller fährt!«

Daniel verzieht leicht die Augenbrauen, sagt aber nichts.

»Wenn man an das Gebäude denkt, das in 60 Jahren als Pionierbau der Moderne gefeiert werden wird, liegt ihr beide richtig«, sagt Thot zu Fritz und Daniel. »Ich meine die AEG-Turbinenhalle in Berlin-Moabit von Peter Behrens. Die Halle selbst ist eine reine Glas-Stahl-Konstruktion, pure Technik und frei von jedem Stilelement. Aber ihre Fassade lässt an einen … ähem … altägyptischen Tempel denken. Sie ist aus zwei Pylonen gebildet, über denen, wie beim berühmten Löwentor von Mykene, ein flaches Dreieck liegt, das aussieht wie ein roh behauener Monolith.«

Thot ist so in seine Ausführungen vertieft, dass er die verwunderten Gesichter von Fritz und Daniel nicht bemerkt.

»Man kann sagen«, fährt er fort, »dass die Fassade das beharrende Gegengewicht zum rasenden Tempo des Fortschritts darstellt, dem Behrens in der Glashalle hinter ihr Ausdruck gegeben hat.«

Klingt wieder mal sehr weit hergeholt, denkt Martin.

»Tempo, Geschwindigkeit, rasender Fortschritt«, sagt postwendend Thot und schaut ihn eindringlich an, »sind die Schlüsselworte dieser Zeit, mein Lieber. Man fürchtet sie und ist doch besessen von ihnen.«

»Apropos Tempo …« Daniel, der beschlossen hat, Thots irritierende Zukunftsbeschreibung für den Spleen eines Fortschrittsfanatikers zu halten, lächelt herausfordernd und schüchtern zugleich. »Hätten die Herrschaften Lust auf eine kleine Spritztour?«

Eine Viertelstunde später sitzen Thot, Iris, Martin und Fritz mit Daniel in einem hochrädrigen Automobil. Weil zu wenig Sitzplätze vorhanden sind, haben sie die protestierenden Zwillinge zurückgelassen. Wegen des heruntergeschnallten Verdecks, das ausschaut wie das einer Pferdedroschke, hat Daniel ihnen lederne Kappen zum Schutz gegen den Fahrtwind übergestreift. Dazu mussten sie Brillen umschnallen, die die Augen fest umschließen. Sie sitzen in einem Wagen der Marke N.A.G., der Neuen Automobil-Gesellschaft, wie ihnen Daniel stolz erklärt hat. Gegründet wurde sie von der AEG, der Bauherrin der Turbinenhalle.

»Mein Modell hat den Namen Puck, wie der schnelle Kobold aus Shakespeares ›Sommernachtstraum‹«, ruft Daniel über den Lärm des Motors. »Puck ist erst vor zwei Jahren herausgekommen. Und er flitzt wirklich wie geschmiert!«

»Holpriger als alle Streitwagen Pharaos«, ächzt Thot, als sie über das Kopfsteinpflaster der Oranienburger Straße rattern. »Puck heißt dieses Gefährt? Das passt! Kobolde, die könnten sich in dieser Knatterkiste wohl fühlen. Zum Beispiel ein gewisser Herr Bes. Aber der lässt sich natürlich nicht blicken, wenn's zur Sache geht!«

Überall bleiben Passanten stehen, um das funkelnd neue Automobil fahren zu sehen. Pferdefuhrwerke und Droschken behindern eine schnellere Fahrt.

»Da mach ich mit meinem Mountain-Bike mehr Tempo«, sagt Martin und blickt rasch zur Seite, als Fritz nachfragen will.

»Mir ist's schnell genug«, sagt Thot. »Theoretisch verstehe ich natürlich die Funktionsweise des Wankelmotors … Aber praktisch macht es mich nervös, einem Motor und einem wildfremden, offenkundig auch noch ziemlich leichtsinnigen Fahrer ausgeliefert zu sein.«

Daniel tut, als habe er Thot nicht gehört.

»Ich weiß, wo wir den Puck richtig ausfahren können«, ruft er in den Fahrtwind und biegt an der nächsten Kreuzung forsch ab.

»Hier auf der Grunewaldchaussee ist es noch ziemlich ländlich«, sagt er einige Zeit später und gibt kräftig Gas. »Die paar Bauernkarren stören uns nicht.«

Noch während er redet, sieht man vorn eine Herde Gänse über die breite, von Schlaglöchern übersäte Fahrbahn watscheln. Daniel bremst scharf, der Wagen gerät ins Schlingern. Ehe Daniel gegensteuern kann, schießt ein Raubvogel von oben auf ihn zu. Erschrocken reißt er die Hände vors Gesicht.

»Hajo«, rufen die Zwillinge.

»Pironje«, schreit Fritz. Er hat unwillkürlich einen Fluch seines schlesischen Großvaters benutzt.

»Bei Isis und Osiris«, keucht Thot, »das geht schief!«

Als der Wagen nach links wegzukippen droht, greift er ins Steuerrad – und es wird dunkel.

26. Das Bauhaus in Dessau
oder Wie Iris und Martin
neu eingekleidet werden ◇◇◇◇◇◇◇◇◇◇◇◇

»Du bist ziemlich grün im Gesicht«, sagt Martin grinsend zu Thot, als es wieder hell wird.

»Auch Götter kennen die Angst«, antwortet Thot würdevoll.

Dann aber schüttelt er erstaunt lächelnd den Kopf und atmet tief durch: »Donnerwetter, wie das geprickelt hat … Für mich war dieser Kurzflug im Puck, was für euch das erste Paragliding ist.«

Freut sich, als wäre er nicht 5000, sondern 20 Jahre alt, denkt Martin. Dann schaut er sich um. Der unversehrte Puck steht vor einem hohen Gebäude mit gläsernen Wänden. Daniel betastet entgeistert das Lenkrad, Fritz hält noch immer die Rückenlehne des Vordersitzes umklammert, an der er sich beim ersten Blick auf die Gänseherde festgekrallt hatte.

»Wwwwwas war das?«, fragt Daniel schließlich. »Und wo sind wir? Was ist das für ein Gebäude? Das habe ich noch nie in Berlin gesehen!«

»Wer sind auch nicht in Berlin, Herr Isaaksohn«, sagt Thot. »Das hier ist Dessau, und wir sind vor dem legendären Bauhaus gelandet.«

»Bauhaus?«, krächzt Fritz.

»Dessau?«, stammelt Daniel. »Das soll wohl ein Witz sein! Kein Automobil der Welt könnte uns in Sekunden von Berlin nach Dessau bringen. Nicht einmal eines mit Raketenantrieb!«

Thot schaut Iris und Martin an. Die nicken leise.

»Jetzt bitte keine Szenen, meine Herren«, beginnt er. »Sie … ach was, ihr könntet meine Söhne sein … Also: Ihr befindet euch tatsächlich in Dessau. Ihr seid unfreiwillig Teilnehmer einer Zeitreise geworden, die ich mit Iris und Martin durchführe. Aber zuzuschreiben habt ihr das alles Daniels verrückter Raserei. Ohne den Beinahe-Unfall hättet ihr nichts gemerkt.«

Fritz ist vor Verblüffung verstummt, Daniel atmet nach einigen Schrecksekunden tief ein und fragt dann: »Wer ist nun wieder Iris?«

»Ich«, sagt Iris und nimmt mit einem schiefen Lächeln die lederne Kappe ab.

»Das dachte ich mir schon halb«, sagt Daniel. »Spätestens, als du – ich denke, wir bleiben jetzt alle beim Du – also spätestens als du Rebekka aufgefallen bist. Sie hat ein scharfes Auge.

Aber wir in Dessau? Unmöglich!«

Wortlos zeigt Thot auf ein Transparent über dem Eingang des gläsernen Bauwerks. ›Zwei Jahre Bauhaus Dessau – Eine Leistungsschau‹ ist darauf zu lesen.

»Ich fass es nicht«, sagt Daniel. »Vielleicht hat das ja alles mit Einsteins Relativitätstheorie zu tun. Wir könnten in eine Zeitschleife gerutscht sein.«

»Wenn das deine Nerven beruhigt«, sagt Thot, »können wir uns gerne darauf einigen. Fritz, gib dir auch einen Ruck. Hier und jetzt hast du Gelegenheit, all das zu sehen, was dir als moderne Architektur vorschwebt.«

Fritz hebt hilflos die Schultern, schaut erst die Zwillinge, dann Thot und dann Daniel an.

»Das muss der Schock sein. Unfallopfer haben ja oft Wahnvorstellungen«, sagt er. »Ich kann nur in Berlin auf der Grunewaldchaussee sein … Aber das Plakat … und da drüben an dem Café steht eindeutig ›Dessaus beste Konditorei‹… Ich bin im Delirium … Ach was, ich geb's auf … Gehen wir!«

Als alle aus dem Automobil gestiegen sind, umrunden sie den Glasbau. Daniel und Fritz schauen häufig über ihre Schultern, als würden sie verfolgt. Doch es sind nur einige junge Leute zu sehen, die das Bauhaus betreten oder verlassen; Studenten, wie ihnen Thot sagt.

»Das Bauhaus«, erläutert er, »ist eine Art Gesamtschule der Künste – Architektur, Malerei, Kunstgewerbe. Der Name ist abgeleitet vom Begriff der Bauhütte. Wie sie soll auch das Bauhaus dem Entstehen eines neuen Stils dienen. Und wie im Zusammenleben der mittelalterlichen Architekten und Künstler will man auch im Bauhaus eine feste Gemeinschaft bilden, die Vorbild für eine kommende radikaldemokratische Gesellschaft sein soll.«

»Hat das mit der Revolution von 1918 zu tun?«, fragt Iris.

»Ganz sicher«, stimmt ihr Thot zu. »Die meisten deutschen Intellektuellen und Künstler plädierten nach dem Ende des Ersten Weltkriegs für eine Demokratie. Aber es gab die verschiedensten Vorstellungen, wie sie verwirklicht werden sollte. Unter den Architekten und Künstlern des Bauhauses sind viele Romantiker, die das demokratische Miteinander der Bauhütten für besser halten als den Kommunismus oder Sozialismus.«

»Das klingt nach den Ideen der *Künstlerkolonie Mathildenhöhe* in Darmstadt«, sagt Daniel. »Dort leben auch Architekten, Bildhauer, Maler und Kunsthandwerker zusammen, die mit Reformen der Kunst die Gesellschaft erneuern wollen. Sie nennen es den Jugendstil.«

»Du bist gut informiert, Daniel«, sagt Thot. »Aber die Mathildenhöhe existiert nur von 1899 bis 1914. Das Bauhaus dagegen überdauert bis ins 21. Jahrhundert. Das ist fast ein Wunder bei den Hindernissen, die ihm im Weg standen: Als der Architekt Walter Gropius die Gemeinschaft 1919 in Weimar gründete, glaubten die konservativen Bürger der Stadt zwar anfangs, die Bauhäusler seien harmlose Träumer, die vom Mittelalter schwärmen. Aber als ihre Ziele deutlicher wurden, beschimpfte man sie als Kommunisten, die den Staat zerstören wollten. Deswegen übersiedelte das Bauhaus 1925 nach Dessau.

Am 4. Dezember 1926 wurde das Hauptgebäude eingeweiht; es ist die Manifestation von Walter Gropius' Wahlspruch ›Architektur ist die Mutter aller Künste‹. 1932, wenn die Nazis die Stadtregierung von Dessau stellen, werden sie das Bauhaus schließen. Mies van der Rohe, der zu dieser Zeit Direktor ist, wird es nach Berlin verlegen, wo es dann 1933 nach der sogenannten Machtergreifung ein zweites Mal geschlossen wird, bis die DDR 1958 eine Dessauer Berufsschule daraus macht. Nach der Wiedervereinigung wird das Bauhaus eine Stiftung, die das Andenken an die große Vergangenheit pflegt.«

Daniel, der schon ziemlich gelassen war, als er die Mathildenhöhe erwähnte, wirkt wieder verstört. Fritz dagegen betrachtet immer interessierter die Gebäude.

»Fabelhaft, wirklich, tadellos«, murmelt er.

»Das Bauhaus«, sagt Thot, der ihn beobachtet hat, »besteht aus drei L-fömigen Baublöcken, die einander wie die Flügel einer Windmühle zugeordnet sind. Der auffallendste Teil ist der dreigeschossige Werkstätten-Bau direkt vor uns. Da seine Glasfassade wie ein Vorhang vor der inneren Stahl-Beton-Konstruktion hängt, nennt man sie nach ihrem amerikanischen Vorbild »Curtain Wall«. Ihre Durchsichtigkeit hat aber auch Symbolfunktion. Sie soll die offenen Verhältnisse der Bauhaus-Gemeinschaft widerspiegeln.«

»Was ist mit den beiden anderen Bauten hinter dem Glashaus?«, fragt Fritz.

»Das sind die Technischen Lehranstalten und das Atelierhaus mit der Mensa und den Studentenzimmern«, sagt Thot. »Die zweigeschossig bebaute Brücke, die den Werkstättentrakt und die Lehranstalten verbindet, enthält Verwaltungsräume und das Büro von Walter Gropius.

Die gesamte Inneneinrichtung ist von den Mitgliedern des Bauhauses angefertigt worden. Vieles, was ihr, Iris und Martin, als Klassiker im Haus eurer Eltern kennt, wurde hier entworfen: die Gemälde und Figurinen von Oskar Schlemmer, Lyonel Feininger, László Moholy-Nagy und Paul Klee, Marcel Breuers Lampen und Stühle, die ersten Sessel von Mies van der Rohe, Schränke und Sideboards von Walter Gropius.«

»Mir sagen diese Namen gar nichts«, sagt Daniel, der sich nun allmählich an die bizarre Situation gewöhnt.

»Ich habe von Gropius und van der Rohe gehört«, sagt Fritz. »Aber sie sind Anfänger. Van der Rohe hat voriges Jahr in Berlin einige Villen gebaut. Die sind keineswegs ornamentlos, sondern neoklassizistisch – allerdings schon ziemlich nüchtern, wenn ich's genau bedenke.«

»Du verfolgst die neuen Strömungen in der Architektur deiner Zeit

Die Führertribüne des Nürnberger Reichsparteitagsgeländes und das Bauhaus in Dessau

wirklich sehr aufmerksam, Fritz«, sagt Thot. »1911, in dem Jahr, das wir gerade verlassen haben, baut Walter Gropius in Alfeld an der Leine die Fagus-Werke, eine Fabrik mit Glasfassade, die fast schon wie das Bauhaus aussieht. Und Mies van der Rohe errichtet in Berlin-Zehlendorf die Villa Perls, einen würfelförmigen Bau, den nur noch sein behäbiges Walmdach von den Bauwerken hier in Dessau unterscheidet.«

»Ich habe den Rohbau kürzlich gesehen«, sagt Daniel. »Mein Vater, der mit dabei war, reagierte schockiert. Er hat das Ganze als ordinäre Scheune bezeichnet.«

»Das geht den modernen Architekten auch in den zwanziger Jahren noch so«, sagt Thot. »Trotzdem steigt die Zahl ihrer Bewunderer. In der zweiten Hälfte des 20. Jahrhunderts werden sie zu Zentralgestalten der Moderne, deren Werk als genial gilt.
Übrigens gibt es auch hier in Dessau Häuser wie die Villa Perls. Nur sind sie gradliniger und haben Flachdächer. Sie heißen Meisterhäuser, weil in ihnen die Bauhauslehrer mit ihren Familien wohnen. Damit will man an die Holzhäuschen der Bauhütten anknüpfen – natürlich mit allem modernen Komfort.«

»Gefällt mir«, sagt Fritz und betrachtet anerkennend noch einmal das Bauhaus.

»Zu nackt«, widerspricht Daniel, »zu kalt. Wirkt irgendwie provisorisch, als würde man sich nur vorübergehend hier aufhalten wollen.«

»Genau das wird oft an den Häusern im Bauhaus-Stil kritisiert«, erläutert Thot. »Ein konservativer Architekt hat kürzlich eine Siedlung im Bauhaus-Stil, die Stuttgarter Weißenhofsiedlung, als ›Vorort Jerusalems‹ verhöhnt, weil ihre Flachdachwürfel an die Wohnbauten des Orients erinnern.«

»Das ist wieder mal typisch«, sagt Daniel wütend. »Wir müssen für alles, was nicht passt, herhalten!«

Thot holt Luft, um Daniel zu antworten. Dann hält er inne. Nach kurzem Nachdenken wechselt er das Thema:

»In der Moderne der zwanziger Jahre gibt es eine zweite Richtung, die dir eher zusagen dürfte, Daniel. Man nennt sie den Expressionismus. In ihm werden Formen der Gotik aufgegriffen und zu dramatischen – eben expressiven – Bauformen übersteigert. Der Expressionismus verkörpert das Gegenteil der gradlinigen ornamentlosen Kuben hier, die man dem Funktionalismus zurechnet.«

»Expressionismus«, sagt Iris, »kenne ich nur als Malstil aus dem Kunstunterricht. Aber es gab einen Bildhauer, Ernst Barlach, der hat auch Fantasiebauten skizziert. Manche haben mich an den Turm Babel erinnert.«

Thot schlägt sich mit der Hand vor die Stirn. »Dass ich nicht gleich darauf gekommen bin: Babel – das ist es. Was haltet ihr von einem Ausflug zurück nach Berlin? Dort gibt es das größte expressionistische Bauwerk Deutschlands!«

Als Thot die erleichterten Mienen von Fritz und Daniel sieht, sagt er: »Tut mir leid, ihr beiden, es geht nicht darum, ins Jahr 1911 zurückzukehren. Ich versetze uns in das Berlin des Jahres 1928. Aber in ein paar Stunden werdet ihr euer kaiserliches Berlin wiederhaben, versprochen!

Diesmal übernehme ich das Steuer«, sagt er dann und weist auf den Puck.

Daniel ist nicht sonderlich begeistert, widerspricht aber nicht.

Als Iris einsteigen will, hält Thot sie zurück.

»Stopp«, ruft er, »ich hätte beinahe etwas vergessen. Wir werden in Berlin das Große Schauspielhaus besuchen. Nicht das, das ihr kennt, Iris und Martin. Ich meine ein anderes. Jedenfalls könnt ihr in eurem Aufzug nicht in die Vorstellung. Wartet einen Moment.«

Nach einer Viertelstunde kommt Thot mit mehreren Papiertaschen aus dem Bauhaus zurück.

»Daniel, schlag das Verdeck des Automobils hoch«, sagt er und lächelt stolz. »Die Zwillinge und Fritz müssen sich umziehen. Ich habe ihnen in der Bauhaus-Weberei angemessene Kleidung eingekauft. Du kannst in deinem schwarzen Anzug bleiben, er ist zeitlos und festlich genug.«

»Umziehen?«, fragt Iris erschrocken. »Dann tragen wir ja Kleidung von hier, und das bedeutet ...«

»Keine Angst«, unterbricht Thot sie. »Ich habe die Sachen nicht herbeigezaubert, sondern redlich gekauft. Ihr werdet nicht in Dessau gebannt sein.«

»Gekauft? Auf die Merkur-Tour?«, fragt Martin feixend.

»So weit kommt's noch«, sagt Thot. »Ich habe mich heute Morgen mit Banknoten der Weimarer Republik eingedeckt. Man weiß ja nie ... beziehungsweise alles.«

Kurz darauf stehen Martin und Fritz in einer Art schwarzer weitbeiniger Matrosenhose und schwarzen Russenkitteln vor dem Puck. Nun steigt Iris heraus. Sie trägt ein kurzes, ärmelloses Kleid, das knapp über den Knien endet. In den leicht fallenden lila Stoff sind einige leuchtend rote Quadrate eingewebt, die sich überschneiden. Daniel und Fritz schauen unwillkürlich verlegen zur Seite, aber Iris fühlt sich wohl in ihrer neuen Aufmachung.

»Die Frauenmode«, sagt Thot, »ändert sich zwischen 1911 und 1928 völlig. Was euch beiden halb ausgezogen erscheint, heißt 1928 bestens angezogen zu sein. Die Frauen sind so frei wie nie. Und ihr, Fritz und Martin, wirkt in euren Kitteln wie exzentrische junge Künstler. Man schätzt das im Berlin der sogenannten Goldenen Zwanziger.«

»Ich habe ja auch nicht gesagt, dass mir Iris' Aufmachung nicht gefällt«, sagt Fritz, »sie ist nur ... ungewohnt!«

»Genau«, sagt Daniel sofort, »... ungewohnt!«

»Ich find ihn jedenfalls toll, den Fummel. Tschuldigung: das neue Kleid«, sagt Iris, die zuvor noch an dem Rock und den Schulterträgern herumgezupft hat.

»Du in High Heels«, sagt Martin, »wenn das meine Kumpels sehen könnten!«

»Blödmann! Wenn das High Heels sind, bin ich eine von den Sugar-Babes. So was nennt man Pumps. Hohe Absätze, aber doch noch so niedrig, dass ich problemlos drin laufen kann.«

»Jedenfalls sind sie hübsch. Und du siehst fast schon erwachsen aus. Fast«, sagt Martin versöhnlich. »Außerdem gefällt's mir, wie du die Haare hochgesteckt hast.«

»Eigentlich ist jetzt überall der Bubikopf bei Frauen angesagt«, mischt sich Thot kurz ein. »Aber als Mädchen kannst du auch lange Haare tragen.«

»Die Haare hätte ich mir für einen Ausflug in die Goldenen Zwanziger nicht abgeschnitten«, sagt Iris.

Nun schlägt Daniel das Verdeck wieder zurück, alle steigen ein und überlassen sich Thots Künsten.

27. Das Berliner Große Schauspielhaus
oder Von Tropfsteinhöhlen
und tanzenden Göttern

»Na, war das eine sanfte Landung?«, sagt Thot einige Momente später.

Ihr Automobil steht am Rand eines breiten Kanals. Links hinter ihnen erhebt sich das schnittige Glasdach des S-Bahnhofs Friedrichstraße, durch den die Züge im Minutentakt rauschen. Überall hasten Passanten und fahren dutzendweise Automobile, zwischen denen sich Radfahrer, Handkarren und Pferdedroschken bewegen. Von einem hohen Podest herab regelt ein Polizist mit rudernden Armen und gellender Trillerpfeife den Verkehr.

Alles das aber beachten die Zwillinge und ihre Begleiter nicht. Sie staunen einen gigantischen, dunkelrot leuchtenden Bau an, der direkt vor ihnen in den tiefblauen Septemberhimmel ragt.

»Thot, ich nehme alles zurück und behaupte das Gegenteil«, sagt Iris nach einer Weile. »Ich meine nicht unsere Landung, die war perfekt. Dieses Riesengebilde da vor uns … das ist noch beeindruckender als Ernst Barlachs Zeichnungen. Ich komme mir tatsächlich vor wie in Babylon.«

»Stimmt«, sagt Martin, »fast wie der Turm von Babel. Aber die vielen kleinen Bögen in der Fassade und die halbrunde Ausbuchtung in ihrer Mitte sehen aus wie beim Speyerer Dom.«

»Allmählich könnte ich euch ein Diplom in Architekturgeschichte ausstellen«, antwortet Thot zufrieden. »Hans Poelzig, der Architekt dieses Riesentheaters, hat sich beim Entwurf tatsächlich von Rekonstruktionszeichnungen der Zikkurate in Babylon und Ninive und von den Bögen an den romanischen Domen in Deutschland inspirieren lassen.

Im Inneren kommt noch ein drittes Element hinzu: die Formen von Farnwedeln und Tropfsteinhöhlen. In den frühen zwanziger Jahren haben nämlich Architekturtheoretiker Schachtelhalme und Schilf als ideale Vorbilder für moderne Architektur beschrieben.«

»Schachtelhalme?«, fragt Fritz ungläubig.

»Eigentlich«, sagt Thot, »hat das schon zu deiner Zeit begonnen, Fritz: Die Architektur um 1900 kopiert, wie du weißt, gern altägyptische Pfeiler, die geformt sind wie zusammengeschnürte Papyrus-Stengel. Angeregt davon analysieren die Vordenker der Moderne Schachtelhalme und Schilf, die riesengroß werden können und dabei doch, um nicht vom Wind geknickt zu werden, elastisch bleiben. Aus ihrem Prinzip entwickeln sie unter anderem die dynamischen Formen der expressionistischen Architektur – biegsam und doch standfest.«

»Das leuchtet mir ein«, sagt Fritz. »Aber Sie haben eben auch Tropfsteinhöhlen erwähnt.«

»Die sind eine persönliche Vorliebe von Hans Poelzig und seiner Frau Marlene Moeschke, die ihn bei der Innenausstattung beraten hat. Die beiden sehen in den Tropfsteingebilden, die so kunstvoll aussehen, obwohl sie natürlich gewachsen sind, ein Urbild des Bauens. Dabei berufen sie sich auch auf die mittelalterliche maurische Architektur, deren Gewölbe öfter wie verkleinerte Tropfsteinhöhlen aussehen.«

Daniel, der eben noch völlig in den Anblick des Großen Schauspielhauses versunken war, dreht sich zu Thot um.

»Vor fünfzehn Jahren, also in meiner Gegenwart, hat hier noch der Zirkus Schumann gestanden«, sagt er. »Ich habe dort ab und zu Theateraufführungen von Max Reinhardt besucht.«

»Er steht immer noch hier«, antwortet Thot. »Es war ja ein stabiler Zirkus und kein Zelt. Schau genau hin, dann erkennst du noch das alte Zirkusdach und seinen Giebel.«

»Jetzt, wo du es sagst, erkenne ich ihn wieder«, sagt Daniel. »Da oben, wo die Ausbuchtung sitzt, war ein imitiertes antikes Fenster.«

»Max Reinhardt«, sagt Thot und schaut die Zwillinge an, »war der berühmteste Theaterregisseur des 20. Jahrhunderts in Deutschland. Er hat Hans Poelzig 1918 damit beauftragt, den Zirkus zum Theater umzubauen. Damit wollte er seinen alten Traum vom *Theater der 5000* verwirklichen. Da aber der Erste Weltkrieg gerade erst zu Ende war, stand kaum Geld zur Verfügung. Also behielt Poelzig die Grundkonstruktion des Zirkus bei und ummantelte sie mit Rabitz-Putz, einer stabilen Art von Gips, den man auf Gitterdraht aufträgt.«

»Lasst uns reingehen«, sagt Martin ungeduldig. »Die Leute strömen schon ins Foyer. Und Karten haben wir auch noch keine.«

»Längst erledigt«, sagt Thot. »Wir sitzen dritte Reihe.«

»Tschuldigung, pardon, tschuldigung …« Iris, Martin und die anderen werden unentwegt angerempelt, weil sie immer wieder inmitten der eiligen Theaterbesucher stehen bleiben, um die Wände der Wandelgänge zu betrachten, die mit regelmäßigen Rillen tatsächlich an einwärts gebogene Farnwedel erinnern.

»Autsch.«

Eine hochgewachsene Frau mit fackelrotem Haar ist Iris beinahe auf den Fuß getreten. Iris, die in letzter Sekunde ausgewichen ist, hat sich bei der Bewegung den Ellenbogen an einem Vorsprung des Wandelgangs gestoßen. Die Frau trägt ein noch kürzeres Kleid als Iris. Es ist mit flimmernden, kleinen runden Scheiben bestickt, die bei jeder Bewegung leise klirren. Über die Schultern hat sie ein üppig wallendes Seidentuch mit langen Fransen drapiert.

»Tut mir schrecklich leid, mein Kind«, sagt die Dame zu Iris und deutet auf deren Arm. »Bei dem Gedränge hier sieht man kaum, wo man hintritt.«

»Keine Ursache, war ja ein Versehen.«

»Premieren sind herrlich aufregend, aber auch schrecklich anstrengend«, sagt die Frau. »Heute soll ja ein Geheimtipp seinen ersten großen Auftritt haben: Marlene Dietrich. Hast du schon von ihr gehört?«

Natürlich kennt Iris die Sängerin und Schauspielerin, die zwischen den zwanziger und den achtziger Jahren ein Weltstar war. Davon aber kann nun wiederum die Dame vor ihr nichts wissen. Iris wird rot und weiß nicht, was sie sagen soll.

Aber ihr fehlen die Worte nicht nur wegen Marlene Dietrich, sondern auch wegen des Begleiters der Frau. Es ist ein ungewöhnlich kleiner dickbäuchiger Mann im Smoking, der ein Monokel trägt und seine drahtigen weißen Haare mit Brillantine eng an den Schädel gestrichen hat. Sein Auge, das von dem Monokel grotesk vergrößert wird, fixiert sie unentwegt.

»Nein«, gibt Iris endlich verlegen zurück, »von einer Frau Dietrich habe ich noch nie gehört.«

»Umso besser«, antwortet die Dame und verzieht ihre lila geschminkten Lippen zu einem zufriedenen Lächeln. »Ihr jungen Leute seid ja immer auf dem neuesten Stand. Und wenn bei euch die Dietrich unbekannt ist, kommt sie wohl als Konkurrenz nicht in Frage.«

Die Dame zögert einen Moment, dann schaut sie Iris direkt in die Augen.

»Und du, mein Kind, hast du etwas mit dem Theater zu tun? Oder bist du beim Film? Vielleicht bei der Operette? Kinderstars sind momentan ja ganz groß in Mode.«

Iris schüttelt verwirrt den Kopf.

»Nein? Merkwürdig, du kommst mir irgendwie bekannt vor, so, als wären wir uns schon einmal begegnet … Na ja, dann entschuldige nochmal, Liebes, dass ich dir auf die Zehen getreten bin. Und viel Spaß bei der Premiere.«

Sie hakt sich mit einer geschickten Bewegung nach unten bei dem kleinen Herrn ein. So fällt es weniger auf, dass sie wesentlich größer ist.

Kaum sind die beiden im Gedränge verschwunden, stellt Daniel sich zu Iris.

»Donnerwetter, das war Trude Hesterberg. Ich habe sie erst vor wenigen Wochen an den Kammerspielen von Max Reinhardt spielen sehen. Sie war phänomenal. Jetzt ist sie zwar 16 Jahre älter, aber erst recht schön. Ob sie noch am Theater ist?«

»Trude Hesterberg?«, fragt Thot, der außer dem Namen nichts gehört hat. »Das ist eine berühmte Berliner Schauspielerin und Diseuse. Sie soll die Lola in der Verfilmung des »Blauen Engel« spielen, einem der berühmtesten frühen deutschen Tonfilme. Aber Marlene Dietrich wird ihr die Rolle wegschnappen und damit über Nacht ein Star.«

»Woher willst du denn das wissen?«, fragt Daniel. Dann aber schaut er betreten unter sich. »Sag lieber nichts. Ich will es gar nicht hören. Sonst erklärst du mir noch, du seist der Golem, das altjüdische Wunderwesen, das ewig lebt und alles weiß!«

»Nicht schlecht kombiniert«, sagt Thot. »Der Ursprung dieser Legende ist Ägypten, wo die Israeliten die Geschichte aufgeschnappt und später weiter ausgebaut haben.«

»Jetzt bloß keine Mythen und auch keine neuen Geschichten von Stars«, sagt Fritz. »Schaut euch lieber mal dieses Foyer an. So etwas Beeindruckendes habe ich selten gesehen.«

Sie sind in einem hohen Saal angekommen, der geformt ist wie ein gigantisches halbiertes Ei von innen. Eine einzige Mittelsäule breitet Rillen über die Decken und die Wände. Zwischen ihnen strahlen versteckte Glühbirnen ein magisch grünes Licht aus.

In das Staunen der anderen mahnt plötzlich Thots Stimme. »Die Vorstellung beginnt gleich. Schnell, ihr müsst den Zuschauerraum sehen, solang er noch hell ist.«

Eilig gehen die fünf hinein. Hoch über ihnen wölbt sich eine weite Kuppel. Sie besteht aus konzentrischen Ringen. Diese sind mit Zapfen besetzt, die sich wie Stalagtiten nach unten verjüngen. Gelbes Licht sickert geheimnisvoll durch die Abstände zwischen den Kreisen.

Die Sitzreihen des Zuschauerraums sind wie in einem antiken Theater halbrund übereinandergestaffelt. In den hinteren Abschnitten erheben sich schlanke Stalakmitensäulen, deren obere Enden im zackigen Gewimmel der Kuppelverzierungen verschwinden.

»Das ist momentan der beeindruckendste Großraum in Berlin«, flüstert ihnen Thot zu, als sie Platz nehmen. »Die Berliner nennen ihn die *Zauberhöhle*.«

Dann erlischt das Licht. Die Musik beginnt. Zur Ouvertüre erklingen Jazz- und Schlagermelodien, die Iris und Martin von Max Raabe, dem Imitator der Zwanziger-Jahre-Musik, kennen.

›Es liegt in der Luft‹ heißt die Revue, deren Premiere sie erleben. Die Handlung spielt in einem Warenhaus, in dem die skurrilsten Typen durcheinanderrennen – kaufsüchtige Ladys, geizige Hausfrauen, Snobs, die so tun, als wäre ein Einkauf im Warenhaus eine Zumutung, Provinzler, denen die schimmernden Dekorationen die Sprache verschlagen, Kleptomanen und Kaufhausdetektive.

Iris und Martin haben einen Heidenspaß, als ›Peter und Petersilie‹ auftreten, ein Zwillingspaar in ihrem Alter, das in der Revue Geschwister spielt, die von ihren Eltern im Warenhaus vergessen wurden und nun nicht mehr wegwollen.

»Es liegt in der Luft eine Stachligkeit, es liegt in der Luft eine Sachlichkeit, und es liegt in der Luft, und es liegt in der Luft, in der Luft«, singen sie und steppen dazu.

Bei der zweiten Strophe muss auch Fritz, der angehende Architekt, auflachen.

»Fort mit Schnörkel, Stuck und Schwaden. Glatt macht man nun die Fassaden«, singen Peter und Petersilie. »Nächstens baut man Häuser bloß, ganz und gar fassadenlos. Fort die Möbel aus der Wohnung. Fort mit was nicht hingehört. Wir erklären ohne Schonung: Jeder Mensch der da ist – stört!«

Später trägt ein vornehm wirkender Herr ein zackiges Couplet mit dem Titel »Robbes, Moddes« vor. Darin werden die zwanziger Jahre und Berlin mit einem Warenhaus verglichen, in dem die widersprüchlichsten Dinge durcheinanderwirbeln und käuflich sind.

»Echt wie Max Raabe«, wispert Martin zu Iris hinüber, als der Sänger mit steinerner Miene und einem drohend schneidigen »Hier gibt's Babel, Bibel, Bebel – und die Reichswehr mit dem Säbel. Hurra! Hurra! Hurra!« sein Lied beendet.

Daniel und Fritz lachen mit gemischten Gefühlen.

»In unserer Zeit würde so etwas als Majestätsbeleidigung und Volksverhetzung verboten werden«, flüstert Daniel den Zwillingen zu.

Gleich darauf schauen alle wie gebannt auf die Bühne. Eine junge Frau mit halb gesenkten Augenlidern läuft zur Bühnenmitte als sei sie in Trance. Sie scheint überhaupt nicht zu bemerken, dass der Dirigent mit erhobenem Taktstock auf ihren Einsatz lauert und dass da unten fast 5000 Menschen sitzen, die ihr Lied erwarten. Alles atmet auf, als sie endlich doch beginnt.

»Wenn ich mir was wünschen dürfte, käm ich in Verlegenheit, was ich mir denn wünschen sollte: eine gute oder schlimme Zeit«, singt sie mit schleppender Stimme und schaut über die Köpfe des Publikums hinweg ins Leere.

Verblüfft schaut Martin zu Iris.

»Was singt die denn da? Sie weiß nicht, ob sie sich etwas Gutes oder etwas Schlechtes wünschen soll? Bescheuert!«, wispert er.

»Wenn ich mir was wünschen dürfte, möcht ich etwas glücklich sein. Denn sobald ich gar zu glücklich wär, hätt ich Heimweh nach dem Traurigsein.«

»Gar nicht so bescheuert«, flüstert Iris Martin während der letzten Takte ins Ohr. »Das hab ich manchmal auch.«

Gleich darauf will der Applaus kein Ende nehmen.

»Das war die Dietrich«, ruft ihnen Thot durch die Bravorufe zu. »Jetzt versteht ihr vielleicht, weshalb sie später eine Weltkarriere gemacht hat.«

»Ich habe mordsmäßig Durst«, sagt Martin, als sie nach dem Ende der Vorstellung zum Foyer zurückgehen.

»Dann gehen wir noch ins Kabarett ›Schall und Rauch‹ hier im Keller des Schauspielhauses«, schlägt Thot aufgekratzt vor. Die Revue hat ihn, Daniel und Fritz in Hochstimmung versetzt.

Ein wenig später sitzen sie an einem runden Tisch ziemlich vorn an der kleinen Bühne; Thot hatte einige Worte und Geldscheine mit dem befrackten Kellner gewechselt.

»Heute wirkt er wie George Clooney bei der Oscar-Verleihung«, raunt Iris bewundernd Martin zu.

»Wie wer?«

»Na der Schauspieler aus ›Ocean's Eleven‹. Du weißt schon, der Agententhriller, in den wir heimlich gegangen sind!«

»Kann sein«, antwortet Martin und zuckt desinteressiert die Achseln.

Die Zwillinge trinken jeder eine Cola, die hier noch ein exotisches und teures Getränk ist. Daniel, Fritz und Thot haben Champagnerkelche vor sich stehen. Auf Iris' prüfenden Blick hin hat Thot ihr beruhigend zugelächelt und leise den Kopf geschüttelt. Sie kann sich darauf verlassen, dass der Abend nicht so verlaufen wird wie der in der Kölner Bauhütte.

Auf der Bühne nimmt jetzt ein ebenfalls befrackter Herr am Flügel Platz und beginnt zu spielen. Bei den ersten Tönen tänzelt eine altägyptisch verkleidete und geschminkte Frau herein. Auf dem Kopf trägt sie ein Diadem, das wie ein goldener Falke geformt ist, der seine Flügel als Haube über ihre Frisur ausbreitet.

Thot zieht einen Moment überrascht die Augenbraue hoch, dann aber schmunzelt er und lehnt sich bequem zurück.

Iris erkennt Trude Hesterberg. Hinter ihr kommt ihr Begleiter von vorhin auf die Bühne. Er läuft sonderbar staksig und hat sich ein sackartiges weißes Gewand über den Smoking gezogen. Wieder starrt sein Monokelauge sie unverwandt an.

»Joseph, ach Joseph, was bist du so keusch. Das Küssen macht doch schließlich kein Geräusch!«, singt jetzt Trude Hesterberg.

Sofort schaut Daniel streng in die Runde.

»Herrje«, beruhigt ihn Thot, »die Kinder werden bald 14, in dem Alter dürftest selbst du schon gehört haben, was Küsse sind. Wenn du nicht sogar schon welche ausgeteilt hast.«

»Das meine ich auch gar nicht«, zischt Daniel zurück. »Mir geht es darum, dass hier der biblische Mythos von Joseph und den Kindern Israel in Ägypten durch den Kakao gezogen wird. Die Hesterberg heißt in diesem Duett auch noch Frau Potiphar!«

»Was ich da gesungen höre«, sagt Fritz leise, »ist Spott über Verklemmtheit, aber nichts Antisemitisches.«

»So ist es«, sagt Thot. »Außerdem: Schau mich an. Ich komme aus dem alten Ägypten und find's trotzdem witzig.«

»Wie bitte, woher kommst du? Das ist jetzt aber...«

Der Rest von Daniels Worten geht im Applaus unter. Gleich darauf verschwindet Trude Hesterberg mit graziösem Schwung hinter den Kulissen.

Jetzt gehört die Bühne dem Kleinen. Nach einer weiteren Verbeugung beginnt er zu sprechen.

»Vielen Dank meine Damen und Herren. Falls Sie sich über meinen Auftritt eben gewundert haben sollten, dann mit Fug und Recht. Ich

bin nämlich kurzfristig für meinen Kollegen Max Hansen einge-
sprungen, der heute Abend verhindert ist. Normalerweise spiele ich
oben auf der Reinhardt-Bühne den Puck im Sommernachtstraum.
Mein Name ist Bert Falkenhuber, und ich werde mein Beeestes tun,
Herrn Hansen würdig zu vertreten. Herr Kapellmeister, bitte!«

Nach einem kurzen Vorspiel beginnt der kleine Mann mit kräftiger, aber extrem hoher Stimme zu singen:

»In der Bar zum Krokodil, am Nil, am Nil, am Nil. Verkehrten ganz
inkognito, der Joseph und der Pharao. Mit Ramses saß oft in der
Bar der Gatte der Frau Potiphar. Und aß von einem Feigenblatt,
gehackte Mumie mit Spinat. In der Bar zum Krokodil, am Nil, am
Nil, am Nil.«

Daniel ist inzwischen versöhnt und schnipst im Rhythmus mit den
Fingern, Fritz und Martin prusten über den Text, aber Iris und
Thot beobachten angespannt den kleinen Sänger.

»Wenn der da vorn nicht etwa 30 Zentimeter zu groß wäre«, murmelt Thot vor sich hin, »würde ich schwören, das ist ...«

»Bes«, jubelt Iris, als in diesem Moment das Lied zu Ende ist und
der kleine Sänger bei seiner zu tiefen Verbeugung erst nach vorn zu
kippen droht, dann mit einem komischen Hopser nach hinten
springt und schließlich 30 Zentimeter kleiner dasteht, während
vor ihm zwei hölzerne Stelzen auf dem Bühnenboden liegen.

»Na bravo«, sagt Thot trocken. Dann aber hebt auch er die Hände
und klatscht wie das übrige begeisterte Publikum. Bes wieselt hinter die Bühne, macht den anderen aber ein Zeichen, dass er an ihren
Tisch kommen wird. Einige Minuten später steht er vor ihnen. Das
komische weiße Flatterhemd hat er ausgezogen und zeigt sich
wieder im Smoking.

»Als Gott der Tänze und Feste ist es geradezu meine Pflicht, hier zu
sein«, schmettert er Thot entgegen.

»Schon gut«, sagt der. »Habe ich irgendetwas gesagt?« Er stellt
Bes, der sich inzwischen grinsend von den Zwillingen hat umar-
men lassen, den beiden anderen vor.

»Komm, Iris«, kräht Bes einige Minuten später vergnügt. »Lass uns Charleston tanzen.«

»Ich will dich nicht beleidigen«, sagt Iris, »aber du reichst mir doch kaum bis zum Bauchnabel.«

»Ach was«, sagt Bes und zeigt auf seine Füße. Er trägt jetzt schwarze Lackschuhe mit extrem dicken Sohlen.

»Mit denen komm ich fast auf deine Schulterhöhe.«

Sie gehen zur Bühne, die nun eine kleine Jazzband besetzt hat. Der unglaublich gelenkige Bes schafft es tatsächlich, mit Iris zu tanzen, beide wirbeln durch den Raum wie zwei Kobolde. Die anderen tanzenden Paare weichen ihnen lächelnd aus.

»Mein Papagei frisst keine harten Eier«, kräht Bes nach der Melodie der Jazzband vor sich hin. »Er ist ein selten dummes Vieh. Er ist der schönste aller Papageier, nur harte Eier, die frisst er nie ...«

Iris lacht.

Am Tisch unterhalten sich Fritz, Daniel, Martin und Thot.

»Mir geht das Lied von Marlene Dietrich nicht aus dem Kopf«, sagt Martin. »Gute Zeit, vielleicht auch schlechte ... was meint sie nur damit?«

»In erster Linie meint Friedrich Hollaender etwas«, antwortet Thot. »Der hat nämlich das Chanson komponiert und getextet. Und Chansons, sogar Schlager der zwanziger Jahre, sind intelligenter, als man glaubt.

Friedrich Hollaender beobachtet sehr genau, was in der Weimarer Republik vor sich geht. In dem Wunsch-Chanson beschreibt er indirekt die totale Verunsicherung der Menschen. Sie haben kurz hintereinander eine Revolution erlebt, dann die Inflation, in der große Vermögen, aber auch die Ersparnisse der kleinen Leute innerhalb von Stunden nichts mehr wert waren. Mit einem Sprung hat Deutschland von der Monarchie zur Demokratie gewechselt, alle Sitten und Regeln haben sich verändert, und niemand weiß genau, was morgen kommt. Vielleicht die Diktatur des Proletariats, wenn sich die Kommunisten durchsetzen, vielleicht die Hitler-Diktatur, wenn die Nationalsozialisten weiter zunehmen.

Fast täglich gibt es Massendemonstrationen, man hat zwei Putschversuche der Kommunisten und der Nazis hinter sich, und unentwegt gibt es Schlägereien und Schießereien auf den Straßen. Dass man da den kurzen Glücksmomenten misstraut, ist doch verständlich, oder?«

»Wollt ihr beide ernsthaft behaupten, dass Deutschland eine Demokratie wird?«, fragt Fritz, »das würde unser Kaiser niemals zulassen.«

»Junge, schau dich um. 17 Jahre nach der Zeit, in der du normalerweise lebst, befindest du dich in einer demokratischen Gesellschaft mit dementsprechend toleranten Sitten ... Allerdings werden sie nicht mehr lange anhalten.«

»Du kennst also tatsächlich die Zukunft!«, stellt Daniel fest. »Dann sag mir doch«, setzt er halb spöttisch, halb ängstlich gespannt hinzu, »ob in dieser Weimarer Republik der Antisemitismus endlich aufhören wird, der in meiner Zeit wieder ansteigt. Und sag mir gleich noch dazu, ob ich meinen Plan, deswegen nach Palästina auszuwandern, in die Tat umsetzen werde.«

»Ich würde die Grundregel meiner Unsterblichkeit brechen, wenn ich einem einzelnen Menschen seine persönliche Zukunft verriete«, sagt Thot mit plötzlich verschlossenem Gesicht. Dann blickt er auf: »Aber wenn du magst, können wir, du, Fritz und ich, in Ruhe eure Pläne besprechen. Euch darzulegen, was daran vernünftig und was illusorisch ist, ist mir gestattet!«

»Danke«, sagt Fritz freudig. »Mir ist in letzter Zeit so vieles durch den Kopf gegangen. Aber ich habe niemanden, mit dem ich darüber reden kann.«

»Geht mir genauso«, sagt Daniel.

»Also dann abgemacht.« Thot lächelt die beiden an.

»Nur eines noch: Es wäre – ich hoffe, du verstehst das, Martin – falsch, eure Pläne im Beisein von Iris und Martin zu bereden. Sie kennen zwar nicht euer persönliches Schicksal, aber den Lauf der Geschichte bis in ihre eigene Gegenwart. Da sie euch beide sehr gerne mögen, würden sie, um euch zu helfen, sicher irgendwann doch etwas über die Zukunft verraten, damit ihr euer Handeln entsprechend ausrichtet.«

Im ersten Moment guckt Martin verletzt.

»Versetze uns doch einfach zurück nach Frankfurt«, schlägt er dann vor. »Ich bin sicher, Iris denkt darüber wie ich: Es ist zwar schade, wenn wir uns schon trennen müssen, aber wenn euch das hilft ...«

»Ich weiß etwas Besseres, mein vernünftiger junger Freund«, sagt Thot und knöpft seinen Smoking zu.

Dann steht er auf und geht zur Tanzfläche.

»Iris, darf ich Bes ablösen?«

»Ohooooo«, Bes schmunzelt, »der Herr der Hieroglyphen wird leichtlebig!«

Thot und Iris tanzen Walzer. Sie haben die Tanzfläche für sich allein, denn es sitzen nur noch vereinzelte Paare an den Tischen, die völlig in ihre Gespräche versunken sind.

Wirklich, wie George Clooney, denkt Iris, gut, dass ich im Ballettkurs auch Walzer gelernt habe.

»Kind, das ist sehr schmeichelhaft, was du da denkst«, lächelt Thot sie an. »Jetzt konnte ich endlich mal gegen Merkur punkten!«

»Also doch eitel!«, sagt Iris und blinzelt ihm zu.

»Eitelkeit kennt keine Grenzen, Iris. Weder die des Alters noch die der Geschlechter ... Und deshalb pass auf!«

Mit einem eleganten Satz springt Thot auf die Bühne und redet einen Moment mit dem Saxophonisten. Der nickt und gibt den übrigen Musikern ein Zeichen.

»Lichter von Berlin, seh ich euch erglühn, folg ich euren Flammenzeichen ...«

Thot singt mit einer angenehmen samtigen Stimme. Er steht lässig da, die eine Hand in der Hosentasche, die andere unterstreicht mit geschmeidigen Bewegungen seinen Vortrag.

»Her den neuen Frack, her die Schuh von Lack, um dann bis die Sorgen weichen …«

Thot macht eine winzige Pause. Da fällt eine zweite Stimme in die Melodie ein.

»… selig durch die Stadt zu streichen«.

Neben Thot steht – Merkur. Die beiden strahlen sich an und singen das Lied gemeinsam zu Ende. Sogar einige Steppschritte bauen sie in ihren Auftritt ein, und am Ende jonglieren sie so exakt mit ihren Zylindern, als wären sie schon jahrelang eingeübte Duettpartner.

»Dass wir als einander entsprechende Götter irgendwie zusammengehören, wusste ich ja schon immer«, sagt Merkur zu Thot, während sie nach ihrem Auftritt zum Tisch der anderen gehen. »Aber dass wir Freunde würden, die sich sogar gegenseitig um Hilfe bitten, habe ich mir bei all meiner Hellsichtigkeit nie träumen lassen.«

»Auch Götter sind nur Menschen«, gibt Thot ironisch zurück.

»Das ist mir jetzt zu hoch!«

»Bist halt zu jung!«

Als die beiden den Tisch erreichen, wird Merkur freudig von Iris und Martin begrüßt. Fritz und Daniel ringen diskret um Fassung, nachdem der neue Gast sich als »Merkur oder Hermes, ganz nach Belieben« vorgestellt hat.

»Schade, ich trage gern einen Smoking«, sagt Merkur ein wenig später. »Aber bei dem Massenspektakel, zu dem wir jetzt gehen, ist so etwas nicht angesagt.«

Er hat sich in Bes' Garderobe umgezogen und ist nun in ein Sporthemd mit langgezogenem Kragen und in eine weite Bundfaltenhose gekleidet. Über der Schulter trägt er einen hellen Baumwollsakko.

Iris und Martin verabschieden sich von den anderen.

»Die Parolen der Nazis erspare ich mir«, sagt Bes, »vielleicht sehen wir uns bei einer anderen Gelegenheit wieder.«

Bei seinen letzten Worten geht ein Schatten über Bes' Gesicht, als müsse er an etwas Trauriges denken. Dann schaut er noch einmal bedauernd auf die Musiker, und seine Konturen zerflattern wie ein Spiegelbild auf einem Teich, in den man einen Stein geworfen hat. Die übrigen Gäste im ›Schall und Rauch‹ sind mit sich selbst beschäftigt, sie bemerken nichts von den sonderbaren Vorgängen.

Fritz und Daniel zucken bei Bes' Verschwinden nicht einmal mit der Wimper – sie haben in den letzten Stunden zu viel Merkwürdiges erlebt. Gefasst wenden sie sich den aufbruchbereiten Zwillingen zu.

»Ich weiß inzwischen, dass ich mit einem Händedruck die Zeitreise durcheinanderbringen würde«, sagt Daniel lächelnd. »Darum sage ich euch nur ›Lebt wohl‹ und ›Shalom‹.«

»Klingt, als stünde er schon mit einem Fuß in Palästina«, grinst Fritz. »Lebt wohl, ihr beiden … und wenn ihr im Berlin eurer Zeit ein Haus im Bauhaus-Stil seht, denkt daran: Ich könnte der Architekt gewesen sein!«

Thot begnügt sich mit einem kurzen »Bis morgen«. Dann legt Merkur seine Arme über die Schultern der Zwillinge, und der Kabarett-Keller wird durchsichtig. Als Letztes sieht Iris Trude Hesterberg, die gerade die Bühne betritt und mit verdutztem Blick in ihre Richtung schaut.

28. Das Reichsparteitagsgelände
oder Die unheimlichen Kulissen der Macht ◇◇◇

»Wenn da drüben nicht die Stahlkräne wären«, sagt Martin, »würde ich glauben, du hast aus Versehen einen Rückwärtssalto in der Zeit gemacht, Merkur, und wir sind wieder beim Kolosseum gelandet.«

»Womit du schon die Grundeigenschaft dieses Bauwerks erfasst hast«, sagt Merkur.

Er und die Zwillinge stehen auf einem weitläufigen Rasen. Vor ihnen erhebt sich eine gigantische rund gebogene Fassade. Sie ist mit Granit verkleidet und in drei Geschosse unterteilt. Das unterste besteht aus einer durchlaufenden Folge von Rundbögen, darüber erstrecken sich zwei Geschosse mit endlosen Reihen gedrungener Rechteckfenster, die von ebenfalls rechteckigen Wandeintiefungen gerahmt werden.

»Das ist die Kongresshalle«, erläutert Merkur. »Sie ist von den Nürnberger Architekten Ludwig und Franz Ruff entworfen worden. In ihr sollen 50 000 Menschen Platz finden, und sie soll 70 Meter hoch werden. Zur Zeit, wir befinden uns im Jahr 1938, beträgt die Höhe dieses Kolosses 39 Meter. Viel mehr werden nicht dazukommen, denn die Kongresshalle wird, wie ihr vielleicht wisst, ein Torso bleiben, in dem zu eurer Zeit ein Dokumentationszentrum über die Verbrechen der Nazi-Diktatur eröffnet werden wird.«

»Nein, wusste ich nicht«, sagt Martin.

Iris legt zum Schutz gegen die tiefstehende Abendsonne die Hand über die Augen.

»Da über dem Mauerrand fliegt Hajo«, ruft sie Martin zu.

»Und ich Trottel hab meinen Rucksack im Großen Schauspielhaus liegen lassen.«

»Würde nichts nützen, Martin«, sagt Merkur. »Hajo lässt sich nicht einfangen. Wenn überhaupt, dann kommt er freiwillig zu euch zurück. Hier auf dem Reichsparteitagsgelände wird er wahrscheinlich unentwegt in eurer Nähe bleiben. Bei Gefahr taucht er ja jedes Mal auf. Und wer sich im Machtbereich einer Diktatur aufhält, schwebt immer in Gefahr.«

»Er wird uns im Auge behalten – und wir ihn!«, sagt Martin.

»1938?«, überlegt Iris laut, »dann regieren die Nazis seit etwas über fünf Jahren. Wie haben sie es in der kurzen Zeit geschafft, diesen Riesenbau so weit voranzutreiben? Und es stehen ja noch mehr Mammutbauten hier …«

»Insgesamt«, sagt Merkur, »hat das Reichsparteitagsgelände am Stadtrand von Nürnberg eine Ausdehnung von 11 Quadratkilometern. Hier wird auf Befehl Hitlers rund um die Uhr gebaut. Denn hier halten die Nazis ihre jährlichen Parteitage ab. Das sind Massenveranstaltungen mit Zehntausenden von Zuschauern, Aufmärschen der Partei, der Wehrmacht, der SS und SA und des sogenannten Arbeitsdienstes. Dazu gibt es stundenlange Reden von Hitler und anderen Parteigrößen.«

»Ich habe mal einen Ausschnitt davon in einem Dokumentarfilm gesehen«, sagt Martin. »Eigentlich war's ein lächerliches Dauergebrülle.«

»Du siehst das im Abstand von fast 70 Jahren«, sagt Merkur. »Denjenigen, die das selbst erlebt haben, fühlten sich wie bei einem Riesenfest. Die Parteitage werden nämlich inszeniert wie gigantische Revuen, mit Meeren von Hakenkreuzfahnen und jeder Menge Fanfaren. Deshalb finden die Hauptveranstaltungen abends statt. Man kann dann mit Scheinwerfern arbeiten und alles geheimnisvoll und magisch anleuchten, sodass die Parteigrößen, vor allem aber Hitler wie Lichtgestalten erscheinen.

Legendär ist der sogenannte Lichtdom. Dabei entsteht aus den zum Himmel gerichteten Strahlen von kreisförmig angeordneten Flakscheinwerfern eine durchsichtige Kuppel über den Versammelten.«

»Den Lichtdom kenn' ich aus einem Andy-Warhol-Katalog«, sagt Iris. »Der Popmaler hat eine Schwarzweiß-Fotografie vom Lichtdom mit Neonfarben eingefärbt. Sieht unheimlich aus – aber auch irgendwie toll, so ähnlich wie bei der Kuppel im Großen Schauspielhaus.«

»Siehst du«, sagt Merkur, »da hast du eine Ahnung davon bekommen, welche Wirkung diese Lichteffekte auf die Menschen gehabt haben.«

Merkur zeigt auf eine breite Bahn aus Granitplatten.

»Das hier ist die Große Straße, die zentrale Aufmarsch-Achse des Parteitagsgeländes. Sie soll zwei Kilometer lang und 40 Meter breit werden und ist auf die Nürnberger Kaiserburg ausgerichtet, die ihr dort am Horizont seht.«

»Wieso auf die Burg?«, fragt Martin.

»Damit wollen die Nazis sich als legitime Nachfolger der beiden deutschen Kaiserreiche darstellen und die Weimarer Republik zur Episode herabwürdigen. Deshalb ja auch der Name Drittes Reich.«

»Warum hat Hitler sich dann nicht zum Kaiser ausrufen lassen, sondern Führer genannt?«, fragt Iris.

»Weil die Nazis sich, wie es der Name ihrer Partei sagt, auch als Sozialisten ausgegeben haben. Dazu hätte das monarchische Prinzip im Widerspruch gestanden. Trotzdem haben sie anfangs den Anschein erweckt, sie würden eventuell Wilhelm II. aus seinem holländischen Exil holen, oder einen seiner Söhne zum Kaiser machen.«

»Woran wird da hinten bei den riesigen Aufschüttungen gebaut?«, fragt Iris.

»Dort will Albert Speer, Hitlers Leibarchitekt, das Deutsche Stadion errichten«, sagt Merkur. »Grundfläche 540 × 445 Meter, Fassungsvermögen 44 000 Menschen. Hier sollen Nationalsozialistische Kampfspiele stattfinden, aber der Bau wird nie über die Anfänge hinauskommen.«

»Und wozu gehören die Steintürme?«, fragt Martin und deutet auf ein Gelände im Hintergrund.

»Da baut man am Märzfeld«, sagt Merkur. »Es umfasst 60 Hektar. Weißt du noch, wie wir bei unserem Rombesuch über das Marsfeld des Kaisers Augustus geflogen sind? Er hat es nach Mars, dem römischen Kriegsgott, benannt, weil er dort oft Truppenparaden abnahm. Hitler will auf dem Märzfeld Schaumanöver der Wehrmacht veranstalten.

Die elf Türme, die ihr seht, sind nach römisch-antikem Vorbild gestaltet. Sie stützen die Zuschauertribünen. Geplant sind 24, aber es wird bei den 11 bleiben, die ihr jetzt schon seht.«

»Warum heißt es hier März- und nicht Marsfeld?«, fragt Iris.

»Weil Hitler im März 1935 die allgemeine Wehrpflicht eingeführt hat«, sagt Merkur, »doch der Doppelsinn Mars März gefiel ihm gut.«

Es beginnt dunkel zu werden. Die drei sitzen auf der Terrasse einer Holzbaracke, die an eine Almhütte erinnert. In ihr ist ein Café eingerichtet. Es riecht nach Kuchen, Bratwurst, Kaffee und frischem Holz. Am Nebentisch sitzt ein etwa vierzehnjähriger Junge. Er trägt eine Art Uniform. Sie besteht aus einer hellbraunen Hemdbluse mit schwarzen Schulterklappen, schwarzen kurzen Hosen, die von einem Ledergürtel mit einer breiten Metallschließe gehalten werden, und weißen Kniestrümpfen. Die Füße stecken in derben genagelten Schnürschuhen. Um den Hemdkragen ist ein schwarzes Tuch geschlungen, das ein geflochtener lederner Reif zusammenhält. Am rechten Oberarm des Jungen steckt eine rote Manschette mit einem schwarzen Hakenkreuz.

Während es noch heller war, hat der Junge auf die Papierservietten gezeichnet, die in einem kleinen Gestell auf seinem Tisch bereitstehen. Jetzt hält er sie prüfend gegen das Licht der Lampions, die inzwischen die Terrasse beleuchten.

»Sieht genau aus wie Fritz, nur etwas jünger«, sagt Iris halblaut zu Martin.

Martin nickt, schielt dabei aber auf die Zeichnungen. Er erkennt Bauwerke mit Säulen und Pfeilern, einen Triumphbogen und einen vierkantigen, aus Pfeilern gebildeten Turm, auf dem ein gigantischer Adler mit gespreizten Flügeln ein Hakenkreuz in den Krallen hält.

»Der Junge hat Architekturen gezeichnet«, flüstert Martin Merkur zu. »Wenn nicht die Hakenkreuze wären, die er überall dazukritzelt, würde das meiste aussehen wie Gebäude im antiken Rom.«

»Es sind berühmte Nazibauten«, sagt Merkur, »der Deutsche Pavillon der Pariser Weltausstellung von 1937 und der Triumphbogen, den Hitler für Berlin skizziert hat.«

»Von dem hat mein Vater erzählt, als wir mal am Arc de Triomphe in Paris waren«, sagt Iris.

»Genau der war Hitler ins Auge gestochen«, sagt Merkur. »Überhaupt ist er darauf versessen, Paris und Wien, die seiner Meinung nach schönsten Metropolen Europas, mit seinen Bauten zu übertrumpfen.«

»Aber warum mit Bauwerken nach antiken Vorbildern?«, fragt Martin. »Weshalb lässt er nicht modern bauen?«

»In gewisser Weise sind seine Bauten modern«, sagt Merkur. »Der Nazistil orientiert sich nämlich an einem Neoklassizismus, der in den dreißiger Jahren überall in Europa verbreitet ist, besonders in Skandinavien, aber teilweise auch in Italien, wo unter dem sogenannten Duce Mussolini eine ähnliche Diktatur herrscht wie hier.

Doch neoklassizistische Bauten entstehen momentan auch in Frankreich und England, dazu in Amerika und Russland. Diese Rückwende ist eine Gegenreaktion auf die Moderne, die vor allem in Deutschland zu radikal aufgetreten ist.«

»Und was ist aus den modernen Architekten in Deutschland geworden?«, fragt Iris.

»Die meisten haben sich angepasst und bauen jetzt neoklassizistisch oder im Heimatschutzstil. Der bevorzugt, wie hier in diesem Café, vage Nachahmungen der örtlichen Bautraditionen.

Die prominenten modernen Architekten, so wie Mies van der Rohe oder Walter Gropius, hat man aus dem Land gejagt. Die beiden leben in den USA, wo sie kurz nach dem Krieg zu Stars werden. Ernst May, der in Frankfurt die Trabantenstädte des *Neuen Frankfurt* geschaffen hat, ist nach Afrika gegangen. Und Erich Mendelsohn, der einige der berühmtesten modernen Bauten Deutschlands entworfen hat – das Berliner Verlagshaus Mosse beispielsweise und das Kaufhaus Schocken in Breslau –, lebt jetzt in Israel. Er baut dort vor allem in Tel Aviv, Haifa und Jerusalem.«

Bei Israel fallen Martin Daniels Pläne ein.

»Hat Daniel es eigentlich nach Palästina geschafft?«, fragt er Merkur.

»Ja, 1931 ist er ausgewandert und hat in Tel Aviv eine Baufirma gegründet. Mendelsohn wird ihm dort einen Bungalow im Bauhausstil entwerfen. Daniel lächelt inzwischen darüber, dass er 1911 in Berlin für babylonische Bauformen plädiert hat ... Nur Poelzigs Großes Schauspielhaus wird er noch als alter Mann in den höchsten Tönen loben – und Marlene Dietrich.«

»Passt ja bestens in das bescheuerte Weltbild der Nazis«, sagt Iris nachdenklich, »dass ausgerechnet in Israel modern gebaut wird. Sie haben doch diese Weißenhofsiedlung in Stuttgart als Vorort Jerusalems verhöhnt.«

»Das schon«, sagt Merkur, »aber das Dritte Reich verzichtet nicht völlig auf die Moderne. Im Industriebau zum Beispiel wird weiterhin funktionalistisch gebaut. Dort finden auch viele der Architekten Platz, die den Bauhausprinzipien treu bleiben.«

»Warum wird diese Ausnahme gemacht?«, fragt Martin.

»Damit wollen die Nazis ihre angebliche technische Überlegenheit über alle anderen Industriestaaten der Welt zur Schau stellen«, antwortet Merkur.

»Hab ich schon mal gehört«, sagt Martin. »Mit den neuen rasanten Autobahnen haben sie tatsächlich überall Eindruck gemacht, sagt mein Vater. Aber ihre Raststätten und Tankstellen sehen oft aus wie germanische Bauernhöfe. Ich hab mir mal eine, die stehen geblieben ist, angesehen, als wir mit unseren Eltern nach Kassel unterwegs waren.«

»Die Pläne für die Autobahnen«, sagt Merkur, »gab es schon in der Weimarer Republik. Die Nazis haben sie sich, mit euren Worten gesagt, unter den Nagel gerissen.«

Martin schaut noch einmal zu dem Jungen, der in seine Skizzen vertieft ist.

»Das Blatt, das er jetzt hält, müsste Thot sehen«, raunt Martin den beiden anderen zu. »Das sieht aus wie ein Bau aus Alt-Ägypten!«

»Genauer gesagt: wie eine Mastaba«, sagt Merkur, nach einem Blick hinüber zu dem Jungen.

»Eine was?«, fragt Iris.

»Mastabas waren ursprünglich gemauerte altägyptische Gräber, niedrige Vierkante aus Stein, deren Ecken nach oben hin abgeschrägt sind. Später wurden sie so hoch wie Häuser und dienten als Mausoleen«, sagt Merkur. »Was der Junge nachgezeichnet hat, ist ein Entwurf des Architekten Wilhelm Kreis. So soll die Aula der geplanten Hochschulstadt in Berlin aussehen.«

»Ein Mausoleum als Festsaal für Studenten? Das kann doch nicht sein Ernst sein!«, sagt Martin versehentlich so laut, dass der Junge nebenan zu ihnen herüberschaut.

»Ich denke nicht, dass Wilhelm Kreis bewusst eine Totenarchitektur zum Vorbild gewählt hat. Ihm, wie vielen anderen Architekten im Dritten Reich und auch Hitler erscheint jede altägyptische Architektur als Inbegriff von Ewigkeit und Macht. Und da die Naziarchitektur steinerne Propaganda ist, die die unerschütterliche Stärke des Regimes verkünden soll, greift man oft auf altägyptische Bauformen zurück.«

Der Junge hat inzwischen gezahlt und steht eilig auf, um sich unter den Menschenstrom zu mischen, der von Minute zu Minute dichter wird und sich auf einen massigen hohen Bau hinter dem Café zuschiebt.

Auch Merkur, Iris und Martin brechen auf. Einige Leute schauen ziemlich pikiert auf Martins Russenkittel und das Kleid von Iris. Aber niemand spricht sie an.

Die drei biegen vom Hauptweg ab und laufen zum Zeppelinfeld. 1919 landete hier Graf Zeppelin mit seinem *Zeppelin III*. Zwischen 1935 und 1937 gestaltete Albert Speer es zu einem Aufmarschgelände mit Tribünen und 34 steinverkleideten Betontürmen um.

»Das hier ist die Führertribüne«, sagt Merkur.

Er deutet auf einen gigantischen, von einer Pfeilerhalle gekrönten Vierkant, der sich in endlosen Stufenfolgen zum Aufmarschplatz hin abtreppt. Auf dem Flachdach der Pfeilerhalle ist in der Mitte ein vergoldetes Hakenkreuz aufgerichtet. Die oberen Ränder der Tribünen sind von wahren Wäldern aus Fahnenmasten gesäumt, auf den Türmen hat man Flakscheinwerfer postiert.

»Das Zeppelinfeld misst 290 mal 312 Meter«, sagt Merkur, »und die Führertribüne ist bei einer Höhe von 20 Metern 360 Meter lang. Der erhöhte Teil in der Mitte ist für Ehrengäste reserviert, und der altarartige Block in der Mitte der Stufen ist Hitlers Rednerkanzel.«

»Sieht aus«, sagt Martin »als hätte man Schinkels Berliner Museum auf einen Riesensockel gehoben und ihm Pfeiler statt Säulen gegeben.«

»Hundert Punkte, Adlerauge!«, erwidert Merkur und boxt Martin freundschaftlich in den Rücken. »Albert Speer hat sich noch ein zweites Vorbild auf der Berliner Museumsinsel ausgesucht: den Pergamonaltar im Pergamonmuseum, der in der Antike auf dem Burgberg der berühmten Stadt Pergamon in Kleinasien stand. Er war um 160 vor Christus der größte Opferaltar der Welt. Von ihm hat Speer die Kombination riesiger Stufen mit einer krönenden Halle abgeschaut.«

Während Merkur redet, hält ein Lastwagen an der Tribüne. Von der Ladefläche springen einige Monteure in blauen Arbeitskitteln und verschwinden in einer breiten Tür im Tribünensockel.

»Wahrscheinlich wird der Goldene Saal für den Empfang hergerichtet, der morgen hier stattfinden soll«, sagt Merkur. »Im Goldenen Saal begrüßt Hitler Prominente, die dann direkt von dort zur Ehrentribüne gehen. Er ist 300 Quadratmeter groß und acht Meter hoch.«

»Und wieso golden?«, fragt Iris.

»Weil für seine Kassettendecke und deren Mosaike massenhaft Blattgold verwendet wurde.«

»Klingt schon wieder mal nach Pantheon«, sagt Martin.

»Mit dem Unterschied, dass hier nur einer vergottet wird – der Führer«, erwidert Merkur verächtlich.

Die drei biegen wieder auf den Hauptweg ein und nähern sich dem Luitpoldhain.

»Die Luitpoldarena«, erzählt Merkur unterwegs, »wurde schon 1933 als Aufmarschgelände gestaltet. Sie ist so groß wie zehn Fußballfelder und bietet Raum für 150 000 Akteure. Hier finden vorläufig die Hauptveranstaltungen statt.«

An einem der vielen Durchlässe zur Arena stellen sie sich in eine Warteschlange. Gerade als sie den Pförtner erreicht haben, schiebt sich eine Gruppe Hitlerjungs vor sie. In ihrem Anführer erkennt Martin den Jungen aus dem Café.

»He, vordrängeln gilt nicht«, sagt er zu ihm und ignoriert, dass Iris ihn warnend am Kittel zupft.

»Mach dich nicht mausig, du ... Zivilist«, schnauzt der Junge und stößt Martin zur Seite.

Martin schießt Wutröte ins Gesicht.

»Halt die Klappe, du Uniformhengst, und stell dich gefälligst hinten an.«

»Das sagst du nicht nochmal. Hau ab und schmeiß den Bolschewistenkittel weg, Drückeberger. Wenn' de ne HJ-Kluft hast, kannste dich wieder blicken lassen ... Und die Schickse da in ihr'm Kommunistenfetzen kannst'e gleich mitnehmen.«

Ehe Merkur eingreifen kann, landet Martin einen Boxhieb auf der Nase des Jungen.

»Lass meine Schwester aus dem Spiel.«

Noch während er das brüllt, hat er die Faust des Jungen auf dem linken Auge.

»Jetzt reicht's«, zischt Martin und geht in Boxerstellung, obwohl er kaum noch etwas sieht.

Gleich darauf flimmert es noch stärker vor seinen Augen. Doch das kommt nicht von einem weiteren Treffer des Jungen, sondern von einem abrupten Ortswechsel. Merkur hat Martin, sich und Iris mit einem Lidschlag hinter eine Umspannstation versetzt, die wie ein kleines Mausoleum gestaltet ist.

»Was war das?«, sagt Martin und hält sich den schmerzenden Kopf. »Warum sind wir nicht zu Hause. Ich hab doch den Hirni … angefasst.«

Merkur zieht geräuschvoll die Luft ein. »Eure Fähigkeit, euch durch die Zeiten und Räume zu bewegen, ist viel stärker als sogar Thot und ich zunächst wussten. Bei dir hat sie diesmal in umgekehrter Richtung gewirkt. Du hast vor Wut die Kontrolle über dich verloren und uns alle, ohne es zu wissen, für einige Sekunden zum Bleiben gezwungen. Erst in letzter Sekunde kam ich gegen deine Kraft an! Aber nur einigermaßen, wie ihr seht. Aus Nürnberg habe ich uns nicht wegbringen können.

Das ging grade noch mal gut«, sagt Merkur, nachdem er einen Moment kopfschüttelnd vor sich hin gestarrt hat. »Die anderen Hitlerjungen waren dabei, uns einzukreisen, und der Pförtner hatte schon die Trillerpfeife am Mund.«

»Gibt ein fettes Veilchen«, sagt Iris zu Martin, dessen Auge zuschwillt.

»Mir egal! Was glaubt der Depp denn, wer er ist?«

»Ein Hitlerjunge mit Sonderrechten«, sagt Merkur knapp. »Jeder, der im Hitlerdeutschland Uniform trägt, meint, er sei eine Art Führer … Jedenfalls hast du dem Jungen auch ein ganz schönes Ding verpasst … Was allerdings nicht ausgleicht, dass du uns durch deinen Jähzorn in eine brandgefährliche Situation gebracht hast!«

»Tut mir leid«, sagt Martin.

»Ich find's ja sonst oft blöd, wenn du so ausrastest«, flüstert Iris ihm zu. »Aber diesmal war's gut.«

Merkur schaut die beiden prüfend an, sagt aber nichts.

»Gehen wir trotzdem nochmal zur Arena?«, fragt Iris. »Ich möchte schon noch miterleben, was die Nazis dort veranstalten.«

»Ich denke, wir können es riskieren«, sagt Merkur. »In dem Massenandrang denkt keiner mehr an die Prügelei.«

»Delegation aus Berlin«, erklärt Merkur wenig später dem verdutzten Pförtner eines anderen Eingangs. Er hält ihm ein mehrfach gestempeltes Papier vor die Nase, das er unter den erstaunten Blicken der Zwillinge aus der Seitentasche des Sakkos gezogen hat.

»Passieren«, antwortet der Mann mit steinernem Gesicht.

Nach viel Gedränge und Suchen sitzen die drei auf einer Tribüne. Ringsum leuchten Scheinwerfer. Ein Gebäude wird besonders hell angestrahlt.

»Der steinverkleidete Bau dort drüben mit den offenen Bögen und dem Flachdach, das ist die Ehrenhalle für die Gefallenen des Ersten Weltkriegs. Sie wurde 1930 nach einem Entwurf des Architekten Fritz Mayer erbaut. Seit 1933 werden dort die sogenannten Märtyrer der Bewegung verehrt. Das sind die Nazi-Putschisten, die bei Hitlers missglücktem Marsch auf die Münchner Feldherrnhalle 1923 umgekommen sind.«

»Sieht aus wie Poelzigs Bühnenbild im Berliner Großen Schauspielhaus«, sagt Iris.

»Von ihm ist dieser Bau auch inspiriert«, antwortet Merkur. »Im Grunde sind alle NS-Architekturen Bühnenbilder. Denn sie sind dazu bestimmt, die Ideologie der Nazis als Wirklichkeit vorzutäuschen.

Da drüben, das massige Steinpodest, das aussieht wie ein antiker Altar, ist die Rednerkanzel Hitlers.«

Im nächsten Moment übertönen Posaunen Merkurs Stimme. Unten marschieren Kolonnen von Jungen herein.

»Die Hitlerjugend«, schallt eine Lautsprecherstimme. Die Menschenmassen erheben sich, rufen »Heil« und recken den rechten Arm in die Höhe. Die vielen tausend Stimmen klingen wie das Tosen in einem ausverkauften Fußballstadion.

»Schau mal«, sagt Iris zu Martin, »der blonde Junge da unten sieht aus wie Caspar … der rothaarige da drüben wie Eckhard und der drei Reihen hinter ihm, der dunkelhaarige, sieht genau aus wie Albin … der wie Veit … und der wie Fritz.«

Fassungslos schauen die Zwillinge Merkur an. Er weicht ihrem Blick aus. »Nicht alle Jungs und Mädchen in eurem Alter waren von den Nazis begeistert«, sagt er dann. »Aber doch die meisten … Und die, die nicht mitmachten, waren Ausgestoßene …«

An der Rednerkanzel flammen weitere Scheinwerfer auf. Eine Gestalt tritt ans Mikrophon. Noch einmal schreien die Menschen minutenlang, dann ist Stille, und der Mann beginnt zu sprechen.

Nach einer sehr langen, mit belfernder Stimme vorgetragenen Rede steigt Hitler die Stufen seiner Kanzel herab. Alle Lichter sind aus, nur ein Scheinwerferkegel verfolgt seine Gestalt. Kein Laut ist in der Arena zu hören. Hitler betritt einen schnurgeraden Granitweg, der die Kanzel mit der Ehrenhalle verbindet, unter deren Bögen Feuerschalen ein flackerndes Licht verbreiten, das die roten Hakenkreuzfahnen magisch aufleuchten lässt.

»Wie ein Priester oder Schamane bei einem Ritus«, flüstert Martin.

»Hitler zelebriert die Blutfahnenweihe«, sagt Merkur. »Er wird gleich neue Standarten von SS- und SA-Einheiten mit einer Fahne berühren, die angeblich beim Münchener Putsch mit dem Blut der Putschisten getränkt wurde.«

»Blutweihe?«, fragt Martin ungläubig. »Das ist doch Steinzeit … Wie können sich die Deutschen im 20. Jahrhundert von so etwas Primitivem beeindrucken lassen?«

»Das nennt man Massenpsychologie«, sagt Merkur. »Wenn du bedenkst, was in manchen Fußballstadien passiert oder bei Open-Air-Konzerten, seid ihr gar nicht so weit davon entfernt.«

»Aber das sind Ausnahmen. Daraus entsteht doch kein Staat!«, widerspricht Martin mit hektischer Stimme, so, als wolle er sich selbst überzeugen, dass er recht hat.

»Die Grenzen zwischen Begeisterung und Wut sind hauchdünn«, sagt Merkur.

Besserwisser, denkt Martin und wendet sich ab.

Iris starrt weiter auf die Formationen der Hitlerjugend.

»Merkur, ich will weg hier«, sagt sie plötzlich. Sie hat einen Hitlerjungen entdeckt, der Martin ähnlich sieht.

Merkur, der in dieselbe Richtung schaut, legt seinen Arm um sie. Dann zieht er Martin zu sich.

»Iris hat recht. Kommt, es ist genug.«

Die Menge um sie herum bemerkt nicht, dass die drei sich langsam auflösen. Sie schaut gebannt auf Hitler, der vor der Ehrenhalle seinen rechten Arm hochreckt. Über den Zwillingen schlägt Nacht zusammen. »Achtet nicht auf Irrlichter – ihr seid überanstrengt!«, hören sie Merkur noch sagen.

Martin beschleicht ein sonderbares Gefühl. Die Dunkelheit kommt ihm heute anders vor, irgendwie zäh, als würde er sich durch schwarzen, dickflüssigen Leim bewegen.

Irrlichter, denkt er, was hat Merkur damit gemeint?

Er wartet auf die Helligkeit. Doch die Sonne, die er jetzt auf sich zukommen sieht, verbreitet kein Licht. Sie bleibt eine trübe, dunkelrot pulsierende Scheibe, an deren Rändern das Schwarz jeden Lichtstrahl aufsaugt. Eine zweite, dritte, vierte Scheibe wälzt sich an ihm vorüber. Zwischen ihnen schweben kleine Gebilde, die keine Helligkeit abgeben, aber matt wie Röntgenbilder schimmern.

Merkur, will Martin rufen, doch aus seinem Mund kommt kein Laut.

Gerade als Angst in ihm aufzusteigen beginnt, sieht er den jungen Gott heranschweben. Gleich darauf wird seine Erleichterung zu Schrecken: Vor seinen Augen formt sich Merkurs Kopf in den eines spitzohrigen Schakals mit tückischen gelben Augen. Anubis?

»Richtig.« Das Wesen vor ihm grient. »Hermes bin ich nur für die empfindsamen Griechen. Hat dir dein neunmalkluger Ägypter nicht erzählt, dass ich am Nil als der schakalgestaltige Begleiter aller Seelen durch die Unterwelt verehrt werde? Komm mit, jetzt will ich dich führen!«

Martin stößt die Gestalt entsetzt zurück. Als er sie berührt, zerrinnt sie zu Wüstensand, der in Schlieren durch das Dunkel davonweht.

Martin kann immer noch nichts sagen. Stumm beobachtet er, wie eine zurückgebliebene Sandwolke sich zu einer weiteren Erscheinung formt – Lea, der ein blauer Umhang lautlos über den Schultern flattert wie die Flügel einer Fledermaus. »Bleib doch bei mir«, ruft sie und streckt die Arme aus. Oder ist es Seschat? Nein, jetzt weiß er es: Vulvia, die Etruskerin, treibt neben ihm durch das Schwarz. An ihrer Seite gleitet ein hundeähnliches, fahl schimmerndes Geschöpf mit scharfen Krallen. Es hat einen schmalen Löwenkopf, aus dem Nacken wächst als zweiter der einer Ziege, und sein Schwanz ist eine Schlange, die sich mit glotzenden grünen Augen in Martins Richtung ringelt. »Komm zu mir, ich bin so einsam, die Chimaira ist stumm«, ruft Vulvia; ihr Gesicht ist uralt, ihre Stimme die eines jungen Mädchens. Martin bemüht sich, von ihr und dem Schwefelgestank, den sie ausströmt, wegzukommen. Doch das Dunkel scheint ihn anzusaugen wie ein Strudel.

Ich will hier raus, denkt Martin. Wenn Thot doch da wäre. Thot? Plötzlich glaubt Martin blauen Lotos zu riechen und das leise Plätschern der Nilwellen zu hören.

»Thot … Iris, helft mir!«, schreit er. Seine Stimme gehorcht ihm wieder. Er streckt die Hand aus – und fühlt, wie Iris' Hand die seine fest umschließt.

Das Nächste, was er spürt, ist der glatte warme Stoff seines Kopfkissens unter seiner Wange. Zu Hause, denkt er schlaftrunken. War wohl nur ein Albtraum. Beruhigt schläft er ein.

»Heute morgen riecht es schon ein bisschen nach Herbst«, sagt Iris, als sie mit Martin zum Apfelbaum geht. »Was war eigentlich heute Nacht mit dir los? Du hast im Schlaf nach mir geschrien, aber als ich an dein Bett kam, warst du sofort wieder ruhig … In deinem Zimmer hat es übrigens gerochen wie am Nil, nach Schilf und Lotos.«

»Hab schlecht geträumt«, sagt Martin nachdenklich. »Merkurs Warnung vor Irrlichtern muss mich durcheinandergebracht haben … Sag mal, wie sind wir gestern Abend zurückgekommen?«

»Na, wie immer. Mich hat nur gewundert, dass du keinen Ton gesagt hast, als wir nach Hause gelaufen sind. Hast dauernd so komisch vor dich hin gestarrt. Ich dachte, dir wär das Nürnberger Spektakel aufs Gemüt geschlagen, deshalb hab ich dich in Ruhe gelassen … Aber jetzt geht's dir wieder gut?«, fragt Iris und schaut Martin unsicher an.

»Ja, ja … alles in Ordnung. Ich kann mich ja auf dich verlassen.«

Iris weiß nicht, was sie mit dieser letzten Bemerkung anfangen soll. Sie lächelt Martin zu, dann pflückt sie einen Apfel und beißt hinein.

»Noch ziemlich sauer«, sagt sie.

»In zwei, drei Wochen sind die Äpfel reif«, sagt Martin, »dann schmecken sie super. Weiß ich noch vom letzten Jahr!«

»In zwei Wochen – da sind wir schon längst wieder in der Schule!«

»Mag ich gar nicht dran denken. Wir schreiben garantiert gleich wieder x Tests.«

»Ich muss dauernd daran denken«, sagt Iris. »Die Zeit rast auf einmal. Und heute Morgen habe ich gesehen, dass mein blauer Lotos verwelkt ist. Als ich dann noch Kopios Vase und Albins Maske betrachtet habe, war mir zum Heulen … Siehst du, das ist so ein Moment, wo ich verstehen kann, was Marlene Dietrich gemeint hat!«

»Ihr Mädchen seid wirklich komisch«, sagt Martin und schaut Iris an. Doch er kann ihren Gesichtsausdruck nicht richtig erkennen, weil er wegen seines Veilchens eine Sonnenbrille trägt. »Du müsstest doch auf Wolke 7 schweben! Beim Frühstück hast du noch gesagt, dass Mama und Papa supergut gelaunt waren, als sie gestern Abend angerufen haben. Heute treffen wir Thot wieder … und eh' die Schule anfängt, haben wir noch den Freitag und das Wochenende.«

»Ja klar, alles bestens. Wir haben nur unsere Freunde in letzter Zeit überhaupt nicht mehr gesehen, haben keinen Strich für die Schule gemacht – und Hajo werden wir garantiert nie mehr zurückkriegen«, sagt Iris.

»Aber dafür haben wir doch jede Menge neue Freunde gefunden und so viel über Baukunst erfahren, dass ich mir schon vorkomme wie ein wandelndes Lexikon.«

»Und was hat es gebracht, das Finden?«, faucht Iris. »Nach ein paar Stunden waren die neuen Freunde wieder weg – und wir werden sie nie wiedersehen … Sag bloß nicht, das würde dir nichts ausmachen. Du kriegst doch 'nen Dackelblick vor Sehnsucht, sobald du von Lea sprichst. Dabei weiß sie wahrscheinlich nicht mal mehr, wie du aussiehst!«

Martin wird rot. »Das ist fies. Ich hab schließlich auch nichts gesagt, als du beim Abschied von Albin geheult hast«, sagt er.

Iris tut es leid, dass sie ihn so angeblafft hat. Wie rechthaberisch ihre Stimme klingt.

»Du hast ja recht«, lenkt sie ein. »Ich mache alles runter – und dabei haben wir in den letzten Tagen das irrste Abenteuer erlebt, das man sich vorstellen kann.«

»Ist okay«, antwortet Martin. »War wahrscheinlich ein bisschen viel gestern. Erst die Revue in Berlin und dann die brüllenden Massen in Nürnberg.«

»Und die Prügelei«, sagt Iris und deutet auf seine Sonnenbrille. »Siehst echt aus wie ein Mafioso«, sagt sie halb spöttisch, halb liebevoll.

Martin geht nicht auf ihre Bemerkung ein.

»Stell dir mal vor«, sagt er, »wir würden 70 Jahre früher leben. Dann wäre ich ein Hitlerjunge, und du wärst beim Bund Deutscher Mädel. Wir müssten in der Luitpoldarena rummarschieren oder wären unterwegs zu irgendeinem Erntehilfe-Einsatz … Und bald wäre Krieg!«

Iris läuft es kalt über den Rücken. Um die Bilder loszuwerden, die vor ihrem inneren Auge aufsteigen, schaut sie auf die Stadtsilhouette.

»Das gibt's doch nicht«, ruft sie und packt Martin an der Schulter. »Guck mal da oben!«

Hajo kommt auf die beiden zugeflogen. Mit einer geschmeidigen Kehre landet er auf einem niedrigen Ast des Apfelbaums und äugt mit schräggestelltem Kopf zu Iris und Martin.

Martin greift vorsichtig nach dem Rucksack und schnallt sich die Ledermanschette über den Unterarm. Als er ihn anhebt, springt Hajo behutsam mit den Flügeln schlagend vom Ast zum Arm. Er bleibt ruhig sitzen, nur manchmal läuft ein leichtes Zucken durch seinen Körper.

»Was machen wir nun?«, fragt Martin leise, während er Hajo nicht aus den Augen lässt. »Streifst du ihm die Kappe über? Wenn du's schaffst, können wir mit ihm nach Hause.«

»Und unsere Verabredung mit Thot?«, sagt Iris.

Kaum hat sie den Namen ausgesprochen, stößt sich Hajo ab. Einen Moment kreist er noch über den Köpfen der Zwillinge und gibt leise gurrende Laute von sich. Dann schießt er in die Höhe und verschwindet am Horizont.

»Er hat auf den Namen reagiert«, sagt Martin nachdenklich. Er verstaut die Manschette wieder im Rucksack.

»Ich glaube, er wollte uns ein Zeichen geben«, sagt Iris.

»Lass uns Thot fragen«, sagt Martin. »Komm, konzentrier dich.«

Als sich diesmal die Dunkelheit lichtet, zucken Iris und Martin unwillkürlich zurück. Sie stehen auf einem Schuttberg. Jede Bewegung wirbelt Mörtelstaub auf, der beim Einatmen beißt. Unter ihren Füßen lösen sich Steinbrocken und zerbrochene Ziegel, die nach unten poltern.

Vor ihnen recken sich die Mauern der Paulskirche zum Himmel. In ihren leeren hohen Fensterbögen hängen verkohlte Reste der hölzernen Sprossen, das Dach fehlt, und an den Mauern des Rundbaus und des Turms haben Flammen breite Rußbahnen hinterlassen. Ringsum türmen sich Trümmerhalden, überragt von ausgeglühten Giebeln und gefährlich schiefen Kaminen. Auf dem Schutt wuchern Birken und Brennnesseln, zwischen ihnen blüht Goldrute, die sich sacht im Wind wiegt. Nur vereinzelt laufen Menschen über die Straßen und Gassen, die von aufgeschichteten Backsteinen gesäumt sind. Unter ihren Sohlen knirschen Splitter und Mörtelstaub. Man hört das deutlich, denn ansonsten ist es still; kein Auto, keine Straßenbahn, keine Busse.

»Das ist Frankfurt im September 1947«, sagt Thot und hilft ihnen von dem Schutthaufen herunter. Er trägt ein kurzärmliges Hemd, helle, sehr weite Bundfaltenhosen und hat einen beigen Blouson über dem Arm. Auf seinem Kopf sitzt ein Strohhut.

Wie auf Fotos aus den fünfziger Jahren, denkt Iris, während Thot Martin den Rucksack überreicht.

»Hast du gestern im Schauspielhaus vergessen«, sagt Thot zu Martin, nachdem er die Zwillinge begrüßt hat.

»Und in Nürnberg hast du dich selbst vergessen, wie ich sehe!«

Er betrachtet Martins Sonnenbrille mit einem ironischen und doch anerkennenden Lächeln. Dann wird sein Gesicht ernst. »Die

Prügelei war nicht das Einzige, was dich aus der Bahn geworfen hat.«

»Na ja«, murmelt Martin, »hab schlecht geträumt.«

»Nein, zu wenig vertraut, zumindest einige Momente lang«, sagt Thot. »Wer zu viel in sich hineinfrisst, wird leicht ein Opfer der Chimären!«

»Chimären?«, fragt Iris.

»Magische Tiere der Etrusker und Griechen. Sie wandeln dauernd ihre Gestalt. Im übertragenen Sinn stehen sie für Trugbilder und fixe Ideen«, sagt Thot. Dann versetzt er Martin einen kumpelhaften Stoß. »Du bist nicht allein und hilflos, auch wenn es dir manchmal so scheint.«

Martin lehnt sich aber einen Moment an Thot. Der holt Luft und zeigt auf die zertrümmerten Häuser: »Ich habe uns hierher versetzt, damit euch klar wird, was gemeint ist, wenn man in eurer Zeit vom Wiederaufbau spricht. Überall in Deutschland und in vielen Ländern Europas sehen die Städte so wie hier aus. Und überall beginnen die Menschen zu hoffen, alles moderner, zweckmäßiger und schöner als zuvor aufzubauen.

Hier in Frankfurt macht man mit der Paulskirche den Anfang. Der Kölner Architekt Rudolf Schwarz hat gemeinsam mit hiesigen Kollegen einen Entwurf angefertigt. Zum hundertsten Jubiläum des Paulskirchen-Parlaments von 1848 soll sie als demokratischer Versammlungsort wieder eingeweiht werden.«

»Genau, und dann wird sie ein Symbol dafür sein, dass Deutschland aus der Diktatur zurück in die Demokratie gefunden hat«, sagt eine Stimme neben ihnen.

»Guten Tag, Rudolf«, sagt Thot und gibt dem Jungen, der unbemerkt bei ihnen aufgetaucht ist, die Hand.

Ihr Begleiter hat diesmal dunkelbraune, leicht gewellte Haare, die über der Stirn zu einer Tolle aufgetürmt sind. Sein Körper ist auffallend mager. Er trägt zerschlissene und viel zu weite lange Hosen, die ein schmaler Ledergürtel über den Hüften zusammenhält. Sein kurzärmliges Hemd zeigt scharfe Bügelkanten, ist aber an mehreren Stellen gestopft. An den Füßen trägt er abgewetzte Militärstiefel, die ihm zu groß sind.

Er läuft so staksig wie Thot, als er sich noch nicht richtig entschieden hatte, ob er uns als Ibis oder als Mann begleitet, denkt Iris.

»Schön, dass du dir die Zeit nimmst, uns die Baustelle zu zeigen«, sagt Thot.

»Das mach ich gerne«, antwortet Rudolf, schaut aber die Zwillinge an. »Doch ich musste mir keine Zeit nehmen. Im Moment gibt es nämlich wieder Lieferschwierigkeiten mit den Hohlblocksteinen.

Ich bin Rudolf Tillkowski. Sagt ruhig Rudi zu mir, wir sind ja fast im selben Alter«, sagt der Junge und streckt Iris und Martin die Hand hin.

»Hallo, Rudi« antworten die beiden und vermeiden den Händedruck.

Rudi guckt erst erstaunt, dann geht ein verstehender Ausdruck über sein Gesicht.

»Ach so, ihr habt die amerikanischen Sitten eures Onkels übernommen. Von dem habt ihr sicher auch eure Hosen. Heißen die nicht Blue Jeans? Sitzen gut, anders als meine Schlabberdinger.«

»Onkel?«, fragt Martin zögernd.

»Na, Tom Egypt aus Amerika, der bei euch zu Besuch ist«, sagt Rudi und guckt nun seinerseits ziemlich verwirrt zu Thot.

»Kinder, vor Rudi braucht ihr nichts zu verheimlichen«, sagt Thot. »Ich habe ihm von uns erzählt, als ich ihn engagiert habe.«

»Fünf Dollar krieg ich«, sagt Rudi begeistert. »Damit komm ich den ganzen Monat über die Runden!«

»Iris und Martin«, erklärt Thot Rudi, »erzählen niemand von mir. Sonst würden alle ihren Eltern die Bude einrennen, weil jeder etwas von uns Amerikanern will, Zigaretten, Schokolade, Tipps für den Schwarzmarkt.«

»Ich halte dicht«, sagt Rudi. »Übrigens könnte ich sowieso nichts verraten. Ich komme nämlich nicht aus Frankfurt, sondern aus Ostpreußen. Flüchtlinge werden im Westen zwar aufgenommen, sind aber nicht gern gesehen. Die meisten machen einen Bogen um uns.«

»Hast du auf dem Land gelebt?«, fragt Iris, um Rudi, der plötzlich bedrückt wirkt, aufzumuntern.

»Nein, ich bin in Königsberg aufgewachsen«, sagt Rudi. »Meine Mutter und ich konnten im Januar 1945 noch vor der Roten Armee fliehen. In Frankfurt sind wir im Herbst 1945 angekommen – und seit diesem Frühjahr darf ich als Hilfsarbeiter auf der Paulskirchen-Baustelle arbeiten. Rudolf Schwarz hat mir sogar versprochen, dass ich nächstes Jahr in seinem Kölner Atelier eine Ausbildung als Bauzeichner beginnen kann.«

»Mensch, das hört sich ja toll an«, sagt Iris.

Rudi lächelt. Dann schaut er zu Martin.

»Klasse, die Sonnenbrille! Wohl auch von deinem Onkel? Ich hab letztens da drüben in dem ausgebrannten Optikerladen im Eckhaus am Römerberg nach Sonnenbrillen gesucht. War aber Fehlanzeige.«

»Wie bist du denn da reingekommen?«, fragt Martin und schaut auf die Bretter, die die Schaufenster versperren.

»Meine Mutter und ich leben in dem Haus ... Ich wohne also direkt an meinem Arbeitsplatz«, sagt Rudi mit einem schiefen Lächeln.

Was er als Haus bezeichnet, ist eine Ruine. Die Sandsteinarkaden des Erdgeschosses und der erste Stock haben den Bomben standgehalten. Darüber sitzt, mit Bohlen und Teerpappe notdürftig abgedichtet, der Rest des zweiten Stockwerks. Wo die Wände völlig weggebrochen sind, dient der ehemalige Fußboden als Terrasse. Auf ihr stehen mit Erde gefüllte rostige Eimer, in denen Tomaten und Bohnen wachsen. »Zum Kranich« steht auf einem Stein über dem Hauseingang zu lesen.

Direkt gegenüber liegen die steinernen Rundbögen des Salzhauses umgekippt auf einem Berg aus Schutt und verkohlten Balken. Der geschnitzte Oberbau, den Iris und Martin bewundert haben, ist verschwunden.

Wie halten die Leute es nur aus, in diesen Trümmern zu leben?, denkt Iris.

»Wollen wir?«, fragt Rudi einladend und zeigt auf die Paulskirche. Die vier gehen durch das türlose Turmportal. Innen ist es dämmrig. Ein Rundraum mit einer niedrigen Decke öffnet sich vor ihnen. Es ist die Wandelhalle, wie ihnen Rudi sagt. Sie hat kleine quadratische Fenster und ist von gedrungenen dicken Säulen aus Travertin unterteilt. Eine neue, elegant geschwungene Treppe, deren Stufen von groben Planen geschützt werden, führt hinauf in den Hauptsaal.

Als die vier oben ankommen, kneifen alle unwillkürlich die Augen zusammen. Martin, der seine Sonnenbrille in der Wandelhalle abgesetzt hat, zuckt zusammen, als sein linkes Auge mit heftigen Schmerzen gegen die plötzliche Bewegung protestiert.

»Mensch, ist das hell hier«, sagt Iris. »Das tut fast weh nach dem Dämmerlicht dort unten.«

»Genau diese Wirkung will Rudolf Schwarz«, sagt Rudi. »Die Menschen sollen den Aufstieg in den Vortragssaal als Weg aus dem Dunkel der Diktatur ins Licht der Demokratie empfinden.«

Während Rudi kurz mit einem Arbeiter spricht, der sie fortschicken wollte, laufen Iris, Martin und Thot durch die Rotunde. Überall sind Gerüste aufgestellt. Frischer Rauhputz bedeckt die Wände. Oben an der Mauerkrone setzen Zimmermänner Balken in metallene Halterungen, andere reißen die verkohlten Fensterflügel aus ihren Bögen.

»Dort oben wird die neue Kuppel vorbereitet«, sagt Rudi. »Rudolf Schwarz hält sie wegen der Materialknappheit sehr niedrig. Die Außenseite soll mit Kupfer überzogen werden. Aber die im Saal sichtbare Unterseite wird aus schmalen Lamellen bestehen, die wie Sonnenstrahlen auf die ovale Mittelöffnung zulaufen.

Die Wände kriegen noch einen glatten Feinputz. Dann werden sie weiß gekalkt. Rudolf Schwarz sagt, er will ihre Strenge und Würde durch keine Dekoration stören. Deshalb hat er auch die Reste der Säulen beseitigt, die vor der Zerstörung die Emporen gestützt haben.

Emporen wird es auch nicht mehr geben, damit nur das weite Rund auf die Besucher wirkt. So soll der Eindruck einer überwältigenden römisch-antiken Ruine erhalten bleiben, den die zerbombte Kirche auf Rudolf Schwarz gemacht hat. ›Hier soll kein unwahres Wort möglich sein‹, sagt er.«

»Ruine? Hier sind doch sowieso überall nur noch Ruinen«, sagt Iris verwundert.

»Nicht mehr lange«, sagt Rudi. »Wenn alles gutgeht, werden wir bald sämtliche Trümmer zwischen Römer und Hauptwache beseitigen und Frankfurt zur modernsten Stadt Europas machen.

Die Paulskirche wird die Ausnahme sein. Natürlich kann sie nicht wirklich Ruine bleiben. Aber sie soll nach dem Wiederaufbau weiterhin als Mahnmal an die Zerstörung erinnern. Auch deshalb plant Rudolf Schwarz die Flachkuppel. Aus der Nähe wird sie nämlich nicht zu sehen sein, und dadurch wird die Paulskirche so dachlos wirken wie direkt nach ihrem Brand.«

Als sie wieder vor der Kirche stehen, zupft Iris Thot am Arm.

»Ehrlich gesagt«, flüstert sie, »hat mich der riesige Innenraum an die Kongresshalle in Nürnberg erinnert. Dabei ist die doch ein Propagandabau der Nazis.«

»Es gibt einen entscheidenden Unterschied«, sagt Thot. »Die Kongresshalle sollte mit ihren wuchtigen Formen die Menschen niederschmettern. Die Paulskirche dagegen will sie mit mächtigen Proportionen überzeugen. In Nürnberg ging es um Pomp, hier geht es um Würde!«

Thot, Rudi, Martin und Iris sitzen in Frankfurts »Café Hauptwache« und trinken wässrige Limonade. Der billige Ersatzzucker hinterlässt einen bitteren Nachgeschmack. Martin drückt, neugierig beobachtet von Rudi, vorsichtig eine nasse Serviette an sein Auge.

Von dem hübschen Barockbau, den Iris und Martin aus ihrer Zeit und von dem Abenteuer mit Moritz kennen, stehen nur noch die schütteren Außenmauern. Die Gäste sind alle ziemlich dünn und tragen fadenscheinige Kleidung. Aber sie blinzeln zufrieden in die Sonne.

»Kannst du dir vorstellen, dass es hier einmal Hochhäuser geben könnte?«, fragt Iris, der Rudis Bemerkung über Frankfurt als ›modernste Stadt‹ Europas im Kopf geblieben ist.

»Bestimmt«, antwortet Rudi euphorisch. »Eines entsteht ja schon am Sachsenhäuser Mainufer. Es soll das Arbeitsministerium werden, wenn Frankfurt zur vorläufigen Bundeshauptstadt wird.«

Iris und Martin erinnern sich, dass 1947 Frankfurt Favorit bei der Wahl der provisorischen Hauptstadt Westdeutschlands war. In der entscheidenden Abstimmung aber hatte Bonn gesiegt.

»Besonders gelungen finde ich den Bau nicht«, sagt Rudi. »Er erinnert mich an die Nazi-Türme; zu viel Travertin und Pfeiler. Wir sollten da weitermachen, wo Mies van der Rohe und Walter Gropius 1933 aufhören mussten – schlanke Wolkenkratzer mit Curtainwall-Fassade.«

»Genau so einen baut Mies van der Rohe 1958 in New York«, sagt Thot. »Er heißt *seagram building* und wird 2005 zu einem der hundert bedeutendsten Bauwerke der Welt gewählt werden.«

»Mein Vater hat ein Foto davon über seinem Schreibtisch hängen«, sagt Martin, während Rudi verwirrt von einem zum andern schaut. »Er sagt, dass das seagram building zwar ein Klassiker des *International Style* ist, aber heute nicht mehr so gebaut würde.«

»Das stimmt«, sagt Thot. »Eure Zeit bevorzugt wieder Bauten mit Dekor, da würde man van der Rohes Turm als abstoßend kahl empfinden. Das war auch 1958 so. In New York war man Wolkenkratzer wie das Chrysler- oder das Woolworth-Building mit dekorativen Dachaufbauten und ornamentierten Fassaden gewohnt. Mies van der Rohes glatter Vierkant war ein Schock.«

Iris hört nicht mehr zu. Sie schaut auf die ausgebrannten Fassaden der Warenhäuser rings um die Hauptwache. Auf einer sieht sie zerbeulte Zinkstatuen in Nischen stehen. Iris erkennt Demeter, die Göttin des Überflusses, mit einem Füllhorn im Arm – und Merkur, der einen prallen Geldbeutel in der ausgestreckten Hand hält. Aber diesmal bleibt sein Metallgesicht unbewegt. Kein lebender lächelnder Gott löst sich aus ihm.

Nichts als Trümmer, denkt Iris. Sie weiß, dass in ihrer Zeit hier neue große Häuser stehen und Menschen sich amüsieren. Aber im Moment kann sie sich das nicht mehr vorstellen. Ihr Blick fällt auf einen einbeinigen Mann, einen Kriegsversehrten, wie sie aus dem Geschichtsunterricht weiß, der einige Schritte von ihnen entfernt Lose verkauft. An seinen Bauchladen hat er einen roten Ballon gebunden. Erst fällt Iris Moritz und ihre Fesselballonfahrt ein, dann ein Lied von Nena. Sandra hat jedes Mal das Radio lauter gestellt, wenn ›99 Luftballons‹ zu hören war. Jetzt weiß Iris, warum sie bei der letzten Strophe oft eine Gänsehaut bekam.

»Heute dreh' ich meine Runden, seh' die Welt in Trümmern liegen. Hab 'nen Luftballon gefunden, denk' an dich – und lass ihn fliegen.«

Wieder und wieder gehen Iris die Zeilen durch den Kopf. Das Gefühl, über einer endlosen Trümmerwüste zu schweben, beschleicht sie. Ehe der Eindruck zu stark wird, konzentriert sie sich entschlossen auf das Gespräch. Die Wände der Hauptwache, die eben noch wie eine Fata Morgana zu flirren schienen, wirken wieder fest.

»Der einzige Schmuck des seagram buildings«, hört Iris Thot sagen, »ist ein Gittergerüst, das vor die Glasfassade montiert ist. Das wurde von der folgenden Architektengeneration so oft nachgeahmt, dass es zuletzt niemand mehr sehen wollte. Deshalb setzte sich in den achtziger Jahren die sogenannte Postmoderne durch, die wieder mit Dekorationen, mit Giebeln, Erkern, Pfeilern und Säulen arbeitete. So wie am Frankfurter Messeturm beispielsweise.«

»Was wird das hier? Ein Architektur-Horoskop?«, unterbricht ihn Rudi, der ihnen immer verwirrter zugehört hat.

»Nein, ich erläutere gerade die Arbeitsweise von Mies van der Rohe und den Gegensatz von Moderne und Postmoderne, das hörst du doch«, sagt Thot, der völlig in seinen Erläuterungen aufgeht.

»Beim seagram building hat Mies zwar seinen Leitspruch ›less is more‹ umgesetzt, aber den zweiten, ›form follows function‹, hat er nicht anwenden können. Die äußere Gitterstruktur des Hochhauses sieht nämlich nur so aus, als wäre sie das tragende Gerüst. In Wirklichkeit stützt ein inneres, mit Beton ummanteltes Stahlgerüst den Bau. Das schreiben die New Yorker Feuerschutzgesetze so vor. Eine völlig glatte Glashaut aber war selbst Mies van der Rohe zu langweilig. Deshalb hat er bronzene Scheinträger vor die Glashülle montieren lassen, die sie strukturieren. Immerhin: Sie zeigen, wie die eigentlichen Stützen verlaufen. Für Kenner hat er übrigens seinen Trick offengelegt. Die Scheinträger führen nämlich nicht bis zum Boden, sondern enden über dem Erdgeschoss; sie schweben sozusagen, was ja bei echten Stützen unmöglich wäre.«

»Wie hoch ist das seagram building eigentlich?«, fragt Iris.

»Knapp 157 Meter. Wieso?«

»Unser Commerzbankturm ist 258,70 Meter hoch, mit Antenne sogar 298,74, also fast doppelt so hoch «, trumpft Iris auf.

»Jetzt ist aber wirklich Schluss«, stößt Rudi hervor. »Ihr redet dauernd, als gebe es das – wie heißt es nochmal? – sigrämm bülding schon. Aber wenn es erst 1958, also in 11 Jahren, eingeweiht werden soll, kann momentan noch nicht mal die Baugrube ausgehoben sein. Und einen Messeturm gibt es in Frankfurt nicht, genauso wenig wie eine Commerzbank – schön wär's, wenn wir schon wieder florierende Banken hätten, ihr Fantasten.«

»Man wird sich doch die Zukunft ausmalen dürfen«, erwidert Martin.

»Und die heißt in Frankfurt erst mal Trümmer räumen«, sagt Rudi bitter.

»Daran lässt sich wohl nichts ändern«, sagt Thot. »Aber ich weiß definitiv, dass schon in vier Jahren einige der besten Bauwerke der Wiederaufbaumoderne in Frankfurt stehen werden. Zum Beispiel das Bayer-Haus am Eschenheimer Turm. Mit seiner markanten Rasterfassade und dem schrägen Pultdach wird es Erich Mendelsohns Columbus-Haus am Potsdamer Platz in Berlin gleichen.«

Der Name Mendelsohn lässt Rudi alles andere vergessen.

»Das Columbus-Haus hat er 1932 gebaut, stimmt's?«, fragt er interessiert. »Ich habe es bei Rudolf Schwarz in einem alten Architekturmagazin abgebildet gesehen. Steht es noch? Sie als Amerikaner waren doch bestimmt schon in Berlin.«

»Es ist zwar ausgebrannt, aber steht noch«, antwortet Thot.

»Allerdings nicht mehr lange. Am 17. Juni 1953, beim Aufstand der Arbeiter in der DDR, wird es noch einmal brennen und dann abgerissen werden.«

Rudi wird blass.

»DDR??? Sie müssen ein amerikanischer Agent sein oder ein russischer Spion. Die Sowjetunion hat zwar vorige Woche verhindert, dass die Ostzone in den amerikanischen Marshall-Plan einbezogen wird. Aber das heißt noch lange nicht, dass Stalin eine sozialistische Republik in Ostdeutschland einrichten kann. Deutsche Demokratische Republik? Davon reden vielleicht die Kommunisten im russisch besetzten Teil Berlins, doch das werden wir Deutsche nicht zulassen!«

»Schrei nicht so, wir fallen schon auf!«, unterbricht ihn Thot leise und entschieden. »Ich bin kein Agent … Fall jetzt nicht gleich in Ohnmacht, aber Iris, Martin und ich können uns frei in der Zeit bewegen. Ich mache dir ein Angebot: Begleite uns in die Zukunft von Berlin, und du wirst Bauwerke sehen, die in fünf bis sechs Jahren genau die Moderne verwirklichen, die dir vorschwebt.«

Rudi schnappt nach Luft.

»Sag ja, und wir sind in zwei Minuten in Berlin«, setzt Thot nach. »Bin ich ein Betrüger, werden wir auch in 20 Minuten noch hier im Café Hauptwache sitzen. Dann ist immer noch Zeit, die amerikanische Militärpolizei zu rufen.«

Rudi ist ruhig geworden, fast kalt. Er schaut Thot lauernd ins Gesicht.

»Na schön … Mister Egypt oder wer immer Sie sind«, sagt er schließlich. »Zeigen Sie mir Ihre Kunst … Sollten Sie versagen … wären mir 50 Dollar lieber, als Sie anzuzeigen.

Man muss sehen, wo man bleibt«, sagt er dann verlegen und trotzig zugleich zu Iris und Martin, die ihn verblüfft mustern. »Für 5 Dollar krieg ich ein Dutzend gute Balken aus Trümmerholz und kann endlich einen Dachstuhl auf unsere Zimmer setzen. Und für 10 Dollar krieg ich mit etwas Glück auf dem Schwarzmarkt einen Mantel für meine Mutter und gefütterte Schuhe für mich; der nächste Winter im Haus Zum Kranich dürfte fürchterlich werden. Mit den übrigen Dollars können wir eine ganze Weile leben; ich hab nämlich keinen amerikanischen … Onkel … wie ihr.«

»Schon gut«, sagt Martin. »Haben wir was gesagt?«

»Nein, aber mich angeguckt wie einen Ganoven.«

»Niemand macht dir einen Vorwurf«, sagt Thot eisig und gibt das Zeichen zum Aufbruch.

Er zahlt, dann gehen die vier hinüber zur Ruine der Katharinenkirche. Rudis Gesicht wirkt immer noch kalt. Unauffällig schlüpfen sie durch eine Lücke der Absperrung. Innen stehen nur noch die nackten Mauern. Armdicke Risse laufen durch ihre Bruchsteinschichten, von denen der Verputz abgeplatzt ist.

»Hier ist Goethe getauft worden«, sagt Thot. »Dieser Haufen Holzkohle dort drüben war einmal der Stammsitz seiner Familie.

Alles verbrannt, das barocke Gestühl, die geschnitzten Emporen und das bemalte hölzerne Gewölbe. Warum haben die …«

»Mir kommen gleich die Tränen. Machen wir nun eine sentimentale Trümmertour oder eine Zeitreise?«, fragt Rudi verächtlich.

»Reiß dich zusammen, Kerl«, sagt Thot mit schneidender Stimme. Für einige Sekunden scheint seine Gestalt wie die eines entfesselten Riesen das gesamte Kircheninnere zu füllen. Rudi presst sich instinktiv an eine Wand, und sogar die Zwillinge ziehen die Köpfe ein. Das erschreckende Bild verschwindet so schnell, wie es aufgetaucht ist. Thots wutverzerrtes Gesicht glättet sich wieder. »Tut mir leid … Ich habe vergessen, dass der Krieg und die Hungerjahre euch Jugendliche hart gemacht haben, hart, geschäftstüchtig und … verletzbar.«

Die Zwillinge atmen auf. Rudi schaut verlegen unter sich und scharrt mit einem Fuß im Schutt. Dabei kommt ein kleiner steinerner Kopf zum Vorschein. Unter den Pausbacken und dem Grübchenkinn sitzen winzige dicke Flügel. Außer einigen Abschürfungen ist er unversehrt.

Iris bückt sich, lächelt Rudi zu und steckt dann den Engelskopf in Martins Rucksack.

»Ein Putto«, sagt sie. »Wenn ich ihn nicht mitnehme, wird er beim Enttrümmern bestimmt zermahlen.«

»Da oben bei der Kanzel steckt noch ein zweiter in der Wand«, sagt Martin.

Iris steigt auf einen Steinhaufen, stützt sich auf die Kanzelbrüstung und reckt sich hinauf zu dem Putto.

»Er sitzt ganz locker. Den nehme ich auch noch mit, ehe er runterfällt und zerbricht.«

Sie beginnt behutsam an dem Köpfchen zu ziehen. Weißer Mörtel rieselt aus dem Mauerwerk.

»Sei vorsichtig«, sagt Thot plötzlich nervös, »das Mauerwerk ist …«

Seine letzten Worte gehen, ebenso wie der Warnschrei Hajos, der

sich von oben durch den verbrannten Dachstuhl stürzt, im Poltern
fallender Steine unter. Ein breites Stück der Balustrade löst sich
vom Kanzelboden. Iris kippt nach hinten, ein Steinbrocken trifft
ihre Stirn, ein anderer ihren Arm, ihre Beine verschwinden unter
nachrutschendem Schutt.

»Iris«, Martin wirft sich neben seiner Schwester auf die Knie. Er
merkt nicht, dass er sie sich an den scharfen Kanten der Steine
blutig schürft. »Was ist mit dir … sag doch was.«
Rudi ist in die Hocke gegangen. Mit gläsernem Blick starrt er vor
sich hin und wimmert wie ein kleines Kind.
»Die sagt nichts mehr … nie mehr … so war es in Königsberg
auch«, stammelt er und wiegt seinen Oberkörper unentwegt vor
und zurück.
Martin schaut über die Schulter hoch zu dem erstarrt dastehenden
Thot. In dessen kalkweißem Gesicht sieht er, was er dort noch nie
gesehen hat: nackte Angst.
»Thot, tu was … du bist ein Heilgott … weck sie auf«, schluchzt
Martin. Immer wieder streicht er der bewegungslosen Iris über das
Haar. »Bitte … bitte …«
»Eine Ohnmacht, nur eine kleine Bewußtseinstrübung«, murmelt
Thot mit geballten Fäusten. Man merkt seiner Stimme an, dass er
sich selbst nicht glaubt.
»Ich ruf einen Krankenwagen«, schreit Martin und springt
auf. »Aber wie bloß?«, keucht er dann und kauert sich wieder
neben die leblose Iris, »in diesem Chaos.«
»Ich darf nicht … darf nicht«, flüstert Thot vor sich hin. Sein Kopf
hängt vornüber.
»Thot«, sagt Martin plötzlich und stellt sich vor den Gott. In sein
von Mörtelstaub überzogenes Gesicht haben Tränen breite Fur-
chen gezogen. Sie machen es zu einer Fratze aus Angst, Wut und
Enttäuschung. »Du hast uns auf diese Reise gelockt, du hast uns in
die Katharinenkirche gebracht … und du hast gesagt, wir wären

fast wie deine Kinder. Du musst Iris helfen … oder du bist ein elender Lügner und Versager.«

Thot greift wortlos nach Martins Händen. Er drückt so fest zu, dass es schmerzt. Trotzdem spürt Martin, dass Thot am ganzen Leib bebt.

»Geht in die Vorhalle, sofort«, sagt Thot nach einem gepressten Aufstöhnen. Seine Stimme klingt dumpf wie aus einem Schacht.

Martin zögert einen Moment, dann zieht er ohne ein Wort den halb bewusstlosen Rudi mit sich.

Die Vorhalle hat dicke Mauern, die Kälte ausströmen. Aber das Zittern der beiden Jungen kommt nicht davon. Sie reden nichts. Von drinnen dringt kein Laut nach außen. Als die Spannung unerträglich wird und Martin sich umdreht, um doch wieder hineinzugehen, öffnet sich quietschend die provisorische Holztür zwischen Vorhalle und Kirchenschiff.

»He, ist ja gut«, sagt Iris gleich darauf und schiebt Martin weg, der ihre Schultern gepackt hält und ihr immer wieder vorsichtig über den Kopf streichelt. »War doch nur ein kleiner Ausrutscher. Du tust ja grade so, als wär ich vom Mount Everest gestürzt.«

»Ausrutscher?«, sagt Martin fassungslos. »Du bist …«

Er schaut hinüber zu Thot, der erschöpft an der Wand lehnt. Hajo, der auf seiner Schulter hockt, steigt nach einem prüfenden Blick zu Martin auf und verschwindet. Thot schüttelt leise den Kopf, als Martin ihn ansieht, und hebt warnend die Hand.

»Na ja, du bist schon ziemlich komisch gestolpert«, sagt Martin. »Alles okay, Iris?«

»Nur ein leichter Brummschädel und ein Loch in der Jeans, da über dem Knie«, sagt Iris. »Wollen wir jetzt los?«

»Einen Moment noch«, sagt Thot und reibt kurz seine Augen, die tiefer in ihren Höhlen liegen als sonst. Er geht hinüber zu Rudi und streicht ihm über die Stirn. Sofort wird Rudis Gesicht lebhafter.

»Wie lang soll ich denn noch auf euch warten?«, fragt er.

Thot schaut Martin noch einmal eindringlich an. Der versteht, dass Thot den schrecklichen Unfall aus Rudis Gedächtnis gelöscht hat. Auch Iris, das ist ihm inzwischen klar, weiß nicht, was sich eben wirklich ereignet hat.

Keine Ahnung, ob ich so tun kann, als wäre nichts gewesen, denkt Martin, dem jeder Muskel wehtut, als hätte er Tonnengewichte geschleppt.

Plötzlich hört man draußen kreischende Reifen, dann eine schrille Trillerpfeife.

»Militärpolizei«, ruft eine Stimme mit starkem amerikanischem Akzent. »Sofort rauskommen!«

Thot schließt die Augen. Die Katharinenkirche versinkt.

30. Die Kongresshalle
oder Ein Albatros spielt Bau

Im nächsten Moment ist ein kühler Lufthauch zu spüren, während es wieder hell um die vier wird. Der Himmel ist so blau wie in Frankfurt, die Sonne scheint, aber sie hat noch keine Kraft. Es ist früher Morgen.

»Ich dachte, wir wollten nach Berlin?«, sagt Rudi, schon wieder ziemlich aufsässig. »Ich seh nur Wald!«

Er scheint nicht im Mindesten von ihrem Zeitsprung verstört. Vielleicht hat Thot ihn nicht nur den Unfall von Iris vergessen lassen, sondern auch in eine Art Trance versetzt, denkt Martin.

»Schau richtig hin, Rudi«, sagt Thot geduldig. Er spricht kurzatmig. Wer ihn genau betrachtet, sieht Lichtwellen über seinen Körper laufen. Für Sekundenbruchteile wirkt er dann wie eine Glasfigur. »Ein Wald hat keine abgezirkelten Spazierwege. Das ist der Tiergarten, der Park im Zentrum Berlins. Und in der riesigen Ruine da drüben wirst du wohl noch den Reichstag erkennen.«

»Schade um die Kuppel«, sagt Martin. Er schaut auf das leer starrende, verbogene Gerüst über der geschwärzten Fassade.

»Seit einigen Wochen«, sagt Thot, »hat Berlin, genauer: Westberlin wieder eine Kuppel!«

Thot zeigt auf einen sonderbaren, rasant geschwungenen Betonbau vor ihnen. Er besteht aus zwei Teilen. Der untere wirkt wie ein riesiges rechteckiges Podest. Seine etwa vier Meter hohen Seiten sind verglast. Durch sie hindurch erkennt man eine zweigeschossige Innenhalle. Vor den Glaswänden stehen schlanke Rundpfeiler aus Beton, die eine nach vorn ragende Plattform stützen, und niedrige Bruchsteinmauern, die einen Vorhof eingrenzen.

»Toll, der Gegensatz zwischen den zerbrechlichen Scheiben und den rauen Steinmauern«, sagt Iris. Von dem schlimmen Sturz ist ihr nichts anzumerken; sogar ihre Jeans zeigt kein Loch mehr, sondern wirkt wie gerade gewaschen. Auch die Wunden an Martins Knien sind verschwunden.

»Mir gefällt der Aufgang am besten. Sieht aus wie für einen Kinopalast«, sagt Martin. Noch immer bebt seine Stimme vor Erleichterung. Doch das merkt nur Thot.

Rudi betrachtet die Treppe. Sie führt, auf halber Höhe unterbrochen von einem weiteren Podest, hinauf zur Plattform. Auf dieser erhebt sich in der Mitte ein Rundbau mit leicht nach außen geneigten, hohen Wänden. Sie sind von schmalen senkrechten Betonstreifen gegliedert und in einem lebhaften Orangerot gestrichen. Nierenförmig gekurvte Fenster durchbrechen in unregelmäßigen Abständen den Zylinder. Doch nicht er zieht alle Blicke auf sich, sondern ein kuppelartiges Betongebilde, das an ein geblähtes Segel denken lässt, dessen Mitte an dem Betonrund festgezurrt ist. An zwei Seiten schwingt es aufwärts und nach außen, an den beiden anderen verjüngt es sich und neigt sich nach unten zu zwei schmalen Ansatzpunkten am Rand der Plattform.

»Wie ein Albatros mit gespreizten Flügeln«, sagt Rudi, während sie langsam auf das Gebäude zugehen.

»Eher wie eine geöffnete Muschel«, sagt Iris.

»Die Berliner, die einen Hang zum Sarkasmus haben«, sagt Thot, »nennen es die *schwangere Auster.*«

»Wie dämlich«, ruft Rudi, »das ist ein Meisterwerk! Fast eine Skulptur.«

»Sein Architekt ist gerade 28 Jahre geworden«, sagt Thot.

Ob ich so was auch bauen werde, wenn ich so alt bin?, denkt Rudi.

»Er ist Amerikaner«, hört er Thot sagen, »heißt Hugh Stubbins und war in Chicago Schüler von Walter Gropius. Stubbins' Bau ist vor zwei Tagen eröffnet worden. Er ist ein Geschenk der USA an Westberlin und wird als Kultur- und Kongresszentrum dienen. Deshalb heißt er auch schlicht Kongresshalle.

Die Kongresshalle ist der Auftakt der *Interbau*, einer großen internationalen Bauausstellung in Westberlin, für die Architekten aus aller Welt das Hansaviertel, ein neues Stadtquartier aus Musterbauten der Moderne, errichten.«

»Wird alles so dynamisch wie die Kongresshalle?«, fragt Rudi erwartungsvoll.

»In diesem Stil entsteht eigentlich nur noch die Philharmonie, die Hans Scharoun zwischen 1960 und 1963 nahe am ehemaligen Potsdamer Platz baut«, sagt Thot. »Stilistisch ist sie ein entfernter Verwandter von Poelzigs Schauspielhaus. Denn auch Scharoun nutzt Vorbilder der Natur. Außen ist sein Bau wie ein Goldzelt gestaltet, innen ist die Bühne in der Mitte platziert und von ansteigenden Rängen umgeben, die in terrassenartige Blocks unterteilt sind. Scharoun hat dabei an terrassierte Weinberge gedacht.«

»Wie wird denn auf der Interbau gebaut, wenn niemand mehr so schwungvoll wie hier entwirft?«, fragt Iris.

»Für das Hansaviertel errichtet man vierkantige Punkthochhäuser mit Apartments, aufgelockerte Wohnzeilen und verschachtelte

Reihenhäuser, alle mit Flachdach und umgeben von sehr viel Grün«, sagt Thot. »In den Grünanlagen verteilt man Pavillons für Kindergärten, Schulen und kulturelle Einrichtungen.«

»Hört sich sehr nach Baukasten an«, sagt Martin.

»Über die städtebauliche Qualität streiten sich noch die Architekten eurer Zeit«, sagt Thot. »Die beschwingten Bauten, die Rudi vorschweben, entstehen jedenfalls anderswo. In Brasilien beispielsweise, wo Oscar Niemeyer seit 1956 die neue Hauptstadt Brasilia baut, mit einer rasant rund geschwungenen Kathedrale und einem Parlament, das aus Halbkugeln und zwei Hochhaus-Scheiben auf einem gigantischen Sockel besteht. Und in Indien baut der berühmte Le Corbusier seit 1948 Chandigarh, eine Provinzhauptstadt mit Regierungsgebäuden, in denen die altindische Baukunst und strenge moderne Betonformen verschmelzen.«

»Vom Parlament in Brasilia habe ich schon Fotos gesehen«, sagt Martin. »Es ist echt beeindruckend. Aber auch sehr steif. Die Kongresshalle hier macht Laune. Sie wirkt wie ne Skateboard-Bahn.«

»Du hast es erfasst«, sagt Thot. »Stubbins hat damit etwas geschaffen, das charakteristisch für den frühen deutschen Wiederaufbau ist: Das expressive Bauen scheut man zwar, aber wo immer es geht, entstehen Zelt- und Segeldächer. Und einige wichtigere Bauten, Behörden oder auch Kaufhäuser, haben oft hauchdünne, spitz nach vorn schießende Baldachine über ihren Eingängen und schlanke Stützen, die schräg wie Zeltstangen sind. Dadurch wirken die Gebäude häufig wie Sprungschanzen in die Zukunft, so, als wäre die ganze Republik permanent unterwegs oder wolle fliegen. Darin manifestiert sich die Freude, das sogenannte Dritte Reich und den Krieg überlebt zu haben. Und der Stolz darüber, wie schnell es wieder aufwärts geht.«

»Ist nicht auch das Münchner Olympiastadion wie ein Riesenzelt gebaut?«, fragt Martin.

»Ja«, sagt Thot. »Das Münchner Olympiagelände ist 1972 der

Höhepunkt und Abschluss der deutschen Vorliebe für zeltartige Architektur. Die Entwürfe stammen von Frei Otto und Günter Behnisch. Das Riesengelände mutet an, als würde es tanzen. Damit haben die beiden das Motto von den ›heiteren Spielen‹ in Bauwerke umgesetzt.

Jetzt sollten wir uns aber beeilen. Ich möchte vor dem Besucherandrang noch mit euch auf das Dach. Man hat dort einen fantastischen Blick auf das Stadtzentrum.«

»Von hier aus kann man wirklich alle Wahrzeichen des Zentrums sehen«, sagt Martin kurz darauf beeindruckt.

Als sie die Treppe hinaufgingen, ist ihm aufgefallen, dass Thot sich langsam bewegte, fast schleppend. Er hat sich vorgenommen, ihn in einem geeigneten Moment danach zu fragen.

»Das gilt auch umgekehrt«, antwortet Thot. »Egal, ob am Brandenburger Tor, am Roten Rathaus oder am Alexanderplatz – aus jedem höher gelegenen, nach Westen gerichteten Fenster der Stadtmitte sieht man die Kongresshalle. Und da das Zentrum Berlins seit 1949 Hauptstadt der DDR ist, hat Westberlins Regierender Bürgermeister Otto Suhr die Kongresshalle auch ein ›Leuchtfeuer der Freiheit‹ genannt, das in den Osten strahlt. Ihr seht, auch demokratische Bauten betreiben Propaganda . . .«

»Aber für die richtige Sache«, sagt Rudi stolz.

»Am besten kannst du das beurteilen, wenn du auch die kommunistische Propaganda-Architektur kennst«, sagt Thot. »Kommt, wir gehen zum Brandenburger Tor. Momentan ist es noch offen, die Mauer wird erst in vier Jahren gebaut werden.«

31. Die Stalinallee
oder Ein Ibis als Torwart ◇◇◇◇◇◇◇◇◇◇◇◇◇◇

Während die vier den Boulevard Unter den Linden entlanglaufen, gibt Martin Thot unauffällig ein Zeichen zurückzubleiben.

»Thot, was ist mit dir?«, fragt er. »Du wirkst müde und manchmal sieht es aus, als wärst du aus Glas.«

»Das wird sich legen«, sagt Thot. »Es sind die Nachwirkungen von Iris' Unfall. Diesmal habe ich Substanz verloren, weil ich die Grenzen meiner Macht so weit überschritten habe wie nie. Das wichtigste Naturgesetz auch nur sekundenweise aufzuheben heißt, auch die Sterblichkeit der Menschen zu teilen.«

»Du sprichst in Rätseln«, sagt Martin. »Aber ich spüre, was du für Iris und mich in Kauf genommen hast.«

Thot bleibt einen Moment stehen und schaut Martin mit einem bohrenden, fast feindseligen Blick an.

»Wie könnte ich von der Macht der Gefühle zu euch reden, wenn ich selbst im Ernstfall kneifen würde?«, sagt er schließlich. »Und jetzt komm … Ich fühle mich schon besser, und ihr … ihr habt Substanz für drei. Mit euch balanciere ich auf der Zeitachse wie ein Seiltänzer.«

Wie er das wohl wieder meint?, denkt Martin. Aber egal, jetzt ist mir klar, was Ulrich von Hutten mit seinem »Es ist eine Lust zu leben« ausdrücken wollte. Martin läuft wie auf Wolken. Sein blaues Auge spürt er nicht mehr.

»Das sieht ja aus wie am Gendarmenmarkt«, sagt Iris erstaunt, als die vier die neue Stalinallee betrachten.

Vor ihnen streben zwei große Wohntürme in die Höhe, beide bekrönt von Kuppeltürmen, die aussehen wie die Kuppeln des Deutschen und Französischen Doms links und rechts von Schinkels Schauspielhaus.

»Genau daran sollen sie erinnern«, sagt Thot. »Denn seit 1950 gilt in der DDR ein Bauprogramm, das die Wiederaufnahme historischer Stile und Wahrzeichen vorsieht. Es ist den hiesigen Architekten während einer Studienreise nach Moskau diktiert worden. Seine Losung lautet Sozialistischer Realismus und ist für alle Länder des Ostblocks verpflichtend.

In Detail bedeutet das, dass die sozialistischen Staaten neoklassizistisch bauen und die Moderne auf die Einrichtungen der Infrastruktur beschränken. Antikisierende Großbauten werden auf moderne Grundrisse gestellt, man baut Straßen mit bis zu acht Fahrbahnen, aber säumt sie mit klassischen Säulen, und die Stationen von U- und S-Bahnen werden wie klassizistische Schlösser ausgeschmückt.«

»Aber hier sieht es doch nicht nach einem Einheitsstil aus, sondern nach den historischen Berliner Kuppeln«, sagt Martin.

»Das kommt, weil die Bauregeln vorschreiben, dass der Neoklassizismus mit typischen regionalen Stilelementen der jeweiligen Länder vermischt werden soll. Deshalb wird in Russland viel mit Petersburger Barock gebaut, in Polen hat man aus dortigen Renaissancebauten die Polnische Attika übernommen. In Dresden werden die Neubauten nach Vorbildern Pöppelmanns und in Rostock oder Stralsund nach dem Muster der Backsteingotik gestaltet. Und in Berlin ist der Klassizismus von Langhans und Schinkel das Leitbild.«

»Ich fass es nicht«, sagt Rudi. »Kaum haben wir den Antiken-Kram der Nazis hinter uns, fangen die Kommunisten mit demselben Mist an.«

»In gewisser Weise hast du recht«, sagt Thot. »Aber es gibt Unterschiede. Die Nazis haben nur für ihre Ministerien, Parteiorganisationen und Führungskräfte Paläste gebaut. Für die Masse gab es nur Kleinwohnungen in Zeilenbauten mit einigen billigen historischen Zutaten an den Fassaden.

Hier in der Stalinallee aber entstehen tatsächlich Luxus-Wohnungen für Arbeiter – für privilegierte zwar, aber immerhin. Dass man damit durch die Hintertür genau die Hierarchien wieder einführt, die man zu beseitigen behauptet, ist unbestreitbar. Auch, dass man die Pracht baut, um nicht nur der eigenen Bevölkerung, sondern auch dem Westen zu imponieren. Aber es steckt doch viel Idealismus in dieser Architektur und die Hoffnung auf eine gerechte Welt, die jedem gibt, was ihm zusteht.«

Die vier schlendern vorbei an schwindelnd hohen, sieben- bis neungeschossigen Häusern mit Säulen, Pfeilern und vergoldeten Kapitellen. Die Wände sind mit Terrakottaplatten geschmückt, in den oberen Geschossen gibt es Altane, Laubengänge und begrünte Dachterrassen.

»Die Allee«, erläutert Thot »ist 90 Meter breit und 2,5 Kilometer lang. Beim Baubeginn am 3. Februar 1952 standen hier 45 000 Menschen für den Arbeitseinsatz bereit. Dazu kamen täglich 6000 Aufbauhelfer, Leute, die nach Feierabend zu angeblich freiwilligen Einsätzen abkommandiert wurden.

Die Grundzüge dieser Allee, die Verteilung der Wohnpaläste, der rhythmische Wechsel zwischen Straße und Plätzen und das Akzentuieren durch Kuppelbauten stammen von einem Architektenkollektiv und von dem Architekten Hermann Henselmann. Er hatte 1949 noch einen modernen Entwurf abgeliefert, der auf Befehl der Sowjetunion dann abgelehnt wurde.«

»Nein, so würde ich nicht bauen und auch nicht leben wollen«, sagt Rudi kopfschüttelnd. »Das ist Kitsch, der eine Diktatur tarnt.«

»Du solltest nicht ganz so hochmütig sein«, mahnt Thot ruhig. »Im Westen werden die Architekten der nachfolgenden Generation die Moderne so einfallslos und öde weitertreiben, dass sich die Bewohner der Städte allmählich vor den gesichtslosen Betonklötzen fürchten.«

Wenn er da nicht mal übertreibt, denkt Rudi, ich wäre jedenfalls froh, wenn ich ein festes Dach über dem Kopf und eine einigermaßen große Wohnung hätte.

»In der DDR wiederum«, fährt Thot fort, »wird schon um 1955, wieder auf Anweisung der Sowjetunion, eine Rückwende zur Moderne stattfinden. Die mündet dann schnell in funktionalistische Fertigbauweisen. Aus den Plattenbauten sind ganze Trabantenstädte gewachsen, anonym, gesichtslos und unendlich langweilig.«

»Aber in unserer Zeit werden viele davon abgerissen oder wenigstens umgestaltet«, sagt Martin. »Mein Vater hat voriges Jahr an einem Wettbewerb teilgenommen, in dem es um riesige Plattenbauten an der Prager Straße in Dresden ging. Sie sollen neue Fassaden erhalten und innen größere Wohnungen.«

»In den sechziger Jahren jedenfalls war man im Osten und im Westen überzeugt, dass dem Funktionalismus die Zukunft gehöre«, sagt Thot, während sie, vorbei am protzigen, säulenstarrenden neuen Botschaftspalast der Sowjetunion, zurück zum Brandenburger Tor schlendern.

»Deshalb hat auch ein Funktionalist, Lothar Baumgarten, damals den Reichstag wiederaufgebaut. Er hat die Reste der Kuppel entfernt und durch ein Flachdach ersetzt. Außerdem ließ er die Fassaden bereinigen, das heißt einen Großteil der Ornamente abschlagen und viele Statuen herunternehmen, weil das alles als wilhelminischer Schwulst galt. Zuletzt hat Baumgarten die Mauern hinter den Säulen der beiden Hauptportale abreißen lassen und mit Glaswänden ersetzt.«

»Klingt wie der Bildersturm der Reformation, als die Calvinisten katholische Kirchen stürmten und alle Bilder und Plastiken zerstörten«, sagt Iris.

»Lässt sich vergleichen«, stimmt ihr Thot zu.

»Aber Baumgarten hat den Reichstag auch bereichert. Denn die neuen gläsernen Teile haben ihm viel von seiner düsteren Wirkung genommen. Dabei waren weltanschauliche Gesichtspunkte wichtiger als ästhetische. Durchsichtige Fassaden sind seit der Eröffnung des Bonner Bundestags im Jahr 1949 Symbol der Demokratie. Vielleicht kennt ihr Fotografien des damaligen Bundestagsgebäudes.«

»Ich kenne nur eine«, sagt Iris. »Aber die zeigt den damaligen Bundeskanzler Adenauer, wie er vor einer Wand mit einem riesigen fetten Bundesadler steht und eine Rede hält.«

»Der erste Bonner Bundestag war ein weißer Flachdach-Kubus«, sagt Thot. »Der Architekt Hans Schwippert hat ihn mit einer Glaswand im Parlamentssaal gestaltet.«

»Jetzt kapier ich«, sagt Martin, »warum mein Vater immer von demokratischer Tradition spricht, wenn er über den neuen sächsischen Landtag von Peter Kulka in Dresden redet. Der Bau sieht aus wie ein Glashaus mit einem festlichen dunklen Metallrahmen.«

»Kulkas Landtag ist ein Fall für Kenner«, sagt Thot. »Aber zum Demokratiesymbol eurer Zeit ist die gläserne Kuppel auf dem Berliner Reichstag aufgestiegen, die der Engländer Norman Foster 1993 entworfen hat.«

»Ja, die sieht toll aus«, sagt Iris. »Besonders die innere Spirale, auf der die Besucher direkt über dem Parlament bis zur Spitze laufen. Richtig futuristisch wirkt das.«

»Könntet ihr mal einen Moment Pause machen«, sagt Rudi. »Mir schwirrt der Kopf so sehr, dass ich fast schon Sternchen sehe. In den letzten fünf Minuten habt ihr über Gebäude gesprochen, die ich, wenn überhaupt, dann als Opa sehen werde … Und darüber, dass ich mit euch durch ein Berlin laufe, das es für mich eigentlich noch gar nicht gibt, will ich lieber nicht nachdenken.«

Die vier stehen inzwischen wieder beim Reichstag, der momentan noch Ruine ist. Ihn umgibt eine riesige Freifläche, aus der hier und da einige Mauern aufragen.

Drei halbwüchsige Jungs spielen dort Fußball. Rudi, Thot, Iris und Martin achten nicht weiter darauf. Plötzlich schießt der Ball heran und prallt gegen Rudis Schläfe. Rudi geht schlagartig zu Boden.

»Jetzt seh ich wirklich Sternchen«, sagt er einige bange Minuten später.

Thot hatte dem ohnmächtigen Jungen über die Stirn gestrichen.

»Na, allet klar?«, sagt einer der drei Fußballer. »Wat hältste deine Gurke ooch so hoch!«

»Du kommst von drüben«, sagt der zweite.

»Wieso«, stammelt Rudi, »ich komme aus Königsberg … äh … aus Frankfurt.«

»Unn ick bin der Kaiser von China«, sagt der dritte.

»Mit den Klamotten kannste nur aus'm Osten komm'! Aber egal. Wenn de wieder klar bist – haste nicht Lust, mitzukicken? Und ihr ooooch?«

Iris, Martin, Thot und Rudi wechseln Blicke. Dann nickt Thot.

»Ich hab zwar noch nie Fußball gespielt, aber reizen würde es mich schon … Rudi, es wird höchste Zeit, dass du mich duzt – eine Fußballmannschaft muss aus Freunden bestehn.«

Rudi nickt und wird feuerrot vor Freude.

»Klasse, dass du mitspielst, Thot«, sagt Iris. »Ich zeig dir, wie's geht.«

»Watt, du willst mitspielen. Eeen Mädchen? Aber na ja, ne Kleeene, die Blue Jeans anhat, kann vielleicht ooooch kickn'.«

»Wir kriegen aber keine richtigen Mannschaften zusammen«, sagt Rudi. »Drei gegen vier geht nicht.«

»Dann nehmt doch mich dazu. Ist auch gerechter, wenn ein zweiter Erwachsener mitspielt!«, tönt es hinter einer Trümmermauer. Ein sehr kleiner Mann kommt herübergerannt.

»Bes. Darauf habe ich irgendwie gewartet.« Martin lacht.

Auch Iris strahlt. Thot lächelt verstehend, und Rudi schaut ratlos, aber gibt Bes die Hand.

»Erwachsen?«, fragt einer der Fußballjungs spöttisch. »Son kleen' Erwachsenen hab ick noch nie jesehn! Wo kommst'n du her, du Steppke?«

»Vom Zirkus, woher sonst?«, erwidert Bes. »Da können sie so kleine Leute wie mich gut gebrauchen. Aber stehn wir jetzt zusammen, um zu quatschen oder um zu kicken?«

Gleich darauf sind die Mannschaften eingeteilt. Thot steht im Tor. Den Zwillingen, die im letzten Moment zögerten, hat er erklärt, dass er sie für diesmal gegen die Berührungen der anderen immunisiert hat. Martins verunsicherten Blick, der sich erneut gefragt hat, was mit Thot geschehen ist und weshalb er zunehmend die Regeln der Zeitreise durchbricht, hat er ignoriert.

Bes spielt Verteidiger, Martin und Rudi Sturm. Iris hat sich bereit erklärt, den Torwart der Gegenseite zu machen.

3 : 0.

»Mensch, Bes«, schreit Rudi, »stoppen, du musst die Kerle stoppen. Was nützt es, wenn Martin und ich stürmen – und du lässt jeden Gegner durch.«

Bes, der wie ein Tennisball über den Platz flitzt, aber bei Kopfbällen und Weitschüssen hoffnungslos unterlegen ist, starrt Rudi empört an. Sein Kopf, der vor Anstrengung schon rot war, färbt sich lila.

»Du hast gut reden, du dürres Knochengestell. Schlepp mal so ein Gewicht mit dir rum wie ich!«

»Ich hab eine Idee«, ruft Martin und läuft auf Bes zu. Er flüstert kurz mit ihm. »Wir wechseln«, sagt er dann.

»Rudi, du gehst in die Verteidigung, Bes und ich übernehmen den Sturm.«

»Genialer Einfall«, sagt Rudi maulig.

Thot, der wegen der Nachmittagshitze im Unterhemd zwischen den beiden Steinen steht, die das Tor markieren, schüttelt ärgerlich den Kopf.

»Weiter geht's.«

Der gegnerische Junge klingt absolut siegessicher. Im nächsten Moment guckt er so entgeistert wie ein Kaninchen, das zum ersten Mal die Flinte eines Jägers hört: Bes, der gerade den Ball führt, ist wie der Blitz zwischen seinen Beinen hindurchgeschossen. Ehe der Verteidiger richtig reagieren kann, duckt sich Bes ein zweites Mal, saust auch durch dessen gegrätschte Beine und holt mit dem rechten Fuß aus. Der Ball zischt an der verblüfften Iris vorbei.

»Toooor«, brüllt Thot, »Bes, du bist der Größte.«

3:1, 3:2, 3:3 – die Berliner Jungs spielen immer verbissener, die sonderbare Zeitreise-Mannschaft immer ausgelassener.

Als Bes beim nächsten Angriff wieder seinen Trick versucht, presst sein Gegner im letzten Augenblick die Knie zusammen. Bes landet mit einem dreifachen Rückwärtssalto im Gras. Doch darauf achtet niemand. Denn die drei Berliner stürmen gemeinsam auf Thots Tor zu. Martin, der sich bei einem hohen Pass nach oben wirft, verfehlt mit seinem Kopf den Ball, Rudi springt dazwischen, doch der Ball prallt von seinem Oberschenkel direkt vor die Füße eines Berliners. Der hat nun freie Bahn und rast direkt auf den nervösen Thot zu.

Iris ist die Erste, die es sieht: In seiner Anspannung vergisst Thot die Körperkontrolle. Oder er will sie vergessen. Jedenfalls werden aus seinen Armen in Windeseile Ibis-Flügel. Mit ihnen schwingt er sich auf, um den Ball schon weit vor dem Tor zu stoppen.

»Upps, dumm gelaufen«, sagt er, als er wieder auf seinen Beinen steht, die Menschenbeine geblieben sind. Der Ball ist ungehindert über die Torlinie gesprungen. »Wie soll ich auch mit Flügeln einen Ball fangen?«

Jetzt erst fällt Thot auf, dass niemand ein Wort sagt. Die drei Berliner Jungs stehen mit offenem Mund da, Rudi, der Thot nie als Ibis gesehen hat, ist vor Schreck grün im Gesicht, Iris, Martin und Bes versuchen sich das Lachen zu verbeißen.

»Leute, wir machen die Biege«, sagt Thot kurzentschlossen, winkt mit seinem wieder vorhandenen rechten Arm den Berliner Jungs zu und wirft mit dem linken den Ball in ihre Richtung. Als der vor ihren Füßen landet, haben die fünf Zeitreisenden sich schon in Luft aufgelöst.

32. Der Abschied
oder Warum Iris und Martin ihre Freunde verlassen müssen ◇◇◇◇◇◇◇◇◇◇◇◇◇◇◇◇◇

»Ich hab schon wieder meinen Rucksack vergessen«, sagt Martin erschrocken, als sie wieder vor der Paulskirche stehen. Thot hat sie exakt an ihren Ausgangspunkt zurücktransportiert und kümmert sich um Rudi, dem schlecht geworden ist.

»Nur die Ruhe, hier ist er«, sagt Bes und reicht ihn Martin hinauf.

»Mit der Mannschaft hättet ihr 2006 sogar die WM gewonnen«, kichert Iris vor sich hin.

»Spielt denn Deutschland irgendwann wieder bei Fußball-Weltmeisterschaften mit?«, fragt Rudi, der sich schlagartig erholt.

»Und ob«, sagt Thot, »Ihr werdet 1954 Weltmeister!«

»In sieben Jahren schon? Toll!«, freut sich Rudi.

»Wisst ihr was? Das muss gefeiert werden. Lasst uns drüben am Steinernen Haus etwas trinken.« Er greift in seine Hosentasche. »Ich lad euch ein. Ein paar Reichsmark hab ich noch.«

»Das Bezahlen ist meine Sache«, sagt Thot. »Geht schon vor, ich schüttle mir nur noch ein paar Federn aus dem Hemd.«

Ob er doch noch nicht ganz in Ordnung ist?, fragt sich Martin. Kann eigentlich nicht sein, beim Fußball war er topfit.

Vom gotischen Steinernen Haus stehen nur noch die beiden Seitenwände und die Rückfront. Die Hauptfassade ist eingestürzt, ihre Erdgeschossarkaden liegen vornübergekippt wie Bauklötze eines Riesenkinds. Neben ihnen, am Eingang einer schmalen verschütteten Gasse, steht eine Baracke aus Trümmersteinen mit einer hölzernen Veranda, auf der Tische und Stühle aufgestellt sind.

Die vier gehen hinüber. Als sie an den Resten des Steinernen Hauses vorübergehen, schaut Martin schnell nach oben. Auf halber Höhe der Eckwand zum Römerberg ist ein leerer Statuensockel zu sehen. Albins Madonna ist also tatsächlich heruntergestürzt.

Kaum haben Iris, Martin, Bes und Rudi Platz genommen, kommt auch Thot. Er lächelt Martin, der ihn besorgt anschaut, beruhigend zu. Dann bestellen alle. Iris und Martin trinken Süßen, frischgepressten Apfelmost, aus dem die Frankfurter Apfelwein keltern. »Die erste gute Ernte nach dem Krieg, es geht wieder aufwärts«, sagt die Wirtsfrau, als sie die Gläser bringt.

Thot und Bes nippen mit verzogenen Mündern puren Apfelwein. Er wurde im Vorjahr aus eilig zusammengesuchten, oft noch unreifen Äpfeln gekeltert und ist deshalb extrem sauer. Rudi lässt sich trotzdem einen Gespritzten schmecken, Apfelwein mit einem kräftigen Schuss Sprudelwasser.

Aus dem offenen Fenster der Baracke hört man ein Radio. »Und nun«, sagt ein Sprecher stolz, »eine neue deutsche Produktion: Rudi Schuricke singt die ›Capri-Fischer‹.«

»Kenn ich von der letzten Faschings-Fete«, sagt Martin zu Rudi, »absolut schräg, die Nummer!«

»Wenn bei Capri die rote Sonne im Meer versinkt. Und vom Himmel die bleiche Sichel des Mondes blinkt. Zieh'n die Fischer mit ihren Booten aufs Meer hinaus, und sie legen in weitem Bogen die Netze aus. Nur die Sterne, die zeigen ihnen am Firmament, ihren Weg mit den Bildern, die jeder Schiffer kennt ...«

Thot hat aufgehorcht, als vom Mond gesungen wurde, seinem Gestirn.

»Capri, Mensch, das wär was«, seufzt Rudi, »davon kann man hier nur träumen.«

»Wir waren erst vor vier Tagen in der Nähe von Capri«, sagt Iris und schaut sich vorsichtig um, ob die Bedienung sie nicht hört. »Allerdings in der Antike.«

»Jetzt geht das wieder los«, murmelt Rudi. »Grad hab ich mal vergessen, dass ihr Zeitreisende seid.«

»Capri«, sagt Thot gedehnt. »Was meint ihr? Am Golf von Neapel ist es auch früher Abend. Wollen wir uns den Sonnenuntergang dort ansehen?«

»Ich bin dabei. Pompeji hat mir trotz allem unheimlich gut gefallen«, sagt Martin.

Iris nickt, und Bes tappt schon ungeduldig vor Erwartung mit den Füßen. »In Pompeji wurde ich sogar verehrt. Eure Archäologen haben drei Statuen von mir dort gefunden«, sagt er zu Iris und Martin. Und mit leiserer Stimme fährt er fort: »Am Portal einer altorientalischen Andachtsstätte dort hat ein Gläubiger sogar einmeißeln lassen, dass er Thot als seinen Schutzherrn anbetet. Komisch, dass Thot euch das nicht erzählt hat.«

»Er ist nicht so eitel, wie man anfangs denkt«, sagt Martin rasch.

»Capri?«, sagt Rudi. »Na schön. Jetzt ist ohnehin alles egal. Ich komme mit. Wer weiß, ob ich sonst Neapel, Pompeji oder die Blaue Grotte einmal zu sehen bekomme!«

»Diesmal ist es ungefährlich hier«, sagt Thot, als sie den Zeitsprung hinter sich haben. »Ich habe uns im Jahr 35 nach Christus ankommen lassen. Es dauert noch 44 Jahre bis zum Vesuvausbruch.«

Vor den fünf Zeitreisenden öffnet sich ein weiter, annähernd dreieckiger Platz. Er folgt den Umrissen eines Geländevorsprungs, der wie ein Schiffsbug aus dem hohen Lavahügel ragt, auf dem sich Pompeji erhebt. Ein Säulengang fasst den Platz ein. Am hinteren schmalen Ende ersetzt ihn eine niedrige steinerne Balustrade, um den Blick auf den Golf von Neapel freizuhalten.

Von der Balustrade aus schaut man hinunter auf eine von Zypressen gesäumte Straße, die den Sarno begleitet, der weiter westlich ins Meer mündet. Flussaufwärts werden die letzten Lastkähne des Tages zum Hafen gerudert, flussabwärts schaukeln kleine, mit Laternen bestückte Prunkbarken, auf denen reiche Pompejaner gemächlich in Richtung Strand gleiten, wo Heilquellen sprudeln. Martin beugt sich weit nach vorn, um die Insassen einer besonders eleganten Barke, auf deren Bug eine Chimäre gemalt ist, besser zu sehen. Er glaubt Vulvia entdeckt zu haben, die als schönes, sehr junges Mädchen in sonderbaren, wohl etruskischen Gewändern an der Reling lehnt und ihre Hand spielerisch ins Wasser hält. Als sie unvermittelt nach oben schaut, springt Martin zurück. Ist da ein Wiedererkennen in dem wunderschönen faltenlosen Gesicht Vulvias zu sehen?

Die anderen, denen Martins Reaktion entgangen ist, genießen das Panorama. Im Osten begrenzen die mächtigen Monti Latari die Meerenge vor Pompeji. Sie sind mit dichten Wäldern bedeckt, über denen der Sonnenuntergang wie ein weicher roter Schleier liegt. Im Hintergrund ragt die Insel Capri aus dem spiegelglatten Wasser. Ihre steilen verschatteten Felshänge scheinen im dunklen Blau der aufsteigenden Nacht zu versinken. Auf dem obersten Gipfel schimmern weiße Bauten und Terrassen auf hohen Stützbögen. Sie gehören zur Villa Jovis, der Residenz des menschenscheuen Kaisers Tiberius. In der Mitte der Villa erhebt sich ein säulengeschmückter Leuchtturm, auf dem schon Signalfeuer brennen. Die Luft ist angenehm warm, und vom Strand her weht eine leichte Brise.

»Hast du nicht gesagt, Pompeji sei noch unzerstört?«, fragt Martin, der sich noch weiter von der Balustrade zurückgezogen hat. »Dreh dich mal um, Thot, dann siehst du den größten Trümmerhaufen deines Lebens.«

Einige Schritte hinter ihnen zeichnet sich ein mächtiges Tempelpodest gegen die Sonne ab, die wie eine riesige feuerrote Kugel hinter dem Vesuv versinkt. Auf dem Podest liegen große geborstene Säulentrommeln und dorische Kapitelle. Sie sind von Efeu überwuchert, ebenso wie die Treppen und die Sockelmauern des Podests, aus deren Fugen zusätzlich blühende Rosmarinbüsche wachsen. Am hinteren Ende des Podests steht ein kleines Holzhaus, an dessen Dach vertrocknete Girlanden aus Lorbeerblättern und Hagebutten leise raschelnd im Wind schaukeln.

»Ach das«, sagt Thot. »Das sind die Reste des Herakles-Tempels.

Er wurde vor 600 Jahren von Griechen gebaut und war in seiner Frühzeit ein bedeutender Wallfahrtsort. Vor hundert Jahren hat ihn ein Erdbeben einstürzen lassen. Die damaligen Bürger Pompejis glaubten an eine Strafe der Götter und haben ihn deshalb nicht wiederaufgebaut. Die heutigen Einwohner pflegen seine Trümmer als ehrwürdiges Denkmal ihrer Vorfahren. Außerdem lieben sie malerische Ruinen, so wie die Romantiker des 18. und 19. Jahrhunderts.«

»Ist das nicht Athene?«, fragt Iris und deutet auf einen rissigen Steinblock, dessen Vorderseite das verwitterte Relief einer Frau mit Speer und Helm zeigt.

»Ja«, sagt Thot. »Als Schutzgöttin des Herakles gehört sie hierher. Der Kult für sie und für Herakles ist auch nach der Zerstörung des Tempels fortgesetzt worden. Er findet jetzt in dem Holzbau dort hinten statt. Aber die wichtigsten religiösen Feiern werden am Grab des Stadtgründers vor der Treppe veranstaltet.«

Thot weist auf einen viereckigen schmucklosen Steinbau, der aussieht, als wäre er halb im Erdreich versunken.

»Wer ist denn hier begraben?«, fragt Martin. »Ein König, so wie am Erechtheion?«

»Das Grab ist leer«, sagt Thot. »Das Ganze ist ein Symbol. Aber das wissen nur einige Priester. Offiziell ist von einem Führer der Kolonisten die Rede, die vor etwa 700 Jahren Griechenland verließen und am Golf von Neapel neue Städte gründeten. Doch viele Pompejaner glauben, dass hier Herakles selbst bestattet liegt, der als Halbgott sterben musste, bevor ihn sein Vater Zeus zu den griechischen Göttern versetzte.«

»Warum soll er ausgerechnet in Pompeji gestorben sein?«, fragt Iris.

»Es gibt keine Aufzeichnungen darüber«, sagt Thot. »Die Pompejaner beziehen sich auf die Legende, dass Herakles während einer seiner Heldenfahrten in der Bucht dort unten haltgemacht und Pompeji und Herculaneum gegründet haben soll.«

»Je kleiner die Stadt, desto größer die Sucht nach Ruhm«, sagt Bes trocken. »Vor allem Herculaneum ist ein winziges Nest.«

»Aber ein vornehmes«, sagt Thot. »Mit Palästen, die selbst Caesar bewundert hat … Wir werden hier übrigens ungestört sein. Im Moment ist das Foro Triangolare, wie dieser Platz zu eurer Zeit heißen wird, wegen Bauarbeiten gesperrt; das Pflaster wird erneuert.«

Die fünf gehen zu einer halbrunden steinernen Bank, die unter drei alten Nussbäumen neben der Tempelruine steht. Ihre geschwungene Rückenlehne ist mit Girlanden aus stark duftenden Rosen, Lilien und Lavendelblüten bedeckt. Auf der Sitzfläche liegen bestickte Kissen und safrangelbe weiche Decken.

Thot schaut in Gedanken versunken zum Himmel, der sich rot und violett färbt. Martin, Rudi und Bes sind auf das Tempelpodest gestiegen. Dort betrachten sie einen schön geschwungenen schwarzen Krug, auf den glänzende rotbraune Figuren gemalt sind. Bes hat ihn aus einer Mauerspalte gezogen. Er ist ein etruskisches Kunstwerk, hat er seinen Freunden erklärt, ein Beweis, dass auch die Etrusker, das älteste Kulturvolk Italiens, Pompeji zeitweise beherrschten.

Iris schlendert über den Platz, dann lehnt sie sich an eine der Säulen. Sie strömt noch die Wärme des Tages aus. Einige Schritte vor ihr erhebt sich ein kleiner, anmutiger Rundtempel. Sechs schlanke Säulen, die ein halbkugelförmiges Dach mit einem krönenden Pinienzapfen aus Bronze tragen, fassen einen runden steinernen Brunnen ein.

Im Halbdunkel bemerkt Iris einen jungen Mann, der sich über den Brunnenrand beugt. Der Wasserspiegel wirft die letzten Reste Tageslicht zurück und bildet sonderbare Reflexe auf seinem Gesicht. Es wirkt wie eine Maske aus glänzender Seide, auf der winzige Lichter hin und her huschen.

Merkur, denkt Iris. Sie stößt sich von der Säule ab, um zu ihm zu laufen. Doch dann bleibt sie stehen. Merkur wirkt traurig und allein. Von seiner gewohnten Fröhlichkeit und Zuversicht ist nichts zu sehen.

Inzwischen ist der Mond aufgegangen. Seine volle runde Scheibe beleuchtet den Platz. Merkur hebt den Kopf und bietet sein Gesicht mit geschlossenen Augen dem silbrigen Licht dar. Seine Gestalt wirkt durchscheinend wie ein Opal. Er trägt eine kurze purpurfarbene Tunika aus weicher Wolle und geflochtene Sandalen, deren Riemen um seine Knöchel geschlungen sind.

Als Merkur die Augen wieder öffnet, schaut er direkt auf Iris. Er lächelt.

»Hallo, Iris«, sagt er mit gedämpfter Stimme, »schön, dass ihr da seid, ich habe euch erwartet!«

»Hallo, Merkur.« Iris umarmt den jungen Gott, der nun wieder völlig menschlich aussieht.

»Heute nennt ihr mich besser bei meinem ursprünglichen Namen Hermes«, antwortet Merkur und streicht ihr über den Kopf. »Hier, am ältesten Platz Pompejis, seid ihr noch einmal zu den griechischen Ursprüngen Europas zurückgekehrt. Ein schöner Ort, um Abschied zu nehmen.«

»Abschied?«, fragt Iris. Ihr wird beklommen zumute.

»Später«, antwortet Hermes. »Lass uns erst einmal zu den anderen gehen.«

Die beiden wenden sich um.

»Einen Moment noch.«

Hermes geht zurück zum Rundtempel und nimmt einen goldenen Stab vom Brunnenrand, um den zwei kunstvoll gearbeitete Goldschlangen gewunden sind.

»Mein Stab. Meistens verwahre ich ihn in einem meiner Heiligtümer, aber heute Abend werde ich ihn brauchen.«

Als Iris und Merkur die Bank erreichen, sitzt eine junge Frau neben Thot. Sie trägt ein eng anliegendes Gewand aus hauchdünnem weißem Stoff, dessen Ärmel in regelmäßigen Falten weit über ihre

Arme fallen. Auf ihren Lidern schimmert dunkelgrüne Schminke, die Augen sind von feinen, langgezogenen Kajalstrichen umrahmt. Ihren Kopf bedeckt eine Perücke aus dichten schwarzen Zöpfen, die ein Kronreif zusammenhält, der in einem silbernen Halbmond und einem siebenstrahligen Stern auf ihrer Stirn endet.

»Seschat«, ruft Iris.

»Schön, dich zu sehen, meine Kleine«, erwidert Seschat. Sie umarmt Iris. »Hast du auch Fußball gespielt? Du bist ziemlich verschwitzt. Und auf der Kopfhaut sitzt dir noch der Mörtelstaub aus den Frankfurter Trümmern.«

Iris sind Seschats Bemerkungen peinlich. Sie merkt nicht, dass die Göttin unauffällig nach Spuren des Sturzes in der Katharinenkirche tastet, während sie ihr übers Haar streicht.

»Magst du nicht auch rasch baden?«, fragt Seschat. »Rudi, Martin und Bes sind gerade in die Sarno-Thermen gegangen. Das ist gleich hier um die Ecke.«

»Sie haben frisches Zitrusöl geliefert bekommen«, sagt Thot. »Riecht herrlich und erfrischt. Sieh mich an, ich fühl mich nach dem Bad wie neugeboren.«

Thots Haut strahlt tatsächlich wie poliert. Statt der Bundfalten-hosen trägt er wieder einen altägyptischen Schurz, über dessen Vorderseite bestickte Gürtelbänder fallen. Auf Brust und Schultern liegt ein breiter Rundkragen aus silbergefaßten Edelsteinen, an den Handgelenken sitzen manschettenartige Armreifen aus Silber und Lapislazuli.

In der Frauenabteilung der Sarno-Thermen mischt Iris sich unauf-fällig unter die wenigen Badenden. Es sind drei ältere Frauen, die zufrieden seufzend in Wannen mit angewärmtem Heilschlamm liegen, dazu zwei jüngere Frauen, die ihre Arme an einer Kaltwas-serfontäne kühlen, während sie sich über die gestiegenen Preise für Seide unterhalten, und ein Mädchen in Iris' Alter, das sich die Haare wäscht.

Als Iris zum Warmwasserbecken geht, schaut das Mädchen zu ihr hinüber. »Bei Venus, deine Knie sehen aus wie die eines Köhlers. Und deine Hände sind fast schwarz vor Dreck, als hättest du schwer gearbeitet … Bist du etwa eine Sklavin? Sklavinnen haben hier drin nichts zu suchen!«

»Nein … ich … ich habe mit meinem Bruder geturnt.«

»Ein Mädchen und Sport? Komisch. Meine Mutter würde das nie erlauben.«

Auch die beiden jüngeren Frauen unterbrechen ihr Gespräch und mustern Iris erstaunt.

Iris taucht rasch unter, dann geht sie eilig hinüber in den Kaltbaderaum. Das Mädchen sagt nichts mehr, folgt ihr aber unentwegt mit den Blicken. Als Iris kurz darauf zurück zum Umkleidesaal läuft, hört sie hinter sich noch einmal die Stimme des Mädchens.

»Bist du eigentlich Pompejanerin? Ich habe dich noch nie hier gesehen … Und doch kommst du mir irgendwie bekannt vor!«

Iris schließt wortlos und hastig die Tür. Im Umkleidesaal steht ein zierliches kleines Mädchen mit niedergeschlagenen Augen. Über seinen Armen hält es zwei dunkelrosa Stoffbahnen.

»Eine ägyptische Dame war hier und hat das für Euch abgegeben«, sagt die Kleine höflich und reicht Iris die beiden Tücher. Dann hilft sie ihr, sie mit zwei silbernen Anstecknadeln über den Schultern zusammenzuheften, und schlingt ein silberbesticktes Band als Gürtel um Iris' Hüften. Zuletzt träufelt sie ihr einige Tropfen Zitrusöl auf den Nacken und verstreicht sie behutsam.

Während Iris in schmale Ledersandalen schlüpft, deren obere Riemen ebenfalls silbern bestickt sind, greift die Kleine nach einem Leinenbeutel.

»Hier ist Eure … Reisekleidung. Ich habe sie ausgeklopft und gefaltet. Soll ich Euch noch die Haare flechten?«

»Nein, das geht so«, sagt Iris und geht eilig in Richtung Ausgang.

»Danke für deine Hilfe«, ruft sie noch über die Schulter. Die Kleine schaut erstaunt auf, dann verneigt sie sich stumm.

Erst auf der Straße wird Iris bewusst, dass das kleine Mädchen, sicher eine Sklavin, die Thermendienste tun muss, Ähnlichkeit mit Rebekka hatte. Einen Moment überlegt sie, ob sie zurückgehen und fragen soll. Doch dann geht sie weiter. Sie könnte noch einmal dem großen Mädchen begegnen, das sie dauernd angestarrt hat.

Auf dem Foro Triangolare sitzen die anderen schon alle beisammen. Unter den Nussbäumen sind zierliche Tische verteilt, auf denen Kristallpokale, silberne Näpfe und Platten sowie schwarz glasierte Schalen und kobaltblaue Glasbecher stehen. In türkis schimmernden Glasschüsseln häufen sich dunkelrote Pfirsiche, Feigen, Birnen, Datteln und feucht glänzende Trauben. In Silberschälchen stehen Walnüsse, Oliven und salzig geröstete Kichererbsen bereit. Daneben sind breite Silbertabletts angeordnet, auf denen Brote, Würste, Käse und Meeresfrüchte liegen.

»Setz dich, Iris«, sagt Martin, »magst du auch einen Becher mit Granatapfelsaft? Schmeckt super.«

Er trägt, wie Rudi, eine hellbraune Tunika. Martin bewegt sich ganz ungezwungen darin, Rudi aber zupft ständig nervös an den Ärmeln und am Saum.

»Du riechst ja wie ein ganzer Marktstand für Zitrusfrüchte.« Martin schnuppert demonstrativ an Iris' Haaren.

»Sehr witzig!«, sagt Iris.

»He, war doch nicht so gemeint. Rudi und ich duften sogar zehn Meter gegen den Wind. Bei uns ist es Rosmarinöl. Damit sind wir von einem kleinen Jungen eingerieben worden. Er hat uns auch die Badetücher und die Tuniken gegeben.

Weißt du was, der Junge sah fast aus ...«

»Wie David«, ergänzt Iris. »Bei mir war ein Mädchen, das Rebekka total ähnlich gesehen hat. Und im Baderaum hat mich ein anderes gefragt, woher es mich kennt. Dauernd passiert uns so was. Seltsam!«

»Eine wie Lea hast du nicht gesehen?«, fragt Martin und tut, als sei ihm das eben erst eingefallen.

»Nein«, sagt Iris. »Aber selbst wenn sie in Pompeji wäre, könnte sie sicher nicht mit Rebekka und David zusammen sein. Thot hat mir letztes Mal erzählt, dass es hier zwar viele Juden gibt, aber die meisten von ihnen Sklaven sind. Und die werden nach Bedarf und nicht nach Verwandtschaftsgrad eingesetzt. Sollte Lea in Pompeji sein, wird sie bestimmt bei einem Arzt Dienst tun. Dass David und Rebekka in den Thermen arbeiten, liegt vermutlich daran, dass sie so hübsch und freundlich sind. Sonst hätte man sie zur Weinlese geschickt und auf die Platanen und Zypressen klettern lassen.«

»Was haben denn Bäume mit der Weinlese zu tun?«, fragt Martin verdutzt.

»Die Pompejaner lassen ihre Reben an Bäumen hochranken, hat mir Thot erklärt. Je höher die Trauben hängen, desto mehr Sonne kriegen sie und werden süß wie Zucker. Jedes Jahr stürzen Kinder in Pompeji bei der Weinlese von den obersten Ästen, zu denen keine Leiter reicht. Die Behörden haben zwar den Weinbauern verboten, Reben über zwei Meter Höhe ranken zu lassen. Sie tun's aber trotzdem, weil der Baumwein Spitzenpreise bringt.«

Martin betrachtet nachdenklich die Trauben und lässt die Hand sinken, die er gerade nach ihnen ausgestreckt hat. Erst jetzt bemerkt Iris, dass sein blaues Auge verschwunden ist.

»Hat Thot vorhin gemacht«, sagt Martin, als Iris ihn danach fragt. »Einmal leicht mit dem Zeigefinger über das Augenlid. Es war nur ein Prickeln zu spüren und eine Sekunde Wärme.«

»Seschat, schenkst du mir noch einen Schluck vom alexandrinischen Rotwein ein?«, sagt Thot. »Letztlich geht doch nichts über unsere ägyptischen Gewächse. Der Vesuv-Wein ist tückisch, trinkt sich leicht, aber macht am nächsten Tag einen Kopf wie kochendes Blei!«

»Ich mag ihn trotzdem«, sagt Hermes, der zu seiner guten Laune zurückgefunden hat. »Schon deswegen, weil mein Bruder Dionysos ihn besonders liebt. Die Pompejaner sagen, der Vesuv sei sein Lieblingssitz. Prost!«

Bes schlürft behaglich eine dickflüssige goldgelbe Masse aus einer flachen Schale. Sein breiter, grellbunter Halsreif bewegt sich bei jedem Schluck und sein weit abstehender, mit blauen und roten Rauten bestickter Schurz knistert, sobald er sich bewegt.

»Likörwein, gewürzt mit Thymianhonig«, seufzt Bes. »Eure Eltern kennen ihn als süditalienischen Vin Santo. Man trinkt ihn hier in Pompeji eigentlich zum Abschluss eines Festessens. Aber ich mag ihn auch als Aperitif. Also dann: Guten Appetit allerseits, greift zu, die Vorspeisen sind herrlich!«

»Ich hab mich schon richtig an meinen Menschenkopf gewöhnt«, sagt Thot schmunzelnd, während er mit einem ziselierten spitzen Silberstab das Fleisch aus einer spiralförmigen Muschel zieht, die noch von der Würzbrühe dampft, in der sie gekocht wurde. »Ich bräuchte mindestens zehn Minuten, bis ich diese köstliche Sarnomuschel mit meinem Ibisschnabel geknackt hätte.«

»Jetzt finde ich es erst recht schade, dass Rebekka nicht da ist«, sagt Iris. »In Babylon hat sie mir erzählt, wie gern sie Flusskrebse und Krustentiere isst.«

Sie hat sich das knusprige pompejanische Brot genommen, auf das sie kleine feste Würste legt, die mit Fenchelsamen gewürzt sind. Auch Martin und Rudi kauen mit vollen Backen. Sie haben Fleischbällchen mit Kapernfüllung in ihren Schalen, die Rudi an die berühmten Klopse seiner Heimat Königsberg erinnern. Garum schieben sie beiseite, nur Bes träufelt eine große Portion auf seine gegrillten Tintenfische.

Nach dem ersten Gang breitet sich für eine Weile wohlige Ruhe über die Festgesellschaft aus. Hermes erklärt Martin und Rudi halblaut die Sternbilder, die sich deutlich vom inzwischen samtschwarzen Himmel über dem Golf abheben, Bes summt zufrieden vor sich hin, Seschat erzählt Thot von ihrem letzten Atelierbesuch bei Zaha Hadid.

Iris fällt auf, wie freundlich die beiden miteinander umgehen, wie vertraut und friedlich sie sind. Was wohl ihre Eltern machen? Ob sie sich wirklich wieder vertragen haben?

»Keine düsteren Gedanken. Nicht heute Abend, bitte«, sagt Thot, der sie aufmerksam beobachtet hat.

»Iris, du bist so still. Ist irgendetwas?«, fragt Rudi und setzt sich neben sie.

»Mir gehen meine Eltern nicht aus dem Kopf«, antwortet Iris zögernd. »Sie haben sich in letzter Zeit sehr oft gestritten.«

»Sei froh, dass du noch welche hast, die sich streiten können«, sagt Rudi leise.

»Angefangen hat das, als mein Vater einen Auftrag in Dubai bekommen hat«, sagt Iris, die so in Gedanken ist, dass sie Rudis Bemerkung überhört. »Er ist manchmal wochenlang nicht zu Hause. Und wenn er dann kommt, ist er meistens müde. Meine Mutter sagt nichts darüber, auch nicht zu uns. Aber ich bin mir sicher, dass sie sich im Stich gelassen fühlt. Es gibt Tage, da fährt sie bei der geringsten Kleinigkeit aus der Haut. Und an anderen behandelt sie uns wie Babys, will uns dauernd knuddeln und an sich drücken.«

»Mein Vater kam auch nur unregelmäßig«, sagt Rudi nachdenklich. »Er war Schlafwagenschaffner bei der Reichsbahn. Für meine Mutter und mich war es ganz selbstverständlich, oft allein zu sein. Wir waren froh, dass er überhaupt Arbeit hatte. Vor meiner Geburt ist er nämlich lange ohne Stelle gewesen, wegen der Weltwirtschaftskrise. Wenn er von seinen Zugreisen zurückkam, war das jedes Mal wie ein Fest. Er hat meiner Mutter und mir oft Kleinigkeiten mitgebracht, Spielzeug, Parfüm, Seife.

Später, als die Mangelwirtschaft im Krieg begann, ging es fast nur noch um Essen – Butter, Kaffee, geräucherten Speck. Das war dann auch zu Ende, als seine Freistellung aufgehoben wurde und er zu den Soldaten musste.«

»Wo ist er denn jetzt? Du ... hast bisher nur von deiner Mutter erzählt«, sagt Iris vorsichtig.

Rudi antwortet lange nicht.

»Wir wissen es nicht. Er ist seit Januar 1945 vermisst. Irgendwo an der russischen Front. Meine Mutter hofft immer noch, dass er zurückkommt … aber ich glaube … er ist tot.«

Iris schluckt.

»Deshalb war ich heute Nachmittag auch so brutal zu Thot und euch. Ich muss doch jetzt den Unterhalt für meine Mutter und mich aufbringen. Sie putzt zwar bei amerikanischen Offizieren, aber das reicht hinten und vorne nicht … Wir hatten ja nur zwei Rucksäcke, als wir aus Königsberg fort sind.«

Iris legt tröstend ihre Hand auf Rudis Unterarm.

»Wenn mein Vater mich erlebt hätte, wie ich Thot zu erpressen versucht habe«, sagt Rudi mit gepresster Stimme, »ich hätte garantiert die erste Ohrfeige meines Lebens von ihm bekommen.«

Rudi versucht es zu verbergen, aber in seinen Augen stehen Tränen.

»Rudi, das ist doch längst vergessen«, sagt Iris und umarmt ihn spontan. »Keiner von uns ist dir böse … Mach dich nicht selbst schlecht. Du bist gerade mal 15 und versorgst schon deine Mutter und dich. Ich weiß nicht, ob Martin oder ich das könnten.«

Rudi hält ganz still und wird langsam ruhiger. Erst jetzt fällt Iris auf, dass sie ihn berührt hat, ohne dadurch den Zeitsprung auszulösen. Fragend schaut sie zu Thot hinüber.

Thot steht auf und zieht einen geschnitzten Hocker mit geschwungenen Beinen zu den beiden.

»Hör auf, dir Vorwürfe zu machen, Rudi. Wenn je jemand überfordert wurde, dann du und die Jugendlichen deiner Generation. Ihr habt erst den Drill der Nazis mitmachen müssen, dann den Krieg und die Flucht. Und jetzt sitzt ihr zwischen Trümmern und müsst Familien ernähren. Ihr habt keine Kindheit gehabt und sollt erwachsen handeln, obwohl ihr doch Jugendliche seid. Ich bin überzeugt, dass du deinen Plan nicht ausgeführt hättest.«

»Ich bin mir da nicht so sicher …«, sagt Rudi.

»Dann sei dem Zufall dankbar, der dich daran gehindert hat, und lerne aus deiner Erfahrung. Du bist alt genug, um über dich und dein Handeln ohne Beschönigung nachzudenken.«

Rudi nickt erleichtert. Er schaut in die Runde. Plötzlich hebt er seinen Becher.

»Auf meine neuen Freunde«, ruft er und trinkt so schwungvoll, dass ihm ein wenig Granatapfelsaft aus dem Mundwinkel rinnt.

»Thot«, sagt Iris, nachdem sie ihren Becher wieder abgesetzt hat, »wieso habe ich Rudi eben anfassen können und bin trotzdem noch hier? Die Immunisierung galt doch bloß für das Fußballspiel.«

»Heute ist alles anders, Iris«, sagt Thot. »Es ist unser letzter Abend. Wir feiern Abschied. Ihr habt in den vergangenen Tagen alle Bauepochen kennengelernt, die eurer Zeit vorangingen. Wir können euch nichts mehr beibringen.«

»Das könnt ihr doch nicht machen!«, protestiert Martin. »Ich dachte, wir wären Freunde geworden. Es muss doch nicht jeden Tag Architektur sein. Wir können uns doch einfach so treffen, können das Leben der alten Ägypter besser verstehen lernen oder das der Griechen … oder der Italiener in der Renaissance … Wir könnten auch nochmal in die Oper gehen … oder … Fußball spielen! … Und außerdem: Hajo haben wir immer noch nicht!«

Hermes lacht laut auf.

»Martin, du bist umwerfend. In die Oper! Thot hat mir erzählt, welches Opfer das für dich als Rock- und Hip-Hop-Fan gewesen ist. Wir müssen euch wirklich viel bedeuten, wenn du einen zweiten Opernbesuch auf dich nehmen willst.«

Seschat steht auf. Die Mondsichel an ihrer Stirn leuchtet mit einem Mal so stark, als würde sie glühen. Auch Thots Stirnschmuck strahlt auf.

»Bist du dir sicher, Martin, dass du Hajo noch immer nicht gefunden hast?«, sagt Seschat und deutet zum Tempelpodest.

Auf einer halb aufgerichteten Säule sitzt Hajo und schaut unverwandt die Zwillinge an. Seinen Kopf krönt ein kleiner Goldreif, aus dem zwei stilisierte silberne Federn ragen. An ihrem unteren Ende ist eine Sonnenscheibe angeheftet. Sanftes gelbrotes Licht geht von ihr aus, wie bei einem Sonnenaufgang.

Das Schimmern von Hajos Kopfschmuck durchdringt auch das Dunkel hinter ihm. Es beleuchtet schemenhaft einen schlanken, breitschultrigen Mann. Er trägt einen Schurz, der dem Thots gleicht, aber zusätzlich mit eingeflochtenen glitzernden Goldfäden verziert ist. Seine Unter- und Oberarme sind mit breiten Goldreifen geschmückt, um den Hals trägt er einen Rundkragen, in dessen Mitte, dort, wo das Herz des Mannes sitzen müsste, ein milchig roter Karneol Blitze zu versprühen scheint.

Über diesem magischen Schmuck sitzt – ein Falkenkopf. Doch er trägt keine Perücke. Stattdessen bilden lange geschmeidige Federn eine glänzende Pharaonenhaube. Trotz der Schatten, die die Flügel dieses Kopfschmucks auf das Falkengesicht werfen, funkeln die schwarzen, wie aus hartem Obsidianstein gemeißelten Augen und der scharfe Schnabel bedrohlich. Die Luft um den Mann flirrt, als sei sie extrem heiß. Sie verdichtet sich zusehends zu einem feinen Goldnebel, der den Körper umgibt und Hajos Licht zu überstrahlen beginnt.

Als Iris einen Moment zu Thot hinüberschaut, sieht sie, dass dieser nun von silbrigem Mondlicht umflossen wird. Um seinen Kopf zeichnet es die Konturen eines Ibis-Schädels nach. Auch Bes hat sich verändert. Ihm verleiht die Widerspiegelung von Hajos Sonnenscheibe einen Löwenkopf und Pranken statt Händen und Füßen. Seschat dagegen steht in Thots Mondlicht, das sich bei ihr zu den Umrissen eines Leoparden verdichtet. Nur Hermes ist er selbst geblieben. Doch er steht mit angewinkelten Armen so aufrecht und starr wie eine altägyptische Statue. Sein Gesicht scheint eine ernste Maske zu sein, nur die wachen Augen erinnern an den fröhlichen jungen Mann von eben.

»Sei gegrüßt, Horus«, sagt Thot.

Er, Seschat und Bes deuten eine Verbeugung an. Auch Hermes senkt kurz den Kopf.

Horus neigt erwidernd den Falkenkopf. Doch dann sagt er: »Lassen wir die Förmlichkeiten, Thot, die Zeit drängt. Du hast heute endgültig alle Grenzen zwischen dir und deinen menschlichen Begleitern niedergerissen. Die Kinder sind dir, wie auch deinen göttlichen … Verbündeten … über alle Maßen ans Herz gewachsen. Damit bist du – und seid ihr – weit über das hinausgegangen, was Göttern unserer Art erlaubt ist.«

Horus schaut von Thot kurz hinüber zu Seschat, Bes und Hermes. Seine Stimme klingt zwar nicht angestrengt, aber doch so, als müsse sie einen weiten Abgrund überbrücken. Er wendet sich nun den Zwillingen zu.

»All die Tage hat Thot für euch und sich die Trennung von Sonne und Mond und damit die Grenzen von Zeit und Raum aufgehoben. Ich habe diese Verstöße mitgetragen, weil mich die Fürsorge gerührt hat, die ihr dem Gefangenen eures Vaters entgegenbringt – und die Treue, mit der Hajo euch anhängt, obwohl er seine Freiheit wiedererlangt hat.«

»Hajo soll seine Freiheit behalten«, sagt Martin. Er wirkt verschüchtert, aber doch entschlossen. »Wir haben gelernt, dass Raubvögel keine Haustiere sind und dass man sie demütigt, wenn man sie abrichtet.«

Hajo spreizt die Flügel, wendet seinen Kopf kurz zu Horus und gleitet dann auf Martins Schulter. Martin spürt weder das Gewicht des Vogels noch die Krallen, die eigentlich tief in seine Haut eindringen müssten.

»Dann habt ihr eine der wichtigsten Erkenntnisse gemacht, die Menschen erlangen können: Jedem Lebewesen gebührt Achtung. Sie gipfelt im Respekt vor der Einzigartigkeit und Würde eines jeden Menschen. Vergesst das nicht, wenn ihr in eure Zeit zurückkehrt.«

»Und du«, sagt Horus und richtet seine stechenden Falkenaugen wieder auf Thot, »erneuere die natürliche Ordnung. Du hast zu oft und heute in unerhörtem Maß in die menschlichen Schicksale eingegriffen.«

Beim letzten Satz streift der Blick des Horus kurz zu Iris.

»Beende das nun. Du weißt, was auf dem Spiel steht.«

Thot holt Luft, um zu antworten. Dann aber schaut er Horus nur stumm in die Augen. Die beiden scheinen ohne ein Wort miteinander zu reden. Dann blicken sie ins Leere. Gleichzeitig beginnen sich Thots Mondlicht und das Sonnenlicht des Horus zu vermischen. Eine Wolke entsteht, die sich zu einer flimmernden Barke unter Horus' Sohlen verdichtet. Der Karneol seines Brustschmucks wächst lautlos, bis sein Rund den Körper des Horus in sich aufgenommen hat. Dann verblasst die Erscheinung. Nur noch der Vollmond über Pompeji und die beiden Halbmonde auf der Stirn von Seschat und Thot senden Licht aus.

Alle sind näher zueinandergerückt. Hajos Kopfschmuck hat sich in nichts aufgelöst. Er springt von Martins Schulter auf die Rückseite der Steinbank und schaut aufmerksam in die Runde.

»Ihr dürft nicht so verschwinden wie Horus«, sagt Iris trotzig. »Erst schließt ihr Freundschaft mit uns, und dann macht ihr euch aus dem Staub.«

»Aus dir spricht nicht nur die Angst vor der Trennung von uns, Iris«, sagt Thot mit gedämpfter Stimme, »sondern die Furcht vor Trennungen überhaupt.«

»Glaub mir als dem Gott der Wanderer und Reisenden«, sagt Hermes sanft, »und auch du, Martin und du, Rudi: Ihr werdet im Laufe eures Lebens erfahren, dass ihr, wie jeder Mensch, in gewisser Weise ewig Reisende seid. Menschen begleiten eine Zeitlang einander, oft sehr lange, manchmal sogar mehr als ein halbes Leben lang. Aber irgendwann stehen Abschiede an. Was bleibt und Kraft gibt, sind Erinnerungen.

Keiner weiß das besser als Rudi«, sagt er mit einem Blick auf den Jungen, der sich gerade auf die Lippen beißt, um seine erneut aufsteigenden Tränen zurückzuhalten.

»Und durch Erinnerung«, wirft Bes ein, »leben auch wir. Ihr zum Beispiel habt uns aus dem Grau der Vergangenheit ins bunte Leben zurückgeholt, weil ihr an uns gedacht habt.«

»Ich hatte noch nie von dir gehört«, sagt Iris. »Auch nicht von Thot oder Seschat ... vielleicht von Hermes.«

»Doch, du bist uns schon oft begegnet«, widerspricht ihr Thot freundlich. »Erinnere dich an die Dokumentation über Ägypten, die ihr kurz vor meinem ersten Erscheinen gesehen habt. Darin war von mir die Rede. Du hast das vielleicht überhört, aber dein Gedächtnis, ebenso wie das von Martin, hat alles gespeichert. Als ihr mich brauchtet, hat etwas in euch sich an mich erinnert.

Außerdem habt ihr alle drei schon seit frühester Kindheit mit uns allen zu tun gehabt: durch Märchen, Mythen und Bilder. Sie überdauern Jahrtausende. Zwar wandeln sie sich, aber sie bleiben. Auch eure Zeit erzählt sie weiter, getreu der Zauberformel *Mutabor* aus dem Märchen vom Kalif Storch. »Ich werde verwandelt werden und doch derselbe bleiben«, heißt das in eurer Sprache. Das ist das Schlüsselwort für uns – und auch für euch.«

»Damit hast du immer noch nicht beantwortet, warum ihr uns abschieben wollt«, sagt Martin.

»Von Abschieben, Martin«, antwortet Thot, »kann keine Rede sein. Im Gegenteil, ihr seid uns allen so ans Herz gewachsen, dass es sehr schmerzt, euch zu verlassen.

Wir wollen nicht von euch gehen, wir müssen: Ihr werdet in wenigen Tagen 14 Jahre. Damit überschreitet ihr die erste Schwelle in Richtung Erwachsensein. Und dadurch verliert ihr die Fähigkeit, uns wahrzunehmen.

Ihr werdet in Zukunft auf Reisen, in Museen, aus Büchern und Filmen noch viel mehr über uns erfahren, als ihr jetzt schon wisst. Doch unsere Begegnungen werdet ihr vergessen. Sie passen nicht in das erwachsene, um Vernunft bemühte Denken. Nur im Traum, oder wenn ihr das erlebt, was bei euch Déjà-vu genannt wird, werden wir gelegentlich noch bei euch auftauchen!«

In Martin schießen Wut und Trauer hoch.

»Eben habt ihr noch so groß vom Erinnern geredet und wie sehr es einem hilft, wenn man auseinandergehen muss! Alles nur Gerede!!«

»Eure Erinnerung an uns wird nicht ganz ausgelöscht, sondern nur gewandelt«, sagt Thot. »Ihr werdet uns als Personen vergessen. Aber die Stärke, die wir euch hoffentlich vermittelt haben, das sichere Gefühl, bei wahren Freunden geborgen zu sein, und die Fähigkeit zu vertrauen werden euch bleiben.

Auch für uns«, setzt Thot hinzu, während er den Zwillingen traurig und ironisch zugleich zulächelt, »die wir um unserer selbst willen und als einzigartige Personen geliebt werden wollen, ist das nur ein schwacher Trost. Aber es ist einer. Mehr kann man sich selten geben.«

Lange schweigen alle.

»Aber eine Sache will ich noch wissen«, sagt Martin schließlich.

»Anfangs warst du ein Ibis und wirst es manchmal wieder. Warum? Du bist doch kein – Tschuldigung, Hajo – hirnloses Tier, sondern ein unendlich kluger Mann.«

»Gut, dass du das endlich einsiehst«, sagt Thot verschmitzt lächelnd.

»Wenn die Pferde Götter hätten, sähen diese wie Pferde aus«, wirft Hermes ein.

»Versteh ich nicht«, sagt Martin. »Was soll das denn heißen?«

»Dieser Spruch stammt nicht von mir, sondern von Xenophanes, einem alten griechischen Philosophen«, sagt Hermes. »Was er damit meinte, war, dass die Griechen nicht anders konnten als uns, ihre Götter, zu Ebenbildern ihrer selbst zu machen, mit guten und schlechten Seiten.

Als Xenophanes das um 570 vor Christus schrieb, da waren Seschat, Thot und Bes schon 2000 Jahre alt und wurden als Mischwesen aus Tier und Mensch verehrt. In eurer Zeit wird das als Rest vom primitiven Glauben der Urstämme gedeutet, die zwischen dem Nil und der Wüste umherzogen, sich vor wilden Tieren fürchteten und glaubten, sie durch Anbetung bannen zu können.

Ich meine aber, darin drückt sich die frühe Einsicht der Ägypter aus, dass alle Menschen, trotz aller Kultur, Erziehung und Vernunft, immer auch sehr viel Wildheit – eben Tierisches – in sich tragen.«

»Das hat auch Polybios zu sagen versucht, als ich mit ihm am Erechtheion in Athen war und mich über die Schlangenleiber der griechischen Urahnen gewundert habe«, sagt Martin. »Allmählich verstehe ich, was er meinte.«

»Hermes, jetzt reicht's«, mault Bes. »Wir wollten doch Abschied feiern!«

»Hast recht, kleiner Herr«, antwortet Hermes, »außerdem habe ich gesagt, was ich sagen wollte.«

»Leute«, kräht Bes erleichtert, »jetzt wird's nochmal gemütlich! Ran an den Hauptgang: Es gibt ägyptische Ente und zum Nachtisch griechischen Joghurt mit Honig und Mandeln.«

»Uff«, stöhnt Iris auf. »Ich krieg' garantiert nichts mehr runter.«

»Abwarten«, sagt Bes. »Nachdenken macht hungrig!«

Das Essen wird von zwei geschickt hantierenden, höflichen Jungs aufgetragen, die ab und zu verstohlen und neugierig auf die Teilnehmer dieser sonderbaren Festgesellschaft schielen.

»Woher kommen die denn?«, wispert Martin Bes zu, während er es sich schmecken lässt.

»Das sind die Söhne einer Wirtsfamilie, die ein Gasthaus unten am Amphitheater hat. Sie sind geschult darin, auch außer Haus zu kochen und zu servieren. Ich habe sie engagiert, als ihr in den Sarno-Thermen wart. Bei meinen Rezepten haben sie nicht einmal mit der Wimper gezuckt. In Pompeji als Hafenstadt tummeln sich ja dauernd die verschrobensten Ausländer.«

»Schmeckt wunderbar, die Ente«, sagt Thot und blickt Bes forschend an. »Aber so, wie sie zubereitet ist, habe ich Ente weder in Theben noch in Memphis oder Alexandria gegessen. Und diese Frucht hier gibt es in Ägypten überhaupt nicht«, sagt er und hält eine Mandarinenscheibe hoch.

»Na ja«, kichert Bes, »ich wollte diesmal die Gaumen unserer zeitreisenden Freunde schonen. Was du isst, ist Peking-Ente, sehr beliebt in Deutschland.«

»Aber der Joghurt, der Honig und die Mandeln kommen tatsächlich aus meiner Heimat«, sagt Hermes und wischt sich mit einer bestickten Serviette die Mundwinkel.

»Und nun«, ruft einer der beiden Wirtsjungen stolz, »eine pompejanische Spezialität zum Dessert!«

Er stellt eine runde Platte mit einer flachen Torte auf den größten Beistelltisch. Dann teilt er sie geschickt in Stücke, die sein Bruder jedem auf kleinen Silbertellern überreicht. Rudi betrachtet begeistert die Schichten aus saftigen roten und weißen Maulbeeren, zwischen die süßer, mit gehackten Pistazien vermischter Sahnequark gestrichen ist.

Wie der Ricotta, den Mama manchmal beim Italiener kauft, denkt Iris.

»Torte hab ich zum letzten Mal mit 11 Jahren gegessen«, sagt Rudi und lässt sich ein zweites Stück geben.

Hermes, der als Erster fertig ist, greift hinter sich und hat gleich darauf eine Gitarre in der Hand.

»Martin, du spielst doch schon seit einem Jahr in eurer Schulband. Wie wär's?«

»Okay, wenn's sein muss«, sagt Martin, aber man merkt, dass er große Lust hat zu spielen.

»Ich hab' in Königsberg Mandoline gelernt«, sagt Rudi, »die liegt jetzt unter den Trümmern unserer Wohnung.«

»Mandoline? Nichts leichter als das!«, sagt Hermes und hat das Instrument im selben Moment in der Hand.

Gleich darauf klopft Hermes einen komplizierten Rhythmus mit den Füßen. Rudi und Martin stimmen derweil ihre Instrumente und zupfen vorsichtig einige erste Töne. Dann haben sie Hermes' Vorgaben verstanden.

Klingt wie Sirtaki, denkt Iris, als sie die schwebenden schnellen Tonfolgen hört.

Hermes tanzt und singt dazu. Bei seinen Sprüngen fliegt sein Körper schwerelos durch die Luft. Das Lied erzählt von Vögeln, die in wildem Flug über den griechischen Inseln kreisen und sich gegen die Menschen empören.

»Behalt' es für dich«, sagt Bes leise zu Iris, »aber was Hermes gerade singt, ist die griechische Abwandlung der türkischen Musik. Und die hat ihre Wurzeln im Alten Orient, also bei uns. Pass mal auf!«

Kaum hat Hermes sein Lied beendet, springt Bes von der Steinbank und beginnt zu tanzen. Auch Thot hält es nicht mehr auf seinem Hocker. Er stellt sich hinter einige hohe, fellbespannte Tontrommeln, die plötzlich unter den Nussbäumen stehen, und schlägt wechselnd hämmernde und schleifende Rhythmen. Seschat greift nach einer Flöte aus versilbertem Ebenholz und bläst eine passende Melodie. Es klingt entfernt nach arabischer Bauchtanzmusik. Bes wirbelt über den Platz und singt von Gazellen, die über den Wüstensand galoppieren. Nichts an ihm wirkt mehr klein und tapsig. Er beherrscht den Platz wie ein einziges Bündel aus Energie und Gelenkigkeit.

Längst hören die beiden pompejanischen Jungen gespannt zu, trauen sich aber nicht, näher zu kommen. Iris, die die beiden bemerkt, winkt sie heran.

»Hättet ihr nicht auch Lust, etwas für uns zu singen?«, fragt sie. »Hier in Pompeji stehen doch an jeder Ecke Straßenmusikanten, und dauernd hört man Gesang aus den Fenstern.«

Die Jungen wechseln einen Blick. »Gern«, sagt dann einer der beiden. »Neapolis hat einige der berühmtesten Sänger des Imperiums hervorgebracht!«, sagt der andere.

Als Bes sein Lied beendet hat, stellen sie sich nebeneinander und beginnen. Sie wirken anfangs ein wenig befangen, singen aber völlig taktsicher. Schon nach wenigen Tönen haben sie ihre Scheu verloren, und einer von ihnen zeigt mit einem auffordernden Kopfnicken auf Rudis Mandoline.

»Klingt wie ›O sole mio‹, dieses neapolitanische Volkslied«, ruft Rudi den anderen zu. »Das kenn ich aus dem Musikunterricht.«

Er beginnt zu spielen. Die Jungen passen ihren Gesang rasch seinem Spiel an. Auch Martin, der das Lied nun ebenfalls erkannt hat, steigt ein. Er improvisiert einige Rock-Riffs, die erst Rudi und dann die Jungen übernehmen. Zuletzt klingt ›O sole mio‹ wie ein Song von Eros Ramazzotti.

Iris schnipst mit den Fingern im Rhythmus. Die beiden Jungen schauen immer wieder bewundernd zu ihr hinüber. Sobald sie ihr Lied beendet haben, ruft einer ihr zu, jetzt sei sie an der Reihe.

Iris wird rot und schüttelt den Kopf.

»Iris, komm, stell dich nicht so an«, sagt Martin. »Beim letzten Schulfest hast du doch auch mitgemacht.«

»Ich würde dich auch gern singen hören«, sagt Rudi.

»Gut, wenn ihr unbedingt wollt«, sagt Iris und steht auf. »Ich glaube, wir haben auch den passenden Song für heute Abend. Silbermond!«, ruft sie Martin zu.

Thot und Seschat stutzen, dann aber geht ein verstehendes Lächeln über die Gesichter der beiden.

»Du bist das Beste was mir je passiert ist«, singen Iris und Martin und strahlen dabei Thot, Seschat, Hermes, Bes und Rudi an. »Es ist so schön, dass es dich gibt.« Ehe die Zwillinge die erste Strophe hinter sich gebracht haben, spielt Bes schon Schlagzeug und hat Hermes einen E-Bass umgehängt. Die anderen tanzen. Die beiden pompejanischen Jungs bewegen sich, als würden sie jeden Abend in einer Frankfurter Disco verbringen. Hajo schraubt sich immer wieder in den Nachthimmel und kommt im Sturzflug zu ihnen zurück.

Dann wird es ruhiger. Rudi und Martin zupfen einige leise Tonfolgen auf der Gitarre und der Mandoline, die anderen hören zu, die beiden pompejanischen Jungs haben sich mit einem letzten bedauernden Blick auf Iris zurückgezogen.

»Es wird Zeit«, sagt Hermes und deutet zum Nachthimmel.

Der Vollmond ist blasser geworden. Iris, Martin und Rudi, die noch einmal für einen Aufschub plädieren wollen, merken, dass ihnen der Mund versiegelt ist. Auch ihre Bewegungen scheinen nicht mehr ihrem Willen, sondern einem anderen zu gehorchen. Sie laufen, denken und fühlen wie im Traum.

Hermes führt die Gruppe zu dem Brunnen unter dem kleinen Rundtempel. Sie stellen sich im Kreis um dessen Rand und schauen hinab. Irgendwo weit unten glitzert Wasser.

»Ich werde euch zum Abschied aus einem Roman rezitieren«, hören sie Thots leise Stimme. »Er erzählt vom alten Ägypten und von allem, was eure Bibel über die ersten Kulturen der Menschheit überliefert. Lest ihn, wenn ihr erwachsen seid – und hört, was er euch jetzt schon zu sagen hat.«

Iris versucht noch einmal zu widersprechen. Es muss doch eine Möglichkeit geben, sich wiederzusehen. Hermes soll sich etwas einfallen lassen. Oder könnte nicht wenigstens Seschat versuchen, Thot umzustimmen? Aber Iris spürt nur den fächelnden warmen Nachtwind im Nacken, riecht den Duft der pompejanischen Rosenplantagen und sieht Hajo auf Martins Schulter sitzen und seinen Kopf tröstend am Hals ihres Bruders reiben.

»Tief ist der Brunnen der Vergangenheit«, hört sie Thot sagen. »Hinab denn und nicht gezagt. Geht es etwa ohne Halt in des Brunnens Unergründlichkeit? Durchaus nicht. Nicht viel tiefer als dreitausend Jahre tief – und was ist das im Vergleich mit dem Bodenlosen? Dort tragen die Menschen nicht Stirnaugen und Hornpanzer und kämpfen nicht mit fliegenden Echsen: Es sind Menschen wie wir – einige träumerische Ungenauigkeiten ihres Denkens in Abzug gebracht.«

Obwohl Thots Stimme angenehm und beruhigend klingt, warten Iris, Martin und Rudi mit klopfendem Herzen darauf, dass Pompeji samt all ihren Freunden versinkt.

Noch aber hören sie Thot sprechen:

»Des Geheimnisses Feierkleid ist das Fest, das wiederkehrende, das die Zeitläufte überspannt und das Gewesene und das Zukünftige seiend macht für die Sinne.«

Die Zwillinge hören Wasser rauschen. Sie können nicht unterscheiden, ob es der Brunnen ist oder das Meer. Doch das sanfte Geräusch überdeckt allmählich Thots Stimme.

»Unser Fest und unsere Reise sind zu Ende«, hören sie ihn noch sagen. »Es war wunderschön … Lebt wohl, Kinder!«

Hermes hebt behutsam seinen Schlangenstab.

»Ich bin der Gott des Schlafs und der Träume. Ich geleite euch zurück, jeden an seinen Ort.«

Vom Schlangenstab sprühen lautlos glitzernde, schleierfeine Fontänen. Sie wehen durch die Luft und kreisen dann über dem Brunnenrund. Aus ihnen schauen bekannte Gesichter: Huja lächelt ihnen zu, während hinter seinem Kopf die Cheops-Pyramide leuchtet. Neri treibt vorbei, David und Rebekka sitzen auf einem Esel, den Lea über einen Feldweg führt, und schauen erwartungsvoll in Richtung des fernen Tempelbergs, auf dem fromme Juden den Tempel wiederaufbauen. Spiros steht mit der kleinen Priesterin vor einer Kulthöhle in den Bergen Kretas. Sie sehen Polybios die Propyläen hinaufschreiten, Quintus, der das Forum von Pompeji überquert, und Kopio, der Risse in der Kuppel der Hagia Sophia begutachtet. Caspar gibt selbstbewusst Maurern Anweisungen, die eine Klosterkirche bauen, während Daniel an einer Chronik schreibt. Eckhard bearbeitet ein Kapitell des Speyerer Doms, Albin kauert vor einer Bauhütte und meißelt eine Maske, während Lea den Kopf eines Kranken stützt und ihm einen Heiltrank einflößt. Veit sitzt in einer holprigen Reisekutsche, die die Alpen überquert. Moritz diskutiert mit Studenten, und Fritz zeichnet mit angestrengtem Gesicht Baupläne.

Und immer wieder schweben Seschat, Thot, Bes und Hermes durch das Geschehen – bis auch sie blasser werden und sich schließlich in Sterne verwandeln.

33. Der Frankfurter Messeturm
oder Zurück in der Zukunft

»Mutabor, mutabor«, murmelt Martin verzweifelt. Doch er schafft es nicht. Er bleibt im Federkleid eines Storchs gefangen.

Martin schreckt auf. »Thot, du musst mir helfen«, schreit er. Neben ihm klirrt etwas zu Boden. Er schaut nach unten und sieht einen silbernen Halbmond auf den Dielen seines Zimmers. Jetzt erst merkt er, dass er in seinem Bett liegt.

Auf dem Stuhl am Bettrand erkennt Martin seine Tunika von gestern Abend. Er setzt sich auf und überlegt. Aber er findet keine Erklärung, wie er hierhergekommen ist. Das Letzte, woran er sich erinnert, ist der Brunnen in Pompeji und Thots Stimme.

Verschlafen tappt er nach unten. Als er die Tür zum Esszimmer öffnet, blendet ihn das Morgenlicht.

»Üüüüüberraschung«, hört er Ingos Stimme. Er öffnet die Augen. Am Tisch sitzen seine Eltern und Iris, die ihm vielsagend zublinzelt.

»Wo kommt ihr denn her?«, fragt Martin verwirrt, während Sandra ihm Orangensaft einschenkt und ein aufgebackenes Croissant auf den Teller legt.

»Wir haben unseren Rückflug um einen Tag vorverlegt«, sagt sie aufgeregt. »Wir haben euch nämlich etwas Wichtiges zu sagen.«

Sofort schaut Martin in Richtung Iris. Die aber guckt nicht etwa bedrückt, sondern strahlt.

»Ich komme nächsten Monat endgültig zurück, Martin«, sagt Ingo.

»Wieso? Ich dachte, du versuchst in Dubai einen Anschlussauftrag zu bekommen?«

»Wollte ich anfangs auch. Aber dann habe ich Torsten kennengelernt, einen Frankfurter Kollegen, der im Büro Foster beim Bau der Bibliothek von Dubai assistiert. Er hat einen Sohn in eurem Alter, den er so vermisst hat wie ich euch. Wir haben nächtelang geredet, bis wir beschlossen haben, in Frankfurt ein gemeinsames Büro zu eröffnen. Zwei erste Aufträge haben wir auch schon in Aussicht. Nur Sanierungen und Umbauten, aber für den Anfang reicht's!«

»Mit großen Urlaubsreisen wird es in den nächsten zwei, drei Jahren vermutlich nichts«, wirft Sandra ein, »aber dafür sind wir endlich wieder zusammen.«

»Mama wird sich im Herbst nach einem Job umsehen. Seid ihr damit einverstanden?«, sagt Ingo. »Sie wäre dann ja nicht mehr so viel für euch da.«

»Na klar, wir sind ja schließlich keine Babys mehr«, sagt Iris.

»Siehst du, Sandra, ich hab'dir doch gesagt, dass die beiden mitspielen ... Obwohl, wir würden finanziell auch so einigermaßen über die Runden kommen.«

»Ingo, nicht nochmal«, sagt Sandra. »Ich will das nicht, hier oben sitzen und dauernd überlegen, ob's bis Monatsende reicht oder nicht. Lass mich doch einfach in Ruhe nach einer geeigneten Halbtagsstelle suchen. Dann hätte ich immer noch genug Zeit für Iris und Martin.«

»Habt ihr darüber andauernd gestritten?«, fragt Martin.

»Gestritten?«, erwidert Ingo erstaunt. »Wir haben zwar fast jeden Abend alle Möglichkeiten durchgekaut, und es wurde auch mal laut, aber das war nie ein richtiger Streit.«

»Sehr freundlich hat es sich aber nicht gerade angehört«, sagt Iris.

»Ihr schaut zu viele Soaps«, sagt Sandra. »Da gehen die Leute dauernd zusammen und auseinander. Aber im richtigen Leben ...«

»Passiert's oft genug auch«, unterbricht Ingo sie. »Wir haben halt Glück gehabt und werden hoffentlich auch weiterhin Glück haben ...

Bei Torsten ging's weniger gut. Seine Frau will in Dubai bleiben. Er wird jetzt erst mal mit seinem Sohn ins Gartenhaus seiner Eltern hier auf dem Lohrberg ziehen.«

»Echt? Wo denn?«, fragt Martin.

»Gleich bei uns um die Ecke. In zwei Tagen kommen sie aus ihrem Hotel hierher. Funktioniert fast so gut wie in euren Soaps, was?«, sagt der Vater grinsend.

»Was meint ihr? Ich treffe mich nachher mit Torsten auf dem Messeturm. Wir wollen uns wegen unserer neuen Projekte nochmal Frankfurt von oben ansehen. Kommt ihr mit?«

»Klaro, ich spring nur noch unter die Dusche«, sagt Martin und flitzt nach oben. »Soaps sind mir übrigens völlig schnuppe. Teeniekram für Mädels!«, ruft er noch über die Schultern in Richtung Iris.

Nach dem Duschen verstaut Martin schnell noch den Halbmond und die Tunika in der untersten Schublade seiner Kommode. Daneben legt er den Lederhandschuh und Hajos Kappe. Er stellt seinen Rucksack in die Ecke, dann geht er in Iris' Zimmer und platziert die beiden Puttoköpfchen aus der Katharinenkirche auf ihrem Regal, wo schon ein zweiter silberner Halbmond liegt. Er ist kleiner als seiner. Wahrscheinlich der von Seschat, denkt Martin. Nach einem prüfenden Blick, der ihm zeigt, dass Iris ihr pompejanisches Kleid schon irgendwo versteckt haben muss, stürmt er nach unten.

»Torsten und ich sollen eine neue Hülle für das Frankfurter Selmi-Hochhaus entwerfen«, erzählt Ingo, als sie mit der S-Bahn unterwegs sind. »Ein langweiliger Kasten aus den frühen Siebzigern. Vom Messeturm aus können wir besser beurteilen, welche neue Spitze wir ihm geben, damit er sich in der Skyline von den anderen Türmen abhebt.

Torsten will sich auch das Gelände um den Dom anschauen. Er ist ganz wild drauf, dass wir uns am Wettbewerb um die Rekonstruktion des Alten Markts zwischen Dom und Römer beteiligen.«

»Habt ihr für so etwas denn überhaupt Zeit?«, fragt Martin.

»Na ja, geht so. Eigentlich hab ich null Bock auf Rekonstruktionen. Ich finde zwar die Waschbetonklötze des Technischen Rathauses, das momentan dort steht, auch absolut scheußlich. Aber nach dem Abriss plötzlich wieder Knusperhäuschen und Gässchen hochzuziehen, wäre hirnverbrannt. Die Altstadt war eng und stickig, kein Licht, keine Luft.«

»Ich fand's überhaupt nicht stickig in der Altstadt«, redet Martin arglos drauflos. »In den Gassen war immer ein leichter Durchzug. Hätten die Frankfurter nicht so viel Dreck vor ihre Häuser gekippt, hätte es dort überhaupt nicht gestunken. Außerdem hatten sie noch keine richtige Kanalisation. Das wäre heute doch ganz anders.

Und die Häuser am Alten Markt sind nicht zu eng. Sie haben Innenhöfe mit Laubengängen. Auf den hohen Schieferdächern sitzen überall Sommerlauben, die sind fast wie luftige kleine Zweithäuser gebaut; da gibt's Licht und Luft, so viel man will. Im Salzhaus kann man oben sogar mit zehn Personen sitzen. Der Blick von dort auf den Römerberg ist mindestens so viel wert wie unser Panorama auf dem Lohrberg.«

»Du redest, als hättest du das alles selbst erlebt«, sagt Ingo verwundert.

»Wir haben uns die Bildbände aus deinem Regal angesehen«, sagt Iris schnell, »deshalb wissen wir so gut Bescheid. Guck doch auch nochmal rein. Vielleicht kriegst du dann doch Lust, Altstadthäuser zu entwerfen. Es müssen ja keine Kopien sein. Ich stell es mir schön vor, in einem neuen Haus zu wohnen, das aber auch Laubengänge und einen Freisitz auf dem Dach hat.«

»Klingt gar nicht so übel«, sagt Ingo. »Ich lass es mir nochmal durch den Kopf gehen.«

»Fällt dir an diesem Wolkenkratzer etwas auf?«, fragt Ingo Martin, als die drei am Messeturm angekommen sind.

»Ziemlich deutlich abgekupfert von den Art-déco-Hochhäusern aus den dreißiger Jahren in New York und Chicago. Also typisch postmodern, mit Zitaten und Symbolen. War ja die Spezialität von Helmut Jahn, den man aus Amerika hierhergeholt hat. Für die Turmspitze hat er sich dann wohl die berühmte neue Glaspyramide am Pariser Louvre unter den Nagel gerissen.«

»Du scheinst doch mehr von meinem Beruf mitbekommen zu haben, als ich dachte«, sagt Ingo und schnalzt anerkennend mit der Zunge. »Ich würde nur noch ergänzen, dass der Messeturm sich auch den historischen Wahrzeichen Frankfurts angeglichen hat. Seine roten Granitfassaden erinnern nämlich an den traditionellen Rotsandstein, mit dem hier bis in die zwanziger Jahre gebaut wurde. Und außerdem ähnelt die Grundgestalt mit ihrem Vierkant, der oben in einen Zylinder übergeht, an den Domturm und den Turm der Paulskirche.«

»Stimmt«, sagt Martin, »das hätte mir eigentlich auffallen sollen, nach allem, was ich in den letzten Tagen gelernt habe.«

Ingo stutzt, doch da kommt schon der Lift. Bald darauf stehen die drei auf dem Messeturm. Torsten und sein Sohn, der auch mitwollte, sind noch nicht da.

»Seht ihr die Giebelreihe, die parallel zum Mainufer an der Nikolaikirche beginnt und vor dem Domturm endet? Das ist die Saalgasse. Sie ist 1986 entstanden, als die Postmoderne auf dem Höhepunkt war.

Niemand wollte mehr etwas mit der Moderne zu tun haben, keiner konnte mehr Flachdächer, Waschbeton und High-Tech-Design sehen. Deshalb wurden dort historisierende Giebelhäuser gebaut, die aber keine Nachahmungen sein sollten. Einige sind wirklich gut gelungen.«

»Da drüben die Kulturschirn, die Ausstellungshalle hinter der Saalgasse, ist doch auch ein postmoderner Bau«, sagt Martin. »Ihre

Rotunde ist dem Pantheon in Rom und der Eingangshalle von Schinkels Museum nachgebaut.«

»Na so was«, sagt Ingo, »du klingst heute wirklich, als wärst du über Nacht Bauhistoriker geworden!«

»Über Nacht nicht gerade, aber schon in ziemlich kurzer Zeit«, antwortet Martin und guckt zu Iris. »Iris und ich haben uns letzte Woche oft mit Freunden getroffen und über Architektur geredet.«

»Sag bloß nicht, du willst Architekt werden. Oder du, Iris!«

Die Zwillinge sind sich unsicher, ob Ingos abwehrender Ton ernst gemeint ist.

»Weiß noch nicht«, antwortet Martin schließlich. »Aber auf jeden Fall würden wir gern mal mit dir nach Stuttgart fahren. Dort steht doch die postmoderne Staatsgalerie von James Stirling. Er hat Motive aus dem Totentempel der Hatschepsut und aus dem Pantheon verwendet.«

Das muss Thot gestern noch erzählt haben, denkt Iris.

»Oder nach Wolfsburg«, sprudelt Martin weiter, »zum neuen Science-Center von Zaha Hadid. Auf den Fotografien sieht es aus wie eine riesige Klippe, der man die Kanten rundgeschliffen hat.«

»Gut charakterisiert«, sagt der Vater. »Aber Wolfsburg? Wer weiß, wann ich mal dort hinmuss. Wenn euch die aktuelle biomorphe Richtung in der Architektur interessiert, könnten wir eher für ein Wochenende nach München zur Allianz-Arena von Herzog & De Meuron fahren.«

»Diese durchsichtige Riesen-Amöbe?«, fragt Iris.

»Genau die. Torsten und ich nennen sie den Megablubb. Oder wir besuchen in den Herbstferien Tante Ute in Graz. Dort hat Peter Cook, bei dem ich hier an der Städelschule gelernt habe, ein Museum gebaut, das wie eine Qualle aus einer spätklassizistischen Galerie quillt.«

»Lieber München«, sagt Martin.

»Aber das wird bestimmt ziemlich teuer«, sagt Iris.

Der Frankfurter Messeturm und die Berliner Kongresshalle.

Ingo schaut sie überrascht an. Über so etwas hat sich seine Tochter vor kurzem noch keine Gedanken gemacht.

»Trotzdem. Wir könnten uns dort auch noch das Olympiagelände mit seinen Stahlzelten anschauen«, sagt Martin schnell, »und die Alte Pinakothek, die zur selben Zeit wie die Paulskirche als Mischung aus Klassizismus und Moderne wiederaufgebaut wurde.

Außerdem gibt's in München noch die Pinakothek der Moderne. Die hat Stephan Braunfels 2003 gebaut, stimmt's Papa? Sie soll der Musterbau der jetzigen *Zweiten Moderne* sein; Glas, seidenglatter Sichtbeton und ganz schlanke leichte Rundstützen – so, wie Rudi gerne gebaut hätte … Und wir könnten zu 'nem Fußballspiel gehn – Iris ist inzwischen auch Fußballfan!«

»Martin, langsam wirst du mir unheimlich«, sagt Ingo kopfschüttelnd, »wie ein Architekturmagazin. Wer ist übrigens Rudi? Und wieso mag Iris plötzlich Fußball?«

»Öh … das ist eine lange Geschichte«, sagt Iris.

»Auf jeden Fall könnten wir es schaffen, nach München zu fahren«, überlegt Ingo laut. »Ich soll dort im Herbst auf einem Architektenkongress einen Vortrag halten …«

»Dabei wolltest du dich doch erst mal ganz auf unser Büro konzentrieren«, hört man eine Stimme von hinten.

Ein Mann und ein Junge kommen um die Ecke.

»Hey, ihr zwei«, sagt der Mann und gibt ihnen die Hand.

Iris und Martin schauen die beiden fassungslos an: der Mann sieht aus wie Thot, der Junge wie Huja.

»Ich bin Torsten. Ingo hat euch ja schon von mir erzählt. Und das ist mein Sohn Ralf, er ist ein Jahr älter als ihr.«

Iris und Martin geben Torsten und Ralf die Hand. Sie warten auf ein Erkennungszeichen, aber keiner der beiden reagiert auf ihre fragenden Blicke.

Torsten und Ingo schauen gemeinsam auf die Skyline und tauschen ihre Eindrücke aus. Ralf stellt sich neben die Zwillinge.

»Ich bin zwar hier geboren, habe aber die letzten Jahre im Ausland verbracht. Habt ihr Lust, mir Frankfurt ein bisschen zu zeigen?«

»Im Ausland?«, fragt Iris, »zufällig in Ägypten?«

»Ägypten? Nö? Wir waren meistens in den Ölstaaten, und dann kam ich ins Internat nach Lausanne.«

»Aha«, sagt Iris.

Die drei beugen sich über die Balustrade. Iris und Martin erklären Ralf die Neubauten Frankfurts. Plötzlich fegt ein raschelndes Etwas über sie hinweg. Ralf zuckt zusammen und schreit unterdrückt auf.

»Das war nur ein Turmfalke«, sagt Martin. »Er nistet oben auf der Pyramide. Es gibt mehrere Hochhäuser in Frankfurt, auf denen Falken ihre Horste haben.«

»Wir hatten bis vor kurzem einen Falken bei uns zu Hause«, sagt Iris. »Besser gesagt, unser Vater hatte einen. Er hieß Hajo und ist uns vor einer Woche weggeflogen. Ingo ist aber nicht sauer. Er meint, es sei besser so, Falken brauchen Freiheit, und hier, ausgerechnet im ultramodernen Frankfurt, haben sie durch die Hochhäuser beinah ideale Lebensbedingungen.«

»Es ist Hajo«, flüstert sie Martin zu. »Ich habe das Horus-Zeichen auf seinem Kopf gesehen.«

Martin nickt.

»Wir müssten noch zum Maurischen Haus in der Eschenheimer Anlage. Kommt ihr mit?«, ruft Torsten herüber.

»Maurisches Haus? Keine Ahnung, klingt aber interessant«, sagt Martin.

Als sie am Fuß des Messeturms stehen, schauen Iris und Martin noch einmal nach oben. Die Pyramide strahlt im Sonnenlicht so blendend wie vor einer Woche. Und wie damals schwebt Hajo gleich einem Schattenriss vor der gleißenden Oberfläche. Zufrieden wenden Iris und Martin sich ab. Sie beschließen, von jetzt an ab und zu zum Messeturm zu fahren.

»Wir sollen das Haus sanieren und mit einem Anbau erweitern«, erläutert Torsten, während sie in seinem Wagen durch die Innenstadt fahren. »Es ist im Spätklassizismus gebaut worden, so um 1840. Und wisst ihr, was wirklich komisch ist? Unser erster Auftrag betrifft ein Haus, das mit meiner Familie zu tun hat! Mein Urururgroßvater hat es nämlich gebaut. Genauer gesagt: Er hat es für seine junge Frau bauen lassen, eine Ägypterin, die er ein Jahr zuvor in Kairo kennengelernt hatte. Damit sie kein Heimweh kriegen sollte, hat er das Haus mit maurischen Ornamenten versehen lassen.«

»Wow, was für eine Liebeserklärung«, sagt Iris.

Martin verdreht genervt die Augen und schaut zu Ralf, der grinsend die Schultern nach oben zieht.

»Hat ihm aber kein Glück gebracht«, fährt Torsten fort. »Er hat sich hoffnungslos verschuldet, und irgendwann mussten die beiden verkaufen und in eine Wohnung in der Altstadt ziehen. Das war damals die billigste Wohngegend, weil alle Reichen wild auf Wohnsitze mit Gärten in den Vorstädten waren und deshalb aus der Altstadt wegzogen. Ihre Stammhäuser haben sie meistens in Einzelwohnungen aufgeteilt und vermietet. Jeder Fleck wurde genutzt. Man hat die Laubengänge zugesetzt, hat Hinterhäuser in den Innenhöfen hochgezogen und zusätzliche Geschosse auf die Dachstühle gepackt. Erst dadurch wurde die Altstadt so dumpf und dunkel, wie sie Ernst May beschrieben hat, als er alles dort für sein Neues Frankfurt abreißen wollte.«

»Die Geschichte mit deinen Urgroßeltern klingt wie das Drehbuch für einen Film«, sagt Iris. »Woher weißt du das alles eigentlich?«

»Hab ich erst vor kurzem erfahren«, antwortet Torsten. »Zwar hieß es in meiner Familie schon immer, wir hätten irgendwelche Araber unter unseren Vorfahren. Aber die genauen Umstände habe ich in einem Buch über die Denkmäler Frankfurts gefunden, als ich zur Geschichte des Maurischen Hauses recherchiert habe. Wir sind da, dort vorn an der Ecke steht es.«

»Kaum zu glauben – Kairo in Frankfurt«, sagt Iris verblüfft.

Das Haus ist tatsächlich eine raffinierte Mischung aus klassizistischen und maurischen Formen. Seine hohen Fenster sind von grazilen ionischen Säulen gerahmt, werden aber von maurischen Hufeisenbögen überspannt, zwischen denen Friese mit Ornamenten angebracht sind, die wie stilisierte arabische Schriftzeichen wirken. Die beiden Hausecken gleichen achteckigen schlanken Türmen mit winzigen Zwiebelkuppeln. Sie lassen sofort an Minarette denken.

»Die maurischen Motive müssen aber nichts mit deiner ägyptischen Urgroßmutter zu tun haben, Torsten«, sagt Martin. »Soweit ich weiß, hat man im frühen 19. Jahrhundert die Gotik auf den maurischen Baustil zurückgeführt. Und kurz darauf kamen beide Stile in Mode und leiteten den Historismus ein.«

»Donnerwetter«, sagt Torsten. »Willst du mal Architekt werden? Oder Bauhistoriker?«

»Vielleicht«, antwortet Martin knapp.

»Und du Iris?«, fragt Torsten weiter.

»Eventuell Archäologin«, antwortet Iris zur Verblüffung Ingos. »Möglicherweise aber auch Schauspielerin. Ich habe in letzter Zeit ziemlich viel verschiedene Rollen gespielt, sogar zwei Hosenrollen.«

»Wusste gar nicht, dass ihr inzwischen eine Theater-AG an der Schule habt«, sagt Ingo. »Und von Aufführungen hast du auch nichts erzählt.«

»Tja, wenn du auch nie da bist«, sagt Iris, lächelt aber Ingo vertraulich zu. Sie freut sich unbändig, dass ihr Vater in Zukunft wieder bei ihnen sein wird.

»Sieht aus wie arabische Buchstaben«, sagt Martin und zeigt auf einen Fries über der Haustür.

»Es sind hebräische«, sagt Torsten. »In der Denkmalpflege-Akte des Hauses steht die Übersetzung: ›Das Auge sieht sich niemals satt, und das Ohr hört sich niemals satt. Was geschehen ist, eben das wird auch hernach wieder sein.‹ Einer der späteren Besitzer des

Hauses war ein frommer Jude, der sich diesen Predigerspruch über seine Haustür hat meißeln lassen.«

»Klingt wie eine Botschaft von Thot«, flüstert Iris Martin zu.

»Wo wart ihr eigentlich in den Ferien?«, fragt Ralf, den die Architektur des Hauses zum Staunen der Zwillinge nicht sonderlich zu interessieren scheint. »Ihr seid so braun, als wärt ihr wochenlang in Tunesien oder Florida gewesen.«

»Von wegen, das war gerade mal eine Woche … Lohrberg«, sagt Martin. »Ist aber nichts gegen deine Bräune. Na ja, sechs Wochen Wüstensonne.«

»Schön wär's«, sagt Ralf. »Ich war in den Ferien bei meinen Großeltern in Bremen, die reisen nicht mehr viel. Meine dunkle Hautfarbe kommt von den ägyptischen Vorfahren.«

»In Dubai haben mich viele wegen meiner dunklen Haut und der schwarzen Haare für einen Einheimischen gehalten«, sagt Torsten. »Als Kind bin ich hier in Frankfurt öfter gehänselt worden, weil mein nordischer Vorname so gar nicht zu meinem Aussehen passt. Ich hoffe, Ralf wird es nicht auch so gehen. Aber du bist ja über das Alter raus, in dem man sich von so was beeindrucken lässt, oder?«

»Worauf du dich verlassen kannst. Kann ich wenigstens auf Latino machen, wenn ich in die Disco will!«, sagt Ralf.

»Langsam, noch bist du keine 16, sondern gerade mal 15 geworden«, sagt Torsten.

»Aber er kann zu uns in die Schüler-Disco kommen«, sagt Martin. »Nächstes Wochenende gibt's eine zum Schulbeginn. Meine Band wird dort spielen. Hast du Lust?«

»Cool, ich komme. Wirst du auch da sein, Iris?«

»Sicher!«

Später fahren alle zusammen zurück auf den Lohrberg. Wenn Iris von der Rückbank aus nach vorn schaut, trifft ihr Blick im Rückspiegel über dem Fahrersitz manchmal auf den von Torsten. Ein, zwei Mal kommt es ihr vor, als würde irgendwo ganz weit hinten in Torstens Augen Thot freundlich zu ihr zurückschauen.

Und ich werd' dich nicht vergessen, denkt sie. Doch sie sagt nichts.

Torsten setzt sie zu Hause ab.

»Grüß' Sandra von uns. War ein netter Nachmittag«, sagt Torsten. »Und noch netter war es, euch kennenzulernen. Wir werden ja bald alle ziemlich viel miteinander zu tun haben.«

»Ja, war super«, sagt Martin und klatscht Ralf ab. »Bis nächstes Wochenende. Wenn du Lust hast, kannst du auch schon Mittwochnachmittag bei uns vorbeikommen. Dann übt die Band in unserem Keller!«

»Mach ich. Spielst du auch mit, Iris?«

»Nee, aber ich bin wahrscheinlich da«, sagt Iris und hebt beim Weggehen kurz die Hand.

Als er schon halb im Auto ist, dreht Ralf sich noch einmal um.

»War wirklich sehr schön heute«, ruft er Iris nach. »Mir kam's so vor, als würde ich euch schon ewig lange kennen.«

»Uns auch, Ralf«, sagt Iris lächelnd. »Wie tausend Jahre und mehr ...«

Steckbriefe der Bauwerke

A. Vor und Frühgeschichte

1. Cheops-Pyramide

Bauzeit: um 2580 v. Chr.
Bauherr: Pharao Chufu; griechisch Cheops
Architekt: unbekannt
Höhe: 149,59 m
Seitenlängen: 256,33 m
Grundfläche: 53 000 m²
Merkmale: eines der sieben Weltwunder der Antike, Grabstätte und Ewigkeitssymbol des Pharaos. Größte der bisher bekannten 106 Pyramiden in Ägypten

2. Sphinx

Bauzeit: um 2600 v. Chr.
Bauherr: Pharao Chufu oder Chefren
Architekt / Bildhauer: unbekannt
Höhe: 20 m
Länge: 73,5 m
Breite: 6 m
Merkmale: ein kauernder Löwenkörper mit Menschenkopf, der eine Pharaonenhaube trägt. Gemeißelt aus Kalkstein, ergänzt mit Ziegeln. Die Figur diente vermutlich als symbolischer Grabwächter. Auch Zusammenhänge mit dem altägyptischen Sonnenkult werden vermutet.

3. Horustempel von Edfu

Bauzeit: zwischen 237 und 122 v. Chr.
Bauherr: Pharao Ptolomaios III. und Ptolomaios IV.
Architekt: unbekannt
Höhe: 32,50 m (Pylone)
Breite: 70 m
Merkmale: Zentralheiligtum des Falkengottes Horus. Ersetzte mehrere weitaus ältere Vorgängerbauten, deren Gestalt nahezu unverändert übernommen wurde.

4. Abu Simbel

Bauzeit: um 1250 v. Chr.
Bauherr: Pharao Ramses II.
Architekt: unbekannt
Höhe: 30 m (Tempelfassade), 22 m (Kolossalstatuen)
Tiefe: 60 m
Merkmale: künstlich in Felsmassiv gebohrter Tempel. Geweiht den Hauptgottheiten Ptah, Amun-Re, Horus (Re-Harachte) und dem vergöttlichten Ramses II. In den 60er Jahren des 20. Jahrhunderts wegen des Baus des Assuan-Staudamms zersägt und rund 200 m vom ursprünglichen Standort wieder zusammengesetzt.

5. Ischtar-Tor von Babylon

Bauzeit: um 575 v. Chr.
Bauherr: König Nebukadnezar II.
Architekt: unbekannt
Höhe: zwischen 20 und 30 m
Breite: zwischen 20 und 24 m
Länge: 250 m

Merkmale: eines der sieben antiken Weltwunder. Mischung aus Stadtbefestigung und Prozessionsstraße. Ischtar, der weiblichen Hauptgöttin Babylons, geweiht. Angefertigt aus Millionen farbig – hauptsächlich blau – glasierter Ziegel, verziert mit den Reliefs von Löwen, Stieren und Drachen.

6. Hängende Gärten der Semiramis

Bauzeit: um 575 v. Chr.
Bauherr: Nebukadnezar II.; nur Legenden schreiben den Bau der legendären Königin Semiramis zu.
Architekt: unbekannt
Höhe: 25 bis 30 m
Länge: 100 m
Merkmale: eines der sieben antiken Weltwunder. Ehemals üppig begrünte Terrassenanlage in Babylon, gefertigt aus Ziegeln und Haustein.

7. Zikkurat (Turm zu Babel)

Bauzeit: zwischen 1750 und 570 v. Chr.
Bauherren: König Hammurabi (1. Turm), die Könige Assurparnipal und Nebukadnezar II. (2. Turm)
Höhe: 90 m
Seitenlänge: 91,48 m
Merkmale: eines der sieben antiken Weltwunder. Tempelturm des Marduk, Hauptgott von Babylon. Aus sieben ziegelsteinernen Plateaus aufeinander geschichtet, mehrmals zerstört und wiederaufgebaut.

8. Tempel Salomons

Bauzeit: 957–951 v. Chr.
Bauherr: König Salomon
Architekt: phönizische Baumeister, Namen unbekannt
Höhe: ca. 17 m
Breite: ca. 12 m
Länge: ca. 32 m
Merkmale: Der berühmte Tempel in Jerusalem (das exakte Aussehen ist unbekannt) dürfte im Wesentlichen den Tempeln Altägyptens geglichen haben. Er war das einzige und zentrale Heiligtum der Juden; Synagogen galten und gelten bis heute nur als provisorische Gebetsstätten, die notdürftig den Tempel ersetzen.

9. Palast von Knossos

Bauzeit: um 2000 v. Chr. (1. Palast), um 1630 v. Chr. (2. Palast)
Bauherren: König Minos (Gestalt des griechischen Mythos) sowie die Priesterkönige der minoischen Kultur.
Architekt: unbekannt
Höhe: bis zu 5 Stockwerken (ca. 20 m)
Länge und Breite: 21 000 m^2 Gesamtfläche.
Merkmale: Knossos ist der größte und reichste von mehreren Palästen, die auf der Insel Kreta Zentren eines umfassenden Städtebundes waren. Die Paläste dienten als Regierungssitze, aber auch Verwaltungs- und Lagerungszentren. Mit seinen fast 1300 labyrinthisch angeordneten Räumen wurde der

Palast von Knossos zum Ursprung der griechischen Sagen vom Labyrinth.

10. Archanes
Bauzeit: um 1600 v. Chr.
Bauherr: unbekannt
Architekt: unbekannt
Höhe: ca. 6 m
Breite: ca. 10 m
Merkmale: kleiner Höhentempel auf dem Berg Giouchtas bei der kleinen Stadt Archanes. In dem winzigen, bei einem Erdbeben um 1600 v. Chr. zerstörten Heiligtum wurden Reste eines Menschenopfers gefunden.

11. Mykene
Bauzeit: zwischen 1600 und 1200 v. Chr.

Bauherr: Der Heros Perseus und König Atreus (griechischer Mythos)
Architekt: unbekannt
Merkmale: Bergfestung mit Heiligtümern und Palast. Fürstensitz, der eine wichtige Rolle in Homers Ilias und in griechischen Mythen spielt. Ausgrabungen haben enge kulturelle Zusammenhänge mit der minoischen Palastkultur Kretas festgestellt. Mykene, berühmt durch die Goldschätze seiner Fürstengräber, und das mit Tierreliefs geschmückte Löwentor zählen zum Weltkulturerbe.

B. Antike

12. Propyläen
Bauzeit: 437 v. Chr.
Bauherr: Perikles und die Bürger Athens
Architekt: Mnesikles
Merkmal: monumentaler Eingang der Akropolis von Athen; sechssäulige zentrale Torhalle mit zwei Seitenhallen. Wie die gesamte Akropolis Weltkulturerbe.

13. Niketempel
Bauzeit: 427–418 v. Chr.
Bauherr: konservative Athener Bürger
Architekt: Kallikrates
Merkmal: Der Niketempel ist der kleinste, aber auch eleganteste Tempel der Akropolis. Er steht, weithin sichtbar, direkt neben den Propyläen auf einem steilen gemauerten Plateau des Akropolisfelsens.

14. Parthenon
Bauzeit: 447–438 v. Chr.
Bauherr: Perikles
Architekt: Iktinos und Kallikrates
Höhe: ca. 15 m
Länge: 69,50 m
Breite: 30,90 m

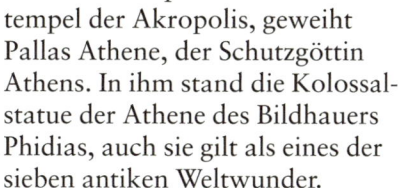

Merkmal: Haupttempel der Akropolis, geweiht Pallas Athene, der Schutzgöttin Athens. In ihm stand die Kolossalstatue der Athene des Bildhauers Phidias, auch sie gilt als eines der sieben antiken Weltwunder.

15. Erechtheion
Bauzeit: 420–406 v. Chr.
Bauherr: Perikles
Architekt: Philokes und Archilochos
Merkmal: Mischung aus Tempel und Palast. Entstanden auf der Akropolis am einstigen Standort des Palasts des mythischen Gründungskönigs Erechthonios. Berühmt ist die sogenannte Korenhalle, eine Vorhalle, deren Dach statt Säulen die Statuen von sechs jungen Mädchen, die Karyatiden, tragen.

16. Kolosseum

Bauzeit: 72–80 n. Chr.
Bauherr: die Kaiser Vespasian und Titus
Architekt: unbekannt
Höhe: 48 m
Breite: 156 m
Länge: 188 m
Merkmale: größtes Amphitheater der antiken Welt in Rom. Mit 80 Zugängen und einem Fassungsvermögen von 50 000 Menschen konnte es bei Notfällen innerhalb von 15 Minuten geleert werden und ist deshalb noch heute Vorbild beim Bau von Großstadien. Wegen der blutigen Gladiatorenkämpfe und Tierhatzen ist das Kolosseum heute zum internationalen Mahnmal gegen die Todesstrafe geworden. Immer, wenn ein Todesurteil ausgesetzt wird oder ein Staat dieser Welt die Todesstrafe abschafft, wird das Kolosseum 48 Stunden lang in bunten Farben angestrahlt.

17. Pantheon
Bauzeit: 118–125 n. Chr.
Bauherr: Kaiser Hadrian
Architekt: unbekannt
Höhe, Breite, Länge: ca. 43 m
Merkmale: Als runder Kuppelbau mit Säulenvorhalle war das Pantheon allen (planetarischen) Göttern geweiht. Seine Kuppel war 1600 Jahre lang die größte der Welt.

18. Basilika
Bauzeit: um 200 v. Chr.
Bauherr: die Bürgerschaft Pompejis
Architekt: unbekannt
Höhe: ca. 20 m
Breite: 22 m
Länge: 55 m
Merkmale: Die von Innensäulen in drei Schiffe unterteilte Basilika von Pompeji war Gerichtshalle und Börse. Sie ist eines der ältesten Beispiele dieses Architekturtypus, der erst die griechische und römische Antike und danach den christlichen Kirchenbau prägte.

19. Capitolium
Bauzeit: um 150 und 80 v. Chr.
Bauherr: die Bürgerschaft Pompejis
Architekt: unbekannt
Merkmale: Der auf einem hohen Podium mit Freitreppe errichtete Tempel ist ein charakteristisches Beispiel für den Zentraltempel am Forum aller römischen Städte. Nach dem Beispiel der Stadt Rom waren diese Tempel der capitolinischen (nach dem Capitolshügel in Rom) Trias Jupiter, Juno und Minerva geweiht.

20. Casa del Fauno

Bauzeit: um 160 v. Chr.
Bauherr: unbekannt
Architekt: unbekannt
Fläche: 3000 m²
Merkmale: Palastartige, nach griechischen Vorbildern errichtete Stadtvilla, wie sie für die Oberschichten der römischen Städte charakteristisch war. Berühmt sind der sogenannte *Tanzende Faun*, eine original griechische Bronzeplastik, und die *Alexanderschlacht*, ein riesiges Mosaik, das ein berühmtes antikes Gemälde wiedergibt.

21. Hagia Sophia

Bauzeit: 532–538 n. Chr.
Bauherr: Kaiser Justinian I.
Architekt: Anthemios von Tralleis
Höhe: 56 m
Breite: 70 m
Länge: 75 m
Merkmale: Die Hagia Sophia in Konstantinopel/Istanbul war die Palast- und Krönungskirche der Kaiser des Oströmischen Reichs. Heute ist sie eine Moschee. Bis in unsere Tage ist nicht völlig geklärt, wie die Erbauer es schafften, die Hauptkuppel mit einem Durchmesser von 31 m auf nur vier Stützpfeilern ruhen zu lassen.

22. Aachener Pfalzkapelle

Bauzeit: 790–804 n. Chr.
Bauherr: Kaiser Karl der Große
Architekt: Odo von Metz

Merkmale: Als Oktogon (achteckiger Zentralbau) wurde die Pfalzkapelle – das Aachener Münster – Vorbild für zahlreiche Kirchenbauten und ist der Hauptbau der (nach Kaiser Karl benannten) *karolingischen Renaissance* um 800, die auf die ost- und weströmische Antike zurückgriff. Ihrerseits ahmt sie die byzantinische Palastkapelle San Vitale in Ravenna nach.

23. Felsendom

Bauzeit: um 690 n. Chr.
Bauherr: Kalif Abd al-Malik ibn Moran

Architekt: unbekannt
Höhe: ca. 32 m
Durchmesser: 55 m
Merkmale: Der islamische sogenannte *Felsendom* auf dem Tempelberg von Jerusalem ist keine Moschee, sondern ein *Heiliger Schrein*, der an den Propheten Mohamed erinnert. In seiner achteckigen, von einer hohen goldenen Kuppel gekrönten Form diente er vielen mittelalterlichen Malern als vermeintlicher salomonischer Tempel zum Vorbild ihrer Gemälde.

24. Konstantinsbasilika

Bauzeit: um 300 n. Chr.
Bauherr: vermutlich Kaiser Konstantin der Große
Architekt: unbekannt
Höhe: 33 m
Breite: 27,2 m
Länge: 67 m
Merkmale: Die ehemalige Aula des Kaiserpalasts in Trier ist der größte erhaltene Innenraum der Antike. Sie diente als Thron- und Gerichtssaal. Ihre rundbogigen Fensterreihen wurden zum Vorbild vieler karolingischer und romanischer Kirchen in Deutschland.

C. Die Romanik

25. Speyerer Dom

Bauzeit: 1030–1106 n. Chr.
Bauherr: Kaiser Konrad II. und Kaiser Heinrich IV.

Architekt: unbekannt
Höhe: 71,20 m (Osttürme), 65,60 m (Westtürme), 33 m (Mittelschiff)
Breite: 43 m
Länge: 134 m
Merkmale: die größte romanische Kirche der Welt. Neben den Domen von Mainz und Worms der bedeutendste kaiserliche Dom Deutschlands.

26. Klosterkirche Cluny

Bauzeit: 910–1095 n. Chr.
Bauherr: Herzog Wilhelm I. von Aquitanien, Abt Maiolus, Abt Hugo
Architekt: unbekannt
Höhe: ca. 31 m
Länge: 187 m
Breite: ca. 24 m (Mittelschiff)
Merkmale: Mit zwei Querhäusern und mehreren Chören war die Benediktinerklosterkirche Cluny in Burgund in Frankreich bis zur Weihe des Speyerer Doms die größte Kirche der Christenheit. Ihre innere Wandgestaltung griff viele antike Vorbilder auf und wurde in ganz Europa imitiert.

27. Castel del Monte

Bauzeit: 1240–1250 n. Chr.
Bauherr: Kaiser Friedrich II.
Architekt: unbekannt
Höhe: 25 m
Durchmesser: ca. 85 m

Merkmale: In Apulien, einem von Kaiser Friedrich II. bevorzugten Herrschaftsgebiet, gelegen, ist Castel del Monte ein Schlüsselbau der mittelalterlichen Machtsymbolik. Als Jagdschloss und Gästehaus genutzt, versinnbildlicht der achteckige Bau die Kaiserkrone. In seiner Gestalt verschmelzen islamische, romanische und frühgotische Formen.

D. Die Gotik

28. Kölner Dom

Bauzeit: 1248–1560 und 1840–1880 n. Chr.

Bauherr: das Domkapitel
Architekt: Gerhard von Rile und Meister Arnold
Höhe: 157 m (Türme) und 43,35 m (Mittelschiff)
Breite: 86,25 m
Länge: 144 m
Merkmale: die drittgrößte gotische Kathedrale der Welt und wichtigste Deutschlands. Die Vollendung des Kölner Doms ab 1840 galt als Symbol der Wiedervereinigung des in Hunderte Kleinstaaten zersplitterten Deutschlands.

29. Klosterkirche St. Denis bei Paris
Bauzeit: 1137–1140 n. Chr.
Bauherr: Abt Suger
Architekt: unbekannt
Merkmale: Die Abteikirche, Grablege der Könige von Frankreich, gilt mit ihrer 1137 n. Chr. erbauten Westfassade und dem 1140 vollendeten Chor als erster gotischer Kirchenbau und damit *Wiege der Gotik.*

30. Kathedrale von Reims
Bauzeit:1211–1311 n. Chr.
Bauherr: die Erzbischöfe von Reims
Architekt: unbekannt
Höhe: 81 m (Türme)
Breite: 32 m
Länge: 139 m
Merkmale: Die Kathedrale von Reims war die Krönungskirche der französischen Könige und als solche die eleganteste und reichst-
geschmückte gotische Kirche des Landes. Vor allem ihr reicher Maßwerkschmuck und die Portalstatuen gelten als die besten Kunstwerke der gotischen Baukunst. Sie war Vorbild der ersten rein gotischen Kirche in Deutschland, der Elisabethkirche in Marburg an der Lahn.

31. Frankfurter Dom
Bauzeit: 1250–1510 n. Chr.
Bauherr: das Domstift, die Erzbischöfe von Mainz und der Rat der Stadt Frankfurt/Main
Architekt: unbekannt bis auf Stadtbaumeister Madern Gerthener und seine Nachfolger, die 1410 n. Chr. mit dem Bau des Domturms begannen.
Merkmale: Wahl-, später auch Krönungskirche der deutschen Könige und Kaiser. Bemerkenswert ist der Domturm (Einturmfassade), dessen krönende Kuppel als Symbol der deutschen Kaiserkrone gedeutet werden kann.

E. Die Renaissance

32. Domkuppel von Florenz
Bauzeit: 1420–1434 n. Chr.
Bauherr: die Bürger von Florenz
Architekt: Filippo Brunelleschi
Höhe: 107 m
Durchmesser: 45 m
Merkmale: Die Kuppel des Doms von Florenz ist die erste nach dem Untergang des Römischen Reichs erbaute Kuppel nach antikem Vorbild. Mit ihr beginnt in Italien,

dem Ursprungsland der Renaissance, die Wiederaufnahme antiker Bauformen.

33. Palazzo Pitti

Bauzeit: 1458–1631 n. Chr.
Bauherr: der Florentiner Kaufmann Luca Pitti und diverse Herzöge der Familie Medici
Architekt: Grundbau von Filippo Brunelleschi
Merkmale: Mit der Übertragung der Bögen römischer Aquädukte in den Wand- und Fassadenaufbau ist der Palazzo Pitti ein Kernwerk der Übernahme antiker Baukunst.

34. Sant' Andrea in Mantua

Bauzeit: 1472–1477 n. Chr.
Bauherr: Herzog Ludovico I. Gonzaga
Architekt: Leon Battista Alberti
Merkmale: Die Kirche ist im Inneren der antiken Maxentius-Basilika von Rom nachgebildet. Ihre Fassade vereint griechisch-antike Tempelfassaden und römische Triumphbögen.

35. Tempietto

Bauzeit: 1502 n. Chr.
Bauherr: Franziskanerorden Rom
Architekt: Donato Bramante
Merkmale: zur Erinnerung an die Hinrichtungsstätte des Petrus erbauter zierlicher Rundbau. Er ahmt perfekt griechisch- und römisch-antike Rundtempel nach und bereichert sie mit neu erfundenen antikisierenden Dekorationen.

36. Heidelberger Schloss

Bauzeit: 1220–1689 n. Chr.
Bauherr: die Kurfürsten der Pfalz
Architekt: diverse. Bedeutende Renaissancebaumeister waren Hans Engelhardt und Caspar Fischer (Ottheinrichsbau, 1556) und Johannes Schoch (Friedrichsbau, 1601)
Merkmale: Der Ottheinrichs- und der Friedrichsbau des Heidelberger Schlosses sind Hauptwerke der Renaissance in Deutschland und charakteristisch für die hiesigen Umformungen der aus Italien und Frankreich übernommenen Vorbilder. Das Schloss selbst wurde nach seinem verheerenden Brand 1689 n. Chr. im 19. Jahrhundert zum Lieblingsbau der deutschen Romantik.

37. Salzhaus in Frankfurt/Main

Bauzeit: 1610 n. Chr.
Bauherr: der Kaufmann Andreas Koler
Architekt: unbekannt
Merkmale: ein Spitzgiebelhaus, dessen Hauptfassade mit Holztafeln und Figuren geschmückt war, die antike Ziermuster und Gestalten wiederholten. Eines der prächtigsten Bürgerhäuser der Renaissance in Deutschland.

F. Der Barock

38. Würzburger Residenz

Bauzeit: 1719–1780 n. Chr.
Bauherr: die Fürstbischöfe von Würzburg
Architekt: Balthasar Neumann.
Künstlerische Ausstattung: Giovanni Battista Tiepolo u. a.
Merkmale: Eine der prächtigsten und harmonischsten Barockresidenzen Europas. Die Ernennungsurkunde zum Weltkulturerbe hebt hervor, dass ihr *Spiegelkabinett* die »vollkommenste Raumschöpfung des Rokoko in Europa« sei.

39. Dresdner Frauenkirche

Bauzeit: 1726–1743 n. Chr.
Bauherr: Rat der Stadt Dresden
Architekt: George Bähr
Höhe: 91,23 m
Breite: 41,96 m
Länge: 50,02 m
Merkmale: Monumentalster protestantischer Kirchenbau des Barock in Deutschland und neben dem Straßburger Münster die größte Sandsteinkirche Europas. Nach ihrer Kriegszerstörung im Februar 1945 galt die Ruine bis zu ihrem Wiederaufbau 1994–2005 als eindringlichste Mahnstätte Deutschlands.

40. Dresdner Zwinger

Bauzeit: 1710–1719 n. Chr.
Bauherr: König August der Starke
Architekt: Matthäus Daniel Pöppelmann, Figurenschmuck von Balthasar Permoser
Merkmale: Deutschlands schönster barocker *Festsaal unter freiem Himmel*. Der Wiederaufbau der 1945 völlig zerstörten Anlage durch eine eigens gegründete *Zwingerbauhütte* galt als vorbildliche Leistung der Denkmalpflege in der DDR.

41. Schloss Versailles bei Paris

Bauzeit: 1661–1720 n. Chr.
Bauherr: König Ludwig XIV. von Frankreich und seine Nachfolger
Architekt: Louis Le Vau, François d'Orbay, Jules Hardouin-Mansart, Robert de Cotte u. a.
Merkmale: ab 1661 n. Chr. die Residenz der Könige von Frankreich. Als perfektes Abbild des absolutistischen Königsprinzips Vorbild aller folgenden Schlösser in Europa und (auch) deshalb Weltkulturerbe.

G. Der Klassizismus

42. Königliches Schauspielhaus in Berlin

Bauzeit: 1818–1821
Bauherr: König Friedrich Wilhelm III.
Architekt: Karl Friedrich Schinkel
Merkmale: einer der bedeutendsten weltlichen Bauten des Klassizismus in Deutschland. In seiner Kombination griechisch-antiker Palast- und Tempelformen erinnert das Bauwerk entfernt an das

Erechtheion der Akropolis von Athen. Zwischen 1979 und 1984 wurde die Kriegsruine als Konzerthaus wiederaufgebaut.

43. Altes Museum in Berlin
Bauzeit: 1825–1828
Bauherr: König Friedrich Wilhelm III.
Architekt: Karl Friedrich Schinkel

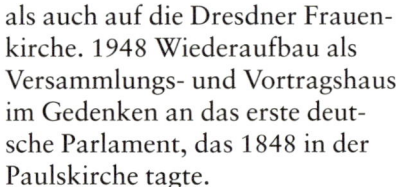

Merkmale: Das heutige Alte (ursprünglich: Königliche) Museum in Berlin ist entgegen seinem Originalnamen eines der ersten bürgerlichen öffentlichen Museen Deutschlands. Die 87 m lange Fassade mit ihren 18 Kolossalsäulen bildet die Stoa von Athen, den Treffpunkt und Diskussionsplatz der Bürger, ab. Der Bau war Auftakt für die spätere weltberühmte Berliner *Museumsinsel*.

44. Paulskirche in Frankfurt/Main
Bauzeit: 1789–1833
Bauherr: die Paulsgemeinde und der Rat der Stadt
Architekt: der Stadtbaumeister Johann Georg Christian Hess und sein Sohn Johann Friedrich Christian Hess
Merkmale: bedeutender Kirchenbau des Klassizismus in Deutschland. Als runder Zentralbau mit kuppelartigem Dach bezieht er sich sowohl auf das römisch-antike Pantheon

als auch auf die Dresdner Frauenkirche. 1948 Wiederaufbau als Versammlungs- und Vortragshaus im Gedenken an das erste deutsche Parlament, das 1848 in der Paulskirche tagte.

45. Synagoge von Karlsruhe
Bauzeit: 1798–1806
Bauherr: Jüdische Gemeinde Karlsruhe und Markgraf Karl Friedrich
Architekt: Friedrich Weinbrenner
Merkmale: mit zwei altägyptischen Tempelpylonen Musterbeispiel der ägyptisierenden Richtung des Klassizismus und der selbstbewussten neuen Synagogenbaukunst, ausgelöst durch die Französische Revolution.

H. Der Historismus

46. Berliner Reichstag
Bauzeit: 1884–1894
Bauherr: Das deutsche Parlament (Reichstag)
Architekt: Paul Wallot
Merkmale: als Mischung aus Neorenaissance und Neobarock ein charakteristisches Beispiel für die Stilwiederaufnahmen und -vermischungen des Historismus. Die einstige Kuppel aus Glas und Stahl gilt in ihrer unverhüllten Konstruktion als Vorschein der späteren Moderne. Die berühmte Giebelinschrift *Dem Deutschen Volke* wurde erst 1916 angefügt, weil sie zuvor von Kaiser Wilhelm II. als *zu demokratisch* abgelehnt worden war.

47. Berliner Dom

Bauzeit: 1894–1905
Bauherr: Kaiser Wilhelm II. und
die Domgemeinde
Architekt: Julius Car und Otto
Raschdorff

Höhe: 74 m
Durchmesser: 35,4 m
Merkmale: Kolossal-
bau, der in Aussehen
und Maßen mit dem
Petersdom in Rom
und der Londoner
St. Pauls-Kathedrale konkurriert.
Von den Zeitgenossen überwie-
gend als anachronistische Marotte
des Kaisers und konservativer
Kreise verspottet, ist das Bauwerk
heute anerkannt als ein Hauptwerk
des späten Historismus.

48. Neue Synagoge Berlin

Bauzeit: 1859–1866
Bauherr: Jüdische Gemeinde Berlin
Architekt: Eduard Knoblauch,
Friedrich August Stüler
Merkmale: ein Hauptbau des
maurischen Stils, der während
des Historismus im Synagogen-
bau in Deutschland dominierte.
Mit ihrer hoch aufragenden
Kuppel war die Synagoge bis zur
Zerstörung 1943 ein Wahrzeichen
Berlins. Jahrzehntelang Mahnmal, wurde der ruinöse Kopfbau
mit Kuppel und Minaretten 1991
restauriert. Der
dahinter ge-
legene mo-
numentale
Betsaal ist
verloren.

I. Die klassische Moderne

49. AEG-Turbinenhalle in Berlin

Bauzeit: 1908–1909
Bauherr: AEG
Architekt: Peter Behrens
Merkmale: Mit ihren aus Stahlträ-
gern und Glas aufgebauten Seiten-
wänden ist die Halle ein Pionierbau der aufbrechenden Moderne.
Ihre Straßenfassade dagegen bezeugt mit Zitaten altägyptischer
Tempelpylone und des Löwentors
von Mykene die zögernde An-
nahme der neuen Industriebau-
formen.

50. Bauhaus Dessau

Bauzeit: 1925–1926
Bauherr: die Bauhaus-Vereinigung
Architekt: Walter Gropius
Merkmale: eine strenge,
dekorlose Dreiflü-
gelanlage, die als
eine Art Architek-
tur-Universität mit
Kunstwerkstätten
entstand. Insbeson-

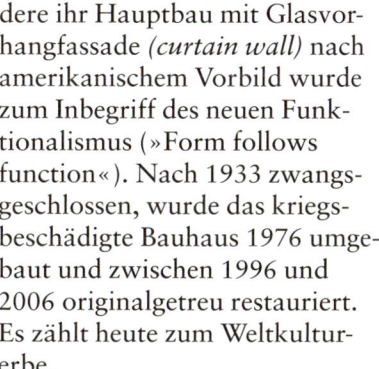

dere ihr Hauptbau mit Glasvor-
hangfassade *(curtain wall)* nach
amerikanischem Vorbild wurde
zum Inbegriff des neuen Funktionalismus (»Form follows
function«). Nach 1933 zwangs-
geschlossen, wurde das kriegs-
beschädigte Bauhaus 1976 umgebaut und zwischen 1996 und
2006 originalgetreu restauriert.
Es zählt heute zum Weltkulturerbe.

51. Großes Schauspielhaus in Berlin

Bauzeit: 1919
Bauherr: Max Reinhardt
Architekt: Hans Poelzig
Merkmale: Das riesige, 5000 Zuschauer fassende Theater, entstanden durch den Umbau eines festen Zirkus, war das Hauptwerk des Expressionismus in Deutschland. Wegen seiner stalaktitenförmigen inneren Stützen und Gewölbe wurde es *die Zauberhöhle* genannt. Von den Nazis als Beispiel *entarteter Kunst* entstellt, diente es notdürftig repariert als Revuepalast der DDR, ehe es 1987 wegen Fundamentschäden abgerissen wurde.

J. Das Bauen im *Dritten Reich*

52. *Reichsparteitagsgelände* in Nürnberg

Bauzeit: 1936–1943

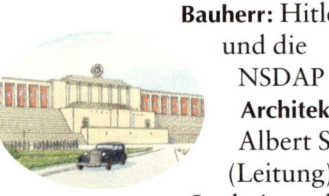

Bauherr: Hitler und die NSDAP
Architekt: Albert Speer (Leitung), Ludwig und Franz Ruff, Wilhelm Brugmann, Alfred Hensel
Merkmale: giganteske Anlage aus Arenen und Aufmarschgeländen, kulminierend in der Kongresshalle, die für 50 000 Menschen geplant war. In seiner Mischung aus antiken, ägyptisierenden und neoklassizistischen Formen (so imitierte man beispielsweise das Kolosseum, den Circus Maximus und den Pergamonaltar) ein zentrales Beispiel der rückwärtsgewandten, auf Überwältigung der Betrachter erpichten Baukunst des Regimes, das sich überall als *Tausendjähriges Reich* präsentierte.

K. Die Wiederaufbaumoderne / *International Style*

53. Kongresshalle in Berlin

Bauzeit: 1956–1957
Bauherr: USA
Architekt: Hugh Stubbins
Merkmale: Als eine Art Flügelgebilde aus Beton wurde die Kongresshalle im Berliner Tiergarten nicht nur die beabsichtigte Symbolarchitektur der westlichen Freiheit und Fortschrittsfreude. Als gleichsam schwebender Bau ist sie auch das Symbol des Optimismus und der Zuversicht, mit denen Westdeutschland, beflügelt vom Wirtschaftswunder, seinen Wiederaufbau in Angriff nahm.

54. Hansa-Viertel in (West-)Berlin

Bauzeit: 1952–1957
Bauherr: Senat Berlin und Bundesrepublik Deutschland
Architekt: Oscar Niemeyer, Walter Gropius, Alvar Aalto, Max Taut, Egon Eiermann, Arne Jacobson u. a.
Merkmale: entstanden als idealer Stadtteil der Zukunft im Rahmen der *Interbau* (Internationalen

Bauausstellung), mit der West-Berlin als Zentrum der Moderne und auch Demokratie dargestellt werden sollte. Insbesondere die Vorstellung von der aufgelockerten, durchgrünten und frei fließenden Stadtlandschaft wurde hier realisiert.

55. Stalin-Allee in (Ost-)Berlin

Bauzeit: 1951–1960
Bauherr: DDR
Architekt: Hermann Henselmann, Richard Paulick, Egon Hartmann u. a.
Merkmale: Der 1,7 km lange, 1960 in Karl-Marx-Allee umbenannte Boulevard entstand als Musterbeispiel des 1951 verordneten sozialistischen Städtebaus nach sowjetischem Vorbild. Orientiert am *vaterländischen* Klassizismus Schinkels entstanden historisierende riesige Wohnpaläste. Die Baustellen waren 1952 Keimzelle der Arbeiteraufstände, die als niedergeschlagene Revolution des 17. Juni in die deutsche Geschichte eingegangen sind.

56. Philharmonie in (West-)Berlin

Bauzeit: 1960–1963
Bauherr: Senat von (West-)Berlin
Architekt: Hans Scharoun
Merkmale: freistehendes, zeltartiges Konzertgebäude nahe dem Potsdamer Platz. Seine scheinbare Schwerelosigkeit weist voraus auf die städtebaulichen Ideen der 1960er und 1970er Jahre, die (vor allem in England) von *wandernden Städten* träumten.

57. Seagram Building

Bauzeit: 1956–1958
Bauherr: Spirituosenkonzern Seagram's & Sons
Architekt: Mies van der Rohe
Höhe: 156,9 m
Merkmale: Der dekorlose riesige Vierkant mit Glashülle in New York ist der Pionierbau des sogenannten *International Style*. Die Methode des Architekten, mittels eines bronzenen Gerüsts die innere tragende Struktur auf der Außenseite sichtbar zu machen, wurde überall in der Welt nachgeahmt. Vor einigen Jahren wurde das *Seagram Building* in einer internationalen Umfrage unter Architekturkritikern zu einem der *100 wichtigsten Bauwerke der Weltgeschichte* ernannt.

L. Die Postmoderne

58. Frankfurter Messeturm

Bauzeit: 1988–1990
Bauherr: Messe Frankfurt GmbH/Tishman Speyer Properties
Architekt: Helmut Jahn
Höhe: 257 m
Merkmale: ein Hauptwerk der Postmoderne in Deutschland. Charakteristisch sind die Anleihen beim Art Déco der in den zwanziger und dreißiger Jahren entstandenen Hochhäuser New Yorks und Chicagos.

59. Neue Staatsgalerie Stuttgart

Bauzeit: 1980–1984

Bauherr: Stadt Stuttgart und Land Baden-Württemberg

Architekt: James Stirling

Merkmale: breitgelagerter Museumsbau auf ansteigenden Terrassen, der deutlich Anleihen bei altägyptischer Kunst, insbesondere dem *Totentempel der Hatschepsut* zeigt. Auch die innere Rotunde von Schinkels *Altem Museum* in Berlin wird zitiert. Anfangs sehr umstritten, ist die *Neue Staatsgalerie* heute anerkannt als Klassiker der Postmoderne.

M. Gegenwartsarchitektur

60. Sience Center in Wolfsburg

Bauzeit: 2003–2005

Bauherr: Stadt Wolfsburg

Architekt: Zaha Hadid

Merkmale: Als kolossales schwungvolles Betongebilde, das auf Stützen zu schweben scheint, ist das Bauwerk ein Hauptvertreter der biomorphen Richtung der Gegenwartsarchitektur. Es lässt an gleichsam in der Bewegung erstarrte Quallen oder Amöben denken. Die Vorliebe für organische Formen kann als Gegenreaktion auf die starre Geometrie des sogenannten Betonbrutalismus (serielle Betonkuben der späten 1960er und 1970er Jahre) interpretiert werden.

61. Allianz-Arena in München

Bauzeit: 2002–2005

Bauherr: FC Bayern München und 1860 München; Allianz-Arena-Stadion GmbH

Architekt: Herzog & De Meuron

Fassungsvermögen: 69 901 Zuschauer

Merkmale: Mit seiner weich gerundeten Fassade aus Tausenden Folienkissen und seiner Fähigkeit, die Farbe zwischen Weiß, Blau und Rot changieren zu lassen, gleicht der Riesenbau einem Chamäleon. Oft wird er auch, in Verballhornung seiner biomorphen Züge, *Riesenblubb* genannt.

Danksagung

Vor allem und allen anderen möchte ich mich bei meiner Lektorin Alexandra Rak bedanken, die meine Geschichte zunächst als Rohbau erhielt und mir mit unzähligen Anregungen, Fragen und Ratschlägen half, ein, so hoffe ich, standfestes Haus daraus zu machen. Für manchmal mehr als geduldiges Zuhören, während ich meine Erzählung entwickelte, danke ich Janusz Piotrowski und Petra Pfarr. Mein Dank gilt auch Gottfried Müller für seine einfühlsamen Illustrationen. Besonders danken möchte ich meinem Freund Arnold Bartetzky, der als Kunsthistoriker meine Architekturgeschichten fachmännisch überprüfte und als aufmerksamer Leser der Abenteurergeschichte auf so manche Ungereimtheit aufmerksam machte. Vor allem aber danke ich meinen Kindern und ihren Freu nden für ihre robusten Reaktionen auf meinen Hang, sie zu allen erreichbaren und sehenswerten Bauwerken zu führen.